추사집

秋史集

추사집

秋史集

김정희 저 최완수 역

현암사

머리말

『추사집秋史集』이 처음 세상에 나온 것은 1976년이다. 현암사에서 5월 30일자로 초판이 나왔는데 오래지 않아 매진되어 10월 10일자로 재판을 찍고 1978년 2월 10일에 3판을 찍었다. 이후 1980년 6월 10일에 4판을 찍고 1981년 5월 20일에 5판을 찍었으며 그 뒤에도 두세 번 더 찍었던 것 같은데 무슨 사소한 일로 출판사에서 필자의 심기를 건드려 필자가 그만 절판을 선언하고 말았다.

주변에서 계속 출판을 권하는 말들이 있었지만 증보 개정을 핑계 삼아 30여 년을 미뤄 왔다. 그사이 추사 연구를 계속하여 「김추사金秋史 평전評傳」, 『김추사金秋史 연구초研究艸』, 『추사명품첩秋史名品帖 별집別集』, 「추사서파고秋史書派攷」, 「추사실기秋史實記」, 「추사묵연기秋史墨緣記」, 「추사 일파의 그림과 글씨」 등을 써 내었다.

그러는 한편 불상 연구도 쉬지 않아 『불상 연구』와 『명찰 순례』 3권, 『한국 불상의 원류를 찾아서』 3권 등의 책을 내었다. 이와 더불어 겸재謙齋 정선鄭歚의 진경산수화眞景山水畵 연구도 함께 진행했다. 그래서 「겸재진경산수화고謙齋眞景山水畵攷」, 『겸재 정선 진경산수화』, 『겸재를 따라가는 금강산 여행』, 『겸재의 한양진경』, 「겸재 정선 평전」 등을 저술했다.

마침내 근 40년에 걸치는 겸재 연구를 일단락 짓고 그동안의 연구 성과를 종합하여 『겸재謙齋 정선鄭歚』 3권을 출판하는 마무리 작업을 하기에 이르렀다. 2009년 10월 5일에 현암사에서 첫 미술 출판 작품으로 성공해 낸 것이다. 조근태 회장과 조미현 사장 부녀의 열성으로 이루어진 일이었다.

이에 근 40년 추사 연구 성과를 겸재 연구처럼 종합하여 마무리 짓는 작업도 현암사에 맡기기로 하고 2009년 겨울부터 그간의 성과를 점검하기 위한 예비 작업에 들어갔다. 각종 경전經典과 사서史書 및 『조선왕조실록』과 『승정원일기』, 각종 문집 자료 등을 재검색하기 시작했다.

그런데 관련 자료가 워낙 방대하여 추사의 일생을 일목요연하게 밝히기 위해서는 상세한 연보年譜 작성이 우선해야겠다는 생각을 하였다. 그래서 그동안 나름대로 연보의 큰 틀을 짜 놓고 후진들이 더 보태 놓은 연보를 바탕으로 시대 상황과 가족 관계, 교우 관계, 정치 상황, 청나라 문사들과의 교유 사실, 고증학관考證學觀, 추사체의 성립 과정 등을 염두에 두고 그와 관련된 사실들을 가능한 한 상세히 보태 나가는 지리한 작업을 2012년까지 지속하였다.

책을 출간할 수 있으리라는 예상 기간이 속절없이 지나가자 생각을 바꿀 수밖에 없었다. 우선 『추사집』을 복간하여 36년 전 추사 연구 시작 단계의 모습을 보여 주자는 것이었다. 이에 그동안 틈나는 대로 수정修正을 더해 왔던 『추사집』 번역문과 원문을 꼼꼼히 대조하는 작업에 돌입하니 곳곳에서 눈에 차지 않는 부분들이 발견되었다. 과감하게 바로잡아 36년간 수련한 안목의 간극을 좁혀 놓았다. 주註의 도움 없이는 이해가 어려운 내용들이므로 주도 훨씬 더 많이 보충해 놓았다.

그렇다 하더라도 글씨 얘기에서 글씨 실물 사진이 없으면 상상과 비교가 어렵다. 더구나 한문 소양이 없거나 서예에 대한 기초 지식이 없는 세대에게는 비빌 언덕조차 제공하지 않는 것과 같다. 그래서 『추사집』 원문原文의 원본原本이 남아 있는 것은 가능한 한 원본 사진을 찾아 도판으로 함께 싣고 본문이나 주에서 언급되는 비문碑文이나 법첩法帖 등의 사진도 함께 실었다. 그러노라니 1년이라는 세월이 훌쩍 지나 2013년 12월 17일이 되어서야 원고를 출판사에 넘기게 되었다. 여기에는 1972년 10월에 발간한 『간송문화 澗松文華』 3호에 실린 「김추사金秋史의 금석학金石學」도 포함되었다. 본문만 200자 원고지 2,200매에 달하고 연보는 192매다. 도판은 44종 96매이다.

그사이 조근태 회장이 고인故人이 되었으나 조미현 사장이 꿋꿋하게 회사를 이끌어 차질 없이 『추사집』을 복간해 내게 되었으니 그만한 효도가 없다 하겠다. 감사할 따름이다. 한문 원문과 번역문 그리고 원본 사진을 함께 대조해 보도록 편집하는 일이 여간 까다롭지 않을 터인데 이를 무리 없이 이루어 내었으니 김수한 주간을 비롯한 김현림, 김효창 등 편집진들에게도 사의를 전하고 싶다.

근 40년에 걸친 장기 연구 과정 중에 문하門下의 정병삼鄭炳三, 유봉학劉奉學, 이세영李世永, 지두환池斗煥, 조명화曺明和, 송기형宋起炯, 김유철金裕哲, 김항수金恒洙, 김천일金千一, 김기홍金起弘, 강관식姜寬植, 조덕현曺德鉉, 오병욱吳秉郁, 박재석朴載碩, 이태승李泰承, 김현철金賢哲, 방병선方炳善, 김정찬金正贊, 김종덕金鍾德, 이상원李相沅, 서창원徐昌源, 고정한高貞漢, 이승철李承哲, 이재찬李哉讚, 이민식李敏植, 장지성張志誠, 백인산白仁山, 정재훈鄭在薰, 김해권金海權, 이상현李相鉉, 손광석孫光錫, 차웅석車雄碩, 오세현吳世炫, 탁현규卓賢奎, 김민규金玟圭 등 여러 교수들과 한장원韓長元, 박찬석朴贊錫, 최경호崔慶鎬, 장극중張極中, 김효창金孝昌, 현승조玄承祚, 최용준崔容準, 문종근文鍾根, 이동석李東石 등 연구원들이 동심협력同心協力하여 좌우에서 적극 보좌했기에 이만한 연구 성과를 거둘 수 있었다. 고맙고 자랑스러울 뿐이다.

그중에서 특히 백인산, 오세현, 탁현규, 김민규 교수는 항시 좌우에서 보좌하며 곁을 떠나지 않았으니 노고가 적지 않은데 김민규 교수는 근 2,400매 원고의 12차 교정을 차질 없이 해냈다. 그 공로가 가장 크다. 그사이 항상 건강을 보살펴서 연구에 차질이 없게 한 서울의대 이춘기李春基 교수와 사상의학四象醫學 대가인 한태영韓太榮 반룡인수盤龍人數 한의원 원장 및 경희 길한의원 양기두梁基斗, 김동일金東一 원장도 고맙고 자랑스러운 제자들이다. 사진 촬영은 이경택李庚澤 선생과 김해권金海權 교수가 전담했는데 그 노고에 감사할 뿐이다.

이 모든 일들은 고故 간송澗松 전형필全鎣弼 선생의 유지遺志를 받들어 우리 전통문화를 연구하는 작업의 일환으로 간송미술관澗松美術館의 한국민족미술연구소韓國民族美術研究所에서 이루어진 것이다. 선생의 기대에 크게 어긋나지 않았다면 다행이겠다. 전성우全晟雨 간송미술문화재단 이사장과 전영우全暎雨 간송미술관장의 성원에도 감사드린다. 자료 사용을 허락해 주신 국립중앙박물관을 비롯한 공·사립 박물관과 미술관 및 개인 소장가 여러분들께 깊이 감사드린다.

정병삼 교수는 1974년에 약관 21세 청년으로 필자에게 입문하여 그해부터 『추사집』의 원고 정리를 도맡아 해내었으니 『추사집』 출간 공덕의 반 이상은 정 교수 몫이라 할 수 있다. 어느덧 40년 세월이 흘러 금년에 환갑이 되었으니 감개가 무량하다. 『추사집』의 개정 증보 복간판을 정 교수와 그 동년배 문인들의 회갑 선물로 삼고자 한다.

2014년 갑오甲午 5월 23일 갑오甲午 보화각葆華閣에서

가헌嘉軒 최완수崔完秀 씀

초판 머리말

추사秋史 김정희金正喜 선생의 시문집詩文集이 출판되기는 전후 네 차례이다. 맨 처음 나온 것은『완당척독阮堂尺牘』2권 2책이니 고종高宗 4년(1867)에 선생의 문하인 남병길南秉吉(1820~1869)이 수집 편찬한 척독집尺牘集이다. 그다음이『담연재시고覃爲齋詩藁』7권 2책의 시집으로 역시 남병길의 손에 의해 같은 해에 출판되었다. 그다음은『완당선생집阮堂先生集』5권 5책인데 이것이 격식을 갖춘 최초의 문집이다. 남병길(상길相吉이라 개명改名하고 있음)이 동문同門이며 선생의 내종질內從姪인 민규호閔奎鎬와 더불어 산정刪定 편찬한 것으로 고종 5년에 만향재晚香齋(남병길의 서재) 활자판活字版으로 찍어내었다.

그다음에 나온 것이『완당선생전집阮堂先生全集』10권 5책인데, 이는 선생의 계씨季氏 상희相喜의 현손玄孫인 김익환金翊煥(1898~1978)이 1934년에『완당선생집』을 저본底本으로 미수분未收分을 다시 더 보충하여 편찬한 것이다. 따라서 이『완당선생전집』은 이제까지 나온 선생의 시문집 중에서 가장 풍부한 내용을 가지게 되었다. 그래서 이번 번역의 대본臺本으로 이『완당선생전집』을 택하였다.

그러나 이 책에 수록된 내용에도 이미 후지쓰카 지카시藤塚鄰가 지적한 것처럼 남의 글이 잘못 끼어들었거나 같은 문장이 중복되기도 하며 혹은 문구文句의 탈락과 전도顚倒가 보이는 등 오류가 없지 않다. 그래서 가능한 한 이를 찾아내어 바로잡은 뒤에 번역하였다. 따라서『완당선생전집』의 내용과 약간 상이한 부분이 간혹 있을 터이나 원문原文을 병재並載하니 큰 무리는 없을 줄 안다. 다만 「서파변書派辨」은 완원阮元의 글이 잘못 끼어든 것이지만 추사 서도사관書道史觀의 지침이 되었던 것이므로 이를 보여 주기 위해 그대로 역재譯載하였다.

전집 모두를 번역하지 못하고 초역抄譯에 그치었는데 주로 서書·화畵·금석金石에 관계된 부분을 집중적으로 뽑아내었고 서간문은 적거謫居 시에 형제兄弟 자질子姪에게 보낸 것과, 대원군大院君, 조면호趙冕鎬, 신관호申觀浩 등의 제자들에게 보낸 것을 주로 뽑았다. 아쉬운 것은 선생의 단금지우斷金知友인 권돈인權敦仁에게 보낸 편지들을 번역하지 못한 것이다.

경학經學과 불교佛敎에 관계된 것도 극히 일부만 번역하였으니 선생의 이두 가지 방면은 거의 제외된 셈이다. 잡저雜著 중에 무질서하게 수록된 짧은 문편들은 같은 성질의 것들끼리 모아 하나의 제목을 붙여 묶어 놓았다. 초역의 성격상 대본의 편차篇次에 구속되지 않고 임의로 배열하였으나 낱낱의 문편말文篇末에 원위치를 밝혀 두었다. 번역은 원문의 직역을 원칙으로 하고, 경우에 따라서는 의역과 보충구의 삽입으로 글 뜻을 명확히 하였다. 가능한 한 상세한 주註를 붙이려 노력하였으나 중복을 피하였으므로 주가 붙지 않은 사항은 색인(찾아보기)에 의해 찾아볼 수 있을 것이다.

이 책이 나오게 된 것은 현암사의 조상원趙相元 사장님을 비롯한 주변 여러분들의 깊은 배려에 힘입은 것이었다. 모두에게 감사를 보내 드린다. 그리고 원고 정리를 시종 도맡아 준 동문同門 정병삼鄭炳三 군의 노고는 숙생宿生의 동업同業으로 돌려야 하겠다.

1976년 5월 보화각葆華閣에서

역자譯者 지識

차례

제1편

서론 書論

제2편

화론 畵論

제3편

금석고증학 金石考證學

제4편

경학 經學 · 불교학 佛敎學 등

제5편

서한문 書翰文

부록

완당김공소전 阮堂金公小傳

민규호

김공 정희正喜는 자字가 원춘元春이며, 완당阮堂 또는 추사秋史라고 호號하였으니, 경주인慶州人이다. 어머니 되시는 유씨 부인俞氏夫人께서 임신한 지 24개월이 지나서 낳았는데, 이해는 정종正宗 병오년丙午年(정조10년, 1786)이었다.

성품은 효성스럽고 우애로웠으며, 널리 많은 책을 읽고 통달하였다. 그래서 순조純祖 기사년己巳年(1809)에 생원시生員試에 합격하였고 기묘년己卯年(1819)에 과거에 급제하였다. 곧이어 설서說書에 임명되었으며, 검열檢閱을 거쳐서 규장각대제奎章閣待制가 되었다. 호서湖西 지방을 순찰할 때(암행어사로서)는 올바르게 지적한다는 소문이 있었다. 필선弼善을 거쳐서 검상檢詳을 지내고 대사성大司成에 올랐으며, 병조참판兵曹參判에까지 이르렀다.

7대조七代祖는 이름이 홍욱弘郁이다. 효종孝宗 갑오년甲午年(1654)에 해서海西 관찰사觀察使로서 강빈옥사姜嬪獄事에 관하여 항의하는 상소를 올리어 말하다가 왕의 뜻을 거슬러 옥사獄死하기에 이르렀고 드디어 명신名臣이 되었다. 그 후에 뚜렷한 대관大官들이 많이 나서 가문이 크게 번성하였다.

아버지 되시는 분은 판서判書를 지냈고 이름은 노경魯敬이니, 꿋꿋하여 기품과 도량이 있었다. 이분이 화를 만나서 섬으로 귀양 가자 추사공秋史公은 애통하여 살고 싶어 하지 않았으니 밤이면 반드시 눈물로 하늘에 기도하며 자지 않았고, 춥거나 덥다고 때맞추어 옷을 바꿔 입지도 않았다. 판서공判書公이 4년 만에 비로소 풀리어 돌아오니 옷도 역시 4년 만에 처음으로 바꿔 입었다.

이보다 먼저 판서공이 연경燕京에 사신으로 가자 공이 따라서 들어갔는데 그때 나이가 24세이었다. 각로閣老인 완원阮元이나 홍려경鴻臚卿인 옹방강翁方綱은 모두 당시의 큰 선비로서 그 이름이 중국 안에 크게 떨치고 있었으며, 직위가 또한 높아서 가볍게 사람들을 만나지 않았었다.

그런데 한번 공을 보고는 막역한 사이가 되었다. 경전經典의 진의眞義를 논의論議 변석辨釋하는 데 불꽃 튀는 논전論戰을 벌이니 서로 조금도 굽히려 들지 않았다. 이로써 완원은 『황청경해皇淸經解』를 찬술撰述하여 중국의 여러 대가大家들에게 보이지도 않고서 특별히 먼저 공에게 초본抄本을 기증하였다.

헌종憲宗 경자년庚子年(1840)에 옥사獄事가 일어나서 말이 공에게 연루되어 형리刑吏들이 바삐 오가게 되었다. 그래서 공을 걱정하는 사람들은 모두 어쩔 줄 모르고 두려워하였는데, 공은 행동거지가 다른 날과 다름이 없었다. 형리를 대하여 따지고 가르는데 이치에 맞으니 준엄하고 정연하며 명백한 기상이 가히 해와 별을 무색케 하고 쇠와 돌을 뚫을 만하였다. 비록 공을 시기하고 미워하는 자가 이것저것 주워댄다 하더라도 걸터 잡을 것이 없었다. 그러나 끝내 면하지 못하고 제주도에 귀양 가게 되었다.

제주도는 옛날의 탐라국이다. 바다가 그 사이에 있는데 매우 크고 또한 바람이 많아서 사람들이 건너가려면 항상 열흘이나 한 달을 잡았다. 공이 막 건너가는데 바람과 파도가 크게 일어나는 중에 천둥과 번개가 곁들여 생사를 예측할 수 없었다. 배에 탔던 사람들이 모두 넋을 잃고 부둥켜안고 부르짖으며, 도사공 역시 다리를 떨며 감히 앞으로 나아가지 못하였다.

공이 꼿꼿이 뱃머리에 앉아서 시를 지어 높게 읊으니 소리는 바람과 파도에 지지 않았다. 그리고 나서 곧 손을 들어 한 곳을 가리키며 말하기를 "도사공아 힘껏 키를 잡고 이쪽으로 가라." 하니 배는 이에 빠르게 달려서 아침에 떠났는데 저녁에 제주에 닿았다. 그래서 제주 사람들은 크게 놀라 날아서 건너왔다고 하였다.

귀양 사는 집에 머무니, 멀거나 가까운 데로부터 책을 짊어지고 배우러 오는 사람들이 장날같이 몰려들어서 겨우 몇 달 동안에 인문人文이 크게 개발되어 문채文彩 나는 아름다움은 서울풍이 있게 되었다. 탐라의 거친 풍속을 깨우침은 공으로부터 비롯되었다.

철종哲宗 신해년辛亥年(1851)에 상국相國 권돈인權敦仁이 예론禮論으로 배척당하매 배척하는 자가 공이 실제 그것을 함께하였다고 하여 북청北靑으로 귀양 가게 하였다. 그때 공의 나이는 66세였고, 두 아우 역시 늙어서 머리가 허옜었다. 공의 손을 붙들고 통곡하며 말을 하지 못하니, 친척과 형리들이 눈을 크게 떠서 울음을 삼키었으며, 슬피 부르짖고 통곡하는 소리가 집 안을 떠나가게 하였다. 공이 정색하고 가운데와 막내아우를 돌아보며 이르기를 "보통 사람이라면 말하지 않겠지만 글 읽기를 자네들같이 한 사람도 또한 이와 같이 하는가." 하고 또한 담소談笑하고 위로하면서 손수 책 광주리를 정리하는데 매우 질서가 정연하였다.

병진년丙辰年(철종 7년, 1856)에 돌아가니 나이 71세이었다.

공은 심히 맑고 부드럽게 생겼었으며, 성품도 안존하고 온화하여 사람들과 이야기하면 정성을 다하여 모두 즐거워하였다. 그러나 대체 의리義理를 따질 때가 되면 의론議論이 벼락 칼끝 같아서 사람들은 모두 춥지 않아도 떨었다. 겨우 20여 세에 여러 방면의 책들을 꿰뚫어 읽어서 넓고 깊기가 강이나 바다에 근원을 둔 것처럼 헤아릴 수 없었다. 오로지 마음으로 힘써 공부한 것은 13경經인데 특히 『역경易經』에 조예가 깊었다. 금석金石・도서圖書・시문詩文・전예篆隸와 같은 학문에서도 그 근원을 연구하여 밝히지 않은 바가 없었으며, 더욱이 서법書法으로써 세상에 널리 알려졌었다.

일찍이 「실사구시설實事求是說」을 지어 말하기를 "학문의 길은 이미 요 임금・순 임금・주공・공자로써 돌아갈 곳을 삼는 것이니, 반드시 한학漢學(훈고학訓詁學)이니 송학宋學(성리학性理學)이니 하는 경계를 나눌 필요가 없으며 주자朱子니 육상산陸象山이니 설경헌薛敬軒이니 왕양명王陽明이니 하는 문호門戶를 가를 필요가 없다. 다만 심기心氣를 고르게 가다듬어 착실하게 배우고 힘써 실천할 뿐이다."라고 하였다. 대체로 공의 경학經學은 오직 성인聖人의 뜻에 합치시키는 것으로써 근본을 삼았다.

관상감觀象監의 서리胥吏가 일찍이 시헌력時憲曆을 가져왔는데, 공이 잠깐 보고서 괴이하게 여기며 이르기를 "중기中氣(월중月中 둘째 번 드는 절기節氣)의 차례가 틀렸다."라고 하였다. 관상감이 (연경燕京의) 흠천감欽天監에 변정辦正을 요청하니, 중국 사람들이 비로소 깨달았다고 한다. 공이 천상天象과 지리地理에 역시 깊은 조예가 있었으나, 일찍이 아무에게도 이를 말하지 않았을 뿐이다.

저술著述을 즐겨 하지 않아서 젊은 날에 찬술한 것은 태우기를 두 번 하였다. 지금 세상에 흘러 돌아다니는 것은 일상 주고받은 편지에 지나지 않는데 도의道義의 올바름이나 마음 씀씀이의 밝음이나 경리經理와 예론禮論을 밝힌 것에서 가히 공의 대략大略을 엿볼 수 있다.

오호라, 공은 10년을 남쪽에서 지내고 2년을 북쪽 끝에서 지냈다. 하늘 바람과 바다 물결, 해로운 기후 속에 벌레와 뱀 등 좋지 못한 물것들이 우글거리고, 험하고 사나운 산속에 눈서리 몰아쳐서 생물을 휩쓸어 없애 버리는 곳들이어서 만 번 죽다가 살아났다고 할 수 있다. 그런데도 꿋꿋하게 근심하거나 슬퍼하지 않고 그 천수天壽를 다 누리었으니 뚜렷이 학문에서 얻지 않았다면 어찌 능히 이와 같을 수가 있겠는가. 백성에게 널리 펴서 그 혜택을 입게 할 수 없었던 것은 운명일 뿐이다.

대체 공이 병들어 오래 일어나지 못했는데, 가운데 아우도 역시 병이 깊었다. 공은 부액을 받으며 아침저녁으로 그곳에 이르러 더한가 덜한가를 살폈으며, 병이 이미 위독한데도 오히려 아우가 약을 쓰고 있는지 아닌지를 물을 정도였다. 가운데 아우의 이름은 명희命喜이고 자字는 성원性元이다. 어질고 덕이 있었으며, 널리 많이 알고 저술이 많았다.

익종翼宗께서 항상 경전經典과 사서史書의 글 뜻이 가지는 심오함과 고사故事 연원淵源에 관해서 의심나거나 어려운 것이 있어서 공에게 물으시면 공은 그 종류에 따라서 대답해 올리고 숨기지 않았다. 간혹 임금의 말씀에 대답하는 글에 있어서 가끔 가운데 아우에게 부탁하기도 하였었다고 한다.
무진년戊辰年(고종 5년, 1868) 가을 문인門人 민규호閔奎鎬[1]가 삼가 쓴다.

『阮堂先生全集 卷首』

阮堂金公小傳

閔奎鎬

金公正喜, 字元春, 號阮堂, 又號秋史, 慶州人也. 母俞夫人, 懷娠二十四月而生, 寔正宗丙午也.

性孝友, 博極羣書, 純祖己巳, 中生員試, 己卯擢第. 拜說書 檢閱, 奎章閣待制, 按廉湖西, 有直指風. 除弼善 檢詳, 陞大司成, 止兵曹參判.

七世祖, 諱弘郁, 孝宗甲午, 以海西觀察使, 抗疏言姜獄事, 忤旨逮獄死, 遂爲名臣. 厥後大官赫赫, 門甚盛.

父判書諱魯敬, 毅然有氣度. 遭禍竄斥于島, 公慟不欲生, 夜必泣祝天不寐, 寒暑不易裘葛. 判書公, 四載始宥還, 衣亦四載始改.

先是 判書公 使于燕, 公隨而入, 時年二十四. 阮閣老元, 翁鴻臚方綱, 皆當世鴻儒, 大名震海內, 位且顯, 不輕與人接,

一見公, 莫逆也. 辨論經義, 旗皷當不肯相下, 是以阮元撰經解, 海內諸大家, 莫之見, 而特先寄公抄本也.

憲宗庚子, 獄起詞連公, 緹騎蒼皇, 爲公憂者, 咸洶懼, 公擧止如他日. 對吏辨析中竅, 峻整明白之氣, 可以薄日星, 而貫之金石, 雖娟嫉公者, 㧓撫無所執. 卒不免, 投謫于濟,

濟, 古耽羅也. 瀛海在其間, 甚鉅又多風, 人涉恒計旬月. 公方涉也, 大風濤中作霹靂, 死生俄忽, 舟中人, 皆喪魄抱號, 篙師亦股栗, 不敢前.

公凝然坐柁頭, 有詩高詠, 聲與風濤 相上下. 因擧手指某所曰, 篙師力挽柁向此, 舟乃疾, 朝發夕至濟. 濟之人大驚, 以謂飛渡也.

居謫舍, 遠近負笈者如市, 纔數月, 人文大開, 彬彬有京國風. 耽羅

開荒, 自公始.

哲宗辛亥, 權相國敦仁, 以禮論見斥, 斥者謂, 公實與之, 遷北靑, 時公年六十六, 二弟亦老白首矣. 握公手, 慟哭不能言, 戚黨故吏, 目瞳瞳啜泣, 悲號哭聲, 撼墻屋. 公正色, 顧仲季曰, 庸人不足論, 讀書如君輩者, 亦若是乎. 且談笑且慰, 手整書簏, 井井如也.

丙辰卒, 壽七十一.

公甚淸軟, 氣宇安和, 與人言, 藹然各得歡. 及夫義理之際, 議論如雷霆劍戟, 人皆不寒而栗. 甫弱冠, 貫徹百家之書, 宏深弘博, 淵乎若河海之不可量也. 專心用工, 在十三經, 尤邃於易, 金石圖書詩文篆隸之學, 無有不窮其源, 尤以書法, 聞天下.

嘗著實事求是說曰, 學問之道, 旣以堯舜周孔爲歸, 則不必分漢宋之界, 朱陸薛王之門戶, 但平心靜氣, 篤學力行. 盖公之經學, 惟以合聖人之旨爲本.

象胥嘗賫時憲曆來, 公暫閱恠之曰, 中氣其錯序乎. 雲觀 請辨正欽天監, 燕人覺之. 公之於天象地理, 亦有深造焉, 未嘗對人言及此.

不喜著述, 少日所纂言者, 焚之再. 今流傳于世, 不過爲尋常往復之書, 而道義之正, 心術之明, 經禮之發揮, 可見公大畧也.

嗚呼. 公十年于南, 又二年于北. 天風海濤, 瘴嵐蟲蛇惡物, 崎嶇險阻, 霜雪肅殺之地, 可謂出萬死得生. 而能充然無憂慽, 享其壽考, 非卓然有得乎學, 惡能夫如是也. 其不能展布, 百姓被其澤, 命也夫.

公方沉緜, 仲氏亦病淹. 公扶將朝夕其所, 診苦歇, 疾旣革, 猶問仲氏試藥乎不. 仲氏名命喜, 字性元, 賢而有德, 博洽多著述.

翼考, 常以經史文旨之深奧, 掌故之疑難, 咨詢公, 公隨類對無隱. 間有應旨文字, 往往藉仲氏云. 戊辰仲秋, 門人閔奎鎬, 謹述.

『阮堂先生全集 卷首』

1. 민규호閔奎鎬(1836~1878). 여흥인驪興人. 자字는 경원景圓 또는 경유景有, 호號는 황사黃史. 태호台鎬의 친 아우. 벼슬은 우의정에 이르다. 시호는 충헌忠獻. 추사秋 史의 내종질內從姪로 인물이 빼어나게 아름답고 총명 호학好學하여 어려서부터 추사의 사랑을 받다. 추사의 학통學統을 잇고 고종高宗 5년(1868)에는 동문同門 남 상길南相吉과 『완당집阮堂集』 5권 5책을 편집하고 스승의 소전小傳을 쓰다.

여흥 민씨 세도의 수장으로 첫 번째 민씨 세도 재상이 되다. 젊은 시절 안동 김씨 세도 재상인 영의정 김병국金炳國(1825~1905)의 총애를 받았다.

평설

추사秋史의 학문과 예술

최완수

서언

우리 역사상에 예명藝名을 남긴 사람들이 허다하지만 추사처럼 그 이름이 인구人口에 회자膾炙되는 경우는 드물다.

　일반 사람들은 그의 독특한 서체書體로써 이름을 기억하고, 전문가들은 그의 심오한 학문과 예술의 경지에 끝없는 외경畏敬을 보내게 되며, 상가商街에서는 묵적墨蹟의 고가高價에 인기가 있다. 이로 말미암아 추사에 대한 연구가 학문 예술의 각 분야별로 내외 학자들 사이에서 일찍부터 이루어져 왔다. 그 결과 추사는 단순한 예술가에 그치는 것이 아니라, 시대사조時代思潮의 전환기를 산 신지식新知識의 기수旗手로서 새로운 학문과 사상을 받아들여 노쇠한 조선왕조의 구문화舊文化 체제로부터 신문화新文化의 전개를 가능케 한 선각자이었음이 밝혀졌다.

그의 학문과 예술은 연원淵源이 당시의 연경학계燕京學界에 있었으니 소위 북학파北學派의 거벽巨擘으로 청조淸朝의 고증학풍考證學風을 도입 저작咀嚼하여 이 땅에 신문화로 정착시키려 하였던 것이다. 그래서 그의 학문은 청조 고증학의 골수인 경학經學 · 금석학金石學 · 문자학文字學 · 사학史學 · 지리학地理學 · 천문학天文學 등 광범위한 영역에 두루 미쳤었고, 전통적인 조선 사대부로서는 금기로 여기던 불교학佛敎學에까지 박통博通하였으며 서론書論과 화론畵論은 물론 서書 · 화畵 · 금석金石의 감식에조차 정심精深한 안목을 두루 갖추었었다.

그의 예술은 이와 같이 광활하고 철저한 학문적 바탕 위에서 천부의 재질이 찬연한 결실을 맺은 것이었으니, 시 · 서 · 화 · 전각篆刻 등 어느 분야에서나 뛰어나지 않음이 없었다. 그러나 특히 서도書道에서는 추사체秋史體라는 독자獨自 일문一門을 열어 서예사상書藝史上 지고至高의 경지를 이룩하였다. 따라서 그의 학문과 예술을 일고一考로 논하려 하는 것은 매우 무모한 시도이겠으나 다행히 선학先學들의 업적이 적지 않으므로 이를 종합 요약하면서 전반적으로 개괄해 나가고자 한다.

1. 시대와 환경

조선왕조는 주자朱子 성리학을 건국 이념으로 천명한 이래, 어떤 다른 사상에도 눈을 돌리지 않고 오로지 성리학이 이상理想으로 하는 정치 형태를 이 땅에 구현시키고자 전심전력을 기울이었다. 그 결과 건국 후 150여 년이 지난 16세기 중반부터는 성리학의 학문 체제가 완비되고 이의 실현을 시도하게 되었는데 특히 사가私家에서 성장하여 왕위를 이은 선조宣祖(재위 1567~1608) 때에 이르면 사림士林들이 크게 진출하여 성리학의 이상 정치가 바야흐로 전개되려는 기미가 보이기 시작한다.

그러나 이러한 사림파의 집권은 오래지 않아 학파 간의 대립을 가져오게 되었다. 조선 성리학의 완성자인 율곡栗谷 이이李珥(1536~1584)를 추숭追崇하는 서인西人과, 그 선배 세대인 퇴계退溪 이황李滉(1501~1570)의 문하門下를 중심으로 화담花潭 서경덕徐敬德(1489~1546)의 문인 중 일부와 남명南溟 조식曺植(1501~1571)의 문하 및 구舊사림士林 등이 연합한 동인東人으로 나뉘어, 학리學理에 따라 정치 이념을 달리하는 양당兩黨 정치 형태가 출현하였다.

뒤이어 연합 세력인 동인 측에서는 결국 퇴계계(남인南人)와 화담계 및 남명계(북인北人)가 다시 나뉘어서 각기 정치 노선을 달리하는 세 개의 정당政黨을 이루었다. 그러나 인조반정仁祖反正(1623)을 계기로 북인 계열은 세력을 잃고 율곡계인 서인과 퇴계계인 남인의 뚜렷한 2대 정당이 주류를 이루어 본격적인 양당 정치가 이루어진다. 이로부터 실상 성리학의 이상인 명분名分 정치가 이루어지니, 성리학적인 의리義理 명분이 사회 정의의 절대 개념으로 생명력을 가지게 되었고, 이를 규명하기 위하여 예론禮論이 극도로 발달하게 된다.

이로 말미암아 양대 학파에서는 학리學理에 뒤지지 않기 위하여 학문 연구에 잠심潛心하게 됨으로써 서인 측에서는 사계沙溪 김장생金長生(1548~1631) · 우암尤庵 송시열宋時烈(1607~1689) · 수암遂菴 권상하權尙夏(1641~1721) 등 거유巨儒들이 속속 배출되어 학통學統을 이어 갔고, 남인 측에서는 한강寒岡 정구鄭逑(1543~1620) · 여헌旅軒 장현광張顯光(1554~1637) · 미수眉叟 허목許穆(1595~1682) 등의 석학들이 잇대어 나왔다. 따라서 이들 성리학자들은 주자 성리학의 학문적 정통正統은 자기들이 잇고 있다고 자부하였으며, 이들에게 주자 성리학은 곧 유교儒敎의 정통으로 이해되고 있었다.

그런데 이때 마침 한족漢族의 명나라가 만주족滿洲族인 청에게 멸망당함으로써 중화 문화中華文化의 정통이 중국 본토에서 단절되는 듯하였다. 그래서 이들 성리학자들은 사실상 중화 문화의 정통은 조선만이 이어받을 수 있다고 생각하였다. 이로부터 문화적인 우월감으로 국제 사회에 오연傲然한 자세를 취하게 되고, 문화 전반에 걸쳐서 국수적國粹的인 경향이 노골화되기 시작하였다.

그래서 17세기 말부터 회화·서예·공예·문예 등 각 방면에서 조선 특유의 개성적 요소가 두드러지게 나타나기 시작하였으니 겸재謙齋 정선 鄭歚(1676~1759)으로부터 비롯되는 국화풍國畵風(동국진경풍속화東國眞景風俗畵)이라든지, 옥동玉洞 이서李漵(1662~1723)·백하白下 윤순尹淳(1680~1741)과 원교員嶠 이광사 李匡師(1705~1777)의 사제師弟 간에 이루어진 국서풍國書風(동국진체東國眞體)이나, 조선 자기磁器의 독자적인 기법, 국문학의 대두 등을 손꼽을 수 있다.

물론 이러한 문예 활동이 다만 오연한 정신 자세에서만 기인하는 것은 아니니, 이 시기에는 농업 기술을 혁신하여 이앙법移秧法, 이모작제二毛作制 등을 보급함으로써 농업 생산량을 증대하고 대동법大同法의 실시로 세제稅制를 현실화해 농촌 경제를 안정시켜 나갔다. 뿐만 아니라 청淸·일日 간의 중계무역으로 상업 자본의 축적이 이루어지니 경제 발전의 원칙에 따라 자연히 수공업 및 광업의 발달을 촉진시켜 전반적으로 경제 상태가 호전되었던 사실을 간과해서는 안 된다.

이로써 우리는 임진왜란(1592~1598)과 병자호란(1636~1637)과 같은 대란大亂을 겪고 난 지 불과 반세기 미만이지만 이 시기에 이미 사회 질서와 경제 질서가 안정을 보았으리라는 확신을 가질 수 있는데, 이를 더욱 뒷받침하는 사실은 두 번 난리에 불탄 사찰의 중건重建 등 큰 불사佛事들이 대체로 이 시기에 이루어진 사실도 빼놓을 수 없다. 따라서 우리는 이와 같이 짧은 시기에 초토화된 국토를 독자적인 힘으로 신속하게 재건할 수 있었던 원동력을 조선 성리학을 구현하기 위한 이상적인 양당 정치의 출현으로 돌릴 수

밖에 없지 않을까 한다.

그러나 양차 예송禮訟과 양차 환국換局을 거치는 양당의 극렬한 정쟁의 결과 마침내 숙종肅宗 20년(1694)의 갑술환국甲戌換局에서 보수파인 남인들은 재기 불능일 만큼 숙청되니 이상적인 양당 정치는 사실상 여기서 붕괴된다.

이를 전후해서 서인 내부에서 노론老論과 소론少論의 자체 분열이 일어나 양당적 체제가 갖추어지는 듯하나 양당의 학문적 연원이 같아서 이념적 차이가 없는 위에 소론마저도 영조英祖의 즉위를 둘러싼 정쟁에서 일대 타격을 받게 되니(소론은 영조의 등극을 반대했다.) 이후는 거의 노론 일당의 전단專斷이 이루어지게 된다.

이처럼 집권 귀족이 비대화하여 가자 현군賢君 영조는 탕평책을 내세워 4색(노老 · 소少 · 남南 · 북北)을 안배 등용하는 국왕 중심의 사림 견제 정책을 시행하기에 이른다. 이와 같은 탕평책은 일시적으로 일당 전횡을 방지하는 듯하였으나 실제로는 당론의 철저한 배척에 따라서 성리학의 생명인 명분이 빛을 잃고 의리가 땅에 떨어짐으로써 점차 실리주의의 현상이 노골화되기 시작하였다.

한편 인조반정 이래로 왕실과 사림 가문들과의 계속된 혼인 및 사림 가문 상호 간의 연혼連婚은 사림의 중심이 되어 있던 몇몇 가문을 훈척화勳戚化시키었는데, 이들 훈척 가문의 형성은 실리주의 현상과 표리를 이루면서 족벌주의의 대두를 재촉하게 되었다. 이로써 성리학적 명분 시대는 막을 내리게 되고, 영조 후기부터는 척족 간의 치열한 정권 다툼이 시작되어 소위 척족세도戚族勢道의 시대가 전개된다. 따라서 성리학은 명목상의 주도 이념일 뿐 이미 현실과는 유리되어 있는 형편이었으니, 학문 자체가 공허화空虛化하게 되고 예론禮論은 형식만 남아서 허례虛禮로 전락하게 되었다.

이에 재야 지식인들 사이에서는 반성과 비판의 소리가 높아 가기 시작하였으니 이것이 소위 실학 운동이다. 그러나 집권층의 일부 신예新銳한 자제

도판 1 〈추사 김정희 초상〉

이한철李漢喆(1808~1889), 견본채색, 57.7×131.5cm, 1857년, 종가 소장, 국립중앙박물관 기탁

들 사이에서는 성리학 자체에 대한 회의를 품고 청나라에서 새로 일어난 고증학考證學을 받아들여 기본적인 개혁을 시도하고자 하는 혁신적인 움직임도 서서히 일기 시작하였다. 이들이 소위 북학파北學派인데 국정의 쇄신을 꿈꾸던 정조의 후원으로 서서히 성장하여 간다.

이와 같은 시대에 추사 김정희金正喜(1786~1856)도판1는 훈척 가문勳戚家門의 하나인 경주 김문慶州金門에서 태어난다. 그의 집안은 7대조 김홍욱金弘郁(1602~1654)이 황해도 관찰사로 강빈옥사姜嬪獄事에 바른말로 상소하다가 장살杖殺됨으로써(효종 5년, 1654) 명신名臣이 된 이래 훈척 가문으로 등장하는데, 추사의 고조高祖 김흥경金興慶(1677~1750)은 영의정을 지내고, 증조曾祖 김한신金漢藎(1720~1758)은 영조의 장녀인 화순옹주和順翁主(1720~1758)에게 장가들어 월성위月城尉에 피봉된다.

또 한편에서는 같은 7대조 홍욱의 자손으로 추사의 조부와 10촌 형제간인 정순왕후貞純王后 김씨金氏(1745~1805)가 영조의 계비繼妃가 됨으로써 추사의 집안은 내외로 중복된 종척宗戚 가문이 된다.

이러한 가문에서 추사는 이조판서 김노경金魯敬(1766~1837)과 기계 유씨杞溪俞氏(1767~1801) 사이의 장남으로 태어나 백부인 예조참판 김노영金魯永(1747~1797)에게 양자로 들어가 월성위의 봉사손奉祀孫이 된다. 곧 경주 김문의 중심인물이 되는 것이다. 그래서 추사가 순조純祖 19년(1819) 4월 25일 문과에 급제하자 순조는 윤4월 1일에 월성위의 사손祀孫이 급제한 것을 기뻐하여 사악賜樂을 내리고 승지를 보내어 월성위 내외묘內外廟에 제사를 드리게 하는 성의를 보인다. 그의 집안이 왕실 지친至親으로 얼마만큼 권귀權貴를 누리었던가를 짐작하게 하는 대목이다.

그런데 한편 그의 동종同宗인 정순왕후 집안은 세도 다툼인 시벽時僻의 싸움에서 벽파의 중심으로 진퇴를 거듭하다가 추사가 태어나던 정조 10년(1786) 바로 그해에는 정순왕후의 오빠이며 벽파의 수장이던 김구주金龜柱

(1740~1786)가 배소配所에서 죽고 일시 침체하였으나 순조 초에 정순왕후가 수렴청정을 하게 되자 다시 세도를 잡게 된다.

그러나 정순왕후의 훙거薨去를 계기로 순조의 처가이며 시파의 중심이던 척족 안동 김문安東金門에 의해서 정순왕후의 6촌친에 이르기까지 모두 참화를 입는 철저한 숙청을 당한다. 이러한 와중에서 추사의 집안은 비록 정순왕후의 친정 가문이로되 시벽의 다툼에 초연하였고, 척족으로보다는 왕가의 외손으로 더욱 가까웠던 관계로 직접적인 피해는 입지 않고 잘 보전되었었다.

그러나 익종翼宗(1809~1830)의 대리청정代理聽政(1827~1830)을 계기로 익종의 처가인 풍양 조씨豊壤趙氏가 세도를 잡고 이에 추사 집안이 가깝게 된 것이 빌미가 되어 익종의 사후에 다시 세도를 잡은 안동 김문의 거센 공격을 받게 된다.

그래서 추사의 생부 김노경이 박종훈朴宗薰(1773~1841)·신위申緯(1769~1847) 등을 무고誣告하였다는 윤상도옥尹尙度獄의 배후 조종 혐의와 익종 대리 시에 권신 김로金鏴(1783~1838)에게 아부하고 익종 국혼國婚 시에 이를 방해하였다는 죄목으로 고금도古今島에 유배된다(1830). 이러한 모든 혐의는 실상 증거가 없는 정치적인 죄목이었으므로 순조의 특별 배려로 노경은 3년 만에 귀양에서 풀려나 판의금부사判義禁府事로 복직되고 추사도 병조참판·성균관 대사성의 벼슬에 오르는 등 다시 권귀를 누리게 된다.

그런데 순조(1790~1834)가 돌아가고 나이 어린 헌종憲宗(1827~1849)이 즉위하여 순원왕후純元王后 김씨(1789~1857)가 수렴청정을 하게 되어 안동 김문의 세도가 극에 이르자, 안동 김문에서는 철렴撤簾 후에 헌종의 외가인 풍양 조씨에게 혹시 세도를 빼앗길 것을 염려하여 풍양 조문의 기선을 제압하는 방책으로 다시 추사 일문을 강타한다.

이때는 순원왕후의 재종형再從兄인 대사헌大司憲 김홍근金弘根(1788~1842)

이 직접 나서서 10년 전의 윤상도옥을 재론하여 김노경의 관작官爵을 추탈追奪하고 추사를 사지死地로 몰아넣는다. 그러나 풍양 조문의 수장이며 동방同榜 친구인 영의정 조인영趙寅永(1782~1850)도판2의 영구營救(죄에 빠진 사람을 구해 냄)에 의해서 추사는 겨우 목숨을 건지고 제주도에 유배되어 9년을 보내게 된다.

그리고 헌종 말년(1849)에 귀양이 풀려 돌아왔으나 철종哲宗(재위 1849~1863) 초에 다시 순원왕후가 수렴청정하게 되자 단금斷金의 벗인 영의정 권돈인權敦仁(1783~1859)도판3이 진종眞宗 조례론祧禮論을 주장한 것에 연루되어 철종 2년(1851)에 다시 함경도 북청北靑으로 유배된다.

추사는 비록 다음 해에 곧 귀양이 풀려 돌아왔으나 안동 김문의 세도가 반석같이 굳은 때라서 다시 정계에 복귀하지 못하고, 생부 김노경의 묘소가 있는 과천果川에 은거하여 학예와 선리禪理에 몰두하다가 71세로 그곳에서 별세한다.

이러한 시대와 환경을 산 그는 어려서부터 총명기예聰明氣銳하여 일찍이 북학파의 거장인 정유貞蕤 박제가朴齊家(1750~1805)에게 수학하였고, 다시 약관 24세로 연경燕京 사행使行에 수행하여 그곳 거유巨儒들에게 문학問學함으로써 심지心地가 크게 열려, 드디어 조선 고증학의 비조鼻祖가 되고, 서예書藝에서는 추사체의 창시자가 되었다.

추사는 이름이 정희正喜, 자는 원춘元春이며, 호는 현란玄蘭 · 추사秋史 · 완당阮堂 · 예당禮堂 · 담재覃齋 · 시암詩庵 · 나가산인那伽山人 · 과파果波 · 노과老果 등 수십에 이른다.

정조 10년(1786) 병오丙午 6월 3일에 예산禮山 용궁龍宮(지금의 충남 예산군 신암면 용궁리에 있던 월성위月城尉 향저鄕邸)에서 나고, 철종 7년(1856) 병진丙辰 10월 10일에 과천 별서別墅에서 별세했다.

領議政文忠公雲石趙先生五十七歲眞

도판 2 〈운석雲石 조인영趙寅永 57세 초상〉 1838년, 견본채색, 80×160cm, 조중구 소장

도판 3 〈이재彛齋 권돈인權敦仁 초상〉(부분), 종손 소장

2. 학문의 세계

앞에서 말하였듯이 추사가 났던 시대는 조선왕조의 주도 이념인 성리학이 근본을 상실함으로써 현실과 유리되었을 뿐만 아니라 학문 자체가 공허하게 되어 학자들은 다만 지엽말단枝葉末端을 다투게 되었으니, 노론의 내부에서 일어난 호락湖洛의 시비도 이 범주를 벗어나지 못하여 한갓 공론에 그치고 말았다. 그래서 일부 성리학도들(특히 남인 계열)은 성리학의 근본을 되찾으려는 실학 운동을 전개하기에 이르렀으나 북학파를 중심으로 한 혁신 세력들은 전통 성리학 자체에 대한 회의와 비판을 보이었다.

북학北學은 곧 청조淸朝를 풍미하던 고증학풍을 일컫는 것으로서 이를 받아들이려는 운동은 대체로 영조 40년(1764)경부터 담헌湛軒 홍대용洪大容(1731~1783)과 연암燕巖 박지원朴趾源(1737~1805) 등 사행使行을 따라 연경燕京을 다녀온 세가世家 자제들에 의해서 주창되기 시작하였다. 그러나 북학이 본궤도에 오르는 것은 연암의 제자들로서 정조의 지극한 사랑을 받던 청장관靑莊館 이덕무李德懋(1741~1793)·냉재冷齋 유득공柳得恭(1748~1807)·초정楚亭 박제가朴齊家(1750~1805)·강산薑山 이서구李書九(1754~1825)·금릉金陵 남공철南公轍(1760~1840)과 같은 사람들에 이르러서인바 이들은 주로 정조 원년(1777)에 확충되는 왕립 학술 기관인 규장각奎章閣을 중심으로 활동한다.

박제가는 일찍이 『북학의北學議』 1책을 저술하여 북학의 필요성을 강조하는 등 북학에 가장 열렬하였는데, 추사는 바로 이 열렬 북학파인 박제가의 눈에 띄어 어린 나이에 그의 제자가 되었다. 이로 말미암아 그의 학문 방향은 자연히 애초부터 새로운 청조 고증학 쪽으로 기울어져서 껍질만 남은 전통적인 조선 성리학은 안중에도 없게 되었다. 그래서 항상 청나라에 가서 본격적인 고증학에 접하고자 하였는데 마침 생부 김노경이 순조 9년(1809)

에 동지겸사은사冬至兼謝恩使의 부사副使로 연경에 가게 되어, 약관 24세의 청년인 추사는 이에 수행하게 된다.

그런데 추사가 스승인 박제가로부터 이미 청나라 학계에 관하여 자세히 들어 알고 있었던 것처럼, 자주 연경을 내왕한 사우師友들을 통해서 그의 재주도 연경 학자 간에 널리 알려져 있었다. 그래서 청나라의 청년 학자인 조강曹江(1781~?)이 추사가 사신에 수행하여 왔다는 말을 듣고 이런 말로 반기었다 한다.

"동쪽 나라에 김정희 선생이란 분이 있으니 자(호의 잘못)는 추사이다. 나이 이제 24세인데 개연慨然히 사방으로 찾아다닐 뜻이 있어서 일찍이 시를 지어 말하기를 '개연히 한 생각 일으키니 사해四海에 지기知己를 맺고자. 만약에 마음에 드는 사람 찾기만 하면 위해서 한 번 죽기도 하련만. 하늘 끝 저쪽엔 명사名士가 많다니 부러움을 홀로 주체 못 하네.'라고 하였다 하니, 그 취상趣尙을 가히 알 수 있다. 세상과 잘 어울리지 못하며, 과거 보는 형식의 글을 짓지 않고, 격식에 얽매이지 않으며, 시도 잘 짓고 술도 잘 마신다고 한다. 지극히 중국을 그리워하여 동쪽 나라에는 사귈 만한 선비가 없다고 스스로 말했다고 하는데, 이제 바야흐로 사신을 따라왔으니 장차 천하의 명사들과 사귀어 옛사람들이 정의情誼를 위해 죽던 의리를 본받으려 한다고 한다."

이로써 그는 비록 몇 달에 지나지 않는 짧은 동안을(1809년 10월에 서울을 출발하여 다음 해 3월에 서울에 돌아온다.) 연경에 체류하지만 연경 학계의 많은 저명인사들과 폭넓은 교유를 가질 수 있었으며, 옹방강翁方綱(1733~1818)과 완원阮元(1764~1849) 같은 거유巨儒에게 면학할 기회도 얻을 수 있었다.

그런데 이 시기의 연경 학계는 고증학의 수준이 최고조에 이르러 점차 난숙해 가던 형편이어서 종래 경학經學의 보조 학문으로(고증학의 기본은 유교 경전의 연구인 경학에 있었다.) 존재하였던 금석학金石學 · 사학史學 · 문자학

文字學 · 음운학音韻學 · 천산학天算學 · 지리학地理學 등의 학문이 각기 독립적인 진전을 보이고 있었다.

그중에서도 특히 금석학은 문자학과 서도사書道史의 연구와 더불어 독자적인 학문 분야로 큰 발전을 이루고 있었는데 그 중심인물이 옹방강과 완원이었다. 따라서 추사는 고증학의 골수骨髓인 경학은 물론 모든 학문 분야에서 이들의 영향을 크게 받지만 특히 이제 새로 크게 문호를 연 금석학에서는 옹翁 · 완阮으로부터 거의 충격적인 감화를 받고 돌아온다.

그래서 귀국 후에는 금석학 연구에 몰두하고 금석 자료의 수탐搜探과 보호에 많은 노력을 기울이게 되었으니 그 결과 〈북한산 순수비北漢山巡狩碑〉를 발견해 내고 『예당금석과안록禮堂金石過眼錄』과 같은 높은 수준의 저술을 남기게 되었으며, 〈황초령 순수비黃草嶺巡狩碑〉 · 〈북한산 순수비〉 · 〈무장사비鍪藏寺碑〉 등의 보호책을 강구하는 등 많은 업적을 보이었다.

뿐만 아니라 중국의 금석학과 서도사에 대한 해박한 지식 및 우리 금석에 대한 깊은 연구를 바탕으로 후학을 지도하여 이른바 조선금석학파朝鮮金石學派를 성립시키었으니 그 대표적인 학자들로 신위申緯(1769∼1847) · 조인영趙寅永(1782∼1850) · 권돈인權敦仁(1783∼1859) · 김유근金逌根(1785∼1840) · 이조묵李祖默(1792∼1840) · 윤정현尹定鉉(1793∼1874) · 신관호申觀浩(신헌申櫶, 1811∼1884) · 조면호趙冕鎬(1803∼1887) · 이상적李尙迪(1802∼1865) · 전기田琦(1825∼1854) · 오경석吳慶錫(1831∼1879) 등을 꼽을 수 있다.

우리는 이들 이름에서 추사와 동년배들은 거의 세가世家 자제로 대관大官을 지낸 사람들이고, 뒤로 내려오면 장차 조선 말기의 새 세력으로 등장하는 역관譯官 계통의 중인中人 계층이 주축을 이루고 있음을 볼 수 있는데, 이들이 거의 개화파開化派의 선구가 되는 것은 우연한 일이 아닐 것이다.

한편 추사의 경학은 옹방강이 서찰書札을 통해서 그를 의발衣鉢 제자로 인가한 것과 같이 옹방강의 '한송불분론漢宋不分論'을 근본적으로 따르고 있다. 이는 한 대의 훈고학訓詁學과 송 대의 성리학을 별개의 것으로 나누어 볼 것이 아니라 종합적으로 보아야 한다는 절충론이다. 한학漢學을 추숭推崇하고 송명宋明 이학理學을 배격하던 청대의 정통 고증학이 극도로 발전하여 유폐流弊를 낳게 된 결과 그에 대한 반작용으로 나온 신설新說이었다.

그런데 비록 조선은 그 발전 단계에 있어서 한학 시대의 한 단계를 거치지 않았지만 송의 성리학에만 오래 몰두해 있던 끝이라서 고증학을 이해하는 데 이 절충론이 한학 위주의 정통 고증학 쪽보다 훨씬 설득력이 있었을 것이다. 그래서 추사도 옹방강의 학설에 전폭적인 지지와 공감을 보낸 것이 아닌가 한다.

그러나 청조 고증학의 정통을 이어 경학에서 경세치용經世致用을 주창한 완원의 학설과 방법론도 추사의 경학에 상당한 비중을 차지하였으니, 그의 경학관을 요약하여 천명하였다고 할 수 있는 「실사구시설實事求是說」에 이 양대 거유의 영향이 골고루 잘 나타나 있다. 또한 추사는 옹방강이 그리 탐탁지 않게 여기던 대진戴震(1723~1777)이나 능정감凌廷堪(1755~1809) 등의 학설에도 자못 심취하였던 것 같다. 그래서 이들의 논설을 초록抄錄하여 참고하였거나 전면 인용한 사실을 우리는 그의 문집에서 발견해 낼 수 있다.

뿐만 아니라 추사는 고염무顧炎武(161~1682) · 모기령毛奇齡(1623~1716) · 주이존朱彝尊(1629~1709) · 호위胡渭(1633~1714) · 매문정梅文鼎(1633~1721) · 왕사진王士禛(1634~1711) · 염약거閻若璩(1636~1704) · 전조망全祖望(1705~1755) · 왕명성王鳴盛(1722~1798) · 조익趙翼(1727~1814) · 전대흔錢大昕(1728~1804) · 요내姚鼐(1731~1815) · 단옥재段玉裁(1735~1815) · 최술崔述(1740~1816) · 왕염손王念孫(1744~1832) · 유태공劉台拱(1751~1805) · 장혜언張惠言(1761~1802) · 왕인지王引之(1766~1834) 등 청대 학술의 거벽巨擘들에 관해서도 그들의 학설을 박람博覽하고 자기 나름으로 이를 소화하고 있었던 듯하다. 그의 장서 목록이나 교우 간의 왕복 서간 및 문집에 수록되어 있는

경학에 관한 몇 편의 논문이 이를 말해 주고 있다.

이 외에 음운학과 천문학·사학·지리학 등에 상당한 식견이 있었음을 문집에 수록된 한두 편씩의 논설을 통해서 알 수 있는데, 특히 서역西城의 지리에 대한 관심이 대단하다. 이는 연경에서 친교를 맺은 서역 지리 전문가인 서송徐松(1781~1848)의 영향이 크게 작용한 것이겠지만 당시 우리 근해近海에 자주 출몰하기 시작하는 이양선異樣船의 진원震源을 탐지하려는 학구적인 욕망과도 무관하지 않을 터이다. 이미 추사는 위원魏源(1794~1857)의 『해국도지海國圖志』를 읽고 있었으므로 당시 중국 학자들의 세계 지리에 대한 식견에는 뒤지지 않고 있는 듯하다.

다음에 추사 학문에서 크게 비중을 차지하는 것은 불교학이다. 불교는 조선왕조 500년 동안에 사대부들에게 금기禁忌의 학문이었다. 그러나 거유巨儒들의 경우에는 비록 드러내지는 않았다 하더라도 이에 대한 어느 정도의 이해는 있었으며, 왕실과 세족世族들은 능묘陵墓의 주변에 조포사造泡寺란 명목으로 원찰願刹을 가지고 있었다. 추사의 집안도 예외는 아니어서 고조인 영의정 흥경과 증조인 월성위 부부夫婦 등의 묘소가 있는 예산禮山 용산龍山의 향저鄕邸 경내에 화암사華巖寺라는 원찰을 두고 있었다.

따라서 추사는 어려서부터 승려들과 교유하여 불교 신앙을 체험할 수 있었을 것이다. 그 위에 박제가와 같이 성리학의 고루한 형식적 테두리를 벗어난 스승에게 배우게 되자 불교에 대한 금기가 무의미한 것을 통감하였을 것이다. 여기서 학문적인 지식욕에 의해서 불전佛典을 섭렵하게 되고 청나라 학계의 자유로운 학문 연구 분위기를 체험하고 나서는 거리낌 없이 불교의 연구에 심취하였던 듯하다.

한편 18세기 중·말기부터 불교계에서도 성리학의 퇴폐와 북학파의 활동, 좌도左道의 성행 등 시대사조의 변천에 발맞추어 오랜 침체를 깨뜨리려는 움직임의 일환으로 화엄학華嚴學이 크게 일어나 선禪 일변도의 조선적 침체성에 새바람을 일으킨다. 이 화엄학풍은 본디 부휴浮休(1543~1615)계와 서산西山(1520~1604) 문중의 편양鞭羊 언기彦機(1581~1644)파 및 소요逍遙 태능太能(1562~1649)계의 몇몇 학승學僧들에 의해서 겨우 그 명맥을 유지하고 있었다.

그런데 편양의 법손法孫인 환성喚惺 지안志安(1664~1729)에 이르러서 크게 그 종풍宗風을 드날리기 시작하니, 이후에 특히 전라도 지방을 중심으로 많은 대덕大德들이 배출되어 불교佛敎 사조思潮를 일신한다. 이러한 기운은 추사가 나는 시기를 전후하여 한껏 고조된다. 그래서 대화엄종장大華嚴宗匠으로 꼽히는 설파雪坡 상언尙彦(1707~1791) · 연담蓮潭 유일有一(1720~1799) · 영파影波 성규聖奎(1728~1812) · 묵암默庵 최눌最訥(1717~1790) · 인악仁嶽 의첨義沾(1746~1796) · 해붕海鵬 전령展翎(?~1826) · 백파白坡 긍선亘璇(1767~1852) · 초의草衣 의순意恂(1786~1866) 등등이 쏟아져 나온다. 추사는 이 거장들이나 그 법자法資들과 모두 친교를 맺어 두루 교유한다.

그러나 이 중에서도 특히 백파와 초의가 추사의 불교학에 깊은 영향을 끼친다. 백파는 추사보다 19세 연장으로 백양산白羊山 운문암雲門庵과 영구산靈龜山 구암사龜巖寺에서 선강법회禪講法會를 열고 선풍禪風 · 강풍講風 · 율풍律風을 아울러 드날리던 대종사大宗師이었다. 그리고 초의는 추사와 동갑으로 일찍이 다산茶山 정약용丁若鏞(1762~1836)이 강진康津에 적거謫居하여 있을 때 그에게서 유교 경전을 비롯한 제반 학문을 배워 내외전內外典은 물론 시 · 서 · 화 및 다도茶道에까지 박통博通하였던 학예승學藝僧이었다.

일찍이 그는 30세(1815)로 서울 주변을 편력할 때 수락산 학림암鶴林庵에서 추사와 만나 서로 마음을 허락하여 지음知音이 된다. 추사가 말년에 제주도로 유배된 후에는 해남海南 대흥사大興寺에 있으면서 내왕의 편의를 도모할 뿐 아니라 직접 배소配所를 찾아가고 혹은 서신을 교환하면서 선리禪理와 문예文藝 및 다도茶道로 더욱 교정交情을 두터이 하였다.

그래서 추사는 배소에서 초의를 통해 70년 수도를 자부하는 백파 노장老長과 선리를 왕복 토론하게 된다. 이는 당시 불교계를 대표하는 노대덕老大德과 일세의 통유通儒로 추앙받던 대학자와의 논쟁으로, 서로 일보도 양보하지 않는 치열한 것이었는데, 이 속에서 추사의 불교에 대한 해박한 지식과 고증학자로서의 안목이 여실히 드러난다.

즉, 추사는 『화엄경華嚴經』·『법화경法華經』·『능엄경楞嚴經』·『금강경金剛經』·『원각경圓覺經』·『안반수의경安般守意經』 등등 여러 경전은 물론 각종 논소論疏 및 서장書狀·어록語錄 등을 널리 섭렵하였을 뿐만 아니라 전기傳記·승사僧史류도 빠짐없이 읽고 고증학적인 안목으로 날카로운 비판을 가하고 있다.

더욱이 한역漢譯 경전經典의 불완전성을 역경譯經의 과정에서부터 예리하게 지적하고 나온 것은 과연 조선 고증학계의 태두泰斗로서 손색이 없는 일이었다. 따라서 추사는 당대의 선승禪僧 강백講伯들로부터 선지식善知識의 대접을 받고 있었던 듯하니, 그 문집에 보이는 많은 승려들과의 왕복 서간 및 영정影幀의 제발題跋 등으로 미루어 짐작할 수 있다.

이와 같이 추사의 학문은 여러 방면에 걸쳐서 두루 박통하고 있었다. 그렇기 때문에 해동 제일 통유海東第一通儒의 미칭美稱을 조금도 사양하지 않을 만큼 스스로도 자부하였던 것이다. 그래서 그의 학문은 당시의 동년배로부터 후진에 이르기까지 폭넓게 영향을 미쳐서 전통적인 조선 성리학풍을 일신시키는 감이 있다. 그런데 추사는 특히 자신이 훈척 가문 출신의 최고 신분임에도 불구하고 계급을 초월하여 중인 계층 사람들을 많이 제접濟接함으로써 학통學統을 이들에게 전하는 느낌이 강한 것은 분명히 새 시대의 전개를 모색한 선각자로서의 면모를 보여 주는 것이라 하지 않을 수 없을 듯하다.

3. 예술의 경지

추사가 7세 때(1792)에 입춘첩立春帖을 써서 대문에 붙였더니 노재상老宰相인 번암樊巖 채제공蔡濟恭(1720~1799)이 지나다 보았다. 대대로 좋지 않게 지내는 집안인데도 특별히 찾아 들어가 추사의 부친인 김노경에게 대문의 글씨를 쓴 사람을 물었다. 일곱 살 먹은 아들이라 하자, "이 아이가 반드시 명필로 세상에 이름을 날릴 것인데 그러면 앞길이 험난할 터이니 붓을 잡지 못하게 하는 게 좋겠다. 만약 문장으로 세상을 울린다면 반드시 귀하게 될 것이다."라고 하였다. 과연 추사는 글씨로 세상에 크게 이름을 드날리었으며 그의 노년은 매우 비참하였다. 이 이야기는 고종 때 판서를 지냈으며 추사가 말년에 매우 귀여워하여 직접 지도하였던 재종손再從孫 김태제金台濟(1827~1906)의 말로 전해진다.

이 이야기가 비록 운명론적運命論的인 신비한 색채가 농후하여 액면 그대로 받아들이기에는 무리가 없지 않으나 적어도 추사가 학자보다는 서예가로 세상에 널리 알려져 있고 그의 예술적 재능이 천품으로 타고났던 사실을 전해 주는 자료로서는 손색이 없을 듯하다.

이 당시 북학파들은 연경 학계의 영향으로 시·서·화에 대한 교양을 필수의 덕목으로 여기어 이의 수련에 골몰하였다. 특히 박제가와 같은 사람은 청나라 일류의 감식안이며 시·서·화에 능하였던 기윤紀昀(1724~1805)·옹방강·철보鐵保(1752~1824)·이병수伊秉綬(1754~1815) 등이나 일급 화가에 속하는 나빙羅聘(1733~1799)·장문도張問陶(1764~1814)·장도악張道渥 등과 깊이 사귀어 안목을 높이었으며, 스스로도 시·서·화의 각 분야에 상당한 기량을 보이고 있었다.

따라서 추사의 천재적인 예술성은 스승 박제가에 의해서 일찍부터 계발될 수 있었을 터이니 그의 재명才名이 20세 전후에 국내외에 떨친 것도 무리는 아니었을 듯하다. 그러나 추사 예술이 본궤도에 오르는 것은 역시 그가 연경에 가서 여러 명류名流들과 교유하여 폭넓게 배우고 많은 진적眞蹟을 감상함으로써 안목을 일신한 다음부터이었다.

그는 우선 옹방강과 완원을 찾아가서 금석문金石文의 감식법과 서도사書道史 및 서법書法에 대한 전반적인 가르침을 받고 서예에 대한 인식을 근본적으로 달리하게 되었다. 옹방강의 석묵서루石墨書樓에서의 강론이나, 완원의 태화쌍비지관泰和雙碑之館에서의 다화茶話는 널리 알려진 이야기이다. 추사는 이때의 사정을 「박혜백이 글씨를 묻는 것에 답함答朴蕙百問書」에서 다음과 같이 명료하게 밝혀 말하고 있다.

나는 어려서부터 글씨에 뜻을 두었었는데, 스물네 살에 연경에 가서 여러 이름난 큰 선비들을 뵙고 그 서론緖論을 들으니, '발등법撥鐙法이 입문하는 데 있어서 제일 첫째가는 의미가 된다고 하며, 손가락 쓰는 법, 붓 쓰는 법, 먹 쓰는 법으로부터 줄을 나누고 자리를 잡는 것 및 과戈나 파波와 점과 획 치는 법에 이르기까지 우리 동쪽 나라 사람들이 익히던 바와는 크게 달랐다. 한위漢魏 이래 금석문자가 수천 종이 되니 종요鍾繇나 삭정索靖 이상으로 거슬러 올라가자면 반드시 북비北碑를 많이 보아야 비로소 그 처음부터 변천되어 내려온 자초지종을 알게 된다'고 말하였었다. (본서 270쪽 제1편 서론書論 「박혜백이 글씨를 묻는 것에 답함答朴蕙百問書」 참조)

이로부터 추사는 당시 연경 학계에서 금석·서도 및 감식의 제일인자로 손꼽히던 스승 옹방강의 서체를 따라 배우면서 점차 역대의 금석 탁본拓本과 각종 법첩法帖을 힘써 수집하여 연구한다. 이로써 옹방강 서체의 연원을 거슬러 올라 조송설趙松雪·소동파蘇東坡·안진경顏眞卿 등의 여러 서체를 익힐 수 있었으며, 다시 더 소급하여 한위 시대의 여러 예서체隷書體에 서도의 근본이 있음을 간파하고 이를 본받기에 심혈을 기울이었다. 그래서 삐침이 없는 전한前漢 고예古隷와 삐침이 있는 후한後漢 분예分隷의 장점을 모아 스스로 한 길을 터득하여 내었으니 이것이 바로 침착통쾌沈着痛快하고 주경분방遒勁奔放하며 졸박청고拙樸清高한 추사체이다.

이는 흉중胸中에 만권서萬卷書를 담고 팔뚝 아래 삼백구비三白九碑(『한예자원漢隷字原』에 수록된 한비漢碑의 총수總數)가 들어 있지 않다면 이루어질 수 없다는 그의 말과 같이, 타고난 천품으로 무한한 단련을 거쳐서 이룩한 고도의 이념미理念美의 창조로, 여기에는 일정한 법식에 구애되지 않는 법식이 있었다.

그러나 이 초탈한 법식은 역시 가장 일반적인 정통 서법을 충실하게 익힌 다음에 그 위에서 이루어질 수 있었던 것이니, 그의 문집에서 보이는 많은 글들 속에서 후학을 가르치는 자상한 서법의 지도와 정도正道에서 벗어난 서가書家에 대한 준열한 비판들이 이를 말해 준다.

한편 시도詩道에 대해서도 추사는 당시 고증학파 특히 옹방강파에서 그러했듯이 철저한 정도正道의 수련을 강조하고 있다. 그래서 옹방강·장사전蔣士銓(1725~1785)·전재錢載(1708~1793)로부터 사신행查慎行(1650~1727)·왕사진王士禛(1634~1711)·주이존朱彝尊(1629~1709)을 거쳐 우집虞集(1272~1348)·원호문元好問(1190~1257)에 이르고, 다시 황정견黃庭堅(1045~1105)과 소식蘇軾(1037~1101)으로 거슬러 올라가서 두보杜甫(712~770)에 도달하는 것을 시도詩道의 정통으로 삼고 이들의 경지에까지 이르는 것을 이상으로 하고 있다.

이는 대체로 소식으로부터 이어지는 철저한 시·서·화 일치의 문인 취미를 계승하는 것으로서, 그림에서도 서권기書卷氣와 문자향文字香을 주장하여 기법보다는 심의心意를 존중하는 문인화풍文人畫風이 있는데, 옹방강학파에서 특히 이와 같은 문인화풍을 매우 존중하고 있었다. 따라서 추사 역시 이러한 문인화풍에 자못 철저하였으니 예서를 쓰듯이 필묵의 아름다움을 상징적으로 함축하여 고담枯淡하고 간결한 필선筆線으로 심의를 표출하는 문기文氣 있는 그림을 그리었다.

특히 그는 난蘭을 잘 쳤는데, 항상 난 치는 법을 예서 쓰는 법에 비겨 말하고, 문자향이나 서권기가 있은 연후에야 그것을 할 수 있으며 화법畵法을 따라 배워서는 아니 된다는 것을 강조하고 있다. 그래서 아들 상우商佑에게 조윤형曹允亨(1725~1799)이나 유한지兪漢芝(1760~1834)가 예서 쓰는 법은 터득하였지만 문자기가 부족하여 글씨가 안 되듯이 조희룡趙熙龍(1789~1866)도 문자기 없이 화법만 따라 배우니 난초가 쳐지지 않는다고 가르쳐 주고 있다(본서 596쪽 제5편 서한문書翰文 「상우에게與佑兒」 참조).

즉, 그의 서화관書畵觀은 가슴속에 청고고아淸高古雅한 뜻이 있어야 하며 그것이 문자향과 서권기에 무르녹아 손끝에 피어나야 한다는 지고한 이념미理念美의 구현에 근본을 두고 있었다.

따라서 그의 감식안도 이와 같은 고답적인 문인 취미의 범주를 벗어날 수 없었으니 우리나라에서는 이전 작품으로 다만 이인상李麟祥(1710~1760)의 서화만을 인정하였고, 후진의 작품으로는 대원군大院君 이하응李昰應(1820~1898)의 난초와 소치小癡 허유許維(1809~1892)의 산수화나 신관호申觀浩(1811~1884)의 예서 정도를 인정하였을 뿐이었다.

그리고 중국에서도 송宋 이후에는 다만 소식·황정견·미불米芾(1051~1107)·조맹부趙孟頫(1254~1322)·심주沈周(1427~1509)·문징명文徵明(1470~1559)·동기창董其昌(1555~1630) 등으로 이어지는 정통 문사文士들의 서화書畵이거나 원元 4대가 이후의 동기창·왕면王冕(1287~1359)·왕시민王時敏(1592~1680)·왕원기王原祁(1642~1715)·왕휘王翬(1632~1717)·진원소陳元素(1606~1630 활동)·백정白丁·석도石濤(1630~1707경)·고기패高

其佩(1672~1734) · 정섭鄭燮(1693~1765) · 주륜한朱倫瀚(1680~1760) · 나빙羅聘(1733~1799) · 장도악張道渥 등등의 문인 화가들의 그림을 꼽을 뿐이었다.

그러나 그의 감식안은 매우 폭넓은 것이었으니 현재 문집에 남아 있는 내용으로만 미루어 보아도 서도에서는 선진석고문先秦石鼓文으로부터 진각秦刻 · 한비漢碑 · 위기魏記 · 당탑唐搨 · 송첩宋帖 · 명청서明淸書에 이르기까지 언급하지 않은 부분이 없다. 그림에서는 청나라 때 작품은 그만두고 명이전 것으로만도 조맹견趙孟堅(1199~1267) · 정사초鄭思肖(1241~1318) · 조맹부趙孟頫(1254~1322) · 황공망黃公望(1269~1354) · 오진吳鎭(1280~1354) · 예찬倪瓚(1301~1374) · 왕몽王蒙(1308~1385) · 심주 · 동기창 · 문징명 · 이유방李流芳(1575~1629) · 유각劉珏(1410~1472) 등의 작품을 논하고 있다.

물론 이 중에는 그가 연경에 갔을 때 잠시 감상한 것도 없지 않겠으나 청나라 학자들과의 교유를 통해서 그가 구입 수장收藏하였던 것도 적지 않았던 듯하니 그가 옹방강 문인인 섭지선葉志詵(1779~1863)을 통해서 받은 것으로 현재 알려진 것만도 수백 점에 달하는 것으로 짐작이 가능하다. 그 예로 순조 19년(1819) 10월 14일자 편지와 그다음 해인 1820년 1월 28일자 편지 및 1821년 1월 21일자 편지에서만 섭 씨葉氏의 서간에 부기附記된 물목物目 중 화적畫蹟에 관한 것을 대강 추려 보면 다음과 같다.

매촌梅村 오위업吳偉業(1609~1671) 〈산수山水〉, 봉심蓬心 왕신王宸(1720~1797) 〈산수〉, 청람晴嵐 장약애張若靄(1713~1746) 〈화훼花卉〉, 차원且園 고기패高其佩 〈지화指畫〉(이상 1819년 10월 14일), 원인元人 〈화훼산수花卉山水 직병합금直屛合錦〉, 문단文端 왕유돈汪由敦(1692~1758) · 석전石田 심주沈周(1427~1509) 〈자화합금字畫合錦〉, 문각文恪 동방달董邦達(1699~1769) 〈추림만조직병秋林晚照直屛〉, 대조待詔 문징명文徵明 〈난죽횡폭蘭竹橫幅〉, 문민文敏 전유성錢維城(1720~1772) 〈화훼횡폭〉(이상 1820년 1월 28일), 나빙羅聘

(1733~1799) 《나양봉회羅兩峯畵》 1책, 《석사화席史畵》 1책(이상 1821년 1월 21일)

여기서 우리는 추사의 감식안이 폭넓고 정확할 수 있었던 근본적인 이유가 어디에 있었으며 당시 예원藝苑에서 절대 승복하던 이유가 무엇이었던지를 이해할 수 있게 된다. 따라서 추사의 이와 같이 차원 높은 청조 문인풍의 감상안은 종래 조선 성리학을 바탕으로 길러져 왔던 조선 고유의 국서풍國書風(동국진체)·국화풍國畵風(진경풍속화)에 대하여는 지극히 비판적일 수밖에 없었으니, 원교員嶠 이광사李匡師(1705~1777)의 서법書法과 서론書論에 대한 신랄한 비판이나 겸재謙齋 정선鄭敾 그림의 학습 금지와 같은 것이 이를 말해 주고 있다.

따라서 논리 정연한 그의 신서화론新書畵論과 침착통쾌하고 주경분방遒勁奔放하며 졸박청고拙樸淸高한 서화법은 왕조 후기의 예원을 풍미하여, 당시 이후의 서화가로 추사를 흉내 내지 않은 사람이 거의 없을 정도로 큰 유행을 보았다. 이로 말미암아 조선 고유의 국서풍파 국화풍은 일조에 된서리를 맞고 시들어 버리게 되었다.

그러나 이와 같이 차원 높은 문인풍의 이념미는 학문적인 뒷받침 없이 누구나 표출해 낼 수 있는 것이 아님은 이미 추사 자신이 누누이 이야기한 바이다. 그런데 당시의 고증학은 아직 그의 수준을 뒤따를 만큼 진전하지 못하고 있었다. 그래서 그를 따라 배운 서화가의 대부분은 내용 없는 형사形寫에 그치고 있었는데, 갑자기 서구 문명의 소용돌이가 밀려들게 되자 조선 말기의 서화계는 일시에 침체되어 내용도 개성도 없는 중국풍의 범본형사範本形似에 급급하다가 서구 감각의 새로운 물결에 휩쓸려 버리게 되고 말았다.

그의 예술에서 또 하나 빠뜨릴 수 없는 큰 부분은 전각篆刻이다. 전각이 단순한 인신印信의 의미를 뛰어넘어 예술의 한 분야로 등장하기 시작하는 것은 명나라 중기부터이니 문징명의 아들인 문팽文彭(1498~1573)과 그 제자 하진何震(?~1604)에 의해서이다. 이들의 문하에서 다시 흡삼가歙三家니 서령팔가西泠八家로 불리는 전각가들이 줄을 이어 나오게 되었으나 청 대의 비파서도碑派書道가 낳은 등석여鄧石如(1743~1805)에 이르러서 크게 면목을 일신한다. 등 씨는 한인漢印의 각풍刻風을 본받아서 이를 중심으로 새로운 전각풍을 일으키었는데 추사 당시에는 이 등씨풍이 연경 전각계를 풍미하고 있었다.

그런데 추사의 생부 김노경이 2차로 사신을 갔을 때 이 등석여(完白)의 아들인 등전밀鄧傳密(1796~1863)과 친교를 맺어 전밀이 그 부친 완백의 비문을 노경에게 부탁할 만큼 가까운 사이가 되었었다. 그래서 추사는 등완백의 전각에 친밀하게 접할 수가 있었다. 뿐만 아니라 오숭량吳嵩梁(1766~1834)이나 완상생阮常生(1788~1833) 등과 같은 학자들로부터 자신의 인각印刻을 새겨받음으로써 당시 청나라 전각풍에 두루 통할 수가 있었고 또한 고인古印의 인보印譜를 구득하여 직접 진한秦漢 고인의 실영實影을 본받을 수 있었으므로 그의 전각 수준은 청나라의 그것을 뛰어넘고 있었다.

그래서 추사는 그의 별호別號가 많은 만큼이나 많은 전각을 하고 이를 서화의 낙관落款에 쓰고 있었는데 초기에는 등씨풍 내지 서령팔가풍이 강하나 점차 추사체가 확립되어 나감에 따라 독특한 자각풍自刻風, 즉 추사각풍을 이룩하여 특유의 졸박청수拙樸淸瘦한 특징을 남김없이 드러내게 되었다. 이로써 추사는 시·서·화에 삼절三絕일 뿐만 아니라 서·화·전각 삼절로도 손색이 없게 되니 가위 조선 후기가 낳은 천재적인 예술가라 할 수밖에 없다.

결론

추사는 말기 조선왕조가 낳은 대학자이며 대예술가이다. 즉, 그는 조선왕조의 치국 이념治國理念인 조선 성리학이 말폐 현상을 노정하여 새로운 사상이 절실히 요구되는 시대에 나서, 신문화의 진원지인 중국으로부터 난숙하게 발달한 고증학을 받아들여 이 땅에 정착시킴으로써 새 시대의 전개를 모색한 선각자이었다.

그래서 그의 학문 내용은 당시의 청조 고증학이 그러했듯이 경학·금석학·문자학·사학·지리학·천산학天算學·음운학 등 여러 분야에 두루 통달하는 것이었는데, 그는 특히 금석학의 연구에 정심精深하여 서도사書道史 연구와 더불어 일가를 이루어 조선 금석학파를 성립시키었다.

그리고 경학에서는 옹방강의 '한송불분론漢宋不分論'에 근본적으로 공감하여 성리학과 훈고학을 종합적으로 보아야 한다는 절충론을 부르짖음으로써 조선 성리학의 극단적인 획일주의에 방향 전환을 제시하였다.

이 외에 불교학에도 정통하여 당시 새로운 면목을 보이던 화엄학파華嚴學派들과의 빈번한 접촉과 논쟁으로 새 시대의 사상으로서의 가능성을 가늠하는 데 그의 해박한 불교 지식은 백파白坡와 같은 당세의 선지식善知識도 무색할 만하였다.

그래서 추사의 학문은 이후 학계에 상당히 충격적인 영향을 주었으며 특히 조선 말기에 새 세력으로 등장하는 중인 계층이 그의 학통을 이어 장차 개화 세력으로 성장하여 나가는 느낌이 짙다.

그러나 추사는 학자이기 이전에 타고난 예술가이었다. 그런데 그가 접했던 청조 고증학은 난숙할 대로 난숙해 있어서 문인 취미가 한껏 고조되어 시·서·화에 대한 감식과 수련을 문사의 필수 교양으로 여기고 있었다. 따라서 추사의 예술적 친품은 여기서 크게 빛을 빌하여 시·서·화는 물론 전각에까지도 독자적인 일문을 열게 되었으니 소위 추사체의 완성을 보았던 것이다.

그러나 그의 예술은 시·서·화 일치 사상에 입각한 고답적인 이념미理念美의 구현으로 고도의 발전을 보인 청조 고증학을 바탕에 깔고 있었다. 그래서 종래 조선 성리학을 바탕으로 독자적인 발전을 보인 조선 고유의 국서國書·국화풍國畵風에 대하여는 철저하게 비판적인 태도를 보이는데, 이는 바로 전통적인 조선 성리학에 대한 그의 태도와 일치하는 것으로 이해해야 할 것이다.

그의 예술은 그 전파성傳播性이 학문에 비교할 수 없을 만큼 강력한 진폭으로 조선 예원藝苑을 석권하게 되었다. 그러나 그의 새로운 학문이었던 청조 고증학이 진원지인 중국에서부터 오래지 않아 서구 문명에 밀려나는 세계 정세의 대변혁이 뒤따르고 있었으니, 우리의 경우도 그의 신사상新思想이 이 땅에 토착화할 겨를이 없이 서구 문명에 휩쓸려 들게 되었다.

따라서 그를 추종하여 앞서 가던 조선의 예원은 뒷받침해 주어야 할 사상적 근거를 잃고 다만 외형적인 중국풍의 표현 형식에만 매달리는 꼴이 되고 말았다. 오히려 추사는 독자적으로 자라 온 조선 고유의 예술만 단절시키고 조선 예술을 내용 없는 중국풍의 아류로 전락시켜, 밀려드는 일본풍에 맥없이 휘말려 들게 하는 어처구니없는 결과만 가져다준 셈이다.

이것은 추사 자신이 바라던 것과는 전혀 다른 방향이었을 것이다. 급변하는 세계 정세가 그의 예상을 앞질러 간 데서 빚어진 역현상逆現象으로 생각하고 싶다.

참고 문헌

藤塚鄰, 『淸朝文化東傳の硏究』, 1975.

金庠基, 「金秋史의 一門과 吳蘭雪과의 文學的 交驩에 對하여」, 『李丙燾華甲
　　論叢』, 1956.

金約瑟, 「秋史의 禪學辨」, 『白性郁頌壽論文集』, 1959.

全海宗, 「淸代學術과 阮堂」, 『大東文化硏究』, 1963.

崔完秀, 「秋史의 金石學」, 『澗松文華』 3, 1972.

梁啓超, 「淸代學術槪論」.

李能和, 『朝鮮佛敎通史』 上·下, 1918.

石井壽夫, 「李朝後期黨爭史についての一考察」, 『社會經濟史學』 10, 1940.

藤原楚水, 『書道金石學』, 1953.

大谷森繁, 「東西分黨に於ける先輩後輩の對立について」, 『朝鮮學報』 14,
　　1959.

姜斅錫 編, 『大東奇聞』, 1926.

吳世昌, 『槿域書畫徵』, 1928.

高橋亨, 『李朝佛敎』, 1929.

崔南善, 「新羅眞興王の在來三碑と新出現の磨雲嶺碑」, 『靑丘學叢』 2, 1930.

今西龍, 「新羅眞興王巡狩管境碑考」, 『考古學雜志』 12-1, 1921.

김추사金秋史의 금석학金石學

최완수

서序

추사秋史 김정희金正喜는 추사체秋史體의 독립한 일가를 이룬 서예의 대가로 우리에게 널리 알려진 사람이다. 그러나 그의 진면목은 다만 서예가에 그치는 것이 아니니, 그는 조선조 후기를 대표할 만한 위대한 시인이고 대문장가이며 큰 학자였음을 간과해서는 안 된다.

그의 학자로서의 위대성은 당시 일반 선비들이 천착하던 성리학의 연구에 있는 것이 아니고, 강희康熙 · 건륭乾隆의 성세(1662~1795)에 배양된 고도의 청조 학문淸朝學問을 도입 전파함으로써(소위 북학) 조선 왕조의 후기 학계에 새바람을 일으킨 것이라 해야 할 것이다. 그의 북학北學에 관한 이해와 연구는 매우 폭넓은 것으로 경학經學 · 문자학文字學(小學) · 금석학金石學 · 역사학 · 지리학 · 천문학 등 각 부면에 걸치고 조선 학계에서 거의 금기로 여겨지던 불교학에 까지 상당한 조예가 있었던 것이다.

그래서 만근輓近의 제선諸先들은 추사 학문의 진가를 현양하는 많은 논고를 베풀고 있다.[1] 그러나 이와 같은 선학의 노력이 추사 학문의 전모를 파악하기에는 아직 충분한 것이라 할 수 없으니, 청조淸朝 고증학考證學의 골수라 할 수 있는 금석학 일면에 대해서도 그의 학문적 깊이와 공업功業을 정당하게 이해하려는 작업이 일찍이 이루어지지 않고 있었던 것만으로도 미루어 짐작할 수 있을 것 같다.

송宋·명明 이학理學의 '공소무근空疏無根'에 대한 반동적 소산인 청학淸學은 '실사구시實事求是'와 '무징불신無徵不信'을 학곡學鵠(학문의 목표)으로 하는 고증학을 기조로 삼고 있었다. 따라서 경학·문자학·사학 내지 서예書藝에 이르는 각종 학문에 있어서 금석학은 필수 기초 학문으로 등장하기에 이르렀으니, 고증考證의 근거로 금석문 이상의 것은 없기 때문이다.

이로 말미암아 청 대의 금석학은 상당히 높은 수준까지 발전되어, 옹방강翁方綱이나 황역黃易·강덕량江德量·완원阮元 들에 이르면 오로지 금석학을 위한 금석학으로서의 독립 일문一門을 이루게 된다.[2] 그런데 이들 옹·완 등 청조 거유巨儒들은 추사가 부연赴燕하였을 때 연경燕京에서 추사를 접견하고 지우知遇의 예를 베풀었으며, 추사 또한 그들에게 문학問學함으로써 이후 추사 학문에 절대적인 영향을 미치게 된다.

따라서 추사의 금석학에 대한 이해와 연구가 다른 어떤 분야의 학문에 비해 얕지 않았으리라는 것은 쉽게 짐작할 수 있다. 그리고 이와 같은 추측은 금석기金石氣가 짙게 풍기는 그의 서체에서도 용이하게 안출案出해 낼 수 있다.

이에 감히 『완당선생전집阮堂先生全集』에 수록된 금석학 관계의 기록을 중심으로 하여 선학들의 산재한 정견正見을 종합 검토함으로써 추사 금석학의 일면모를 밝혀 보려는 생각을 일으키게 되었다.

그러나 이와 같은 생각을 개진하여 나가기에 앞서 우선 두려움이 앞서게 되는데, 그 까닭은 백면천식白面淺識으로 일세통유一世通儒의 학문을 운위함

52

도판 4. 〈하정진비夏鼎秦碑〉 예서 대련, 김정희, 지본 27.2×128.7cm, 간송미술관 소장

도 송구하거니와 또한 그 미지微旨를 현양하지 못할 것이 허다하기 때문이다. 사문 제현斯文諸賢의 엄한 질정叱正이 있으시길 바라마지 않는다.

1. 시대와 환경

추사는 이름이 정희正喜, 자字는 원춘元春으로 경주 김씨이다. 별호別號는 추사 이외에도 완당阮堂·예당禮堂·보담재寶覃齋·담연재覃研齋·승련勝蓮·현란玄蘭 등 수십을 헤아린다. 그는 이조판서 김노경金魯敬(1766~1837)의 장자(모母는 기계 유씨杞溪 俞氏)로 태어났다. 그리고 조선왕조 후기에 신풍新風을 일으키는 북학의 대성자大成者가 된다.

우리가 그의 북학의 일면인 금석학을 운위함에 있어서, 그가 북학의 대성자가 될 수 있었던 시대적 여건과 개인적 환경에 대한 일고—考를 사양할 수는 없을 것 같다.

조선왕조에서 이학지상주의理學至上主義의 이상적인 정치체제를 갖추게 되는 것은 대체로 사림파의 집권을 계기로 한 선조宣祖 이후에 속하는 일이다. 이러한 이상 정치의 형태는 곧 정당 정치政黨政治의 형태였으니, 이는 귀족 상호 간의 각축견제角逐牽制로 귀족 간의 세력 균형은 물론 전제 왕권專制王權과의 삼각三角 조화調和를 이룩함으로써 정국을 안정시키는 역할을 하였던 것이다.

더구나 이 정당은 단순한 공리적 집단이 아니고 성리학의 학리學理를 다투는 이념 집단으로서 각각 자가의 학설과 학통을 내세우는 학파였다. 따라서 당쟁은 곧 학문의 대결이 되었고, 그 대결은 진리에 바탕을 둔 공명정대한 것이었다.[3]

그런데 이 당시 주류를 이루고 있던 학파는 율곡栗谷 이이李珥(1536~1584)

를 중심으로 한 기호학파畿湖學派(서인)와 퇴계退溪 이황李滉(1501~1570)을 추숭하는 영남학파嶺南學派(남인)이었다. 이들은 한때 남명南冥 조식曹植계와 구유舊儒(1565년 을축환국乙丑換局 이래 조정의 요직에 머물러 있던 사림들)계 연합 세력(북인)에 의해서 궁지에 몰린 일도 있었지만 인조반정仁祖反正을 계기로 뚜렷한 2대 주류를 형성하였다.

이로 말미암아 이들 양대 학파는 자파自派 이론理論의 정당성을 천명하기 위하여 학문에 전심하였으니, 율곡학풍을 잇는 서인 측에서 김장생金長生(1548~1631)·송시열宋時烈(1607~1689)·권상하權尙夏(1641~1721) 등의 거유들이 계속 배출되고, 퇴계학풍을 잇는 남인 쪽에서도 정구鄭逑(1544~1621)·장현광張顯光(1554~1637)·허목許穆(1595~1682) 등이 뒤를 이어 나왔다.

그래서 이 시기에 주자성리학의 연구는 그 극에 도달하게 된다. 따라서 성리학적인 의리(명분)가 사회정신의 절대개념으로 생명력을 가지게 되었고 그를 규명하는 예론이 극도로 발달하게 된 것이다. 이로써 사회는 정의와 활기로 넘쳤다.

그러나 당쟁의 극렬한 결과로 숙종 20년(1694)의 갑술환국甲戌換局에서 퇴계학파인 남인이 율곡학파인 서인에게 재기불능일 만큼 철저하게 숙청당함으로써 이상적인 양당 견제의 정치체제는 사실상 여기서부터 붕괴되고 일당一黨 전단專斷의 시대가 도래하게 되었다. 즉, 남인의 실각을 계기로 하여 서인 내부에서 노론老論과 소론少論의 자체 분열이 일어나 다시 양당적인 체제가 갖추어지는 듯했으나 노·소론의 학적學的 연원이 동출同出이라서 이념적 차이가 크지 않은 위에 영조의 즉위(1724)를 둘러싼 당쟁에서 소론마저 일대 타격을 받게 되니(소론은 영조의 즉위를 반대하는 입장을 취했다.), 이후는 거의 노론 일색의 일당 전단이 행하여지게 되었다.

이로 말미암아 학문 숭상과 능력 존중의 미풍이 사라지고 집권당의 정실 인사情實人事로 점차 족벌이 형성되어 나가기에 이르렀다. 이처럼 집권 귀족이 비대화하여 가자 전제 왕권에 위협을 느낀 현군賢君 영조는 탕평책을 내세워 당쟁을 엄금하는 동시에 사색四色을 안배 등용하는 국왕 중심의 귀족 견제 정책을 시행하기에 이르렀다.

이와 같은 탕평책은 일시적으로 당쟁의 폐해와 일당 전횡을 방지하는 일석이조의 효과를 보게 되지만, 내실內實한 면에서는 당론의 철저한 배척에 따라서 이학지상주의理學至上主義 사회社會의 생명인 의리가 회색晦塞되어 공리주의가 나타나고 자리 안배로 말미암아 개인 능력이 무시되는 반면 혈연으로 연결되는 족벌주의가 대두하게 되었다.

이로써 사림의 사기는 크게 저하되었고, 마침내 성리학에 대한 회의와 비판이 싹트게 되었던 것이다. 결국 이러한 제반 현상은 척족세도戚族勢道라는 기형적인 정치 형태를 탄생시켜 조선왕조를 쇠망으로 몰고 간다.[4]

추사는 이와 같은 척족세도정치의 형태가 그 틀을 형성하는 시기인 정조 10년(1786) 병오년丙午年에 바로 그 척족 집안에서 태어났던 것이다. 그의 집안은 내외로 왕실과 인척 관계를 맺고 있었으니, 추사의 증조曾祖 김한신金漢藎(1720~1758)은 영조의 장녀 화순옹주和順翁主(1720~1758)에게 장가들어 월성위月城尉에 피봉被封되었으며, 영조 계비繼妃인 정순왕후貞純王后(1745~1805)는 추사에게 12촌 대고모뻘이었다.

그런데 추사는 일찍이 월성위의 장손長孫인 백부 김노영金魯永(1747~1797, 이조참판)에게 양자로 감으로써 월성위의 봉사손奉祀孫이 된다. 곧 척족 경주 김문慶州金門의 중심인물이 되었던 것이다. 그래서 그가 조인영趙寅永(1782~1852, 익종翼宗의 처숙부妻叔父)과 동방同榜으로 문과에 급제하자(1819, 이해에 조만영趙萬永의 딸로 세자빈을 삼는다.) 순조는 월성위月城尉 사손祀孫이 등과登科한 것을 기뻐하여 사악賜樂을 내리고 다시 승지를 보내어 월성위月城尉 내외묘內外廟에 치제致祭하는[5] 성의를 베풀 정도였다.

따라서 그의 집안은 자못 영귀榮貴와 권세를 누리었던 듯한데, 그 위에 추사와 그 형제들이 모두 총명기예聰明氣銳하여 한결같이 문명文名을 날리게 되니 가문의 은성殷盛은 일세를 타고 눌렀다. 그래서 청유淸儒들까지도 그들 부자를 소씨蘇氏 삼부자三父子에 비기어 추앙하였던 것이다.[6]

그러나 이와 같은 가문의 영성榮盛은 타가他家의 시기를 면치 못하였으니, 또 다른 척족 가문인 안동 김씨安東金氏의 세찬 도전에 의해서 효명세자孝明世子(익종翼宗 추존追尊. 1809~1830)의 훙서薨逝(1830)를 계기로 그의 집안은 정치적으로 실세하여[7] 크게 영락하게 된다. 안동 김씨는 순조의 처가로서 국구國舅 영안부원군永安府院君 김조순金祖淳(1765~1832)으로부터 세도 가문으로 등장하는데, 그는 본디 정순왕후 김씨와 적대 관계에 있었던 관계로[8] 정순왕후의 친정인 추사 집안과는 대립 의식이 있었던 듯하다.

그런데 효명세자의 대리청정代理聽政 시기(1827~1830)에 추사의 집안이 효명세자의 측근으로 그 처가인 풍양 조씨豊壤趙氏와 가깝게 된다. 이에 안동 김문安東金門에서는 추사 부자를 조문趙門에 대한 공격의 표적으로 집중타를 가하는 느낌이 짙다.[9] 그래서 추사는 끝내 10년 전에 일어났던 대수롭지 않은 무고誣告 사건에 연루되어 사지死地에 몰리게 된다.

그러나 그의 동지이자 풍양 조씨의 수장인 우의정 조인영의 영구營救(죄에 빠진 사람을 구해 냄)에 의해서 겨우 감사일등減死一等의 특전으로 제주도로 유배된다.[10] 이로써 추사秋史 일문 一門의 영귀는 종언을 고하고, 추사는 이후 10여 년을 남류북찬南流北竄의 고초를 겪게 된다. 그러다가 말년에야 겨우 방환放還되니 근교 과천果川에 은거하다 야인野人으로 일생을 마친다.

그런데 앞에서도 잠깐 언급한 바와 같이 이 시기는 일당 전횡과 탕평책의 결과로 성리학의 내실內實한 면이 부정됨으로써 학문 자체가 공허화하게 되었다. 이로써 이학지상주의는 퇴조를 보이고 사회의 절대개념으로서의 성리학에 대한 회의와 비판이 사회 심층에서 상당히 진전되고 있었다.

이것이 소위 실학 운동實學運動인바 실세한 남인 학자들에게는 현실 부정적인 의미가 강조되었지만 집권층의 자제들에게는 현실을 바탕으로 하여 새로운 기풍을 진작시킬 수 있는 신사상新思想의 필요성으로 이해되었다. 그런데 마침 이즈음 청조에서는 강희와 건륭의 문예 정책으로 문화가 크게 발달하였다.

그래서 집권층의 자제들 사이에서는 청조 문화를 수입함으로써 현실의 침체와 부조리를 극복하려는 움직임이 일어나게 되었다. 이들이 이른바 북학파北學派이다.[11] 이들이 북학을 주장하게 된 직접 동기는 사행使行길에서 발달된 청조 문화에 깊은 감명을 받은 것이라 하겠으나, 그 심리 근저에는 성리학의 퇴색에 따라 원칙적인 숭명반청사상崇明反淸思想에 대한 반성이 크게 작용한 것이 근원적인 요인이었음을 부정할 수 없을 것이다.

북학은 대체로 영조 40년 대(1746)로부터 그 기미를 보이기 시작하는데 담헌湛軒 홍대용洪大容(1731~1783)과 연암燕巖 박지원朴趾源(1737~1805) 등은 초기의 주창자라고 할 수 있다. 그러나 북학이 본궤도에 오른 것은 연암의 제자들인 청장관靑莊館 이덕무李德懋(1741~1793)·냉재冷齋 유득공柳得恭(1748~1807)·초정楚亭 박제가朴齊家(1750~1805)·강산薑山 이서구李書九(1754~1825)·금릉金陵 남공철南公轍(1760~1840) 들에 이르러서인바 특히 박제가는 『북학의北學議』를 저술하여 북학의 정의를 천명하였다.

그런데 추사는 바로 이들의 뒤를 이어 나온 것이다. 그래서 박제가 등의 영향을 크게 받으면서[12] 또한 청유들과는 직접적이고 빈번한 교유를 통해서 북학을 집대성하게 되는 것이라 하겠다. 따라서 추사의 금석학 연구도 북학파의 학문적 경향의 일환으로 진행된 것임을 알아야 한다.

2. 금석학의 도입과 그 연구

1) 도입의 경로

금석학이란 엄격한 의미로 종정관지鐘鼎款識[13]와 각석비판刻石碑板(바위나 비석에 새긴 문자)을 연구하는 학문이다. 그러나 넓은 의미로는 옥기玉器·와전瓦塼·새인璽印·봉니封泥·갑골문자甲骨文字 등의 연구 따위도 금석학의 범주 안에 포함되고 있다. 금석학은 당초에 사실史實의 고증과 경학經學 및 서예 연구의 한 방편으로 시작된 학문이었다.

중국에서 대체로 북송北宋 시대인 11세기경부터 금석학이 성립을 보게 되는데, 구양수歐陽修(1007~1072)가 그 비조鼻祖 격이다. 그는 『집고록발미集古錄跋尾』10권을 저술하여 금석문 내용과 간단한 고증을 수록하였으며 다시 그 막내아들 비棐로 하여금 『집고록목集古錄目』을 작성하게 하였는데, 그 녹목錄目의 체재가 매우 간요簡要하여[14] 후세 금석록목金石錄目의 한 형식을 이루었다.

이로부터 금석학의 연구는 매우 활발하여 유창劉敞(『선진고기기先秦古器記』)·이공린李公麟(『고고도考古圖』5권)·여대림呂大臨(『고고도考古圖』10권, 『석문釋文』1권) 등의 금석학자들이 쏟아져 나왔으며, 『선화전박고도宣和殿博古圖』30권과 같은 관찬官撰 금석 도록도 출간을 보았다. 남송南宋에 이르러서는 조명성趙明誠(『금석록金石錄』30권)·설상공薛尙功(『역대종정이기관지법첩歷代鐘鼎彝器款識法帖』10권)·홍괄洪适(『예석隷釋』·『예속隷續』) 등이 뒤를 이었다. 이들의 연구 방법은 매우 합리적인 것으로 고증적인 단서를 열고 있어서 학문적인 용어는 물론 그 도록의 편찬과 자료의 분류 및 고증 등 연구 방법이 지금까지도 고전적인 가치를 지니고 있다.[15]

그러나 원元·명明을 거치는 사이 금석학은 볼만한 것이 없었고, 청조淸

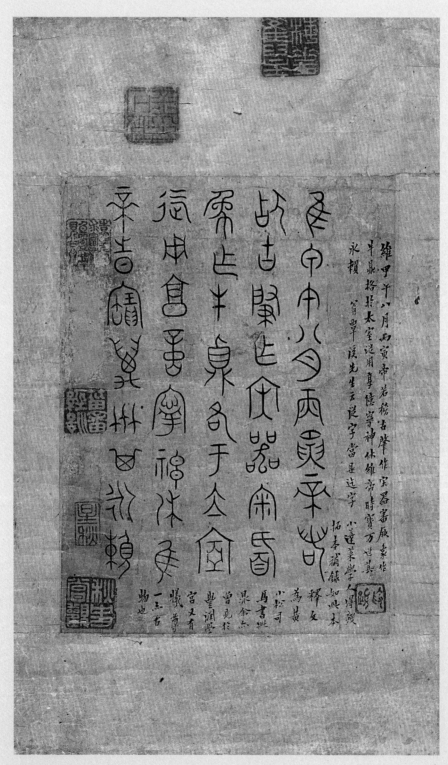

도판 5. 〈종정문鐘鼎文 해석〉 김정희, 지본묵서, 16.9cm×28.2, 손창근 소장

朝에 들어와서야 비로소 고증학풍考證學風의 풍미로 크게 발달한다. '실사구시實事求是'와 '명도구세明道救世'를 학곡學鵠(학문 목표)으로 내세운 소위 청조의 실학은 철저히 고증학에 바탕을 두기 때문이다.[16] '무징불신無徵不信'의 신조信條로써 명도明道의 근본인 경문經文을 고증하기 위해서 석경石經의 연구가 불가피하였고, 사전史傳의 보궐補闕을 위해서는 은殷·주周 이래의 종정관지와 한漢·당唐 이래의 제 비석각諸碑石刻에 관한 연구가 우선되어야 했다.

그래서 청조에 들어와서는 초기로부터 실학자들(고증학파)에 의해 금석학이 크게 발달하게 된다. 즉, 17세기 중엽으로부터 고염무顧炎武(1613~1682)·황종희黃宗羲(1610~1695)·주이존朱彝尊(1629~1709)·만사동萬斯同(1638~1702) 등의 대가들이 나타나 많은 금석학의 업적[17]을 남겼고, 드디어 1749년(건륭 14)에는 칙명으로『선화박고도宣和博古圖』의 형식을 모방하여『서청고감西淸古鑑』1편 40권,『영수감고寧壽鑑古』1편 16권,『서청속감西淸續鑑』갑을 편 각 20권이 출간됨으로써 청조 금석학은 그 절정에 도달하였다.

이로부터 금석학은 경학이나 사학의 부용적附傭的인 위치에서 벗어나 독립된 한 학문 분야로 발전하기에 이르렀으니, 옹방강·완원 들이 그 중심을 이루었다.[18] 따라서 종래의 금석학이 주안점으로 삼던 '고증경문考證經文'이나 '보궐사학補闕史學'보다 감식鑑識이 위주가 되어 서예적인 예술성이 운위되고 서예 및 문학에 관한 연구가 활발하게 진행되었다.

그 결과 완원은 「남북서파론南北書派論」과 「북비남첩론北碑南帖論」을 저술하여 송·원·명에 걸쳐서 중국 서법의 유일한 정통 교본으로 행세해 온《순화각첩淳化閣帖》에 철추를 가하고, 북파의 서書가 중원정파中原正派임을 밝히었다. 이로써 중국 서예계는 일대 혁신을 겪게 되었다.[19]

그런데 추사는 바로 이와 같은 때에 연경燕京에 도착하였으며, 또한 완원과 옹방강의 지우를 얻고 짧은 기간이었지만 그들에게 종학從學하였던 것이다. 따라서 추사 금석학의 취향이 옹·완의 학풍에 점습漸濕되었으리라는 것은 추측하기 어렵지 않다.

한편 조선 내부에서도 중국 학계의 먼 영향으로 17세기를 전후한 시기로부터 금석학에 대한 관심이 점차 일어나기 시작했다. 우선 곡운谷雲 김수증金壽增(1624~1701)과 삼고재三古齋 김창숙金昌肅(1651~1673) 부자가 나羅·려麗 이래 고비古碑의 탁본 180여 종을 수장하고, 그에 대한 간략한 고론考論을 시도하였다.[20] 그리고 낭선군朗善君 이우李俣(1637~1693)와 낭원군朗原君 이간李偘(1640~1700) 형제 또한 나·려 이후의 저명한 금석 탁본 약 300여 종을 모아서 할절割截하여 비첩碑帖(『대동금석록大東金石錄』)을 만들었다. 이 비첩은 정첩正帖 5책, 속첩續帖 2책의 전 7책으로서, 대체로 그 체재는 송 구양수의 『집고록』을 방모倣模한[21] 것이었다.

그러나 청조 금석학계와 직접 교유를 가지면서 금석학 연구를 시작한 것은 상고당尙古堂 김광수金光遂(1699~1770)였다. 그는 청나라 학자 임본유林本裕·임개林价 부자와 선교善交를 맺어 많은 중국 금석문을 기증받았는데 그에 대한 상세한 고증이 수반되었으므로 조선 금석학은 여기서부터 비로소 청조 금석학의 영향을 받게 되었던 것 같다.[22]

이후에 금석학의 연구는 면면부절綿綿不絶하였으니 허주자虛舟子 김재로金在魯(1682~1759)가 나서 여麗·선鮮 양 대에 걸친 금석 탁본을 수집하여 『금석록金石錄』 246책(원편 226책, 속편 20책)을 편찬했고(산일되어 겨우 39책이 남아 있을 뿐)[23], 지수재知守齋 유척기俞拓基(1691~1767)가 금석학에 뜻을 두었으며[24], 이계耳溪 홍양호洪良浩(1724~1802)는 금석학에 대한 식견이 탁월하고 열의가 대단해 10여 처의 고비를 수탐搜探 고증하여 제발題跋을 남기고 있다.[25]

이들의 뒤를 이어서 박연암 문하의 북학파들에 의해서 금석학의 연구가 활발하게 진행되었으니 이덕무[26]·유득공[27]·박제가[28]·박남수朴南壽(1758~1787)·남공철[29] 들이 모두 금석학의 조예가 있었다. 그중에 금릉 남공철은 중국의 금석서화金石書畵 명품 60여 종에 걸쳐서 제발을 붙이고 있는데, 비탁에 속하는 것이 모두 22종이나 된다.[30]

이상과 같은 사실은 이들 북학파의 빈번한 중국 왕래[31]와 더불어 청조 금석학이 조선 학계에 점차 이식되어 가는 현상이라고 파악할 수 있는 것이니, 이후에 곧 추사 김정희가 나와서 대성하고 있기 때문이다.

2) 금석학 연구의 개시

국내외적으로 금석학이 이와 같은 진전을 보이고 있을 때 추사는 동지부사冬至副使인 그의 생부 김노경을 수행하여 24세의 약관으로 연경에 도착했다. 그는 체연滯燕 기간이 비록 수개월에 지나지 않았지만(1809년 10월 28일에 출발하여 다음 해 3월 17일에 귀경한다.) 그 사이에 금석학의 대가인 옹방강·완원·조강曹江(1781~?)·섭지선葉志詵(1779~1862) 등과 교유하면서 크게 식견을 넓히는데, 특히 옹·완 2사二師에게는 각별한 지도를 받았던 듯하다.

즉, 옹방강으로부터는 그의 서재인 석묵서루石墨書樓에 초대되어 비장인 〈송탁화도사고승옹선사사리탑명宋拓化度寺故僧邕禪師舍利塔銘〉[32]을 비롯하여 〈당각본공자묘당비唐刻本孔子廟堂碑〉[33], 육유陸游(호 방옹放翁, 1125~1210)의 〈시경각석탁본詩境刻石拓本〉[34], 〈한화무량사석상탁본漢畵武梁祠石像拓本〉 등 등 많은 금석 서화를 배관하였다.[35]

그런데 노석학 옹방강(당시 78세)은 총기영발聰氣英發한 이국의 연소年少 수재秀才에게 매우 친절하고 자상하였던 듯하니, 추사가 〈한중태수축군개포사도비 탁본漢中太守酇郡開褎斜道碑拓本〉[36] 도판6에 대해서 "자획字劃이 가느다랗기가 금사金絲와 같고 돌이 이지러지고 이끼가 끼어서 더욱 흐릿하게 되어, 비록 눈밝은 사람일지라도 갑자기 글줄을 찾아내고 자획을 판단하기 어려웠는데, 다행히 소재蘇齋(옹방강)께서 하나하나 지도하여 가르쳐 주셔서

도판 6. 〈한중태수축군개포사도비 탁본漢中太守鄐郡開褒斜道碑拓本〉(후한後漢 63년)

비로소 그 대체를 약간 알게 되었네.""37라고 말한 것으로도 짐작할 수 있다.

그리고 그는 여기서 옹방강의 아들인 옹수배翁樹培(1764~1811)·옹수곤翁樹崐(1786~1815) 형제와 금석지교金石之交를 맺는데, 이들 형제가 모두 금석학의 일가를 이루고 있었다. 옹수배는 특히 고전古錢 연구에 정심하여 『천폐휘고泉幣彙攷』 16권을 저술할 정도였고 또한 많은 고전을 수장하고 있었으므로, 추사는 여기서 고전학古錢學에 대한 많은 지식을 얻게 되었다.

옹수곤은 추사와 동갑으로 자는 성원星原, 호는 홍두산인紅豆山人이라 했는데, 금석학을 좋아하여 추사와 더불어 학리學理를 토론하고 조선 금석에 관한 소식을 듣는 중에 의기가 자못 투합하였던 듯하다. 그래서 귀국 후에도 많은 고비의 탁본을 탁송托送하여 금석학의 교류를 긴밀하게 계속하였던 것이다.

그들의 금석학에 대한 학문적인 정열과 정의情誼가 얼마나 돈독하였던가 하는 것은 옹수곤이 요절한 뒤에 추사가 〈경주 무장사鍪藏寺 아미타여래조상비阿彌陀如來造像碑〉도판7의 단편을 찾아내고 비석 한쪽 측면에 "내 두어 번 쓰다듬어 보니, 거듭 성원이 하단을 보지 못한 것이 유감스럽구나."라고 새기고, 또 다른 비석 측면에는 "어떻게 하면 성원을 구원九原(지하)에서 일으켜 이 금석의 인연을 같이할 것인가. 비석을 찾은 날 정희는 또 써 놓고 탁본을 떠 가지고 간다.""38라고 각서刻書한 것으로도 미루어 짐작할 수 있다.

한편 완원도 추사를 그의 태화쌍비지관泰華雙碑之館에 초청하여 고탁古拓인 진秦의 〈태산각석잔전泰山刻石殘篆〉39과 〈송탁한서악화산묘비宋拓漢西嶽華山廟碑〉(사명본四明本)40, 〈당정관조상동비唐貞觀造像銅碑〉41 등을 보여 주며 자가의 학리를 전수하였다. 추사는 이로부터 완원의 금석학 방법론에 심취하였다. 그래서 완원의 금석학의 정수라고 할 수 있는 「남북서파론」을 오가吾家의 정전正典으로 삼았던 듯하니 『완당선생집阮堂先生集』 권1에 모두冒頭 300여 자를 제외한 전문이 그대로 「서파변」이란 제목으로 찬입竄入된 것으

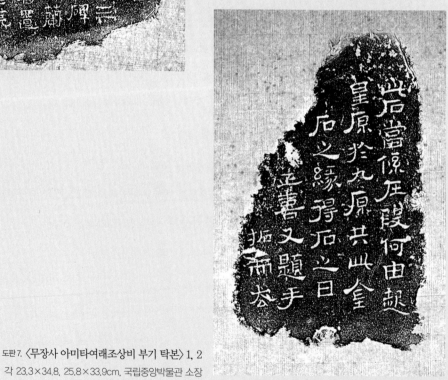

도판7. 〈무장사 아미타여래조상비 부기 탁본〉 1, 2
각 23.3×34.8, 25.8×33.9cm, 국립중앙박물관 소장

로도 짐작이 가능하다.[42]

3) 서도금석학書道金石學

따라서 이와 같은 완원의 금석학 방법론은 추사 금석학의 한 국면을 이루게 되었는데, 추사가 이러한 방법론을 손쉽게 받아들이는 것은 그가 서예가로서 의 천품을 타고난 것과도 관련이 있었을 것이다. 그래서 그의 금석학의 이러 한 한 국면을 내용 고증의 경사금석학經史金石學과 구별하여 서도금석학書道 金石學이라고 편의상 구분하고 그에 대한 대강을 살펴보고자 한다.

추사는 금석의 가치를 서체에 두고 서법 연구를 주안점으로 금석학을 다 루는 일면이 있었다. 그래서 서법의 원류를 밝히고 그 진수를 체득하기 위 해서는 한漢·위魏 이래 전래되어 오는 수천 종의 금석문에 기본을 두고 연 구해야 한다고 주장하였다(『완당선생전집』 권8 잡지雜識, 16쪽. 이하 『완당선생전 집』은 생략하고 그냥 몇 권으로 표시하겠다).

그의 이러한 서도금석학관書道金石學觀은 후진들에게 서예를 지도하는 데 있어서도 금석학에 바탕을 두어야 할 것을 늘 강조하였다. 송 〈대관고천 大觀古泉〉 한 개를 얻어 그 서체를 익히고 있다는 청성靑城 윤생尹生에게 보 낸 답서에서 그의 현명함을 칭찬하고, '대관고천'이란 글자 넉 자에 불과하 지만 그것은 송 휘종徽宗의 수금서瘦金書로 당 저수량褚遂良의 신수神髓를 전 하는 것이니 거슬러 올라가면 서한西漢 시대의 동용자체銅甬字體와도 일맥 이 상통하는 것임을 가르쳐 주면서 힘써 익힐 것을 당부하는(권7 「서증윤생현 부書贈尹生賢夫」) 등이 그것이다.

그가 금석학에 바탕을 둔 서법의 체득을 주장하는 이유는 완원의 그것과 대동소이한 것이었다. 송 이래 전해지는 법첩은 여러 번 중모重摹하여 그 원 형을 잃었고 특히 우리나라에서 왕희지王羲之의 진본으로 행세하여 서예가들이 모본으로 삼고 있는 〈황정경黃庭經〉과 〈악의론樂毅論〉·〈유교경遺教經〉 등은 하나같이 왕희지의 서체와는 거리가 멀다는 것이다.

즉, 〈악의론〉은 북송 시대에 이미 선본善本이 없었으며 우리나라의 유행본은 송초인宋初人 왕저王著(?~990)의 위서僞書이고(권8 잡지雜識 9쪽) 〈황정경〉은 애초부터 왕희지의 글씨가 아니며 〈유교경〉은 당 대唐代 경생經生(경經의 필사를 전문으로 하던 서생)의 소작이라는 것이다(권8 잡지雜識, 16쪽). 그리고 지금까지 중국에서 진본이라고 전해 오는 것도 그 부자(왕희지·헌지)의 것을 모두 합쳐서 〈쾌설시청첩快雪時晴帖〉·〈송리첩送梨帖〉 등에 겨우 100여 자(권8 잡지雜識 17쪽)가 남아 있을 뿐이다.

따라서 왕희지체를 배운다는 것은 무모한 일인데 더구나 서예사의 입장에서 볼 때 종요鍾繇·삭정索靖·정도호丁道護·구양순歐陽詢·저수량褚遂良으로 이어지는 북파의 서법이 정통이며, 종요에게서 갈려 나가는 남파는 별파別派로 그중에 속하는 왕희지의 서체만이 서법의 정도일 수는 없다. 그 위에 왕희지체의 정수인 〈난정서蘭亭叙〉가 당唐 초에 이미 구·저 양인에 의하여 북파 서법으로 변개되었고 그의 서체의 특징인 강경한 맛은 오직 현재 북비에서만 찾을 수 있기 때문에 서예의 정법은 오히려 북비 쪽에서 찾을 수 있다는 것이다(권7 「서증홍우연書贈洪祐衍」·「서증방로書贈方老」, 권8 잡지雜識, 22쪽).

그런데 서법은 종요·삭정 이래로 일정하게 정해져서 함부로 고칠 수 없는 법칙을 이루어 왔다. 당초의 구양순과 저수량은 이러한 엄한 법규를 지켜서 종·삭의 법통을 충실하게 이은 사람이다. 따라서 종·삭의 고법을 익히고자 하면 반드시 구·저 양인의 서법으로부터 시작해야 한다는 것이다.

여기서 구양순의 글씨인 〈구성궁예천명九成宮醴泉銘〉도판8과 〈화도사승용선사탑명〉이 특히 해서정법楷書正法(금예今隸)을 익히는 기본 비첩으로 권장되었다(권7 「서증윤생현부書贈尹生賢夫」·「서증태제書贈台濟」·「서시우아書示佑

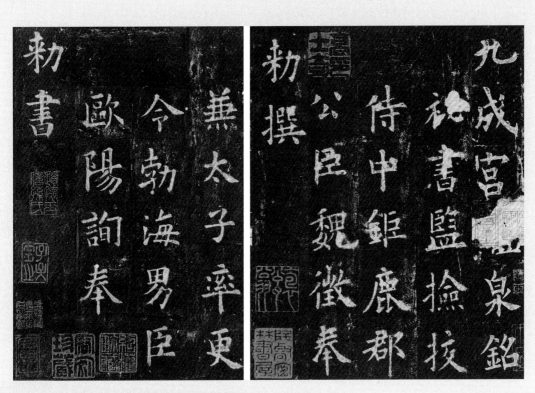

도판 8. 〈구성궁예천명九成宮醴泉銘〉(당唐 623년), 위징魏徵 찬撰, 구양순歐陽詢 서書

兒). 나아가서 추사는 예서隷書(한예漢隷, 즉 고예古隷와 팔분서八分書)를 서법의 조종祖宗으로 생각하였다.

그래서 서예에 뜻을 둔 자는 모두 예법隷法을 익혀야 하고, 예법을 익히는 데 있어서 한·위·육조六朝에 걸친 비문碑文과 종정고문鐘鼎古文을 알지 못하면 그 근본부터 모르는 것이라고 못 박는다. 그리고 〈예기비禮器碑〉·〈공화비孔和碑〉·〈공주비孔宙碑〉·〈북해상경군비北海相景君碑〉·〈예학명비瘞鶴銘碑〉 및 〈사신비史晨碑〉와 촉도제각蜀道諸刻의 임모를 적극 권장하였다(권7「서시상우書示佑兒」, 권2「여신위당관호與申威堂觀浩」 1, 권6「예학명발瘞鶴銘跋」).

이와 같은 학문 방법은 서예 일면에서 곧 청조 실학파들이 내세운 철저한 '실사구시'의 학곡을 유감없이 적용시킨 것이라고 할 수 있으니, 정법正法으로의 복귀, 즉 동양적인 복고주의 현상으로 파악할 수 있지 않을까 생각한다. 그래서 예서의 자체字體 연구에 있어서 전거를 크게 중시하였으니 한·위 금석문에 있는 것을 기본으로 삼았고 당대의 해서까지도 보조 자료로서 참작할 정도였다.

따라서 전거 없는 망조妄造는 절대로 허락하지 않았으며 또한 그 자체字體에 있어서 졸박무속拙樸無俗하기를 힘썼고 기괴한 것은 금절禁絶하였다(권8 잡지雜識, 17쪽). 그래서 암庵 자字를 '암盦'으로 빌려 왔다든지(권4「여심동암與沈桐庵」 27) '침梣' 자의 전거를 찾지 못해서 30년을 두고 생각했다는 일화를 남기기까지 하였다(간송미술관 소장 〈침계梣溪〉의 방서旁書). 따라서 추사의 이러한 금석학 방법론이 우리나라의 금석 연구에 작용하였으리라는 것은 쉽게 추측할 수 있다.

그는 신라와 고려 양대에 걸친 비문이 거의 모두 구양순체인 것을 지적하고(권6「제구서화도사비첩후題歐書化度寺碑帖後」, 권7「서증홍우연書贈洪祐衍」) 그 서법이 볼만하여 진수를 보임이 한둘이 아니어서 종왕鍾王의 고격古格을 짐작할 수 있다고 하였으며(권7「서증정육書贈鄭六」, 권8 잡지雜識, 17쪽), 또한

〈평백제탑기平百濟塔記〉가 유일한 저수량체임도 밝히었다(권2 「답조이당答趙怡堂」 3, 권7 「서시김군석준書示金君奭準」, 권7 「서증만랑書贈曼郞」 모두 중복).

그리고 〈무장사비〉는 왕희지집자비인 중국 홍복사弘福寺 자체字體[43]이나 〈인각사비麟角寺碑〉보다 뛰어난 집자비로, 그 찬자撰者는 김육진金陸珍임을 밝히고(권4, 「여오진사與吳進士」 9, 동권 「어김동리與金東籬」 중복) 또한 원주原州 〈흥법사비興法寺碑〉가 당태종집자서唐太宗集子書로 중국에서 중시됨을 말하였다(권4 「여오생경석與吳生慶錫」 2).

그런데 이와 같은 외형적인 서도금석학은 자연 그 서체의 선불선善不善 및 각법刻法의 정조精粗, 서법의 유변流變 등을 밝히는 감식 능력이 그 성과의 하나로 나타나게 마련이었다. 감식은 곧 시각적인 고증이니 금석문의 내용 고증과 더불어 종합적인 고증의 표리를 이루는 것이라 하겠다. 따라서 추사는 금석학의 온오蘊奧를 체득함으로써 서화書畵에 대한 감식안이 일세를 타고 눌러 시류時流를 좌우했던 듯하다.[44]

그런데 그의 감식 방법은 대체로 옹방강의 영향을 깊이 받고 있는 것 같으니, 그가 가장 존경하고 또 깊은 영향을 받은 옹·완 2인을 비교하며 감식에는 옹방강 쪽이 훨씬 앞선다는 평가를 명백하게 내리고 있는 것도 그 이유 중에 하나라 할 수 있지 않을까 한다(권8 잡지雜識, 20쪽).

그러므로 추사는 금석학에 어두워 서법의 연원과 유변을 알지 못하고 그에 따라서 감식 능력이 없는 서예가를 통박하는데, 특히 그러한 사람이 서법을 운위함에 있어서는 분노를 금치 못하였으니 원교員嶠 이광사李匡師에 대한 맹렬한 공격이 그것이라 하겠다(권6 「원교필결후員嶠筆訣後」, 동권 「제구서화도사비첩후題歐書化度寺碑帖後」, 권7 「서증홍우연書贈洪祐衍」, 권8 잡지雜識, 17·19쪽).

4) 경사금석학經史金石學

그러나 추사는 다만 금석학을 비판학적碑板學的인 서도금석학의 일국면으로서만 이해하고 탐구하려 하였던 것은 아니다. 오히려 그는 종래 우리나라 금석학의 일반적인 경향이 비첩학적碑帖學的인 유치한 입장에서 탈피하지 못하고 있는 것을 개탄하는 형편이었다. 그래서 그의 문하 제자인 신관호申觀浩에게 보내는 글에서 다음과 같이 말하고 있다.

"『금석원류휘집金石源流彙輯』은 과연 책을 이룩하고 있는가. 구양공歐陽公(명名은 수修, 1007~1072)의『집고록』이나 홍반주洪盤州(명은 괄适, 1117~1184)의『예석隸釋』등 서書는 읽지 않으면 안 되네. 또 왕란천王蘭泉(명은 창昶, 1725~1807)·전신미錢辛楣(명은 대흔大昕, 1728~1804)의 여러 책들이나(王昶, 『金石萃編』; 錢大昕,『金石文跋尾』·『唐石經考異』- 필자 주) 옹담계翁覃溪가 편집한 것은 더욱 정확하고 알찬 줄 아네.

금석 일학一學이 스스로 한 문호門戶가 있거늘, 우리나라 사람들은 모두 이것이 있는 줄을 모르고 있네. 그래서 근래의 전예가篆隸家 같은 이들은 다만 그 원본에 나아가서 한 통 베껴 올 뿐일세. 그러니 어찌 진작에 경사經史를 보충한다거나 팔분서八分書와 예서의 동이同異를 밝힌다거나 편방偏旁(한자의 좌우 변)의 변해 내려온 것을 밝히는 데 연구가 있겠는가."(권2 「여신위당관호與申威堂觀浩」 3)라고 함으로써 자가自家의 금석학관金石學觀을 명백하게 피력하였다.

이로 보면 추사는 서도금석학적인 국면과 함께 내용 고증에 따른 '우익경사羽翼經史'의 국면을 또한 금석학의 중요한 한 국면으로 생각하고 있었던 것을 알 수 있다. 이러한 그의 관점은 실상 그의 연구 업적에서 뚜렷하게 드러나고 있다. 『예당금석과안록禮堂金石過眼錄』이 그 대표적인 예이다. 이제 이『예낭남석과안록』을 분석 고찰함으로써 추사 금석학의 다른 한 국면을 살펴보기로 하겠다.

대체로 추사가 우리나라의 금석문에 눈을 돌리고 집중적인 연구를 시작하는 것은 30대 초기부터라 하겠다. 그는 31세 되던 병자년丙子年(1816) 7월에 금석문자 1,000권을 함께 읽었다는[45] 동호同好의 벗 동리東籬 김경연金敬淵(1778~1820, 『금석록』의 편찬자인 김재로의 장증손임)과 함께 북한산 비봉碑峯에 올라가서 〈무학오심도차비無學誤尋到此碑〉라고 속전俗傳되어 오던 〈진흥왕 순수비眞興王巡狩碑〉를 심정審定하여 그것이 진흥비임을 밝힌다(비석 측면에 '此新羅眞興大王巡狩之碑. 丙子七月 金正喜 金敬淵 來讀'이라 각기 刻記했다).

다음 해(1817) 4월에 경주로 방비訪碑의 여행을 떠나서 〈무장사비鍪藏寺碑〉 하단 1편을 찾아내었으며, 6월에는 역시 동호의 벗 조인영趙寅永과 함께 〈북한산 진흥비〉를 다시 찾아보고 68자를 추독追讀하였다(비석 측면에 '丁丑 六月八日, 金正喜 趙寅永 同來, 審定殘字六十八字'라 각기 刻記).도판9

대개 추사는 이로부터 〈진흥왕순수비〉에 대한 연구에 뜻을 두었던 것 같다. 그래서 〈황초령비黃草嶺碑〉의 탁본을 구하고 그 소재를 확인하려고 기회 있을 때마다 무한한 노력을 했었다고 한다.

그러나 그가 얻을 수 있었던 소식은 낭선군朗善君(이우李俁, 1637~1693) 때에 한 번 세상에 알려졌었고 유척기兪拓基(1691~1767)가 한 번 탁본해 수장하였다는 것과 윤광호尹光濩가 몇 번 탁본해 왔으며, 그 후에는 관리들의 탁본 요구에 못 견뎌서 백성들이 묻어 버렸다는 것이다(권3 「여권이재돈인與權彝齋敦仁」 32). 그래서 유척기가장본兪拓基家藏本을 비롯하여 여러 구탁舊拓을 구해 보고 탁본에 의거해서 고론考論을 시도하였다.(『예당금석과안록』에 "비는 지금 없어졌으며, 나는 다만 탁본을 얻었을 뿐인데 겨우 2단을 합쳐서 보니 12행이 되었다."라고 하였다.)

그래서 대체로 권돈인이 함경감사咸鏡監司로 재직하던 시기(1832~1834) 이전에 그 완성을 보는 듯하니 함흥의 권돈인에게 보낸 상기 서한에서 "이

도판 9. 〈북한산 진흥왕순수비 및 부기 탁본〉 지본수묵, 82.0×134.5cm, 국립중앙박물관 소장

아우가 이 비에 관해서 고구考究한 것이 한 권 있는데, 일자일획과 일지명―地名 일관명―官名에 대하여도 자세한 핵실覈實(사실을 조사하여 밝힘)과 고증을 가하지 않은 게 없다 보니 한 권이나 되는 많은 분량의 책이 되었습니다. 속으로 이번에 보내 드려야겠다고 생각했지만, 오히려 초고草稿로 있어서 아직 정리되지 못하였고, 또 정리된 뒤라도 보실 수 있겠기에 보내 드리지 않습니다.”라고 한 것으로 알 수 있다.

따라서 『예당금석과안록』이 이루어진 시기는 대체로 추사의 나이 31세 되던 해(1816)부터 49세(1834)가 되는 18년 사이라고 보아야 하겠다. 『예당금석과안록』은 1900년대 초에 일인日人 오카다 노부토시岡田信利의 손에 들어가 세상에 알려진 것으로 1934년에 발행한 『완당선생전집』에는 권1에 「진흥이비고眞興二碑攷」라 하여 수록되어 있다. 총 7,000여 자에 달하는 것인데 이제 그 내용을 대강 검토하여 나가 보겠다.

「진흥이비고」는 앞부분이 〈황초령비〉에 관한 논고이고 뒷부분이 〈북한산비北漢山碑〉에 관한 논고인데 앞의 〈황초령비〉를 중점적으로 다루고 있어서 19면 반에 이르고 〈북한산비〉에 대한 것은 불과 4면 반이다. 그 이유는 양 비 내용의 중복과 마멸의 우심 때문이라 해야 할 것이다. 본문에 들어가면 논고에 앞서 우선 〈황초령비〉의 현존 비문 전문을 판독된 상태로 맨 앞에 전면 게재하였다.

그리고 비의 소재와 존망의 여부를 분명히 하고(망실되었다고 함) 논고의 근거를 탁본이라고 밝히었다. 그다음에는 탁본에 의해서 비의 장광長廣을 추정하여 나가는데 비면碑面 네 끝 가장자리四格를 근거로 하되 그 끝 가장자리가 보이지 않는 상부는 현존 최고자最高字를 기준으로 삼았다. 그러고 나서 건초척建初尺을 사용하여 비면의 장長(현존 장 4척 4촌 5푼) 광廣(1척 8촌)을 밝히고 격외장광格外長廣 및 두께를 잴 수 없다고 탁본의 한계성을 천명하였다.

그다음에는 비문의 항수行數와 자수字數를 추정하는데 역시 비면의 가장자리와 그에 이어진 상하좌우의 끝 글자로 기준을 삼고 끝부분이 망실된 상부만은 현존 최고자로 그 극을 삼아서 전문 12항임을 밝히었다. 그리고 최고자를 가진 제5항이 최하자最下字까지 이어지므로(완전한 최하자를 가진 타항他行과 비교하여 기준의 확실성을 강조하고 있다.) 이를 기준으로하고 항을 따라서 전자全字(239자)·불전자不全字(13자)·완자刓字(17자)·결자缺字(87자)·공격空格(3)을 세심하게 판별하여 현존 자가 총 292자(공격 포함)라고 하였다.

이상은 자료 분석 편이라 할 수 있는데, 이에 이어서 본격적인 고증이 진행된다. 이 고증 편考證編은 작고 큰 21개 사항이 제거題擧되어 그에 합당한 자세한 고증이 베풀어지는 고증 방법을 택하고 있는바 아래에서 그 개요만을 나열하여 보겠다.

① 비의 형상, 비의 상단망실上段亡失로 규수圭首인지 또는 전액篆額이 있는지 여부는 알 수 없으나 동시同時 건립建立이라고 생각되는 〈북한산비〉의 형태로 미루어 보아 규수도 아니고 전액도 없었을 것이다.

② 비기碑記, 기년紀年의 정확성 고증. 우리나라 정사인『삼국사기三國史記』와 중국 측 정사인『북사北史』·『남사南史』의 각 해당 제왕본기帝王本記를 인용引用 대증對證.

③ 신라 왕칭新羅王稱의 변천과 시법諡法 시행 전말을 논하고『삼국사기』신라본기와『북제서北齊書』·『수서隋書』·『당서唐書』등 정사를 인용하여 진흥眞興의 왕호가 시호가 아닌 생시 소칭生時所稱이었음을 논증.

④ 정사에서 볼 수 있는 함흥의 연혁(『위지魏志』예전濊傳 동옥저전東沃沮傳,『삼국사기』고구려 및 신라본기를 인용)과 비문 내용의 상치점相馳點을 논파, 정사의 소루疏漏를 지적, 지리지地理志가 신라의 북변北邊을 비열홀比列忽(안변安邊)까지 일컫고 있는 것이 잘못이 아니라면 함흥도 비열홀에 소속되었을

것이라고 추단推斷.

⑤ 『문헌비고文獻備考』 역대 국계歷代國界(『증보문헌비고增補文獻備考』 권 14)에서 『동국지리지東國地理志』(韓百謙 著) 동옥저 조東沃沮條를 그대로 이끌어 황초령과 단천端川에 〈진흥왕순수비〉가 있다는 말에 대해서 단천비端川碑는 아직 뚜렷한 증거가 없다고 하였다(亦無明據. 후에 최남선崔南善(1890~1957)에 의해서 이 비가 재발견됨).[46]

⑥ 『삼국사기』 신라본기를 인용하여 대창大昌 연호年號 사용 시말始末을 천명.

⑦ 『삼국사기』 진흥왕본기 및 직관지職官志 인용, 수가隨駕 사문沙門의 명칭이 대신大臣의 위에 기록된 이유 논증.

⑧ 대등大等의 직능職能, 위계位階, 명칭에 대한 고찰.

⑨ 거칠부居柒夫의 관호官號가 □대등□大等임을 추정하고, 대등의 성격과 거칠부 전기居柒夫傳記를 종합, 거칠부가 사대등仕大等 때인 진흥왕 29년에 건비建碑되었음을 논증(『삼국사기』 진흥왕본기, 진지왕본기, 직관지, 거칠부전 인용. 후에 이마니시 류今西龍에 의해서 □ 자리는 공격空格임이 확인됨).[47]

⑩ 훼부喙部 · 사훼부沙喙部의 의미 고증. 육부六部의 명칭인 양부梁部 · 사량부沙梁部의 변칭變稱으로 가정, 『삼국사기』 지리지, 『양서梁書』 신라전新羅傳 등에 나타난 신라 방언과 연결 검토하여 위계가 아닌 소거所居라고 추정.

⑪ 『삼국사기』 직관지 · 색복지色服志 · 귀산전貴山傳 및 『당서』를 인용하여 찬湌과 간干, 잡迊과 잡匝, 급벌간級伐干과 급간級干, 길사吉士 · 길차吉次 · 길주吉主와 길지吉之가 동의이기同意異記임을 논증. 수가隨駕 인명人名 관위官位가 질서 정연함을 지적.

⑫ 복동지服冬知 · 비지부지比知夫知가 인명人名임을 고증. 『삼국사기』 내물왕본기奈勿王本紀에 나오는 거칠부 · 구진仇珍 · 비태比台 · 탐지耽知 · 비서非西 · 노부奴夫 · 서력부西力夫 · 비차부比次夫 · 미진부未珍夫 등의 이름을 든 뒤에 비차부가 비지부지의 동음이기同音異記임을 주장.

⑬ 부전자不全字(온전치 않은 글자)와 부전구不全句에 대한 추정. 9항 최상最上의 阝을 '부部' 자로 추정, 제3자 '혜兮'를 2자字 인명人名의 하자下字로(仇須兮 · 阿爾兮 · 實兮 등의 실례를 들어), 11항 최상 '전典' 자를 관명官名의 하자下字로(會宮典 · 冰庫典 · 錦典 · 藥典 · 律令典 등의 실례를 들고) 추정.

⑭ 종인從人이 대사大舍의 종인임을 논증. 소사小舍가 종소사從小舍를 두고 사지舍知가 조사지助舍知를 두는 것 등을 들고 8등의 사간沙干이 14등의 길사吉士 아래에 기명記名될 리 없다는 등으로 사간조인沙干助人 · 소사조인小舍助人의 관호가 있었음을 논증.

⑮ 9항과 11항의 '쇠衰' 자를 애哀 자로 추정(법흥왕과 진흥왕이 애공사哀公寺 북봉北峯에 장사 지냈다는 것을 들어), 10항 최상 丿를 '사舍' 자로 추정(9항에 大舍 哀內라 하고 10항에 大舍 藥師라 하였으니 그 사이에 기명된 與難도 당연히 관위가 대사이어야 한다는 것이다).

⑯ 상하 문맥이나 자의字意 등으로 부전자不全字 추정.

⑰ 수기隨駕 인명人名 열기列記에 대하여 읽을 수 있는 글자를 분석하여 관명 · 지명 · 인명(상단과 하단)을 분류 지적.

⑱ 유척기가소장『해동금석록海東金石錄』에서 소재를 삼수三水라 한 것과『문헌비고』에서 상부의 망실을 생각하지 않고 선항先行의 하극자下極字와 다음 항의 상자上字를 직결시킨 오류 등을 지적.

⑲ 『문헌비고』에서 인용한『해동집고록海東集古錄』의 내용(비문이 12항, 매 항 35자, 총 420자라는 것)은 근거 없는 공설空說이다. 12항이고 공격이 없이 매 항 35자면 420자가 되는데 현존 탁본만 보아도 공격이 많고, 또 매 항 35자라는 근거가 없다고 논파.

⑳ 『문헌비고』에서 진흥왕 16년을 무자戊子라 하여 16년의 북한산 순수와 29년 순수를 혼동하는 것과, 함흥과 단천 사이를 310리里라는 것은 오류이며 단천 이남이 신라에 들어왔다는 것은 분명한 증거를 보지 못하였으니

아직 그렇다고 할 수는 없다(증거 위주의 신중한 태도).

㉑구탁본舊拓本에 의해서 탁본 당시에 이미 하단이 양절兩折되었음을 추론
하고 탁본의 파손으로 판독하지 못하는 사정을 천명하면서 구탁본과 근탁
近拓을 병재並載하였다. 이상이 추사의 〈황초령비〉에 대한 연구 시말이다.

다음은 〈북한산비〉에 대한 고론考論이 이어지는데 앞부분에 판독된 비문
을 전면 게재하고 자료 편과 고증 편을 나누어 논지의 전개를 분명히 하는
기술 방법은 〈황초령비〉의 그것과 동일하다. 그러나 이 비는 추사가 실물을
조사하였으므로 자료 편에 있어서 고증과 추정이 가하여지지 않고 실제의
조사 기록이 담겨 있다.

그 내용을 보면 우선 비의 위치(서울 북쪽 20리 북한산 승가사 옆 비봉 위)를
밝히고 다음에는 그 대소大小(장長 6척 2촌 3푼, 광廣 3척, 후厚 7촌)와 형상을
기록하고 있다. 형상의 기록은 꽤 치밀하여 바위를 뚫어 비부碑趺를 삼고
위에는 방첨方簷(옥개屋蓋)을 씌웠는데 지금은 떨어져서 아래에 있으며, 전액
과 음기陰記는 없다고 하였다.

그리고 비문에 나아가서는 12항이며 자체字體가 모호하여 판별할 수 없
는 자가 많다고 밝히고 상하의 자극字極을 가려내서 기준을 삼으려 하였으
나 상부에서는 실패하여 그 최고자를 기준하여 1항의 자수를 계산하였다.
그리고 가판자可辦字를 70자라 하여 각 항의 가판자를 차례로 밝혀 나갔다.

고증 편은 〈황초령비〉의 21개 사항에 비하면 매우 소략하다고 할 정도로
3개 사항인데, 그 이유는 앞에서도 언급하였듯이 〈황초령비〉와 그 내용이
중복되는 위에 마멸이 심해서 판독할 수 있는 글자가 적은 것이 큰 이유이
겠으나 추사가 직접 실물을 심정하였으므로 비 자체에 대한 자료가 확실한
점도 빼놓을 수 없다고 하겠다. 고증의 개요를 소개하면 다음과 같다.

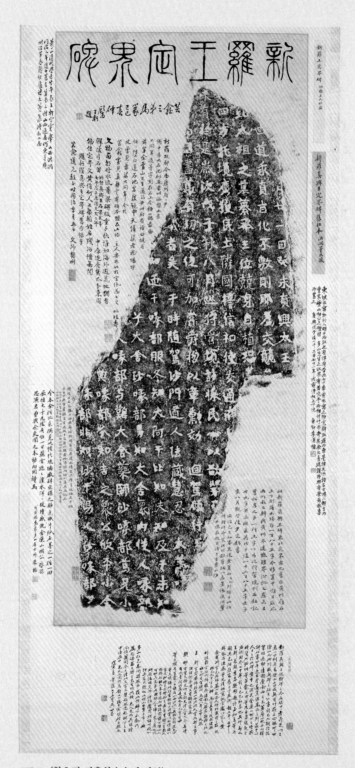

도판 10. 〈황초령 진흥왕순수비 탁본〉(신라新羅 568년), 49.0×112.0cm, 서울대학교 박물관 소장

① 북한산의 연혁과 남천주南川州의 존폐를 들어(진흥왕본기) 입비 시기를 진흥왕 29년에서 37년 사이로 압축하고 〈황초령비〉에 보이는 인명·문구·자체와의 동일성을 들어 〈황초령비〉와 동시 건립을 논증.

② 수가隨駕 인명에 대한 관호, 인명(상단, 하단), 소거부명所居部名 등을 분석하고 특히 『삼국사기』 직관지를 이끌어 군주軍主의 성격을 규명하여 외관外官으로서 중직重職임을 고증.

③ 비의 발견 경위, 금석학이 경사에 보익補翼함을 천명(「자제금석과안록후自題金石過眼錄後」).

이상이 「진흥이비고」 전부에 대한 개략이다.

이로써 우리는 추사의 경사금석학이 어떤 것인지 대강 짐작할 수 있게 되었다. 기본 자료의 조사에서부터 치밀하고 합리적이어서 마치 현대의 잘된 조사 자료를 보고 있는 듯한 느낌이 든다. 그리고 내용의 고증에 이르러서는 고증학의 진면목을 유감없이 발휘하여 인용할 수 있는 관련 사료는 모두 인용하되 정사를 위주로 하였고 그 인용처를 반드시 밝혔으며 금석문 기록과 정사의 기록이 상치될 때는 여러 자료들을 비교하여 합리적인 고증을 시도함으로써 정사의 오류라도 그것을 지적하였다.

그리고 문체는 간결하되 모든 내용을 함축할 수 있는 명료한 것이었다. 여기서 서도금석학의 방법이 병용된다면 금석학은 거의 완벽을 기한다고 할 수 있을 것이다. 그런데 추사는 이 『예당금석과안록』에서 이와 같은 선례를 보이고 있으니, 「제북수비문후題北狩碑文後」에서 〈황초령비〉의 서체를 제齊나라와 양梁나라 사이의 잔비殘碑나 조상기造像記와 비슷하다고 한 것이나(권6) 「자제금석과안록후自題金石過眼錄後)」(『완당선생전집』에서는 「진흥이비고」의 맨 뒤에 포함시켰다.)에서는 〈북한산비〉의 자체가 〈황초령비〉와 같다고 한 것이 그것이다.

따라서 「제북수비문후」는 비고碑稿가 이룩되고 나서, 권돈인이 〈황초령비〉와 그 단편斷片을 발견한 연후에 지은 것이지만, 마땅히 「자제금석과안록후」와 마찬가지로 「황초령비고」의 뒤에 포함시켜야 옳을 것 같다. 끝으로 글자 판독에서 약간의 오류와 사실 고증에 관한 오단誤斷이 없지 않아서 후세後世 동학同學의 연구거리가 되었는데 이것은 당연히 있을 수 있는 일이며, 〈마운령비磨雲嶺碑〉에 대한 신중한 태도는 오히려 그의 학문 태도의 건실성을 새삼 강조한 것이라 하겠다.[48]

3. 추사 금석학의 성과

이제까지 우리는 추사 금석학의 전반에 걸쳐서 그 대강을 살펴보았다. 그런데 그의 금석학은 다른 분야의 학문과 마찬가지로 북학의 한 가닥이었다. 그래서 청조 학문의 수용과 자기화의 과정이 그의 천재성 속에서 급속히 진행되어 우리 문화로 정착하는 계기를 마련한 느낌이 짙다.

그러면 그의 금석학이 동시대 이후에 우리나라 학계에 어떠한 영향을 미치고 있는지 우선 금석학자를 중심으로 하여 살펴보기로 하겠다.

추사와 동년배로 금석학에 뜻을 같이하던 이들로는 선진으로 김경연金敬淵(1778~1820) · 조인영趙寅永(1782~1850) · 신위申緯(1769~1845) · 권돈인權敦仁(1783~1859) · 김유근金逌根(1785~1840) · 이조묵李祖黙(1792~1840) · 윤정현尹定鉉(1793~1874) 들이 두드러지고, 후진으로는 신관호申觀浩(1811~1884) · 조면호趙冕鎬(1803~1887) · 이상적李尙迪(1802~1865) · 전기田琦(1825~1854) · 오경석吳慶錫(1831~1879) 등이 있다.

김경연은 추사와 금석학 연구에 뜻을 같이하여 1816년 병자 7월에 〈북한산 순수비〉를 함께 찾아가 처음 확인한 동지이다.

조인영은 추사와 동방同榜 친구로 병자년 북한산 재차 조사 시에 동행한 사람이다. 그는 방비訪碑 후에 「승가사방비기僧伽寺訪碑記」를 써서(『운석집雲石集』 권10) 상당히 높은 수준의 금석학적인 견해를 피력하였다. 그리고 그는 청의 금석학자 유희해劉喜海와 친교를 맺고 추사 형제와 함께 많은 금석 자료를 보내 주어 그로 하여금 『해동금석원海東金石苑』의 편찬을 가능하게 하였으며,[49] 중국의 금석 고증에까지 일가견을 보일 만한(『운석집』 권10, 「서이북해녹산사비후書李北海麓山寺碑後」) 금석학자였다.

신위는 추사보다 17세 연상이지만 추사의 소개로 옹방강 부자와 친교를 맺고 금석학에 종사하였다. 「제한예범득십수題漢隷凡得十首」(『경수당전고警修堂全藁』 23)·「진한금석축본발秦漢金石縮本跋」(『경수당전고』 28)·「백월흥복합장첩白月興福合裝帖」(『경수당전고』 2) 등에서 그의 금석에 대한 견해를 촌탁忖度할 수 있는바 서도금석학적인 면이 강하다.

이조묵 역시 옹방강 부자와 친교를 맺고 금석학을 배운 사람으로 서화고완書畵古玩의 수장이 당시 국내에서 굴지에 들었고, 「나려임랑고羅麗琳琅考」라는 금석학 관계 저술을 남기었다 하나(『근역서화징槿域書畵徵』, 221쪽) 아직 그에 접하지 못하여 그 정도를 헤아릴 수 없는 형편이다.

신관호·조면호·이상적·전기·오경석 들은 모두 추사의 문하생들로서 추사로부터 금석학에 대한 지도를 받았던 것이니 그 정황은 『완당선생전집』에 수록된 많은 서한들에서도 짐작이 가능하다. 그런데 신관호·조면호는 서예가로서 서도금석학에 머물렀던 것 같고(아직 이들 업적은 미상이다.) 이상적은 역관譯官으로 북경에 자주 왕래하면서 청의 금석학자와 추사와의 금석학 교류를 중개하던 중 유희해·여관손呂儶孫 등과 결교結交함으로써 금석학 전반에 걸친 식견을 가지게 되어 추사 금석학의 양대 국면을 모두 전수받은 느낌이 짙다.[50]

전기와 오경석은 이상적의 문하에 출입하여 추사에게 알려진 훨씬 후진들로서 모두 중인 출신이다. 전기는 요절하여 이렇다 할 업적을 남기지 못하였고 오경석 역시 역관으로 중국을 출입하면서 금석학 연구에 열중하여 『삼한금석록三韓金石錄』 1권을 남김으로써 추사 금석학의 학통을 잇고 있다 (『근역서화징』, 252쪽).

한편 이와 같이 추사에 의하여 금석학이 본격적으로 문호를 개설하게 되자 이들 금석학파를 중심으로 금석 자료에 대한 수탐 보호 운동이 자연히 점고漸高하게 되었다. 그래서 추사와 김경연 및 조인영에 의해서 북한산의 진흥왕순수비가 발견 조사되고, 추사의 막역지우인 이재 권돈인이 함경감사로 부임하여서는 이미 40여 년 전에 백성들이 관탁官托의 시달림을 피하여 매몰해 버린 비편을 다시 찾아내어 추사의 숙원을 풀게 하였다.

이에 대해서 추사는 권 감사의 이임 후에는 반드시 다시 매몰되어 영원히 세상에서 이 고비古碑의 잔편이 사라질 것을 걱정하고 영하營下에 이치移置하여 확고한 보호책을 도모하거나 그보다는 원터에 영원히 보존할 수 있는 방법을 강구해 줄 것을 간청하고 있다(권3 「여권이재돈인與權彝齋敦仁」 32).

그러나 권돈인의 함경감사 재직 시(1832~1834)에는 미처 이 비편에 대한 보호책이 이루어지지 못하고, 추사의 문하인 침계梣溪 윤정현尹定鉉 (1793~1874)[도판11]이 다시 함경감사가 되어서야(1851~1853) 이 비편이 영하嶺下 중령진中嶺鎭(진흥리로 개명)으로 이치되고 비각이 세워져 영구 보존책이 마련된다.[51]

그런데 이때에는 권돈인의 색출索出 당시에 아직 찾지 못하였던 우측 하단 잔편이 보충되고 있어서 권돈인 이후에도 금석학자들의 끈질긴 비편 탐색 활동이 계속되고 있었던 사실을 짐작할 수 있다.[52](추사가 다시 찾기를 지극히 열망하였으나 불가능한 일일 것이라고 체념하고 있던 좌하편 일단은 1931년에 촌동村童 엄재춘嚴在春에 의하여 부근 은봉리隱峯里 초방곡草坊谷의 소천小川에서 발견되어 비각 안에 보철補綴되었다.)[53]

도판 11. 〈침계 윤정현 초상〉
이한철(1808~1889), 지본채색, 31.0×74.0cm, 간송미술관 소장

추사는 이 비각에 〈진흥북수고경眞興北狩古竟〉[도판12]이라는 2자 3항의 예서 편액을 손수 써서 걸어 놓았는데, 이 비석의 보호가 그의 염원에 의해서 그의 손으로 이루어진 사실을 강력하게 입증하는 것이라 하겠다.

그리고 감사 윤정현은 재임 중인 1852년 임자 8월에 이건비移建碑[도판13]를 세워 이렇게 말하고 있다. "풍우로부터 보호하고 분리 망실되는 것을 막기 위하여 비각을 짓고 벽 중에 감입하되 원터인 황초령과 멀지 않은 곳에 터를 정하여 입비立碑의 목적인 강계疆界의 표시가 시대의 흐름에 따라 잘못 전해지지 않도록 배려하였다."[54]

이것은 지극히 합리적인 금석 유물 보호책으로, 당시 금석학 수준을 단적으로 드러내는 기록이라 할 것이니 일제 이후에 많은 역사 유물들이 보호라는 미명하에 함부로 고처故處와 무관하게 이동된 사실들과는 좋은 대조를 이루는 것이라 하겠다. 이 외에도 〈무장사 아미타여래조상비편〉을 수득搜得하여 사랑寺廊에 보호케 하는 등 추사에 의해서 보호되는 기록만도 허다한데 그 어느 경우에나 고처故處를 이이離移하는 것을 금기로 여긴 흔적이 뚜렷하다.

이는 "만약 그 옛터에 그대로 두어 두고 영원히 보호할 수 있다면 더욱 더욱 좋다."(권3 「여권이재돈인與權彝齋敦仁」, 32)라는 추사의 정견正見 때문이었을 것이다. 최근까지 〈북한산비〉가 원위치에 백회白灰로 고정 보호되고 있었던 사실은 이들 추사학파의 금석유물보호운동이 얼마나 활발하였던지를 단적으로 보여 주는 실례라 하겠다.

그런데 이와 같은 금석학의 학맥은 오경석에서 더 계승 발전하지 못하고 단절되는 느낌이 짙다. 그 아들 오세창吳世昌은 다만 서도금석학적인 면만 계승하여 서예와 감식에만 주력하였을 뿐이다. 이것은 당시 급박하게 밀려온 서구 문화에 모든 전통문화가 유린당하는 공통 현상의 하나로밖에 파악할 수가 없을 것 같다.

도판 12. 〈진흥북수고경眞興北狩古竟 탁본〉 김정희, 96.0×54.8cm, 국립중앙박물관 소장

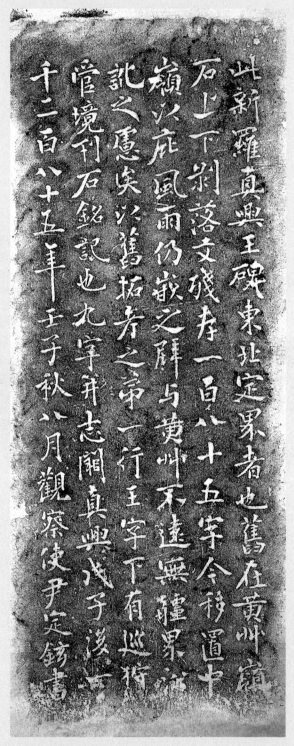

此新羅真興王碑東北定界者也舊在黃州嶺
石上下剝落文殘存一百八十五字今移置中
嶺汶庇風雨仍嵌之龕与黄州不達無疆界淆
訛之憂矣汶舊拓存之第一行王字下有巡狩
管境刊石銘記也九字并志闕真興戊子後巡
十二百八十五羊壬子秋八月觀察使尹定鉉書

도판 13. 〈황초령 진흥왕순수비 이건비 탁본〉
윤정현, 지본묵서, 32.0×82.0cm, 국립중앙박물관 소장

그러나 추사의 금석학이 주로 중인 계층으로 이어지고 있었다는 것은 조선 말기 사회에 중인 세력의 대두와 관련지어 생각할 때 중대한 의미를 가지게 되는 것이니 북학파·개화파로 이어지는 혁신 사상의 일맥으로도 이해될 수 있지 않을까 한다.

추사의 금석학이 학계에서 다시 거론되어 크게 평가되는 것은 1910년경부터 대체로 일인 사학자들에 의해서이다.

이들에 의해서 삼국의 국계國界 문제로 〈진흥왕순수비〉가 문제화될 즈음에『예당금석과안록』이 세상에 공개되자 이 논고는 자연히 〈진흥왕순수비〉 연구의 기준서로 등장하게 된 것이다.[55] 그래서 나이토 고지로內藤虎次郎는 이『예당금석과안록』을 거의 그대로 소개하는 형식의 논문을 내놓게 되었는데 거기서 추사의 금석학을 높이 칭송하였다.

그러나 뒤이어 일본 군부의 어용학자御用學者로 한국사의 변개를 목적하였던 쓰다 소기치津田左右吉·이케우치 히로시池內宏·마에다 교사쿠前間恭作 들이 〈진흥왕순수비〉의 위작설 내지 이동설을 주장함으로써 한때 추사의 금석학은 도전받기도 하였다. 그런데 쓰다 소기치는 애초에 금석학에 대한 기초 소양이 결여되었던 사람 같으니『예당금석과안록』에 대한 이해도 거치지 않고 감히 위작설을 주장하였다.[56] 따라서 그의 위작설은 그 논리 전개상의 오류 이전에 금석 자료에 대한 기본 지식에서부터 결정적인 허점을 드러내었다.

그래서 이케우치 히로시는 이를 만회하기 위하여 〈황초령비〉의 이건설移建說을 내세웠다. 비열홀比列忽(안변安邊)이 진흥왕 시에 신라의 동북계東北界이었다는『삼국사기』의 기록을 잡고 늘어져 이 비가 본디 철령鐵嶺에 세워졌었으리라는 가설을 내세우고 고려 예종 때 윤관尹瓘이 9성을 쌓으면서 (1108) 이 비를 황초령에 옮겼을 것이라고 주장하였다. 그리고 추사가 권돈인에게 보낸 서신에서 금석문(황초령비)이 정사(『삼국사기』)의 기록을 보익

한다고 하여 금석문 연구의 중요성을 역설한 말에 대하여 회의를 표시하였다.[57]

그러나 이 설은 오래지 않아 육당六堂 최남선崔南善이 함남咸南 단천에서 〈마운령비〉를 발견하고 모든 〈진흥왕순수비〉에 대하여 종합적이고 전반적인 고찰을 거친 논문을 발표함으로써 와해되었다.[58] 그런데 이제는 마에다 교사쿠가 다시 육당의 논지를 뒤집어 얼토당토않은 〈감문甘文(경북 금릉군 개령)비碑〉를 가설하고 〈마운령비〉는 비리碑利(안변)의 철령에 세워져 있었던 것이고 〈황초령비〉는 감문에 세워져 있던 것을 조선 초 세종·문종의 북변北邊 확장擴張 시 옮겼다고 강변하기에 이르렀다.[59]

그러나 이런 억설은 실증사학實證史學을 표방하는 일인 사학자들 사이에서도 정당한 평가를 받지 못하였으니 이마니시 류수西龍는 이와 같은 이건설을 일찍부터 반대하고 위작설이나 이건설이 오해의 바탕 위에서 이루어진 것이며, 황초령의 입비는 당시 사정으로 보아 당연한 역사적 사실임을 논증하였다. 그런데 그의 논지는 『예당금석과안록』에 대한 충분한 이해를 바탕으로 전개된 것이므로 추사 금석학을 '경복敬服할 만한' 것으로 매우 높이 평가하였다.[60]

한편 〈마운령비〉의 발견과 뒤를 이은 〈황초령비〉의 망실되었던 단편의 출현(1932) 등을 계기로 쓰에마쓰 야스카즈末松保和·이나바 이와기치稻葉岩吉 등에 의해서 거듭 이건설이 부인되고 진흥비원지설眞興碑原地說이 학계에 공인되자 추사의 금석학 견해는 상대적으로 드높이 평가되어 모두 그의 과학적 학문 방법에 경복하기에 이르렀다.[61] 여기서 우리는 추사의 금석학 연구가 일인 사가들의 조작이 우심했던 우리 고대사 부분에서 신라 국계의 망작妄作을 결정적으로 봉쇄할 수 있었던 통쾌한 업적이었음을 알 수 있겠고 그 학문 방법이 또한 곧 현대 금석학으로 직결됨을 절감하게 된다.

결어 結語

이제까지의 이야기를 대강 간추리는 것으로써 마무리를 지어야 하겠다.

추사는 조선왕조 사회의 지배 이념인 성리학이 그 한계성에 도달하여 정치적으로나 사상적으로나 그 말폐 현상이 노골화되는 시기에 척족 권문에서 태어났다. 그래서 현실 긍정적인 입장에서 이와 같은 부조리를 극복하려 하였으니, 청으로부터 새로운 학문을 받아들여서 신사상 체계를 확립하려는 의도로 북학에 열중하게 되었다.

그런데 청에서는 당시 강희 · 건륭의 문운文運 극성기極盛期를 지나서 소위 고증학이라 불리는 합리적이고 실증 위주의 학풍이 성숙함으로써 금석학도 이와 같은 학풍의 영향 아래 크게 발달하고 있었던 것이다. 따라서 추사는 북학의 일환으로 이 금석학도 받아들이게 된다. 물론 그에 앞섰던 북학의 선구자들도 이 금석학에 눈을 돌리지 않았던 것은 아니니, 김광수 · 유척기 · 홍양호 · 남공철 등이 추사의 선진이나 아직 문호를 이룩할 만하지 못하였다.

그런데 추사가 청학淸學 일반에 걸쳐서 가장 크게 영향을 받았던 옹방강과 완원 일파는 종래의 경사經史 보익적補翼的인 종속적 금석학에서 서체 연구와 감식鑑識 완상玩賞을 위주로 하는 서도금석학의 독립 일문을 새로이 개설하고 있었다. 그래서 추사의 금석학 취향도 이들의 영향을 크게 받게 되었는데, 그것은 곧 그의 서예가로의 타고난 천품과 아울러 서예를 대성大成하게 하는 결과를 가져왔다.

다른 한편 추사는 중국 역대의 많은 금석서를 대하면서 이와 같은 서도금석학이 금석학의 일국면에 불과한 것을 자득하고 경사 문제와 상호 보익하는 본격적 내용 고증을 시도하게 된다. 이와 같은 시도는 그가 우리나라 금석문 연구에 눈을 돌리는 30대 초기부터 시작되어 정쟁에 실각하여 유배

생활로 들어가는 50대 중반까지 계속된다.

　그 사이에 그는 그의 금석학 연구의 역량을 과시한 것이라고 할 만한 『예당금석과안록』 1권을 저술하였다. 〈진흥왕순수비〉인 〈황초령비〉와 〈북한산비〉에 대한 연구서로 불과 7,000여 자에 지나지 않는 것이지만, 그 연구 방법이 과학적이고 합리적이어서 금석학 일문一門을 개설하는 데 있어서 경전적經典的인 가치를 부여할 만한 명저名著이었다.

　우선 금석문의 자료 조사에서 치밀하고 과학적인 기록을 남기어 독자로 하여금 비의 현 상태를 충분히 복원할 수 있게 하였고, 내용의 고증에 앞서 자료에 미비한 것이 있으면 그의 고증을 선행하였으며, 비문의 전문을 맨 앞에 게재하여 고증과 이해의 편의를 도모하였다. 내용의 고증은 수십 사항의 문제점을 제기하여 하나하나 고증하는 명쾌한 방법을 사용하였는데, 실제 고증에서는 우리나라와 중국 측 정사正史 기록을 기본으로 하고 여타 관련 사료도 참작하여 대증對證하는 형식으로 '고증불신孤證不信'의 고증학적考證學的 특색을 유감없이 발휘하였다.

　그리고 정사의 소루처疏漏處에 이르러서는 금석문 자체의 고증이 끝난 다음에 이를 바탕으로 고정考訂하였으며 이전의 연구 성과에 대해서도 하나하나 비판하였다. 또한 온전치 않은 글자의 추정에서도 자의字意와 전후 관계를 참작하는 외에 사실史實에 항상 근거를 두었으며, 지명·관명·인명을 고증함에서도 역시 가능한 한 최적의 사료史料를 인증引證하는 것을 원칙으로 하였다.

　그래서 추사 자신도 이 논고를 끝맺고 단금의 벗인 권돈인에게 보내는 글에서 "일자일획一字一劃과 일지명一地名 일관명一官名이라도 자세한 핵실覈實과 고증을 가하지 않음이 없다."라고 자부하였던 것이다. 그리고 서체에 대하여서는 그의 서도금석학적인 감식력이 이를 제齊·양梁나라 사이의 조상기造像記나 잔비殘碑의 자체字體와 같다고 하였다.

추사의 금석학 연구가 이와 같이 높은 수준에 이르게 되니 그의 영향 아래에서 많은 금석학자들이 배출되었다. 동년배로는 김경연·조인영·이조묵·신위 등을 손꼽을 수 있고 추사의 금석학을 뒤잇는 후진으로는 이상적·오경석으로 맥이 이어진다.

그래서 추사의 금석학은 한 문호를 형성하여 가는데 서구 문화의 급박한 쇄도로 다른 일반 전통문화와 함께 그 맥이 단절된다. 그런데 본론에서 미처 소상히 밝히지 못하였지만 추사로부터 이어지는 금석학의 학맥이 역관 계통의 중인을 포함한 개화파와 연결되는 듯한 현상은 자못 재미있는 것으로 기회 있으면 밝혀 볼 만한 일일 듯하다.

이와 같이 추사로부터 조선 금석학의 문호가 개설되자 자연히 추사의 학파들 사이에서는 금석 유물에 대한 수탐보호운동搜探保護運動이 활발하게 전개되어 나갔다. 그래서 그 대표적인 예로 〈황초령비〉의 색출素出보호를 들 수 있는데 그 보호 방법은 고처故處에서 떠나지 않는 것을 상책으로 하고 차선책으로는 가까운 연고지로의 이동 보호를 주장하여 이를 기본 이념으로 하는 높은 학문 수준을 보이었다.

그래서 많은 금석 유물들이 제자리에서 착실하게 보호되기 시작하였으나 일제 침략과 함께 일인 학자들의 학문 외적인 어용御用 수단에 의하여 보호의 미명하에 많은 금석 유물들이 무관하게 고처를 떠나게 됨으로써 그 보호의 정도正道는 현대까지도 이어지지 못하고 말았다.

추사의 금석학맥은 비록 이와 같이 단절되어 단지 오세창에게로 이어지는 서도금석학적인 면만이 일맥을 잇게 되었으나 기이하게도 일인 사학자들에 의해서 오래지 않아 그의 금석학은 높이 평가되기에 이르렀다. 우리나라 고대사 연구에 나선 일인 사학자들이 삼국의 국계 문제에서 〈진흥왕순수비〉를 문제 삼으면서 추사의 『예당금석과안록』이 기본 연구서로 등장하게 된 것이다.

그래서 나이토 고지로가 이를 세상에 처음으로 소개했다. 그런데 쓰다 소기치나 이케우치 히로시·마에다 교사쿠 등은 〈황초령비〉를 위작이니 이동시킨 것이니 하여 우리 고대사를 고의로 부정적인 측면에서 다루려던 사람들이다. 따라서 이들에게 추사의 『예당금석과안록』은 중대한 방해물이 아닐 수 없었다.

그래서 쓰다 소기치는 언급을 회피하였고, 이케우치 히로시 등은 일리는 있는 설 정도로 정확성을 호도하려 했다. 그러나 일인 사학자 이마니시 류의 실증사적인 솔직한 연구와 〈마운령비〉의 발견에 따른 최남선의 연구, 〈황초령비〉 단편의 출현에 뒤이은 이나바 이와기치·쓰에마쓰 야스카즈 등의 논고 등으로 〈진흥비〉의 위작설이나 이건설이 일축되면서 추사의 금석학에 대한 평가는 새삼 드높게 되었다. 그래서 그의 학문 방법은 당시에 이미 과학성과 합리성을 추숭받게 되었으니 추사의 금석학은 현대 금석학과 직결되는 것이라고도 할 수 있지 않을까 한다.

(1972. 10. 20. 『간송문화澗松文華』 3호 수록)

註

1. 藤塚鄰, 「阮堂集及び阮堂先生全集の檢討」, 『靑丘學叢』 21호, 1935; 同 「金秋史の入燕と翁·阮二經師−淸朝文化東漸の一斷面」, 『東方文化史叢考』, 京城帝國大學文學會編, 1935; 同 「翁覃溪の硏經指導と金秋史」, 『京城帝國大學創立十周年紀念論文集』 哲學編, 1936; 同 「淸朝文化東漸史上に於ける李月汀と金阮堂」, 『史學論叢』 제7집, 京城帝國大學文學會纂, 1938; 同 「金阮堂ト吳蘭雪ノ翰墨緣」, 『稻葉記念史論叢』, 1938; 同 「葉東卿と金阮堂の翰墨緣−淸朝文化東漸の一斷面」, 『書苑』 제4권 제12호, 1940; 同 「朱野雲と金阮堂の墨緣」 上·中·下, 『書苑』 제5권 제3·4·5호, 1941; 同 「吳蘭雪と淸鮮文化交流」 上·中·下, 『書苑』 제5권 제8·9·10호 1941; 同 「阮雲臺と李朝の金阮堂」, 『書苑』 제6권 제2호, 1942; 金庠基, 「金秋史의 一門과 吳蘭雪의 文學的 交驩에 대하여−梅龕을 中心으로−」, 『李丙燾博士華甲紀念論叢』, 1956; 金約瑟, 「秋史의 禪學辦」, 『白性郁博士頌壽紀念佛敎學論文集』, 1959; 全海宗, 「淸代學術과 阮堂−阮堂의 經學에 대한 試論的 檢討−」, 『大東文化硏究』, 1963.

2. 梁啓超, 『淸代學術槪論』 제16절 ; 藤原楚水, 『書道金石學』, 1953, pp.47~49; 藤塚鄰, 「金秋史の入燕と翁·阮二經師」, p.275.

3. 石井壽夫, 「李朝後期黨爭史についての一考察」 其一−後期李朝理學至上主義國家社會の消長よりみる−, 『社會經濟史學』 10−6·7, 1940, pp.74~80 참조 ; 大谷森繁, 「東西分黨に於る先輩後輩の對立について」, 『朝鮮學報』 제14집, 1959, pp.463~472

4. 石井壽夫, 前揭 論文, pp.73~81 참조.

5. 『순조실록』, 권22, 19년 윤4월 壬辰條.

6. 金庠基, 前揭 論文, p.5.

7. 순조 30년 4년간 대리청정하던 효명세자가 홍서하자 세자의 측근이었던 김로金鑑·김노경金魯敬·이인부李寅溥·홍기섭洪起燮 등은 대리청정 시 전권사간專權

四奸이라 하여 삼사三司의 공격을 받는다. 그런 중에 부사과副司果 김우명金遇明은 탐비貪鄙·모리추세牟利趨勢·아부김로阿附金鑑 등의 죄목을 들어 김노경을 극형에 처하라고 상소하는데, 그 속에서 요자한질妖子悍姪이 불법을 방조하였다고 하여 추사 형제들에게까지 악의에 찬 공격을 가하고 있다. 이 공격이 있은 다음 날 다시 부사과 윤상도尹尙度의 흉소 사건凶疏事件이 터진다. 이 흉소 사건이라는 것은 윤상도가 이조판서 박종훈朴宗薰·어용대장御用大將 유상량柳相亮·전 유수前留守 신위申緯 들이 김로에게 아부하여 국용國用을 천용擅用하고 학민탐색虐民貪色했다는 등으로 무소誣疏하였다는 것이다. 그런데 김노경이 이 사건의 배후 조종자로 지목되어 사지에 몰리게 된다. 그러나 월성위의 손자라 하여 순조의 특사로 겨우 감사일등減死一等으로 고금도古今島에 위리안치圍籬安置된다.

8. 사도세자의 죽음을 둘러싸고 척족戚族과 조신朝臣 간에는 찬반 양파로 갈라져 있었다. 그런데 정순왕후 김씨와 그 일족은 사도세자의 죽음에 결정적인 역할을 담당하였다. 그래서 정조가 등극한 후에 정순왕후의 친가와 그 일당은 일대 정치적인 보복을 받게 된다. 그러나 정순왕후가 왕실의 존장으로 건재함으로써 점차 정순왕후의 지지 세력들이 다시 규합하게 되었다. 그래서 정조 10년(1786)을 전후로 하여 정조를 지지하는 시파時派와 정순왕후의 당인 벽파僻派가 뚜렷한 대립을 보이면서 상쟁相爭하게 되는데, 김조순은 시파의 거두로서 정조로부터 사왕嗣王의 보호와 연혼連婚을 고명顧命받을 정도이었다.

9. 순조 30년(1830) 효명세자의 훙서와 더불어 윤상도옥尹尙度獄으로 김노경을 실각시키었으나 3년 뒤에는 방환放還된다(『순조실록』권33, 33년 9월 庚辰·辛巳·戊子·己丑條). 그래서 헌종 원년에는 판의금부사判義禁府事로 복직되어(『일성록日省錄』憲宗 乙未 9월 25일 條) 약원제조藥院提調를 거치며(『헌종실록』권3, 2년 6월 丙辰條), 동왕同王 2년(1836)에는 추사가 성균관대사성成均館大司成(『헌종실록』권3, 2년 4월 戊午條)을 거쳐 병조참판兵曹參判(『일성록』憲宗 丙申 7월 9일·10일 條)이 되었다가 다시 성균관대사성(『헌종실록』권3, 2년 11월 丁亥條)이 되는 등 다채로운 관력官歷을 보인다. 그러나 동왕 3년(1837) 3월 30일에 김노경이 졸卒하고 나서 동왕 5년(1839)에 추사가 복상을 마치고 형조참판으로 정계에 복귀하여 풍양 조씨 세도의 핵심 인물로

떠오르자 안동 김문安東金門인 대사헌 김홍근(金弘根 : 純元王后의 再從兄)이 10년 묵은 윤상도옥을 재론하여 의리를 그르치었다는 죄목으로 김노경의 관작을 추탈하고(『헌종실록』 권7, 6년 7월 庚子條) 윤상도 부자를 대역부도大逆不道로 능지처사陵遲處死하며 허성許晟 · 김양순金陽淳을 장살杖殺하고 이미 동지부사冬至副使로 임명되어 연행燕行을 기다리던 추사도 교사敎唆의 혐의가 있다 하여 사지死地에 몰아넣었다. 그리고 추사의 두 동생을 사적士籍에서 간거干去하였다(『일성록』 헌종 6년 7월 11일 己亥條; 『承政院日記』 同日).

그런데 동년 12월 17일에 순원왕후의 남형(男兄)으로 세도를 잡고 있던 황산黃山 김유근(金逌根, 1785~1840)이 4년의 실어증 끝에 졸하고(『헌종실록』 권7, 6년 12월 癸酉條) 동 25일에는 순원왕후가 철렴撤簾을 선포하여(『헌종실록』 권7, 6년 7월 11일 己亥條) 다음 해인 동왕 7년 정월 10일에는 왕이 친정親政한다. 이로 보면 윤상도옥의 재론은 순전히 순원왕후의 철렴에 대비해 안동 김문에서 자가自家의 보신책保身策으로 추사 일문을 강타함으로써 대조문쟁권對趙門爭權에 기선을 제압하려는 정략이었다는 혐의가 짙어진다.

이러한 사실은 다시 순원왕후가 수렴청정하던 철종 2년(1851)에 추사가 영의정 권돈인權敦仁의 진종조례론眞宗祧禮論의 배후 발설자로 몰려서 북청北靑으로 원찬遠竄되고 그 형제들도 함께 방축放逐되었다가(『철종실록』 권3, 2년 7월 丙申條) 순원왕후 환정還政 후인 동왕 3년에 방송되는 것(『철종실록』 권4, 3년 8월 壬辰條)이나 추사의 몰후沒後에 곧 김노경이 복관작되는 것(『철종실록』 권8, 7년 10월 甲午條 및 同 권9, 8년 4월 甲申 · 乙酉條) 등과 연결 지어 생각하면 그 정략적인 이면이 자명하게 드러난다고 하겠다.

10. 『헌종실록』 권7, 6년 9월 辛卯條 및 『운석유고雲石遺稿』 권6 「請鞫囚金正喜酌處箚」.

11. 북학파에 속하는 학자는 모두가 명문귀척名門貴戚의 자제들이거나 국왕의 측근에서 지극한 권우眷遇를 받았던 총신寵臣들이었다. 초기로부터 대략 살펴보면 다음과 같다. 홍대용洪大容, 전라감사 홍용조洪龍祚의 손자이자 예조판서 홍억洪檍의 조카. 박지원朴趾源, 금성위錦城尉 박명원朴明源의 팔촌제八寸弟. 남공철南公

轍, 형조판서 남유용南有容의 자子. 박제가朴齊家·이덕무李德懋·유득공柳得恭은 서얼庶孼이나 정조의 지극한 총애를 받던 당대의 일등문사一等文士. 이서구李書九, 종실宗室로서 위위位가 우상右相. 김노경金魯敬, 월성위月城尉의 손자로 이조판서. 김정희金正喜·김명희金命喜, 김노경의 자子. 조인영趙寅永, 풍은부원군豊恩府院君 조만영趙萬永의 제弟로 위位가 영상領相. 권돈인權敦仁, 우상右相권상하權尙夏의 현손玄孫으로 위位가 영상領相. 정조正祖 부마駙馬 영명위永明尉 홍현주洪顯周. 현주顯周의 질姪 우길祐吉. 이조묵李祖黙, 이조판서 이병정李秉鼎의 자子. 신위申緯, 참판參判 신대승申大升의 자子. 김유근金逌根, 영안부원군永安府院君 김조순金祖淳의 자子 등등.

藤塚鄰, 「李朝の學人と乾隆文化」, 『朝鮮支那文化の硏究』, 1929 ; 同 「吳蘭雪と淸鮮文化の交流」 참조.

12. 추사가 박제가의 훈도를 받았다는 사실은 藤塚鄰, 「金秋史の入燕と翁·阮二經師」, p.264와 金約瑟, 「秋史의 禪學辨」 중 阮堂先生年譜, p.116 및 李東洲, 「阮堂바람」, 『亞細亞』 6, p.155 ; 金龍德, 「貞蕤 朴齊家硏究」 2, 正祖와 貞蕤 : 朴齊家의 學友들, 『朝鮮後期思想史硏究』, 1977, pp.128~130 참조.

13. 종鍾과 정鼎은 중국 고대 동기銅器의 명칭으로 일체동기一切銅器의 총칭으로 쓰이는 말이며, 관관款은 동기에 새겨진 음각자陰刻字(凹字, 보통 내부에 새김), 지識는 양각자陽刻字 (凸字, 외부에 새김)인데, 요철凹凸을 불구하고 고동기古銅器에 새겨진 문자를 모두 관지款識라 한다.

14. 서자書者, 찬자撰者의 씨명氏名, 관위官位, 간략한 내용, 입비 연월立碑年月 등의 대요大要만을 기록하는 편람풍便覽風.

15. 藤原楚水, 前揭書, pp.17~18 참조.

16. 梁啓超, 前揭書, 第13節.

17. 顧炎武, 『求古錄』 1권·『山東考古錄』·『金石文字記』 6권·『石經考』 ; 黃鍾義, 『金石要例』 ; 萬斯同, 『石經考』·『唐宋石經考』·『石鼓文考』 ; 朱彝尊, 『金石文字跋尾』.

18. 翁方綱, 『兩漢金石記』·『粵東金石略』·『蘇米齋蘭亭攷』; 阮元, 『積古齋鐘鼎彝器款識』10권·『山左金石志』·『兩浙金石記』·『華山廟碑攷』4권.

19. 藤原楚水, 前揭書, pp.455~458.

20. 葛城末治, 『朝鮮金石攷』, p.19 및 金昌協, 『農巖集』권27, 「從弟仲雨墓誌銘」.

21. '我東方 石刻古蹟亦多 三韓以前無所考 近世王孫朗原君所輯大東金石錄 殆無遺漏'(李瀷, 『星湖僿說類選』권5 下 「東方石刻」); 今西龍, 『大東金石書』解題, 京城帝國大學法文學部, 1931.

22. 吳世昌, 『槿域書畫徵』권5 p.177

23. 葛城末治, 前揭書, p.20.

24. 洪良浩, 『耳溪集』권16, 「題鍪藏寺碑」; 金正喜, 『阮堂先生全集』권1, 「眞興二碑攷」, p. 13.

25. 洪良浩, 上揭書 권16, 「題新羅文武王陵碑」·「題新羅太宗王陵碑」·「題新羅眞興王北狩碑」·「題麟角寺碑」·「題鍪藏寺碑」·「題金角干墓碑」·「題白月寺碑」·「題平百濟塔」·「題原州半折碑」·「題涉州東海碑」; 藤塚鄰, 「淸鮮文化交流の一瀾」下, 『書苑』제3권 제6호, 1939. 참조.

26. 朴趾源, 『燕巖集』권3, 「李懋官行狀」.

27. 藤塚鄰, 「李朝の學人と乾隆文化」, pp.331~332.

28. 藤塚鄰, 「金秋史の入燕と翁·阮二經師」, pp.275, p.353.

29. 南公轍, 『金陵集』권14, 「題朴山如南壽文」.

30. 南公轍, 上揭書 권23·24.

31. 낭선군朗善君 이우李俁 이래 김광수金光遂·김재로金在魯·유척기兪拓基·홍양호洪良浩·이덕무李德懋·유득공柳得恭·남공철南公轍 들이 모두 청나라에 1회 이상 갔던 사람들이고, 김수증金壽增도 그의 제질弟姪(金壽恒·金昌集·金昌業)들이 청에 많이 드나든 사람이었다.

32. 당唐 정관貞觀 5년(631) 구양순歐陽詢 정서비正書(楷書)碑. 송宋 경력 초慶曆初(1041) 범옹范雍이 단석斷石을 발견하여 탁본한 것. 원석原石 망실亡失.

33. 당唐 무덕武德 9년(626) 우세남虞世南의 해서비楷書碑. 당唐 정관貞觀 탁본임을 옹

방강이 고증. 원석은 망실.

34. 남송南宋 방신유方信孺가 존경하는 육유陸游의 글씨인「시경(詩境)」2자字를 1. 광동성廣東省 소주韶州 무계武溪 2. 호남성湖南省 도주道州 와존窊尊 3. 광서성廣西省 임계臨桂 중은산中隱山 북유동北牖洞 4. 동지同地 용은암龍隱巖 풍동風洞에 각각 각석刻石한 것.

35. 藤塚鄰,「金秋史の入燕と翁·阮二經師－淸朝文化東漸の一斷面」, pp.178~283.

36. 후한後漢 영평永平 6년(63)에 포사도褒斜道(陝西省 褒城縣 南西 300餘里 일대의 계곡으로 關中과 巴蜀을 상통하는 험로)의 개통을 기념한 마애비磨崖碑. 팔분서八分書의 시초.

37. 金正喜,『阮堂先生全集』권4,「與吳閣監圭一」.

38.『朝鮮金石總覽』1919, pp.45~48.

39. 진시황秦始皇(北·西·東 3面)과 2세 황제二世皇帝(南面)의 조서詔書를 새긴 비碑. 소전서小篆書(秦隷). 건륭乾隆 3년(1738) 벽하궁碧霞宮에서 소실燒失.

40. 후한後漢 연희延熹 8년(165) 섬서陝西 화음현華陰縣 건비建碑. 팔분서八分書. 원석 망실. 송탁宋托 3본三本 현존. 1. 四明本(山史本) 2. 長垣本(商邱本) 3. 關中本(華陰本).

41. 당唐 정관貞觀 21년(647)에 만들다. 길이 2촌, 너비 8촌, 두께 2푼의 소비小碑. 저수량체 79자 음각. 변려체.

42. 藤塚鄰,「阮堂集及び阮堂先生全集の檢討」, pp.115~116; 全海宗,「淸代學術과 阮堂」, p.249.

43. "무장사비는 과연 홍복사비서체(弘福寺碑書體)이나〔大唐三藏聖教序, 唐 咸亨 3년(676) 僧懷仁 集王羲之字書－필자 주〕집자集字가 인각사비麟角寺碑와 같지 않습니다."(『阮堂先生全集』권4「與吳進士」9)

44. 추사 당시의 서화가로서는 추사의 평가와 감정을 받지 않은 사람이 거의 없었던 듯하니『완당선생전 집阮堂先生全集』에 산견散見되는바 그 내역을 일목요연하게 보려면『근역서화징槿域書畵徵』의 추사秋史 동시대인同時代人 항항들을 참조하

기 바란다.

45. 藤塚隣,「阮堂集及び阮堂先生全集の檢討」, p.140.

46. 崔南善,「新羅眞興王の在來三碑と新出現の磨雲嶺碑」,『靑丘學叢』2호, 1930.

47. 今西龍,「新羅眞興王巡狩管境碑考」,『考古學雜誌』제12권 제1호, 1921(『新羅史研究』에도 수록).

48. 주 46, 47 참조.

49. 劉喜海自題「海東金石苑題辭」; 李尙迪 題辭; 藤塚鄰,「淸朝文化東漸史上に於ける李月汀と金阮堂」, pp.244~245.

50.《恩誦堂集》文卷1,「隸源津逮序」; 同續 권2,「吳亦梅古甎拓本後序」; 同續 권2,「新羅眞興王巡狩碑拓本後序」同續 권8,「小棠索題新羅眞興王巡狩碑拓本」; 同續 권1,「肅愼笞歌」.

51. 최남선崔南善 전게 논문前揭 論文(p.72)과 가쓰라기 스에하루葛城末治(前揭書, p. 146)도 이미 언급하고 있지만 이 보호책이 강구되는 것은 추사의 강한 영향 때문임이 틀림없다. 윤 감사尹監司가 임명되는 것은 철종 2년(1851) 9월 16일이고 추사가 함경도 북청으로 유배되는 것은 동년 7월 22일이다. 그리고 추사가 동왕同王 3년 8월 14일에 방송放送되자 뒤이어 윤 감사도 동년 12월 15일에 전임轉任 상경上京한다. 이로 보면 무죄無罪한 추사를 보호하기 위한 정치적인 배려이었던 듯한데 이로써 금석학계의 종장宗匠 사제師弟 간間을 동시에 맞은 황초령비黃草嶺碑는 그 보호 사업이 거의 완벽하게 이루어질 수 있는 호운好運을 만났던 듯하다.

52. 今西龍, 前揭 論文,『新羅史研究』, pp.414~417.

53. 稻葉岩吉,「黃草嶺新羅眞興王斷碑の出現-咸南訪碑錄の一-」;『청구학총』9호, 1932, pp.112~117.

54. 此新羅眞興王碑東北定界者也. 舊在黃草嶺石
上, 下剝落, 文殘存一百八十五字. 今移置中嶺, 以
庇風雨, 仍嵌之壁, 與黃草不遠, 無疆界沿訛之慮
矣. 以舊拓考之, 第一行王字下, 有巡狩管境刊石

銘記也. 九字, 并志闕. 眞興戊子後一千二百八十

五年壬子秋八月, 觀察使 尹定鉉書.

55. 內藤虎次郎「新羅眞興王巡境碑考」, 『藝文』 제2권 제4호, 1911.

56. 津田左右吉, 『朝鮮歷史地理』 제1권 제6, 「眞興王征服地域考」 餘論 眞興王巡境碑について, 1913.

57. 池內宏, 「眞興王の戊子巡境碑と新羅の東北境」『古蹟調査特別報告書』 제6책, 1929.

58. 崔南善, 前揭 論文.

59. 前間恭作, 「眞興碑について」『東洋學報』 제19권 제2호, 1931.

60. 今西龍, 前揭 論文.

61. 未松保和, 「眞興王磨雲嶺碑の發見」『朝鮮』 제176호, 1930; 稻葉岩吉, 前揭論文.

제1편

◎

서론
書論

〈계첩고〉

禊帖攷

〈난정첩蘭亭帖〉[1]은 가장 고증하기가 어렵다. 소익蕭翼[2]이 〈난정서蘭亭叙〉를 넘겨 먹었다는 것은 옛날부터 변함없는 이야기이다. 그러나 태종太宗(당唐)이 진왕秦王으로 있을 때 이미 그 진본眞本 중의 하나를 얻고 있었다 하니, 이는 원본原本을 수장하던 때부터 그 설이 일정치 않았음이 이와 같았음을 증명하는 것이다.

그 구양순歐陽詢[3]과 저수량褚遂良[4]이 임모臨摹한 이래에 이르러서는, 구양순본은 곧 〈정무본定武本〉[5]인데 스스로 이는 구양순체이었고, 저수량본은 곧 〈신룡본神龍本〉[6]인데 스스로 이는 저수량체이었다. 저수량본은 또한 하나의 신룡본에 그치지 않았을 뿐이니, 두 모사본摹寫本이 각각 같지 않아서이다. 만약 산음山陰(난정蘭亭이 있던 곳의 지명)에서 쓴 진본과 비교하여 말한다면 또 다를 것이다.

상세창桑世昌[7]이나 강기姜夔[8]가 고론考論한 바와 같은 것은 모두 구양순이 임모한 〈정무본〉에 치우쳐 있어서 저수량 임모본에는 매우 자세하지 못하다. 미남궁米南宮[9]에 이르러서는 저수량이 임모한 진적을 얻고서 평생 진심으로 아끼어 천하제일이라고 하였다. '유曲' 자를 논하는 것과 같은 데서 이르기를 오히려 그 해서楷書의 준칙準則을 보는 듯하다고 하였으나, 이는 또한 저수량본에만 있으며 〈정무본〉에 있지 않은 것이니, 구·저 양 본을 뒤섞어 말할 수는 없다.

또 '군羣' 자의 갈라진 가지(차각扠脚)나 '숭崇' 자의 세 점點 같은 것은 구본과 저본이 같은 바인데, '천遷' 자의 밑이 터진 것과 터지지 않은 것에 이르러서는 구본과 저본이 같지 않다. 태종이 쓴 것 및 회인懷仁[10]이 집자集字한 〈대당삼장성교서大唐三藏聖敎序〉[11]가 모두 밑이 터지게 썼다. 태종은 반드시 진본을 좇아 본떠 썼을 터이고 반드시 저법褚法을 배워 쓰지는 않았을 것이며, 회인 역시 진본을 좇아 모았을 터이니, 그런 까닭에 모두 밑이 터진 '천遷' 자로 썼을 것이다. 따라서 구본歐本도 아직 산음山陰 진영眞影에 털끝만큼도 틀리지 않는다고 확정할 수는 없다. 그런 까닭으로 구 씨가 임모한 본은 그 자체가 구체歐體인 것이다.

건륭乾隆(1736~1759) 연간에 내부內府(어보御寶를 수장한 창고나 그를 관할하는 관청)에 수장된 것이 120본이나 되게 많았는데, 일찍이 유부裕府(유왕부裕王府)에서 한 번 여러 본을 빌려 내 보니 각자 서로 같지 않아서 이상하고 기괴하기가 생각할 수 없을 정도였다고 한다. 이는 또 어떤 사람이 임모하고 찍어낸다 해도, 탕보철湯普徹[12]이나 풍승소馮承素[13]들이 임모한 여러 모본들처럼 역시 각각 독자적인 일본一本을 이루기 때문인가.

지금 세간에 전하는 것은 〈낙수본落水本〉[14]으로 제일을 삼는데, 〈낙수본〉도 또 내부內府에 들어갔다. 그러나 낙수본은 본래 조자고趙子固[15]가 수장하였던 것이며, 강백석姜白石이 가지고 있던 3본 중의 하나이다. 그런데 백석이 고증한 바 있는 편방偏旁(한자의 좌우 변)마저도 또한 모두 이 〈낙수본〉에 합치되지 않으니, 그 고증이 반드시 오직 〈낙수본〉으로써만 하였다고 말할 수는 없다.

그러나 〈정무본〉은 곧 1본일 뿐이니, 3본 중 2본은 또 어떻다고 하겠는가. 조자고 이상 강백석·유자지俞紫芝[16]와 같은 여러 사람들이 보았다 해서지금 다만 〈낙수본〉으로써만 산음 진영의 표준을 삼는다는 것은 응당 다시어떻다고 해야 할까. 조맹부趙孟頫[17]의 13항行 발문跋文이나 17항 발문 등이있는 본들은 지금 이미 불타서 조각들만 남아 있다.

저본楮本인 〈왕문혜王文惠[18]본〉이 오히려 남아 있으나, 왕본의 원적原籍에는 '영嶺' 자가 '산山' 밑에 있는 것(嶺)이어서 또한 늘 있었던 것이 아니므로쉽게 버려야 하는데, 다만 그 미불米芾의 발문이 진본을 삼을 뿐이다. 그러니 지금 장차 어떻게 산음의 원적原蹟으로 거슬러 올라가서 그 갑을甲乙을판정하겠는가. 《추벽당첩秋碧堂帖》[19]이나 《쾌설당법첩快雪堂法帖》[20]과 같은데 있는 여러 본들에 이르러서는 상론할 겨를이 없을 뿐이다.

기유(1849) 초겨울 옥적산방에서 쓰다. 완당.

禊帖攷

蘭亭最難考. 蕭翼賺蘭亭, 是千古不易之說. 然太宗在秦邸時, 已有
得其眞本之一, 證此自原本收藏時, 其說之同異如是.

及其歐褚臨摹以來, 歐本卽定武, 自是歐體, 褚本 卽神龍, 自是褚體.
褚本又 不止一神龍而已, 兩摹各不同. 若以山陰眞跡言之, 又別矣.
如桑姜所攷, 皆偏在於歐摹之定武, 於褚摹不甚詳. 及米南宮, 得褚
摹眞影, 以爲平生眞玩, 天下第一. 如論由字云 猶見其楷則, 此又在
於褚本, 而不在於定武者也, 不可渾稱於歐褚兩本矣.

又如群之扙脚, 崇之三點, 歐褚之所同, 至於遷之開口 不開口, 歐褚
不同. 太宗所書 及懷仁所集 聖教序, 皆以開口書. 太宗必從 眞本臨
書, 未必學作褚法也, 懷仁 亦從眞本集取, 故皆作 開口之遷字. 歐
本之未可確定 爲山陰眞影 一毫不爽, 所以歐本, 自是歐體者也.

乾隆間, 內府收藏, 爲一百二十本之多, 曾於裕府, 一借出諸本, 各自
不同, 有非常可怪, 不可思議處. 是又何人所摹翻, 而湯馮諸摹, 亦
各自一本歟.

今世間所傳, 以落水本, 爲第一, 而落水本, 又入於內府矣. 然落水
本, 是趙子固所收藏, 而姜白石三本之一, 白石所證偏旁, 又未得盡
合, 其證未必專以落水本爲說.

然定武, 則一耳, 三本中兩本, 又復如何歟. 以趙子固以上, 姜白石
俞紫芝 諸人觀之, 今但以落水本, 爲山陰眞影之圭臬者, 當復何如也.
趙之十三跋 十七跋等本, 今已燼殘. 褚本之王文惠本尚存, 然王本之
原蹟, 爲頷字從山者, 而亦爲無恒者, 所易去, 只其米跋爲眞而已. 今
將何以追溯山陰原蹟, 定其甲乙. 至如秋碧 快雪諸本, 並不暇論耳.
己酉(1849) 初冬 書於玉笛山房. 阮堂.

(『阮堂先生全集』卷一)

108

도판 14. 〈계첩고〉 지본묵서, 33.9×27.0cm, 간송미술관 소장

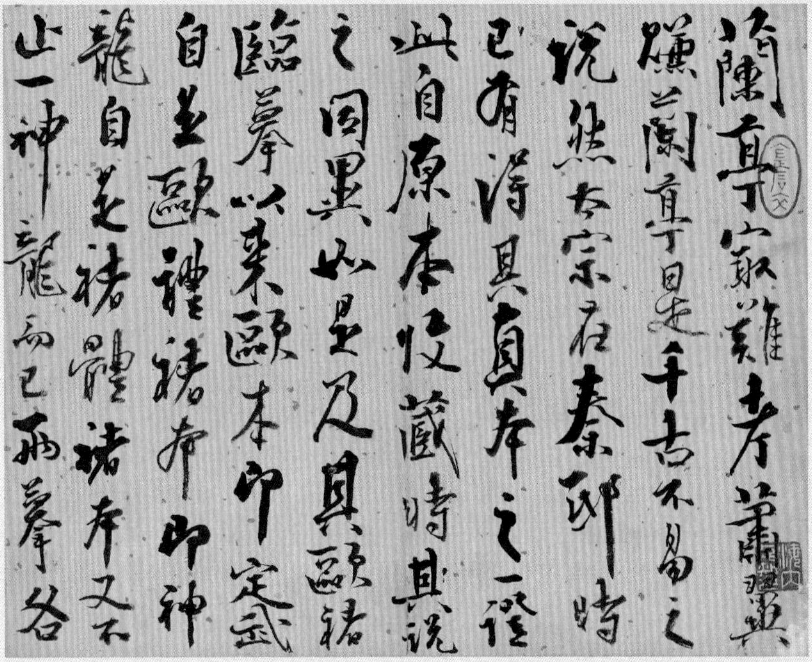

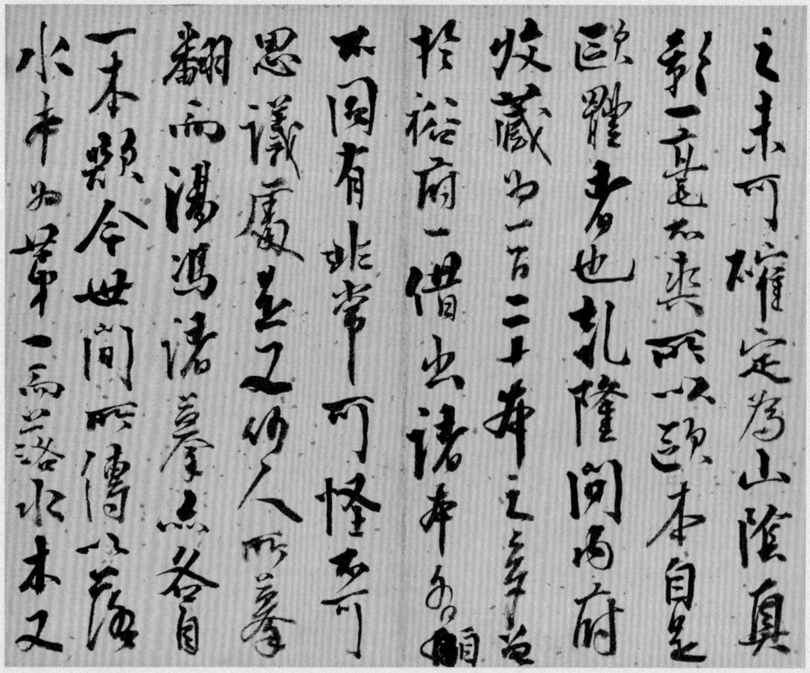

도판 14. 〈계첩고〉 계속

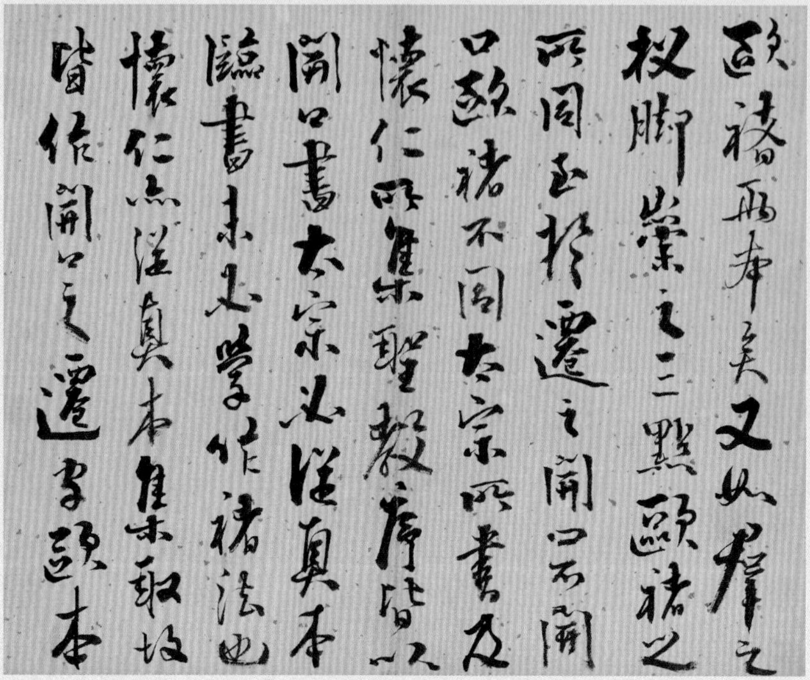

入於內府之失然落水本
並趙子固所及藏而姜白
石三本之一白石所修褉冊
又未褉畫會其後未定
尋以薛水本為說延定
武刻一有三本中兩本
又渡如何頗以道子固土
姜白石俞遠芝諸人觀
之與祖四薛水本出山陰
真蹟之董泉者當復

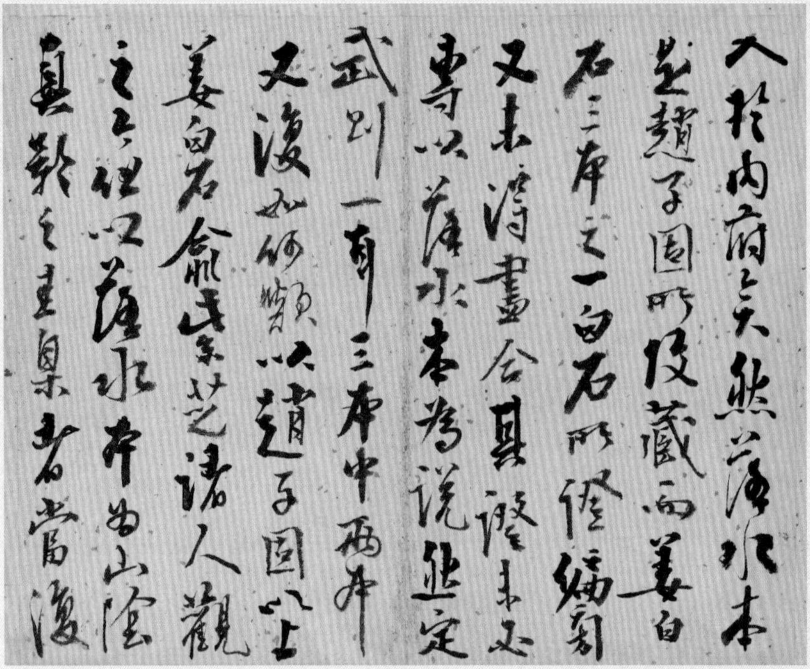

竹如也趙之十三後十七欲未
本之已��禊本之主文
惠本尚存並王本之原
陸領字漾山者兩本而
無悟者所為去只其來
試為真而已今將竹追明
山陰原蹟定其甲乙如
秋碧君快雪諸本並石嚴
論矣
己酉初冬重裝
玉苗山房
阮堂

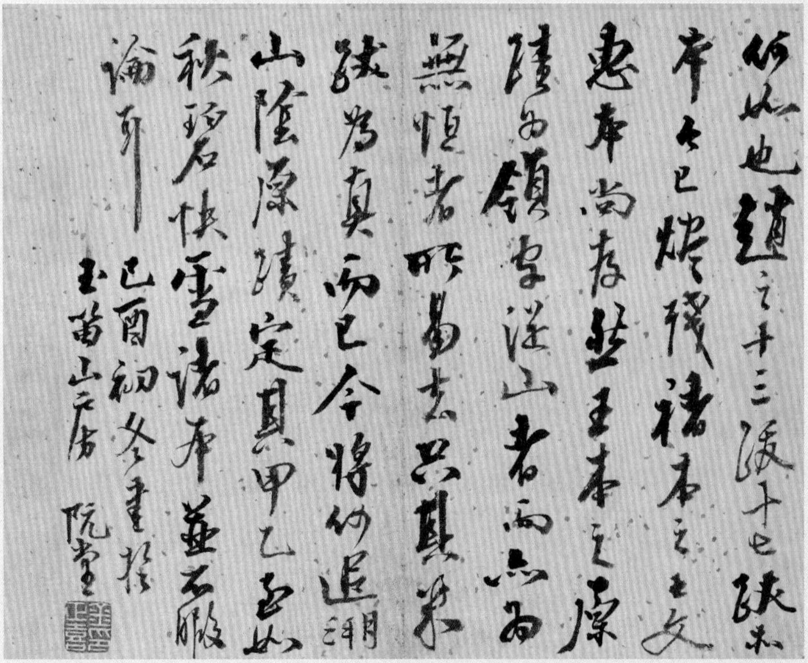

1. 왕희지王羲之(303~379)는 영화永和 9년(353) 3월 3일에 회계會稽 산음山陰 난정蘭亭 (현재 절강성浙江省 소흥현紹興縣 서남西南 난저蘭渚라고 하는 곳에 있던 정자亭子)에서 뜻 이 통하는 당대의 명사 40여 명과 함께 모여 불계祓禊(부정한 것을 씻어 버리는 의식) 의 행사를 가진 다음, 술을 마시며 시를 지었다. 이때에 지은 시들을 모아서 『난정 집蘭亭集』을 꾸몄는데 왕희지는 이 시집의 서문을 자작 자서自書하였다.

   이것이 곧 〈난정시서蘭亭詩叙〉, 〈난정집서蘭亭集叙〉 혹은 〈난정수계서蘭亭修禊叙〉 라 하는 것이다. 잠견지蠶繭紙에 서수필鼠鬚筆로 쓴 이때의 글씨는 왕희지 자신 도 다시 쓸 수 없었던 득의작이었다 한다. 그래서 글씨를 배우고자 하는 사람들은 〈난정서蘭亭叙〉를 법첩法帖으로 삼았으니 이로부터 이를 〈난정첩蘭亭帖〉 혹은 〈난 정수계첩蘭亭修禊帖〉이라 불렀으며, 줄여서 〈난정蘭亭〉이나 〈계첩禊帖〉이라 하기 도 하였다.

2. 소익蕭翼 · 당나라 위주魏州 신현莘縣(현재 산동 신현)인. 본명은 세익世翼. 양梁 무 제武帝의 증손으로 당나라 태종 때에 감찰어사監察御使의 벼슬에 있었던 사람. 비 장된 왕희지의 〈난정서〉 진적眞迹을 휼계譎計로 왕희지 7세손 지영智永의 법자法 資인 월승越僧 변재辯才로부터 탈취함으로써 태종의 숙원을 풀게 하였다는 재사才 士. 이 공功으로 많은 상賞과 원외랑員外郎의 벼슬을 받다.

3. 구양순歐陽詢(557~641). 당나라 담주潭州 임상臨湘(현재 호남湖南 장사長沙)인. 자는 신본信本. 진陳 광주廣州 자사刺史 구양흘歐陽紇의 아들. 흘의 모반 복주謀叛伏誅(모 반으로 형벌을 받아 죽음)로 부친의 친구인 중서령 강총江總이 양육. 모습은 못생겼으 나 천품이 영민하여 경사문학經史文學에 박통하고 서예에 정통했다. 벼슬은 태자 솔경령太子率更令 · 태상소경太常少卿에 이르고 발해남渤海男에 피봉被封. 초당初唐 의 3대가 중의 하나로 꼽히는 서예가.

   남조南朝의 왕희지체王羲之體를 배우고 다시 북비北碑의 험경險勁한 필법을 얻은 다음 남북의 필법을 융화하여 독특한 일가를 이루었다. 전서篆書 · 비백서飛白書 를 다 잘하였으나 특히 해서楷書에 장長하여 이의 조종祖宗을 이룬다. 필세筆勢가 아주 험경險勁하다. 〈구성궁예천명九成宮醴泉銘〉, 〈화도사비化度寺碑〉 등이 대표작이다.

4. 저수량褚遂良(596~658). 당나라 절강浙江 항주杭州 전당인錢唐人. 양책후陽翟候 저량褚亮의 둘째 아들. 자는 등선登善. 벼슬은 간의대부겸기거주諫議大夫兼起居注를 거쳐 상서우복야尙書右僕射에 이르고 하남군공河南君公에 피봉被封. 측천무후則天武后의 책립冊立을 반대하여 고종高宗과 무후의 미움을 사서 지방관으로 좌천, 애주愛州 자사로 죽다. 무후 때는 장손무기長孫無忌의 역모에 배후 선동 혐의로 관작官爵이 추탈되다.

초당初康 3대가 중의 하나로 꼽히는 서예가. 수隋의 서가書家인 사릉史陵(北系)에게 배우고 우세남虞世南(南系)을 사숙하여 왕희지 필법을 체득. 역시 해서楷書의 대가이니 북비체北碑體를 기본으로 하여 그의 서체는 주경遒勁(힘차고 굳셈)하되 경쾌輕快 화려하다. 〈이궐불감기伊闕佛龕記〉, 〈맹법사비孟法師碑〉, 〈안탑성교서雁塔聖教序〉 등을 대표작으로 꼽는다.

5. 〈정무본定武本〉. 정무定武 명칭의 유래에 관해서는 6종의 설이 있는데 이를 종합하면 다음과 같다. 왕희지의 〈난정서〉를 당나라 태종이 구득한 뒤에 당시의 명필들로 하여금 임모臨摹하게 하였는데 구양순의 모본摹本이 가장 뛰어났다 한다. 그래서 이를 석각石刻하게 하였다.

이 원석原石이 오대五代의 석진石晋 시대에 이르러 거란契丹의 야율덕광耶律德光에게 약탈되어 운반되다가 그의 급사急死로 하북성河北省 진정부眞定府(현재 정정부正定府. 만주滿洲, 요녕성遼寧省 철령鐵嶺 동북쪽이라고도 하나 오류이다.) 살호림殺虎林에 버려졌다. 그런데 송나라 경력慶曆(1041~1048) 연간에 이학구李學究가 이를 수득收得하여 세상에 알리게 되었다. 그 후에 그 아들이 관채官債를 갚지 못하자 정주부定州府 정무수定武守 송경문宋景文이 공탕公帑으로 이를 대납代納하고 부고府庫에 이 원석原石을 거둬들임으로써 정무본定武本의 이름을 얻게 되었다고 한다.

6. 〈신룡본神龍本〉. 역시 〈난정서〉의 저수량 임모본臨摹本인데, 정무본에 필적할 만큼 유명한 것이다. 전후前後의 양 끝에 '신룡神龍'의 반자인半字印이 새겨져 있으므로 신룡본神龍本이라 한다.

7. 상세창桑世昌. 남송南宋 회해인淮海人. 천태天台 우거寓居. 자는 택경澤卿, 육유陸游의 생질甥姪. 「난정박의蘭亭博議」 15편을 남겼다(『지부족재총서知不足齋叢書』 중에 「난정고蘭亭考」 13권 12책으로 현존).

8. 강기姜夔(1158~1231). 남송南宋 강서江西 파양인鄱陽人. 자는 요장堯章, 호는 백석白石. 서예가書藝家. 문사文詞와 음악에도 정통. 「난정고蘭亭考」, 『강첩평絳帖評』 6권, 『속서보續書譜』 1권을 저술. 명나라 도종의陶宗儀는 「강기계첩편방고姜夔禊帖偏旁攷」를 남기고 있다.

9. 미불米芾(혹은 불黻. 1051~1107). 북송北宋 형주荊州 양양인襄陽人. 자는 원장元章, 호는 해악외사海嶽外史 · 양양만사襄陽漫士 · 녹문거사鹿門居士. 벼슬은 서화학박사書畫學博士를 거쳐 예부禮部 원외랑員外郎을 지내니 예부의 별칭別稱인 남궁南宮이라고도 한다. 시詩 · 서書 · 화畫 삼절三絕로 일세一世를 울린 다예인多藝人.

   서書는 처음에 나양羅讓을 배우고 다시 안진경체顏眞卿體를 터득한 다음 고금제체古今諸體를 섭렵하여 전篆 · 예隸 · 해階 · 행行 · 초서草書의 제법諸法에 뛰어나지 않은 것이 없었다. 그림은 조방일격粗放逸格의 수묵산수水墨山水에 문사文士의 심회心懷를 가탁假托하는 문인화의 시조로 미점米點을 창안하여 연운임리煙雲淋漓하고 탈속방일脫俗放逸한 화법을 이룩하다. 고서화古書畫에 대한 감식鑑識과 수장收藏에도 으뜸. 시詩 · 문文 · 서書 · 화畫 감식의 고금 제일로 자부하다.

10. 회인懷仁. 당나라 태종太宗 때, 장안長安 홍복사弘福寺의 승려. 중승衆僧의 청에 의하여 태종 어제太宗御製의 〈대당삼장성교서大唐三藏聖敎序〉를 왕희지 진적眞蹟에서 집자集字하여 비패碑牌에 새기다. 전기傳記 미상未詳(『패문재서화보佩文齋書畫譜』 권 30).

11. 〈대당삼장성교서大唐三藏聖敎序〉. 당나라 태종太宗 정관貞觀 22년(648)부터 회인懷仁이 왕희지의 진적에서 집자하기 시작하여 당나라 고종高宗 함형咸亨 3년(672)에 문림랑文林郎 제갈신력諸葛神力이 늑석勒石하고 무기위武騎尉 주정장朱靜藏이 전자鐫字하여 장안 홍복사에 입비立牌한 〈집왕성교서集王聖敎序〉를 말한다(앞의 주 10 참조).

   왕희지의 행서체 집자로서 집자의 저본은 〈난정서〉가 기본이 되었다 한다. 행서의 신품神品으로 치는 것으로 필치 유려하여 풍운風韻이 삽상颯爽(시원하고 상쾌함)하다. 원석原石은 명 대明代에 양단兩斷되었는데 천순天順(1457~1464) 초기라고도 하고 만력萬曆 을묘乙卯(1615)의 일이라고도 한다. 단전斷前 탁본과 그 번각본飜刻本들이 많이 전한다. 왕희지 집자비集字碑의 효시이다.

12. 탕보철湯普徹. 당나라 정관貞觀 때의 공봉탑서인供奉榻書人. 왕희지의 〈난정서〉를 제명帝命으로 임모臨摹하다.

13. 풍승소馮承素. 당나라 정관貞觀 때의 공봉탑서인供奉榻書人. 벼슬은 홍문관弘文館 장사랑將士郎을 지내다. 글씨를 잘 썼는데 특히 해서에 능하였다. 정관 13년 왕희지의 〈악의론樂毅論〉을 제명帝命으로 임모臨摹하고, 탕보철湯普徹·한도정韓道政·제갈정諸葛貞 등과 같이 〈난정서〉를 제명帝命으로 탑서榻書하다.

14. 조맹견趙孟堅이 강백석姜白石 구장舊藏의 〈정무난정본定武蘭亭本〉을 만사滿師로부터 반만권半萬卷의 중가重價로 구득하고, 이를 가지고 승산昇山으로 배를 타고 가는 중 배가 전복되는 불행을 만나게 되었다. 이때 맹견은 이 〈난정서〉를 급히 구하여 가지고서 "〈난정蘭亭〉이 여기 있으니 나머지는 물어볼 것도 없다."라고 하고 이를 부근 소사小寺에서 말리어 그 권수卷首에 '성명가경性命可輕 지보난득至寶難得'이라고 제기題記함으로써 이로부터 낙수본落水本의 이름이 생기었다(『패문재서화보佩文齋書畫譜』 권88).

15. 조맹견趙孟堅(1199~1295). 남송南宋 말 해렴인海鹽人. 송말宋末 종실宗室. 자는 자고子固, 호는 이재거사彛齋居士. 보경寶慶 2년(1226) 진사. 벼슬이 한림학사翰林學士·승지承旨에 이르다. 남송이 망하자 수주秀州에 은거하다. 시와 서화를 모두 잘하였는데 특히 수묵水墨 백묘법白描法에 능하여 매란죽석梅蘭竹石 및 수선水仙을 잘 그리다. 고서화古書畫의 감식과 수집에 뛰어나서 낙수난정落水蘭亭의 고사故事가 이루어질 정도이었다.

16. 유자지俞紫芝. 이름은 화和, 자는 자중子中, 호는 자지선생紫芝先生·자지노인紫芝老人. 항주인杭州人. 시서詩書를 잘하였고 조맹부에게 배워 난초蘭草와 진서眞書에 특히 뛰어났다. 명초인明初人으로 조맹부의 제자이니 조맹견의 이상이 될 수 없다. 따라서 유자지의 거칭擧稱은 오류인 듯한데 남송南宋 이종理宗 시에

승의랑承議郞을 지낸 유송兪松(전당인錢唐人, 자는 수옹壽翁, 호는 오산吳山)이 「난정속고蘭亭續攷」 2권을 저술하고 있으므로 이의 오칭誤稱이 아닌가 한다. 성성만을 열거한 다른 기록을 인용하면서 일으킨 저자의 착각인 듯하다.

17. 조맹부趙孟頫(1254~1322). 원元 탁군인涿郡人, 호주湖州에 살다. 맹견孟堅의 종제從弟. 자는 자앙子昻, 호는 송설도인松雪道人·송설재松雪齋·구파정鷗波亭. 벼슬은 한림학사翰林學士 승지承旨에 이르고 위국공魏國公에 피봉被封. 시호諡號 문민文敏. 시詩·문文·서書·화畵에 모두 뛰어나다. 서체는 송설체松雪體의 일가를 이루고, 그림에서는 소위 시서화詩書畵 일치의 문인화풍文人畵風을 정립시킨 대가이다.

18. 왕세정王世貞(1526~1590). 명나라 강소江蘇 태창인太倉人. 자는 원미元美, 호는 엄주산인弇州山人 또는 봉주鳳洲. 가정嘉靖 26년(1547) 진사進士. 당대의 거유巨儒. 벼슬은 형부상서刑部尙書에 이르다. 시호諡號 문혜文惠. 『왕씨서원王氏書苑』 10권, 『화원畵苑』 10권 등 많은 저서가 있다. 그의 문집인 『엄주산인사부고弇州山人四部稾』(전 174권·속고續稾 207권)에 권 130 「묵적발墨跡跋」, 「설도조난정薛道祖蘭亭」, 권 153 「석각발石刻跋」·「송탑난정사칙宋榻蘭亭四則」·「제송탑저모계첩이칙題宋榻褚摹禊帖二則」·「송탑난정첩宋榻蘭亭帖」·「난정비본蘭亭肥本」·「주저동서당계첩周邸東書堂禊帖」·「왕우군초서난정기王右軍草書蘭亭記」의 저술이 실려 있는 것으로 보아 왕문혜王文惠의 발문跋文이 붙어 있는 〈난정서〉일 것이다.

19. 《추벽당첩秋碧堂帖》. 명말청초明末淸初 직례直隸 진정眞定(현재 하북 정정正定)인 양청표梁淸標(1620~1691. 자는 옥립玉立·당촌棠村, 호는 창엄蒼巖. 명明 숭정崇禎 16년(1643) 한림. 강희 23년 1684년 보화전대학사保和殿大學士. 27년 1688년 재상)가 찬정撰定하고 우영복尤永福(天錫)이 각刻한 법첩法帖. 전 8권. 《쾌설당법첩快雪堂法帖》과 쌍벽.

내용은 권1에 진晉 육기陸機의 〈평복첩平復帖〉(동기창董其昌 발跋), 왕희지의 〈난정서〉(송렴宋濂 제題), 당唐 두목지杜牧之의 〈장호호시張好好詩〉, 권2에 안진경顔眞卿의 〈자서고自書告〉(동기창 발跋), 〈죽산연구시竹山聯句詩〉(미우인米友仁 발跋), 권3에 송나라 고종高宗의 〈임황정경臨黃庭經〉(소형정邵亨貞 제題), 소식蘇軾의 〈귀거래사歸去來辭〉, 권4에 소식蘇軾의 〈동정춘색부洞庭春色賦〉·〈중산송료부中山松醪

賦〉, 권5에 황정견黃庭堅의 〈음장생시 3편 陰長生詩三編〉, 권6에 미불米芾의 〈호서의랭탑류요기구湖西衣冷榻留要起句〉, 권7에 채양蔡襄의 〈부경시첩赴京詩帖〉, 권8에 조맹부의 〈낙신부洛神賦〉·〈상청정경常淸淨經〉을 수록함.

20. 《쾌설당법첩快雪堂法帖》. 명말 청초明末淸初의 탁주인涿州人 풍전馮詮이 찬정撰定 자각自刻한 법첩. 전 5권. 복건福建 황씨黃氏와 복건 총독福建總督 양경소楊景素에 전매轉賣되어 건륭 때에 내부內府에 수장收藏. 건륭제는 순화헌淳化軒의 예에 따라서 쾌설당快雪堂을 건립하여 비장秘藏 출판出版.

내용은 권1에 왕희지의 〈쾌설시청첩快雪時晴帖〉·〈만복晚復〉·〈자위自慰〉·〈차극한且極寒〉·〈4월 5일〉·〈추심追尋〉·〈추중감회秋中感懷〉·〈관노官奴〉·〈10월 5일〉의 제첩諸帖, 〈악의론樂毅論〉·〈임종요력명첩臨鍾繇力命帖〉·〈환시첩還示帖〉·〈묘전병사첩墓田丙舍帖〉, 저수량의 〈임난정서臨蘭亭叙〉, 미불의 〈임왕희지서臨王羲之書〉, 왕헌지王獻之 〈낙신洛神 13항行〉·척독 등.

권2에 왕흡王洽·왕이王廙의 척독, 구양순의 〈복상卜商〉·〈장한張翰〉 양첩兩帖, 서호徐浩의 〈주거천고朱巨川告〉, 유공권柳公權의 〈수한림직첩守翰林職帖〉, 안진경顔眞卿의 〈채명원蔡明遠〉·〈녹포鹿脯〉·〈천기미가天氣未佳〉 등 제첩諸帖, 회소懷素·고한高閑의 척독.

권3에 송나라 고종高宗의 〈시경해서詩經楷書〉, 이건중李建中·채양蔡襄의 척독, 소식蘇軾의 〈천제오운첩天際烏雲帖〉 척독 등.

권4에 황정견黃庭堅의 시 및 척독, 미불의 척독, 조맹부의 〈소해한야공가전小楷閑耶公家傳〉·〈난정십삼발蘭亭十三跋〉 등을 수록함.

〈국학본 난정첩〉 뒤에 제함
題國學本蘭亭帖後

이는 〈천사암본天師庵本〉이니, 원석原石이 아직 연경燕京 태학太學에 있어서 혹은 〈국학본國學本〉이라고도 일컫는 것이다. 〈영상본潁上本〉[1]이 아닌데 이애 당伊讟堂[2]이 어찌하여 〈영상본〉이라고 써서 확정하고 있는지 모르겠다.

대개 〈난정서蘭亭叙〉에는 두 본이 있으니, 하나는 구양순歐陽詢이 모사한 것, 즉 〈정무본定武本〉이며, 하나는 저수량褚遂良이 모사한 것, 즉 〈저본褚本〉이다. 〈정무본〉과 〈저본〉은 자못 서로 다르니, 천여 년 이래에 흘러 전해 내려온 것이 백천 가지로 변전變轉되었으나, 그러나 이 두 본이 각기 스스로 파를 나눈 데서부터 나오지 않았으면 사실 다른 본은 없다.

〈국학본〉은 곧 〈정무본〉이고 〈영상본〉은 곧 〈저모본褚摹本〉이다. 〈영상본〉에서 '재계축在癸丑'의 세 글자가 빠져 있다든가, '군羣' 자의 머리가 회인懷仁이 집자集字한 저수량본과 서로 합치된다든가, '대帶' 자의 마지막 내리그은 곧은 획이 조금 가로 삐뚜름하다든가, '인리' 자의 오른쪽 수직 획의 끝이 뾰족하다든가, '앙怏' 자의 곁에 한 작은 글자의 '쾌快' 자로 주注를 붙인

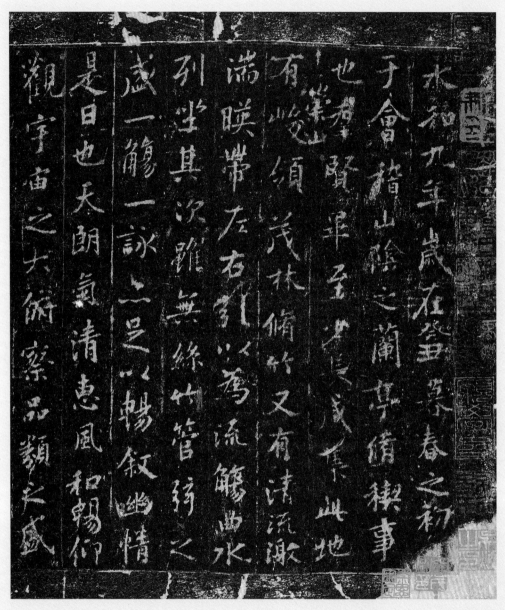

도판 15. 〈난정첩蘭亭帖 송탁宋拓 정무본定武本(오병본吳炳本)〉

것 같은 것은 이것이 〈영상본〉이라는 증거인데 이 본은 처음부터 이러한 한 가지 증거도 없다.

한편 〈국학본〉에서 '급기소지及其所之'의 '지之' 자나 '종기어진終其於盡'의 '진盡' 자, '사생역死生亦'의 '역亦' 자가 〈정무원본定武原本〉과 조금 다를 뿐이니, 이것이 〈국학본〉이라는 증거인데, 이 본은 하나하나가 이와 서로 꼭 맞아서 〈국학본〉이냐 〈영상본〉이냐 하는 판가름을 다시 더 이야기할 것도 없다. 이 본은 〈국학본〉의 가장 오래된 탁본으로 크게 희귀한 물건이다.

조자고趙子固(조맹견趙孟堅)의 〈낙수본落水本〉이나 조문민趙文敏(조맹부趙孟頫)의 〈십삼발본十三跋本〉[3], 소이간蘇易簡의 〈궐삼항본闕三行本〉[4]과 같은 것이 비록 지금까지 남겨져 있다 하여도 중국 밖에서는 얻어 볼 수가 없다. 그러나 이 돌이 송나라 때 새긴 것임에 의지하여 산음山陰(〈난정서〉를 쓴 곳이니 곧 〈난정서〉 원본을 일컫는다.)의 남긴 법식으로까지 거슬러 올라갈 수 있겠으니 반드시 〈영상본〉만 매우 신령스럽게 여겨서는 안 될 터인데, 하물며 또한 〈영상본〉이 이 본보다 더 나은 것이 없음에서이랴!

이애당伊藹堂이 글제로 써 붙인 글씨의 붓놀림이 깊이 저수량체를 체득해서 결코 속필俗筆이 아닌데 하나하나 그와 더불어 대조하며 증명할 수 없는 것이 한스럽다.

題國學本蘭亭帖後

此是天師庵本, 原石尚在燕京太學, 或稱國學本者. 非穎上本也, 不知伊藹堂, 何以題定爲穎上也.

蓋蘭亭有二本, 一是歐摸, 即定武本也, 一是褚撫, 即褚本也. 定武與褚本頗異, 千餘年來, 所流傳百轉千變, 然無出此二本之各自派裂, 實無他本.

國學本, 即定武本也, 穎上本, 即褚摸本也. 穎本如在癸丑三字空缺, 羣字頂與懷仁所集之褚本相合, 帶字末直微橫斜, 引字右直垂尖, 怏字旁注一小快字, 此是穎證, 而此本初無此一證.

國學本, 如及其所之之字, 終期於盡 盡字, 死生亦 亦字, 與定武原本稍異, 此是國學之證, 此本一一脗合, 國穎之辨, 再無可論矣. 此本爲國學本之最舊拓, 大是希品.

如趙子固落水本, 趙文敏十三跋本, 蘇易簡闕三行本, 雖至今見存, 非海外所可得見. 賴有此石爲宋刻, 可溯山陰遺規, 不必藉靈於穎本, 況又穎本, 亦無更進於此本也耶.

伊藹堂籤題筆意, 深得褚體, 決非俗筆, 恨無由一與之對證也.

『阮堂先生全集』卷六)

註

1. 〈영상본穎上本〉. 저모본褚摹本의 일종으로 원석原石을 명나라 가정嘉靖 8년(1529) 영상穎上의 우물 속에서 발견하였는데, 일면에는 〈황정경黃庭經〉을 각각刻하고 일면에는 〈난정서蘭亭叙〉를 새기었다. 그 후 현縣縣의 고중庫中에 수장收藏하였으나 명말明末의 전란에 파괴되어 지금은 그 단편만 남아 있어서 전각全刻은 얻기 힘들고 다만 그 모본摹本을 볼 수 있을 뿐이다. 이 본을 일반적으로 당각唐刻이라 하지만 실은 저모본의 임사臨寫라고 옹방강翁方綱은 말하고 있다.

  그 원본은 미불米芾이 본 증적證跡이 확실하므로 남송南宋 어름의 각각刻일 것이라는 것이 일인日人 나카무라 후세쓰中村不折의 의견이다. 세상에서 이 본을 왕희지王羲之의 진적眞蹟으로부터 온 것이라 하여 난정 중 제일이라고 하나 다소 다른 풍골風骨을 가져서 소쇄瀟灑한 취치趣致가 있기는 하나 진 대晉代 문자는 어느 곳에서나 하나도 보이지 않는다는 것이 최근 연구가들의 의견이다. 혹은 〈영정본永井本〉·〈정저본井底本〉이라고도 한다(中村不折, 「蘭亭攷」).

2. 이애당伊墨堂. 이병수(伊秉綬, 1754~1815)의 별호. 청 복건福建 영화寧化인. 자 조사組似, 호 묵경墨卿 건륭 54년(1789) 진사. 혜주惠州·양주揚州 지부知府를 지내다. 글씨를 잘 썼는데 특히 전예篆隸로 일가一家를 이루다. 경수고미勁秀古媚로 평가. 전각篆刻에 정통하고 산수와 묵매에도 능하였다. 특히 전각과 그림은 남에게 주는 것을 매우 꺼려서 전해지는 작품이 희귀하다. 추사가 따라 배워 추사체 형성에 지대한 영향을 끼쳤다.

3. 〈십삼발본十三跋本〉. 정무난정定武蘭亭의 일종으로 불승佛僧 독고장로獨孤長老가 조맹부趙孟頫에게 기증하여 맹부가 이에 십삼十三 발을 씀으로써 〈십살발본〉의 이름을 얻었는데 혹은 〈독고승본獨孤僧本〉이라고도 한다. 〈낙수본落水本〉과 동일석同一石이나 뒤에 크게 변한 것이다. 소잔본燒殘本으로 겨우 67~68자가 남아 있다. 옹방강翁方綱의 발跋과 제첨題簽이 붙어 있다.

4. 〈궐삼항본闕三行本〉. 소이간蘇易簡의 구장본舊藏本인 저모본으로 명나라 진원서陳元瑞 각각刻인 《발해장진첩渤海藏眞帖》 제2책에 수각收刻된 〈궐삼항본闕三行本〉.

〈영상본 난정첩〉뒤에 제함
題穎上本蘭亭帖後

〈영상본穎上本〉은 명나라 가정嘉靖 연간(8년, 1529)에 비로소 출토되었는데, 우군右軍이 직접 쓴 글씨를 돌에 올려 새긴 것으로 지목되었었으나 사실은 저수량이 모사한 것이었다.

미불米芾 노인이 쓰기를 "소태간蘇太簡[1]이 소장한 〈난정서蘭亭叙〉에 당나라 때 본뜬 견본絹本이 있는데 장장원蔣長源[2]의 집에 있었다."라고 하였다. 이는 곧 당나라 때 본뜬 견본絹本이며, '영중永仲'이라는 작은 인장은 곧 장장원의 도장이다. 이에 의거하면 소태간의 구장舊藏으로 되었었음을 의심할 수 없으니, '영중永仲'이라는 인장이 그 증거이다.

동문민童文敏(동기창, 1555~1636)은 이르기를, "〈영상본〉은 자못 미불의 글씨와 같으니 마땅히 이는 미불이 모사한 것이라 해야 한다."라고 하였으나 이는 짐작해서 한 말이고, 그것이 소 씨蘇氏에게서 나온 것인지는 미처 살피지 못하고 있다. 이는 미불이 임모한 것도 아니고 또한 미불이 돌에 올린 것도 아니어서 그 빠져 버린 여러 곳을 미불은 말하지 않은 것이다. 미불이 소

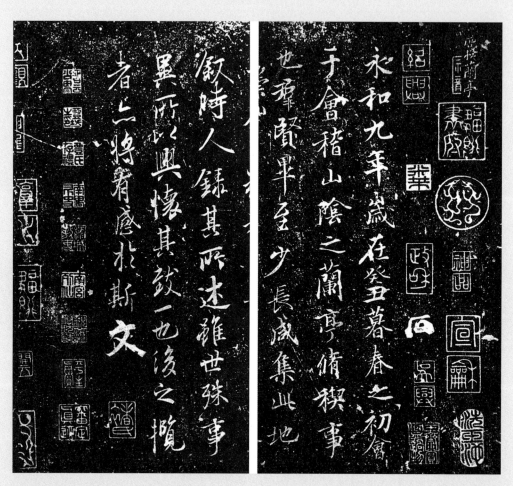

도판 16. 〈난정첩 저모본楮摹本(신룡반인본神龍半印本)〉

씨에게서 보았을 때(미불은 소태간 사후에 태어났으니 서로 만나지는 못하였다. - 역자 주) 이미 빠져 있었던가, 혹은 뒤에 돌에 올릴 때 빠뜨린 것인가.

첫째 줄에 3자를 빠뜨리었고 둘째 줄에 7자를 빠뜨리었으며, 셋째 줄에 2자를 빠뜨리었고 넷째 줄에 8자를 빠뜨리었으며, 아홉째 줄에 1자를 빠뜨리고, 열셋째 줄에 1자를 빠뜨리었으며, 열일곱째 줄에 2자를 빠뜨리었고, 스무째 줄에 1자를 빠뜨리었으며 스물넷째 줄에 1자를 빠뜨리고, 스물일곱째 줄에 1자를 빠뜨렸으니, 그때 돌에 올린 사람이 그 전말을 갖추어 기록하지 않은 것을 아까워할 뿐이다.

그 다른 본과 크게 다른 것으로 다음과 같은 것이 있다. '계禊' 자는 '화禾' 변 중에 하나의 왼삐침과 한 점이 있는데, 이 본에서는 하나의 왼삐침을 단조롭고 곧게 뽑았으니 다른 본보다 특이한 것이다.

'군羣' 자는 머리 부분을 평탄하게 붓을 대어 저수량 임모본의 맑고 군센 뜻을 가장 잘 얻고 있어서 〈성교서聖敎序〉의 '도군생導羣生'과 '증군유拯羣有'의 두 '군羣' 자와 딱 들어맞으니 가히 '군羣' 자의 기준으로 삼을 수 있겠다. 그 맨 아래 다리(말각末脚)에 이르러서는 두 갈래 진 가지를 만들지 않았고 곧장 내려 뽑은 것이 지나치게 길어 다른 본에서는 보지 못하는 것이다.

'대帶' 자는 마지막 내리그은 획이 조금 삐뚜름하며, 위의 네 개의 내리그은 획 중의 오른쪽 맨 끝 한 획이 왼쪽 것보다 도리어 더 길고, 왼쪽의 두 개 내리그은 획이 가지런한 본이니 또 다른 본과는 다른 바이다.

'좌左' 자는 긴 왼삐침의 붓끝 나가는 곳이 멈추었었고, '인引' 자는 오른쪽의 내리그은 획이 뾰족하게 빠졌으며, '차次' 자는 맨 끝 붓질末筆이 한 점인데 작은 오른 삐침小捺을 만들었고 왼쪽 아래 한 점은 깨뜨려서 두 개의 작은 점을 만들었다.

'창暢' 자는 신申 방(왼쪽 변)의 수직 획이 머리 부분에서부터 줄어들어 짧게 되었고 또 '창暢' 자 오른쪽 위의 '단旦'의 가운데에 두 개의 가로획을 그어서 '차且' 자의 모양같이 하였다.

'류지類之' 두 글자는 추악하고 졸렬하니 아마 원 글자가 없어져서 뒷사람이 보충해 넣은 듯하며, '취取' 자는 '이耳'의 안에 세 개의 작은 점을 찍었고 '앙怏' 자는 곁에 하나의 '쾌快' 자로 주注를 달았다.

'면俛' 자는 인人 방이 겨우 윗머리 부분을 한 개의 좁쌀알 모양으로 조금 드러내고 있다.

이 여러 증거는 곧 〈영상본〉만이 홀로 가지는 것이고 다른 본에서는 보지 못하는 것이다. 지금 세상에 석본石本(석각본石刻本)이 아직 남아 있는 것은 오직 〈국학본國學本〉과 〈영상본穎上本〉뿐인데, 〈국학본〉은 〈정무본定武本〉의 적통嫡統을 잇는 것이고, 〈영상본〉은 저수량 모사본의 신수神髓이다. 이 외에 간혹 석본이 흘러 전해지는 것이 있으나 구양순 모사본도 아니고 저수량 모사본도 아니어서 양쪽 어디에도 근거할 수 없다. 〈낙수본落水本〉·〈십삼발본十三跋本〉·〈송탑제본宋搨諸本〉과 같은 것들이 감상가들에게 수장되기도 하지만 모두 탑본搨本이다. 그러므로 천하에서 공인할 수 있는 석본石本은 오직 이 국학본과 영상본 두 개의 돌뿐이다.

산음山陰 난정서蘭亭叙의 한 줄기는 실낱과 같이 끊이지 않는구나.

題穎上本蘭亭帖後

穎本 明嘉靖間始出土, 目爲右軍眞跡上石者, 而實褚摸也.

米老記, '蘇太簡所藏蘭亭, 有唐撫絹本, 在蔣長源處.' 此即唐撫絹本, 而永仲小印, 即蔣長源鈐識. 據此爲蘇太簡舊藏無疑, 永仲印又其證也.

董文敏云, 穎本頗似米, 當是米摸, 此揣摩之詞, 未攷其出於蘇氏也. 此非米臨, 又非米所上石, 而其闕失諸處, 米所未言. 米之見於蘇氏時, 已闕歟, 抑後上石時, 所闕歟.

一行闕三字, 二行闕七字, 三行闕二字, 四行闕八字, 九行闕一字, 十三行闕一字, 十七行闕二字, 二十行闕一字, 二十四行闕一字, 二十七行闕一字, 惜其時上石者, 不具記顚末耳.

其與他本絕異者, 如稧字, 禾中一撇一點, 而此本作一撇單直, 特異於他本者也.

羣字平頂起筆, 最得褚摸淸勁之意, 與聖敎序 導群生 拯羣有之兩羣字, 如合契, 可爲羣字玉尺. 至其末脚, 不作雙权, 垂下過長, 他本之所未見也.

帶字 末直微斜, 上四直之右外一直, 轉長於左直, 左二直齊本, 又他本之所異也.

左字長撇 出鋒處住定, 引字 右直垂尖, 次字 末筆, 一點, 而作小捺, 左下一點, 破作二小點.

暢字 申旁直頂縮短, 又暢字右上旦之中, 作二橫, 如且字樣.

類之二字, 醜劣, 恐是原闕 而後人追補, 取字 耳內作三小點, 快字旁注一快字.

俛字 人旁, 厓微露上頂一㸒之形.

此諸證, 即穎本之所獨, 他本之所未見也. 今天下石本之尙存者, 惟國學本, 與穎上本而已. 國學本, 是定武嫡系, 穎本, 是褚摹神髓. 外此或有石本之流傳, 非歐非褚, 兩無所據. 如落水本, 十三跋本, 宋搨諸本, 爲賞鑑家所收, 而皆搨本也. 石本之可以公之天下者, 只此國學與穎本兩石而已.

山陰一脈, 不絕如綫矣.

『阮堂先生全集』卷六)

註

1. 소이간蘇易簡(957~995). 송宋 재주梓州 동산銅山(현재 사천四川 중강中江)인. 자는 태간太簡. 태종太宗 태평흥국太平興國 5년(980) 진사進士. 벼슬은 한림학사翰林學士·승지承旨를 거쳐 참지정사參知政事·예부시랑禮部侍郎에 이르다. 문장재예文章才藝로 태종太宗의 권우眷遇를 받았다. 『문방사보文房四譜』 5권·『속한림지續翰林志』등의 저서가 있다.

2. 장장원蔣長源. 송宋나라 사람으로 자字는 영중永仲 혹은 중영仲永. 벼슬은 대부大夫에 이르다. 화가畵家로, 오대五代 후량後梁의 화가 형호荊浩(자字는 호연浩然, 호號는 홍곡자洪谷子)와 송 대宋代의 화가 이성李成(자字는 함희咸熙, 호號는 영구營丘)을 배워 착색 산수着色山水를 잘하다. 서화書畵의 수장收藏이 풍부하고 감식에도 뛰어났었다. 〈능소전송凌霄纏松(능소화가 소나무를 휘감다)〉으로 유명.

〈난정서〉 뒤에 씀
書蘭亭後

〈난정서蘭亭叙〉 120종은 이미 내부內府에 거두어들이었다. 유왕裕王[1]의 저택邸宅에서 일찍이 한 번 빌려 내었었는데, 자획이 크게 달라서 사람의 생각 밖으로 뛰어남이 있었다 하나 외부 사람은 그것을 볼 도리가 없었다.

세상 사람들 사이에 아직도 조자고趙子固(조맹견)의 〈낙수본落水本〉과 조오흥趙吳興(조맹부)의 〈십삼발신여잔본十三跋燼餘殘本〉 및 〈고목란원본古木蘭院本〉[2] · 〈국학천사암본國學天師庵本〉[3] · 〈왕문혜본王文惠本〉[4] · 상구商邱 진씨陳氏의 〈송탁구본宋拓舊本〉[5] · 〈영정본穎井本(영상본穎上本)〉 · 왕추평王秋坪의 〈신룡구탁본神龍舊拓本〉[6] 등이 있는데 모두 산음山陰의 참모습으로 거슬러 올라갈 수 있는 것들이다.

《위강첩僞絳帖》[7]의 제일 · 제이본과 《비각속첩秘閣續帖》[8]의 유무언劉無言[9]이 모사한 〈신룡본神龍本〉 · 손퇴곡孫退谷[10]의 〈지지각본知止閣本〉[11] · 진씨陳氏(진원서陳元瑞) 각각刻인 《발해장진첩渤海藏眞帖》의 〈궐삼항본闕三行本〉 및 《희홍당첩戲鴻堂帖》[12], 《추벽당첩秋碧堂帖》, 《쾌설당첩快雪堂帖》의 여러 본에 이르러서는, 비록 각각 여러 번 옮겨 새기어서 잘된 것과 잘 못된 것이 서로 뒤섞이어 있으나, 역시 모두 조본祖本(원본原本)이 있어서 그 이어져 내려오는 것을 가히 찾아볼 수 있다.

이로써 「백석편방고白石偏旁攷」[13]에서 지적한 것 외에 아홉 글자가 없어졌다든지, 다섯 글자가 없어졌다든지, '군羣' 자에서 〈정무본〉의 곁으로 조금 내려온 것과 〈저모본〉의 윗머리 부분이 평탄한 것과 쌍갈래 진 가지(차각杈脚)의 있고 없음 및 3층으로 되었느냐 2층으로 되었느냐 하는 것과, '숭崇' 자에서 '산山' 아래에 세 개의 작은 점이 보이느냐 안 보이느냐 하는 것과 '천遷' 자에서 '서西'의 밑이 터졌느냐 터지지 않았느냐 하는 것으로써 가히 서로 맞춰 보고 증명할 수 있다.

동쪽 우리나라 사람들이 전해 오면서 모사한 〈난정서〉는 〈정무본〉에서 나왔다고 말하지만 〈정무본〉의 여러 증거에 하나도 들어맞는 것이 없으니, 마침내 이는 무슨 본인가. 비해당匪懈堂[14]이 제기한 바로 보면, 한 가지 좋은 본을 얻어 볼 수 있었던 것 같은데 이제 근본을 찾아 연구할 수가 없다. 예전에 소재蘇齋(옹방강翁方綱)와 운대芸臺[15] 등의 여러 이름난 큰 학자들을 좇아서 그 학문의 나머지 한끝을 들었었고, 또 여러 본에서 제법 본 것이 있었으므로 옛 꿈을 거듭 거슬러 오르면서 이에 대략 기록한다.

書蘭亭後

蘭亭一百二十種, 已收入內府. 裕王邸中, 曾一借出, 有字畫絕異,
出人意表者, 外人無由見之.

人間尚有趙字固落水本, 趙吳興十三跋燼餘殘本, 古木蘭院本, 國學
天師庵本, 王文惠本, 商邱陳氏宋拓舊本, 穎井本, 王秋坪神龍舊拓
本, 皆可得尋溯山陰眞影者.

至僞絳之第一第二本, 秘閣續帖之劉無言所摹神龍本, 孫退谷知止閣
本, 陳刻藏眞闕三行本, 戲鴻 秋碧 快雪諸本, 雖各轉翻 眞訛互襍,
亦皆有祖本, 系流之可覓.

是以白石扁旁攷外, 九字損 五字損, 羣字 定武之側下, 褚橅之平頂,
权脚之有無, 或三層二層, 崇字山下之三小點, 或見或不見, 遷字之
開口不開口, 可得以互證矣.

東人所傳摹蘭亭, 謂出定武, 而於定武諸證, 無一合者, 竟是何本歟.
以匪懈堂所題觀之, 似是得見一善本, 今無以追究矣. 昔從蘇齋 芸臺
諸名碩, 聞其緒餘, 又於諸本, 頗有目及者, 重溯前夢, 略記于此.

『阮堂先生全集』卷六)

132

註

1. 유친왕裕親王. 청나라 세조世祖의 맏아들 복전福田. 후손이 살면서 유왕저裕王邸의 택호宅號를 계승하고 있었을 것이다.

2. 〈고목란원본古木蘭院本〉. 「두 왕씨의 글씨를 논함」편 136쪽 참조.

3. 〈국학천사암본國學天師庵本〉. 118쪽 「〈국학본 난정첩〉 뒤에 제함」 참조.

4. 〈왕문혜본王文惠本〉. 116쪽 〈계첩고禊帖攷〉 주 18 참조.

5. 〈송탁구본宋拓舊本〉〉. 미상未詳.

6. 〈신룡구탁본神龍舊拓本〉. 113쪽 〈계첩고〉 주 6 〈신룡본〉 참조.

7. 《위강첩僞絳帖》. 《강첩絳帖》은 송나라 반사단潘師旦이 순화淳化 5년(994)에 집각集刻한 것으로 전후 각 10권씩 20권으로 된 것이다. 전첩前帖은 제가고법첩諸家古法帖(권1), 역대명신법첩歷代名臣法帖(권2~5), 왕희지서王義之書(권6~7), 왕헌지서王獻之書(권8~10)를 수각收刻하였다.

　　후첩後帖에는 송태종서宋太宗書(권1), 역대제왕서歷代帝王書(권2), 왕희지서(권3~6), 역대명신첩歷代名臣帖(권7~8), 장욱서張旭書(권9) 및 안진경顔眞卿·왕익王虞·회소懷素·고한高閑·이건중李建中 서(권10)를 수각하였다. 그러나 이곳에는 〈난정서〉가 없다. 그런데 세상에 《강첩》으로 돌아다니는 12권본인 《위강첩》에는 〈난정서(정무본 계통)〉가 수각되어 있다.

8. 《비각속첩秘閣續帖》. 《원우비각속첩元祐秘閣續帖》을 말한다. 《순화각첩淳化閣帖》의 속편으로 모두 10권이다. 송나라 철종哲宗 원우元祐 5년(1090) 4월에 비각秘閣에서 《순화각첩》에 미각未刻된 전대前代의 유묵遺墨을 제지帝旨에 의해서 각석刻石한 것으로 15만 전錢의 공비를 들여 11년 만인 휘종徽宗 건중정국建中靖國 원년(1101)에 이룩하다.

　　진당晉唐 제후帝后의 서(卷首), 왕희지王義之·왕조지王操之 서(권2~6), 삭정索靖의 월의첩月儀帖(권7), 우세남虞世南·하지장賀知章·유공권柳公權 첩(권8), 이회림李懷琳의 절교서絶交書(권9) 및 무명인서無名人書(권10) 등이 수각되어 있다.

9. 유무언劉無言. 이름 도燾, 자 무언無言. 북송 절강 장흥長興인. 어린 나이에 태학 입

학. 소식 문하로 진사 입격. 글씨와 문장 칭찬. 필세 주경遒勁, 불러서《각첩刻帖》 편수케 하다.

10. 손승택孫承澤(1592~1676). 청淸. 산동 익도益都인. 자 이북耳北, 이백耳伯, 북해北海. 호 퇴곡退谷. 명 숭정 4년(1631) 진사. 청 이부좌시랑. 수장 풍부, 서화 감별 정심. 행서와 초서에 능하였다.《지지각첩知止閣帖》의 각자刻者.

11.《지지각첩知止閣帖》. 청淸 손승택 각본刻本으로 권1에〈정무오자미손비본定武五字未損肥本〉과〈저모영자종산본褚摹嶺字從山本〉의 2본〈난정서蘭亭叙〉가 수각되어 있다.

12.《희홍당첩戲鴻堂帖》. 전 16권. 명나라 동기창(董其昌) 각각. 권1에는 양희楊羲의〈황제내경경黃帝內景經〉, 왕희지의〈악의론樂毅論〉·〈동방삭화찬東方朔畫贊〉, 왕헌지의〈낙신부십삼항洛神賦十三行〉등을 수각하고, 권2에는 배요경裵耀卿·종소경鍾紹京·서호徐浩의〈출사표出師表〉, 왕희지의〈난정서蘭亭叙〉〉(張金界奴本)·〈쾌설시청첩快雪時晴帖〉등을 수각하였다.

권4에는 사장謝莊의〈서설영瑞雪詠〉, 구양순歐陽詢의〈천자문千字文〉등을, 권5에는 구양순의〈이소離騷〉등을, 권6에는 저수량褚遂良의〈낙지론樂志論〉·〈고수부枯樹賦〉, 우세남虞世南의〈여남공주묘지명汝南公主墓誌銘〉·회인집懷仁集〈성교서聖教序〉등을, 권7에는 장욱張旭의〈낭관석기서郎官石記序〉·〈보허사步虛詞〉등을, 권8에는 손과정孫過庭의〈경복전부景福殿賦〉, 종소경鍾紹京의〈유마경維摩經〉, 안진경顏眞卿의〈쟁좌위첩爭座位帖〉등을 수각하였다.

권9에는 안진경의〈자서고신自書告身〉·〈제질녀祭姪女〉등을, 권10에는 두목지杜牧之의〈장호호시張好好詩〉, 서현徐鉉의〈급취편急就篇〉등을, 권11에는 양응식楊凝式의〈신보허사新步虛詞〉, 채양蔡襄·황정견黃庭堅·소식蘇軾의 글씨 등을, 권12에서 14까지에는 소식·황정견·미불米芾의 글씨 등을, 권15에서 16까지에는 조맹부趙孟頫의 글씨를 수각하였다.

13.「백석편방고白石偏旁攷」.「강백석계첩편방고姜白石禊帖偏旁攷」의 약칭. 명나라 도종의陶宗儀 편編,『철경록輟耕錄』권6에 수록되어 있다.『서사회요書史會要』권9에는「강기계첩편방고姜夔禊帖偏旁攷」로 수록되어 있다.

14. 이용李瑢(1418~1453). 조선 세종世宗 제3자인 안평대군安平大君. 자는 청지淸之, 호는 비해당匪懈堂 · 매죽헌梅竹軒 · 낭간거사琅玕居士. 시詩 · 서書 · 화畵에 모두 뛰어났으나 특히 글씨는 송설체松雪體의 진수眞髓를 얻어 진眞 · 초초에 능하여서 국 중은 물론 중국에서까지 진중히 여기었다. 내외 서화의 수장이 풍부하고 장서 수만 권에 이르며 문인들과의 교유가 끊이지 않았으므로 감식안鑑識眼에 타의 추종을 불허하다. 그의 글씨로는〈영릉비英陵碑〉·〈용인龍仁 청천부원군淸川府院君 심온沈溫묘표墓表〉 등의 금석문이 있고,《해동명적海東名跡》·《대동서법大東書法》·《고금법첩古今法帖》 등의 법첩에 수각되어 있는 것이 있다.

15. 완원阮元(1764~1849). 청淸 강소江蘇 의징인儀懲人. 자는 백원伯元, 호는 운대雲臺 · 운대芸臺. 건륭乾隆 54년(1789) 진사進士. 벼슬은 내각학사內閣學士, 병兵 · 예禮 · 호부시랑戶部侍郎 · 절강순무浙江巡撫 등을 거쳐 체인각대학사體仁閣大學士 · 태자태부太子太傅에 이르다. 시호는 문달文達.

청조 후기를 대표하는 대학자로 고증학파考證學派의 산두山斗이다. 경사經史에 박통博通하고 금석 연구에 정심精深하여 많은 저술을 남기었으니『십삼경교감기十三經校勘記』243권,『황청경해皇淸經解』1,400권,『경적찬고經籍纂詁』106권,『산좌금석지山左金石誌』,『양절금석지兩浙金石誌』,『적고재종정관지積古齋鐘鼎款識』10권 등이 있고, 시문집으로는『연경실전집硏經室全集』45권, 동 속집續集 11권, 동 시집詩集 5권이 있다.

추사가 북경에서 만나 사제師弟의 연을 맺고 평생 교신交信 사사師事함으로써 그의 고증학풍考證學風이 추사를 통하여 조선 학계에 지대한 영향을 미쳤다.

두 왕씨의 글씨를 논함
論二王書

서가書家에서는 반드시 우군右軍(왕희지王羲之) 부자父子로써 준칙을 삼는다. 그러나 두 왕씨의 글씨는 세상에 전하는 본이 많지 않으니 진적이 아직까지 남은 것은 오직 〈쾌설시청첩快雪時晴帖〉과 대령大令(왕헌지王獻之)의 〈송리첩送梨帖〉뿐으로 모두 합쳐 계산해야 백 자에 지나지 않는다.

천 년의 뒤에 비궤犎几(왕희지의 글씨를 일컫는다.)의 가풍家風을 좇아 거슬러 올라갈 수 있는 것이 이에 그칠 뿐인데, 또한 모두 내부內府(제실帝室 비고秘庫)로 들어가서 밖의 사람이 볼 수 있는 것은 아니다. 유 씨劉氏[1]가 본을 떠서 장 씨章氏[2]가 새긴 것과 같은 것은, 오히려 한 번 되새긴 것이라서 임모한 법식이나 새긴 법식이 이미 송나라 원나라에 미치지 못하거늘 또한 어떻게 양梁나라 때 임모한 것이나 당나라 때 새긴 것에 비하여 말하겠는가.

육조 시대의 비판碑版은 자못 전하는 본본이 많이 있는데 구양순歐陽詢과 저수량褚遂良은 모두 이로부터 좇아 나왔다. 그러나 송나라 원나라의 여러 분들은 이를 모두 심히 일컬어 말한 사람이 없으니 아마 두 왕씨의 진적이 지금과 같이 아직 다 사라지지 않았기 때문이었던 듯하다.

그래서 지금 사람은 마땅히 북비北碑로부터 좇아 손을 대어야 하니 그런 뒤에라야 바른길로 들어갈 수 있을 뿐이다. 〈초산예학명焦山瘞鶴銘〉은 곧 육조 시대 사람의 글씨이고, 또 〈정도소비鄭道昭碑〉[3]와 같은 여러 석각石刻도 모두 볼만한데, 황산곡黃山谷(황정견黃庭堅)과 같은 이는 여러 번 〈초산명〉을 언급하면서도 일찍이 〈정비鄭碑〉를 든 적이 없으니 역시 이상하다.

〈악의론樂毅論〉의 양나라 때 임모본과 당나라 때 새긴 본은 이미 북송北宋 시대로부터 매우 드물었고, 요즘 세상에 돌아다니는 속본俗本은 왕저王著의 글씨이다. 동쪽 우리나라 사람들은 더욱 감별할 수 없어서 비궤棐几의 진짜 모습인 줄 알고 어려서부터 백분白粉으로 연습하나 끝내 깨닫지 못하니, 마치 채구봉蔡九峰[4]이 전傳을 낸 『서경書經』[5] 고문古文이 모두 매색梅賾[6]의 위조로 된 것을 모르는 것과 같다.

글씨와 그림은 한가지 길일 뿐인데, 화가畵家에서 반드시 위로 조불흥曹不興[7]이나 장승요張僧繇[8]를 찾는다는 것을 아직 듣지 못하였다. 만약 왕우승王右丞의 〈강산설제도江山雪霽圖〉의 전본傳本이나 오도현吳道玄[9]의 〈보살천왕도菩薩天王圖〉의 본뜬 것을 얻는다면 받들기를 천구天球[10]나 홍벽弘璧[11]과 같이 할 것이며, 송나라의 연문귀燕文貴[12]나 역원길易元吉[13]의 것이라면 세상에 드문 보배가 될 것이다.

원나라의 4대가(황공망黃公望·예찬倪瓚·왕몽王蒙·오진吳鎭)에 이르러서도 역시 그 진본을 얻기가 힘드니, 비록 명나라의 심석전沈石田(심주沈周)·유완암劉完庵(유각劉珏)[14]·문형산文衡山(문징명)·동향광董香光(동기창)과 같이 최근에 났던 사람이라 해도 그 작품 보기를 금과옥조金科玉條와 같이 하는데, 글씨는 그렇지 않아서 반드시 종요鍾繇나 왕희지로써 기준을 삼아서 이것이 아니면 문득 모두 소홀히 여긴다.

구양순과 저수량과 같은 이는 모두 진晉나라 사람의 신수神髓인데, 이원

도판 17. 〈난정서 팔주첩八柱帖 저모본계褚摹本系〉

교李員嶠(이광사)는 방판方板(네모반듯함)으로써 흠을 잡아 "우군右軍(왕희지)에게 이런 글씨본이 없었다."라고 말하였으나 그가 평생 익힌 바가 곧 왕저가 쓴 〈악의론樂毅論〉이었던 것을 스스로 깨닫지 못하였다.

그리고 동향광은 서가書家에서 하나의 큰 매듭이 되는 사람인데 들어 던져서 처박아 버리었다. 중국 사람들은 동 씨가 임모한 난정시蘭亭詩로써 《난정팔주첩蘭亭八柱帖》[15] 도판17 안에 밀어 넣어 적파嫡派 진맥眞脈이 서로 전해오는 것처럼 하였다. 동쪽 우리나라 사람의 눈빛이 중국 사람의 감상안보다 훨씬 더 나아서 그렇게 하였는가. 그 헤아릴 줄 모르는 것을 너무 많이 보여 준다.

만약 원교로 하여금 머리를 숙여 창정暢整이나 경객敬客의 글씨에 나아가 배우게 하였다면 그 타고난 재주로써 구양순이나 저수량으로 거슬러 올라가기에는 어렵지 않았을 것이나 또한 반드시 너무 가혹하게 꾸짖어서는 안 된다.

두 왕씨王氏의 진적이 지금까지 중국에 아직 남아 있는 것은 우군右軍의 〈쾌설시청快雪時晴〉이나 〈원생袁生〉 등 첩첩과 대령大令(왕헌지)의 〈송리첩送梨帖〉인데 모두가 그것을 늘 보고 지나며 늘 본떠 연습한다. 또 〈구양순이 모사한 난정〉이나 〈저수량본 난정서〉, 〈풍승소馮承素의 난정서〉와 〈육간지陸柬之[16]의 난정서〉 및 〈개황본開皇本 난정서〉[17]와 같은 것이라면 동쪽 우리나라 사람들이 어떻게 일찍이 꿈에라도 볼 수가 있었겠는가.

이런 도리를 모르니 한결같이 그릇된 곳으로 빠져들어서 되돌아오지 못하고 서 푼짜리 닭털 붓을 잡아 건듯하면 진체晉體를 일컫는데, 그 이른바 진체라는 것은 과연 어느 본인가. 이는 왕저가 쓴 〈악의론〉에 지나지 않을 뿐이다. 어찌 한탄하지 않을 수 있겠는가. 우연히 손과정孫過庭의 〈사자부獅子賦〉와 임조林藻[18]의 〈심위첩深慰帖〉을 보니 어느덧 정신이 날아갈 듯하여 그대로 베껴 썼었다. 손 씨와 임 씨는 곧 진나라 사람의 규칙을 지킨 사람이다. 초서 쓰는 법을 배우고자 하면서 손 씨의 문길(문경門逕)을 거치지 않는다면 또한 촌 주막거리 술집 바람벽의 한낱 진택부적鎭宅符籍 같은 몹쓸 글씨가 될 뿐이다.

〈영정穎井〉과 〈왕문혜王文惠〉의 두 본은 소재蘇齋(옹방강)가 심히 허가許可하지 않았는데, 이것은 반드시 소재의 올바른 법을 갖춘 눈으로 심정審定할 수 있었으므로 천박한 사람은 또한 함부로 말할 수 없다. 상구商邱 진씨陳氏의 〈송탁구본宋拓舊本〉을 운대芸臺(완원)는 정무定武의 원석原石이라 하고 소재는 송나라 때의 번각본翻刻本이라 하니, 소재의 정확함은 마땅히 특별한 식견을 갖춘 것이라 할 것이어서 보통 눈이 꿰뚫어 볼 수 없는 바이다.

운대가 일찍이 〈고목란원본古木蘭院本〉을 두 개의 돌에 새기어 하나는 고목란원에 두고 하나는 문선루가숙文選樓家塾에 두었었는데 전매계錢梅溪 영永[19]이 새기었으며, 조오흥趙吳興(조맹부)의 〈십삼발본十三跋本〉으로 이는 아직 불타기 전의 완전한 본이었다.

조자고趙子固(조맹견)의 〈낙수본落水本〉은 장 씨蔣氏 집 물건이 되었었는데 소재가 빌려다가 서재 안에 두어 두고 평생 힘씀이 여기에 있더니(평생 힘써 이를 공부하더니) 요즈음 듣자니 역시 내부內府로 들어갔다 한다. 조오흥 〈십삼발본〉의 이미 타 버리고 남은 부분은 영후재英煦齋[20]의 수장한 바로 되었으나 역시 소재의 품평品評과 심정審定을 거쳤다.

진晉나라와 송宋나라 사이에, 세상에서는 헌지獻之의 글씨를 중히 여기었고 우군右軍의 글씨는 도리어 중히 여겨지지 않았다. 양흔羊欣[21]이 자경子敬(왕헌지)의 정서正書와 예서隷書를 중히 여기자 세상은 모두 그것을 으뜸으로 삼았다. 양梁나라가 망한 이후에 비각秘閣의 두 왕씨의 글씨는 비로소 북조北朝로 들어가게 되었으나 진짜와 가짜가 뒤섞여서 당시에 이미 변별辨別하기가 어려웠다. 도은거陶隱居[22]가 양 무제梁武帝에게 대답하는 계啓에서 이르기를, "희지羲之가 선조先祖의 영전靈前에 고하고 벼슬길에 나가지 않은 이후로부터 대략 스스로 다시 글씨를 쓰지 않았고 대신 쓰는 한 사람이 있었는데, 세상에서는 능히 구별하지 못하고서 그 느리고 색다른 것을 보고 말년의 글씨라고 부르나 그 실제에 있어서는 우군의 진짜 글씨가 아닙니다. 자경子敬이 17~18세로부터 온통 이 사람을 본떠서 썼다 합니다."(양梁 도홍경陶弘景, 「논서계論書啓」-역자 주)라고 하였다.

　지금 두 왕씨의 글씨는 한 쪼가리가 이와 같이 변별하기 어려우나, 나아가 경經을 읽듯이 남긴 것을 지키고 빠진 것을 끌어안아서 실낱같이 끊기지 않게 하고 있는데 또 어찌 한 사람의 서예가가 가히 이를 비교해서 말할 수 있겠는가. 이것은 배우는 사람들이 두려워해야 할 곳일 뿐이다.

論二王書

書家必以右軍父子爲準則. 然二王書, 世無多傳本, 眞跡之尚存, 惟快雪時晴 與大令 送梨帖, 都計不過百字.

千載之下, 追溯棐几家風, 止此而已, 亦皆入內府, 非外人所可見. 如劉摹章刻, 尚是一翻者, 摹法刻法, 已不及宋元, 又何論於梁摹唐刻也.

六朝碑版, 頗有傳本, 歐褚皆從此出. 然宋元諸公, 無甚稱道者, 以其二王眞書, 猶未盡泯 如今時也.

今人當從北碑下手, 然後可以入道耳. 焦山鶴銘 即六朝人書, 又如鄭道昭, 諸石刻皆可觀, 如黃山谷, 屢及焦山, 而未嘗舉鄭, 亦可異.

樂毅論之梁摹唐刻, 已自北宋時絕罕, 近世所行俗本, 是王著書也. 東人尤無鑒別, 認以棐几眞影, 童習白粉, 竟不覺悟, 如蔡九峰所傳書古文, 皆不知爲梅僞也.

書畫一道耳, 未聞畫家必上探曹不興, 張僧繇. 若得王右丞, 江山雪霽傳本, 吳道玄, 菩薩天王摹筆, 奉之如天球弘璧, 如宋之燕文貴, 易元吉, 爲希世之寶.

元之四大家, 亦難得其眞本, 雖明之沈石田, 劉完庵, 文衡山 董香光之至近, 而視同金科玉條, 書則不然, 必以鐘王爲準, 非是輒皆忽之. 如歐褚皆晉人神髓, 而李員嶠 以方板眇之, 謂之右軍不是書之科, 不自覺其平生所習, 乃王著書樂毅論也.

董香光, 是書家一大結局, 舉抹倒之. 中國人, 以董臨蘭亭詩, 入於蘭亭八柱帖內, 有若嫡派眞脉之相傳, 東人眼光, 有甚過於中國賞鑒而然歟, 多見其不知量也.

若使員嶠, 低首向暢整 敬客書學習, 以其天品, 溯歐褚之不難, 又不必深加苛責也.

二王眞跡之 至今尚存於中國者, 有若右軍快雪時晴 袁生等帖, 大令
之送梨帖, 皆其尋常閱過, 尋常摹習. 又如歐摹蘭亭 褚本蘭亭 馮之
蘭亭 陸之蘭亭 開皇蘭亭, 東人何嘗夢及.

不知此個道理, 一以迷誤不返, 執三錢雞毛, 動稱晉體, 其所云晉體,
竟果何本. 不過是王著樂毅論耳. 寧不可歎. 偶閱孫過庭獅子賦, 林
藻深慰帖, 不覺神飛仍書. 孫林即晉人規則也. 欲學艸法, 不由孫之
門逕, 又是村肆酒壁, 一鎭宅符之惡札耳.

穎井 王文惠二本, 蘇齋不甚許可, 此必蘇齋正法眼, 可以審定, 淺人
又無以妄論矣. 商邱陳氏宋拓舊本, 芸臺以爲定武原石, 蘇齋以爲宋
翻, 蘇齋之精確, 當具特識, 非凡眼所能透到也.

芸臺嘗刻古木蘭院本二石, 一置古木蘭院, 一置文選樓家塾, 錢梅溪
泳刻, 趙吳興十三跋, 是未燼前完本矣.

趙子固落水本, 爲蔣氏家物, 蘇齋借留齋中, 平生用力在是, 近聞亦
入內府矣. 趙吳興十三跋, 已燼殘, 見爲英煦齋所收, 亦經蘇齋品定.

晉宋之間, 世重獻之書, 右軍書, 反不見重. 羊欣重子敬正隷書, 世
共宗之. 梁亡以後, 秘閣二王之書, 初入北朝, 眞僞淆襍, 當時已難
辨. 陶隱居答梁武啓云, 羲之從告靈不仕以後, 略不復自書, 有代
書一人, 世不能別, 見其緩異, 呼爲末年書, 其實非右軍眞書. 子敬
十七八, 全仿此人書.

今二王書, 一段如是難辨, 進而讀經, 守殘抱闕, 不絶如綫者. 又豈
一書家之可以比論乎. 此學者所兢兢處耳.

『阮堂先生全集』卷八

註

1. 명말 청초明末淸初에 《쾌설당법첩快雪堂法帖》(5첩帖)을 각자刻字한 천재 각수刻手 인 유우약劉雨若을 일컫는다.

2. 명나라 만력萬曆 30년(1602)에서 동 38년(1610)에 걸쳐 모각模刻된 《묵지당선첩墨池 堂選帖》(5권)의 집각자輯刻者인 장조章藻(1547~?)를 일컫는다. 장조는 자가 중옥仲 玉. 명 강소 장주長洲(현 소주蘇州)인. 문징명 해서와 전각鐫刻에 능통했던 장문章文 의 아들. 부업을 계승하여 모각摹刻에 능하였다.

3. 〈정도소비鄭道昭碑〉. 〈연주자사정의비兗州刺史鄭義碑〉의 이칭異稱. 북위北魏 정도 소鄭道昭가 선무제宣武帝 영평永平 4년(511)에 그 아버지 의義를 위하여 각서刻書한 비석으로 산동성山東省 평도주平度州에 상비上碑가 있고 같은 성 액현掖縣에 하비 下碑가 있다. 모두 마애각磨崖刻인데 내용은 동일하다.

   하비의 보기補記에 상비의 석질石質이 불량하므로 액현에서 양석良石을 발견하여 다시 각서刻書한다고 하였으므로 그 양비兩碑가 있게 된 까닭을 알 수 있다. 포세 신包世臣은 『예주쌍즙藝舟雙楫』에서 원필圓筆로 쓴 해서楷書로서 전세篆勢·분운分 韻·초정草情이 모두 갖춰져 있다고 극찬하고 당초唐初의 구양순·우세남·저수 량·설직 등이 모두 이 아래에 든다고 하다. 상비는 25항 50자, 하비는 51항. 하비 의 자체自體가 크고 선명하다. '형양정문공지비滎陽鄭文公之碑'라 해서楷書로 제액 題額하다.

4. 채침蔡沈(1167~1230). 남송南宋 복건福建 건양인建陽人. 자는 중묵仲默. 원정元定의 중자仲子. 주희朱熹의 문생. 평생 은거하고 벼슬에 나가지 않다. 주희가 만년에 제 경諸經에 전주傳註를 내었으나 『서경書經』만은 이룩하지 못하자 채침에게 이를 위 촉하였다. 또한 홍범洪範의 수數에 대한 전傳은 부父 원정이 이를 심득心得하고 있 었는바, 부사父師의 교시를 받고 십수 년 잠심潛心 연구하여 드디어 영종寧宗 가정 嘉定 2년(1209)에 『서경』의 전傳을 이룩하다. 시는 도연명陶淵明·이태백李太白의 풍이 있었고, 문은 논변論辯에 장하였다. 구봉산九峯山 아래에 은거하여 세상에서 구봉선생九峯先生이라 존칭하다.

5. 『서경書經』. 요순堯舜으로부터 진秦 목공穆公까지 이르는 고대 제諸 제왕帝王의 치
적治績을 기재한 책으로 공자孔子가 매 편에 서序를 가하여 편찬하였다고 한다.
원명은『상서尚書』인데『서경』이라 한 것은 주희朱熹 때부터이다.

『상서』에는 진秦 박사博士 복생伏生이 한漢 문제文帝 때 벽 속에 감춰 두었던 것을
찾아낸『금문상서今文尚書』29편이 있고, 한漢 무제武帝 말년에 노공왕魯恭王이 공
자의 구택舊宅을 수리하다가 발견했다는『고문상서古文尚書』(금문수文보다 26편이
더 많다.)와, 후한後漢 두림杜林이 발견하였다는『칠서漆書고문상서』가 있으며(공
자 구택『고문상서』와 내용 거의 같음), 동진東晉 매색梅賾이 발견한『공안국편고문상
서孔安國編古文尚書』(금문수文보다 25편이 더 많다.)가 있다.

매씨본梅氏本은 진인晉人, 혹은 진晉 송宋 간의 왕숙학파王肅學派의 위작僞作이라
는 것이 염약거閻若璩 · 혜동惠棟 · 최술崔述 등 청 대淸代 고증학자들의 주장이며,
한 대漢代의『고문상서』들도 왕망王莽의 국사國師 유흠劉歆의 위찬僞撰이었으리
라는 것이 역시 청 대 고증학자인 강유위康有爲 · 최술 등의 주장이다.

6. 매색梅賾. 동진東晉 서평인西平人. 자는 중진仲眞. 벼슬이 예장태수豫章太守에 이르
다. 한漢 무제武帝 때 공안국孔安國이 봉조奉詔 작전作傳한『고문상서』를 무옥誣獄
이 일어난 때문에 바치지 못하고 죽었는데 색賾이 이를 얻어 비로소 조정에 바쳤
다. 그러나 후인들은 모두 의심하여 색이 위조한 것이라 하다.

7. 조불흥曹不興. 삼국 오吳 오흥인吳興人. 이름을 불흥弗興이라고도 쓴다. 화룡畵
龍 · 인물人物 등에 뛰어난 천재 화가로, 오나라 8절絶의 하나로 꼽힐 만큼 당시에
이름을 날렸다.

오나라 대제大帝(손권孫權)가 병풍을 그리게 하였는데 잘못하여 먹을 떨어뜨리고
이것을 파리 모양으로 바꿔 놓으니 대제가 진짜 파리인 줄 알고 손을 저어 쫓았
다 한다. 남제南齊 화가 사혁謝赫은 비각秘閣에서 그의 용 그림을 보고 진짜 용을
보는 것 같았다 한다. 남조南朝 송宋 문제文帝 때 기도도 효력 없이 여러 달 가뭄이
계속되었는데 불흥不興의 〈청계적룡도淸溪赤龍圖〉를 물 위에 걸어 놓자 안개가 끼
고 비가 10여 일 내렸다고 한다. 이 정도로 핍진逼眞한 사생寫生 능력을 가졌던 화
가이다.

8. 장승요張僧繇. 양梁 강소江蘇 오중인吳中人. 양梁 무제武帝의 총애를 받아 벼슬이 우장군右將軍·오흥태수吳興太守에 이르다. 불화佛畵의 천재로, 양 무제의 불사佛事에 많은 불화를 그렸다.

금릉金陵의 안락사安樂寺에 백룡白龍 4구를 그리고 안정眼睛을 그리지 않으매 사람들이 그 까닭을 물으니 점정點睛하면 날아가 버리기 때문이라고 하였다. 사람들이 헛소리로 알고 억지로 그려 달라 하였는데 그리자마자 벼락이 벽을 깨뜨리고 용은 구름을 타고 날아갔으며 점정하지 않은 두 용만 남았었다 한다.

또한 건강健康의 일승사一乘寺 문액門額의 그림을 멀리서 보면 요철凹凸이 있는데 가까이서 보면 보통 그림이어서 사람들은 이를 요철사凹凸寺라 하였다 한다. 이로 보아 승요는 서역화西域畵의 요철화법凹凸畵法(음영법陰影法)을 배워 인도식印度式 운염법暈染法을 구사하였던 듯하니, 그의 창시라는 몰골준법沒骨皴法도 이로부터 탈화脫化한 것이라 할 수 있다.

따라서 승요는 중국 회화사상 인도印度 기법을 도입하여 일대 혁신을 전개한 사람으로 그 위치가 자못 중요하다고 하겠다. 아들 선과善果와 유동儒童이 모두 가업家業을 이어 그림을 잘 그리다.

9. 오도현吳道玄(?~792). 당나라 하남성河南省 양구陽翟(현재 우현禹縣)인. 자는 도자道子. 현종玄宗 시대의 명화가. 초명이 도자였는데 현종 명으로 도현이라 개명했다고 한다.

현종의 지우知遇를 받아 벼슬이 내교박사內敎博士에 이르다. 화법畵法은 양梁의 장승요張僧繇를 사숙私淑하였으나 개원開元 연간에 장군 배민裴旻의 검무劍舞를 보고 대오大悟하여 일가를 이루었다 한다. 인물·귀신·조수鳥獸·초목草木·대각臺閣·산수山水 등을 못 하는 것이 없었으나 특히 불화佛畵와 도석화道釋畵에 뛰어났다. 그래서 초묵흔焦墨痕으로 겸소縑素의 바탕을 자연스럽게 드러내게 하는 것을 오장吳裝이라 하고, 바람결에 휘날리는 의대衣帶의 표현을 오대당풍吳帶唐風이라 한다.

초년에는 세필細筆을 썼으나 중기 이후에는 뇌락磊落한 난엽선蘭葉線을 구사하여 자못 호방한 필치를 보이었다 하는데 대체로 벽화를 많이 그리어 유작이 거의 남아 있지 않다. 평생 장안長安과 낙양洛陽 양경兩京 사관寺觀의 장벽牆壁 300여 간間에 지옥변상地獄變相 등 제경諸經 변상變相과 불보살佛菩薩 및 중신衆神의 도상圖像을 그렸다 한다.

10. 천구天球. 옥 이름. 옹주雍州에서 바친 것으로 빛이 하늘색이다.

11. 홍벽弘璧. 옥 이름. 큰 옥의 하나.

12. 연문귀燕文貴(967~1044). 북송北宋 오흥인吳興人. 연귀燕貴 혹은 연문계燕文季라고도 전한다. 북송 초기의 화가. 태조太祖 때 군적軍籍에 있었으나 퇴위退位하여 화법畵法을 하동河東의 학혜郝惠에게 배우고 거리에서 그림을 팔아 생계를 잇다가 한림대조翰林待詔 고익高益의 눈에 띄어 도화원圖畫院 지후祇侯로 발탁되다. 산수·인물에 능하였고 특히 주선반거舟船盤車 등의 밀묘密描에 독자적 일가를 이루어 세쇄정윤細碎精潤의 풍이 있었다.

13. 역원길易元吉. 북송北宋 호남湖南 장사인長沙人. 자는 경지慶之. 인종仁宗·영종英宗 시대의 화가. 처음에는 화과花果를 전문하였으나 조창趙昌의 그림에 감복하여 심산深山에 들어가 장獐·원猿 등을 묘사하는 법을 고심 자득自得한 후에 드디어 화조동물화花鳥動物畫의 대가로 이름을 얻다.

영종英宗 치평治平 원년(1064) 경령궁景靈宮 효엄전孝嚴殿에서 화필畫筆을 떨친 이래 서숭사徐崇嗣·조창趙昌의 후계자로 최백崔白·오원유吳元瑜와 함께 송 대代 화조화花鳥畫를 대표하다.

14. 유각劉珏(1410~1472). 명나라 강소 장주長洲(현재 소주蘇州)인. 자는 정미廷美, 호는 완암完庵. 정통正統 3년(1438) 거인擧人, 산서안찰첨사山西按察僉使를 지내다. 시詩·서書·화畫를 모두 잘하다. 특히 산수화에 뛰어나서 면밀유미縣密幽媚한 풍취가 있었다. 글씨는 조맹부·이옹李邕을 배우고 그림은 왕몽을 따르다.

15. 《난정팔주첩蘭亭八柱帖》. 청나라 건륭乾隆 황제의 칙수勅修로 집각集刻한 〈난정서蘭亭叙〉 관계의 법첩法帖. 8책冊으로 되어 있다. 제1책 우세남모虞世南摹 〈난정서〉, 제2책 저수량모褚遂良摹 〈난정서〉, 제3책 풍승소모馮承素摹 〈난정서〉, 제4책 유공권서柳公權書 〈난정시묵적蘭亭詩墨蹟〉, 제5책 희홍당각戱鴻堂刻 유공권서柳公權書 〈난정원본蘭亭原本〉, 제6책 우민중보于敏中補 희홍당각 유공권서 〈난정궐필

蘭亭闕筆〉, 제7책 동기창방董其昌仿 유공권서 〈난정시蘭亭詩〉, 제8책 어림御臨 동
기창방 유공권서 〈난정시〉.

16. 육간지陸柬之. 당나라 오吳(현재 강소蘇州)인. 우세남虞世南의 생질甥姪로 우세남에
게서 글씨를 배우다. 예隸 · 행行 · 초草를 모두 잘 썼는데 특히 초서는 의고필로
意古筆老의 평이 있었다. 벼슬은 태자사의랑太子司議郎에 그치다.
그의 대표작으로는 〈두타사비頭陀寺碑〉 · 〈급취장急就章〉 · 〈용화사액龍華寺額〉 ·
〈무구동산비武丘東山碑〉 등이 알려져 있다. 서법書法을 아들 언원彦遠에게 전하여
대륙大陸 · 소륙小陸의 칭이 있고, 언원은 다시 장욱張旭에게 전하여 지영智永 이
래 왕우군王右軍의 필법을 면면상승綿綿相承해 가다.

17. 〈개황본 난정서開皇本蘭亭叙〉. 권미卷尾에 '개황 18년 3월 20일 새기다開皇十八年三
月二十日刻.'라는 작은 글씨가 새겨져 있어서 붙여진 이름이다. 새겨 쓴 대로 수隋
문제文帝 개황開皇 18년(598)에 지영智永이 임모한 〈난정서〉를 새긴 것으로 〈계첩
禊帖〉 각본의 효시라 한다. 뒷사람이 〈신룡본神龍本〉을 본떠 만든 위작僞作이라는
주장도 있다.

18. 임조林藻. 당나라 포전莆田(현재 복건성 하문도廈門道 포전현)인. 자는 위건緯乾. 정
원貞元 7년(791) 진사. 벼슬이 전중시어사殿中侍御史, 영남절도부사嶺南節度副使
에 이르다. 글씨를 잘 쓰다. 행서行書는 지영智永을, 정서正書는 안진경顔眞卿을
배우다.

19. 전영錢泳(1759~1844). 청나라 금궤金匱(현재 강소江蘇 무석無錫)인. 자는 매계梅溪 또
는 입군立群. 호는 매화계거사梅花溪居士. 벼슬은 경력經歷을 지내다. 시詩 · 서
書 · 회畫 · 전각篆刻을 모두 잘하였는데 특히 예서隸書에 뛰어났다. 『설문지소록
說文識小錄』, 『수망신서守望新書』, 『이원금석목履園金石目』, 『매화계시초梅花溪詩
鈔』 등의 저서가 있다.

20. 영화英和(1771~1840). 청나라 만주滿洲 정백기인正白旗人. 성은 삭작락씨索綽絡
氏. 유명幼名 석동石桐, 자 수금樹琴, 정포定圃, 호는 후재煦齋. 건륭乾隆 58년(1793)
진사進士. 벼슬이 협판대학사協辦大學士 · 호부상서戶部尙書에 이르다. 옹방강翁
方綱의 제자로 금석金石 · 서화書畫에 능하고 이를 좋아하여 그 수상收藏이 풍부

148

하였으며 《송설재법서묵각松雪齋法書墨刻》등의 법첩法帖을 간각刊刻하다.

어린 시절에 안진경 〈다보탑비多寶塔碑〉를 임서하고 소장 시에 송설체松雪體의 신수神髓를 얻고 유용劉墉을 따라 배우다가 만년에 구양순歐陽詢과 유공권柳公權을 익혀 스스로 일가를 이루었다. 성철친왕成哲親王과 글씨로 당세에 이름을 나란히 하다.

성정性情이 개결介潔하여 권신權臣 화신和珅이 사위를 삼으려 하였으나 응하지 않았으며, 전시殿試에 합격되는 것을 꺼리어 서체書體를 꾸미어 자신을 숨기었다고 한다. 『은경당집恩慶堂集』을 남기다.

21. 양흔羊欣(?~442). 동진東晉 태산泰山 남성南省(산동 불현弗縣)인. 자는 경원敬元. 벼슬은 남조송南朝宋에서 신안태수新安太守ㆍ의흥태수義興太守를 역임하고 중산대부中散大夫에 이르다. 황로黃老의 학學을 좋아하였으며 의술醫術에 정통하여 『약방서藥房書』10권을 저술하다.

왕헌지王獻之의 의발 제자衣鉢弟子로 스승의 총애를 받아 친히 사법師法을 전수傳受. 특히 예서隸書(금예今隸, 즉 해서楷書를 지칭)와 행서行書를 잘 쓰다. 『속필진도續筆陳圖』1권, 『고금능서인명古今能書人名』1권을 찬술撰述하다.

22. 도홍경陶弘景(452~536). 양梁 단양丹陽 말릉秣陵(현재 남경南京)인. 자는 통명通明. 화양도은華陽陶隱 또는 화양은거華陽隱居라 자호自號하다. 형모形貌 신이神異하고 군서群書를 박람博覽하여 음양陰陽ㆍ오행五行ㆍ풍각風角ㆍ성산星算ㆍ산천山川ㆍ지리地理ㆍ산물産物ㆍ의약醫藥ㆍ본초本草 등에 정통하였으며 금기琴棋를 잘하고 초서草書와 예서隸書를 잘 썼다.

글씨는 종요와 왕희지를 배워 그 기골氣骨을 얻으니 그 진서眞書의 군세고 날카롭기가 구양순과 우세남을 능가한다는 평이 있고 예서나 행서도 능품能品의 경지에 이르다. 그림은 종소문宗少文과 짝할 만하니 세상에서는 〈초산예학명焦山瘞鶴銘〉과 《화판첩畵版帖》이 그의 유적遺迹이라 전한다.

양 무제의 권우眷遇를 입어 구곡산중에 은거하면서도 자문에 응하니 산중재상山中宰相의 칭호를 얻다. 중산대부中散大夫를 추증追贈하고 시호諡號를 진백선생眞白先生이라 하다.

난정수필
蘭亭隨筆

강백석姜白石(강기姜夔)이 소장하였던 〈정무난정定武蘭亭〉은 〈조자고趙子固(조맹견趙孟堅)의 낙수본落水本〉이 되었는데, 소미재蘇米齋(옹방강)가 이를 손수 본뜨니 터럭만큼도 잘못되거나 틀린 곳이 없었다. 또 강개양姜開陽[1]이 산음山陰에서 이를 새기게 되었으니, 난정이 강 씨氏姜氏에게는 큰 묵연墨緣일 뿐이다.

蘭亭隨筆

姜白石所藏定武蘭亭, 爲趙子固落水本, 蘇米齋手橅, 無毫釐差訛.
又爲姜開陽刻於山陰, 蘭亭之於姜氏, 大墨緣耳.
(『阮堂先生全集』 卷八)

註

1. 강개양姜開陽. 옹방강이 임모한 〈낙수난정본〉을 번각翻刻한 명각가名刻家인 듯하
   나 행장 미상.

서파변
書派辯

글씨 쓰는 법이 변천되어 와서 그 갈래가 마구 뒤섞이었으니 그 근원으로 거슬러 올라가지 않으면 어떻게 옛날로 되돌아가겠는가. 대개 예자隸字로부터 변하여 정서正書(해서楷書)와 행서行書 그리고 초서草書가 되었는데, 그 바뀌어 짐은 모두 한말漢末과 위魏·진晋의 사이에 있었다.

그리고 정서와 행서·초서가 나뉘었던 것이 다시 남북南北 양파兩派라는 것으로 되었으니 곧 동진東晋·송宋·제齊·양梁·진陳의 글씨는 남파南派가 되고, 조趙·연燕·위魏·제齊·주周·수隋의 글씨는 북파北派가 되었다. 남파는 종요鍾繇[1]·위관衛瓘[2] 및 왕희지王羲之[3]·왕헌지王獻之[4]·왕승건王僧虔[5]으로부터 지영智永[6]·우세남虞世南[7]에 이르렀고, 북파는 종요·위관·삭정索靖[8] 및 최열崔悅[9]·노심盧諶[10]·고준高遵[11]·심복沈馥[12]·요원표姚元標[13]·조문심趙文深[14]·정도호丁道護[15] 등으로부터 구양순歐陽詢·저수량褚遂良에 이르렀다.

남파는 수隋나라 때에는 드러나지 않았었는데, 정관貞觀 연간(627~649)에 이르러서 비로소 크게 드러났다. 그러나 구歐·지褚와 같은 여러 현인賢人

152

들은 본래 북파 출신이다. 당唐 영휘永徽 연간(650~655) 이후로부터 줄곧 개성開成 연간(836~840)에 이르기까지, 비판碑板(비문碑文)과 석경石經(돌에 새긴 경전經典)은 오히려 북파의 여풍餘風을 따랐다.

남파는 이에 강좌江左(북쪽에서 볼 때 양자강의 남쪽 왼쪽을 말하니, 즉 동쪽인 하류의 강소성江蘇省 등지를 지칭하는 것인데, 대체로 강남, 즉 남중국을 일컫는 말이다.)의 풍류風流가 있어서, 소탈疏脫·분방奔放하며 곱고 미묘하여 장계狀啓나 서독書牘을 쓰는 데에 뛰어났었다. 감필減筆(글자의 획을 생략하여 쓰는 것)은 알아볼 수 없을 정도에까지 이르렀으며, 전서篆書나 예서隸書의 전통적인 법식도 동진東晉 시대에 이미 많이 고쳐지고 변화되었으니 송末이나 제齊는 말할 것도 없다.

북파는 곧 이것이 중원中原(변방에 대한 중국 평원이란 의미로 대체로 황하 중·하류 유역 지방, 즉 북중국을 일컫는다.)의 전통적인 법식(고법古法)을 지켜 내려온 것으로, 얽매이고 삼가니 치졸 고루하여 비문碑文과 방문榜文(榜文)을 쓰는 데에 뛰어났었다. 채옹蔡邕[16]·위탄韋誕[17]·한단순邯鄲淳[18]·위기衛覬[19]·장지張芝[20]·두도杜度[21]가 남겨 놓은 전서·예서·팔분서八分書·초서草書의 유법遺法은 수말隋末·당초唐初에 이르기까지 오히려 존속하고 있었던 것이다.

양 파兩派가 판연하게 다른 것이 양자강과 황하가 다른 것과 같아서 남북의 세족世族들은 서로 통하여 익히지 않았을 뿐이다.

書派辨

書法遷變, 流派混淆, 非溯其源, 曷返于古. 蓋由隷字, 變爲正書行草, 其轉移, 皆在漢末魏晉之間,

而正書行草之, 分爲南北兩派者, 則東晉宋齊梁陳, 爲南派, 趙燕魏齊周隋, 爲北派也.

南派, 由鐘繇, 衛瓘 及王羲之 獻之 僧虔, 以至知永 虞世南. 北派, 由鐘繇, 衛瓘, 索靖 及崔悅 盧諶 高遵 沈馥 姚元標 趙文深 丁道護等, 以至歐陽詢, 褚遂良.

南派不顯于隋, 至貞觀, 始大顯. 然歐褚諸賢, 本出北派. 洎唐永徽以後, 直至開城, 碑板石經, 尚沿北派餘風焉.

南派, 乃江左風流, 疏放妍妙, 長于啟牘, 減筆至不可識, 而篆隷遺法, 東晉已多改變, 無論宋齊矣.

北派, 則是中原古法, 拘謹拙陋, 長于碑榜, 而蔡邕 韋誕 邯鄲淳 衛覬 張芝 杜度 篆隷, 八分 草書遺法, 至隋末唐初, 猶有存者.

兩派判若江河, 南北世族, 不相通習耳.

(『阮堂先生全集』卷一)

154

註

1. 종요鍾繇(151~230). 삼국 위魏 영천潁川 장사長社(현재 하남河南 장갈長葛)인. 자는 원상元常. 서예가. 문제文帝 때에 대리大理·정위廷尉를 거쳐서 숭고향후嵩高鄕侯에 봉하어지고 다시 태위太尉를 거쳐서 평양향후平陽鄕侯에 피봉되었으며, 명제明帝 때에는 정릉후定陵侯에 봉함을 받고, 태부太傅에 이르다. 정서正書를 잘 썼고, 팔분서八分書, 행서行書에도 능했다. 조희曹喜·채옹蔡邕·유덕승劉德昇을 사사師事.

2. 위관衛瓘(220~291). 위말魏末 진초晋初 하동河東 안읍安邑(현재 산서山西 하현夏縣)인. 자는 백옥伯玉. 서예가. 위魏에서 산기상시散騎常侍를 거쳐 치양후菑陽侯에 피봉되었고, 진晋에서는 사공司空·시중侍中을 거쳐 태보太保가 되었다. 난릉군공蘭陵郡公을 추봉追封. 초草·예隸에 능하였다. 한말漢末 장지張芝의 체體를 배우다.

3. 왕희지王羲之(303~379). 동진東晋 낭아琅邪 고우皐虞 또는 임기臨沂(현재 산동山東 임기현)인. 자는 일소逸少. 서예가. 서성書聖이라 일컫는다. 우군장군右軍將軍·회계내사會稽內史의 벼슬을 지내었다. 초草·예隸·팔분八分·비백飛白·장章·행行 등 제체諸體에 능하여 일가를 이루었다. 〈난정서蘭亭叙〉·〈악의론樂毅論〉 등의 법첩法帖이 널리 전해지고, 〈상란첩喪亂帖〉·〈이사첩二謝帖〉·〈득시첩得示帖〉·〈쾌설시청첩快雪時晴帖〉 등의 진적眞蹟이 전해 온다.

4. 왕헌지王獻之(344~386). 동진東晋 희지羲之의 말자末子(第七子). 자는 자경子敬. 관노官奴. 서예가. 초草·예隸와 그림에 능하였다. 7~8세 때 글씨를 배우는데 왕희지가 뒤에서 갑자기 붓을 끌어당겼으나 뽑을 수 없어 글씨로 크게 이름날 것을 예언하다. 〈중추첩中秋帖〉의 진적眞蹟이 전해진다. 신안공주新安公主에게 장가들다. 벼슬은 건위建威 장군, 오흥吳興 태수를 거쳐 중서령中書令에 이르렀는데, 이를 그만두자 6촌 아우인 왕민王珉(351~388)이 이를 대신하게 되어 헌지獻之를 대령大令이라 하고 민珉을 소령小令이라 하다. 시호諡號는 헌憲이다.

5. 왕승건王僧虔(426~485). 송宋·제齊 간. 낭아琅邪 임기인臨沂人. 서예가. 예서를 잘 쓰다. 오흥태수吳興太守, 회계會稽태수를 지내다.

6. 지영智永. 진陳 절강성浙江省 회계會稽(현재 절강 소흥紹興)인. 서승書僧. 법명法名 법

극法極. 속성 왕씨王氏. 왕희지의 7세손世孫. 휘지徽之 후손. 제체諸體를 겸하였으나 초서와 예서에 능하였다. 형 효빈孝賓과 함께 출가. 영흔사永欣寺에 상주. 누각에서 30년 서도 수련 성공 후에 내려오다.

7. 우세남虞世南(558~638). 당나라 월주越州 여요餘姚(현재 절강 여요)인. 자는 백시伯施. 진陳 태자중서자太子中庶子 여려의 말자末子. 성품은 차분하고 욕심이 적었으며 박학강기博學强記하고 글과 글씨에 능하였다. 문학文學은 고야왕顧野王에게 배우고 글씨는 지영智永을 사사하여 왕희지로부터 이어지는 남조南朝 서도書道의 정통을 이어받다.

구양순이나 저수량의 글씨에 비해 온화우아溫和優雅하다. 대표작으로는 〈공자묘당비孔子廟堂碑〉가 있다. 초당 3대가初唐三大家 중 한 사람이다. 태종이 덕행德行, 충직忠直, 박학博學, 문사文辭, 서한書翰의 5절絶을 갖추었다고 칭찬하다. 영흥현공永興縣公에 피봉被封. 벼슬은 비서감秘書監에 이르고, 졸 후 예부상서禮部尙書를 추증追贈.

8. 삭정索靖(239~303). 진晉 돈황燉煌(현재 감숙성)인. 자는 유안幼安. 서예가. 부마도위駙馬都尉・서역교위西域校尉・상서랑尙書郎을 거쳐 관내후關內侯에 피봉被封. 대장군大將軍・산기상시散騎常侍・유격장군遊擊將軍 등을 역임. 졸 후 태상太常・사공司空을 추증追贈. 안락정후安樂亭侯로 추봉追封. 초草・해楷・팔분八分에 모두 능하였으나 해서를 특히 잘 썼다. 명필 장지張芝 누이의 손자.

9. 최열崔悅. 후조後趙 청하인淸河人. 자는 도유道儒. 서예가. 석조石趙에 출사하여 사도司徒, 우장사右長史를 지내다. 위관衛瓘・삭정索靖을 배우다. 재학才學(재주와 학식), 박예博藝(박통한 기예)로 노심盧諶과 병칭되다. 최호崔浩의 증조부.

10. 노심盧諶(284~350). 범양范陽 탁涿(현재 하북河北 탁현)인. 자는 자량子諒. 진晉 조趙 간의 서예가. 진 말晉末 유곤劉琨 휘하에서 사공종사중랑司空從事中郎이 되었고 조주趙主 석호石虎에게 포로가 되어 중서시랑中書侍郎・국자좨주國子祭酒에 이르다. 종요鍾繇와 삭정索靖을 배우다. 최호崔浩의 외증조부. 노자老子와 장자莊子를 좋아하고 문장에 능했다.

11. 고준高遵. 북위北魏 발해渤海 조蓨(현재 하북河北 경현景縣)인. 자는 세례世禮. 문사文

史 서화書畵에 박통. 제주 자사濟州刺史·안창자安昌子에 이르다.

12. 심복沈馥. 북위 선무제宣武帝 때(500~515) 사람. 글씨를 잘 쓰다. 경명景明 3년(502)
〈정정비定鼎碑〉를 정서正書로 쓰다.

13. 요원표姚元標. 북제北齊 위군魏郡(현재 하북河北 안양安陽) 사람. 글씨를 잘 쓰다. 당
대 명필인 최호崔浩보다 더 잘 쓴다는 평을 듣다. 벼슬은 좌광록대부左光祿大夫.

14. 조문심趙文深. 북주北周 남양南陽 완宛(현재 하남河南 남양). 본명은 문연文淵. 당 대
唐代 피휘避諱(군주나 조상의 이름에 쓰인 글자를 피해 쓰지 않음) 개명. 자는 덕본德
本. 서예가. 어려서부터 해楷·예隸를 배워서 11세에 위제魏帝에게 글을 써 바
치다. 종요와 왕희지 법칙을 지키다. 왕포王褒에게 뒤떨어져서 당세에 빛을 못
보다. 조흥 군수趙興郡守를 지내다. 천화天和 2년(567) 〈서악비西嶽碑〉를 예서로
쓰다.

15. 정도호丁道護. 수隋의 서예가. 양주좨주종사襄州祭酒從事를 지내다. 정서正書를
잘 썼다. 후위後魏의 유법遺法을 겸하여 예기隸氣가 있는 박실樸實(순박하고 진실
함)한 서체書體를 체득體得. 구양순歐陽詢·저수량褚遂良의 선구를 이루다. 진
적으로는 양양襄陽 〈계법사비啓法師碑〉(602)와 〈흥국사비興國寺碑〉 탁본이 전해
진다.

16. 채옹蔡邕(132~192). 후한 말後漢末 진류군陳留郡 어현圉縣(하남河南 기현杞縣)인. 자
는 백개伯喈. 어려서부터 박학博學하고 서화書畵와 고금鼓琴(북과 거문고)에 정통
하였다. 동관東觀의 의랑議郎을 거쳐서 동탁董卓의 지우知遇를 얻어 시어사侍御
史·상서尚書·파군태수巴郡太守·시중侍中·좌중랑장左中郎將을 지내었으며
고양향후高揚鄉侯에 피봉被封. 동탁과 함께 피살. 〈희평석경熹平石經〉을 쓰고 새
기게 하다. 전篆·팔분八分에 능하고 비백체飛白體를 창시하였다. 이사李斯·조
희曹喜의 법을 배우다.

17. 위탄韋誕(179~253). 삼국 위魏 경조京兆(현재 서안西安)인. 자는 중장仲將. 문재文才
와 선서善書로 유명. 낭중郎中을 거쳐서 무도태수武都太守·시중侍中·광록대부
光祿大夫에 이르다. 한단순邯單淳·장지張芝를 사사. 초서草書, 비백체飛白體, 고
전古篆 등 여러 서체에 능했으나 특히 해서楷書를 잘 썼다. 전도전剪刀篆(금조서金

錯書)의 창시자.

18. 한단순邯鄲淳. 삼국 위魏 영천潁川(현재 하남 우현禹縣)인. 일명 축竺. 자는 자숙子 叔, 子淑, 자례子禮. 박학하고 문재文才가 뛰어난 서예가. 조조曹操의 지우를 받아 위魏 문제文帝 황초黃初(220~226) 초에 박사급사중博士給事中이 되다.

조희曹喜를 사사하고 팔체八體에 모두 능하였으나 특히 고문古文 · 대전大篆 · 팔 분체八分體 · 예서隸書(魏隸)에 뛰어났다. 두림杜林 · 위굉衛宏(모두 광무제光武帝 때 사람) 이래 고문古文이 민절泯絕(사라져 끊어짐)하였었는데 순淳에 의하여 다시 일 어났다고 한다. 여러 황자皇子에게 글씨를 가르치고, 3체의 석경石經을 한비漢碑 의 서측西側에 세우다.

19. 위기衛覬. 삼국 위魏 하동河東 안읍安邑(현재 산서山西 하현夏縣)인. 자는 백유伯儒. 문사이자 서예가이며 정치가. 조조曹操의 총애를 받아서 사공연司空掾이 되고 위 魏의 건국 후에는 시중侍中을 거쳐 상서尚書에 이르고 격향후閿鄉侯에 피봉되다. 고문古文 · 조전鳥篆 · 예서(위예魏隸) · 초서를 좋아하고 잘 쓰다. 고문은 한단순 에게서 배우다.

20. 장지張芝. 후한後漢 돈황燉煌 주천인酒泉人. 자는 백영伯英. 서예가. 아우 창昶과 같이 초서草書를 잘 썼다. 최원崔瑗 · 두도杜度의 법을 배워서 금초체세今草體勢 를 완성하다. 예서와 행서도 잘 썼다. 한 붓으로 써 내리는 일필초一筆草와 일필 비백一筆飛白의 창시자. 위탄韋誕이 초성草聖이라 일컫다. 채옹蔡邕이 『필세筆勢』 를 지은 것을 보고 『필심론筆心論』 5편을 저술. 붓을 잘 매어 썼다.

21. 두도杜度. 후한後漢 경조京兆 두릉인杜陵人. 본명은 조操. 위魏 무제武帝 조조曹操 를 피휘하여 도度로 개명. 자는 백도伯度. 서예가. 장제章帝(76~88) 때 제상齊相. 장초章草의 창시자. 당시 사람들이 장초를 성자聖字라 하다. 최원崔瑗 · 최실崔實 부자父子가 이를 이어받다.

묵법변
墨法辨

서가書家에서는 먹을 첫째로 삼는다.

대체로 글씨를 쓰는 데 붓을 쓴다는 것은 곧 붓으로 먹을 칠하는 것에 불과할 뿐이다. 종이와 벼루는 모두 먹을 도와서 서로 발현發現시키는 데 쓰이게 되는 것이다. 종이가 아니면 먹을 받지 못하고, 벼루가 아니면 먹을 풀지(피어나게 하지) 못한다. 먹이 피어난다는 것은 곧 먹의 아름다움이 여러 빛깔로 피어올라서 한 단계에 그치지 않는다는 것이니, 쇄묵殺墨(번지지 않는 먹)보다 더 좋다. 먹을 번지지 않게는 할 수 있으나 먹을 피어나게 할 수 없는 것은 또한 벼루가 좋지 않은 것이다.

반드시 먼저 좋은 벼루를 얻은 다음에 글씨를 쓸 수 있으니 벼루가 아니면 먹을 풀 곳이 없기 때문이다. 종이가 먹에 대한 것도 역시 벼루와 비슷하니 반드시 좋은 종이를 얻은 다음에 이에 먹을 대야 한다. 그런 까닭으로 먹을 보배롭게 하는 데는 징심당지澄心堂紙[1]나 옥판선지玉板宣紙[2] · 동전桐箋[3] · 선전宣牋[4]이 우선이며, 붓은 그다음일 뿐이다.

동쪽 우리나라 사람들은 붓을 아끼기에는 힘을 다하지만 전혀 먹을 쓰는 법은 알지 못하고 있다. 시험 삼아 종이 위의 글자를 바라보면 오직 먹일 뿐이니, 이는 사람들이 날마다 쓰면서도 모르는 것이다. 이 때문에 위중장韋仲將은 또한 "장지張芝의 붓과 좌백左伯[5]의 종이와 아울러 신臣(위탄韋誕 자신)의 먹으로 써야 한다."[6]라고 하였고, 또 송나라 때에는 이정규李廷珪[7]의 반쪽짜리 먹을 얻고서 천금같이 여겼었다.[8]

옛 사람들이 쓴 법서法書나 진적眞蹟에서 먹이 맺힌 곳은 좁쌀알같이 돋아 올라서 손가락에 거리끼는 것을 볼 수 있으니, 정말 먹 쓰던 법을 거슬러 올라가 짐작할 수 있다. 이 때문에 옛 비결에 말하기를 "먹물이 많고 빛이 짙으면 모든 붓털에 힘을 고루 가게 한다."라고 하였으니, 곧 먹 쓰는 법과 붓 쓰는 법을 아울러 든 것이다.

그런데 요즈음 우리 동쪽 나라의 글씨 쓰는 사람(이광사李匡師를 가리킨다 - 역자 주)은 다만 '모든 붓털에 힘을 고루 가게 한다'는 한 구절만을 들어서 신묘한 진리로 삼을 뿐, 아울러 그 위 구절인 '먹물이 많고 빛이 짙다'(남제南齊 왕승건王僧虔의 『필의찬筆意讚』 - 역자 주)는 것에는 미치지 못하고 있으니, 이 두 구절이 서로 떨어져 얘기될 수 없다는 것을 모르기 때문이다. 이것은 꿈에도 먹 쓰는 법에 도달하지 못하여, 그 스스로가 편벽되고 고루하며 망령된 이론에 어느 덧 빠져들어 갔음을 깨닫지조차 못하고 있는 것이다.

고려 말기 이래로 모두 언필偃筆(붓을 뉘어 쓰는 것)로 썼다느니, 한 글씨의 상하좌우上下左右나 붓끝이 누른 곳과 붓허리가 지나간 곳을 그 농담濃淡이나 매끄럽고 꺼칠한 것(활삽滑澁)으로 나누어 글씨를 생각한다느니 하는 것은 모두 편벽되고 고루한 말이다. 그 이른바 농담 활삽이라 하는 것은 먹 쓰는 법에서나 논할 수 있는데, 어찌 그 붓 쓰는 법의 뉘어 쓰고 아니고에 있겠는가. 먹 쓰는 법과 붓 쓰는 법을 마구 뒤섞어 구별하지 않고서 다만 붓 쓰는 법으로써만 꿰어 맞추고 있으니, 어찌 편벽되고 고루한 것이 아니겠는가. 정말 개탄스럽다.

墨法辨

書家墨爲第一.

凡書之使毫, 卽不過使毫行墨而已. 紙與硯, 皆助墨以相發爲用者,
非紙無以受墨, 非硯無以潑墨. 墨之潑者, 乃墨華之騰采, 非止一段,
善於殺墨也. 能煞墨而不能於潑墨者, 又非硯之佳者.

必先得硯, 然後可以作書, 非硯, 墨無所施. 紙之於墨, 亦與硯相似,
必須佳紙, 迺爲下墨. 所以寶墨, 澄心 玉板 桐箋 宣牋, 筆又其次耳.
東人 秪於筆致力, 全不知墨法. 試看紙上之字, 惟墨而已, 此百姓日
用, 而不知也. 是以韋仲將, 亦以爲張芝筆, 左伯紙並臣墨, 又宋時,
得李廷珪半丸, 如千金.

見古人法書眞蹟, 墨溜處, 如黍珠突起, 礙於指, 可以溯墨法矣. 是
以古訣云, 漿深色濃, 萬毫齊力, 卽並擧墨法筆法.

而近日我東書家, 單拈萬毫齊力一句, 以爲妙諦, 不並及其上句之 漿
深色濃, 不知此兩句之 不可離開. 是夢未到墨法, 不覺其自歸偏固妄
論.

麗末來, 皆偃筆書, 一書之上下左右, 毫銳所抹, 毫腰所經, 分其濃淡
滑澁, 以爲書, 皆偏固. 其所云 濃淡滑澁, 可論於墨法, 而烏在其筆
法之偃與不偃也. 混圇無別於墨法筆法, 但以筆法擧擬, 豈不偏固者
耶. 良可慨矣.

『阮堂先生全集』卷一)

1. 징심당지澄心堂紙. 오대五代 남당南唐의 후주後主가 서재書齋인 징심당澄心堂에서 만들어 쓰던 종이. 곱고 얇으며 광택이 있는 최고급지. 먹을 잘 받는다.

2. 옥판선지玉板宣紙. 광택이 있는 상등上等의 화선지畵宣紙.

3. 동전桐箋. 안휘성安徽省 동성桐城에서 만들어 내던 고급지.

4. 선전宣牋. 선지宣紙 · 화선지畵宣紙라고도 부르는 서화용書畵用 고급지. 얇고 먹을 잘 받는다. 안휘성安徽省 선성현宣城縣에서 산출되므로 붙여진 이름이다.

5. 좌백左伯. 후한後漢 동래東萊(현재 산동山東 황현黃縣 동남東南)인. 자는 자읍子邑. 혹 자옹子邕. 서예가. 특히 팔분서八分書를 잘 쓰다. 종이를 잘 만들어서 모홍毛弘과 함께 이름이 났다. 채륜蔡倫보다 더욱 잘 만들었다.

6. 당나라 개원開元 연간(713~741)에 한림공봉翰林供奉을 지낸 장회관張懷瓘의 『서단書斷』에 "위魏 위탄韋誕은 자가 중장仲將이니 여러 서체書體를 아울러 잘 썼다. 업도鄴都(위魏의 수도)의 왕궁 건물이 처음 이룩되어 중장에게 제서題署(현판을 씀)하도록 조칙詔勅을 내리고 필묵을 황제가 친히 내려 주었다. 위탄은 모두 이들을 사용하지 않고 곧 상주上奏하여 말하기를 '만약 장지張芝의 붓과 좌백左伯의 종이와 신臣의 먹, 이 셋을 함께 갖추고 또한 신의 손을 얻을 수 있다면, 그런 후에야 곧고 씩씩한 솜씨를 다할 수 있습니다.'라고 하였다." 전한다.

7. 이정규李廷珪. 남당南唐의 묵공墨工. 본성本姓 해씨奚氏, 후에 이씨李氏로 사성賜姓. 역수易水에서 양자강을 건너 흡주歙州에 옮겨 와 살면서 먹을 만들다. 송宋 이래로 묵공墨工의 제1인자로 친다. 규邽 자字를 새겨 넣은 것이 제일 좋고, 규圭 · 규珪의 순으로 나아가서 해정규奚廷珪라 새긴 것이 가장 나쁘다 한다. 용龍은 두 마리 새긴 것이 더 좋고, 한 마리 새긴 것이 그다음이라고 한다.

8. 북송北宋 말 남송南宋 초 사람 소박邵博이 찬撰한 『문견후록聞見後錄』에 "황산곡黃山谷이 책상 속에서 먹 반쪽이 든 작은 비단 주머니를 꺼내어 먹 파는 사람인 반곡潘谷에게 보이니 곡이 주머니를 겉에서 만져 보고 책상 위에 올려놓으며 하는 말이 천하의 보배다 하고 꺼내니 이정규李廷珪의 먹이었다."라고 한 고사故事가 있다.

162

「원교필결」 뒤에 씀·I[*]
書員嶠筆訣後·I

「원교필결員嶠筆訣」[1]에 이르기를 "우리 동쪽 나라는 고려 말 이래로 모두 언필偃筆(붓을 뉘어서 쓰는 것)로 써서, 획의 위와 왼쪽은 붓끝이 지나는 바라 그런 까닭으로 먹빛이 진하고 매끈하며, 획의 아래와 오른쪽은 붓허리(중동)가 지나는 바라 그런 까닭으로 먹빛이 엷고 거칠어서 획이 모두 치우치고 메마르니 완전치 못하다."라고 하였다.

그 이야기는 하나의 가로획(횡획橫畫)을 네 가지로 나누어 말하므로 자세하게 분석한 것 같으나 가장 말이 안 되는 소리이다. 위는 다만 왼쪽만 있고 오른쪽이 없으며, 아래도 다만 오른쪽만 있고 왼쪽은 없단 말인가. 붓끝이 지나는 바로는 아래에까지 미치지 못하며 붓허리가 지나는 바로는 위에까지 미치지 못한단 말인가. 가로획이 이미 이와 같다면 세로획(수획竪畫)은 또 어떠하겠는가.

진하고 엷고 매끄럽고 거친 것은 이는 먹 쓰는 법에 있으니 붓을 뉘어 쓰느냐 곧게 쓰느냐로 그것을 탓할 수 없다. 글씨 쓰는 사람들에게는 붓 쓰는 법(필법筆法)이 있고 또 먹 쓰는 법(묵법墨法)이 있는데 「필결筆訣」 중에는 먹

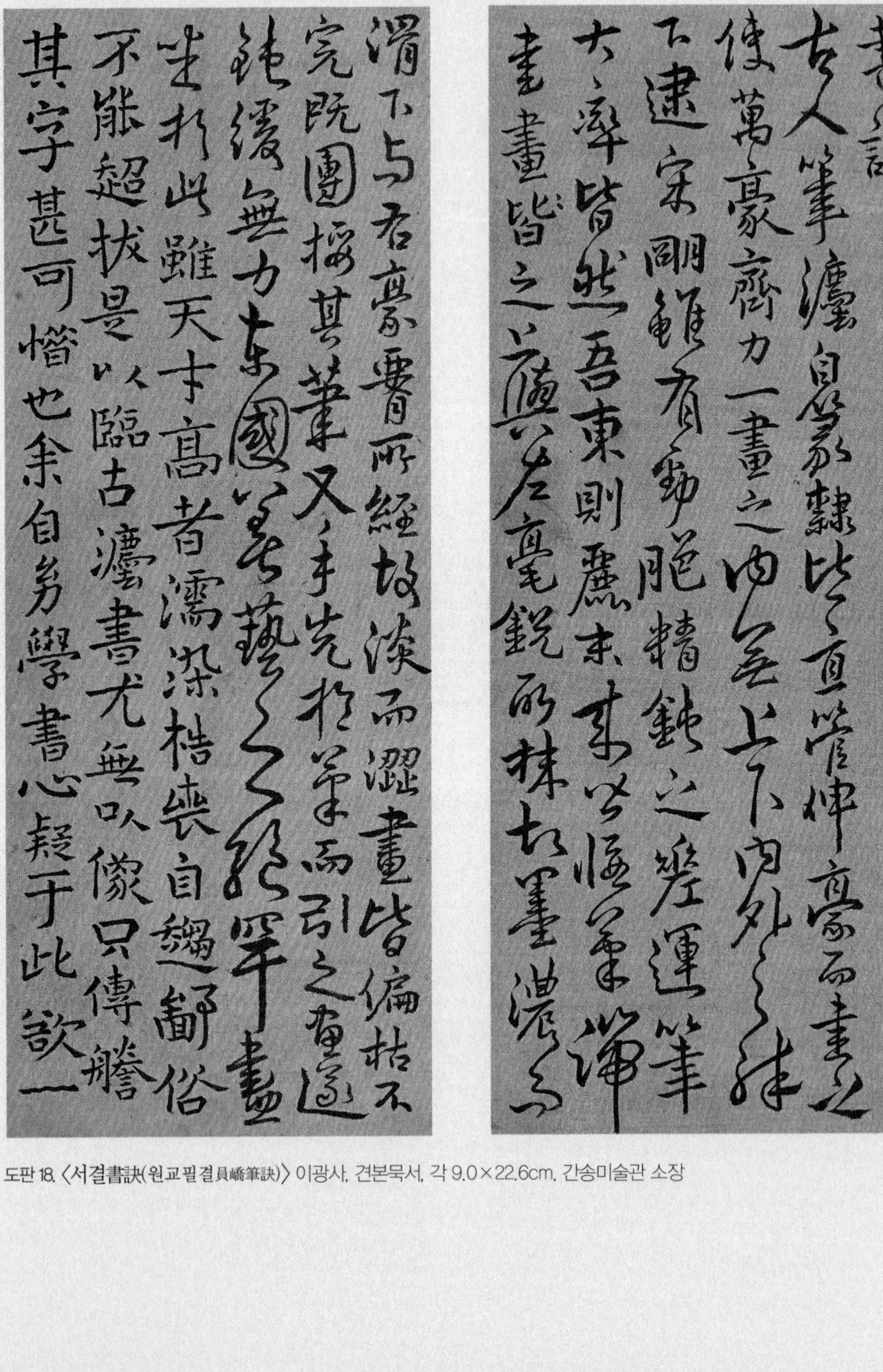

도판 18. 〈서결書訣(원교필결員嶠筆訣)〉 이광사, 견본묵서, 각 9.0×22.6cm, 간송미술관 소장

쓰는 법에서 영향을 받았다는 것은 한마디도 없고 다만 붓 쓰는 법만을 논했을 뿐이니 이는 치우치고 메마른 일이다. 또 붓 쓰는 법을 논하였지만 먹과 붓을 나누지 않고 뭉뚱그려 말하고 지나가서 구별한 바 없으니, 어느 것이 먹이 되고 어느 것이 붓이 되는지 알 수가 없다. 이것이 말이 될 수 있는가.

원교員嶠의 글씨를 보면 팔목을 들고 쓰지(현완懸腕) 않았다. 무릇 글자를 쓰는 데 팔목을 들고 쓴 것과 팔목을 들지 않고 쓴 것은 글자의 획 사이에서 그림자도 달아날 수 없는데 어찌 속일 수가 있겠는가. 원교에게 직접 배운 여러 사람들도 역시 모두 팔목을 들고 쓰는 법을 모르고 있으니「필결」중에서도 그런 까닭으로 팔목을 들고 쓴다는 한 글자에 이르지 못하고 있다. 팔목을 들고 쓴 연후에라야 가히 붓 쓰는 것을 말할 수 있는데 팔목을 들고 쓰지 못하면서 어떻게 붓을 뉘어 쓰느니 곧게 쓰느니 말하며 붓을 뉘어 쓰는 것을 깊이 탓한단 말인가. 또한 그 무엇을 얘기하는지 모르겠다.

고려 말高麗末 이래로 조선 건국 초기에 이르기까지 이군해李君俣[2]·공부孔俯[3]·강희안姜希顔[4]·성달생成達生[5]과 같은 여러 이름난 분들은 용이 오르고 봉황새가 날듯이 글씨를 잘 쓰지 못한 사람이 없거늘, 어찌 일찍이 한 삐침 한 점의 언필이 있었겠는가. 또 숭례문崇禮門이나 흥인지문興仁之門·홍화문弘化門·대성전大成殿의 편액扁額과 같은 것들이 어찌 언필로 쓸 수 있는 바의 것들이겠는가. 그 이른바 언필이 어떤 사람의 글씨를 가리키는지 모르겠다.

또 '획을 일으키는데 붓을 펴 대어 날카로운 칼로 가로 끊듯 한다'와 같은 것도 아마 또 말이 되지 않을 듯하다. 만약 붓을 펴서 날카로운 칼이 가로 끊듯 하게 하려면 마땅히 따로 화공畫工의 납작붓(변필匾筆)이나 미장이의 귀얄(호취糊箒) 모양과 같은 일종의 붓을 만든 연후에야 그런 법에 맞출 수 있을 터이니, 지금 통행하는 대추씨 모양의 붓(조심필棗心筆)으로는 손댈 수가 없다.

그가 또 이르기를 '축필築筆을 굳게 한다'고 한 것은, 이는 옛날이나 지금의 글씨 쓰는 사람들이 아직 듣지 못하던 비결이다. 축필이라는 것은 반드시 점을 연결하는 곳에서 그것을 굳게 접합시킨다는 의미로 '빙冫'과 같은 것이 이것이니, 가로획·세로획·과획戈畫·파획波畫과 같은 여러 획에는 그것을 베풀 수 없다.

'붓이 앞서고 손이 뒤따른다'는 것에 이르면 더욱 뒷사람에게 보여 줄 수가 없다. 글씨 쓰는 사람이 앞서 할 것은 팔목을 들고 쓰는 것(현완懸腕)과 팔뚝을 들고 쓰는 것(현비懸臂)이고 이에 일신一身의 모든 힘을 기울이는 데 이르거늘, 이제 말하기를 '붓이 앞서고 손이 뒤따른다(필선수후筆先手後)'라 하고, 또 말하기를 '일신을 다하여 이를 보낸다' 하였다. 붓이 이미 앞섰는데 어떻게 손과 몸에 다시 바탕을 두겠는가. 앞뒤가 모순되어 스스로 그 차례를 어지럽히니 도리어 요령을 잃게 되었구나. 어찌 한탄하지 않을 수 있으랴.

점법點法에 이르기를 '형태는 비록 뾰족하나 붓털을 모두 펴는 것(신호伸毫)'이라 하였으니 또 무슨 말인가. 붓을 편다(신호)는 한 법으로써 과획戈畫이나 파획波畫·점획點畫에 두루 베풀고자 한다면 가장 점법에 합당치가 않다. 그러므로 이런 억지로 갖다 붙이는 말을 만들어 내었다. 대체로 뾰족하다는 것은 모아 합친 것이고 편다는 것은 헤쳐서 풀어 놓는다는 것이니, 뾰족한 것은 펴질 수 없고 펴진 것은 뾰족해질 수 없다. 즉, 뾰족한 것과 펴는 것은 다른 형체이어서 서로 용납할 수가 없는데 어떻게 붓을 쫙 펴서 뾰족한 형태를 만들 수 있겠는가.

결구結構(짜임새)라는 것은 『필진도筆陣圖』[6]에서 모략謀略이라 하였다. 비록 칼과 갑옷이 뽑은 듯 날카로우며 성지城池가 굳세고 완전하다 해도 모사謀事와 책략策略이 없다면 베풀어 놓을 수가 없다. 그런 까닭으로 글씨 쓰는 사람은 결구를 가장 중시하였다. 그래서 종요鍾繇와 삭정索靖 이하로 요즈음 중국 서예가에 이르기까지 한가지로 정해져서 감히 비꾸지 못하는 결구법結構法이 있으니, 왼쪽이 짧으면 위를 가지런히 하고, 오른쪽이 짧으면 아래를 가지런히 하는 것들과 같은 것으로 일일이 들 수도 없다.

이제 이른바 결구라 하는 것은 전혀 근거를 잃어서(돌아갈 곳이 없어서) 옛사람들이 서로 전해 주던 진체眞諦와 묘결妙訣에는 하나도 서로 미치지 못하였다. 그래서 대개 그 결구라는 한 가지 법칙에 대한 글은 더욱 억견臆見으로써 근거 없이 아무렇게나(벽을 향하고서) 꾸며 만드니 추악하기가 형용할 수 없다. 이에 도리어 구양순歐陽詢과 안진경顏眞卿으로서 방판方板(네모반듯함) 일률一律이 되었다 하여 모두 우군右軍(왕희지王羲之)을 뒤이었으나 글씨의 기준은 아니라고 생각하기에 이르렀다. 이 어찌 무숙武叔[7]이 성인聖人(공자孔子)을 헐뜯거나 파순波旬[8]이 불타佛陀를 비방함과 다르겠는가. 이는 더욱 먼저 물리쳐야 할 것이다.

"자세히 우군의 여러 서첩書帖에 맞추어 보면 내 말이 근본이 있는 것을 알 수 있다."라 하였는데 우군右軍의 어느 서첩을 가리키는지 모르겠다. 그는 말하기를 "동쪽 우리나라 사람들은 고루해서 고거考據하는 것도 모른다." 하니 다만 이는 '『필진도』를 변별辨別할 수 없다'는 말이다. 우군右軍의 여러 서첩에 이르러서는 과연 모두 다 고거할 수가 없는 것인데 곧장 내 말로써 근본이 있음을 증명하겠는가.

일찍이 그것을 논해 보았듯이 〈악의론樂毅論〉[9]은 이미 당나라 때부터 진짜로 본뜬 본본本本조차 구하기 힘들었고 〈황정경黃庭經〉[10]은 우군의 글씨가 아니며, 〈유교경遺敎經〉[11]은 당나라 경생經生의 글씨이고, 〈동방찬東方賛〉[12]·〈조아비曹娥碑〉[13]는 그것이 어느 본에서 나왔는지조차 모른다. 글씨 쓰는 사람으로 안목이 갖춰진 사람은 곧장 다 알고 있는 것이나 이야기하지 않을 뿐이다. 또한 순화淳化의 여러 법첩[14]은 진짜와 가짜가 뒤섞이고, 옮겨 새겨지면서 틀리게 되어 가장 기준을 삼을 수 없다.

하물며 "우군右軍이 군郡의 벼슬을 잃고 부모의 영전靈前에 맹세를 고한 이후에는 대략 다시 스스로 글씨를 쓰지 않고 대신 쓰는 한 사람이 있었다 하는데 세상은 능히 구별하지 못하고 그 느리고 다른 것을 보고 말년末年의 글씨라고 불렀다."(양粱 도홍경陶弘景의 「논서계論書啓」)라고 함에서이랴! 그러니 이 밖에 또 우군의 무슨 서첩書帖이 있어서 '내 말이 근본이 있음'을 증명하겠는가.

그 품제品第에 대해서는 "한漢의 예서隸書는 〈예기비禮器碑〉[도판19]로 최고를 삼고 〈곽비郭碑〉[15]로 후세에 나온 것을 삼는다." 하였으니 가히 안목을 갖추었다고 할 수 있는데 홀연 〈수선비受禪碑〉[16] [도판20]를 〈예기비〉와 아울러 들어 〈공화孔和〉·〈공주孔宙〉[17]·〈형방衡方〉[18]의 여러 비들을 〈수선비〉에 미치지 못하기에 이르게 하였으니 그 어디에 근거했는지 모르겠다.

도판 19. 〈예기비禮器碑〉(후한後漢 156년)

도판 20. 〈수선비受禪碑〉 탁본(위魏 220년)

한예漢隷(팔분서八分書)는 비록 환제桓帝(재위147~167)나 영제靈帝(재위
168~188) 때와 같은 말기末期에 만들어졌다 해도 위예魏隷와는 크게 같지 않
아서 한계 같은 것이 있다. 그런데 〈수선비〉는 곧 위예이다. 그래서 순전히
네모반듯함(방정方整)을 취하여 이미 당예唐隷(해서楷書)의 발단發端을 열고 있
는데, 어찌 〈예기비〉와 같이 일컬을 수 있겠으며, 도리어 〈공화孔和〉·〈공주
孔宙〉 비의 위에 둘 수 있겠는가. 알고 모르는 것은 그 서로 다름이 헤아릴
수도 없이 클 뿐이다.

아아! 세상은 모두 원교의 필명筆名으로 울리고 빛나서 또 그 상좌하우上
左下右나 신호伸毫·필선筆先과 같은 여러 이야기들을 금과옥조金科玉條로
받들어 한결같이 그 그릇된 속으로 빠져들어 갈 뿐이니, 미혹을 깨뜨릴 수
없으며 거짓되고 망령스러움을 헤아릴 수 없어서 크게 떠들어 대고 거침없
이 극단적으로 말하기를 이와 같이 하는구나.

그러나 이 어찌 원교의 잘못이겠는가. 그 천품天品은 뛰어났으나 그 재주
만 있고 그 배움이 없었다. 그 배움 없음도 또한 그 잘못이 아니다. 고금古今
법서法書의 좋은 본(선본善本)을 볼 수 없었고 또 옳은 법을 알고 있는 대가大
家에게 나아가 바로 배울 수 없었다. 그래서 다만 천품의 뛰어남으로써 그
드높은 오견傲見(거만한 견해)을 치달려 재량裁量할 줄을 몰랐으니 이는 근세
近世 이래에 면할 수 없는 바이었다.

그 세 번 옛것을 배우지 않는 데 뜻을 두고 정情에 따라서 정도正道를 버
린 사람은 거의 자기의 도를 정도正道와 같이 생각한다고 한다. 만약 선본善
本을 볼 수 있게 하고 또 정도正道가 있는 곳에 나아가 배우게 했다면 그 천
품으로서 어찌 여기에 국한하였을 뿐이겠는가.

書員嶠筆訣後 · Ⅰ

員嶠筆訣云 吾東麗末來, 皆偃筆書, 畫之上與左, 毫銳所抹, 故墨濃而滑, 下與右, 毫腰所經, 故墨淡而澁, 書皆偏枯而不完.

其說四破一橫畫, 似剖細析微, 而最不成說. 上但有左而無右, 下但有右而無左歟. 毫銳所抹, 不及於下, 毫腰所經, 不及於上歟. 橫畫既如是, 竪畫又如何.

濃淡滑澁, 是在用墨之法, 不可責之 於用筆之偃與直也. 書家有筆法, 又有墨法, 而筆訣中, 無一影響於墨法者, 蓋但論筆法已 是偏枯. 且論筆法, 而不分於墨與筆, 囫圇說去, 無所區別, 不知爲何者是墨, 何者是筆, 是可成說乎.

見員嶠書, 非懸腕. 凡書字, 懸腕與不懸腕, 無以循影於字畫之間, 何可誣也. 親授於員嶠之諸人, 亦皆不知懸腕法, 筆訣中, 所以不及懸腕一字也. 懸腕然後, 可以言用筆, 不懸腕, 何以言 用筆之偃與直, 其深責偃筆. 亦不知其謂何也.

麗末來, 至於國初, 如李君侅 孔俯 姜希顔 成達生 諸名公, 無不龍騰鳳翥, 何嘗有一波一點之偃筆. 且如崇禮門 興仁之門 弘化門 大成殿扁額, 豈偃筆所可書者也. 其所云偃筆, 未知指何人書也.

且如起畫, 伸毫下之, 利刀橫削者, 恐又不成說. 若令伸毫, 如利刀橫削, 當另製一種筆, 如畫工匾筆, 糊匠糊掃樣子, 然後可以中法, 以今通行之棗心筆, 無以下手矣.

其又云堅築筆者, 是古今書家所未聞之訣也. 築筆者, 必於連點處 緊接之義, 如丶是也, 非橫直戈波諸畫, 所可施之也.

至於筆先手後者, 尤不可以示後者也. 書家所先, 在於懸腕懸臂, 乃至於一身之盡力, 今云筆先手後, 又云盡一身而送之. 筆既先矣, 何庸更藉於手與身也. 先後矛盾, 自亂其例, 轉沒巴鼻. 寧不可歎也.

點法云 形雖尖, 毫皆伸者, 又何說乎. 欲以伸毫一法, 徧施於戈波點畫, 而最不合於點法, 故作此牽強之說. 夫尖者 聚而合之者也, 伸者散而放之者也, 尖不可以爲伸也, 伸不可以爲尖也. 尖伸異體, 不可相入, 何以伸毫作尖形也.

結構者, 筆陣圖 以爲謀略也. 雖刀甲精利, 城池堅完, 非謀略, 無以施措. 所以書家最重結構. 自鐘索以下, 至於近日中國書家, 有一定不敢易之結構法, 如左短上齊, 右短下齊之類, 不可枚舉.

今所云結構者, 全無著落, 古人相傳之眞諦妙訣, 一無相及. 蓋其書於結構一法, 尤以臆見, 嚮壁虛造, 醜惡不可狀. 乃反以歐顏爲方板一律, 至以爲悉蹈右軍, 不是書之科. 此何異於武叔毀聖, 波旬謗佛也. 此尤先闢者也.

詳準於右軍諸帖, 可知吾言之有本者, 未知指右軍何帖也. 其云 東人固陋, 不知攷据者, 秪是筆陣圖之不能辨. 至於右軍諸帖, 果皆無可攷據者, 而直證以吾言有本耶.

嘗試論之, 樂毅論 已自唐時, 難得眞橅本, 黃庭經 非右軍書, 遺教經 即唐經生書, 東方讚 曹娥碑, 未知其出於何本, 書家之具眼者, 直以爲有識者, 所不應道. 淳化諸帖, 眞贋混淆, 轉轉翻訛, 最不可爲準.

況右軍從失郡告靈以後, 略不復自書, 有代書一人, 世不能別, 見其緩異, 呼爲末年書. 外此又有右軍何帖, 證以吾言之有本耶.

其品第, 漢隸以禮器碑爲最, 以郭碑爲出後世, 可稱具眼, 忽以受禪, 並舉於禮器, 至以孔龢 孔宙 衛方諸碑, 皆不及受禪, 不知其何據也. 漢隸 雖桓靈末造, 與魏隸大不同, 有若界限. 受禪即魏隸也. 純取方整, 已開唐隸之漸, 豈可與禮器並稱, 反居孔龢 孔宙之上也. 若知若不知, 殊不可測度耳.

噫, 世皆震耀於員嶠筆名, 又其上左下右, 伸毫筆先諸說, 奉以金科

172

玉條, 一入其迷誤之中, 不可破惑, 不揆僭妄, 大聲疾呼, 極言不諱如是.

然此豈員嶠之過也. 其天品超異, 有其才而無其學. 無其學, 又非其過也. 不得見古今法書善本, 又不得就正大方之家. 但以天品之超異, 騁其貢高之傲見, 不知裁量, 此叔季以來, 所不能免也.

其三致意於不學古, 而緣情棄道者, 殆似自道也. 若使得見善本, 又就有道, 以其天品, 豈局於是而已也.

(『阮堂先生全集』卷六)

註

1. 「원교필결員嶠筆訣」. 원교員嶠 이광사李匡師(1705~1777)가 저술한 5,000여 언言의 서예강의록書藝講義錄으로「원교서결員嶠書訣」이라고도 한다.『원교집선員嶠集選』권10에 수록되어 있고, 단행單行 필사본筆寫本 으로도 유행한다. 후편後篇 1만여 언言은 막내아들 이영익李令翊(1740~1780)으로 하여금 대술代述케 하고 수정한 것이다.

2. 이암李嵒(1297~1364). 고려 고성인固城人. 초명은 군해君侅. 초자初字는 익지翼之. 자는 고운古雲, 호는 행촌杏村. 판밀직사사判密直司事 이존비李尊庇의 손자. 충선왕忠宣王 5년(1313) 17세 문과 급제. 벼슬은 좌정승左政丞에 이르고 철성군鐵城君에 피봉되다. 충선왕이 만권당萬卷堂에서 조맹부趙孟頫와 교유交遊하여 그의 수적手蹟이 우리나라에 많이 들어오게 되었는데 그의 필법 정신筆法精神을 온전히 이어받은 것은 이행촌李杏村뿐이라 한다.

   행촌은 만권당에 초빙된 송설에게 학문과 예술을 직접 배웠으니 송설체松雪體를 최초로 전수받아 우리나라에 정착시킨 장본인이라 할 수 있다. 진眞·행행·초草를 다 잘하였고 시품詩品 역시 간고簡古하였다.〈청평산 문수원장경비淸平山文殊院藏經碑〉가 대표작이다. 그의 필적筆蹟은《관란정첩觀瀾亭帖》에 수각收刻되어 있다. 시호는 문정文貞 .

3. 공부孔俯(?~1416). 고려 창원인昌原人. 자는 백공伯恭, 호는 어촌漁村. 창원백昌原伯 소紹의 손자. 우왕禑王 2년(1376) 등제登第. 벼슬은 조선에 들어와 한성윤漢城尹을 지내다. 예서隷書와 해서楷書를 잘 쓰다. 양주楊州 회암사檜岩寺〈무학선사비無學禪師碑〉, 한산韓山〈한산군이색묘비韓山君李穡墓碑〉를 쓰다.

4. 강희안姜希顏(1418~1465.10.9.추). 조선 진주인晉州人. 자는 경우景愚, 호는 인재仁齋. 지돈녕부사 완역재玩易齋 석덕碩德의 아들. 안평대군 이종 4촌. 세종世宗 23년 (1441) 문과文科. 벼슬은 직제학直提學·인수부윤仁壽府尹을 지내다. 시문·서화에 모두 뛰어나니 시詩·서書·화畵 삼절三絕로 일컬어지다.

   글씨는 왕희지王羲之와 조송설趙松雪을 모두 배워 전篆·예隷·진眞·초草를 다 잘 썼으며 그림은 유송년劉松年과 곽희郭熙의 법을 체득하여 산수·인물에 모두 능하였으나 서화書畵는 천기賤技라 하여 즐겨 남기지 않아서 수적手蹟이 매우 드물다. 필적으로는 연천漣川〈강지돈녕석덕묘표姜知敦寧碩德墓表〉와 〈윤공간공형묘비尹恭簡公炯墓碑〉가 있다.

5. 성달생成達生(1376~1444). 조선 창녕인昌寧人. 자는 효백孝伯. 태종太宗 2년(1402)에 실시된 조선 최초 무과武科 장원. 벼슬은 판중추원사判中樞院事에 이르다. 성삼문成三問의 조부. 무반이었으나 송설체松雪體의 명인名人이었다. 『법화경法華經』을 사경寫經 하다.

6. 『필진도筆陣圖』. 진晉 위부인衛夫人 작. 필법筆法을 해설한 것인데 왕희지가 『필진도』 후에 제제題題를 붙여 진법陣法에 비유하다. 손과정孫過庭의 『서보書譜』에서는 이를 왕희지의 위작僞作이 아닌가 의심하고 있다.

7. 무숙武叔. 춘추春秋 노魯의 대부大夫 숙손주구叔孫州仇의 별명. 시호가 무武이므로 무숙武叔이라 한다. 공자孔子를 두 번에 걸쳐 헐뜯었으나 공자의 제자인 자공子貢이 그 그릇됨을 밝히다.

8. 파순波旬(pāpiyas). 파비야波卑夜·파비연波卑掾·파비播裨 등으로 음역音譯. 살자殺者·악자惡子의 뜻. 욕계欲界 제6천第六天의 왕인 마왕魔王의 이름. 악심惡心으로 수도인修道人을 방해하여 혜명慧命을 끊는 것을 업業으로 한다. 석가여래釋迦如來의 성도成道 시時에도 이를 방해하려다가 도리어 항복하다.

9. 〈악의론樂毅論〉. 위魏 하후현夏候玄 작. 진晉 왕희지 서書의 소해小楷 법첩法帖. 저수량褚遂良은 『우군서목右軍書目』에서 정서正書 제1로 치다. 양 대梁代에 모각模刻되어 세상에서 보배로 여기었다. 당 대唐代에 진적眞蹟이 내부內府에 수장收藏되어 있었다는 설도 있고, 원래 지백紙帛에 쓴 것이 아니라 돌에 왕희지가 친서親書한 것인데 원석原石은 당 태종唐太宗이 아끼어 소릉昭陵에 배장陪葬한 것을 후에 온도溫韜가 도굴하여 송宋의 학사學士 고신高紳의 집안에 전해 내려왔다고도 한다. 현존 최고본最古本은 양무본梁撫本을 번각翻刻한 〈원우비각본元祐秘閣本〉이고, 이의 중각본重刻本인 〈월주학사본越州學舍本〉이 있고, 이의 재각본再刻本으로 〈남송재번본南宋再翻本〉, 〈박고당첩博古堂帖〉의 재번再翻인 〈정운관본停雲館本〉, 명나라

오정吳廷이 소장한 〈견소본絹素本〉을 모각模刻한 〈여청재본餘淸齋本〉 등이 있다.

10. 『황정경黃庭經』. 도가道家에서 사용하는 경전經典으로 4종이 있다. 위부인衛夫人이 전했다는 『황제내경경黃帝內景經』, 왕희지가 써서 산음도사山陰道士에게 주고 거위를 바꿔 가졌다는 『황제외경경黃帝外景經』 1권, 『황정둔갑연신경黃庭遁甲緣身經』, 『황정옥축경黃庭玉軸經』이 그것인데, 이를 모두 『황정경』으로 통칭한다. 이곳에서 말하는 『황정경』은 왕희지가 썼다는 『황제외경경』이다. 저수량의 『우군서목右軍書目』에서는 제2의 진적眞蹟으로 들어 산음도사에게 왕희지가 써 준 것이라고 주를 붙이고 있다. 그러나 태종太宗의 「왕희지전王羲之傳」이나 『진서晉書』 「왕희지전」에 모두 거위와 바꾼 것은 『도덕경道德經』이라 하여 이 경經을 왕희지가 썼느냐에 대해서는 제설諸說이 분분하다. 대체로 우군右軍의 글씨가 아닌 것으로 정론正論을 삼는다. 각본刻本으로는 〈순희비각본淳熙秘閣本〉, 〈여청재본餘淸齋本〉, 〈정운관본停雲館本〉, 〈울강재본鬱岡齋本〉, 〈묵지당본墨池堂本〉 등이 있다.

11. 『유교경遺敎經』. 1권 『불수반열반약설교계경佛垂般涅槃略說敎誡經』의 약칭. 후진後秦 구마라집鳩摩羅什 역. 석가세존釋迦世尊이 열반에 들기 직전에 최후로 여러 제자들에게 내린 경계警戒로 승단僧團의 규범이 되는 경전. 저수량의 『우군서목』에서도 보이지 않는 것으로, 왕희지의 글씨라고 전해질 뿐인데, 구양수歐陽脩는 일찍이 『집고록集古錄』에서 이것이 당나라 경생經生의 손으로 된 것이라고 지적하였다.

12. 〈동방찬東方贊〉. 〈동방삭화찬東方朔畵贊〉의 약칭. 저수량의 『우군서목』에 저록著錄되어 있으나 서호徐浩의 『고적기古迹記』 권2에서 위적僞迹이라고 지적하다. 당나라 시대에 내부內府에 있었다 한다. 그런데 왕경인王敬仁에 순장殉葬하였다는 위본僞本이 세상에 전해 내려오다 명나라 만력萬曆 연간 오정吳廷의 《여청재첩餘淸齋帖》에 수재收載된 화찬畵贊에는 "이것은 당나라 사람이 우군右軍의 글씨를 임모한 것이다. 미불米芾."이라 하여 미불은 당 대唐代의 위작임을 주장하였다. 〈정운관본停雲館本〉·〈희홍당본戱鴻堂本〉은 모두 송탁宋拓을 중모重摹한 것이나 모두 청정淸挺하고, 〈광찬당각본光贊堂刻本〉은 결자본缺字本이나 고아古雅하며,

〈옥연당본玉燃堂本〉・〈쾌설당본快雪堂本〉 등을 비롯하여 각자刻者 미상본未詳本
이 많이 있다.

13. 〈조아비曹娥碑〉. 〈효녀조아비孝女曹娥碑〉의 약칭. 이 비는 『집고록集古錄』이나 『금
석록金石錄』에 수록되지 않고 남송南宋 때 월주越州 석씨石氏의 《박고당첩博古堂
帖》 및 《군옥당첩群玉堂帖》에 처음으로 각입刻入되었는데, 《박고당첩》에서는 진
나라 사람晉賢의 글씨라 하였고, 《군옥당첩》은 무명인서無名人書라 하여, 왕희지
의 글씨라고는 하지 않았다. 그래서 송인宋人의 위작설僞作說이 유력하다. 〈정운
관停雲館〉・〈연희당燕喜堂〉・〈수찬헌秀餐軒〉 등의 제본諸本은 모두 〈월주석씨본
越州石氏本〉으로부터 나왔고 〈청균관본淸筠館本〉은 〈군옥당본群玉堂本〉의 재각再
刻이라고 한다.

14. 《순화각첩淳化閣帖》. 송宋 태종太宗 순화淳化 3년(992)에 어부御府가 소장한 역대
명적名蹟을 내어 비각秘閣(천자天子의 서고書庫)에서 새기어 제왕諸王과 2부二府(중
서성中書省과 추밀원樞密院)의 장관長官에게 반사頒賜하니 이를 《순화각첩》이라 한
다. 각첩閣帖의 효시嚆矢로서 많은 복각본覆刻本을 산출하였는데 그 대략을 보면
다음 페이지 도표와 같다.

15. 〈곽비郭碑〉. 〈한고곽유도선생지비漢故郭有道先生之碑〉의 약칭. 혹은 〈곽태비郭太
碑〉・〈곽림종비郭林宗碑〉・〈곽유도비郭有道碑〉라고도 한다. '한고곽유도선생지
비漢故郭有道先生之碑'의 전액篆額이 있다. 후한後漢 영제靈帝 건녕建寧 2년(169)에
산서山西 분양汾陽에 세운 곽태郭泰(자는 임종林宗)의 묘비. 서자書者는 불분명하나
채옹蔡邕이 찬撰함으로써 그의 글씨가 아닌가 한다.
후한後漢에서 가장 원숙한 팔분서체八分書體(한예漢隸)의 일종이다. 원석原石은
일찍이 망일되고 중각본重刻本만이 전해 왔으나 근년에 그 잔비殘碑가 다시 출토
되어 산동山東 제녕학원濟寧學院 내에 보관되어 있다. 비고碑高 8자 4치, 나비 3자
3치, 12항 40자.

16. 〈수선비受禪碑〉. 위魏 황초黃初 원년元年(220)에 위왕 조비曹丕가 한漢 헌제獻帝로
부터 선양禪讓을 받아 제위帝位에 오른 내용을 기록한 비碑. 서자書者에 대해서는

순화각첩 淳化閣帖			
	강본구첩 絳本舊帖	양자부전본 亮字不全本	
		동고본 東庫本	우목본전십권 又木本前十卷
			목본전십권 木本前十卷
			자주전십권 資州前十卷
			팽주본 彭州本
			오진본 烏鎭本
			복청본 福淸本
			무강구본 武岡舊本
			북방별본 北方別本
		신강본 新絳本	
	복청이씨본 福淸李氏本		
	오진장씨본 烏鎭張氏本		
	북방인성본 北方印成本		
	순희수내사본 淳熙修內司本		
	소흥감첩 紹興監帖		
	임강희어당첩 臨江戲魚堂帖		
	검강첩 黔江帖		
	이임부첩 二壬府帖		
	경력장사첩 慶曆長沙帖		
	대관태청루첩 大觀太淸樓帖	노릉소씨본 盧陵蘇氏本	
		장사별본 長沙別本	
		촉본 蜀本	
		장사신각 長沙新刻	
		삼산수본 三山水本	
		비장가본 碑匠家本	
		유승상사제본 劉丞相私第本	
	정첩鼎帖 (무릉첩武陵帖)		
	예양첩 澧陽帖		

고래로 제설諸設이 분분하여 혹은 양곡梁鵠이라고도 하고 종요鍾繇라고도 하며 혹은 양인兩人 합작이라고도 하며 또는 위기衛覬라고도 하는데 누구인지 알 수 없으나 같은 해에 조금 앞서 이루어진 〈공경장군상존호주公卿將軍上尊號奏〉와 동일한 사람의 글씨임에는 틀림없다.

서체書體는 방정方整(네모반듯하고 가지런함)하고 정취가 결핍되어 한예漢隷로부터 당예唐隷(해서楷書)로 변화되어 가는 과도현상을 보이므로 위예魏隷의 일체一體가 새로 전개되는 것을 느낄 수 있다. 원석이 하남河南 임영臨潁에 있다.

17. 〈공주비孔宙碑〉. 〈한태산도위공군지비漢泰山都尉孔君之碑〉의 약칭. 후한後漢 환제桓帝 연희延熹 7년(164) 공주孔宙(103~163, 자는 수장秀將, 공자孔子 19세손, 공융孔融의 부父)의 묘 앞에 세운 묘비. 한비漢碑 중의 명품名品으로 그 팔분서체八分書體가 주미관활遒美寬闊(굳세고 아름답고 넉넉하고 활달함)한데 특히 파법波法의 묘妙는 입신入神의 경지에 이르니 지나치게 기교로 흘러서 고무古茂(예스럽고 무성함)의 풍을 경감시킨 흠이 있다.

비음碑陰의 제명題名은 양문陽文에 비하여 소탕疎宕(거칠고 호탕함)하고 고격古格(예스런 품격)이 있다. '한태산도위공군지비漢泰山都尉孔君之碑'의 전액篆額이 3항行 대자大字(장사촌長四寸)로 음각陰刻되어 있으며 원수방부圓首方趺(비석의 둥근 머리와 네모진 받침)에 운천暈穿(이수 중앙에 있는 해무리 모양의 뚫림)이 있다. 높이 10자 1치, 나비 3자 3치 5푼, 두께 6치, 15항 28자. 청나라 건륭乾隆 연간(1736~1795)에 공자묘孔子廟로 이안移安하다.

18. 〈형방비衡方碑〉. 〈한고위위경형부군지비漢故衛尉卿衡夫君之碑〉의 별칭. 비는 산동성山東省 문산현汶山縣에 있고, 후한後漢 영제靈帝 건녕建寧 원년(168)에 세워졌다. 형방衡方(103~168, 자는 흥조興祖)의 묘비로 비액碑額과 비문碑文이 모두 팔분서八分書인데 서체書體가 강강풍유剛强豊腴(굳세고 살집 좋음)하여 고기古氣를 함축한 듯 위풍威風이 당당하다.

전한前漢 하평河平(서기전 28~25) 연간의 작이라는 〈맹효거비孟孝琚碑〉와 필의筆意

(붓놀림)가 상통하여 〈화산묘비華山墓碑〉와 백중伯仲을 다툴 만하다. 고건풍유古健豊腴는 북제인北齊人이 이로부터 본받은 듯하다. 원수圓首로 팔분비액八分碑額은 2항 10자이고 본문은 23항 36자이며, 비의 높이는 5자 6치, 나비는 3자 5치이다.

* '「원교필결」 뒤에 씀' 두 본의 중복 수록 사유

추사는 고증학적인 가치관을 새롭게 확립하기 위해 전대의 조선 성리학적 가치관을 과감하게 부정할 수밖에 없었다. 이에 겸재謙齋 정선鄭敾과 현재玄齋 심사정沈師正의 진경산수화풍과 조선남종화풍을 고루하다 폄하하고 백하白下 윤순尹淳과 원교員嶠 이광사李匡師의 글씨도 인정하려 들지 않았다.

그런데 추사의 증조부 세대인 원교가 일찍이 「원교필결」이라는 「서결書訣」 1만 5,000자를 지어 동국진체東國眞體 서법의 기준을 마련해 놓음으로써 당시 조선 서예계는 그의 절대적인 영향 아래 놓여 있었다. 추사는 자신의 특기이자 전공 분야인 서예에 있어서 원교의 이런 막강한 영향력을 방치하고서는 고증학적 가치관의 확립은 불가능하다고 생각하였다.

그래서 추사는 작심하고 「원교필결」의 오류를 과감하게 지적하여 그 시비를 바로잡으려 한다. 그것이 『완당선생전집』 권6에 수록된 「원교필결 뒤에 씀書員嶠筆訣後」·I이다.

그런데 간송미술관에 추사 친필 〈서원교필결후書員嶠筆訣後〉 진적이 수장되어 있다. 당연히 그 원본이려니 생각했었는데 대조해 본 결과 내용의 상당 부분이 서로 달랐다. 간송본이 수정본인 사실이 분명했다. 고민 끝에 두 본을 모두 실어 서로 비교해 보는 즐거움을 누리도록 하기로 했다.

추사 친필인 〈간송본 서원교필결후〉의 글씨가 구양순과 저수량풍이 있는 행서로 예서의 필의를 띠고 있어 〈세한도歲寒圖 발문跋文〉 글씨와 방불하니 이 역시 〈세한도〉가 이루어지던 1844년경에 짓고 썼을 것이라 추측된다. 이해는 추사가

59세 되는 해로 천명天命을 아는 나이인 50대 마지막 해이기 때문이다. 더구나 추사 친필〈간송본 서원교필결후〉제23면 하단 말미에 찍혀 있는 '완당阮堂'이라는 종서縱書 장방형長方形 주문朱文 인장이 그대로〈세한도〉하단 말미에도 찍혀 있다는 사실이〈간송본 서원교필결후〉의 59세 제작설에 힘을 보태 주고 있다.

두 본의 서로 다른 내용은 각각 활자 색을 달리하여 표시하겠다. Ⅰ본의 다른 색 글자는 Ⅱ본에서는 삭제된 부분이고 Ⅱ본의 다른 색 글자는 Ⅱ본에서 첨가된 부분이다.

「원교필결」 뒤에 씀·Ⅱ
書員嶠筆訣後·Ⅱ

「원교필결員嶠筆訣」에 이르기를 "우리 동쪽 나라는 고려 말 이래로 모두 언필 偃筆(붓을 뉘어서 쓰는 것)로 써서, 획의 위와 왼쪽은 붓끝이 지나는 바라 그런 까닭으로 먹빛이 진하고 매끈하며, 획의 아래와 오른쪽은 붓허리(중둥)가 지나는 바라 그런 까닭으로 먹빛이 엷고 거칠어서 획이 모두 치우치고 메마르니 완전치 못하다."라고 하였다.

그 말은 자세하게 분석한 것 같으나 가장 말이 안 되는 소리이다. 위는 다만 왼쪽만 있고 오른쪽은 없으며, 아래도 다만 오른쪽만 있고 왼쪽은 없단 말인가. 붓끝이 지나는 바로는 아래에까지 미치지 못하며 붓허리가 지나는 바로는 위에까지 미치지 못한단 말인가. 진하고 엷고 매끄럽고 거친 것은 먹 쓰는 법에 있으니 붓을 뉘어 쓰느냐 곧게 쓰느냐로 그것을 탓할 수 없다.

서기書家에는 붓 쓰는 법(필법筆法)이 있고 또 먹 쓰는 법(묵법墨法)이 있는데 지금 「서결書訣」 중에는 먹 쓰는 법에서 영향을 받았다는 것은 한마디도 없고 다만 붓 쓰는 법만을 논하였으니 이는 치우치고 메마른 일이다. 또 붓 쓰는 법을 논하였지만 먹과 붓을 나누지 않고 뭉뚱그려 말하고 지나가서 구별한 바 없으니, 어느 것이 먹이 되고 어느 것이 붓이 되는지 알 수 없다. 이 것이 말이 될 수 있는가.

고려 말 이래로 조선 건국 초기에 이르기까지 이군해李君侅·공부孔俯·강희안姜希顔·성달생成達生과 같은 여러 이름난 분들은 용이 오르고 봉황새가 날듯이 글씨를 잘 쓰지 못한 사람이 없거늘, 어찌 일찍이 한 삐침 한 점의 언필이 있었겠는가. 또 숭례문崇禮門이나 흥인지문興仁之門·홍화문弘化門·대성전大成殿의 편액과 같은 것들이 어찌 언필로 쓸 수 있는 바의 것들이겠는가. 그 이른바 언필이 어떤 사람의 글씨를 가리키는지 모르겠다.

또 '획을 일으키는데 붓을 펴 대어 날카로운 칼로 가로 끊듯 한다'와 같은 것도 아마 또 말이 되지 않을 듯하다. 만약 붓을 펴서 날카로운 칼이 가로 끊듯 하게 하려면 마땅히 따로 화공畵工의 납작붓(변필匾筆)이나 미장이의 귀알(호취糊箒) 모양과 같은 일종의 붓을 만든 연후에야 그런 법에 맞출 수 있을 터이니, 지금 통행하는 대추씨 모양의 붓(조심필棗心筆)으로는 손댈 수가 없다.

그가 또 이르기를 '축필築筆을 굳게 한다'고 한 것은, 이는 옛날이나 지금의 글씨 쓰는 사람들이 아직 듣지 못하던 비결이다. 예전부터 축필이라는 일법一法이 있었는데, 곧 이수방二水旁으로 차자次字의 좌변左邊같이 점을 잇대어 긴밀하게 접하면 이를 일컬어 축필이라고 하였다. 원교가 이른 바처럼 붓을 끌어 굴곡을 짓는 모양이 아니니, 그런 까닭으로 고금에 듣지 못하던 바였을 뿐이다.

'붓이 앞서고 손이 뒤따른다'는 것에 이르면 더욱 뒷사람에게 보여 줄 수가 없다. 글씨 쓰는 사람이 앞서 할 것은 팔목을 들고 쓰는 것(현완懸腕)과 팔뚝을 들고 쓰는 것(현비懸臂)이고 이에 일신一身의 힘을 다하기에 이르되 붓이 알지 못하게 하는 것을 상승上乘으로 삼거늘 이제 말하기를 '붓이 앞서고 손이 뒤따른다筆先手後'라 하고, 또 말하기를 '일신을 다하여 이를 보낸다' 하였다. 붓이 이미 앞섰는데 어떻게 손과 몸에 다시 바탕을 두겠는가. 앞뒤가 모순되어 스스로 그 차례를 어지럽히니 도리어 요령을 잃게 되었구나. 어찌 한탄하지 않을 수 있으랴.

점법點法에 이르기를 '형태는 비록 뾰족하나 붓털을 모두 펴는 것(신호伸毫)'이라 하였으니 또 무슨 말인가. 붓을 편다(신호)는 한 법으로써 과획戈畫이나 파획波畫·점획點畫에 두루 베풀고자 한다면 가장 점법에 합당치가 않다. 그러므로 이런 억지로 갖다 붙이는 말을 만들어 내었다. 대체로 뾰족하다는 것은 모아 합친 것이고 편다는 것은 헤쳐서 풀어 놓는다는 것이니, 뾰족한 것은 펴질 수 없고 펴진 것은 뾰족해질 수 없다. 즉, 뾰족한 것과 펴는 것은 다른 형체이어서 서로 용납할 수가 없는데 어떻게 붓을 쫙 펴서 뾰족한 형태를 만들 수 있겠는가.

결구結構(짜임새)라는 것은『필진도筆陣圖』에서 모략謀略이라 하였다. 비록 칼과 갑옷이 뽑은 듯 날카로우며 성지城池가 굳세고 완전하다 해도 모사謀事와 책략策略이 없다면 베풀어 놓을 수가 없다. 그런 까닭으로 글씨 쓰는 사람은 결구를 가장 중시하였다. 그래서 종요鍾繇와 삭정索靖 이하로 요즈음 중국 서예가에 이르기까지 한가지로 정해져서 감히 바꾸지 못하는 결구법結構法이 있으니, 왼쪽이 짧으면 위를 가지런히 하고, 오른쪽이 짧으면 아래를 가지런히 하는 것들과 같은 것으로 일일이 들 수도 없다.

이제 논한바 결구라 하는 것은 전혀 근거를 잃어서(돌아갈 곳이 없어서) 옛 사람들이 서로 전해 주던 진체眞諦와 묘결妙訣에는 하나도 서로 미치지 못하였다. 그래서 대개 그 결구라는 한 가지 법칙에 대한 글은 더욱 억견臆見으로서 근거 없이 무턱대고(벽을 향하고서) 꾸며 만드니 추악하기가 형용할 수 없다. 이에 도리어 구양순歐陽詢과 안진경顔眞卿으로서 방판方板(네모반듯함) 일률一律(한 가지 법칙)이 되었다 하여 모두 우군右軍(왕희지)을 뒤이었으나 글씨의 기준은 아니라고 생각하기에 이르렀다. 이 어찌 무숙武叔이 성인

聖人(공자)을 헐뜯거나 파순波旬이 불타佛陀를 비방함과 다르겠는가. 이는 더욱 먼저 물리쳐야 할 것이다.

"자세히 우군의 여러 서첩에 맞추어 보면 내 말이 근본이 있는 것을 알 수 있다."라 하였는데, 우군의 어느 서첩을 가리키는지 모르겠다. 그는 말하기를 "동쪽 우리나라 사람들은 고루해서 고거考據하는 것도 모른다." 하니 다만 이는 『필진도』를 변별할 수 없다는 말이다. 우군의 여러 서첩에 이르러서는 과연 모두 다 고거할 수 없는 것인데 곧장 내 말로써 근본이 있음을 증명하겠는가.

일찍이 그것을 논해 보았듯이 〈악의론樂毅論〉은 이미 당나라 때부터 진짜로 본뜬 본本조차도 구하기 힘들었고, 〈황정경黃庭經〉은 우군의 글씨가 아니며 〈유교경遺敎經〉은 당나라 경생經生의 글씨이고, 〈동방찬東方贊〉·〈조아비曹娥碑〉는 그것이 어느 본에서 나왔는지조차 모른다. 또한 순화淳化의 여러 법첩은 진짜와 가짜가 뒤섞이고, 옮겨 새겨지면서 틀리게 되어 가장 기준을 삼을 수 없다. 이 밖에 또 우군의 무슨 서첩이 있어서 가히 '자세히 맞춰 보아 내 말이 근본이 있음'을 증명할 수 있겠는가.

그 품제品第에 있어서는 "한漢의 예서隸書는 〈예기비禮器碑〉로 최고를 삼고 〈곽비郭碑〉로 후세에 나온 것을 삼는다." 하였으니 가히 안목을 갖추었다고 할 수 있는데, 홀연히 또 〈수선비受禪碑〉를 〈예기비〉와 아울러 들어 〈공화孔和〉·〈공주孔宙〉·〈형방衡方〉의 여러 비들을 〈수선비〉에 미치지 못하기에 이르게 하였으니 그 어디에 근거했는지 모르겠다.

한예漢隸(팔분서)는 비록 환제桓帝(재위146~167)나 영제靈帝(재위168~188) 때와 같은 말기에 만들어졌다 해도 위예魏隸와는 크게 같지 않아서 한계 같은 것이 있다. 그런데 〈수선비〉는 곧 위예이다. 그래서 순전히 네모반듯하고 가지런함(방정方整)을 취하여 이미 당예唐隸(해서)의 발단發端을 열고 있는데, 어찌 〈예기비〉와 같이 일컬을 수 있겠으며, 도리어 〈공화〉·〈공주〉 비의 위에 둘 수 있겠는가. 알고 모르는 것은 그 서로 다름이 헤아릴 수도 없이 클 뿐이다.

아아! 세상은 모두 원교의 필명筆名으로 울리고 빛나서 또 그 상좌하우上左下右나 신호伸毫·필선筆先과 같은 여러 이야기들을 금과옥조金科玉條로 받들어 한결같이 그 그릇된 속으로 빠져들어 갈 뿐이니, 미혹을 깨뜨릴 수 없으며 거짓되고 망령스러움을 헤아릴 수 없어서 크게 떠들어 대고 거침없이 극단적으로 말하기를 이와 같이 하는구나.

그러나 이 어찌 원교의 잘못이겠는가. 그 천품은 뛰어났으나 그 재주만 있고 그 배움이 없었다. 그 배움 없음도 또한 그 잘못이 아니다. 고금 법서法書의 좋은 본(선본善本)을 볼 수 없었고 또 옳은 법을 알고 있는 대가大家에게 나아가 바로 배울 수 없었다. 그래서 다만 천품의 뛰어남으로써 그 드높은 오견傲見(거만한 견해)을 치달리어 재량裁量할 줄을 몰랐으니 이는 근세 이래에 면할 수 없는 바이었다.

옛것을 배우지 않는 데 그 세 번 뜻을 두고 정情에 따라서 정도正道를 버린 사람은 거의 자기의 도를 정도와 같이 생각한다고 한다. 만약 선본을 볼 수 있게 하고 또 정도가 있는 곳에 나아가 배우게 하였다면 그 천품으로서 어찌 여기에 국한하였을 뿐이었겠는가.

지금을 위한 계책計策은 먼저 모름지기 팔뚝을 들고 중봉中鋒으로 움직여서 필봉筆鋒으로 하여금 필획筆畫 내內에 있게 하는 것이다. 역필逆筆로 일으켜서 형세形勢에 따라 가로세로 쓰면 빗기고 바르고 올리고 내리는 것과 눕히고 들고 긋고 찍는 것이 각각 법을 이루게 된다. 일획의 안에서 좌우상하로 경계 지어 나누는 것은 문득 이치를 이루지 못한다(이치에 맞지 않는다).

조자고趙子固(조맹견)가 이르기를 "해법楷法에 입도入道하는 데는 세 가지 길이 있으니 〈화도사비化度寺碑〉와 〈구성궁예천명九成宮醴泉銘〉과 〈공자묘당비孔子廟堂碑〉이다. 만약 당唐으로 말미암아서 진晉으로 들어가지 않는다면

186

그 헤아릴 줄 모르는 것을 많이 드러내 보이는 것이다."라고 하였다. 자고가
어찌 〈악의론〉과 〈동방상찬東方像贊〉을 몰라서 당비唐碑로 법을 세웠겠는
가. 이미 그때도 선본善本이 없어서 당비唐碑의 정확함만 못하였었다. 하물
며 지금 사람은 자고보다 뒤지기를 이미 500년에 가까운 것임에서이랴.

員嶠筆訣云, 吾東麗末來, 皆偃筆書, 畫之上與左, 毫銳所抹, 故墨
濃而滑, 下與右, 毫腰所經, 故墨淡而澀, 書皆偏枯而不完.

其言似剖細析微, 而最不成說. 上但有左而無右, 下但有右而無左歟.
毫銳所抹, 不及於下, 毫腰所經, 不及於上歟. 濃淡滑澀, 是在用墨
之法, 不可責之 於用筆之偃與直也.

書家有筆法, 又有墨法, 而今於書訣中, 無一影響於墨法者, 盖但論
筆法已, 是偏枯. 且論筆法, 而不分於墨與筆, 囫圇說去, 無所區別,
不知爲何者是墨, 何者是筆, 是可成說乎.

麗末來 至於國初, 如李君侅 孔俯 姜希顔 成達生 諸名公, 無不龍騰
鳳翥, 何嘗有一波一點之偃筆. 且如崇禮門 興仁之門 弘化門 大成殿
扁額, 豈偃筆所可書者也. 其所云偃筆, 未知指何人書也.

且如起畫 伸毫下之, 利刀橫削者, 恐又不成說. 若令伸毫, 如利刀橫
削, 當另製一種筆, 如畫工區筆, 糊匠糊箒樣子, 然後可以中法, 以
今通行之裏心筆, 無以下手矣.

其又云堅築筆者, 是古今書家所未聞之訣也. 古有築筆一法, 卽二水
旁, 如次者左邊, 連點緊接, 謂之築筆. 非如員嶠所云 曳筆作屈曲體,
所以古今所未聞耳.

至於筆先手後者, 尤不可以示後者也. 書家所先, 在於懸腕懸臂, 乃
至於一身之盡力, 而筆不知者爲上乘也. 今云筆先手後, 又云盡一身
而送之, 筆旣先矣, 何庸更藉於手與身也. 先後矛盾, 自亂其例, 轉沒
巴鼻. 寧不可歎也.

點法云 形雖尖, 毫皆伸者, 又何說乎. 欲以伸毫一法, 徧施於戈波點
畫, 而最不合於點法, 故作此牽强之說. 夫尖者 聚而合之者也, 伸者
散而放之者也, 尖不可以爲伸也, 伸不可以爲尖也. 尖伸異體, 不可

相入, 何以伸毫作尖形也.

結構者, 筆陣圖 以爲謀略也. 雖刀甲精利, 城池堅完, 非謀略, 無以施措. 所以書家 最重結構. 自鍾索以下, 至於近日中國書家, 有一定不敢易之結構法, 如左短上齊, 右短下齊之類, 不可枚擧.

今所論結構者, 全無着落, 古人相傳之眞諦妙訣, 一無相及. 盖其書於結構一法, 尤以臆見, 嚮壁虛造, 醜惡不可狀. 乃反以歐顏爲方板一律, 至以爲悉蹈右軍, 不是書之科. 此何異於武叔毁聖, 波旬諦佛也. 此尤先闢者也.

詳準於右軍諸帖, 可知吾言之有本者, 未知指右軍何帖也. 其云 東人固陋, 不知攷据者, 祇是筆陣圖之爲僞 而不能辨. 至於右軍諸帖, 果皆無可攷據者, 而直證以吾言有本耶.

嘗試論之, 樂毅論 已自唐時 難得眞橅本, 黃庭經 非右軍書, 遺教經卽唐經生書, 東方贊 曹娥碑, 未知其出於何本. 淳化諸帖, 眞贋混淆, 轉轉翻訛, 最不可準. 外此又有右軍何帖, 可以詳準 證以吾言之有本耶.

其品第, 漢隷以禮器碑爲最, 以郭碑爲出後世, 可稱具眼, 忽又以受禪並擧於禮器, 至以孔龢 孔宙 衡方諸碑, 皆不及受禪, 不知其何据也.

漢隷雖桓靈末造, 與魏隷大不同, 有若界限. 受禪卽魏隷也. 純取方整, 已開唐隷之漸, 豈可與禮器並稱, 反居孔龢 孔宙之上也. 若知若不知, 殊不可測度耳.

噫, 世皆震耀於員嶠筆名, 又其上左下右, 伸毫筆先諸說, 奉以金科玉條, 一入其迷誤之中, 不可破惑, 不撲僭妄, 大聲疾呼, 極言不諱如是.

然此豈員嶠之過也. 其天品超異, 有其才而無其學. 無其學, 又非其過也. 不得見古今法書善本, 又不得就正大方之家. 但以天品之超異, 騁其貢高之傲見, 不知裁量, 此叔季以來, 所不能免也.

其三致意於不學古, 而緣情棄道者, 殆似自道也. 若使得見善本, 又就有道, 以其天品, 豈局於是而已.

爲今之計, 先須懸臂, 運以中鋒, 使筆鋒在筆畫之內. 起以逆筆, 隨勢橫竪, 斜正上下, 偃仰平側, 各有成法. 一畫之內, 以左右上下, 堺分, 便不成理.

趙子固云, 入道於楷有三, 化度 九成 廟堂. 若不由唐入晋, 多見其不知量也. 子固豈不知樂毅 像贊, 以唐碑立法也. 已於其時, 無善本, 莫如唐碑之確正. 況今人 後子固已近五百年者也.

190

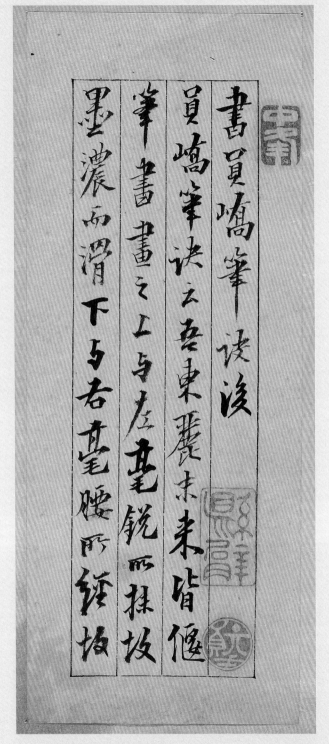

도판 21. 〈서원교필결후書員嶠筆訣後〉 지본묵서, 각 9.2×23.2cm, 간송미술관 소장

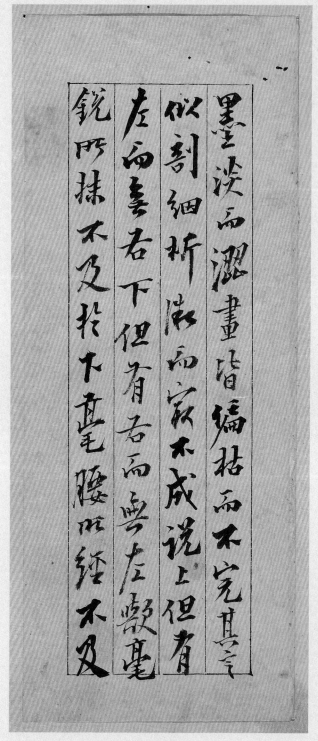

墨淡而濇畫皆扁枯而不完其云

似剖細析法而家不成説上但有

左而毫右下但有右而毫左覈毫

銳所抹不及扵亇直毛腰瘵経不及

도판 21. 〈서원교필결후書員嶠筆訣後〉 계속

於上欲濃淡滑澀是在用墨之

法不可盡之於用筆之匝与直

也書家有筆法又有墨法清而今

於書法中言一郭響於墨法者

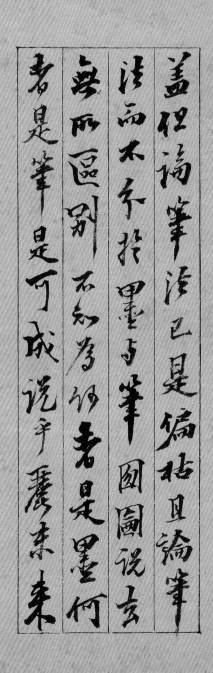

盖但論筆活已是偏枯且論筆
活而不予於墨与筆圓圓説玄
每而區別不知爲何書是墨何
書是筆是可成説乎震泰来

도판 21. 〈서원교필결후書員嶠筆訣後〉 계속

至於 國初以書 君倩 孔俯 姜希顏

成達生諸名公喜石龍騰鳳翥者

嘗書一波一點之偃筆且妙必無

禮門興仁之門 弘化門大成殿扁

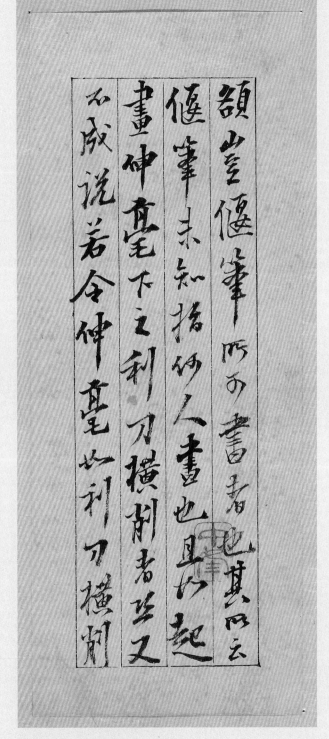

頣山堂偃筆所謂書書者也其而云
偃筆未知搭什人畫也且以起
畫仲臺下之利刀橫削書者乞又
不成說若令仲臺以利刀橫削

6

도판 21. 〈서원교필결후書員嶠筆訣後〉계속

當日製一種筆以畫工區筆

糊匠糊帚樣子然後可以中法以

今通行之畫心筆之意以大字之夫

其又云堅棗筆者是古今之家

古有棗筆一注乎二水扇以項字庄自邊建選

堅棧謂之之棗筆此如多房而云中筆作健如

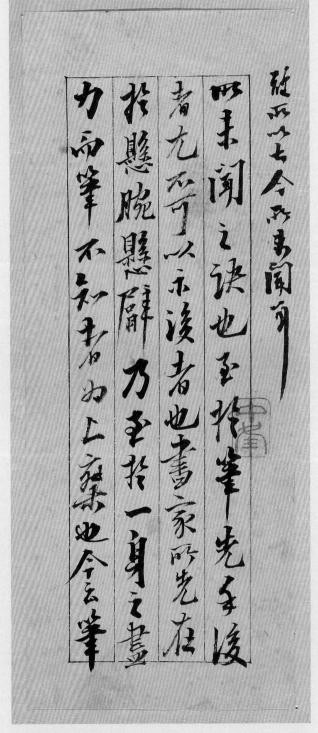

明未聞之訣也王推筆先手後
書九不可以示後者也書家所先在
於懸腕懸臂乃王於一身之畫
力而筆不知者為上乘也今云筆

從而字者今所書也

도판 21. 〈서원교필결후書員嶠筆訣後〉 계속

9

光子後又云畫一身而盈之事

既光矣何眉更以精拾者與耳

也先後矛盾自亂其例精没巴車

寧石方穎也然清玉於雖矣且置

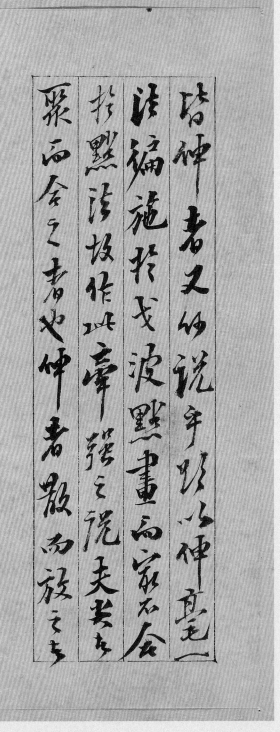

皆神者又化說年昧以神真乎一

法編施於戈波黙畫而家石合

於黙法故作此章辭乏說夫莫乏

聚而合乏書必神者散而放乏乎

도판 21. 〈서원교필결후書員嶠筆訣後〉 계속

也尖本寸八為伸一也伸本寸以為

尖也尖伸一異體不可相入竹八

伸毫作尖形也緯撰者筆

陣圖以為謀略也雖刀甲精利

城池堅完此課略委以施措所
以書家皆重結撰自鍾索以
下重於近日中國書家有一寫
不敢易之結撰法以左題上廎

도판 21. 〈서원교필결후書員嶠筆訣後〉계속

古籀下齊之類不可枚舉今所
論結撰書令皆美廣古人相傳
之真諦妙訣一一相及盡其畫
於結撰一法尤以膝見響辟

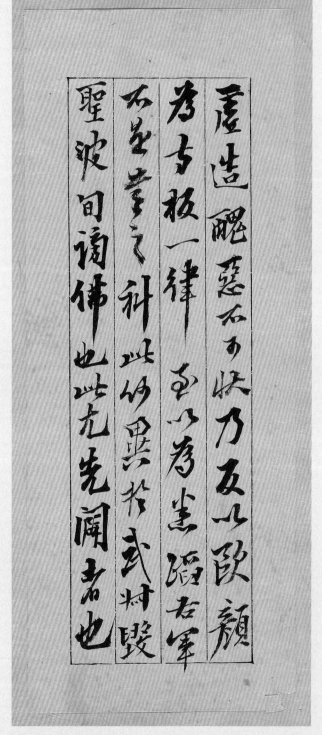

도판 21. 〈서원교필결후書員嶠筆訣後〉 계속

詳潬於右軍諸帖可知吾

言之有耆耆末知拟右軍帖

帖也其云東人固酉不知致擔

者祗足筆陣圖之為偽而不

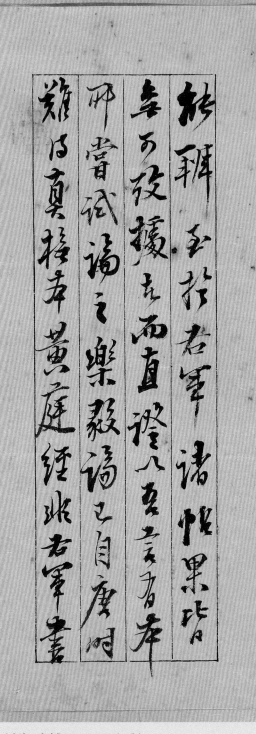

도판 21. 〈서원교필결후書員嶠筆訣後〉 계속

遺教經印唐經生畫東方畫
曹娥碑未知其出於何手淳
化諸帖真贗混淆甚之翻訛宕
不可準外此又有右軍帖數可

도판 21. 〈서원교필결후書員嶠筆訣後〉 계속

宙衡方諸碑皆不及臺禪不知

其何據也漢祿雖柏雪未逢与

魏祿大不同有若累限受禪

此魏祿也徒取方整已閒唐祿之

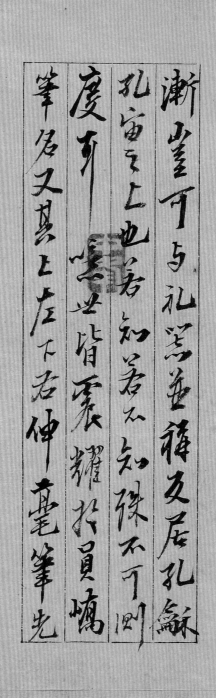

도판 21. 〈서원교필결후書員嶠筆訣後〉 계속

諸說奉以金科玉条〔入其迷誤
之中不可破感不擬僭妄大聲
疾呼劲言不諱以生哑此些
真嬌之過也其天品超異者

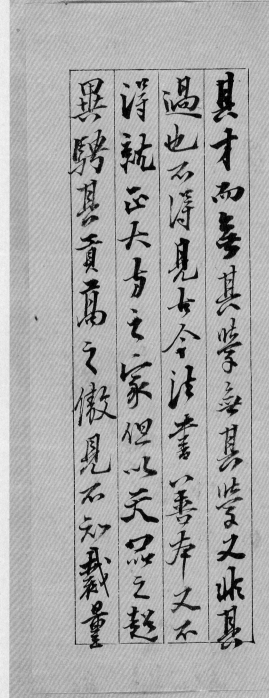

2

도판 21. 〈서원교필결후書員嶠筆訣後〉 계속

此樹雪以來而不能免也其三致

意於石學女而緣情棄道者豈

以自道也若使淳見以蓋本文就

有道以其天品山豈肩於是隔已

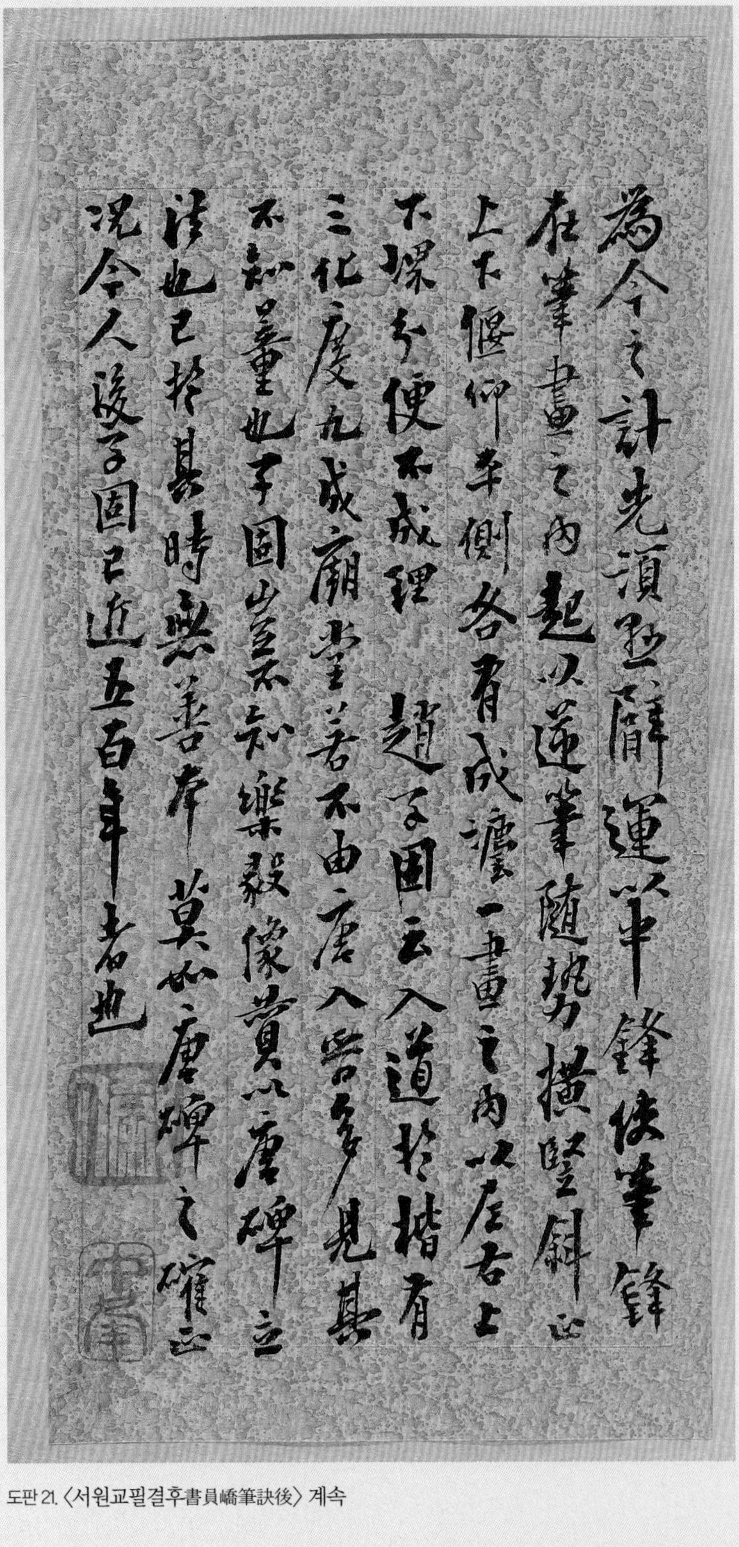

爲今之計先須趨簡運筆鋒使筆鋒
在筆畫之內起以運筆隨勢橫豎斜正
上下偃仰筆側各有成瀘一畫之內以左右上
不媒令便不成理　趙孟頫云入道於楷有
三化慶九成廟堂墨書不由唐入嘗多見其
不知⋯書也子圖山⋯知樂毅像賛⋯唐碑立
法也已於其時與⋯善本莫如唐輝之確正
況今人後子圖已近五百年者也

도판 21. 〈서원교필결후書員嶠筆訣後〉 계속

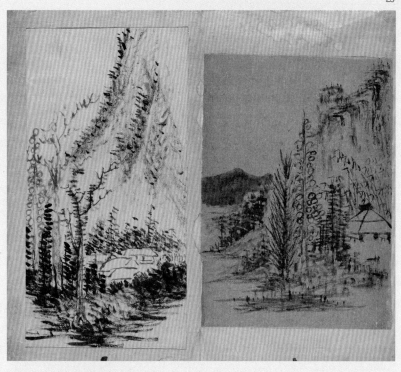

《청애당첩》뒤에 제함
題淸愛堂帖後

진성재陳星齋(진조륜陳兆崙)[1]가 말하기를 "당唐은 법도法度에 구속되었고, 송宋은 뜻을 취하였으니 진晉의 풍운風韻 천 년은 마침내 누가 변별辨別하겠는가."라고 하였다. 이는 글씨 쓰는 사람이 도달할 수 있는 지극한 경지(서가삼매書家三昧)가 된다.

석암石菴(유용劉墉, 1719~1804)의 글씨는 자못 진나라의 풍운風韻을 얻었으니, 당시의 서예가로는 하의문何義門(하작何焯)·강서명姜西溟(강신영姜宸英)·조대경趙大鯨[2] 같은 사람을 으뜸으로 추대하기도 하고 또 왕의산王擬山(왕탁王鐸)[3]·진향천陳香泉(진혁희陳奕禧)·왕퇴곡汪退谷(왕사횡汪四鋐) 같은 사람을 추대하기도 하며, 또 옹담계翁覃溪(옹방강翁方綱)·성저成邸(성친왕成親王)·양산주梁山舟(양동서梁同書)·왕몽루王夢樓(왕문치王文治)[4] 같은 이들이 서로 갑甲·을乙을 다투고, 또 장득천張得天(장조張照)·공홍곡孔葒谷(공계함孔繼涵)[5]과 같은 여러 사람들이 불꽃처럼 한 시대를 밝혔지만 석암으로써 거벽巨擘(엄지손가락)을 삼지 않을 수 없다.

그 글씨는 중후重厚하면서도 능히 틀에서 벗어날 수 있어서 옛사람의 법에 들어가기도 하고 나오기도 하는데 만년의 오묘한 경지는 신묘神妙하여 헤아릴 수가 없다. 일찍이 유운방劉雲房(유권지劉權之)[6] 상서尚書 댁宅의 벽 4면에 동쪽으로부터 서쪽에 이르기까지 모두 석암이 옥판선지玉板宣紙에 쓴 것들이 걸려 있었는데, 글자의 크기가 어린아이 손바닥만 하였고 또 어린아이가 먹장난한 듯하여 모두 글씨 쓰는 길에서 벗어났었다.

천의무봉天衣無縫하고 수많은 구슬들이 서로 비치듯이 빛나서 사람의 힘으로는 가능한 바가 아니었으며, 기백氣魄 있는 힘이 특별히 커서 빽빽하게 감출 수 있었고 가히 천지天地 사방에 가득 채울 수도 있었으니, 동향광董香光(동기창董其昌) 이후에 처음 있는 것일 뿐이었다.

동기창의 글씨는 우리 동쪽 나라 사람들이 모두 그것을 하찮게 보아 혹은 오로지 아름답고 화려한 것만 일삼는 것으로 생각하기도 하나 이는 동기창의 글씨가 어떤 것인지를 알지 못하는 것이다. 만약 우리 동쪽 나라 사람들로 그것을 비기어 논한다면 한석봉韓石峯[7]의 기운氣韻과 품격品格은 동기창의 열에 하나도 미칠 수가 없다. 곧 우리 동쪽 나라 사람들의 안목眼目이 아직 미치지 못하는 바인데 또 어떻게 석암을 논하겠는가.

유문정劉文正(유통훈劉統勳)[8]의 글씨도 또 지극히 잘 썼으니, 일찍이 그가 쓴『도덕경道德經』[9] 승두세자蠅頭細字(파리 대가리 모양 가는 글씨)를 보았는데 문형산文衡山[10]의『금강경金剛經』과 아름다움을 짝할 수 있었다. 그 아래에 석암이 잔글씨로 발어跋語를 썼는데 도리어 미치지 못한다는 생각이 드니 영지靈芝[11]나 예천醴泉[12]도 과연 본원本源이 있는 것인가.

병진丙辰년(1856) 인일人日[13]에 쓴다. 이날은 석암이 이 책을 쓴 지 한 주갑周甲(60년)이 되는 날이다.

題淸愛堂帖後

陳星齋云, 唐拘於法, 宋取意, 晉韻千秋, 竟誰辨, 此爲書家三昧.

石菴書, 頗得晉韻, 當時書家, 有首推何義門 姜西溟 趙大鯨者, 有推
王擬山 陳香泉 汪退谷者, 又如覃溪 成邸 梁山舟 王夢樓, 互相甲乙,
又如張得天 孔葒谷諸人, 炳朗一代, 不得不以石菴爲巨擘.

其書厚而能脫, 入乎古人, 而出乎古人, 晚年妙境, 神妙不測, 嘗於
劉雲房尚書家壁四面, 自東至西, 皆石菴玉版紙所書, 字大如小兒手
掌, 又如小兒墨戲, 盡脫筆墨蹊逕.

天衣無縫, 帝珠互映, 非人力所可能, 魄力特大, 可以退密, 可以彌
六, 董香光以後, 初有耳.

董書東人皆眇之, 或以爲專事美麗, 是不知董書之如何者. 若以東人
論之, 石峰之氣格, 不能及董十之一, 卽東人眼光所未及, 又何論於
石菴哉.

劉文正書, 又極工, 嘗見所書道德經蠅頭細字, 與文衡山金剛經 可媲
美. 其下石菴細書跋語, 反有不及之意, 靈芝醴泉, 果有本源歟.

丙辰人日書. 是石菴書此卷之一周甲也.

(『阮堂先生全集』卷六)

註

1. 진조륜陳兆崙(1700~1771). 자는 성재星齋, 호는 구산句山. 전당錢塘(현재 절강浙江 항주杭州)인. 옹정雍正 8년(1730) 진사進士로 벼슬이 태복시경太僕寺卿에 이르다. 시문詩文이 순고淳古 담박澹泊하여 연경燕京의 사대부들이 문장의 종장宗匠으로 떠받들었으나 자기 스스로는 글씨가 제일이고 문장은 그다음이라고 하다. 『자죽산방집紫竹山房集』이 남아 있다.

2. 조대경趙大鯨(1686~1749). 청나라 절강 인화仁和(현재 항주杭州)인. 자는 횡산橫山, 호는 학재學齋. 옹정雍正 2년(1724) 진사進士. 벼슬은 좌부도어사左副都御使를 지내다. 시詩·서書를 모두 잘하였으나 특히 서법書法이 수경秀勁(빼어나고 굳셈)하여 조맹부趙孟頫와 동기창董其昌의 유법遺法을 체득하였다고 하다.

3. 왕탁王鐸(1592~1652). 명나라 하남河南 맹진인孟津人. 자는 각사覺斯, 각지覺之. 호는 십초十樵, 숭초崇樵, 치암癡菴, 의산擬山. 천계天啓 2년(1622) 진사進士. 경연강관經筵講官을 거쳐 예부상서禮部尚書·동각대학사東閣大學士를 지내며 명실明室의 만회挽回에 진력하다가 순치順治 2년(1645) 강녕성江寧城이 포위되자 성을 열고 항복. 청淸에 출사出仕하여 명사부총재明史副總裁·예부좌시랑禮部左侍郎을 거쳐 태자태보太子太保·소보少保에 이르다. 뒤에 태보太保를 추증追贈하고 문안文安이라 시諡하다. 시·문·서·화를 모두 잘하다. 그의 서첩書帖으로《의산원첩擬山園帖》10권이 남아 있다. 동기창과 병칭된다.

4. 왕문치王文治(1730~1802). 청나라 강소江蘇 단도丹徒(현재 진강鎭江)인. 자는 우경禹卿, 호는 몽루夢樓. 건륭乾隆 25년(1760) 탐화探花. 한림시독翰林侍讀. 운남雲南 임안부臨安府 지부知府를 지내다. 불교에 깊이 귀의하여 지계持戒·선정禪定을 일상사日常事로 하는 청아淸雅한 평생을 보내다. 시문과 서화에 뛰어나서 각각 일가를 이루었는데 스스로 이것이 모두 선리禪理에서 나온 것이라고 말하였다. 서법은 동기창의 신수를 얻어 양동서梁同書와 병칭되다. 『몽루시집夢樓詩集』이 남아 있다.

5. 홍곡紅谷은 공계함孔繼涵(1739~1784)의 호號이나 계함은 서법書法에 능하지 못하고 그 형 계송繼悚이 장조張照의 사위로 그의 필법筆法을 체득하여 명필이라 이름

이 났었으므로 계송의 별호別號인 가곡葭谷의 오자誤字라 해야 할 것이다.

공계송孔繼悚(1727~1791)은 청나라 곡부인曲阜人으로 자를 신부信夫 또는 체실體實이라 하고, 호를 곡원谷園·가곡葭谷이라 하다. 연성공衍聖公 공부탁孔傳鐸의 아들로 건륭乾隆 33년(1768)의 거인擧人이며 후보중서候補中書를 지내다. 고인古人의 묵적墨迹 비판碑版을 좋아하고 감별鑑別에 뛰어나서 명인名人의 법첩法帖을 많이 모각模刻해 냈으니 『옥홍루첩玉虹樓帖』16권, 『감진첩鑒眞帖』24권, 『모고첩摹古帖』20권, 『국조명인법서國朝名人法書』12권, 『장문민영해선반첩張文敏瀛海仙班帖』20권 등이 있다.

6. 유권지劉權之(1739~1818). 청나라 호남湖南 장사인長沙人. 자는 덕여德輿, 호는 운방雲房. 건륭乾隆 25년(1760) 한림翰林으로, 가경嘉慶(1796~1820) 때에 벼슬이 체인각대학사體仁閣大學士에 이르다. 경직京職에 머물기 50여 년에 문형文衡을 여러 번 담당하였다. 시호는 문각文恪. 시문詩文에 능하고 서화書畵를 잘하였다.

7. 한호韓濩(1543~1605). 조선인. 본관 삼화三和. 송도松都에서 출생. 자는 경홍景洪, 호는 석봉石峯·청사晴沙. 정랑正郎 한관韓寬의 손자로 명종明宗 22년 진사進士. 벼슬은 가평加平 군수郡守에 이르고 사자관寫字官으로 해楷·행行·초서草書에 모두 능하여 우리나라는 물론 중국에까지 필명을 널리 떨치다.

임진왜란의 구원병救援兵으로 왔던 이여송李如松·마귀麻貴 등이 모두 글씨를 얻어 가서 엄주弇州 왕세정王世貞의 『필담筆談』에서 언급되고 주지번朱之蕃이 우리나라에 와서 왕희지王羲之·안진경顔眞卿과 우열을 다툴 만하다고 하여 더욱 세상에서 보배로 여기다. 안평대군安平大君 용瑢과 자암自庵 김구金絿·봉래蓬萊 양사언楊士彦과 더불어 조선 전기의 4대가四大家로 일컬어진다.

8. 유통훈劉統勳(1699~1773). 청나라 산동山東 저성인諸城人. 자는 연청延淸, 호는 이둔爾鈍. 옹정雍正 2년(1724) 진사進士로 건륭乾隆 시에 동각대학사東閣大學士·국사관정총재國史館正總裁·사고전서정총재四庫全書正總裁 등을 역임하다. 유용劉墉(1720~1804)의 부친父親으로 글씨를 잘 쓰다. 시호는 문정文正.

9. 『도덕경道德經』. 『노자도덕경老子道德經』2권. 노자老子 찬撰이라 전한다. 청 대淸代 이래로 전국시대戰國時代에 도가자류道家者流에 의하여 집록輯錄된 것이라는 설이

지배적이다.

10. 문징명文徵明(1470~1559). 명나라 강소江蘇 장주長洲(현재 소주蘇州)인. 이름은 벽
    璧이고, 자가 징명徵明 또는 징중徵仲, 호는 형산衡山. 자인 징명徵明으로 통한다.
    시문詩文은 포암匏庵 오관吳寬에게, 글씨는 이응정李應禎에게, 그림은 석전石田
    심주沈周에게 배우고, 조맹부趙孟頫를 사숙私淑하여 시詩 · 서書 · 화畵 삼절三絶
    로 일컬어지다.

    축윤명祝允明 · 당인唐寅 · 서정경徐禎卿과 친교를 맺어 오중 4재자吳中四才子로
    칭송되었으며, 가정嘉靖 2년(1523) 제공생諸貢生으로 경사京師에 나가서 한림원翰
    林院 대조待詔로 시강侍講의 직무를 맡았으나 5년 만에 치사致仕(벼슬을 사양하고
    물러남)하고 돌아와 시문서화로 벗하다. 사시私諡는 정헌선생貞獻先生. 남경국자
    감박사南京國子監博士를 추증追贈하다.

    그림은 오파吳派에 속하며 심주沈周 · 당인唐寅 · 구영仇英과 더불어 명明 4대가四
    大家로 불린다. 글씨는 소해小楷와 행行 · 초草에 뛰어나서 『정운관첩停雲館帖』을
    남기고, 시문집詩文集으로는 『보전집甫田集』 35권과 부附 1권이 있다.

11. 영지靈芝. 왕자王者가 인자仁慈하면 나온다는 향기로운 풀(『송서宋書』 권29 「부서지
    符瑞志」 하).

12. 예천醴泉. 물의 정精으로 감미로운데 왕자王者가 잘 다스리면 나온다 함(상동上
    同).

13. 인일人日. 음력 정월 7일을 인일이라 한다. 동방삭東方朔 점서占書에, "정월 1일은
    닭을 점치고, 2일은 개를 점치고, 3일은 양을 점치고, 4일은 돼지를 점치고(혹은 3
    일은 돼지를 점치고, 4일은 양을 점친다고도 한다.), 5일은 소를 점치고, 6일은 말을 점
    치고, 7일은 사람을 점치고, 8일은 곡식을 점치는데, 모두 청명하고 온화하면 늘
    어나고 편안한 조짐이고, 흐리고 춥고 맵싸하면 질병과 손해가 있다."라고 한 데
    서 연유하였다.

〈예학명〉[1]에 발함
瘞鶴銘跋

이는 다섯 단段으로 된 진짜 탁본拓本이다. 비록 완전본은 아니지만 오려 붙인 본(표전본標剪本)으로서 빠지고 남은 것인 듯하다. 원석原石은 왼쪽으로부터 오른쪽에 이르기까지 이제는 본래 면목을 볼 수 없다. 그러나 기린 뿔은 한 그루일 뿐이니 역시 보배라 할 수 있다.

  동쪽 우리나라에 들어온 것은 매우 드물어서 무릇 세 번을 보았지만 윤씨尹氏의 구본舊本이 가장 오래되었고, 이 외에 돌아다니는 〈옥연당본玉煙堂本〉은 위본僞本일 뿐이다.

> ## 瘞鶴銘跋
>
> 此是五段眞拓. 尙非全本, 似以標剪殘闕矣. 原石自左而右, 今無以見本來面目. 然麟角一株, 亦可寶也.
> 東來絶罕, 凡三見, 而尹氏舊本最古, 外此通行玉煙堂僞本耳.
> 『阮堂先生全集』卷六)

도판 22. 〈예학명瘞鶴銘〉 화양진일華陽眞逸 찬撰, 상황산초上皇山樵 서書

註

1. 예학명瘞鶴銘. 강소성江蘇省 단도현丹徒縣 초산焦山의 산록山麓 서남西南 강류江流에 임한 한 애석崖石에 각서刻書한 정서명正書銘으로 화양진일華陽眞逸 찬撰. 상황산초上皇山樵 서書라고만 하여 그 찬서자撰書者를 정확하게 알 수 없다. 따라서 서자書者에 대한 이설異說이 분분하다. 혹은 왕희지라 하고 혹은 양梁의 도홍경陶弘景(452~536)이라 하며, 또는 당나라의 고황顧況·피일휴皮日休라고도 하여 일정치 않은데 서체로 보아 도홍경의 서라는 설이 가장 유력하다는 것이 최근의 정설이다.

서법書法이 소박절묘素樸絶妙하여 당송唐宋 이래로 이에 대한 평가가 자못 드높아서 번각翻刻 재록載錄과 고변考辨이 대를 이어 끊이지 않았다. 그중에 대표적인 번각본翻刻本으로는 〈태평주중각본太平州重刻本〉·남송南宋 〈등주중각본鄧州重刻本〉, 명明 〈해녕진씨옥연당각본海寧陳氏玉煙堂刻本〉, 청淸 〈무향정씨번각옥연당본武鄕程氏翻刻玉煙堂本〉 등이 있다. 이에 대한 단독 고론考論으로는 청나라 장초張弨의 「예학명변瘞鶴銘辨」, 진붕년陳鵬年의 「예학명고瘞鶴銘攷」, 왕사횡汪士鋐의 「예학고보瘞鶴銘考補」 등이 있다.

원석原石은 뇌우雷雨에 붕괴되어 강중江中에 수몰됐었는데 송宋 순희淳熙(1174~1189) 중에 한 번 육지로 끌어 올렸었으나 다시 강중에 떨어져서 겨울에 물이 줄었을 때만 탁본이 가능하였었다. 청나라 강희康熙 갑오甲午(1714)에 소주지부蘇州知府 진붕년이 다시 산상山上에 이안 감치移安龕置하여 영구 보존책을 도모함으로써 미출수본未出水本과 출수본出水本의 구별이 생기다.

구양순이 쓴 〈화도사비첩〉[1] 뒤에 제함
題歐書化度寺碑帖後

구양순歐陽詢(557~641)이 쓴 비문으로 지금까지 중국 안에 남아 있는 것은 일곱이 되는데 이는 그중의 하나이다. 다만 원석原石은 이미 잃어버렸으나 이 본本은 옹담계翁覃溪(옹방강) 노인이 송나라 때 탁본한 여러 본들을 합쳐 비교하여 제녕학원濟寧學院에서 본떠 새긴 것이다. ^{도판23}

일찍이 성친왕成親王(영성永瑆)이 임모한 일본一本으로 이 본과 비교하여 보았었는데, 남은 글자가 다소 일치하지 않았었다. 성친왕이 임모한 것은 곧 〈남해南海 오씨본吳氏本〉이다. 이 본이 합쳐 비교될 때에 아마 아울러 수록되지 못하였던 것 같다. 구양순의 서법書法은 가장 모나고 굳세기 쉬운데, 이 본은 가장 원숙한 신비로움을 얻고 있다. 담계覃溪 노인이 구양순 서법에 깊지 않다면 이것이 있을 수 없으니 더욱 보배롭고 소중하다고 할 수 있다.

동쪽 우리나라 사람들은 구양순 서법을 가장 귀중히 여겨 신라 시대로부터 고려 중엽에 이르기까지 모두 각별히 구양발해歐陽渤海(순詢)가 남긴 법식을 지켰었다. 고려 말과 우리 왕조 초기 이래로 오로지 송설체松雪體(조맹부의 서체)를 익혀서 도리어 서가書家의 올바른 옛 법을 잃어버렸으니 구양순 글씨가 어떤 모양인지도 모르게 되었다.

그 후에 또 각자가 드높게 표치標幟를 드러내게 되자 이에 집집마다 진체晉體이고 간 곳마다 종요鍾繇나 왕희지王羲之였다. 그리고 어려서부터 익히는 것은 모두 〈악의론樂毅論〉·〈황정경黃庭經〉·〈유교경遺敎經〉이어서, 이 밖에는 어느 것이나 낮추어 돌아보지 않았다. 그러나 그 익힌바 〈악의론〉·〈황정경〉·〈유교경〉이 마침내 어떤 본인가는 알지 못하였었다.

〈악의론〉의 진본은 이미 당唐 대로부터 얻기 어려웠고, 〈황정경〉은 왕우군의 글씨가 아니며, 〈유교경〉과 같은 것은 곧 당나라 때 경생經生의 글씨이다. 이로써 조자고趙子固(조맹견)가 이르기를 해서楷書로 들어가는 데는 겨우 〈화도化度〉·〈구성九成〉·〈묘당廟堂〉의 세 비碑가 있을 뿐이라고 하였다. 조씨로부터 지금까지는 이미 600∼700년이 지났다. 600∼700년 전에도 다만 이 세 비로 해법楷法의 장정章程(법칙)을 삼았는데 조자고가 어찌 〈악의론〉이나 〈황정경〉이 있는 것을 몰라서 이와 같이 이야기하였겠는가.

〈악의론〉 등 여러 법서法書는 잘못 전해지고 본 면목을 잃어버려서 근거하기 어려웠으나, 오직 이 세 비는 아직 원석原石이 남아 있어서 가히 진인晉人(왕희지)에게로 거슬러 올라갈 수 있었기 때문이었다. 이는 당唐으로 말미암아서 진晉으로 들어가는 올바른 길이었으니 이를 버리고는 갈 데가 없었다.

요사이 또 동쪽 우리나라 사람인 한 서예가書藝家(원교員嶠 이광사李匡師―역자 주)가 '모든 붓털에 힘을 고루 가게 한다(만호제력萬毫齊力)'는 한마디 말을 끄집어내서 여러 사람들을 그르쳤다. 글씨를 쓰는 데 있어서 팔목을 들고 쓰는 법(현완법懸腕法)도 말해 주지 않고, 붓을 잡는 데 불끈 쥐고(엽擪) 누르고(압壓) 걸어 당기고(구鉤) 치받치고(게揭) 하는 것을 말하지 않았으며, 결구結構하는 데 있어서의 구궁법九宮法[2]과 간가법間架法[3]도 말하지 않으면서, 이

226

'모든 붓털에 힘을 고루 가게 한다'는 한마디 말로써 글씨 쓰는 법을 다 끝마쳐 버리려 하였으니 그 헤아릴 줄 모르는 것을 넉넉히 볼 수 있다.

이미 '모든 붓털에 힘을 고루 가게 한다'는 한마디 말을 끄집어내었으면 또 어찌 다시 그 위 구절인 '먹물이 많아야 빛이 짙다'는 말은 끄집어내지 않았는가. 나도 모르게 붓을 놓고 한 번 웃었다.

예당禮堂 학인學人이 등영암燈影庵(등불 비치는 암자)에서 가볍게 쓰다.

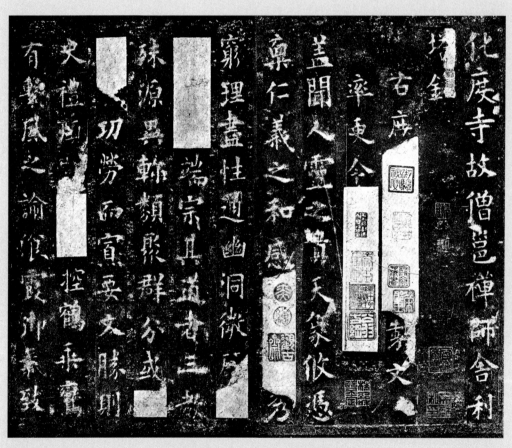

도판 23. 〈화도사비化度寺碑〉(당唐 631년), 이백약李百藥 찬撰, 구양순歐陽詢 서書

題歐書化度寺碑帖後

歐碑今海內見存爲七, 此其一也. 但原石已佚, 此本爲翁覃溪老人 合校宋拓諸本, 摹刻於濟寧學院者也.

嘗見成親王所臨一本, 較此本, 殘字多少不一. 成親王所臨, 即南海吳氏本也. 此本合校時, 似未及並收矣. 歐法易於方勁, 此本最得圓神, 非老人深於歐法, 無以有此, 尤可寶重也.

東人最重歐法, 自羅代至於麗中葉, 皆恪遵渤海遺式矣. 麗末暨本朝初, 專習松雪, 轉失書家舊法, 不知歐書之爲何樣.

其後又高自標致, 乃家家晉體, 戶戶鐘王. 童而習之者, 皆樂毅論 黃庭經 遺教經, 外是, 輒卑而不顧. 未知其所習樂毅 黃庭 遺教, 竟是何本耶.

樂毅眞本, 已自唐代難得, 黃庭非右軍書, 如遺教即唐時經生書也. 是以趙子固云 入道於楷, 董化度 九成 廟堂三碑. 趙之距今, 已六七百年矣. 六七百年之前, 董以此三碑爲楷法章程, 子固豈不知有樂毅 黃庭, 如是立說也.

樂毅諸法書, 訛失難據, 惟此三碑, 尚存原石, 可以溯源晉人. 此由唐入晉之正軌, 舍是無適也.

近又東人一書家, 拈出萬毫齊力一語, 迷誤諸人. 不講懸腕, 不講撇壓鉤揭, 不講九宮間架, 以此萬毫齊力一語, 欲了書法, 多見其不知量也.

既拈萬毫齊力一語, 又何不更拈其上句之漿深色濃也. 不覺放筆一笑. 禮堂學人 漫書於 燈影庵中.

(『阮堂先生全集』卷六)

1. 〈화도사비첩化度寺碑帖〉. 〈화도사옹선사사리탑명化度寺邕禪師舍利塔銘〉을 번각翻刻하여 법첩法帖으로 만든 것. 화도사비化度寺碑는 정관貞觀 5년(631) 에 이백약李百藥이 찬찬撰하고 구양순歐陽詢이 77세의 고령高齡으로 쓴 것이 다. 해서체楷書體로 구서歐書 중에서도 해법楷法의 극칙極則을 이루는 것이 라 한다. 특히 옹방강翁方綱(1733~1818)은 화도사비의 숭배자로 이 비첩碑帖 도 그가 송탑宋搨을 합교合校하여 건륭乾隆 57년(1792)에 제녕학원濟寧學院에서 각출刻出한 것이다.

2. 구궁법九宮法. 글씨를 연습하는데 방형方形의 괘선罫線을 그은 '위圍'형의 종 이에 임모臨摹하는 방법을 말하는데, 범본範本에도 이와 같이 선을 넣고 그 대로 임모하기도 한다. 초학자에 있어서는 자형字形을 고르게 쓰는 데 최적 한 방법이나 운필運筆의 제약을 받으므로 연습기가 지나면 이를 탈피해야 한다.

3. 간가법間架法. 간가결구법間架結構法의 약어이니 곧 분간分間하여 조립組立 한다는 말이다. 곧 글씨의 체형體形을 이루는 법칙으로 고래로 72예例니, 84 법法이니, 92법이니, 160법 등이 각각 전해 내려온다.

미남궁 글씨의 옛날 탁본 진본 뒤에 제함

題米南宮墨跡舊拓眞本後

이 본은 곧 《쾌설당첩快雪堂帖》 초탑본初搨本(원석原石에서 처음 떠낸 본)이니, 근세의 번각본翻刻本(탁본을 원본으로 하여 돌이나 나무에 새기고 다시 이를 떠낸 탁본)과는 크게 달라서 오히려 자로子路(공자의 제자)가 아직 중니仲尼(공자)를 뵙지 못했을 때의 기상을 볼 수 있다.

다만 쾌설당에서 새긴 것에는 자못 진짜와 가짜가 서로 뒤섞여 있으니 〈악의론樂毅論〉과 같은 것은 가짜본이고, 동파東坡가 쓴 〈천제오운첩天際烏雲帖〉은 모사摹寫한 본을 가지고 새겨 넣었으며, 또 조자앙趙子昂(조맹부)이 13발十三跋을 쓴 석각石刻 〈난정서蘭亭叙〉의 원본은 다만 조자앙 모사본을 새기었을 터인데 무슨 까닭으로 이와 같이 거친지 모르겠다.

그러나 이와 같이 옛날에 새긴 것이 점차 사라져 가고 새로 번각한 것은 나쁜 본(악찰惡札)임을 면치 못하게 되니, 뒤에 난 사람은 이런 옛날 석각 탁본의 한 조각을 얻게 되면 마땅히 보배로운 소품小品[1]으로 여기어 사랑하는 것이 옳을 뿐이다.

題米南宮墨跡舊拓眞本後

此本即快雪堂帖初搨本也, 與近世翻刻本大異, 尚可見子路, 未見仲尼氣象.

但快雪所刻, 頗有眞贋相錯, 如樂毅論, 是贋本也, 坡書天際烏雲帖, 即從摹本入刻, 又如趙書十三跋 石刻蘭亭原本, 只刻趙摹, 不知何緣如是鹵莽也.

然如此舊刻, 漸就湮滅, 新翻皆未免惡札, 後人得此舊刻一段, 宜如吉光片羽, 寶愛之可也耳.

(『阮堂先生全集』卷六)

註

1. 길광편우吉光片羽. 길광吉光은 황색黃色 신마神馬의 이름이니 한 번 타면 3,000세三千歲를 산다고 하는데(『포박자抱朴子』, '박유博喻' 편) 이 가죽은 물에 넣어도 가라앉지 않고 불에 넣어도 타지 않는다고 한다. 따라서 이 한 조각이라도 지극한 보배인 고로 서화書畵 등의 우수한 소품小品을 일컬어 길광편우라 하다.

예찬의 글씨 뒤에 제함
題倪瓚書後

예 고사高士(예찬倪瓚, 1301~1374, 무석고사無錫高士의 별호가 있음)의 글씨는 동파東坡 공을 닮은 곳이 있으니 이 두루마리는 곧 〈황정경黃庭經〉의 신수神髓이다. 동쪽 우리나라 사람들이 익힌 바 내경內經이니 외경外經이니 하는 것은 마침내 이 무슨 꼴인가. 정말 사람으로 하여금 부끄러워 죽고 싶게 만들 뿐이다.

〈황정경〉은 육조六朝 시대 사람 글씨이니, 누런 비단에 쓴 진본眞本이 지금까지 탈 없이 남아 있어서 이 본이 〈황정경〉으로부터 오게 되었음을 알게 한다.

題倪瓚書後

倪高書有似坡公處. 此卷即黃庭神髓. 東人所習內經外經云者, 竟是何等面目. 直令人羞欲死耳.
黃庭是六朝人書, 黃素眞本, 至今無恙尙存, 知此本之爲黃庭來也.
(『阮堂先生全集』卷六)

원 왕숙명의 글씨 뒤에 제함

題元王叔明書後

황학산인黃鶴山人(왕몽王蒙, 1308~1385)은 그림으로 소문나 있으나 글씨가 절
묘한 것도 또한 그림의 아래에 들지 않는다. 구양순歐陽詢과 저수량褚遂良의
신수神髓가 있고 대령大令(왕헌지王獻之)의 〈낙신부洛神賦〉 13항十三行 법식이
있으니 이는 진실로 진나라와 당나라의 깊은 경지에까지 들어간 것이다.

　동쪽 나라 사람들이 소위 진체晉體라 하는 것은 부처가 없는 곳에서 세존
世尊을 일컫는다 말할 수 있으니 곧 모두 천연외도天然外道(불타佛陀의 정법正
法이 있는 줄을 몰라서 다른 것을 신봉하는 사람 내지 집단)일 뿐이다. 대개 구양
순과 저수량이 산음山陰으로 가는 길이 됨을 알아야 하니, 이로 해서 들어가
지 않는 사람은 그 헤아릴(요량料量) 줄 모르는 것을 많이 보여 줄 뿐이다.

題元王叔明書後

黃鶴山人以畫聞, 而書法之妙, 亦不在畫下. 有歐褚神髓, 又有大令十三行規度, 此眞入晉唐奧區者也.

東人所謂晉體, 可謂無佛處稱尊, 即皆天然外道耳. 蓋知歐褚之 爲山陰蹊徑, 不於此而入者, 多其見不知量也.

(『阮堂先生全集』卷六)

축윤명[1] 〈추풍사첩〉 뒤에 제함
題祝允明秋風辭帖後

이 서권書卷은 오로지 구양순歐陽詢 법을 모방하였는데 또 〈당 유사보묘지본
唐 劉仕保墓誌本〉[2]과 서로 아주 비슷하다. 축윤명은 유劉의 묘지를 본 사람이
아니었거늘 그 동일함이 이와 같으니 또한 이상하다 할 수 있다. 가히 만 가지
다른 것들이 근본은 하나이며, 옛날과 지금의 가는 길이 똑같음을 볼 수 있는
일이다.

　글씨 쓰는 법은 구양순체를 버리면 얻을 수가 없을 뿐인데, 요새 사람들
이 함부로 진체晉體를 일컬으며 모난 술잔을 깨뜨려서 둥글게 만들려 하니
곧 벽돌을 갈아서 거울을 만들려는 것과 다름이 없을 뿐이다.

題祝允明秋風辭帖後

此卷 專仿歐法, 而又與唐劉仕倆墓誌本 恰相似. 祝非見劉誌者, 其
同如此, 亦可異也. 可見萬殊一本, 古今合轍.
書法舍歐不可得耳, 近世之妄稱晉體, 破觚爲圓, 即無異磨甎作鏡耳.
(『阮堂先生全集』卷六)

註

1. 축윤명祝允明(1460~1526). 명나라 장주長洲(현재 강소江蘇 소주蘇州)인. 자는 희철希
哲, 호는 지산枝山·지지생枝指生. 나면서부터 오른손이 육손이었다. 5세에 큰 글
씨를 잘 쓰고 9세에 시詩를 잘하는 신동神童으로 군적群籍(많은 책)을 박람博覽(넓
게 읽음)하여 박학다식하였다. 홍치弘治 5년(1492) 거인舉人으로 벼슬은 경조윤京兆
尹·응천부통판應天府通判에 이르러 치사致仕하다. 시詩·서書에 뛰어나서 서정명
徐禎明·문징명文徵明·당인唐寅과 더불어 오중 4재자吳中四才子로 불리다. 해楷·
행行·초草를 모두 잘 써서 명조明朝 제일로 일컬어지며,『회성당집懷星堂集』30권
등이 남아 있다.

2. 당 유사보묘지唐 劉仕倆墓誌. 미상未詳.

《이진재첩》[1]에 제함
題詒晋齋帖

조자고趙子固가 말하기를 "당唐나라 사람을 배우는 것이 진晋나라 사람을 배
우는 것만 못하다."라고 하였다. 모두들 그것을 능히 말할 수 있지만 진晋 시
대 사람을 어떻게 쉽게 배우겠는가. 당唐을 배우면 오히려 그 법도는 잃지 않
는다.

　진晋을 배우는데 당나라 사람들을 거치지 않는다면 그 요량할 줄 모르는
것을 많이 내보일 뿐이다.

題詁晉齋帖[1]

趙子固云 學唐人, 不如晉人. 皆能言之, 晉豈易學. 學唐 尚不失規矩.
學晉 不從唐人, 多見其不知量也.
(『阮堂先生全集』卷六)

註

1. 《이진재첩詁晉齋帖》. 청나라 성친왕成親王의 각刻. 4집集으로 되어 있는데 각 집集
   4권씩 16권이다. 자서自書 외에 종요鍾繇·왕희지王羲之, 수승隋僧 지과智果 등을
   임모臨摹한 임서臨書가 많다. 가경嘉慶 9년(1804)에 이룩되었다.

김군 석준이 소장한
〈배경민비첩〉 뒤에 제함
題金君奭準所藏裴鏡民碑帖後

당나라 한 시대의 글씨는 모두 구양순歐陽詢이나 저수량褚遂良의 두 파이어서, 구양순이나 저수량이 쓴 당나라 금석문金石文이 남아 있는 것도 하나하나 들 수 없을 정도이다.

저수량파는 설직薛稷[1]과 창정暢整[2] 이래로 역시 서넛으로 헤아릴 수 없는데, 그 가장 드러난 것이 〈배경민비裴鏡民碑〉[3]와 경객敬客[4]의 〈왕거사전탑명王居士磚塔銘〉[5] 등이다. 안평원顔平原(안진경)과 같은 사람은 저수량의 법을 따랐으나 변화시켜 한 격식格式을 내놓았다. 그러나 감히 그 면목面目을 모두 바꾼 것은 아니다.

이 두루마리 역시 저수량파 가운데로 족히 들어올 수 있는 것인데, 지금 마 씨馬氏의 발문跋文이 당나라 글씨의 일종이라고만 한 것은 어째서인가. 아마 깊이 고찰하지 않았을 뿐이리라.

題金君奭準所藏裴鏡民碑帖後

有唐一代書, 皆歐褚二派, 歐褚唐之金石所存, 不可枚舉.

褚派 自薛稷 暢整以來, 亦不可三四數, 其最著者, 裴鏡民碑 敬客銘

等. 如顏平原從褚法, 變出一格, 然不敢盡易其面目矣.

此卷亦褚派中, 足以入門者, 今馬跂以爲唐書之一種何歟. 似不深玫耳.

(『阮堂先生全集』卷六)

註

1. 설직薛稷(649~713). 당나라 포주蒲州 분음汾陰(현재 산서山西 보정寶鼎)인. 자는 사통 嗣通. 위징魏徵의 외손자. 외가에 있는 우세남虞世南과 저수량褚遂良의 많은 진적眞 蹟을 임방臨倣하여 그 진수眞髓를 얻음으로써 글씨로 천하에 이름을 날리다. 겸하 여 그림과 사장詞章에도 뛰어나다.

   일찍이 무후武后 시 진사進士에 급제하여 예부낭중禮部郎中·중서사인中書舍人· 간의대부諫議大夫·소문관학사昭文館學士 등 청요淸要의 직을 거쳐 예종睿宗이 즉 위함에 이르러서는 태상소경太常少卿 진국공晉國公에 피봉被封되고 태자소보太子 少保·예부상서禮部尙書에 이르다. 누회 성實懷貞의 모역謀逆을 불고不告한 죄로 만 년옥萬年獄에서 사사賜死.

2. 창정暢整. 혹은 양楊씨라고도 한다. 전기傳記 불명不明하나 초당初唐의 서가書家로 설순타薛純陀의 다음으로 꼽는 명필이다.『보각류편寶刻類編』에 의하면 그가 쓴 비 석이〈전법륜사불족적도전비轉法輪寺佛足跡圖傳碑〉등 10여 예例가 있다 하나 오 직 인덕麟德 원년(664)에 쓴〈청하공주비淸河公主碑〉하나가 전할 뿐 모두 일실逸失 되었다. 서법은 경발웅준勁拔雄峻(굳세고 빼어나며 크고 가파름)하다. 그림도 잘 그 렸다 한다.

3. 〈배경민비裵鏡民碑〉. 초당初唐의 서가書家 은령명殷令名이 정서正書로 쓰고 이백약 李百藥이 찬撰한 수隋 익주총관益州總管 배경민裵鏡民의 묘비墓碑로 현재 산서성山 西省 문희현聞喜縣 배씨裵氏 사당祠堂에 보존되어 있다.『집고록발미集古錄跋尾』와 송말宋末 서고書賈 찬집纂輯인『보각류편寶刻類編』에서 모두 "자획字劃 정묘하여 구양순歐陽詢과 우세남虞世南에 뒤지지 않는다." 했다.

   옹방강翁方綱은『복초재집復初齋集』권23에서 "형체운도形體韻度(형체와 풍운)는 모 두 갖추었으나 품격은 구歐·우虞에 뒤진다."라고 말하였으며, 양수경楊守敬의 『평비기評碑記』에서는 "응원凝遠(엄정하여 천박하지 않음)한 것은 우虞와 같고 초건 峭健(가파르고 튼튼함)한 것은 구歐와 같아서 구·우 이가二家의 장점을 겸비하니 초당初唐 제일비第一碑라." 하다. 당 정관貞觀 11년(637) 10월에 입비立碑하다.

242

4. 경객敬客. 당나라 하동河東(현재 산서山西 영제현永濟縣)인. 전기傳記 불명不明. 종래 왕경객王敬客이라 전칭傳稱한 것은 오류이고 성이 경씨敬氏이니, 그가 쓴 〈왕거사전탑명王居士磚塔銘〉에 의해서 이를 알 수 있다. 서법書法은 저수량褚遂良과 비슷하다.

5. 〈왕거사전탑명王居士磚塔銘〉. 당나라 고종高宗 현경顯慶 3년(658) 10월 11일 장안長安 종남산終南山에 입비立碑한 탑비명塔碑銘으로 상관영지上官靈芝가 찬撰하고 경객敬客이 쓴 정서비正書碑이다. 명나라 만력萬曆 연간(1573~1619)에 서안부西安府 종남산 편재곡楩梓谷에서 출토되었는데 출토될 때에 이미 3단段으로 파열되어 있었다.

옹방강翁方綱은 『복초재문집復初齋文集』 권24에서 "당해唐楷 중에서 가장 정치精緻한 것으로 저수량褚遂良의 규구規矩를 잃지 않아 완윤수정婉潤秀整(아리땁고 부드러우며 빼어나고 가지런함)하다."라고 극찬하다. 번각본翻刻本이 많이 있으나 장주長洲 정정양鄭廷暘 우곡嵎谷의 중모본重摹本과 오현吳縣 전상錢湘 사찬思贊의 중모본이 가장 선본善本인데 정본鄭本은 연수娟秀(곱고 빼어남)하고 전본錢本은 수경秀勁(빼어나고 굳셈)하다.

구양순·저수량의 글씨를 논함

論歐褚書

구양순의 글씨는 기이한 꽃이 막 피어나려고 부풀어서 미처 벙글지 않은 것과 같은데, 더구나 〈옹사탑명邕師塔銘(화도사 옹선사 사리탑명化度寺邕禪師舍利塔銘)〉은 그 신비로운 힘이 종잡을 수 없이 나타난 곳으로 사람들이 그림자나 흔적을 찾아낼 수 없다.

저수량의 〈삼감기三龕記〉와 〈맹법사비孟法師碑〉[1]·〈성교서聖教序〉 등의 글씨는 새해를 보는 듯하고 꽃이 새로 핀 것을 만난 듯하여 두루 막힘없이 흘러가지 않음이 없고 변화를 나타냄이 헤아릴 수 없다. 화엄누각華嚴樓閣을 한 손가락으로 퉁겨 여는 것은 미륵보살이 아니면 이것을 해낼 수 없으며, 선재동자善財童子가 아니면 이곳에 들어갈 수 없으니, 바라볼 수는 있으나 본뜰 수는 없다(『대방광불화엄경大方廣佛華嚴經』 권79 「입법계품入法界品」 참조 ─ 역자 주).

論歐褚書

歐書如奇花 初胎, 含蕾不露, 邕師塔銘, 其神行幻現處, 人無以覓影尋迹.

褚之三龕 孟法師 聖教等書, 如瞻歲新, 如逢花開, 無不流行, 變現莫測. 華嚴樓閣, 一指彈開, 非彌勒 無以辦此, 非善財 無以入此, 可望 不可即.

(『阮堂先生全集』卷八)

註

1. 〈맹법사비孟法師碑〉. 경사京師(당唐 수도 장안長安. 현재 섬서성 서안) 지덕관知德觀 주主 정소법사靜素法師의 탑비塔碑로 사師의 속성俗姓이 맹씨孟氏이므로 '맹법사비명孟法師碑銘'이라 제기題記하다. 정관貞觀 16년(642) 잠문본岑文本이 찬찬撰하고 저수량褚遂良이 쓰다.

저수량 장년기壯年期의 작품으로 구양순歐陽詢의 영향으로부터 크게 벗어나지 않은 서체書體이니 고졸유심古拙幽深(예스럽고 서툴며 그윽하고 깊숙함)의 풍風이 있다. 옹방강翁方綱은 저서褚書(저수량 글씨) 중 제일이라 하나 공론公論은 아니다. 원석原石은 망실되고 강서江西 임천臨川 이종한가李宗翰家 구장舊藏 탁본拓本이 전할 뿐이다.

미남궁의 글씨를 논함
論米南宮書

미남궁米南宮(미불米芾)의 글씨는 나양羅讓[1]에게서 나왔는데 세상은 다만 미 씨米氏만 알고 나 씨羅氏가 있는 줄을 모른다. 〈난정서蘭亭叙〉의 하나는 구양 순歐陽詢이 임모한 것으로 되었고 하나는 저수량褚遂良이 임모한 것으로 되어서, 구본歐本에는 구체歐體가 있고 저본褚本에는 저체褚體가 있는데, 세상에서는 다만 산음山陰 진적으로 된 것만 알고 도리어 구체이거나 저체인 것을 알지 못한다. 그래서 만약 구 씨와 저 씨의 글씨로 말한다면 비록 〈구성궁예천명九成宮醴泉銘〉이나 〈화도사비化度寺碑〉·〈삼감기三龕記〉·〈성교서聖教序〉[2]도판24라 할지라도 거의 모두가 이를 소홀히 여긴다.

중국 사람들은 일찍이 이와 같은 적이 없었는데 동쪽 우리나라 사람들이 편벽되어 이를 깔아뭉개려 하였고, 송나라 원나라의 여러 사람과 같은 이들에게는 반드시 침질을 하고자 하였으며, 서경西京(전한前漢)과 동경東京(후한後漢)으로 곧장 뛰어넘어서 그곳으로 올라가려 하였으나, 그 실제에 있어서는 눈으로 아직 〈화도사비〉나 〈삼감기〉를 일찍이 보지도 못하고서 공연히 흰소리 쳐서 오기를 부릴 뿐이었다.

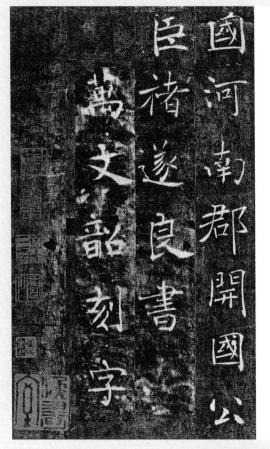

도판 24. 〈안탑성교서雁塔聖敎序〉(당唐 672년), 태종太宗 어제御製, 저수량褚遂良 서書

미 씨米氏는 〈저수량 임모본〉으로 천하제일을 삼았는데 그때도 〈정무본定武本〉이 적지 않았을 터이니 반드시 저본을 중시하였기 때문이었을 것이다. 미 씨의 감식鑑識은 마땅히 참고하여 증명한 바가 있었을 터이니 뒷사람의 천박한 기량器量으로는 헤아릴 수 있는 것이 아니다.

황산곡黃山谷(황정견)과 같은 이는 또한 〈정무본〉으로 기운을 드러내었고, 강백석姜白石(강기姜夔)과 조이재趙彝齋(조맹견)는 모두 〈정무본〉으로써 진본眞本을 삼았으니, 후세의 건듯하면 〈정무본〉을 일컫는 것도 역시 이 때문일 뿐이다. 상세창桑世昌 · 유송俞松[3] 등 여러 감상가들은 또한 오로지 〈정무본〉으로써만 돌아갈 곳을 삼지 않고 아울러 저본도 들었다.

이미 한가함으로 장난삼아 지어 자기慈屺(강위姜瑋의 호)에게 보이니, 그 뜻을 균筠이나 서書 같은 사람들에게 해설하여 눈을 뜨게 하라.

論米南宮書

米南宮書, 出於羅讓, 而世但知米, 不知有羅. 蘭亭一爲歐摹, 一爲
褚臨, 歐有歐體, 褚有褚體, 世但知爲山陰, 而反不知是歐是褚. 若
以歐褚書爲言, 雖九成 化度 三龕 聖教, 擧皆忽之.

中國人未嘗如此, 東人偏欲抹摋之, 如宋元諸人, 必欲鍼砭, 西京東
京, 直爲超越而上之, 其實目未嘗見化度 三龕, 公然虛喝, 以傲耳.

米以褚臨, 爲天下第一, 其時不少定武, 而必以褚重. 米之鑒識, 當
有所衆證, 非後人淺量可測.

如黃山谷 又表氣定武, 姜白石 趙彝齋, 皆以定武爲眞, 後世之動稱
定武, 亦以是耳. 桑俞諸鑒賞, 又不專以定武爲歸, 並擧褚本.

旣以閒戲作示屺, 解說其義於筠書輩, 以開天荒.

『阮堂先生全集』卷八

註

1. 나양羅讓. 당나라 월주越州 회계會稽(현재 절강浙江 소흥紹興)인. 자는 경선景宣. 문학 文學으로 이름을 얻고 진사進士 현량賢良, 방정方正에 모두 급제, 벼슬이 강서江西 관찰사에 이르다. 행서行書를 잘 써 정원貞元 5년(789)에 노군盧群이 지은〈양주신 학기襄州新學記〉를 쓰다. 미불米芾이 사숙私淑.

2. 〈성교서聖敎序〉.〈대당삼장성교서大唐三藏聖敎序〉의 약칭이다. 당나라 태종太宗 시에 칙명을 받들고 서역西域으로 구법求法의 여행을 하였던 현장玄奘(602~664) 삼장三藏은 서역으로부터 구해 온 불경佛經을 모두 번역하고 또한 그의 순례구법기 巡禮求法記인『서역기西域記』를 칙명대로 찬술撰述하여 정관貞觀 20년(646)에 태종에게 바치고 표表를 올려 경제經題와 경서經序를 붙여 주기를 청하였다.

이에 태종은 정관 22년에「대당삼장성교서大唐三藏聖敎序」를 짓고 경제經題를 붙이어 현장의 노고를 치하하고 정법正法의 현양顯揚을 경축하는데 당시의 동궁東宮이던 고종高宗도 또한 기記를 지어 이를 경하했다. 뒤에 홍복사弘福寺 사주寺主 원정圓定 등이 이 서序와 기記를 합쳐 금석金石에 새기어 사내寺內에 간직할 것을 청하고 태종이 이를 허락하자 홍복사 승僧 회인懷仁이 태종이 좋아하는 왕희지王羲之의 글씨를 집자集子하여 이를 돌에 새기었다(고종高宗 함형咸亨 3년, 672년 각성刻成).

이것이 최초의〈성교서비聖敎序碑〉인데, 이의 각성刻成이 늦어지게 되자 고종은 당시의 명필인 저수량褚遂良으로 하여금 이를 다시 쓰게 하고 만문소萬文韶에게 새기게 하여 영휘永徽 4년(653) 현장 삼장이 주석駐錫하는 장안長安의 대자은사大慈恩寺 안탑雁塔 아래에 겸치箝置(끼워 놓음)시키었다(서序와 기記를 2석二石에 나누어 쓰되 서序는 우右로부터 좌左로 쓰고 기記는 좌로부터 우로 쓰다).

이〈성교서비〉는 해서체楷書體로 저수량의 득의작得意作인바 후세의 평서가評書家들은 저체褚體 중 백미白眉이며 해서의 정칙正則으로 꼽는다. 여기에서〈성교서〉라 함은 이 저수량의〈안탑성교서雁塔聖敎序〉를 가리킨다. 원석原石은 섬서성陝西省 서안西安 대자은사大慈恩寺에 남아 있다.

3. 유송俞松. 남송南宋 절강浙江 항주杭州 전당인錢塘人. 자는 수옹壽翁, 호는 오산吳山.

벼슬은 승의랑承議郎에 그치다. 순우淳祐 연간(1241~1252)에 「난정속고蘭亭續攷」를 저술하다.

성친왕의 글씨를 논함
論成親王書

    성친왕成親王 저하邸下의 글씨는 송설체松雪體로부터 들어갔었는데 만년에 구양순歐陽詢 〈화도사비化度寺碑〉의 송나라 때 탁본한 옛 본을 얻어서 점차 변하다가 깊이 그 속으로 들어가게 되었다. 초서 쓰는 법은 더욱 손건례孫虔禮의 옛 법에 뛰어나서 몹쓸 글씨의 진택부적鎭宅符籍 같은 속된 버릇을 한번 씻어 냈으니 가히 뒷사람들의 법식이 될 만하다.

    이 두루마리는 대개 조 씨趙氏(조맹부)의 뜻이 있으나 어느 한 체體라고 이름 할 수 없으니, 종요鍾繇나 왕희지王羲之의 여러 법에서 각각 그 묘리妙理를 얻었다. 《고순첩苦筍帖》[1]은 그가 거둬들인 바 됐고 내부內府에 깊이 갈무리해 두었던 진晉·당唐 이래의 지극히 좋은 작품은 모두 그가 익숙하게 익혀 베고 자던 것이니, 비록 글씨를 안 쓰려고 하였다 하더라도 할 수 있었겠는가.

    동쪽 우리나라 사람이 내력도 알 수 없는 《각첩閣帖》의 〈난정蘭亭〉 및 〈악의론樂毅論〉으로 곧장 산음山陰의 정맥正脈을 거슬러 올라가려 하는 것은, 이는 서너 집 있는 동네의 촌 선생이[2] 머리를 높이 쳐들고 글장을 강론하여 소릉昭陵[3]과 북해北海[4]에 오기傲氣를 부리고자 하는 것일 뿐이다.

일찍이 법원사法源寺에서 성친왕 저하가 쓴 글씨인 '찰나문刹那門'이란 삼대자三大字를 보니 금시조金翅鳥가 바다를 쪼개거나[5] 향상香象[6]이 물을 건너듯 투철한 기세가 있어서 동쪽 우리나라에 있어서는 10명의 석봉石峰(한호韓濩)이라도 당할 수 없었겠으니 만약 다시 석암石菴이나 담계覃溪(옹방강翁方綱)의 씩씩하고 굳센 것에서라면 또 어떤 모양을 짓겠는가. 나도 모르게 아찔했을 뿐이다.

論成親王書

成邸書從松雪入, 晩得歐化度碑 宋拓舊本, 稍變之, 深入其奧. 艸法尤長於孫虔禮舊法, 一洗惡札之鎭宅符俗習, 可爲後民之式.

此卷蓋多趙意, 然不名一體, 鐘王諸法, 各得其妙. 苦荀帖 爲其所收, 內府藏秘 晉唐來劇迹, 皆其習熟而枕籍者, 雖欲不書, 得乎.

東人之以不知來歷之閣帖 蘭亭 樂毅, 欲直溯山陰正脈者, 是三家冬烘, 欲以高頭講章, 傲召陵北海耳.

嘗於法源寺, 見成邸所書 刹那門三大字, 有金翅劈海 香象渡河之勢. 在東國, 十石峰, 不可當, 若復石庵覃溪之雄強, 又作何觀. 不覺惘然.

(『阮堂先生全集』卷八)

1. 《고순첩苦筍帖》. 회소懷素 초서草書 서첩. 비단 바탕에 두 줄 14자를 써 놓았다. 서법이 굳세고 먹빛이 새로우며 2왕(왕희지 · 왕헌지 부자) 서풍書風에 가까워 회소가 남긴 글씨 중 빼어나다. 청나라 오기정吳其貞은 『서화기書畫記』에서 '서법이 빼어나고 굳세며 결구가 시원하다'고 높이 평가했다.

2. 동홍冬烘. 안노공顏魯公(안진경)의 후손인 안표顏標를 장원壯元으로 시키자 어떤 사람이 조롱하기를 "주사主司의 두뇌가 크나큰 겨울 횃불 같아서 안표를 노공인 줄 잘못 알았다."라고 한 데서 후세 사람들이 촌 글방 선생을 놀리는 말로 동홍冬烘이라 하다.

3. 소릉昭陵. 하남성河南省 언성현鄢城縣에 있는 춘추春秋 시대 옛 지명. 제齊 환공桓公이 제후諸侯를 거느리고 초楚나라를 정벌한 다음 이곳에서 회맹會盟하였다 한다.

4. 북해北海. 한漢 무제武帝 때 소무蘇武가 흉노匈奴에게 억류抑留되었었다는 바이칼 호湖.

5. 용龍을 잡아먹는다는 금시조金翅鳥가 바다를 가르고 용을 잡아낸다는 의미니, 문사文詞나 서법書法의 내용이 투철한 것을 일컫는 말이다.

6. 향상香象. 푸른색에 향기를 띤 코끼리. 향상이 강을 건널 때는 바다에서부터 강물을 차단하므로 평론評論이나 문자文字가 투철한 것을 '향상도하香象渡河'라 비유함.

백하의 글씨를 논함
論白下書

백하白下[1]의 글씨는 문형산文衡山(문징명文徵明)에게서 나왔는데 세상은 모두 이를 알지 못하고, 또 백하 역시 스스로 그것을 말하지 않았다.

문 씨가 쓴 작은 글씨의 해서체楷書體 〈적벽부赤壁賦〉의 먹으로 찍어낸 탑본榻本 하나가 동쪽 우리나라로 흘러 나와서, 백하가 그것을 마음을 다하여 배웠으니, 그 짧은 세로획의 위는 풍후豊厚하고 아래는 쏙 빠진 곳이 바로 그 얻은 바의 법식이다. 그러나 문 씨의 글씨는 맑고 아름다우며 굳세고 날카로운데, 백하는 조금 둔하고 약간 굵다. 또한 문 씨의 결구結構는 모두 구양순歐陽詢・저수량褚遂良・안진경顏眞卿・유공권柳公權 들이 서로 전해 온 옛 법식에 모두 들어맞는데, 백하는 모두 어지럽게 그것을 써서 한 글자 안에서 그 가로획과 세로획 및 점과 삐침(날촺)을 좇아 섬돌처럼 모아 놓았다.

그러나 그 타고난 재주가 매우 특이하며, 그 위에 인공人工을 더하여 끝내 일가를 이룬 사람이 되었다. 그는 형산衡山이 흔하고 가까운 사람이라고 생각하지 않고 머리를 숙이고 나아가 배움으로써 뒤에 내려와서 함부로 종요鍾繇나 왕희지王羲之를 일컫는 것과 같이 멀리 치달리며 스스로 크다고 생각하지는 않았다.

그의 큰 글씨 해서체楷書體로 된 금석 비판金石碑版의 앞면에 쓴 글자는 오로지 동파공東坡公의 표충비表忠碑를 본받았고 그 반초半艸는 미남궁米南宮(미불)으로써 돌아갈 곳을 삼아서, 아울러 모두 송나라 사람의 테두리 밖을 벗어나지 않았으니, 곧 그의 인식 능력은 크게 헤아릴 줄 아는 곳이 있었다.

그 문하에서 진수를 얻은 것은 원교員嶠로써 제일을 삼는데, 원교가 초년에 쓴 해서 글씨는 곧 스승과 조금도 다름이 없어서 한 솜씨라 해도 사실 알 수가 없다. 다만 스승이 쓴 것으로부터 그것을 배우면서 일찍이 한 번도 스승의 글씨가 어디로부터 나왔는지를 묻지 않았으니 또한 어쩐 일인가. 스승 역시 그 나온 곳을 말해 주지 않았으니 또 어쩐 일인가. 아니면 혹시 사도師道가 심히 엄격해서 감히 함부로 물을 수가 없었던가. 스승이 말해 주지 않은 것은 곧 숨겨진 의미를 보이지 않으려 해서이었던가.

백하는 양호필羊毫筆을 사용하였는데, 서단양徐丹陽[2]이 일찍이 말하기를 "스승께서 쓰시던 중국의 큰 붓을 보니 희기가 눈 같았는데, 마침내 무슨 붓인지 알지 못하였으나 또한 감히 여쭈어 보지 못하였다."라고 하였으니 대개 옛사람들의 사도師道가 엄격한 것을 또한 볼 수 있다. 서 씨徐氏와 이 씨李氏가 모두 그 으뜸가는 제자로 이 씨는 또한 그 붓을 전해 받았거늘, 모두 양호羊毫인 줄을 몰랐다. 비록 그것을 알았다 하더라도 백하는 능히 부려 쓸 수 있었겠지만 다른 이들은 모두 붓의 성질이 맞지 않는 바이었을 뿐이리라.

표암豹庵의 글씨는 곧 저하남褚河南(저수량)에게서 나왔는데 역시 백하와 같이 어디로부터 나온 것을 말하지 않았다. 옛사람들에게는 많이 이런 곳이 있었다.

論白下書

白下書, 出於文衡山, 世皆不知, 且白下亦不自言.

文書小楷 赤壁賦墨搨一本東出, 白下專心學之, 其短豎之 上豐下殺處, 卽其所得法. 而文書淸婉勁利, 白下微鈍差肥. 且文之結搆, 皆合於歐褚顔柳相傳之舊式, 白下皆漫書之, 一字之內, 逐其橫豎點捺, 砌湊之.

然其天品甚異, 加之人工, 終成一家數者. 以其不以衡山卑近, 而俯首學習, 不以鶩遠自大, 如後來妄稱鍾王也.

其大楷之金石碑版前面字, 專法坡公表忠碑, 其半艸, 以米南宮爲歸, 並不出宋人圈子外, 卽其識力大有商量處.

其門下得髓, 以員嶠爲第一, 員嶠初年所作楷字, 卽與師門無少異, 如一手實不知. 但從師門所書學之, 曾不一叩 師門之所出, 又何哉. 師門亦不告其所出, 又何哉. 抑或師道甚嚴, 不敢妄請歟. 師門之不以告者, 卽又不示璞之義歟.

白下用羊毫筆, 徐丹陽嘗云 見師門所書中國大毫, 白如雪, 竟不知爲何筆, 亦不敢請. 盖古人師道之嚴, 亦可見. 徐李皆其高足, 李又傳其筆, 皆不知羊毫. 雖知之, 白下能使得, 他皆筆性之所不合耳.

豹庵書, 卽出於褚河南, 亦不言所自 如白下, 古人多如是處.

(『阮堂先生全集』卷八)

註

1. 윤순尹淳(1680~1741). 조선 해평인海平人. 자는 중화仲和, 호는 백하白下, 학음鶴陰, 나계蘿溪, 만옹漫翁. 숙종肅宗 39년(1713) 문과文科 급제. 벼슬은 이조판서·평안감사를 역임. 서書·화畫를 모두 잘하였는데 특히 서법書法에서는 우리나라의 역대 서법과 중국의 서법을 아울러 익혀 독특한 국풍國風의 서체書體를 이루다. 문하에 원교員嶠 이광사李匡師가 나와서 사풍師風을 계승 발전시키다. 그림에서 진경산수화眞景山水畫를 이룩한 겸재謙齋 정선鄭敾(1676~1759)과 비길 만한 조선조 후기의 대표적 동국진체東國眞體 서예가.

2. 서무수徐懋修(1716~1785). 조선 대구인大邱人. 자는 중욱仲勖, 또는 욱지勖之, 호는 수헌秀軒. 좌의정左議政 명균命均의 아들, 영의정領議政 종태宗泰의 손자. 영의정 지수志修 아우. 벼슬은 단양丹陽 군수, 광주光州 목사에 그치다. 부자父子가 모두 글씨를 잘 쓰다. 부우父友인 백하白下 윤순尹淳의 문하에서 배워 원교 이광사와 함께 의발衣鉢을 전수받다.

옛사람의 글씨를 논함
論古人書

난곡蘭谷 송민고宋民古[1]의 글씨 쓰는 법에 크게 해숭위海嵩尉(윤신지尹新之)[2]의 붓 쓰는 뜻이 있으나 어찌 그 연원淵源이라고 하겠는가. 창울蒼鬱하고 갑자기 꺾이는 것이 매우 속되지 않을 뿐이다. 붓은 끝이 가지런하고 강해야 하며, 벼루는 매끄럽고 꺼끌거리는 것을 아울러 가지고 있어서 먹빛을 아름답게 피어나게 하는 것이라야 한다.

백양산인白陽山人(진순陳淳)[3]의 초서草書 쓰는 법에 손건례孫虔禮(손과정孫過庭)[4]와 양소사楊少師(양응식楊凝式)의 법식이 있으니, 이는 초서 쓰는 법의 올바른 기준(정종正宗)이다. 초서 쓰는 법이 손 씨와 양 씨로 말미암지 않는다면 모두 한낱 집 안에 붙이는 부적符籍을 만들 뿐인데, 동쪽 우리나라 사람들이 더욱 심하여 몹쓸 글씨 아닌 것이 없을 뿐이다.

소재蘇齋(옹방강翁方綱)가 설날 참깨 위에 '천하태평天下太平'이라는 네 글자를 썼는데, 그때 소재의 연세가 일흔여덟이었다. 글자는 파리 머리만 하였지만 역시 안경도 쓰지 않았다 하니 매우 놀라운 일이다. 또 설날로부터 금金 글씨로 불경을 베끼되 날마다 한 장씩 하고, 그믐날에 끝내어 법원사法源

홍5에 보시布施하였다 하며, 내가 받들어 모시고 있는 선생의 작은 영정影幀의 제자題字도 매우 작은데, 모두 같은 때 한 일이라 한다.

옛사람들이 글씨를 쓰는 것은 가장 우연히 글씨를 쓰고 싶어서 하는 것이었으니 글씨 기다리는 것은 왕자유王子猷(왕휘지王徽之)6가 산음山陰에 눈이 오자 노를 저어 흥에 겨워 갔다가 흥이 다하자 되돌아오는 것7과 같아야 한다. 그런 까닭으로 뜻과 흥이 일어나는 데 따라서 쓰기도 하고 말기도 하여 조금도 거리낌이 없어야 한다. 그래야 글씨의 정취도 역시 천마天馬가 하늘을 가는 듯하다.

지금의 글씨를 요구하는 사람들은 산음에 눈이 있는지 없는지조자 헤아리지 못하고 또한 억지로 왕자유를 맞아다가 곧장 대안도戴安道(대규戴逵)8의 집으로 끌고 들어가려 하니, 어찌 크게 걱정스럽지 않겠는가. 이제 서쪽 끝 먼 나라의 용매龍媒(천마天馬란 의미)로 하여금 말 부리는 종의 어거를 받게 하여 높은 언덕으로 오르게 하려 한다. 어떻게 뭉게구름 일으키는 날랜 발걸음을 펼 수 있겠는가. 붓을 던지고 한 번 웃노라.

지영智永선사의 쇠문지방9은 승려가 되어서도 그 조상인 우군右軍(왕희지)의 가법家法을 지키었으니 가로획은 반드시 가늘고 세로획은 반드시 굵었었다. 이는 필세筆勢의 자연스러움으로 그렇게 하지 않으면 안 될 곳이니 우군의 글씨도 역시 이와 같았다. 혹시 붓끝을 숨겨서 쓴 것이 있는데 그 마디지고 모난 것을 드러내지 않아서 마치 아무것도 없는 한 빛깔인 듯하고 굵고 가늘거나 크고 작은 구분이 없는 듯하나 자세히 살펴보면 역시 모두 차등이 있다.

이는 글씨 쓰는 사람이 모난 것을 깎아 내어 둥글게 만들어서 한 번 크게 뒤바꾼 것이니, 마치 양한兩漢(전한前漢과 후한後漢) 시대의 문체文體가 구절을 연마하고 글자를 다듬으며 누른 것을 뽑아내어 흰 것에 대조시켜 가려내는 이치를 삼은 것과 같다.

지금 글씨 쓰는 사람들은 이런 원류源流를 알지 못하고 건듯하면 글씨에는 크고 작은 획이 없다(크고 작음에 상관없이 같은 법으로 쓴다.)고 생각하여 드디어 그 음양陰陽과 향배向背 및 거칠고 고운 것과 굵고 가는 것 등 옛날부터 한번 정해져서 감히 바꿀 수 없는 체식을 (흩어 없애 버리고) 하나의 산자算子(셈판)로 만드니 어리석구나.

종요鍾繇와 삭정索靖 이하로 서가에서는 모두 전해 오는 비결이 없었고, 오직 입으로만 서로 전해 주었었는데, 지영智永에 이르러서 비로소 '영永' 자 8법八法으로써 책에 썼으며 또한 '야也' 자 1법一法이 있게 되었다. 그러나 만들어진 몇 가지 법식(과구窠臼)에만 오로지 빠지지 않고, 8법이 굴러 변하여 70여 법칙이 되었으며, 또 숨겨진 법술法術이 10여 가지가 되니, 말과 문자로는 형용할 수 없고 신기神氣로 밝힐 수 있을 뿐이다.

안평원顔平原(안진경)의 글씨는 순전히 신기神氣로 썼으니, 곧 저수량褚遂良으로부터 왔지만 저수량과는 터럭만큼도 서로 가까운 곳이 없다거나, 황산곡黃山谷(황정견黃庭堅)의 글씨는 진晉나라 사람의 신수神髓인데, 사람들이 혹은 우군右軍의 과파戈波(오른쪽 삐침)가 없다 하여 뒷말(미사微詞)이 있으니 모두 그 변화한 곳을 모르고 함부로 이야기하는 것이다.

요즈음 유석암劉石庵(유용劉墉)과 같은 분은 동파東坡(소식蘇軾)의 글씨로부터 들어가서 곧장 산음山陰(왕희지王羲之가 〈난정서蘭亭叙〉를 짓고 쓰던 곳이니 곧 〈난정서〉의 글씨를 일컫는 말이다.)의 문 안에 이르렀는데, 이제 동파의 글씨 모양으로써 석암을 모질게 꾸짖는다면 그럴 수 있을까 없을까.

예서隸書의 옛 법도 역시 이와 같아서 한漢나라 비문碑文 글씨에는 툭 터지고 똑 고르되 졸박拙朴하며 흉측하고 험상궂어 두려운 모습이 있으나 요즘 사람들의 천박한 기량技量과 작은 소견으로는 오히려 문형산文衡山(문징명文徵明)이나 동향광董香光(동기창董其昌)의 한 획도 제대로 쓸 수 없거늘, 어떻게 동경東京(후한後漢)의 한 오른 삐침(파波)을 써내겠으며 또 어떻게 서경西

京(전한前漢)의 한 가로획(횡획橫畫)을 만들어 내겠는가.

지금 한비漢碑가 남아 있는 것은 겨우 40여 종뿐이고 또 깨어진 쇠붙이나 쪽 떨어진 전돌의 좇아 본뜰 만한 것이 있기는 하나, 촉蜀 사천四川과 서로 이어지는 곡부曲阜(산동성山東省) 제녕濟寧의 것들 이외는 괴상하고 기이하여 형용할 수 없다. 그래서 마치 『공양전公羊傳』[10]의 보통과 다르고 괴이한 것을 『좌씨전左氏傳』[11]을 익힌 사람은 넘겨다 보고 헤아릴 수가 없는 것과 같다. 이로써 의심하여 심하면 혹은 책을 묶어 엎어 두기만 하니 이것이 비록 한 가지 작은 분야(소도小道)지만 그 어려움은 이와 같아서 쉽게 말할 수 없을 뿐이다.

論古人書

蘭谷書法, 大有海嵩尉筆意, 豈其淵源耶. 蒼欝頓挫, 甚非俗本耳.
筆要鋒齊要強, 硯取潤澀相兼, 浮津耀墨者.

白陽山人草法, 有孫虔禮 楊少師規度, 是草法正宗也. 草法不由孫
楊, 皆作一鎮宅符, 東人尤甚, 無非惡札耳.

蘇齋元朝於胡麻上, 書天下太平四字, 時蘇齋年七十八矣. 字如蠅頭,
亦不罷鏡, 甚可異也. 又自元朝寫金經, 日課一紙, 晦日乃畢, 施之
法源寺, 又於余所供大士小幀題字甚細, 皆同時事也.

古人作書, 最是偶然欲書者, 書候, 如王子猷 山陰雪棹, 乘興而往,
興盡而返. 所以作止, 隨意興會, 無少罣礙, 書趣亦如天馬行空.

今之要書者, 不算山陰之雪與不雪, 又強邀王子猷, 直向戴安道家中
去, 寧不大悶. 今使西極龍媒, 受圉奴羈, 勺上峻阪, 何以展繭雲之
步也. 放筆一笑.

智永禪師 鐵門限, 竺守其祖右軍家法, 橫書必瘦, 直畫必肥. 此筆勢
之自然, 不得不已處, 右軍書亦如此. 或有隱鋒書者, 不露其節角, 似
若泯然一色, 無肥瘦大小之分, 細觀之, 亦皆有差等.

此書家之斲觚爲圓, 一轉變者, 如兩漢文體之 鍊勾琢字, 抽黃對白,
而爲選理焉.

今之書者, 不知此之源流, 動輒以爲書無大小畫, 遂漫滅其陰陽向背
麤細肥瘦, 自古一定不敢易之體式, 作一算子惑矣.

鐘索以下, 書家皆無傳訣, 惟口口相授, 至智永, 始以永字八法, 筆
之於書, 又有也字一法. 然不專泥於窠臼, 八法之轉變, 爲七十餘則,
又有隱術十餘筆, 非語言文字, 可得形容, 神以明之耳.

顏平原書, 純以神行, 即從褚法來, 與褚無一毫相近處, 黃山谷是晉
人神髓, 人或以無右軍戈波, 有微詞, 皆不知其變處, 而妄論之也.

如近日劉石庵, 自坡書入, 直到山陰門庭, 今以坡書形相, 苛責石庵,
然乎. 否乎.

隸古亦如此, 漢碑有虛和 拙朴 兒險 可畏之相, 以近人淺量小見, 尚
不能作文衡山 董香光一畫, 何以作東京一波, 又何以作西京一橫也.
今漢碑現存, 厪四十種, 又有殘金零博之可得摹追者, 與蜀川相通,
曲阜濟寧之外, 怔畸不可狀. 如公羊之非常可怔者, 非習於左氏者所
可窺測. 是以疑之, 甚或束閣. 此雖一小道, 其難如是, 無以易言耳.

(『阮堂先生全集』卷八)

1. 송민고宋民古(1592~1664). 조선 여산인礪山人. 자는 순지順之, 호는 난곡蘭谷, 오봉
五峰. 이호민李好民의 서壻壻. 광해군 2년(1610) 진사進士. 은거불사隱居不仕(숨어 살며
벼슬하지 않음)하다. 문장文章 · 서화書畵에 모두 뛰어나서 세상에서 삼절三絕로 꼽
았다. 그림은 산수와 묵매를 잘했다.

2. 윤신지尹新之(1582~1657). 조선 해평인海平人. 자는 군우君又, 호는 현주玄洲, 현고
玄皐, 연초재燕超齋. 영상領相 윤방尹昉의 아들. 선조宣祖 부마駙馬로 정혜옹주貞惠
翁主에게 장가들어 해숭위海嵩尉에 피봉被封되다. 시詩 · 문文 · 서書 · 화畵에 모두
뛰어나서 시서화詩書畵 삼절三絕로 일컬어지다.

3. 진순陳淳(1483~1544). 명나라 강소江蘇 장주長洲(현재 소주蘇州)인. 자는 도복道復.
뒤에 자字로 이름을 대신하고 자를 복보復甫라 고치다. 호는 백양산인白陽山人. 문
징명文徵明의 문하門下로 경학經學 · 고문古文 · 사장詞章에 뛰어난 학자이었으며
시詩 · 서書 · 화畵도 아울러 잘하였는데 그림은 화조花鳥 · 산수山水에 장하였고
글씨는 전篆 · 주籒와 행行 · 초草에 특히 뛰어났었다. 평생 은거불사隱居不仕하고
학예에 잠심潛心하다.

4. 손과정孫過庭. 당나라 절강浙江 부양인富陽人. 자는 건례虔禮. 일설에는 과정過庭
이 자字이고 건례가 이름이며 하남河南 진류인陳留人이라고도 한다. 벼슬은 우위
주조참군右衛胄曹參軍을 지냈다고도 하며 솔부녹사참군率府錄事參軍을 지냈다고
도 한다. 글씨를 잘 썼는데 특히 초서草書에 능하였고 진眞 · 행서行書도 아울러 잘
하였다. 진적眞蹟은 전하는 것이 없고 석본石本으로 일부가 전해 온다. 성격은 박
아博雅하고 문장文章도 볼만하였다 한다. 서법書法은 준발강단儁拔剛斷(빼어나고
꼿꼿함)하여 독자獨自 일문一門을 이루었다.

5. 법원사法源寺. 청나라 연경燕京 북쪽 선무문宣武門 밖에 있던 절. 당 태종이 정관
19년(645)에 고구려를 침공했다가 안시성安市城에서 대패하고 돌아가 전몰장병의
위령慰靈을 위해 건립한 사찰. 처음에 민충사愍忠寺라 했었는데 명 영종 정통 2년
(1437)에 숭복사崇福寺라 개명하고 청 세종 옹정 12년(1734)에 다시 법원사法源寺로

개명했다. 원 대 이후에 우리 사신의 숙소로 쓰여 왔다.

6. 왕휘지王徽之. 동진東晋 낭야인琅邪人. 자는 자유子猷. 서성書聖 왕희지王羲之의 다섯째 아들. 재예才藝 초절超絶하나 성격이 호방불기豪放不羈(호탕하여 얽매이지 않음)하고 풍류를 즐겨 평생에 기행奇行을 많이 남기다. 벼슬은 황문시랑黃門侍郎에 이르러 이를 버리다. 막내 아우 헌지獻之와의 우애가 돈독하여 대신 죽기를 원할 정도이었고 그가 죽자 곧 뒤따라 죽다.

7. 왕휘지王徽之가 산음山陰에 살 때, 밤에 눈이 그치고 달빛이 청랑淸朗하여 사방이 은빛으로 가득하자 혼자 술을 마시며 좌사左思의 초은시招隱詩(은사를 부르는 시)를 읊다가 문득 대규戴逵가 섬현剡縣에 사는 것을 생각해 내고 작은 배를 저어 밤새 찾아갔다가 아침에 막 문전門前에 도착하였지만 들어가지 않고 되돌아왔다. 곁의 사람이 그 까닭을 물으니 "본래 흥이 일어나서 왔는데 흥이 다하였으면 되돌아갈 뿐 어찌 꼭 대안도戴安道를 만날까 보냐?"라고 하였다는(『진서晉書』 열전列傳 50 왕희지전王羲之傳) 고사故事.

8. 대규戴逵(326~396). 동진東晋 안휘安徽 숙현인宿縣人. 자는 안도安道. 박학능문博學能文(학문이 넓고 문장에 능함)의 대학자大學者로 서화書畵는 물론 조각彫刻과 금고琴鼓(거문고와 북장구)에까지 정통하다. 불상佛像 조각의 1인자. 성품이 고결하여 출사出仕하지 않고 금서琴書로 평생을 자오自娛하다.

회계會稽 섬현剡縣(절강浙江 승현嵊縣)에 은거隱居하다. 조정에서 산기상시散騎常侍 · 국자박사國子博士 · 국자좨주國子祭酒 등으로 여러 번 불렀으나 응하지 않다. 『대규집戴逵集』 9권을 남기다.

9. 『법서요록法書要錄』에 의하면 지영선사智永禪師가 오흥吳興 영흔사永欣寺에 있을 때 글씨를 구하는 사람이 장날같이 밀려들어 문지방이 구멍 났으므로 쇠판으로 이를 감쌌다 한다. 여기서 한제限制의 근엄함을 비유하는 말로 쓰이기도 한다.

10. 『공양전公羊傳』. 공자孔子가 찬술撰述하였다는 노魯의 역사인 『춘추春秋』는 그에 대한 해석 방법의 차이에 따라 『좌씨전左氏傳』, 『공양전公羊傳』, 『곡량전穀梁傳』의 3전으로 나누어진다. 그중의 하나인 『공양전』은 어느 때 누구에 의해서 제작되었는지 확실하지 않다.

자하子夏의 제자라는 공양고公羊高에 의해서 제작되었다 하여『공양전』이라 하였으나 전한前漢 초 호모생胡母生에 의하여 그 학통學統은 비롯되고 그의 후진後進인 동중서董仲舒에 의해서 그 연구가 본격화한 것으로 알려지고 있다.

11.『좌씨전左氏傳』.『춘추』 3전 중의 하나로 공자의 제자인 좌구명左丘明이 해석하였다 하여『좌씨전』이라 하다. 당唐의 조광趙匡에 의해서 의심되기 시작하고 청말淸末 고증학자考證學者인 강유위康有爲는『신학위경고新學僞經考』에서『좌씨전』을 전한前漢 유흠劉歆의 위작僞作으로 단정하다.

원교가 산곡을 논한 것을
다시 논함
再論員嶠論山谷

일찍이 이원교李員嶠(이광사李匡師)가 산곡山谷(황정견黃庭堅)의 글씨를 논란하여 배척한 것을 보니 여유가 없었는데 이는 곧 조미숙晁美叔(조단유晁端有)[1]의 말을 주워 맞춘 것에 지나지 않았으나, 미숙의 이 이야기가 이미 산곡에게 하나하나 논파論破된 것을 알지 못하였다.

대체로 말해서 동쪽 우리나라 사람들은 망자존대妄自尊大하지 않는 곳이 없는데, 마치 원교가 곧장 당나라·송나라· 육조 시대를 뛰어넘어 산음山陰의 비궤棐几(왕희지의 글씨를 일컫는 말)로 바로 밀고 들어가려 하는 것과 같으니, 이는 집 밖에 나서면 푸른 하늘이 있는 줄을 모르는 일일 뿐이다. 원교가 열 번 올라타더라도 석봉石峯(한호韓濩)과 안평安平(이용李瑢)에게 미치지 못하고, 석봉과 안평이 또한 열 번 올라타더라도 동현재董玄宰(동기창董其昌)를 미치지 못하며, 현재가 다시 열 번 올라타더라도 동파東坡나 산곡山谷에게 미치지 못할 터인데, 돌아보고 어떻게 산곡을 함부로 논하였단 말인가.

원교의 글씨가 어떻게 일찍이 산곡의 한 가지 오른쪽 삐침(파波)의 꺾어지는 법(절折)이라도 가지고 있었겠는가. 만약 원교가 오른쪽 삐침의 꺾어지

는 법을 모르고 있었다고 한다면 사람들은 크게 놀라겠지만 실제 오른쪽 삐
침의 다섯 번 멈추는 옛 법을 모르고 있었을 뿐이다.

再論員嶠論山谷

嘗見李員嶠, 論斥山谷書, 不有餘, 即不過掇拾晁美叔之言, 不知美
叔此說 已爲山谷所勘破也.
槩論之, 東人無處不妄自尊大, 如員嶠直欲超越唐宋六朝, 徑闖山陰
棐几, 是不知屋外有靑天耳. 員嶠十駕, 不及石峰 安平, 石峰 安平
又十駕, 不及董玄宰, 玄宰 又當十駕, 不及於東坡 山谷, 顧何以妄論
山谷也.
員嶠書, 何嘗有山谷一波折之法耶. 若云員嶠不知波折, 人必大駭,
而實不知波折之五停古法耳.
『阮堂先生全集』卷八)

註

1. 조단유晁端有. 송宋 산동山東 거야鉅野인. 일명 단우端友라 하기도 한다. 자는 미숙
   美叔. 벼슬은 비서소감秘書少監 · 개부의동삼사開府儀同三司에 이르다. 문장文章 ·
   서법書法이 뛰어나서 조야朝野가 으뜸으로 치다.

박혜백이 글씨를 묻는 것에 답함
答朴蕙百問書

박군朴君 혜백蕙百[1]이 나에게 글씨를 물으며 그 글씨를 배운 내력을 알고자 하거늘 나는 다음과 같이 이야기하였다.

"나는 어려서부터 글씨에 뜻을 두었었는데, 스물네 살에 연경燕京에 가서 여러 이름난 큰 선비들을 뵙고 그 서론緒論을 들으니, 발등법撥鐙法이 머리를 세우는(입문入門하는) 데 있어서 제일 첫째가는 의미가 된다고 하며, 손가락 쓰는 법, 붓 쓰는 법, 먹 쓰는 법으로부터 줄을 나누고 자리를 잡는 것 및 과戈나 파波와 점과 획 치는 법에 이르기까지 우리 동쪽 나라 사람들이 익히던 바와는 크게 달랐었다.

한漢나라와 위魏나라 이래의 금석문자金石文字가 수천 종이 되니, 종요鍾繇나 삭정素靖 이상으로 거슬러 올라가자면 반드시 북비北碑를 많이 보아야 비로소 그 처음부터 변천되어 내려온 자초지종을 알게 된다고 말하였었다.

〈악의론樂毅論〉에 이르러서는 당나라 때로부터 이미 진본眞本이 없었고, 〈황징경黃庭經〉[도판25]은 육조 시대 사람이 썼으며, 〈유교경遺敎經〉은 당나라

黄庭經

上有黃庭下有關元前有幽闕後有命門

呼吸廬外共入丹田審能行之可長存黃庭中人衣朱衣

關門壯籥蓋兩扉幽闕俠之高巍巍丹田之中精氣微

玉池清水上生肥靈根堅志不衰中池有士服赤朱橫下三寸神所居

中外相距重閉之神廬之中務脩治玄廱氣管受精符

急固子精以自持宅中有士常衣絳子能見之可不病橫

理長尺約其上子能守之可無恙呼翕廬間以自償保守

兒堅身受慶方寸之中謹蓋藏精神還歸老復壯俠

以幽闕流下竟養子玉樹不可杖至道不煩不旁迕

靈臺通天臨中野方寸之中至關下玉房之中神門戶

阮是公子教我者明堂四達法海員虛人子丹當我前

경생經生의 글씨이고, 〈동방삭찬東方朔讚〉이나 〈조아비曹娥碑〉 등의 글씨는 전혀 내력이 없으며, 〈각첩閣帖(순화각첩淳化閣帖)〉은 왕저王著[2]가 임모하여 번각翻刻한 것이라서 더욱 잘못 꾸며졌으니, 이미 당시의 미원장米元章(미불米芾)·황백사黃伯思[3]·동광천董廣川(동유董逌)[4]과 같은 분들이 하나하나 논박하여 바로잡는 바 되었었다. 그래서 중국의 유식한 사람들은 〈악의론〉이나 〈황정경〉 등의 글씨로부터 각첩에 이르기까지 모두 그것을 이야기하는 것을 부끄러워한다.

대개 〈악의론〉이나 〈황정경〉 등의 글씨는 진본이라고 증거를 댈 만한 곳이 없다. 당나라의 구양순歐陽詢·저수량褚遂良·우세남虞世南·설직薛稷·안진경顏眞卿·유공권柳公權·손과정孫過庭·양응식楊凝式[5]·서호徐浩[6]·이옹李邕[7] 같은 여러 사람들이 쓴 것은 하나도 〈황정경〉이나 〈악의론〉과 서로 같지 않으니, 그 〈황정경〉이나 〈악의론〉을 좇아서 입문한 것이 아님을 가히 증명할 수 있다. 다만 여러 북비北碑와는 인니印泥로 도장 찍은 듯이 똑같아서 또한 모지고 굳세(방경方勁)며 고졸古拙하여 원숙圓熟한 맛이 없으니 모난 것을 본뜬 것이다.

요즈음 우리 동쪽 나라에서 서예가라고 일컫는 사람(이광사를 가리킨다.)이 이른바 진체晉體니 촉체蜀體니 하는데 모두 이런 것이 있는 줄도 모른다. 곧 중국에서 이미 울타리 밖으로 내다 버린 것을 주워다가 보기를 신령스러운 물건처럼 하고, 받들기를 표준이 되는 것처럼 하여 썩은 쥐로써 봉황새를 어르려 하니 어찌 웃지 않을 수 있겠는가."

혜백이 말하기를,

"이 추사秋史가 말한 바로써 본다면 전날 정鄭[8]·이李(광사匡師)와 같은 여러 사람들에게서 늘 듣던 것은 모두 남쪽 수레 옆 가름대와 북쪽 수레바퀴가 다른 만큼이나 서로 다르군요."

내가 이렇게 말하였다.

'이는 정 씨나 이 씨와 같은 여러 사람들의 허물이 아니다. 정·이와 같은 여러 사람들은 모두 타고난 재주가 있었으나 멀리 떨어진 시골구석에서 옛사람들의 좋은 본(선본善本)들을 보지 못하였고, 또한 도道에 통한 큰 선비들에게 나가서 올바른 것을 배울 수 없었으며 모두 구차한 형편이라, 보고 들은 것이 많지 않으므로 그 배우려고 애쓰는 마음이 막힘을 끊어 낼 수 없었다.

그래서 희미한 곳에서 그림자를 구하고 황홀하게 소리 나는 것을 더듬어 하늘나라 옥경玉京의 경루瓊樓와 금궐金闕이 반드시 응당 이러이러하리라 하고 여겼을 것이다. 눈으로 볼 수도 없고 실제 가 보지도 않고서 어떻게 경루와 금궐에 대한 사실을 증명할 수 있겠는가.

옛날에 동파東坡(소식蘇軾)가 나한羅漢이 호랑이를 꿇어 엎드리게 하는 그림에 찬贊을 붙인 글귀 속에 이르기를, "한 생각의 차이로 이렇게 맹수猛獸로 떨어졌구나. 도사導師(정법正法을 설하여 중생을 정도로 이끄는 이, 곧 부처·보살·나한 등)가 슬퍼하고, 너를 위해 찡그려 탄식한다. 너의 맹렬함으로써 본성을 되찾기는 어렵지 않으리라."(『동파전서東坡全集』 권98, 십팔대아라한송 十八大阿羅漢頌 제13존자第13尊者)라고 하였다.

여러 사람들도 모두 한 생각의 차이로써 떨어진 곳에서 벗어나지 못하였으나, 그 맹렬한 것으로 역시 본성을 회복하기에는 어렵지 않을 것이다. 다만 아직 도사導師의 슬퍼하심을 만나지 못하였으니 그대로 함께 크게 웃을 뿐이나, 그 실제를 추구해 보면 사실 정 씨와 이 씨의 잘못이 아니니, 그들이 준비하지 못한 것을 탓할 수는 없다.

「원교필결員嶠筆訣」에 이르러서 가장 가르침이 될 수 없는 것이 붓 터럭을 편다는 법인데 이것이 더욱 어긋나서 그릇됨을 쌓아 올바른 것을 이기게 된다. 구양순이나 저수량과 같은 여러 사람을 모두 건너뛰어서 종요와 왕희지에게 올려붙이려 하면, 이는 문길(문경門徑)을 거치지 않고 곧장 안방으로 들어가려는 것이다. 그럴 수가 있겠는가.

조자고趙子固(조맹견趙孟堅)가 이르기를 "진晉을 배우는데 당唐나라 사람들을 거치지 않는다면 그 헤아릴 줄 모르는 것을 크게 내보이는 것이다. 해서楷書로 들어가는 길은 셋이 있을 뿐이니 〈화도사비化度寺碑〉와 〈구성궁예천명九成宮醴泉銘〉 및 〈공자묘당비孔子廟堂碑〉[9 도판26]가 그것이다."라고 하였다. 조자고의 때인들 어찌 〈악의론〉과 〈황정경〉이 없어서 이 세 비碑로 말하였겠는가. 이것이 〈악의론〉과 〈황정경〉을 알 만한 사람들이 말하지 않는 까닭일 뿐이다.

〈황정경〉은 아직 육조 시대 사람이 쓴 진본이 남아 있어서 사람마다 모두 그것을 보았으니, 만약 이를 임모하고자 한다면 바로 우연히 한번 장난으로 써 보는 것에 지나지 않을 뿐인데, 이것이 어떻게 법으로 삼을 정종正宗이 될 수 있겠는가.

또 〈황정경〉의 진본은 글씨의 흐름이 나부끼듯 가볍게 드날리어 요즈음 돌아다니는 묵각墨刻과는 특별히 크게 다를 뿐만 아니라 얼음과 숯이나 썩은 풀과 향기 나는 풀이 서로 맞지 않는 것과 같은데 이 어떻게 그것을 진체晉體라고 해서 집집마다 시축尸祝(제사 때 축문을 읽는 것을 맡는 사람. 곧 으뜸이 되는 중요한 것의 의미)으로 떠받들겠는가."

도판 26. 〈공자묘당비孔子廟堂碑〉(당唐 626년), 우세남虞世南 찬병서撰并書

答朴蕙百問書

朴君蕙百問書於余, 叩其得書源流.

余云 余自少有意於書, 廿四歲入燕, 見諸名碩, 聞其緒論, 撥鐙爲立頭第一義, 指法 筆法 墨法, 至於分行 布白 戈波 點畫之法, 與東人所習大異.

漢魏以下金石文字, 爲累千種, 欲溯鐘索以上, 必多見北碑, 始知其祖系源流之所自.

至於樂毅論, 自唐時已無眞本, 黃庭經爲六朝人書, 遺教經爲唐經生書, 東方朔讚 曹娥碑等書, 全無來歷, 閣帖爲王著所摹翻, 尤爲紕繆, 已爲當時如米元章 黃伯思 董廣川, 所一一駁正. 中國之有識者, 自樂毅 黃庭等書, 至於閣帖, 皆羞道之.

大槪樂毅 黃庭等書, 無係眞本之可據. 有唐之歐褚虞薛顏柳孫楊徐李諸人所書, 一無與黃庭 樂毅相似, 其不從樂毅 黃庭入門可證. 但與諸北碑, 如印印泥, 且方勁古拙 無圓熟, 模稜者.

近日我東所稱書家, 所謂晉體 蜀體, 皆不知有此. 即取中國所已棄之笆籬外者, 視之如神物, 奉之如圭臬, 欲以腐鼠嚇鳳, 寧不可笑.

蕙百云

以此秋史所論觀之, 前日所習聞於鄭李諸人者, 皆南轅北轍也.

余曰

此非鄭李諸人之過. 鄭李諸人, 皆有天分, 僻處窮廬, 未見古人善本, 又不取正於有道大方之家, 俱是甕牖繩樞, 見聞無多, 其爲學之苦心, 有不可遏截.

依俙求影, 怳惚摸響, 以爲天上玉京 瓊樓金闕, 必應如此如此. 不能目見足到, 何以證實於瓊樓金闕耶.

昔東坡贊羅漢伏虎之句, 有云 一念之差, 墮此鬚髥. 導師悲憫, 爲汝囎歎. 以爾猛烈, 復性不難.

諸君皆於一念之差, 未免墮趣, 然其猛烈者, 亦復性不難, 特未遇導師之悲憫, 仍與大笑, 究其實, 實非鄭李之過, 是不可責備耳.

至於員嶠筆訣, 最不可爲訓者, 爲伸毫法, 尤是乖盭, 積非勝是. 欲盡空歐褚諸人, 而上接鐘王, 是不由門逕, 直躐堂奧, 其可得乎. 趙子固云 學晉不由唐人, 多見其不知量也. 入道於楷有三, 化度 九成, 廟堂三碑耳.

子固之時, 豈無樂毅, 黃庭, 以此三碑爲言也. 此所以樂毅 黃庭 有識之所不道耳.

黃庭尚有六朝人所書眞本, 人皆見之, 若欲臨此, 直不過偶一戲墨試之而已, 是豈可以爲立法正宗也.

且黃庭眞本, 筆勢飄飄輕揚, 與近日所行墨刻, 不特大異而已, 如氷炭薰蕕之不相合, 是何以謂之晉體, 家尸戶祝也.

『阮堂先生全集』卷八)

1. 박혜백朴蕙百. 제주 출신, 이름 계첨癸詹, 자 혜백蕙百, 호 다산多山. 추사 제자. 추사의 시동侍童으로 먹을 갈고 붓을 빨며 학예學藝를 익히다. 추사 소장의 인장印章을 모아 『완당인보阮堂印譜』 편찬. 붓을 잘 매었다 한다.

2. 왕저王著(?~990). 송宋 사천四川 성도인成都人. 자는 지미知微. 후촉後蜀 명경明經 출신. 송나라에 들어와서 벼슬이 융평주부부隆平主主簿 · 전중시어사殿中侍御史에 이르다. 글씨를 잘 써 필적이 심히 아름다웠고 감식이 뛰어났으므로 태종太宗이 비각 진장秘閣珍藏의 고금 서적書蹟을 변정辨定하여 법첩法帖 10권을 번각翻刻케 하니 이것이 《순화각첩淳化閣帖》이다.

3. 황백사黃伯思(1079~1118). 송宋 소무邵武(현재 복건福建 소무)인. 자는 장예長睿 · 소빈霄賓, 호는 운림자雲林子. 원부元符 3년(1100) 진사進士. 비서랑秘書郎이 되어 마음대로 책부冊府(비각秘閣)의 장서藏書를 보게 되니, 침식을 잊고 독서에 몰두하다. 고문古文 기자奇字와 이기관지彛器款識(청동 제기에 새겨 놓은 글씨)를 좋아하여 감식鑑識에 뛰어났었고 경經 · 사史 · 자子 · 집集 등 백가서百家書에 박통하였으며 글씨도 전篆 · 예隸 · 해楷 · 행行 · 초草 · 비백飛白의 각 체를 모두 절묘하게 썼다. 『익소翼騷』, 『동관여론東觀餘論』, 『문집文集』 등을 남기다.

4. 동유董逌. 송宋 산동山東 동평인東平人. 자는 언원彦遠, 호는 광천廣川. 정강靖康 말(1127) 국자감좨주祭酒, 건염 2년(1128) 중서사인中書舍人 등 벼슬을 지내다. 『광천서발廣川書跋』, 『광천장서지廣川藏書志』, 『광천시고廣川詩故』 등의 저술을 남기다.

5. 양응식楊凝式(873~954). 당나라 섬서陜西 화음인華陰人. 자는 경도景度. 호는 허백虛白 · 희유거사希維居士 · 관서노농關西老農. 문사文詞에 재주가 있었으며, 당 소종昭宗(재위 889~904) 진사, 양梁, 당唐, 진晉, 한漢, 주周 5조朝를 섬기다. 태자소사太子少師를 거쳐 태자태보太子太保에 이르다. 치사致仕 후 낙양洛陽에 살다. 글씨를 잘 썼는데 안진경체의 영향을 많이 받다. 해楷 · 행行 · 초草에 모두 능하여 안진경 이후의 제일인자로 꼽다. 사관寺觀의 벽면에 글씨를 즐겨 썼는데 당시 오도현吳道玄의 벽화와 함께 낙중洛中 이절二絕로 일컬어지다.

6. 서호徐浩(703~782). 당나라 월주越州(현재 절강浙江 소흥紹興)인. 자는 계해季海. 명경明經 출신으로 벼슬은 국자좨주國子祭酒 · 중서사인中書舍人 · 집현전학사集賢殿學士 · 이부시랑吏部侍郎 등을 거치고 태자소사太子少師를 추증追贈하다. 글씨를 잘 썼는데 그중에도 초서와 해서 및 팔분예서에 더욱 능하였다. 숙종조肅宗朝의 조령詔令이 대부분 서호의 손을 거쳐 나오다. 『고보古譜』1권, 『고적기古迹記』1권을 남기다. 부父 교지嶠之, 장자長子 도燾가 모두 능서인能書人으로 당 대唐代에 있어서 유일한 3대代 명필 집안으로 꼽다. '노예결석怒猊抉石, 갈기분천渴驥奔泉(성난 사자가 바윗돌을 긁고, 목마른 천리마가 샘으로 치달림)'은 그의 글씨에 대한 세평世評이다.

7. 이옹李邕(678~747). 당나라 강소江蘇 양주揚州 강도인江都人. 자는 태화泰和. 난대랑蘭臺郎 이선李善의 아들. 벼슬은 좌습유左拾遺, 비서감秘書監 등을 거쳐 북해태수北海太守에 이르다. 권신權臣 이임보李林甫의 미움을 사서 죄사罪死. 문사文詞를 잘하되 비송碑頌에 뛰어나고 글씨를 잘 써 예폐禮幣로 엄청난 재산을 모았다. 왕희지체를 배웠는데 특히 당 태종의 영향을 크게 받아 해서와 행서에 뛰어났다. 비문 800여 개를 지었다 하는데 짓고 쓴 것 중 〈운휘장군이사훈비雲麾將軍李思訓碑〉, 〈영암사비靈巖寺碑〉, 〈악록사비岳麓寺碑〉 등이 남아 있다. 『이북해집李北海集』6권과 부록 1권도 남아 있다.

8. 정鄭. 정영철鄭英轍인 듯하나 미상未詳.

9. 〈공자묘당비孔子廟堂碑〉. 당나라 태종太宗은 무덕武德 9년(626) 12월에 제위帝位에 오르자 유교儒敎를 숭봉崇奉하는 뜻을 천하에 과시하기 위하여 공자의 후손을 봉작封爵하고 공묘孔廟(공자 사당)를 중수重修하였다. 그리고 이와 같은 사실을 기록한 비석을 세워 기념하도록 하니 당시의 명필인 우세남虞世南이 칙명을 받들어 짓고 쓰게 되었다.

그러나 이 비석은 곧 정관貞觀 연간(627~649)에 소실燒失되어, 무후武后 장안長安 3년(703) 중각重刻하였으나 다시 당말唐末에 망실되어 원석原石이 전하지 않는다. 탁본이 현존할 뿐인데 〈임천이씨본臨川李氏本〉은 옹방강翁方綱에 의해서 당석唐石 구탁舊拓으로 주장되며(『공자묘당비고孔子廟堂碑考』), 5대 왕언초王彦超 중각본重刻本인 〈섬서본陝西本〉과 원나라 지원至元 간에 정도하定陶河에서 출토한 추정송각본

推定宋刻本인 〈성무본城武本〉은 2대大 중각본重刻本이다. 우세남이 69세 때 정서精書한 해서楷書의 준칙準則으로, 구양순歐陽詢의 2대 해서비楷書碑인 〈화도사비化度寺碑〉 및 〈예천명醴泉銘〉과 함께 해법楷法의 극칙極則으로 일컬어지고 있다.

홍우연[1]에게 써서 주다
書贈洪祐衍

서법書法은 남파南派와 북파北波가 있으니 삭정索靖 이하로 요원표姚元標 · 조문심趙文深 · 정도호丁道護 등은 북파가 된다. 지금 남겨져 있는바 북조北朝의 여러 비를 살펴보면 알 수 있다.

〈조준刁遵 묘지墓誌〉와 〈가사군賈使君〉[2] · 〈고정高貞〉 · 〈고담高湛〉^{도판27} 같은 여러 비碑는 구도球圖[3]와 완염琬琰[4]이 되며, 〈정도소비鄭道昭碑〉와 〈시각始刻〉[5] 등은 더욱 극적劇跡(최고의 작품)인데 모두 북파이다.

〈난정蘭亭〉이라는 한 장 종이(일지一紙)는 제齊 · 양梁의 사이에는 아직 일컬음이 없었는데 당唐에 이르러 비로소 크게 행세하였다. 그러나 구歐 · 저褚 같은 이들이 다 북파에서 나왔으니 비록 난정을 임무臨撫한 여러 본이 있다 하더라도 구는 바로 구의 난정이고 저는 바로 저의 난정일 뿐, 우군右軍이 견지繭紙(누에고치로 만든 종이)에 쓴 진영眞影(진짜 모습)이 과연 어떠했던지는 알 수 없다.

오직 우영흥虞永興(우세남虞世南)은 남파에서 나왔지만 그러나 〈묘당비廟堂碑〉 같은 것은 오히려 북비의 규칙을 남기고 있으니 지금 북비를 버리고서

故假節督齊州諸軍事輔
國將軍齊州刺史□公□誌
銘
諱湛字子澄劾海滳人也
靈根遠秀盛慶心於渭川芳
德疏宣大於東海作範
百王垂聲萬古者矣故清公

도판 27. 〈고담묘지高湛墓誌〉(동위東魏 539년)

는 서법을 말할 수 없다.

우리 동쪽 나라에 이르러서는 신라·고려 이래로 오직 구비歐碑만 익혔었는데 본조本朝 이후에 안평대군安平大君이 비로소 송설松雪로써 따로 문길(문경門徑)을 열어 한 시대를 휩쓸었지만 성成·신申 여러 사람들은 역시 신라·고려의 옛 법(구법舊法)을 고치지 않았다.

지금 〈숭례문崇禮門〉 편액은 곧 신장申檣[6]의 글씨인데 깊이 구의 골수에 들어갔고 또 성임成任[7]이 쓴 〈홍화문弘化門〉 편액과 〈대성전大成殿〉 편액은 다 북조 비의碑意가 들어 있으며 또 성달생成達生 같은 이는 서법이 특출하였으나 세상에서 그를 알아주는 이가 없었는데 모두 송설의 문호 가운데에서 나오지 않았다.

이 몇 분들은 모두 용이 날고 범이 뛰듯 하여 석봉石峯이 미칠 수 없으며 석봉은 오히려 송설에게 갇힌 바 되었으니 이 아래로 내려와서는 회鄶의 무기無譏[8]일(언급할 가치조차 없을) 뿐이다.

심지어 〈악의론樂毅論〉·〈동방삭화상찬東方朔畵像贊〉·〈유교경遺教經〉으로 진체晉體를 삼는 것에 이르면 실로 가소롭다. 〈악의론〉·〈해자본海字本〉의 서 씨徐氏 소장은 왕순백王順伯이 보았던 석적石蹟(돌에 새긴 유적)인데 드디어 세상에 전해지지 않았고, 통행하는 속본俗本은 곧 왕저王著가 쓴 것이니 이원교李員嶠가 평생을 통해 익힌 바는 바로 왕저의 위본僞本이다. 〈유교경〉은 본시 당唐나라 경생經生이 쓴 것이다.

어찌 진체가 이와 같겠는가. 붓을 놓고 한 번 웃으며 홍우연을 위하여 쓰다.

담면노인啖麵老人(국수 잘 먹는 노인).

書贈洪祐衍

書法, 有南派北派, 自索靖 以下姚元標 趙文深 丁道護等, 爲北派.
今所存北朝諸碑, 可按而知之.
如刁遵墓志 賈使君 高貞 高湛諸碑, 爲球圖琬琰, 而鄭道昭碑 與詩
刻等, 尤爲劇跡, 皆北派也.
蘭亭一紙, 齊梁間未有稱之, 至唐始大行. 然如歐褚, 皆從北派而來,
雖有臨撫蘭亭諸本, 而歐是歐蘭亭, 褚是褚蘭亭, 未知右軍繭紙眞影,
果復如何.
唯虞永興, 自南派而來, 然如廟堂碑, 尚存北碑規則, 今捨北碑, 無以
言書法.
至於我東, 羅麗來, 專習歐碑, 本朝以後, 安平 始以松雪, 別開門徑,
一代靡然, 而有若成申諸人, 亦不改羅麗舊法.
今崇禮門扁, 卽申楷書, 而深入歐髓, 又成任書弘化門扁, 大成殿扁,
皆北朝碑意. 又如成達生, 書法特出, 世無有知之者, 皆非松雪門戶
中出.
此數公, 皆龍騰虎驤, 非石峰可及, 石峯尚爲松雪所囿, 下此以來,
鄙之無譏也.
至以樂毅論 東方像贊 遺敎經 爲晉體者, 實可笑. 樂毅 海字本之徐
氏所藏, 王順伯所見石蹟, 世遂不傳, 通行俗本, 卽王著所書, 而李員
嶠 平生所習, 乃王著僞本. 遺敎經, 是唐經生所書,
豈晉體如此乎. 放筆一笑. 爲洪祐衍書.
噉麫老人.

(『阮堂先生全集』卷七)

註

1. 홍우연洪祐衍(1834~1911). 풍산豊山인. 영의정 홍봉한洪鳳漢(1713~1778)의 손자이
   자 추사의 막내(다섯째) 고모부인 돈녕판관 홍최영洪最榮(1762~1792)의 손자이다.
   추사의 내종아우인 순흥부사 홍익주洪翊周(1812~1879)의 아들로 부자가 추사 문
   하에서 수학하며 시종侍從하였다.

2. 〈가사군비賈使君碑〉. 북위 숙종 효명제孝明帝 신구神龜 2년(519) 신해 6월에 세운
   비. 산동성 연주兗州(현재 금향현金鄉縣)에 있다. 비액碑額은 '위연주가사군지비魏兗
   州賈使君之碑'라 하였다. 가사군賈使君은 감숙성 무위武威 고장姑藏인으로 이름은
   사백思伯, 자는 사림士林이다.

   효문제孝文帝 태화太和(477~499) 중에 영양滎陽태수로 발탁되어 제군齊郡태수와
   유주幽州자사 등을 역임하고 연주자사에 이르다.

   비碑 측면의 제기題記에 의하면 북송 철종 소성紹聖 3년(1096) 병자 중원中元(7월 보
   름) 온익溫益이라는 사람이 주방에서 고기 누르는 돌로 쓰고 있는 빗돌을 찾아내
   어 다시 세웠고, 원 순제 지정至正 12년(1352) 임진 11월에 여주蠡州 동지同知 구진
   丘鎭이 흙 속에 묻혀 있던 빗돌을 다시 찾아내어 연주 지주知州 이필李弼 등과 함
   께 비를 다시 세웠다 하고 있다. 청 성조聖祖 강희康熙 59년(1720) 경자에도 연주
   태수 김일봉金一鳳이 삼국 위魏의 각서刻書라는 잘못된 견해를 추각追刻해 놓기도
   한다.

   글씨체가 경쾌 예리하여 일찍이 북송의 석만경石曼卿은 저수량체의 근원이라 했
   고 청말淸末의 양수경楊守敬도 「평비기評碑記」에서 이에 동의하며 이보다 3년 뒤인
   정광正光 3년(522) 임인에 세워지는 〈위노군태수장맹룡비魏魯郡太守張猛龍碑〉와 비
   슷한 서체라고 그 중요성을 평가하였다. 이에 양계초梁啓超는 『음빙실문집飮氷室
   文集』 권77에서 한술 더 떠서 두 비석 글씨는 동일인의 글씨일 것이라고 추정하면
   서 선후 관계를 서체 변화로 설명하기까지 하였다. 북비北碑 금예今隸(해서楷書)의
   기준작으로 저수량 해서의 근원을 이룬다.

3. 구도球圖. 하늘색 옥토인 천구天球와 황하에서 용마龍馬가 지니고 나왔다는 도

안圖案인 하도河圖. 모두 국가적 보배.

4. 완염琬琰. 머리가 둥근 옥홀玉笏과 뾰족한 옥홀. 모두 국가적 보배. 『서경書經』「고 명顧命」에서 "보배를 진열하는데 대옥大玉·이옥夷玉·천구天球·하도河圖는 동 쪽 협실에 있고, 적도赤刀·대훈大訓·홍벽弘璧·완염琬琰은 서쪽 협실에 있다." 라고 하였다.

5. 〈시각始刻〉. 〈낙주자사시평공조상기造像記〉의 약칭. 「조이당 면호에게 답함」 주 12 참조.

6. 신장申檣(1382~1433). 조선 고령高靈인. 자는 제보濟父 호는 암헌巖軒. 태종 2년 (1402) 문과 급제, 집현전 부제학, 대제학을 거쳐 공조참판에 이르다. 글씨를 잘 써 명필로 이름을 떨치다. 예서와 초서를 잘 썼고 대자大字에 능하여 효령대군의 정 자인 〈희우정喜雨亭〉 현판 글씨와 〈숭례문崇禮門〉 현판 글씨를 썼다고 전해진다. 영의정 신숙주申叔舟(1417~1475)의 부친이다.

7. 성임成任(1421~1484). 조선 창녕昌寧인. 자는 중경重卿, 호는 안재安齋, 일재逸齋. 판서 성념조成念祖의 아들. 세종 29년(1447) 문과 급제. 벼슬은 이조판서와 지중추 부사를 지내다. 시호는 문안文安. 제자백가諸子百家에 정통하고 시문詩文과 글씨 에 능했다. 해·행·초 및 예서를 모두 잘 썼고 송설체松雪體에 근간을 두었다. 경 복궁景福宮 대궐 문인 〈광화문光化門〉과 창경궁 대궐문인 〈홍화문弘化門〉 및 성균 관 〈대성전大成殿〉 편액을 설암체雪庵體로 썼다고 전하며, 〈원각사비圓覺寺碑〉와 〈성념조成念祖 묘비墓碑〉, 〈최항崔恒 묘비墓碑〉 등을 송설체로 썼다.

8. 회鄶의 무기無譏. 주周나라 양왕襄王 시대 오吳 공자 계찰季札이 선물을 가지고 주 나라에 와서 주나라 음악을 보여 달라 청하였다. 주남周南, 소남召南을 비롯하여 여러 제후 나라의 음악을 듣고 나서 마지막 회곡鄶曲에 이르자 이하는 언급할 것 도 없다는 의미로 "자회이하무기언自鄶以下無譏焉(회 이하는 책망할 것도 없다.)"이 라 했다(『춘추좌씨전春秋左氏傳』 양왕襄王 29년). 이 고사에서 연유한 말이다.

윤생 현부에게 써 보냄
書贈尹生賢夫

글씨 쓰는 법은 종요鍾繇와 삭정索靖 이래로 한 가지로 정해져서 고칠 수 없는 법칙이 있어 왔으니, 비록 때에 따라서 격식을 바꾸고 스스로 자기 나름의 법식을 세우기도 하였으나, 발등撥鐙[1]·포백布白[2] 등의 법식은 요즈음의 대가인 왕허주王虛舟(왕주王澍)·장득천張得天(장조張照)·유석암劉石庵(유용劉墉)과 같은 여러 사람에 이르러서도 인주印朱로 도장을 찍듯이 아직 감히 그 테두리 밖으로 터럭만큼도 벗어나지 않고 있으며, 또 왕우군王右軍(왕희지王羲之)과 왕대령王大令(왕헌지王獻之)의 진적에서도 오히려 남아 있는 것을 볼 수 있어서 갖추어 명백하게 증명할 수 있네.

동쪽 우리나라 사람들은 모두 일찍이 꿈에도 이에 미치지 못하고 터무니없이 꾸며 내서 오로지 억지소리로써 자신을 속이고 남을 속여 왔는데, 시골로 멀리 떨어질수록 더욱더 이 무리들에게 잘못 빠져듦이 깊다고 하네. 통탄하고 아까워할 일이지.

청성靑城(북청北靑)의 윤생尹生은 자못 지혜와 식견을 갖추고 있어서 송末나라 대관大觀 연간(1107~1110)의 옛 돈 한 닢을 얻고 그 글씨체를 사랑하여 크게 힘써 본떠 연습해서 능히 그 뜻을 얻을 수 있었다고 하였군. 만약 그 돈의 곁에 씌어진 넉 자를 모두 터득하였다면 가히 백 자를 당할 수 있을 것일세. 천게千偈를 하나의 등불 심지로 이루어 낼 수 있는 신묘함이 두루 갖추어서 빠짐이 없다 하겠네.[3]

지금 두 왕씨의 진적은 오직 〈쾌설시청첩快雪時晴帖〉[4]과 〈송리삼백첩送梨三百帖〉[5]에 있는 몇 자일 뿐이거늘 오히려 비궤朼几의 풍류風流[6]를 볼 수 있고 산음山陰의 소식을 물을 수 있으니, 돈 위에 쓰인 넉 자도 역시 이와 서로 다르지 않을 뿐이네. 돈에 쓰인 글씨는 송나라 도군황제道君皇帝(휘종徽宗)의 수금서瘦金書일세. 이것은 저하남褚河南(저수량)의 신수神髓로 되어 가히 서한西漢의 동종銅鐘·용통甬筒에 쓰인 글자로 거슬러 올라갈 수 있지.

윤생의 글씨를 보고 나도 모르게 깜짝 놀라서 기쁨을 막지 못하고 이를 써 보내네. 윤생은 예전에 숙신肅愼의 석노石笯[7]를 수장하고 있어서 이것만 얻는다 해도 이미 속물의 썩고 냄새나는 기운을 떨어 버리기에는 족하였었는데 하물며 그것에 겸하여 대관의 고천古泉에 새겨진 글자까지 연습한 것임에랴! 힘써 하도록 하시게. 힘써 하도록 하시게.

書贈尹生賢夫

書法自鐘索來, 有一定不易之典, 則雖有隨時變格, 自立己法, 然撥
鐙 布白等式, 至於近日大家之 王虛舟 張得天 劉石庵 諸人, 如印印
泥, 未敢一毫出其圈子中, 且右軍 大令眞跡, 尚有見存, 具證明白.
東人皆未曾夢及, 向壁虛造, 專以臆說, 自欺而欺人, 如鄉曲僻遠,
尤爲此輩所迷誤, 深可歎惜也.
青城尹生, 頗具慧識, 得宋大觀古泉一枚, 愛其書體, 大肆力臨習, 能
得其意. 若其領解泉面四字, 可以當百, 看千徧一炷之妙 具足無欠.
今二王眞迹, 惟快雪時晴 送梨三百 若干字而已, 猶可以見棐几風流,
問津山陰, 泉面四字, 亦無異相耳. 泉字是宋道君瘦金書, 此爲河南
神隨, 可以上溯 西漢銅甬字.
見尹生書, 不覺驚異, 不禁喜懽, 緣書此贈之. 尹生舊藏肅愼石砮,
得此, 已足夬剔俗物酸腐氣, 況兼之習大觀泉字者耶. 勉旃勉旃.

(『阮堂先生全集』卷七)

1. 발등법撥鐙法. 붓을 잡는 법의 일종으로 쌍구법雙鉤法이라고도 하며 대지大指와 식지食指·중지中指의 세 손가락으로 붓대를 잡고 무명지無名指와 소지小指는 붓 대의 안쪽에서 밖으로 버팅기는 것을 말하는데, 이 방법은 붓을 잡기도 쉽고 붓대 에 손가락의 힘이 고루 가게 하는 데 가장 합리적이어서 일반적으로 널리 쓰인다. 특히 웅건한 필치를 나타내는 대자大字 휘호揮毫에는 가장 적합하다. 왕희지로부 터 내려오는 집필법執筆法으로 소위 역필逆筆이니, 발등撥鐙은 도등挑燈(등불을 돋 우는 것)의 의미로, 급하지도 않고 느리지도 않아야 하는데, 옛날의 학자가 등불을 돋우다가 깨쳤다고 한다.

2. 포백布白. 점과 획을 조합시켜 문자를 구성하는 것을 말하니, 결구結構·결자結 字·분포分布·간가間架 등의 이명異名이 있다. 명나라 이순李淳의 결구 84법法 이나, 당나라 구양순歐陽詢의 36법(송말인宋末人의 위작僞作)을 비롯하여 72법·92 법·160법 등의 법칙이 세상에 전해진다.

3. 가난한 사람이 최선을 다하여 공양供養한 한 개의 등불이 부자 사람의 마음 없이 공양한 만 개의 등불보다 공덕이 커서 강풍이 몰아쳐도 홀로 꺼지지 않았다는『현 우경賢愚經』빈녀貧女 난타품難陀品의 내용을 이끌어 비유한 것.

4. 〈쾌설시청첩快雪時晴帖〉. 왕희지 진적眞蹟 행서 간찰. 지본묵서紙本墨書. 23.0× 14.8㎝, 대북台北 고궁박물원故宮博物院 소장. 남송南宋 고종高宗의 '소흥紹興', 금金 장종章宗의 '명창어람明昌御覽', 청淸 고종高宗의 '건륭어람지보乾隆御覽之寶' 등 역 대 황제의 수장감상인이 찍혀 있다. 청 고종은 이 왕희지 진적첩과 왕헌지王獻之 의 〈중추첩中秋帖〉, 왕순王珣의 〈백원첩伯遠帖〉을 수장하고 자신의 서재명을 삼희 당三希堂이라 지었다. 3종 희귀본을 소장한 집이라는 의미다.

5. 〈송리삼백첩送梨三百帖〉. 왕헌지 진적. 행서 간찰. 지본묵서, 크기 미상. 대북 고 궁박물원 소장. '금송리삼백今送梨三百'으로 시작되어 〈송리삼백첩〉으로 부른다.

6. 비궤풍류枇几風流. 왕희지가 그의 문생門生의 집에 갔다가 비자나무로 만든 서궤 書几가 하도 매끄럽고 깨끗하므로 그대로 거기에 글씨를 썼는데 진眞·초草가 반

반이었다. 뒤에 그 문생의 아버지가 모르고 그것을 깎아 버리니 문생이 깜짝 놀라서 며칠을 안타까워하였다(『진서晉書』열전列傳 권50, 왕희지전王羲之傳)는 고사故事.

7. 『국어國語』「노어魯語」하下에서는 숙신씨肅愼氏가 고시석노楛矢石砮를 공貢 바쳤다고 하고 『본초강목本草綱目』(폄석砭石 부록附錄)에서는 석노石砮는 숙신국肅愼國에서 나는데 마른 나무로 살대를 만들고 청석靑石으로 촉鏃을 만들어서 독을 발랐으므로 사람이 맞으면 즉사한다고 하였다. 이런 기록들로 말미암아 붙여진 이름인 듯한데 아마 고전자古篆字의 각刻이 있는 돌화살촉이었을 것이다.

정욱에게 써 보냄
書贈鄭六

동쪽 우리나라 사람이 쓴 신라와 고려 사이의 옛 비석은 모두 구양순 필법이어서 곧장 산음으로까지 거슬러 올라갈 수 있네. 또 금 글씨로 경을 베낀 것이 있는데 신라 때 글씨가 더욱 예스러워 고려 때 글씨는 미칠 수가 없지. 일찍이 동경東京(경주慶州)의 무너진 탑[1] 속에서 나온 묵서墨書 『광명다라니경光明陀羅尼經』[2]을 보니 한 자도 훼손되지 않고 어제 쓴 것 같더군.

곧 당나라 대중大中 연간(847~859)에 쓴 것으로 김생金生보다 앞서는 것이 60~70년 이상이나 되네(추사의 착각. 김생의 생몰년이 711~791년경이니 김생이 100년은 앞선다. - 역자 주). 필법이 지극히 고아古雅하여 마땅히 〈문무文武〉[3]·〈신행神行〉[4]·〈무장鍪藏〉[5]과 같은 여러 비들과 갑을甲乙을 다투어야 할 것으로, 김생은 역시 한 등급을 양보하여야 하겠더군. 우리 왕조 이래로 안평대군安平大君(이용李瑢)·강희안姜希顔·성임成任은 오히려 예전의 법규를 잃지 않았었네.

그런데 백여 년 이래로 일종의 서법書法이 나와서 구양순과 저수량의 서법을 모두 쓸어 버리고 곧장 종요와 왕희지로 더듬어 올라가려고 하였지.

292

그러나 또한 아직 종요와 왕희지의 글씨는 한 글자도 보지 못하고 망령되이 스스로 기치를 뽑아 단 위에 오른 것이네. 상군商君(상앙商鞅)[6]이 정전법井田法을 모두 폐하여 버려서 비록 진秦나라 사람들이 부강해졌다 하지만 후세에는 역시 다시 회복할 수 없었지. 그러나 삼대三代의 봇도랑도 드디어 볼 수 없게 되었을 뿐이네.

書贈鄭六

東人書, 羅麗間古碑, 皆歐法, 直可以上溯山陰. 又有寫經金書者, 羅書尤古, 非麗可及. 嘗見東京廢塔中所出, 墨書光明陀羅尼經, 一字不損, 如昨書者,

即唐大中年間所書, 在金生前六七十年以上. 筆法極古雅, 當與文武神行 蝥藏諸碑甲乙, 金生亦當遜一籌矣. 自本朝以來, 安平 姜 成, 猶不違失前規.

百餘年來, 一種書法, 盡掃歐褚, 直欲上探鐘王, 又未見鐘王一字, 妄自拔幟登壇. 商君之盡廢井田, 雖爲秦人富强, 後世亦不能復. 然三代之溝洫畎澮, 遂不可見耳.

(『阮堂先生全集』 卷七)

註

1. 경주慶州 창림사지昌林寺址 석탑石塔. 순조純祖 24년(1824) 봄에 석공石工이 탑 안의 유물을 굴취掘取해 내다.

2. 『광명다라니경光明陀羅尼經』. 당唐 미타산彌陀山 역『무구정광대다라니경無垢淨光大陀羅尼經』1권을 말한다. 〈국왕경응조무구정탑원기國王慶膺造無垢淨塔願記〉^{도판28}(금동판金銅板, 38.2×22.4cm)도 함께 출토되었는데 이는 1825년 세도 재상 김조순金祖

정면

배면

도판 28. 〈국왕경응조무구정탑원기國王慶膺造無垢淨塔願記〉 금동金銅. 38.2×22.4cm, 용주사 효행박물관 소장

294

淳에 의해 자기 집 원찰로 중건한 이천利川 영원암靈源庵 대웅전으로 옮겨져 보존되다가 1968년 대웅전 해체 복원 시 발견되어 현재 화성 용주사龍珠寺 효행박물관에 소장되다.

3. 신라 〈문무왕릉비文武王陵碑〉. 신문왕神文王 원년(681) 건립. 경주 배반동排盤洞 사천왕사지四天王寺址에 세워졌었으나 파괴되어 일부 비편과 귀부(서쪽 귀부)만 남아 있다. 글씨는 구양순체이다. 조선 후기 금석학자인 이계耳溪 홍양호洪良浩(1724~1802)는 「제신라문무왕릉비題新羅文武王陵碑」에서 대사大舍 한눌유韓訥儒의 글씨라고 밝히고 있다.

4. 〈해동고신행선사지비海東故神行禪師之碑〉. 경남 산청군山淸郡 단성면丹城面 운리동雲里洞 단속사斷俗寺에 있었으나 망일亡佚. 탁본만 전해 온다. 신라 헌덕왕憲德王 5년(813) 건립. 김헌정金獻貞 찬撰. 석영업釋靈業 서書. 자경字徑 6푼. 왕희지체王羲之體의 행서行書.

5. 〈무장사 아미타여래조상사적비鍪藏寺阿彌陀如來造像事蹟碑〉. 경주시 암곡동暗谷洞 무장사지鍪藏寺址에서 1915년 경복궁景福宮으로 이치移置. 신라 애장왕哀莊王 2년(801) 건립으로 추정. 김육진金陸珍이 찬撰한 것으로 왕희지체의 행서비行書碑인데 김생金生 글씨로 구전되어 왔다. 왕희지 집자비集字碑라고 할 만큼 핍진逼眞하므로 고래로 금석서도사金石書道史의 자료로 사계斯界의 주목을 받아 왔다.

그래서 절의 폐허와 함께 망일亡佚된 것을 이계耳溪 홍양호洪良浩가 1차 찾아냈었고(1760), 다시 행방불명된 것을 추사 김정희가 다시 찾아내어 고증을 베풀었다(1817). 이로부터 국내외의 금석학계金石學界에 소개되어 세상에 알려지다. 이계는 글씨도 김육진이 썼다 하고 추사는 왕희지 집자로 추정했다. 김생의 왕희지 집자비일 수 있다.

현재 3편片이 잔존한다. 이수螭首(용 조각 비석 머리)와 귀부龜趺(거북 모양 비석 받침)는 원처原處에 있다. 자경字徑 6푼. 전액篆額(자경 2촌)이 있다.

6. 상앙商鞅. 전국戰國 위인衛人. 진秦 효공孝公을 도와 정전법井田法을 폐지하고 천맥법阡陌法을 시행하며 부세법賦稅法을 고쳐서 진나라를 크게 부강하게 한 대정치가大政治家. 상군商君에 봉해졌으나 혜왕惠王에게 피주被誅되다.

방노[1]에게 써 보냄
書贈方老

우리들이 예서에 있어서 평생 마음을 두고 본뜨는 것은 서경西京(전한前漢)과 동경東京(후한後漢)의 옛 법을 뒤쫓는 데 있었으나, 그 성취한 것은 겨우 당나라 한택목韓擇木[2]·채유린蔡有隣[3]의 구과臼窠(일정한 틀이나 진부한 격조)일 뿐이었고, 해서체에 이르러서는 구양순과 저수량의 문길(문경門逕)을 찾고자 하였으나 명나라의 심 씨沈氏(주周)[4]를 지나치지 못하였네.

그러니 곧 만약 그 육조 시대의 〈조준刁遵〉·〈고담高湛〉[5]·〈고정高貞〉·〈무평武平〉·〈천통天統〉[6]·〈시평始平〉의 여러 비碑들로 거슬러 올라가고자 한다면 하늘을 올라가는 만큼이나 어려울 터인데 또 하물며 산음山陰으로 거슬러 올라갈 수 있겠나.

산음은 가장 웅장하고 굳센 것으로 장점을 삼으니, 이것이 그 신수神髓이지. 북비北碑(북조北朝의 비석碑石)가 아니라면 그 웅장하고 굳센 것을 볼 수 없는데 이 어찌 오늘날 통행하는 〈황정경〉과 〈악의론〉에서 얻을 수 있는 것이겠는가.

書贈方老

吾輩之於隸書, 平生所心摹手追, 在西京 東京古法, 及其所成就, 纔是唐之韓擇木 蔡有隣臼窠, 至於楷體, 欲探歐褚門逕, 亦不過明沈氏. 若其上溯 六朝之刁遵 高湛 高貞, 武平 天統 始平 諸碑, 如天上之難, 又況上溯山陰耶.

山陰最以雄強見長, 此其神髓也. 如非北碑, 無以見其雄強, 是豈今日通行之 黃庭 樂毅所可得也.

（『阮堂先生全集』卷七）

註

1. 방씨方氏 노인. 제자인 방희용方羲鏞(1805~?)인 듯하다. 자는 성중聖中, 원팔元八, 호는 난석蘭石, 난생蘭生. 의관醫官 방우주(方禹疇, 1770~?)의 아들. 1825년 역과譯科 출신 한역관漢譯官. 벼슬은 동지중추부사同知中樞府事에 이르다. 추사 제자로 한예漢隸 연구에 잠심하여 한비漢碑 25종을 손수 임모하여 『예원진체隸源津逮』 5권을 편찬하고 한인漢印을 본떠 전각篆刻을 잘하다. 예서 필법이 고아古雅. 그림은 산수화와 화훼에 능했는데 추사풍을 따랐다.

2. 한택목韓擇木. 당唐 창려昌黎(현재 하북河北 통주동通州東)인. 한유韓愈의 숙부叔父. 대력大曆 연간(766~779)에 문사文辭로 이름을 떨치다. 후한後漢 채옹蔡邕의 예서법隸書法(팔분八分)을 익혀 이양빙李陽冰의 전서篆書와 쌍벽雙璧으로 일컬어지다. 영양왕비榮陽王妃 주씨朱氏의 묘지墓誌를 정서正書로 쓴 외에는 많은 석각石刻을 모두 예서隸書로 씀.

3. 채유린蔡有隣. 당나라 제양濟陽(현재 산동山東 제양)인. 채옹蔡邕의 18대 손孫. 벼슬은 우위수부병조참군右衛率府兵曹參軍을 지내다. 팔분서八分書를 잘 쓰다. 천보天寶 연간(742~755)에 팔분서가 더욱 정묘해졌다. 〈위지형묘송尉遲迥廟頌〉, 〈노사나불상기盧舍那佛像記〉 등의 묵적墨蹟을 남겼는데 서법은 매우 험경險勁하다.

4. 심주沈周(1427~1509). 명나라 강소江蘇 장주長洲(현재 소주蘇州)인. 자는 계남啓南, 호는 석전石田·백석옹白石翁. 초호 옥전玉田. 시詩·문문·서서·화畵에 뛰어나다. 시는 소식蘇軾·육유陸游를 배우고, 글씨는 황정견黃庭堅을 배웠다 한다. 그러나 화가畵家로의 명성이 가장 높아 오파吳派의 종장宗匠으로, 그의 문인 당인唐寅·문징명文徵明 및 구영仇英과 함께 명明 4대가四大家로 불린다.
화법畵法은 동원董源·거연巨然·오진吳鎭 등 남종南宗 화가의 법통을 이어 일가를 이룬 것으로 수묵산수水墨山水에 가장 뛰어났으며 문기文氣 횡일橫溢하여 근엄謹嚴 소산蕭散한 기풍이 있었다. 생김이 맑고 깨끗하여 신선과 같았으며 『석전집石田集』, 『강남춘사江南春詞』, 『석전시초石田詩鈔』, 『석전잡기石田雜記』 등의 저서와 많은 화적畵蹟 및 서적書蹟을 남기다.

5. 〈고담묘지高湛墓誌〉. 동위東魏 효정제孝靜帝 원상元象 2년(539) 각서刻書. 건륭乾隆 14년(1749) 산동성山東省 덕주德州에서 운하運河의 둑이 무너져 출토된 것으로 〈고경高慶〉·〈고정高貞〉 두 비碑와 더불어 삼고三高로 일컬어진다. 해서체로 서법書法이 청수경발淸秀勁拔(맑고 빼어나며 굳세고 명쾌함)하여 당해唐楷, 특히 저체褚體의 모범이 된 듯하다. 방형方形으로 길이는 사방 1자 6치이다.

6. 〈천통조상기天統造像記〉. 북제北齊 후주後主 천통天統 연간(565~569)에 이룩된 강찬姜纂 조상비造像碑 등 여러 조상기造像記.

상우[1]에게 써 보임
書示佑兒

글씨 쓰는 법은 〈예천명醴泉銘〉[2] [도판29]이 아니면 손에 익힐 수 없다. 이미 조이 재趙彝齋(조맹견趙孟堅) 때로부터 〈예천명〉으로 해서법楷書法의 모범을 삼았는 데 그때인들 어찌 왕우군이 쓴 〈황정경〉과 〈악의론〉이 없었겠느냐. 모두 이 리저리 굴러다니면서 잘못 옮겨져서 준칙準則을 삼을 수 없었으니 원래의 비 석에서 진적을 탁본해 오는 것만 못하였으므로 〈예천〉이나 〈화도化度〉 등의 비석에 머리를 수그리고 나아가지 않을 수 없었느니라. 〈화도사비〉는 지금 원석原石이 없어졌고, 송나라 때 본뜬 〈범씨서루본范氏書樓本〉과 같은 것은 동 쪽 우리나라 사람들이 얻어 볼 수 없는 것이나, 예천의 원석은 아직 남아 있고 탁본도 별 탈 없어서 설혹 희미하고 물크러진 것이 지나치게 심하다 하더라 도 이것이 아니면 종요鍾繇나 삭정索靖의 옛 법도로 거슬러 올라갈 수가 없다. 어떻게 이를 버리고 다른 데서 구하겠느냐.

너의 이른바 '겨우 몇 자를 썼더니 글자마다 각각 달라서 끝내 한결같지 않았다' 하는 것은 이것이 네가 가히 입문하여 어느 정도의 경지에까지 들 어갈 수 있었던 곳이다. 모름지기 마음을 가다듬어 힘껏 좇아가도록 하여

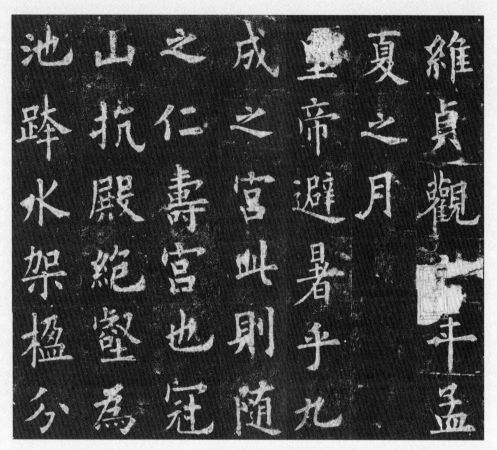

도판 29. 〈구성궁예천명九成宮醴泉銘〉(당唐 623년), 위징魏徵 찬撰, 구양순歐陽詢 서書

라. 참고 이 한 관문을 지나고 난 후에라야 가히 통쾌하게 깨닫는 곳을 찾을 수 있을 터이니 절대로 이것이 이루어지지 않는다고 해서 물러나지 말고 더욱 힘쓰는 것이 좋겠다.

나는 60년 동안을 하였어도 오히려 아직 한결같지 않거늘, 하물며 너같이 처음 배우는 사람에게서이겠느냐. 다만 너의 이 말로 나는 심히 기뻐하였으니 반드시 얻을 바 있는 것은 이 한마디 말에 있다고 생각해서였다. 절대로 함부로 보고 아무렇게나 지나치지 말아야 신묘하게 되리라.

예서는 서법書法의 근본(조가祖家)이니 만약 서도에 마음을 두고자 한다면 예서를 알지 않을 수 없다. 예서를 쓰는 법은 빈드시 모지고 굳세며 예스럽고 졸박한 것으로 으뜸을 삼아야 하나 그 졸박한 곳은 또한 쉽게 얻을 수 없느니라. 한漢나라 예서의 신묘함은 오로지 졸박한 곳에 있으니 〈사신비史晨碑〉[3] 도편30가 정말 좋고 이 밖에는 또 〈예기禮器〉·〈공화孔和〉·〈공주孔宙〉 등의 비가 있단다.

그러나 촉蜀 지방의 여러 석각石刻[4]은 심히 예스러워서 반드시 먼저 이로부터 좇아 들어가야만 한다. 그런 뒤에라야 가히 속된 예서(속예俗隸)와 범상한 팔분서(범분凡分)의 번드르르한 모습(이태膩態)이나 시정市井의 기미(시기市氣)가 없어질 수 있으리라.

또한 예서 쓰는 법은 가슴속에 맑고 드높으며 고아古雅한 뜻이 있지 않다면 손에서 나올 수가 없느니라. 가슴속의 맑고 드높으며 고아한 뜻은 또한 가슴속에 문자향文字香과 서권기書卷氣가 있지 않으면 팔목 아래 손가락 끝에 드러나 피어날 수 없으니, 보통 해서楷書 같은 것과는 비교할 수도 없단다.

모름지기 가슴속에 먼저 문자향과 서권기를 갖춰야 하니 예서 쓰는 법의 장본張本이 되고 또한 예서 쓰는 신묘한 비결이 되어서니라.

근래 조지사曹知事[5]나 유기원兪綺園[6] 같은 여러 분들은 모두 예서 쓰는 법을 깊이 터득하였지만, 다만 문자기文字氣가 부족하여 한스러운 곳으로 삼

도판 30. 〈사신비史晨碑〉(후한後漢 178년)

는단다. 이원령李元靈[7]의 예서 쓰는 법과 그림 그리는 법은 모두 문자기가 있으니 시험 삼아 이를 살펴보아라. 그 문자기가 있음을 깨달을 수 있을 것이다. 그런 뒤에 그것을 할 수 있을 뿐이니라. 집에 모아둔 예서첩隸書帖은 자못 많이 갖추어져 있는데 〈서협송西狹頌〉[8] 도판31과 같은 것은 촉 지방의 여러 석각 중에서도 지극히 좋은 것이다.

우리 동쪽 나라에서 난초를 치는 데는 거의 사람이 없었고 오직 선조 대왕의 어화御畵가 뛰어남을 뵈었을 뿐인데 잎을 치는 법식과 꽃의 품격이 정소남鄭所南(사초思肖)의 법식과 같았었다. 대체로 그때에 송나라 사람의 난초 치는 법이 우리 동쪽 나라에까지 흘러들이 와서 어화御畵도 역시 임모하고 모방하였던가 보다. 정소남의 그림은 중국에서도 역시 드물게 전해지니 요사이 연습하는 것은 모두 원·명 이후의 법식뿐이니라.

비록 그림을 잘 그리는 사람이라도 반드시 난초를 모두 잘 치지는 못한단다. 화도畵道에서 난초는 따로 한 격식을 갖추니 가슴속에 서권기가 있어야만 이에 가히 붓을 댈 수 있느니라.

"봄 깊어 이슬 많고, 땅 풀려 풀 돋다. 산 깊고 해긴데, 자취 고요하여 향기만 쏘다." 이 조목은 조이재의 말이다.

옛사람들이 난초를 치는 데는 한두 장에 지나지 않아서 일찍이 다른 그림처럼 잇대어 여러 폭을 하지 않았으니 이는 억지로 할 수 없는 것이기 때문이었다. 그런데 요새 세상의 난초 그림을 요구하는 사람들은 이 경지의 지극한 어려움을 모르고 혹은 많은 종이로써 여덟 벌에 이르기까지 억지로 뺏어 내려 하지만 모두 할 수 없다고 사절한다.

도판 31. 〈서협송西狹頌〉탁본(후한後漢 171년)

書示佑兒

書法 非醴泉銘, 無以入手. 已自趙彝齋時, 以醴泉銘, 爲楷法圭臬, 其時豈無右軍書之黃庭 樂毅論也. 皆轉轉翻訛, 不可準則, 不如原石搨取之眞蹟, 所以不得不俛首 就醴泉 化度等碑也. 化度今無原石, 如宋搨范氏書樓本, 非東人所可得見, 尚有醴泉之原石, 拓本無恙, 設有殘泐過甚, 非此 無以上溯於鍾索舊規, 何以舍是他求也.

汝所謂縱書數字, 字字各出, 終不歸一云者, 是汝可以入門之進境處, 須潛心力追. 忍過此一關, 然後可以快得悟處, 切勿以此爲不成而退轉, 益加用工可也.

吾則六十年, 尚不得歸一, 況汝之初學者乎. 第汝此語, 吾甚喜之, 以爲必有所得, 在此一語. 切勿泛看漫過, 爲妙爲妙.

隸書 是書法祖家, 若欲留心書道, 不可不知隸矣. 隸法 必以方勁古拙爲上, 其拙處又未可易得. 漢隸之妙, 專在拙處, 史晨碑固好, 而外此, 又有禮器 孔和 孔宙等碑.

然蜀道諸刻甚古, 必先從此入. 然後可無俗隸凡分膩態市氣.

且隸法 非有胷中清高古雅之意, 無以出手. 胷中清高古雅之意, 又非有胷中文字香, 書卷氣, 不能現發於腕下指頭, 又非如尋常楷書比也.

須於胸中, 先具文字香 書卷氣, 爲隸法張本, 爲寫隸神訣.

近日如曹知事, 俞綺園諸公, 皆深得隸法, 但少文字氣, 爲恨恨處. 李元靈隸法畫法, 皆有文字氣, 試觀於此. 可以悟得 其有文字氣, 然後可爲之耳. 家儲隸帖頗具, 如西狹頌, 是蜀道諸刻之極好者也.

吾東畫蘭, 絶無作者, 惟伏覩宣廟御畫天縱, 葉式花格, 似鄭所南法. 蓋是時, 宋人蘭法, 流傳於東, 御畫亦以臨倣也. 所南畫, 中國亦罕傳, 近日所習, 又皆元明以後法耳.

雖有工於畫者, 未必皆工於蘭. 蘭於畫道, 別具一格, 胷中有書卷氣, 乃可以下筆.

春濃露重, 地煖草生. 山深日長, 人靜香透. 此條趙彝齋語.

古人寫蘭, 不過一二紙, 未嘗連幅累幅如他畫, 是不可強之者. 世之要蘭畫者, 不知此境之極難, 或以多紙, 至以八疊強索, 皆謝不能.

(『阮堂先生全集』卷七)

註

1. 김상우金商佑(1817. 7. 12〜1884. 9. 26). 자字는 천신天申, 호號는 수산須山. 추사의
서자. 벼슬은 학관學官(음관蔭官으로, 승문원承文院의 이문학관吏文學官)을 지내다. 가
학家學으로 시문서화詩文書畫를 잘하다.

2. 〈구성궁예천명九成宮醴泉銘〉. 당나라 정관貞觀 6년(632) 4월에 섬서성陝西省 인유隣
遊에 있던 이궁離宮인 구성궁九成宮(수隋 문제文帝 건립)으로 태종太宗이 피서避暑를
갔을 때 물이 부족하던 이곳에서 감천甘泉이 솟아난 것을 기리는 내용을 새긴 비
명碑銘. 위징魏徵이 찬撰하고 구양순歐陽詢이 쓰다. 이수螭首는 쌍룡쟁주雙龍爭珠
의 조각이 있는 원수圓首이고 전액篆額이 있다. 원석原石이 아직 남아 있으며 해서
楷書(정서正書)의 준칙準則으로 〈화도사비化度寺碑〉와 병칭竝稱된다. 찬자撰者와 서
자書者의 이름이 맨 앞에 가지런하게 쓰이는 것이 상례常例인데 찬자의 이름은 앞
에 쓰고 서자의 이름은 맨 뒤에 쓴 것은 이 비의 특색이다. 높이 5자 2치, 나비 2자
6치. 34항行 50자字.

3. 〈사신비史晨碑〉. 〈사신주명史晨奏銘〉·〈사신향공묘비史晨饗孔廟碑〉·〈사신전비史
晨前碑〉라고도 일컫는데 전액篆額이 없어 일정한 이름이 없다. 곡부曲阜 공묘孔廟
에 있고 후한後漢 영제靈帝 건녕建寧 원년(178)에 노상魯相 사신史晨이 가을에 공자
의 구택舊宅에 이르러, 향음주례鄕飮酒禮를 반궁泮宮에서 베풀고 사당에 제사 지
낸 후에 사직社稷의 예例에 의해서 왕가王家의 곡식을 내어 춘추春秋로 공묘孔廟에
제사 지내게 하도록 하자는 상주문上奏文을 올린 등의 공적을 기록한 비명碑銘.
전면前面의 연속은 아니지만 이면裏面에도 같은 내용이 새겨져 있다. 비碑 형식은
〈예기비禮器碑〉와 같이 규수圭首도 아닌 형태로 높이 5자 6치, 나비 2자 7치, 17항行
36자字, 팔분서八分書. 원석原石이 남아 있다. 팔분서의 남은 비 중에서 가장 아름
다운 자체字體로 꼽히는 것 중 하나이다.

4. 〈한중태수축군개포사도기漢中太守鄐君開褒斜道記〉(팔분서八分書, 영평永平 6년, 섬서
陝西 포성褒城)·〈연주자사낙양령왕치자궐兗州刺史雒陽令王稚子闕〉(팔분서, 원흥元
興 원년元年, 사천四川 신도新都)·〈사례교위양맹문석문송司隸校尉楊孟文石門頌〉(팔분

서. 건화建和 2년, 섬서 포성)·〈무도태수이흡서협송武都太守李翕西狹頌〉(팔분서, 건녕

建寧 4년, 마애磨崖, 감숙甘肅 성현成縣)·〈익주태수고이비益州太守高頤碑〉(팔분서, 건안

建安 14년, 사천 아안雅安)·〈익주태수무음령상계리거고렴제부종사고이동궐益州太

守武陰令上計吏擧考廉諸部從事高頤東闕〉 및 동同〈서궐西闕〉(팔분서, 무년월無年月, 사천

아안)· 알자북둔사마심군신도우궐謁者北屯司馬沈君神道右闕〉(팔분서, 무년월無年月,

사천 거현渠縣)·〈익주목양종묘궐益州牧楊宗墓闕〉(팔분서, 무년월無年月, 사천 내강來

江) 등.

5. 조윤형曹允亨(1725~1799). 조선 창녕인昌寧人. 자는 치행穉行·시중時中, 호는 송

하옹松下翁, 담운재澹雲齋 명교命敎의 아들, 자하紫霞 신위申緯의 장인. 음관蔭官

으로 지돈녕知敦寧에 이르다. 글씨와 그림을 모두 잘하다. 특히 초서와 예서를 잘

썼으나 자하에게 인정을 받지 못하다.

6. 유한지俞漢芝(1760~1834). 조선 기계인杞溪人. 자 덕휘德輝, 호 기원綺園. 벼슬은 영

춘현감永春縣監에 그치다. 전서篆書와 예서隸書를 잘 써서 일세를 울리다.

7. 이인상李麟祥(1710~1760). 조선 완산인完山人. 세종 왕자 밀성군密城君 후손. 자는

원령元靈, 호는 능호관淩壺館·보산인寶山人. 영의정 백강白江 이경여李敬輿의 현

손玄孫. 서출庶出로 벼슬은 현감縣監에서 그치다. 시詩·서書·화畵를 모두 잘하

여 삼절三絕로 꼽혔는데, 글씨는 전서, 그림은 산수山水에 특히 장하다. 귀문貴門

의 혈통이나 서출로 웅지雄志를 펼 수 없는 것을 한하여 시·서·화로 울분을 풀

다. 서화에 문기표일文氣漂溢(문기가 흘러넘침)하다.

8. 〈서협송西狹頌〉. 〈무도태수이흡서협송武都太守李翕西狹頌〉의 약칭. 무도태수 이흡

이 서협의 도로를 개통하여 백성의 생활을 편리하게 한 공덕을 칭송하는 글을 암

벽嚴壁에 새긴 것. 팔분서八分書로 방정웅위方正雄偉(네모반듯하고 웅장하며 큼직함)

한 가품佳品. 성숙기의 대표작. 후한後漢 영제靈帝 건녕 4년(171)에 새기다.

태제¹에게 써 보냄
書贈台濟

구양순의 글씨는 유중보劉仲寶²에게서 나왔고, 저수량의 글씨는 사릉史陵³에게서 나왔다 하나, 그러나 반드시 유 씨와 사 씨에게서만 나온 것은 아니니, 육조 시대의 비판碑版으로 〈이중선비李仲璇碑〉⁴ · 〈장맹룡비張猛龍碑〉⁵ ᵈᵒᵖᵗ³² · 〈조준묘지긔遵墓誌〉⁶ · 〈고사군비高使君碑〉⁷ ᵈᵒᵖᵗ³³ · 〈시평상기始平像記〉, 위魏 · 제齊의 여러 〈조상기造像記〉⁸ · 〈약방기藥方記〉⁹와 같은 것들도 유 씨와 사 씨의 나온 곳이 아닌 데가 없다.

그래서 점이나 삐침 그리고 간가間架가 한 가지도 옛 법규를 감히 변개함이 없어서 이런 까닭으로 종요와 삭정으로 거슬러 올라가게 되었다. 이 길을 거치지 않고 곧장 산음山陰에 잇대려고 함부로 진체晉體를 표방하여 〈난정서〉니 〈황정경〉이니 하고 일컫는데, 이와 같은 것은 모두 무지로 저지르는 망령된 일로 돌릴 뿐이니라.

도판 32. 〈장맹룡비 張猛龍碑〉(북위北魏 522년)

도판 33 〈고사군비高使君碑〉(북위北魏 523년)

書贈台濟

歐書出於劉仲寶, 褚書出於史陵, 然不必劉史, 六朝碑版, 如李仲璿
張猛龍 刁遵 高使君 始平像 魏齊諸造像藥方, 無非劉史之所自.
點波 間架, 一無敢變改舊規, 此所以上溯鍾索也. 不由此逕, 直欲接
武山陰, 妄標晉體, 謂之蘭亭 黃庭, 如此, 皆歸於無知妄作耳.

(『阮堂先生全集』卷七)

1. 김태제金台濟(1827~1906). 추사의 종형從兄 관희觀喜의 손자이고 양양부사襄陽府使 상일商一의 아들. 자는 평여平汝, 호는 성대星坮. 고종高宗 24년(1887) 문과文科. 벼슬이 예조판서禮曹判書, 태의원경太醫院卿에 이르다.

2. 유민劉珉. 북제北齊 팽성彭城(현재 강소江蘇 서주徐州)인. 자는 중보仲寶. 벼슬은 삼공 랑중三公郎中을 지내다. 당唐 두기竇息, 『술서부述書賦』주註(기息의 형 몽蒙의 주註라 고도 하고 기息의 자주自註라고도 한다.)에 구양순이 중보로부터 글씨를 배웠다고 하였으나 중보의 필적筆蹟은 남은 것이 없고 또한 행장行狀이 전하지 않아서 세상에 잘 알려지지 않는다. 초서와 예서를 좋아하였고 왕희지를 사숙하여 그 필법을 얻었다 한다.

3. 사릉史陵. 수隋. 행장行狀이 분명치 않으나 당唐 장회관張懷瓘의 『서단書斷』에 의하면 수 대隋代의 명필名筆로, 당나라 태종太宗·한왕漢王 원창元昌·저수량褚遂良이 모두 이에게서 글씨를 배웠다 한다. 송宋 조명성趙明誠은 『금석록金石錄』에서 〈우묘잔비禹廟殘碑〉(대업大業 2년 5월 입立)가 그의 글씨라고 하며, 필법이 정묘精妙하기가 구양순歐陽詢이나 우세남虞世南에게 뒤지지 않는다고 하다.

4. 〈이중선비李仲璇碑〉. 〈이중선수공묘비李仲璇修孔廟碑〉의 약칭略稱. 이중선이 공자묘孔子廟를 수리한 사실을 기록한 내용으로 동위東魏 효정제孝靜帝 흥화興和 3년(541)에 입비立碑하였는데 찬서자撰書者가 모두 분명치 않다. 서체는 정서체正書體를 원칙으로 하였으나 전篆·예隸(팔분八分)·비백飛白 등의 제체諸體가 마구 뒤섞이고 필법도 아름답지는 않다.

   송宋 이래에 이 비에 대한 품평品評은 많은 저록著錄 속에 보이어 일정치 않되 대체로 속되거나 전형典型을 잃지 않은 것이라는 데는 일치된 의견을 보이는 듯하다. 이것이 북조北朝의 명문名門이던 최崔·노盧 이가二家의 전통 서식書式이라고도 하며 구양통九陽通 서체書體의 선구를 이룬다고도 한다. 원석原石은 산동山東 곡부曲阜 공묘孔廟 내에 보존되어 있다.

5. 〈장맹룡비張猛龍碑〉. 〈위노군태수장부군청송지비魏魯郡太守張府君淸頌之碑〉의 약

칭. 노군태수 장맹룡의 선정善政을 기리어 백성들이 세운 송덕비頌德碑로 정광正光 3년(522) 1월 23일에 입비立碑하다. 비양碑陽에는 본문本文 26항 40자를 새기고, 비음碑陰에는 건비建碑에 관계한 인명人名을 새기었는데, 해서체楷書體(정서正書)로 서법이 방정웅건方整雄健(네모반듯하고 웅장건실함)하여 북위 석각石刻 중 가장 걸출한 것 중의 하나라 한다.

비액碑額의 정서正書 대자大字는 더욱 험경險勁(사납고 굳셈)하다. 학교를 일으킨 공으로 비석을 공림孔林 중에 세워서 지금도 산동성山東省 곡부曲阜 공묘孔廟의 동문同門 내에 보존되어 있다. 이수螭首(용 조각 비석 머리) 방부方趺(네모진 비석 받침)의 형태로 높이 7자 5치, 나비 3자, 두께 7치 5푼.

6. 〈조준묘지刁遵墓誌〉. 〈낙주자사조준묘지명雒州刺史刁遵墓誌銘〉의 약칭. 북위北魏 효명제孝明帝 희평熙平 2년(517) 10월에 새긴 것으로 높이 3자 2치, 나비 2자 8치, 28항 33자, 우측 하단 파손. 해서체楷書體. 위비魏碑 소해小楷 중 으뜸으로 서법이 원유후경圓腴厚勁(둥글게 살쪄서 두툼하고 굳셈)하여 안진경체顔眞卿體의 남상濫觴을 이룬다고 한다. 직례성直隸省(현재 하북성河北省) 남피현南皮縣에서 출토되어 남피南皮의 고 씨高氏가 수장하였었다.

7. 〈고사군비高使君碑〉. 〈위고용양장군영주자사고사군의후비魏故龍驤將軍營州刺使高使君懿候碑〉의 약칭. 〈고정비高貞碑〉라고도 한다. 북위 효명제 정광 4년(523) 11월에 건비建碑한 고정高貞의 묘비. 전문 24항 46자. 정서체正書體(해서체書)로 육조六朝의 북비北碑 중 서법이 가장 방정준경方整峻勁(네모반듯하고 가지런하며 가파르고 굳셈)하여 한검기寒儉氣(춥고 배고픈 기색)가 없다. 〈고경비高慶碑〉 서법과 매우 닮아 동일인의 글씨로 추정하기도 한다. 전액篆額은 '위고영주자사의후고군지비魏故營州刺史懿候高君之碑'라 하다. 이수螭首 방부方趺의 형태로 전체 높이 7자 6푼, 나비 3자, 두께 7치. 건륭乾隆(1736~1795) 말년에 산동성山東省 덕주德州 위하衛河 제3둔屯에서 출토된 후 덕주 관제묘關帝廟 안에 보관되어 있다. 고정은 북위 효문제孝文帝(재위 472~499) 문소황후文昭皇后의 친정 아우 고언高偃(?~486)의 아들이다.

8. 〈조상기造像記〉. 불상佛像을 조성造成하고 그 내역을 써서 새겨 놓은 기록.

9. 〈약방기藥方記〉. 〈용문약방동석굴조상기龍門藥方洞石窟造像記〉의 약칭. 북위 효장

제孝壯帝 영안永安 3년(529) 〈이장수처진씨조상기李長壽妻陳氏造像記〉, 북위 절민제節閔帝 보태普泰 2년(532), 〈청신사노승묘조석가상기淸信士路僧妙造釋迦像記〉, 북위 효무제孝武帝 영희永熙 3년(534) 〈청신녀손희조석가상기淸信女孫姬造釋迦像記〉 등을 지칭한다. 모두 정서正書 마애각명磨崖刻銘으로 용문龍門 20품品 중의 하나이다.

고동상서[1] 소장 담계 정서
족자에 씀
書古東尙書所藏覃溪正書簇

담계覃溪 노인의 정서正書(해서楷書)는 솔경率更(구양순歐陽詢)에게서 그 원숙圓熟한 곳을 얻었고 하남河南(저수량褚遂良)에게서 그 예서의 필의筆意를 얻었는데, 8만 권의 금석金石 기운氣韻이 팔뚝 아래로 쏟아져 내려서 뚜렷하게 서가書家의 용상龍象(불가佛家에서 학문과 덕행이 높은 대덕大德을 일컫는 말)이 되었다. 당나라를 거쳐서 진나라로 들어가는 경로는 이를 버리면 둘도 없으니 석암이 거의 비슷하고 성친왕 이하는 모두 한 자리를 양보해야 한다. 고동古東 선생이 요즈음 서법의 제일이라 생각하는데 이는 천하의 정론定論이다. 지금 고동 선생의 명命에 인연해서 이와 같이 제제題하노라.

書古東尚書所藏覃溪正書簇

覃溪老人正書, 於率更得其圓處, 於河南得其隸意, 而八萬卷金石之氣, 注於腕下, 蔚然爲書家龍象. 由唐入晉之徑路, 舍是無二, 石庵差可比擬. 成親王以下, 皆遜一籌. 古東先生, 以爲近日書法之第一, 是天下定論. 今因古東先生命, 題之如此.

(『阮堂先生全集』卷七)

註

1. 이익회李翊會(1767~1843). 조선 전의인全義人. 청강淸江 제신濟臣의 8대손. 자는 좌보左甫. 호는 고동古東. 순조純祖 11년(1811) 문과文科 출신으로 벼슬은 예조판서에 이르다. 시호는 문간文簡. 경사經史에 박통博通하고 시서詩書에 능하며 수장收藏이 풍부하여 당시 예원藝苑의 추앙을 받다. 1834년 동지정사 사신으로 중국에 가서 옹방강翁方綱 문하의 청조淸朝 학자들과도 교유하다. 추사 집안과 세교世交가 있어 추사가 부친의 벗으로 받들다. 이조판서 김로金鑪의 외숙.

318

서지환[1]에게 써 줌
書付徐志渙

탁계순卓契順[2]이 혜주惠州에 와서 동파東坡를 뵙고 그 돌아가려 할 때에 동파 공에게 글씨를 요청하기를,

"옛날에 채명원蔡明遠[3]이 안평원顔平原(안진경)[4]의 글씨에 인연하여 그 이름을 전할 수 있었으니, 계순이 만약 공의 글씨를 얻는다면 이름이 사라지지 않기에 족할 것입니다."라 하니, 동파공이 기쁘게 허락하여 「귀거래사歸去來辭」를 써서 주었다고 한다.

이제 서지환徐志渙도 천 리 먼 곳으로부터 와서 용산병사龍山丙舍[5]로 나를 찾았다. 지금 일로 감격하여 옛일을 추억하니 뜻이 매우 진지하고 정중하여, 탁계순의 고사故事를 이끌어 써 주노라. 내 글씨가 전하든지 전하지 못하든지에 이르러서는 따질 겨를이 없을 뿐이로다.

書付徐志渙

卓契順 來惠州, 見東坡, 其歸, 要坡公書,

以爲昔蔡明遠, 因顏平原書, 而得傳其名, 契順若得公書, 不湮沒足

矣. 坡欣然許之, 書歸去來辭, 以付之.

今徐志渙 千里遠來, 訪余於龍山丙舍. 感今追昔, 意摯重, 引卓契順

故事, 書付之. 至若余書之傳不傳, 不暇計耳.

(『阮堂先生全集』卷七)

註

1. 서지환徐志渙. 추사秋史 당시에 추사의 서예를 흠모하던 서생書生의 이름이나, 행장行狀 미상未詳.

2. 탁계순卓契順. 소식蘇軾 당시(북송北宋)에 소식의 서예를 흠모하던 소주蘇州 정혜원定惠院 승려. 장로長老 수흠守欽의 시자侍者. 스승과 소식의 시교詩交로 소식 문하에 출입하다.

3. 채명원蔡明遠. 안진경顔眞卿 당시(당唐)에 안진경의 서예를 흠모하던 사람. 행장 미상.

4. 안진경顔眞卿(708~784, 또는 709~785). 당 산동山東 낭야琅邪 임기臨沂인. 자는 청신淸臣. 소명小名은 선문자羨門子. 별호別號는 응방應方. 북제의 대학자인 안지추顔之推의 5세손. 설왕薛王 사우師友 안유정顔惟貞의 제6자子.

현종玄宗 개원開元(713~741) 연간의 진사進士로 벼슬은 감찰어사監察御使를 비롯하여 평원태수平原太守, 호부시랑戶部侍郎, 공부상서工部尚書, 헌부상서憲部尚書, 어사대부御史大夫를 거쳐 노국공魯國公에 피봉되고 다시 태자태사太子太師에 이르러 이희열李希烈의 반란을 진압하기 위해 제지帝旨를 받들고 이를 초유招諭(달래서 불러들임)하러 갔다가 순절殉節하다.

몰후歿後에 사도司徒를 추증하고 문충文忠이라 시호諡號하다. 안사安史의 난에는 족형族兄인 상산태수常山太守 안고경顔杲卿(692~756)과 함께 근왕군勤王軍을 일으키어 반군 진압에 결정적인 공을 세운 충신으로 천품天品이 개결강직介潔剛直(빳빳하고 깨끗하며 굳세고 정직함)하여 권신權臣인 양국충楊國忠이나 노기盧杞 등에 항의불굴抗義不屈(정의로 대항하여 굽히지 않음)함으로써 벼슬길이 험난하였다.

문장도 잘하였으나 특히 서도書道에 뛰어나서 성당盛唐의 제1인자로 꼽히니, 초당初唐 3대가인 우세남虞世南, 구양순歐陽詢, 저수량褚遂良과 함께 당唐 4대가四大家로 일컫는다. 해서楷書의 대가大家인데 그의 필법은 구歐 · 저褚 두 사람이 예필隷筆로 해서를 쓴 데 반해 전필篆筆로 해서를 써서 자못 필치가 주경遒勁(힘차고 굳셈)하고 기상氣象이 박대博大(넓고 큼)하여 침착웅후沈着雄厚(침착하고 웅장중후함)하므로 평자에 따라서는 왕희지王羲之 이래 제일인자라 하기도 한다.

묵적墨蹟으로는 〈다보탑비多寶塔碑〉, 〈동방선생화상찬東方先生畵像贊〉, 〈팔연재보덕기八淵齋報德記〉, 〈대당중흥송大唐中興頌〉, 〈안씨가묘비顔氏家廟碑〉 등이 있고 유저遺著로는 『안노공집顔魯公集』 15권, 『보유補遺』 1권, 『연보年譜』 1권, 『부록附錄』 1권이 있다.

5. 용산병사龍山丙舍. 추사의 향저鄕邸가 있던 지금의 충남 예산군禮山郡 신암면新岩面 용궁리龍宮里의 이칭異稱을 용산龍山이라 한다. 용산병사는 이곳에 있던 추사 집안의 묘막墓幕이라는 의미니 추사의 예산 향저를 지칭한다.

본디 병사丙舍는 묘지를 쓰기 전에 묘지 앞에 영구靈柩를 잠시 머물러 두기 위해 짓는 집으로 묘지 앞이 대개 남쪽이라서 남쪽에 짓는 집이라는 의미로 병사丙舍라 하였다 한다. 장차 이 집이 제각祭閣이나 재실齋室로 쓰이게 되니 그 의미도 따라서 변하게 되어 선산先山 향저를 지칭하기에까지 이르렀다. 동진東晋인의 필적으로 〈묘전병사첩墓前丙舍帖〉이 남아 있으니 그 말의 쓰임이 오래된 것을 알 수 있다.

서결
書訣

글씨가 법도法度로 삼는 것은 비우고 움직이는 것이다. 마치 하늘과 같으니, 하늘은 남북극南北極이 있어서 그것으로 굴대(추樞)를 삼아 그 움직이지 않는 곳에 잡아매고 그런 뒤에 능히 그 항상 움직이는 하늘을 움직여 가게 할 수 있다. 글씨가 법도로 삼는 것도 역시 이와 같을 뿐이다.

이런 까닭으로 글씨는 붓에서 이루어지고, 붓은 손가락에서 움직여지며, 손가락은 팔목에서 움직여지고, 팔목은 팔꿈치에서 움직여지며, 팔꿈치는 어깨에서 움직여진다. 따라서 어깨와 팔꿈치와 팔목과 손가락은 모두 그 오른쪽 몸뚱이라는 것에서 움직여진다. 오른쪽 몸뚱이는 곧 그 왼쪽 몸뚱이에서 움직여지는데, 왼쪽과 오른쪽 몸뚱이라는 것은 몸뚱이의 위쪽에서 움직여지는 것이다. 그리고 윗몸뚱이(상체上體)는 곧 아랫몸뚱이(하체下體)에서 움직여지는데, 아랫몸뚱이라는 것은 두 다리다.

두 다리가 땅을 딛는데 발가락과 뒤꿈치가 아래를 걸어 당기어 나막신 굽이 땅에 박히는 것처럼 하면, 그러면 이는 아랫몸뚱이가 충실하다고 말할 수 있다. 아랫몸뚱이가 충실해져야만 그 이후에 능히 윗몸뚱이의 텅 빈 것을 움직여 갈 수 있다.

그러나 윗몸뚱이도 역시 그 충실함이 있어야 하는 것이니, 왼쪽 몸뚱이를 충실하게 해야 한다. 왼쪽 몸뚱이는 엉겨 붙듯이 책상에 기대서 아래와 더불어 둘이 서로 이어져야 한다. 이로 말미암아 세 몸뚱이가 충실해지면, 오른쪽 한 몸뚱이의 빈 것을 움직여 나갈 수 있는데, 여기서 오른쪽 한 몸뚱이라는 것은 이에 지극히 충실해지게 된다.

그런 뒤에 어깨로써 팔꿈치를 움직여 나가고 팔꿈치로 말미암아 팔목을 움직여 나가며 팔목으로 손가락을 움직여 나가는데, 모두 각각 지극히 충실함으로써 지극히 텅 빈 것을 움직여 나가게 된다. 비었다는 것은 그 형태이고 충실하다는 것은 그 성기精氣다. 그 정기라는 것은 세 몸뚱이의 충실한 것이 지극히 빈 가운데에서 무르녹아 맺힌 것이다. 오직 그 충실한 까닭으로 힘이 종이를 뚫고, 그 빈 까닭으로 정기가 종이에 맑게 배어 나온다.

점획點畫이라는 것은 손에서 생기는 것이다. 손이 그것을 몸 쪽으로 끌어당기면 점획은 음陰에 속하는 것이 되고, 손이 그것을 밀어내어 밖으로 내치면 점획은 양陽에 속하는 것이 된다. 한 번 밀어내고 끌어당기는 것으로 손이 능히 점획을 만들 수 있는 것이 이와 같은데 이를 버리고는 할 수 없다.

이런 까닭으로 음陰의 획 넷인 측側·노努·약掠·탁啄은 모두 오른쪽에서 돌아 동남쪽으로 움직여 나간 것이며, 양陽의 획 넷인 늑勒·적趯·책策·책磔은 역시 왼쪽에서 돌아 동남쪽으로 움직여 나간 것이다.[1] 우리 팔이 몸뚱이의 서북쪽에 나 있는 까닭으로 능히 동남쪽으로 말고 펼 수 있는 것이니, 만약 서북쪽으로 움직여 나간다면 될 수 없을 것이다. 억지로 해서 비록 엉터리로 괴상하게 마구 만들 수는 있겠지만 군자는 그렇게 하지 않는다.

완당 노인이 쓰다. 기유己酉[2](1849년)

324

註

1. 영자팔법永字八法

   ① 측側 또는 점點

   ② 늑勒 또는 평획平畫(수평획), 횡획橫畫(가로획)

   ③ 노努 또는 중직中直(중심 수직), 직획直畫(곧은 획), 수획豎畫(세운 획)

   ④ 적趯 또는 구鉤(갈고리)

   ⑤ 책策 또는 도挑(돋음), 좌도左挑(왼쪽에서 돋음), 사획斜畫(비낀 획)

   ⑥ 약掠 또는 별撇(왼쪽 삐침), 장별長撇(긴 왼쪽 삐침), 좌불左拂(왼쪽 떨침)

   ⑦ 탁啄 또는 불拂(떨침), 단별短撇(짧은 왼쪽 삐침), 좌별左撇(왼쪽 삐침)

   ⑧ 책磔 또는 날捺(누름), 우날右捺(오른쪽 누름), 파과波戈(오른쪽 누름)

영자팔법永字八法

2. 〈계첩고〉와 같이 장첩되어 있으며 서체도 동일하다. 1849년 가을 옥적산방에서 썼을 것이다.

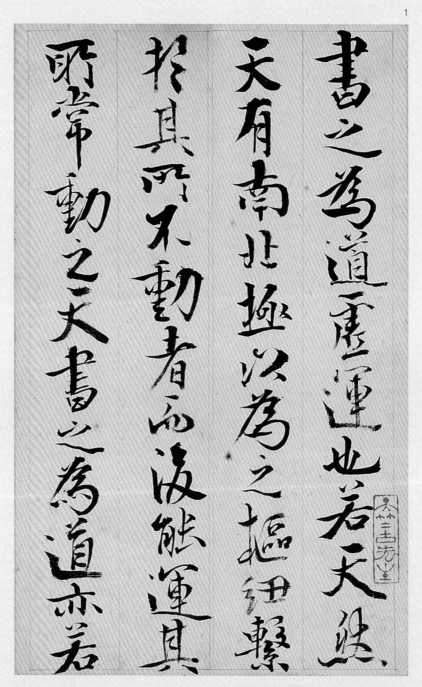

도판34. 〈서결書訣〉 지본묵서, 33.9×27.0cm, 간송미술관 소장

是則已矣是故書成於筆、
運於指、運於腕、運於肘運
於肩也肘也腕也指也皆運
於其右體者也右體則運

於其左體左右體者體之
運於上者也而上體則運於
其下體下體者兩足也兩足
著地拇踵下鉤如履之有

도판 34. 〈서결書訣〉 계속

遇以刾於地者然此之謂下
體之實也下體實矣而後能
運上體之虛此上體六者有其
實焉者實其左體也左體

凝然攝几與下式貳相屬焉

曲是以三體之每質而運右一

體之歷而哲曰是右一體者內

其至實夫然沒以筋運時

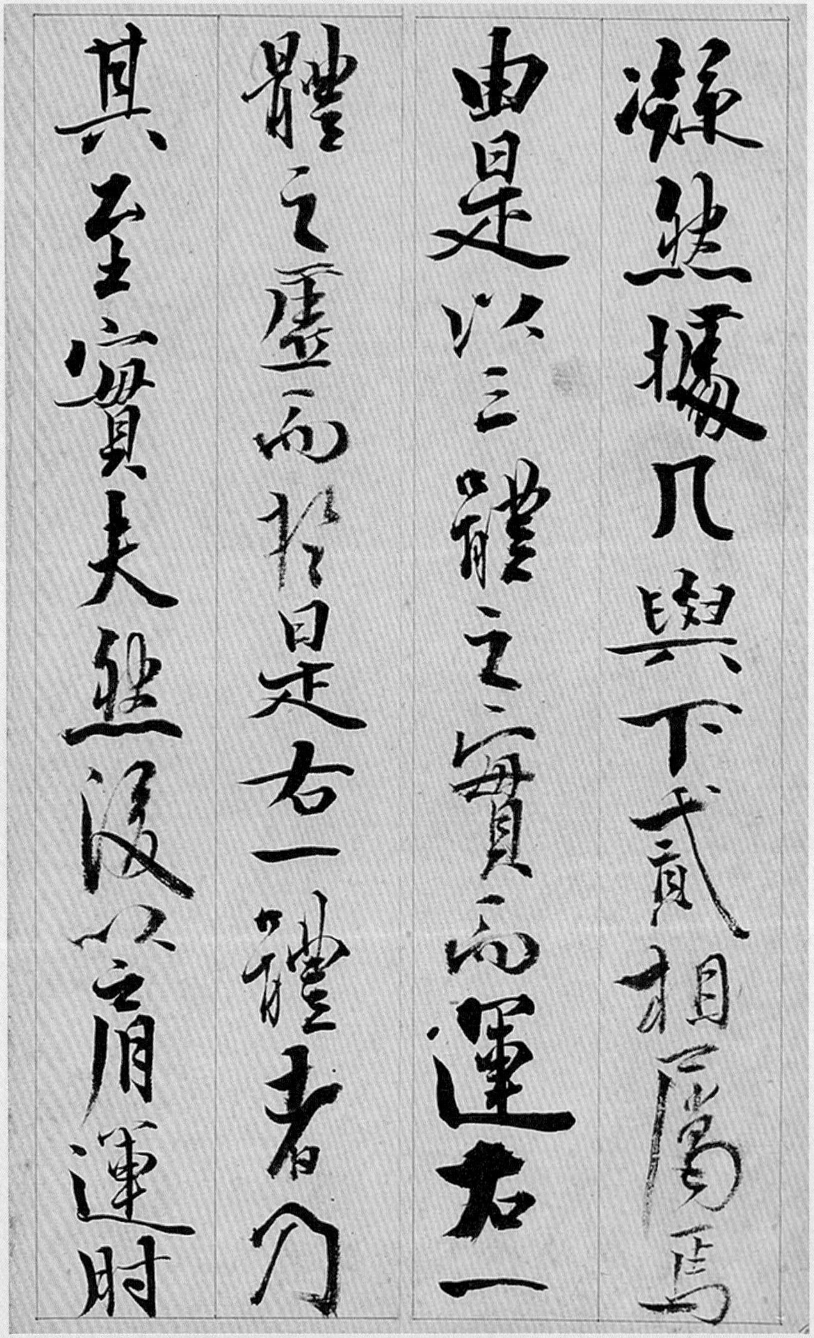

도판34. 〈서결書訣〉 계속

由肘而腕而指指各以至實而
運至虛者其形也實者其
精也其精也者三體之實之
所融結於至虛之中者

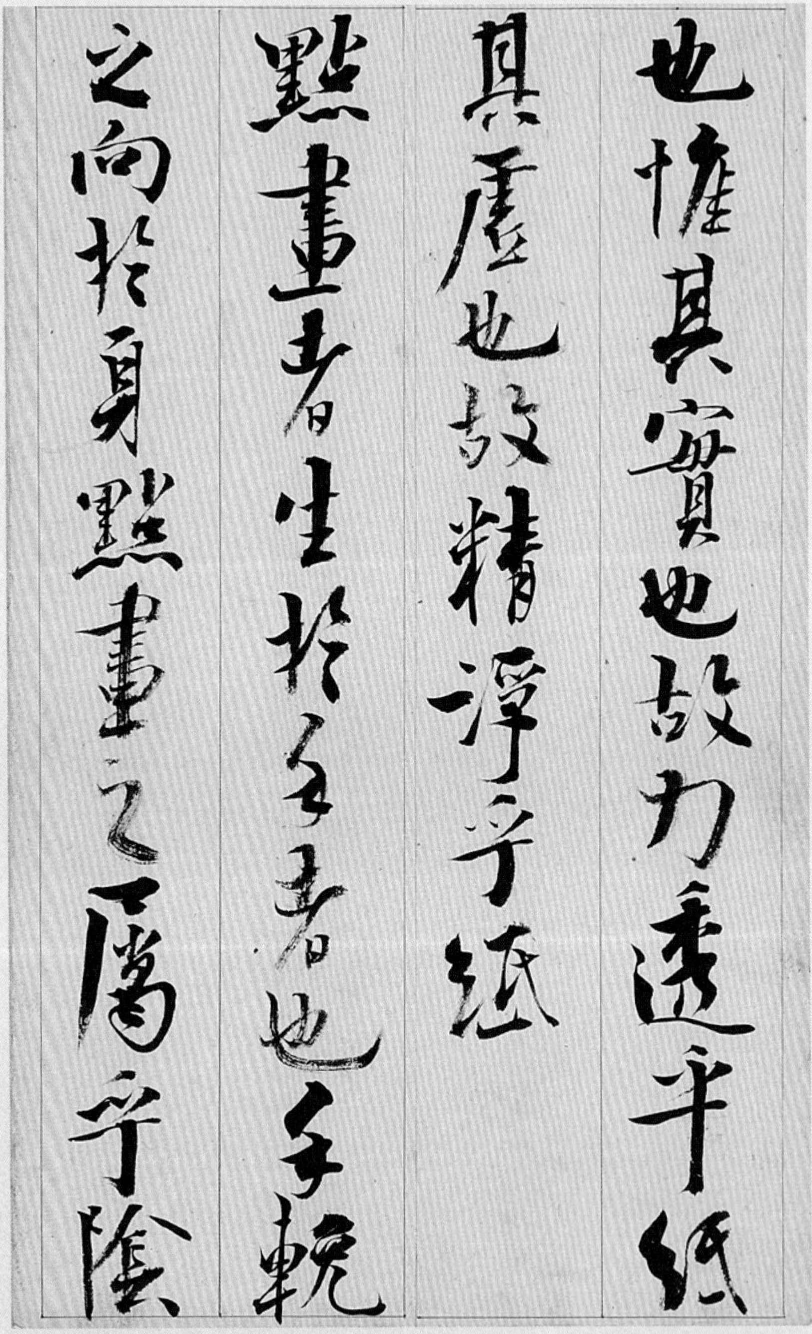

也惟其實也故力透乎紙

其虛也故精浮乎紙

點畫者生於自書也手輕

之向於身點畫之屬乎陰

도판 34. 〈서결書訣〉 계속

者也手推之而麿諸外點
畫之屬乎陽者也一推一
軋之手之能為點畫者
如是
含是則非兩能也是故陰之

9

畫四側也努也掠也啄也皆

右旋之運於東南者也陽之

畫四勒也趯也策也磔也點左

旋之運於東南者也吾之手

도판 34. 〈서결書訣〉계속

生於身之西北故能表舒於

東南若運於西北弗能也強

兩行之縱謫堆撗生君子不

也　阮堂老人書

書訣

書之爲道, 虛運也. 若天然, 天有南北極, 以爲之樞, 紐繫於其所不動者, 而後能運其所常動之天. 書之爲道, 亦若是則已矣.

是故書成於筆, 筆運於指, 指運於腕, 腕運於肘, 肘運於肩. 肩也 肘也 腕也 指也, 皆運於其右體者也. 右體則運於其左體, 左右體者, 體之運於上者也, 而上體則運於其下體, 下體者兩足也.

兩足著地, 拇踵下鉤, 如屨之有齒, 以刻於地者, 然此之謂下體之實也. 下體實矣, 而後能運上體之虛.

然上體亦有其實焉者, 實其左體也. 左體凝然據几, 與下貳相屬焉. 由是以三體之實, 而運右一體之虛, 而於是右一體者, 乃其至實夫.

然後以肩運肘, 由肘而腕而指, 皆各以至實, 而運至虛. 虛者其形也, 實者其精也. 其精也者, 三體之實之 所融結於至虛之中者也. 惟其實也, 故力透乎紙, 其虛也, 故精淨乎紙.

點畫者, 生於手者也. 手輓之向於身, 點畫之屬乎陰者也. 手推之而麾諸外, 點畫之屬乎陽者也. 一推一挽, 手之能爲點畫者 如是, 舍是則非所能也.

是故陰之畫四, 側也 努也 掠也 啄也, 皆右旋之, 運於東南者也. 陽之畫四, 勒也 啄也 策也 磔也, 亦左旋之, 運於東南者也. 吾之手 生於身之西北, 故能卷舒於東南, 若運於西北, 弗能也. 强而行之, 縱譎恠橫生, 君子不由也.

阮堂老人書 己酉(1849).

『阮堂先生全集』卷七）

336

글씨 쓰는 법을 논함

論書法

결구結構(점과 획으로 조합된 한 자一字의 구성構成)가 원만한 것은 전법篆法과 같고, 나부끼듯 상쾌한 것은 장초章草와 같고, 흉측하고 험상궂어 두려운 것은 팔분八分과 같으며, 얌전하고 조용하게 들고 나는 것은 비백飛白[1]과 같고, 절개를 굳게 지켜 특별히 우뚝 솟아남은 학두鶴頭[2]와 같으며, 짙은 획이 세로 가로 뻗어남은 고예古隸와 같아야 한다.

점을 찍는 데는 반드시 거둬 채야 하니 긴박하고 무거운 것을 귀하게 여기고, 획을 긋는 데는 반드시 끌어야 하니 빡빡하여 느린 것을 귀하게 여긴다. 측側은 그 붓을 평평하게 할 수 없고, 늑勒은 그 붓을 누일 수 없는데, 반드시 붓끝(필봉筆鋒)이 앞서 나가야 한다.

노努는 마땅히 곧지 않아야 하니, 곧으면 힘을 잃는다. 적趯은 반드시 그 붓끝을 남겨 두어서 형세를 얻은 다음에 빼어야 하는데, 붓끝을 끌어내리면서 형세가 불끈 치솟아 우뚝 서게 해야 한다.

책策은 모름지기 채찍을 드는 듯 거둬들여야 하며, 약掠은 반드시 붓끝이 왼쪽으로 빠지면서 날카로워야 하고 탁啄은 꼭 붓을 뉘어서 급히 후리어야 하며, 책磔은 반드시 붓을 떨어 밖으로 피어나게 하여 뜻과 같이 된 다음 서서히 이에 뽑아내야 한다.

대체로 점은 북 모서리(사각梭角) 같아야 하니 둥글넓적한 것을 싫어하며, 두루 변화하는 것을 귀하게 여긴다.

책策을 모아 놓은 곳의 책策은 '연年' 자가 이것이고, 늑勒을 모아 놓은 곳의 늑勒은 '사士' 자가 이것이다. 무릇, 가로획은 아울러 위를 앙법仰法으로 하며 부법覆法으로 거두니 '사士' 자가 이것이다. '삼三' 자는 모름지기 위는 평획平畫으로, 가운데는 앙획仰畫으로, 아래는 부획覆畫으로 해야 하니, '춘春', '주主' 자가 이것인데, 무릇 삼三자 획은 모두 그것을 쓴다. 혹은 상획을 앙仰으로 하고 중획을 평平으로 하고, 하획을 부覆로 한다고도 한다.

측側이라는 것은 그 붓을 곁으로 기울여 대니 먹빛이 곱다.

늑勒은 그 붓을 눕힐 수 없으니, 가운데가 높고 양쪽 머리는 낮게 되는데, 필심筆心으로 그것을 누른다. 상획은 앙仰으로 하고, 중획은 평平으로 하고, 하획은 눕히어 공중에서 그 힘을 쓰되 말고삐를 끌듯 한다.

짧은 획의 근본은 첫째가 책策법이다. 그 법은 앙필仰筆로 붓끝을 신속하게 대면서 가볍게 들고 나가는 것이니, 채찍질하는 형세와 같아서 양쪽 머리가 높고 가운데가 낮다. 그래서 유 씨柳氏(유공권柳公權)는 말하기를 "책策은 앙필로 거두어 살짝 쳐든다." 했다. 그 '천天', '부夫', '재才'의 종류인데, 대체로 짧은 획은 모두 책策이 된다.

종파縱波(선 오른 삐침)인 ㇏는 다섯 번 멈추니, 머리에서 한 번, 가운데서 세 번, 꼬리에서 한 번이며, 횡파橫波(누운 오른 삐침)인 ㇏도 다섯 번 멈추니, 머리에서 한 번, 가운데서 두 번, 꼬리에서 두 번이다.

대체로 앙획仰畫을 만들려면 준蹲으로 하지 않고 붓끝으로써 겉을 싸야 한다. 준蹲이라는 것은 삼면에서 힘이 미쳐 와 손가락을 타고 비스듬히 내려가서 힘이 가득 차면 살짝 머물러 쳐들면서 삼과三過를 나타내는데, 필획

중에도 또 삼과가 있어 마치 물결이 일렁이는 것과 같다.

전戰은 전顫(떠는 것)이니, 떨어 움직이면서 서서히 나간다는 의미를 가진다. 준蹲은 웅크려 앉는 것이니, 갑자기 멈추는 것의 비유이다. 역趯은 음이 역歷인데 움직여 나간다는 의미이다. 척趩은 음이 석昔(척趩과 석昔을 동음同音이라 한 것은 오류 – 역자 주)인데 삐뚜로 나간다는 의미이니, 억抑은 삐뚜로 나가서 느리고 껄끄러운 것이다.

서법에 수儴라는 것이 있는데 음은 수竪이다. 수竪와 같은 뜻으로 수필儴筆이라는 것은 짧은 노努이다. 대체로 노법努法이 있는데 또 이 조항을 둔 것은 군더더기일 뿐이다. 각 본各本에서는 또한 모두 '儴'이라고 잘못 쓰고 있는데 '儴'이라는 글자는 없다.

대체로 글씨를 전공하러 들어가는 문門에는 12종류의 필법筆法이 있으니, 곧 은필隱筆·지필遲筆·질필疾筆·역필逆筆·순필順筆·삽필澁筆·전필轉筆·와필渦筆·제필提筆·탁필啄筆·엄필罨筆·역필趯筆이다. 무릇 붓을 쓰는데 살리고 죽이고 하는 법은 그윽하게 숨기는 데(은필법隱筆法) 있고 지필법遲筆法은 빠른 데 있으며, 질필법疾筆法은 느린 데 있으니, 거꾸로 들어가 바로 나오면서 형세를 취해 보태고 줄이며, 때를 살펴 조정調停한다. 그 묘리를 얻는 것은 모름지기 공력이 깊어야 하니 허술하게(초초草草하게) 구하려 하면 얻기 어렵다.

한 글자에서 팔면八面으로 흘러 통하는 것이 내기內氣이고, 한 편篇 문장에서 장법章法이 서로 비춰 응하는 것이 외기外氣이다. 내기란 필획의 성글고 빽빽함과 가볍고 무거움, 굵고 가는 것과 같은 것을 말하니, 만약 밋밋하고 흩어져 있다면 어떻게 기氣가 있겠는가. 외기란 한 편의 문장에 비고 차며 성글고 빽빽한 것이 있어서 위아래로 이어지면서 뒤섞이어 서로 비춰 주도록 주관하여 다스리는 것을 말한다. 그래서 제일 첫 글자가 둘째 글자로 옮아 갈 수 없다.

포백布白은 셋이 있다. 글자 가운데 있는 포백과 글자마다 그들 사이에 있는 포백과 글줄 사이에 있는 포백이다. 처음 배우는 데 있어서는 반드시 똑 고르게 해야 한다. 이미 똑 고르게 할 줄 알고 나서야 삐뚤고 바른 것과 성글고 빽빽한 것이 그 사이에 뒤섞여진다.

글자는 먹을 바탕으로 하니 먹은 글자의 피와 살이 되며, 힘을 쓰는 것은 붓끝에 있으니 붓끝은 글자의 힘줄이 된다. 힘줄이 있는 것이라서 돌아보면 정이 생기고, 핏줄이 흘러 움직이니 아지랑이 한 가닥이 섯돌며 끊어지지 않는 것과 같다. 점획이 있는 곳에서는 획 중에 있게 되고, 점획이 없는 곳에서는 역시 숨는데, 숨는 것이 서로 이어져 거듭 쌓여서 그 사이를 끌어 맺으니 거의 밋밋하고 흩어지는 병폐를 없게 한다.

그래서 서법론書法論에서 이르기를, '정서正書(해서楷書)는 행서行書와 초서草書의 필의筆意(붓놀림)를 쓰고, 행서는 정서법을 사용한다'고 한 것이 이것이다. 대개 행서와 초서에 뜻을 두면 붓과 먹도 행서와 초서의 길을 찾아가야 하니 견사牽絲(붓을 끄는 것)를 많이 하고, 진서眞書(정서正書)에 이르러서는 사전使轉(붓을 굴리고 부리는 운용법의 총칭)을 많이 쓰는데, 하나로 합쳐지는 것이지 둘이 아니며, 신기神氣가 서로 상통하는 것이다.

대개 진서는 사전을 많이 쓰는데, 사전이라는 것은 모양과 흔적이 없는 것이니, 견사라는 것은 모양과 흔적이 있는 사전이요, 사전이라는 것은 모양과 흔적이 없는 견사이다. 견사와 사전이 합쳐진 뒤에라야 완전한 서법이 될 뿐이다.

붓의 가벼운 쪽은 양陽이 되고 무거운 쪽은 음陰이 된다. 무릇 글자 가운데 두 개의 곧은 획이 있으면 마땅히 왼쪽은 곱고 오른쪽은 거칠어야 하며, 글자 가운데 있어서의 기둥이 되는 획은 거칠어야 하고 나머지는 모두 의당 고와야 하니, 이것이 음양을 나누는 법일 뿐이다.

'정봉正鋒(직필直筆. 붓끝을 바로 대는 것)이니 편봉偏鋒(붓끝을 뉘어 대는 것)이니 하는 이야기는 옛날 책(고본古本)에는 없었는데, 근래에 오로지 축경조祝京兆(축윤명祝允明)를 따라 배우려는 까닭으로 이를 빌려다 말을 삼은 것이다. 정봉으로써 뼈대를 세우고 편봉으로써 맵시를 취함은 스스로도 어쩔 수 없을 뿐이다. (저절로 이루어지는 일이다.)〔명明 왕세정王世貞(왕원미王元美)의 『예원평藝苑評』에서 - 역자 주〕

서가書家에서 비록 장봉藏鋒(붓끝을 획의 가운데로 숨기어 움직이는 것. 이로써 붓의 표리表裏가 분명치 않게 되므로 이러한 용필법用筆法을 원필圓筆이라 한다.)을 귀하게 여기지만 모호한 것으로써 장봉이라 할 수는 없으니, 반드시 붓을 씀에 태아검太阿劍[3]이 싹 베어 버리는 것과 같은 뜻이 있어야 한다. 그래서 대개 굳세고 날카로움으로 형세를 취하며, 비우고 어울리는 것으로 운치韻致를 취하니, 안평원顔平原(안진경顔眞卿)이 이른바 '인장印章으로 인니印泥(인주)를 찍는 것 같고 송곳으로 모래를 긋는 것 같다'는 것이 바로 이것일 뿐이다(명나라 동기창董其昌의 『화선실수필畵禪室隨筆』에서).

붓을 쓰는 법은 다섯 손가락을 사면四面으로 성글게 펴서 붓을 집게손가락의 가운데 마디 끝에 대고 끌어서 안으로 향하게 하고, 엄지손가락의 달팽이 무늬가 있는 곳으로써 눌러서 밖으로 향하게 하고, 가운뎃손가락으로 그 겉을 걸어 당기며, 무명지無名指와 새끼손가락으로 그 안쪽을 버팅기면, 곧 손가락은 힘이 가득하고 손바닥은 텅 비게 되어 궁굴려 움직여 가는 데 자못 민첩하게 된다.

궁굴려 움직이는 법은 집게손가락의 뼈를 반드시 가로로 밀어 가서 붓의 형세를 왼쪽으로 향하게 해야 하고, 엄지손가락의 뼈를 반드시 밖으로 튕겨 내어 붓의 형세를 오른쪽으로 향하게 해야 하니, 그런 뒤에야 모든 붓털에 힘이 고루 가고, 붓끝은 이에 중봉中鋒이 된다. 만약 꼭 움켜쥐고 움직이지 않으면 곧 힘은 오직 붓에만 있게 되고 붓 터럭에까지 이르지 못한다.

영숙永叔(구양수歐陽脩)의 이른바 '손가락으로 하여금 움직이게 하나 팔목이 모른다.'라는 것이고, 동파東坡(소식蘇軾)의 이른바 '비워서 넉넉한 것'이다. 가로로 밀어 가는 기틀은 무명지의 손톱과 살의 사이에 있고, 밖으로 퉁겨 내는 묘리는 가운뎃손가락의 굳세고 부드러운 사이에 있다. 또 말하기를 '무명지의 손톱과 살 사이로써 붓을 들어서 위로 올라가게 한다'고도 한다.

측側을 점이라 하지 않고 측이라 하는 것은 옆에서 찍어서 점의 형세를 하기 때문이다. 따라서 면(⺭)의 윗점과 같은 데 이르러서는 역시 그것을 측側이라 할 수 없으니, 파波와 날捺이나 별撇과 불拂이 서로 같은 이름으로 일컬어지는 것과는 같지 않다.

붓 터럭을 편다는 것은 이는 옛날과 지금 어느 때의 서가書家에서도 듣지 못하던 설說이다. 붓끝(필봉筆鋒)은 항상 붓이 긋는 획(필획) 속에 있으니, 한 획 가운데에서는 붓끝의 끝(봉초鋒杪)에서 기복起伏을 변화하고 한 점點 가운데에서는 터럭의 끝에서 꺾는 것을 달리한다. 이것은 종요鍾繇와 삭정索靖 이래의 진정한 비결로 옛날부터 지금까지 바꾸지 않는 바로 도장 찍듯이 전해 내려오는 것이다.

요사이 동쪽 우리나라 사람이(원교員嶠 이광사李匡師를 지칭한 말이다. ─역자 주) 이른바 '붓 터럭을 편다(신호伸毫)'는 한 법식은 곧 터무니없이 멋대로 꾸며 낸 것이니 돌아갈 곳이 없는 것이다. 만약 별撇의 끝붓질(말필末筆)과 같은 데 이르러서는 장차 어떻게 처리할 것인가. 이 설을 버리지 않을 것이라면 뒤에 배우는 사람들은 모두 이것으로 본을 삼아서 도깨비굴로 굴러떨어질 뿐이다.

법은 가히 사람마다에게 전할 수 있지만, 정신과 흥치의 일어남(흥회興會)은 곧 사람마다 스스로 도달하는 것이다. 정신이 없는 사람은 글씨 쓰는 법식이 비록 볼만하다 하더라도 오래 찾아 즐길 만하지 못하고, 흥치가 일지 않는 사람은 글자의 모양이 비록 아름답다 하나 겨우 글씨장이(자장字匠)로 일컬어질 뿐이다.

기세氣勢가 가슴속에 있어야 글자 속과 글줄 사이에 흘러넘치게 되니, 혹은 웅장하기도 하고 혹은 굼실거리기도 하여 막을 수가 없게 된다. 만약 겨우 점이나 획 위에 있는 것으로 논한다면, 기세는 오히려 한 층이 막힌다.

글씨는 현완懸腕 · 발등撥鐙 · 포백布白 등의 법칙과 부앙俯仰 · 향배向背 · 상하조응上下照應의 여러 가지 묘한 이치가 있고 점과 획이 맑고 깨끗하며, 장법章法이 두루 갖추어져야만 이에 쓸 수 있다.

또한 종요鍾繇와 삭정索靖 이래로 바꿀 수 없는 한 법식이 있으니 왼쪽 글자니 오른쪽 글자니 하는 것이 이것일 뿐이다. 오른쪽이 짧으면 아래를 가지런하게 하고, 왼쪽이 짧으면 위를 가지런히 해야 하는데, 간가결구間架結構의 80여 법칙이다. 이로부터 좇아 들어가지 않고 정신없이 한 획을 긋고 눈 감고 한 번 삐치면 요즈음 속된 글씨장이들이 뒤죽박죽 미쳐 날뛰듯 할 터이니 모두 몹쓸 글씨가 될 뿐이다.

도판 35. 〈논서법論書法(영위가장첩永爲家藏帖)〉 지본묵서, 22.9×27.8cm, 손창근 소장

兆而偈此爲爲談

延八立胃側以

取態自不容己

3

도판 35. 〈논서법論書法(영위가장첩永家爲家藏帖)〉 계속

用筆如大阿
劘截之意盖
八動利取鋒

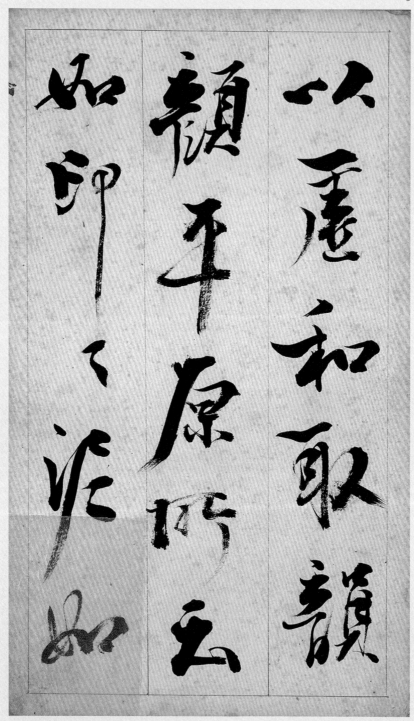

以人遠和取韻頴平原所云如印泥

도판 35. 〈논서법論書法(영위가장첩永爲家藏帖)〉 계속

錐畫沙至也

書有五合神

悟務閒感惠

論書法

結構 圓滿如篆法, 飄颺灑落如章艸, 凶險可畏如八分, 窈窕出入如飛白, 耿介特立如鶴頭, 鬱杖縱橫如古隸.

爲點必收, 貴緊而重, 爲畫必勒, 貴澀而遲. 側 不得平其筆, 勒 不得臥其筆, 須筆鋒先行.

努 不宜直, 直則失力. 趯 須存其筆鋒, 得勢而出, 引鋒下行, 勢凸胸而立.

策 須仰策而收, 掠 須筆鋒左出而利, 啄 須臥筆而疾罨, 磔 須戰筆發外, 得意徐乃出之.

夫點 要梭角, 忌於員平, 貴於通變.

合策處策, 年字是也. 合勒處勒, 士字是也. 凡橫畫, 並仰上覆收, 士字是也. 三須上平 中仰 下覆, 春主字是也, 凡三畫悉用之. 一云上畫仰中平下覆.

側者 側下其筆, 墨精.

勒 不得臥其筆, 中高兩頭下, 以筆心壓之. 上平中仰下偃, 空中以其力, 如勒馬之韁.

短畫之祖, 一策法也. 其法仰筆趯鋒, 輕擡而進, 有如鞭策之勢, 兩頭高中下. 柳云 策仰收而暗揭. 如其天夫才之類, 凡短畫皆爲策.

從波乀五停, 首一中三尾一, 橫波乀五停, 首一中二尾二.

大體作仰畫, 不蹲以鋒傍裊. 蹲 三面力到, 順指敧下, 力滿微駐, 仰出三過, 筆中又有三過, 如水波之起伏.

戰 顫也, 取顫動徐行之意. 蹲 踞也, 頓駐之喻. 趯音歷 行也. 趟音昔 側行也, 抑趟行而遲澀也.

書法有㓚 音豎也, 與豎字同義, 㓚筆者 短努也. 夫既有努法, 又設此條, 誠贅文也. 各本又皆作㽑, 㽑無其字.

350

凡攻書之門, 有十二種筆法, 即是隱筆 遲筆 疾筆 逆筆 順筆 澀筆 轉筆 渦筆 提筆 啄筆 罨筆 趯筆. 凡用筆 生死之法, 在於幽隱, 遲筆法在於疾, 疾筆法在於遲. 逆入到出, 取勢加減, 診候調停. 其於得妙, 須在功深, 草草求之, 難得.

一字 八面流通, 爲內氣, 一篇 章法照應, 爲外氣. 內氣 言筆畫疏密輕重肥瘦, 若平板散渙, 何氣之有. 外氣 言一篇有虛實疏密, 管束接上遞下, 錯綜映帶. 第一字不可移至第二字. 第二行不可移至第一行. 布白有三, 字中之布白 逐字之布白 行間之布白. 初學皆須停勻, 旣知停勻, 斜正疏密 錯落其間.

字資於墨, 墨爲字之血肉, 用力在筆尖, 爲字之筋. 有筋者, 顧眄生情, 血脉流動, 如遊絲一道, 盤旋不斷. 有點畫處在畫中, 無點畫處亦隱, 隱相貫重疊, 牽連其間, 庶無平板散渙之病.

書法論云 正書 用行艸意, 行書 用正書法是也. 盖行艸用意, 有筆墨可尋行草, 多牽絲, 至眞書, 多使轉. 合一不二, 神氣相貫.

盖眞書多用使轉, 使轉者 無形跡. 牽絲者, 有形跡之使轉, 使轉者, 無形跡之牽絲也. 牽絲使轉合之, 然後爲完法耳.

筆之輕者爲陽, 重者爲陰. 凡字中有兩直者, 宜左細右麤, 字中之柱宜麤, 餘俱宜細, 此分陰陽之法耳.

正鋒偏鋒之說, 古本無之, 近來專欲攻祝京兆, 故借此爲談. 正以立骨, 偏以取態, 自不容已.

書家雖貴藏鋒, 不得以模糊爲藏鋒, 須有用筆如太阿剸截意. 盖以勁利取勢, 以虛和取韻, 顔平原所云 如印印泥, 如錐畫沙是耳.

用筆之法, 五指疏布四面, 置筆食指中節之端, 挽而向內, 以大指螺紋處, 抑而向外, 中指 鉤其陽, 名指 小指, 距其陰, 則指實掌虛, 轉運便捷.

轉運之法, 食指之骨 必橫逼, 使筆勢向左, 大指之骨 必外鼓, 使筆

勢向右, 然後萬毫齊力, 筆鋒乃中. 若緊握不運, 則力惟在筆, 不至於
毫.

永叔所謂 使指運而腕不至, 東坡所謂 虛而寬者也. 橫逼之機, 在名
指甲肉之際, 外戢之妙, 在中指剛柔之間. 又曰 以無名指爪肉之際,
揭筆令向上.

側不曰點, 而曰側者, 有側注而爲點之勢. 至如宀之上點, 亦不可謂
之側, 非若波捺撇拂之互稱.

伸毫, 是古今書家未聞之說. 筆鋒常在筆劃之內, 一畫之中, 變起伏於
鋒杪, 一點之中, 殊衄挫於毫芒. 此是鍾索以來眞訣, 古今所不易, 印
印相傳者.

近日東人所云 伸毫一法, 即向壁虛造, 全沒着落者. 至若撇之末筆,
將何以處之. 是說不去者也, 後學皆爲此模, 轉入鬼窟耳.

法可以人人傳, 精神興會, 則人人所自致. 無精神者, 書法雖可觀, 不
能耐久索翫, 無興會者, 字體雖佳, 僅稱字匠.

氣勢在胷中, 流露於字裏行間, 或雄壯或紆徐, 不可阻遏. 若僅在點
畫上論氣勢, 尙隔一層.

書有懸腕 撥鐙 布白等法, 俯仰向背上下照應諸妙, 點畫清楚, 章法
具備乃可.

且鍾索以來, 有不能易之一式, 左右字是耳. 右短下齊, 左短上齊, 間
架結搆八十餘格. 不從此入, 妄拈一畫, 盲施一波, 如近日俗匠, 顚
倒猖狂, 俱是惡札耳.

（『阮堂先生全集』卷八）

352

1. 비백飛白. 서체書體의 일종. 후한後漢 말에 채옹蔡邕이 귀얄로 벽에 회칠하는 것을 보고 터득하여 만들어 냈다는 것으로 붓을 날려 붓 자국이 나게 쓰는 것.

2. 학두鶴頭. 서체書體의 일종. 고금전예古今篆隷에서 출현한 서체로, 글자 모양이 학 머리처럼 생겼다 하여 붙여진 이름. 주로 조판詔板에 썼다. 일명 곡두鵠頭라고도 한다.

3. 태아검太阿劍. 검명劍名. 진晉나라 때 장화張華가 북두칠성 근처에 검기劍氣가 서려 있는 것을 보고 뇌환雷煥을 시켜 예장豫章 풍성현豊城縣 옥獄자리 땅속에서 얻어 냈다는 보검寶劍으로 석함石函 속에 두 자루가 들어 있었는데 하나는 용천龍泉이라고 새겨 있고, 하나는 태아太阿라 새겨 있었다 한다. 일명 풍성검豊城劍이라고도 한다.

전서와 예서 배우는 법
學習篆隷法

우리들이 한漢나라 예서隷書를 배운다 하더라도 모두 당예唐隷로 만들어 내는
것을 면할 수 없다. 그러나 당예 역시 미치기 어려우니, 당예도 한갓 명황明皇
(현종)의 〈효경孝經〉[1]에 그치지 않을 뿐이다. 한비漢碑에 없는 글자는 함부로
만들 수 없으나 만약 당비唐碑에 있으면 오히려 모양을 본떠서 할 수 있으니,
전서체篆書體의 지극히 엄격한 것과 같지는 않다. 전자篆字는 결코 당나라를
좇아서는 안 되니, 비록 이소온李少溫(이양빙李陽冰)[2]이라 할지라도 결단코 좇
아서는 안 될 뿐이다.

學習篆隷法

吾輩學漢隷字, 皆不免作唐隷. 然唐隷亦難及, 唐隷不止一明皇孝經
而已. 漢碑所無之字, 不可妄造, 若於唐碑有之, 尙可依樣爲之, 不如
篆體之至嚴. 篆字決不可沿唐, 雖李少溫, 斷不可從耳.
(『阮堂先生全集』卷八)

註

1. 『효경孝經』. 3권. 13경 중의 하나. 주로 효도孝道를 논하다. 작가가 누구인가에 대
해서는 제설이 분분하여 혹은 공자孔子가 지었다고도 하고 증자曾子의 집록集錄이
라고도 하며 자사子思나 맹자孟子를 들기도 하나 대체로 증자曾子 문류門流의 저록
著錄이 아닌가 하는 것이 최근의 일반론이다.
『금문효경今文孝經』과 『고문효경古文孝經』의 두 종류가 있다. 이곳에서 말하는 〈효
경〉은 당나라 현종玄宗이 개원開元(713~741) 중에 친히 주註를 내고 서序를 붙인
다음 팔분서체八分書體로 써서 돌에 새기게 하여 국학國學에 세우게 하였던 『금문
효경』을 일컫는다.

2. 이양빙李陽氷. 당나라 조군趙郡(현재 하북河北 조현趙縣)인. 자는 소온少溫. 이백李白
의 종숙從叔. 형제 5인이 모두 사학詞學과 소전小篆에 뛰어나다. 양빙은 역산嶧山
의 이사李斯 소전小篆 석각石刻을 배워 그 진수를 얻으니 필세호준筆勢豪駿(붓질이
호방하고 신속함)하여 필호筆虎(글씨 호랑이)라고 일컫다. 안진경이 쓴 비碑에 전액篆
額을 많이 하다. 초년에는 자획이 소수疏瘦(성글고 가느다람)하다가 만년에 이르러
더욱 순경淳勁(순박하고 굳셈)해지다. 『한림금경翰林禁經』 8권을 남기다. 벼슬은 장
작소감將作少監에 그치다.

붓을 논함
論筆

"글씨 잘 쓰는 이는 붓을 가리지 않는다."라는 것은 통상적인 말이 아니다. 구양은청歐陽銀靑(구양순歐陽詢)의 〈구성궁예천명九成宮醴泉銘〉, 〈화도사비化度寺碑〉 같은 것은 고운 붓(정호精毫)이 아니면 불가능한데 거친 붓(추호麤毫)으로 쓰되 고운 붓같이 했을 뿐이다. 삼묘三泖(추사의 만년 별호)가 윤생尹生 시영始榮에게 보이다.

"담비꼬리貂尾는 진기한 재료니 참으로 붓을 만들 수 있다." 하니 이는 황산곡黃山谷(황정견黃庭堅)의 글귀이다. 박혜백朴蕙百이 자못 붓을 잘 매었는데 청설모(청서靑鼠)를 이리털(낭호狼毫)의 윗길로 삼으면서 스스로 그 묘리를 터득했다고 여기었다. 남이 혹 그렇지 않다 해도 개의치 않았다. 초미를 보기에 이르러서 크게 칭찬하며 품질이 낭호나 청서의 위라 하니 그 말이 진실로 틀리지 않았다. 그러나 이 밖에 또 초미나 낭호보다 더 등수等數로 헤아릴 수 없는 것이 있으리라. 호주붓(호영湖穎)의 여러 품종을 두루 보이어 그로 하여금 그 안목을 넓히게 할 수 없는 것이 한이다.

옛 선백禪伯이 이른바 "지붕 밖 푸른 하늘, 문득 다시 이를 보라."라고 했

는데 동쪽 우리나라 사람들이 원교員嶠의 붓에 갇혀 다시 왕허주王虛舟 주
주澍(1668~1743), 진향천陳香泉 혁희奕禧(1648~1709) 등 여러 거벽巨擘이 있다는
것을 알지 못하고 함부로 붓을 일컬으니 저도 모르게 기가 막혀 웃음이 터
질 뿐이다. 천하의 일이 굳게 결정되었다고 그루터기만 지킬(구습을 무턱대고
지킴) 수 없다는 것이 이에 이와 같다고 말할 뿐이다.

황모필黃毛筆(붓 종류의 하나. 족제비 털로 맨 것)은 동쪽 우리나라 사람들이
숭상하는 바인데, 조금 거칠고 미끄럽다. 중국에서 뽑아낸 바의 황영黃穎(중
국 붓 종류의 하나)과 같은 것은 동쪽 우리나라에 나와 돌아다니는 것과는 다
르다. 이와 같이 진기한 재보(황영黃穎)는 일찍이 우리나라에 나온 적이 없으
며 역관譯官이나 장사치들이 다니며 파는 것은 한낱 하열下劣한 것인데 동
쪽 우리나라 사람들은 모두 깨닫지 못한다.

초미貂尾는 중국의 자영紫穎(중국 붓 종류의 하나)과 같으나 중국 사람들은
또 황모필로써 초호貂毫라고 하여 요새 돌아다니는 초호소필貂毫小筆에 모
두 '초호'라는 두 글자를 새기고 있다. 역시 우리 동쪽 나라에서 일컫는 것과
는 다르니 감히 초호와 황모필 사이를 한 번에 정하지 못하겠다.

우리나라 사람들이 청서靑鼠(붓 종류의 하나. 청서靑鼠의 털로 맨 것)라고 일컫
는 것은 역시 중국 붓에서는 보지 못한다. 자영에 청서라는 것과 비슷한 것
이 있기는 하나, 자영은 우리나라 사람들이 초미貂尾라고 일컫는 것이지 청
서는 아닐 뿐이다.

양호羊毫(붓 종류의 하나. 양털로 맨 것)는 효자孝子 순손順孫과 같아서 뜻에
앞질러 받들어 따른다. 자영과 같은 일종은 또한 지나치게 빳빳하여 팔목이
약한 사람은 거의 사용할 수가 없다. 일찍이 '희헌유풍羲獻遺風(왕희지와 왕헌
지의 유풍遺風)'이라 새겨진 일종一種의 붓을 보았는데 대나무 같이 굳세었다.
유성현柳誠懸(유공권柳公權)[1]도 왕희지와 왕헌지가 남긴 법식의 붓을 쓸 수 없
다고 하였는데 그 지나치게 강한 때문이었던 것 같다.

지금 이런 종류의 붓은 과연 왕우군이 예전에 만들었던 유제遺制인가. 왕희지와 왕헌지의 유풍의 위에 다시 이보다 더할 것은 없다. 그러나 이 붓이 제일 상품이 되고 또한 양호의 위에 있게 되니 이 묘리妙理를 터득한 연후에라야 이에 가히 붓을 말할 수 있으리라. 동쪽 우리나라 사람들이 황모니 청서니 하고 일컫는 것에 이르러서는 족히 큰 바다의 구경을 함께 할 수 있을까. 곧 오봉루五鳳樓²에 비교한 옹유승추甕牖繩樞³일 뿐이니라.

조문민趙文敏(조맹부趙孟頫)은 붓 쓰기를 잘했는데 쓰는 붓이 뜻대로 잘 돌아가는 것이 있으면 문득 그것을 가져다가 깨뜨려서 그 좋은 터럭만 가려내서 따로 모아 두었다. 필공筆工(붓 매는 사람)으로 하여금 무릇 붓 세 자루의 좋은 붓털만을 합쳐서 한 자루를 매게 했는데, 진서眞書나 초서草書 및 큰 글씨나 잔글씨에 붓을 대어 아니 되는 것이 없고, 한 해를 써도 해지지 않았을 뿐이었다.

날카롭고, 가지런하고, 굳세고, 둥근 것은 붓의 네 가지 큰 덕이다.

論筆

善書者不擇筆, 非通論, 如歐陽銀靑 九成 化度, 非精毫不能, 以麤毫用之, 如精筆已耳, 三泖示尹生始榮,

貂尾珍材可筆, 是山谷句也. 朴蕙百 頗工選穎, 以靑鼠爲狼毫之上, 自以爲得其妙, 人或非之, 不恤也. 及見貂尾, 大以稱賞, 品在狼毫靑鼠之上, 其言洵不誤也. 然此外又有加於貂狼者, 不可以等數計, 恨無遍見湖穎諸品, 使之恢拓其眼也.

古禪伯所云, 屋外靑天, 便復此觀. 東人錮於員嶠之筆, 不知更有王虛舟, 陳香泉諸巨擘, 妄稱筆, 不覺啞然一笑耳. 天下事 不可以堅定株守, 乃如是云爾.

黃毛筆, 東人所尚, 微有麤滑. 若中國所選黃穎, 又與東出而通行者有異. 如此珍材未嘗東出, 而譯商行賣者, 又是一下劣, 東人皆不悟也.

貂尾似是中國之紫穎, 中國人 又以黃毛爲貂毫, 今通行貂毫小筆, 皆刻貂毫二字. 亦與我東所稱不同, 未敢一定於貂黃之間矣.

東人所稱靑鼠, 亦於中國筆未見. 紫穎有似靑鼠者, 紫穎是東人所稱貂尾, 非靑鼠耳.

羊毫如孝子順孫, 先意承順. 如紫穎一種, 又太剛, 腕弱者 殆不可使. 嘗見羲獻遺風 一種筆, 如竹木之剛硬. 柳誠懸不能用羲獻遺法之筆, 以其太剛也.

今此種筆, 果是右軍舊制之遺制歟. 羲獻遺風之上, 更無加於此者. 然此筆爲第一上品, 又在羊毫上, 得此妙, 然後乃可言筆. 至於東人所稱黃毛 靑鼠, 足可以與於大海之觀耶. 即五鳳樓之 於甕牖繩樞耳. 趙文敏善用筆, 所使筆 有宛轉如意者. 輒剖之 取其精毫, 別貯之, 凡筆三管之精, 令工總縛一管, 眞草巨細, 投之無不可, 終歲無敝耳.

銳齊健圓, 筆之四德.

『阮堂先生全集』卷八)

1. 유공권柳公權(778~865). 당唐 경조京兆 화원華原(현재 섬서陝西 요현耀縣)인. 자는 성
   현誠懸. 원화元和(806~820) 초에 진사進士. 벼슬은 태자태보太子太保, 하동군공河東
   郡公에 이르다. 만당晩唐의 명필로 안진경체를 배웠으나 그보다 더 주경遒勁(힘차
   고 굳셈) 풍윤豐潤(풍성하고 윤택함)한 특장이 있었다.

   정서正書와 행서行書는 묘품妙品에 이르렀고 초서草書 역시 능하였다. 당시 공경
   대신의 집안에서 비판비版에 성현誠懸의 글씨를 받지 못하면 불효不孝로 여겨질
   만큼 존중되다. 상도上都 서명사西明寺의 〈금강경비金剛經碑〉는 종鐘 · 왕王 · 구
   歐 · 저褚 · 육陸의 체體를 고루 갖추고 있어서 가장 득의작이었다 한다.

2. 오봉루五鳳樓. 오대五代 후량後梁 태조太祖 주전충朱全忠이 낙양洛陽에 도읍하고
   세웠다는 굉려宏麗(굉장히 화려함)한 누각으로 높이가 백 길이 되고 오봉五鳳이 날
   개를 펴고 있는 모양을 조각하여 장식하였다 한다. 여기서는 호화로운 전각을 일
   컫는 대명사이다.

3. 옹유승추甕牖繩樞. 깨진 항아리 마구리로 창을 만들고 노끈으로 문지도리를 삼았
   다는 말로, 지극히 가난하여 형편없는 집을 형용하는 말이다.

제2편

◎

화론
畵論

《석파 난권》에 제함
題石坡蘭卷

난초를 치는 것이 가장 어려우니, 산수山水 · 매죽梅竹 · 화훼花卉 · 금어禽魚
는 옛날부터 잘하는 사람이 많았으나 홀로 난초를 치는 데 있어서는 특별히
들리는 소리가 없다. 산수화와 같은 데서는 송宋나라와 원元나라 이래에 남
종南宗과 북종北宗의 명적名蹟이 한두 가지로 셀 수가 없지만 왕숙명王叔明(왕
몽王蒙, 1309~1385)이나 황공망黃公望(1269~1354)이 아울러 난蘭을 잘하였다는
말을 들은 적이 없으며, 대 잘 그리던 문호주文湖州(문동文同, 1018~1079)[1]와 매
화 잘 그리던 양보지楊補之(1097~1169)[2] 역시 아울러 난을 잘 치지는 못하였다.
대체로 난은 정소남鄭所南(정사초鄭思肖, 1241~1318)[3]으로부터 비로소 드러나
게 되어, 조이재趙彝齋(조맹견趙孟堅, 1199~1295)가 가장 잘하였는데, 이것은
인품人品이 고고高古(드높고 예스러움)하여 특별히 뛰어나지 않으면 쉽게 손댈
수가 없다. 문형산文衡山(문징명文徵明, 1470~1559) 이후에 강소江蘇와 절강浙江
사이에서 드디어 크게 유행하였다. 그러나 문형산의 글씨와 그림이 심히 많
았지만 그 난을 친 것은 또한 열에 한둘이었으니 그 드물게 그린 것을 가히 알
수 있다.

그런 까닭으로 함부로 아무렇게나 칠하고 그릴 수 없으니, 요즈음처럼 조금도 기탄없이 사람마다 그것을 할 수 있다고 했겠는가. 정소남이 그린 것을 일찍이 볼 수 있었는데 지금까지 남은 것은 겨우 한 벌일 뿐이었다. 그 잎사귀와 꽃이 요즘 그리는 것과는 크게 달라서 함부로 빗대어 모방할 수가 없었다. 조이재 이후로는 오히려 그 신묘한 모양이나 방법(혜경蹊徑)을 구할 수는 있으나 모방하기에 이르러서는 또 갑자기는 불가능하였다.

정鄭·조趙 양인은 인품이 고고高古하여 특히 빼어났기 때문에 화품畵品 역시 그와 같았으니, 범인凡人은 따라잡을 수 없었다. 근대의 진원소陳元素[4]와 승려인 백정白丁[5]·석도石濤(도제道濟, 1630~1709)[6]로부터 정판교鄭板橋(정섭鄭燮, 1693~1765)[7]와 전택석錢籜石(전재錢載, 1708~1793)과 같은 사람에 이르기까지는 이들이 전공專工한 사람들이고 인품도 역시 모두 고고하여 특히 남보다 뛰어났으며 화품 역시 아래위로 따르고 있었으나 다만 화품으로써만 논하여 정할 수는 없다.

또 화품으로 좇아 말한다면 모양을 비슷하게 하는 데(형사形似)에도 있지 않고 길을 따르는 데(혜경蹊徑)에도 있지 않으며, 또 그리는 법식(화법畵法)으로써 들어가는 것도 대단히 꺼린다. 또한 많이 그린 연후에야 가능하니 선 자리에서 성불成佛할 수도 없으며 또 맨손으로 용을 잡을 수도 없다.

비록 9,999분分에까지 이를 수 있다 하여도 나머지 1분分은 가장 원만하게 이루기 힘드니, 9,999분은 거의 모두 가능하나 이 1분은 사람 힘(인력人力)으로 가능한 것이 아니며 역시 사람의 힘 밖에서 나오는 것도 아니다. 지금 우리 동쪽 나라 사람들이 그리는 것은 이 뜻을 몰라서 모두 함부로 그리고 있을 뿐이다.

석파石坡는 난에 깊으니 대개 그 타고난 기틀이 맑고 신묘하여 그 가까이 있는 곳에 있어서일 뿐이다. 그래서 진보할 수 있는 것은 오직 이 1분의 공력工力일 뿐이다. 나는 심히 어리석고 노둔한데 지금은 또한 남김없이 무너져서 이리저리 떠돌면서 그리지 않은 지가 이미 20여 년이다.

사람들이 혹시 와서 요구하면 일체 사절하여 고목枯木이나 찬 재에서 생기를 회복하지 못하는 것 같이 하였다. 그런데 석파가 친 것을 보니 하남河南에서 사냥하는 것을 보는(예전에 하던 일의 재미에 자기도 모르게 끌려 들어가 기쁨을 느끼는) 것 같은 생각이 들어서, 비록 내 스스로 치지는 못한다 하더라도 옛날에 알던 것으로써 대강 이와 같이 제題하여 석파에게 부친다.

모름지기 뜻과 힘을 한가지로 쏟으면서 다시 이 물러앉은 늙은이로 하여금 억지로 하지 못할 것을 강요받지 않게 할지니, 내가 손수 치는 것보다 낫기 때문이다. 사람들이 내게서 구하고자 하는 것이라면 모두 석파에게 그것을 구하는 것이 좋겠다. 계축년(1853) 초봄 노완.

題石坡蘭卷

寫蘭最難, 山水梅竹花卉禽魚, 自古多工之者, 獨寫蘭無特聞. 如山水之宋元來, 南北名蹟, 不一二計, 未聞王叔明 黃公望並工蘭, 竹之文湖州, 梅之揚補之, 亦無並工蘭.

蓋蘭自鄭所南始顯, 趙彝齋爲最, 此非人品高古特絕, 未易下手. 文衡山以後, 江浙間遂大行, 然文衡山書畫甚多, 其寫蘭, 又不十之一二, 其罕作可知.

所以不可以妄作, 橫掃亂抹, 如近日之無少忌憚, 人皆可以爲之也. 鄭所南所畫, 嘗及見之, 今世所存, 纔一本而已. 其葉其花, 與近日所畫者大異, 不可以妄擬仿摹, 趙彝齋以後, 尚可以求其神貌蹊徑, 至於仿橅, 又猝不可能.

所以鄭趙兩人, 人品高古特絕, 畫品亦如之, 非凡人可能追躡也. 近代陳元素 僧白丁 石濤, 以至如鄭板橋 錢籜石, 是專工者, 而人品亦皆高古出群, 畫品亦隨以上下, 不可但以畫品論定也.

且從畫品言之, 不在形似, 不在蹊徑, 又切忌以畫法入之. 又多作然後可能, 不可以立地成佛, 又不可以赤手捕龍.

雖到得九千九百九十九分, 其餘一分, 最難圓就, 九千九百九十九分, 庶皆可能, 此一分, 非人力可能, 亦不出於人力之外. 今東人所作, 不知此義, 皆妄作耳.

石坡深於蘭, 蓋其天機清妙, 有所近在耳. 所可進者, 惟此一分之工也. 余椎魯甚, 今又頹唐無餘, 鸞飄鳳泊, 不作已二十餘年.

人或來要, 一切謝不能, 如枯木冷灰, 無復生趣. 見石坡所作, 有河南見獵之想, 雖不能自作, 以前日所知者, 率題如是, 寄付石坡.

須專意並力, 更不使此退院老錐, 强所不强, 有勝於吾之自作. 人之欲求於吾者, 皆於石坡求之可耳. 癸丑 春初 老阮.

『阮堂先生全集』卷六）

366

註

1. 문동文同(1018~1079). 북송 자주梓州 자동梓潼(현재 사천성四川省 자동)인. 자는 여가
與可. 자호自號 소소선생笑笑先生, 금강도인錦江道人. 세상에서는 석실石室선생이
라 일컫다.

   황우皇祐(1049~1053) 진사로 양주洋州와 호주湖州 지사知事를 지냈으므로 문호주文
   湖州라 일컫는다. 시문詩文, 서화書畵를 모두 잘했는데 글씨는 전篆, 예隸, 해楷, 행
   行, 초草, 비백飛白에 두루 통하고 그림에서도 산수山水, 인물人物, 수석樹石, 화훼
   花卉, 영모翎毛 등 못 하는 것이 없었다.

   그러나 그중에 가장 뛰어난 것은 묵죽墨竹이었다. 사생을 바탕으로 문인文人의 심
   회心懷를 가탁假托 표출하는 새로운 기법으로 묵죽도墨竹圖의 조형祖型을 창안하
   여 문인화과文人畵科의 기준을 마련하였다. 그래서 '가슴속에 대나무가 자라나고
   있다(흉중성죽胸中成竹)'는 것을 표방하는 그를 따라 배우는 문인화가들을 호주죽파
   湖州竹派라 불러 우대하였다. 동파東坡(소식蘇軾, 1037~1101)도 따라 배우며 많은
   영향을 받았다. 『단연집丹淵集』을 남기다.

2. 양무구楊无咎(1097~1169). 송宋 강서江西 청강淸江인. 본래 촉군蜀郡 성도成都인. 자
   는 보지補之. 자로 이름을 대신하다. 호는 도선노인逃禪老人, 청이장자淸夷長子. 시
   서화에 모두 뛰어났는데 특히 매화를 잘 그렸다. 글씨는 구양순歐陽詢을, 그림은
   이백시李伯時(이공린)를 배우다. 굳세고 예리한 구양순 필법으로 매화를 그리다.

3. 정사초鄭思肖(1241~1318, 혹은 1239~1316). 송宋 복건福建 복주福州 연강連江인. 자
   는 소남所南, 억옹憶翁. 호는 삼외야인三外野人, 일시거사一是居士. 고사高士로 송
   에 절의를 지켜 이름을 조趙씨를 그리워한다는 뜻인 사초思肖(조趙는 송宋 제성帝姓)
   라 고치고 자字, 호號도 모두 송宋을 못 잊는 의미로 고쳤다. 송의 태학상사생太學上
   舍生이었으나 원조元朝에 이르러서는 은거隱居하여 본혈세사本穴世思(본혈本穴은
   송宋의 의미意味)라고 실호室號를 정하고 행行, 좌坐, 와臥에 북향北向도 하지 않았다.
   평생 장가들지 않고 살았으며 묵란墨蘭을 잘 쳤으나 송나라가 망한 후에는 모두
   노근露根으로 그려서 토지를 오랑캐에게 빼앗긴 울분을 표시하였다. 조맹부趙孟

類가 송나라 종실宗室이나 훼절毁節하여 원조元朝에 출사出仕함으로써 그와 만나지 않았다.

시집『심사心史』를 남겼는데 명나라 숭정崇禎(1628~1644) 연간에 오중吳中 승천사承天寺 우물 속에서 철함鐵函에 봉함封函된 채로 발견되어 이를『철함심사鐵函心史』,『정중심사井中心史』라 하다.

4. 진원소陳元素. 명나라 장주長洲(현재 강소江蘇 소주蘇州)인. 자는 고백古白, 제생諸生. 시·문·서·화를 모두 잘하다. 글씨는 구양순의 해법楷法과 이왕二王(왕희지와 왕헌지)의 초법草法을 익혔고, 그림은 문징명文徵明을 배웠는데 특히 난을 잘 쳐서 청람靑藍이라고 했다. 사시私諡를 정문선생貞文先生이라 하다.

5. 석백정釋白丁. 명나라 운남雲南인. 자는 과봉過峯, 행민行民, 명 종실宗室. 명 멸망 후 출가. 화승畵僧. 난초를 잘 치다. 난초를 치는데 남에게 보이지 않았으며 치기를 끝마치고는 조금씩 마르면 안개같이 물을 뿜어 그 붓과 먹을 쓴 흔적을 지워 버렸다고 한다. 석도石濤와 정섭鄭燮이 모두 배웠으나 미치지 못하였다.

6. 석석도釋石濤(1630~1709). 청나라 광서廣西 청상淸湘인. 화승畵僧. 법명法名 도제道濟. 속명俗名은 약극若極, 원제原濟, 초제超濟, 소자小字는 아장阿長. 호는 청상진인淸湘陳人, 청상유인淸湘遺人, 대척자大滌子, 고과화상苦瓜和尙, 할존자瞎尊者. 석도는 자이다.

명나라 황족皇族 후예로 산수山水, 인물人物, 화과花果, 난죽蘭竹을 모두 잘하다. 법도에 구애받지 않고 필의종자筆意從恣(붓질을 멋대로 함)하나 형외形外의 뜻과 의외意外의 묘妙가 있었고 담채淡彩와 갈필渴筆을 교묘히 운용하다.『화어록畵語錄』을 저술하다.

7. 정섭鄭燮(1693~1765). 청나라 강소江蘇 양주揚州 흥화興化인. 자는 극유克柔, 호는 판교板橋. 건륭乾隆 원년 병진丙辰(1736) 진사. 벼슬은 지현知縣에 그치다. 시詩, 사詞, 서書, 화畵를 모두 잘하여 삼절三絶로 일컬어지다. 그림은 화훼花卉, 목석木石을 잘하였으나 특히 난죽蘭竹을 잘 쳤다. 평생을 시, 서, 화, 주酒로 벗하여 거리낌 없이 살다.『판교제화板橋題畵』1권을 남기다. 서체 독특, 예해 참반隸楷參半.

《석파 난첩》 뒤에 제함
題石坡蘭帖後

난을 치려면 역시 반드시 옛사람의 좋은 작품을 많이 보아야 한다. 소남所南 (정사초鄭思肖)이나 구파漚波(조맹부趙孟頫)와 같은 사람의 것은 양자강의 남쪽과 북쪽(즉 전 중국)에서도 역시 드물어서 쉽게 보지 못하니 나도 겨우 소남의 한 작품을 얻어 보았을 뿐인데, 원나라와 명나라 이래의 여러 작품과는 크게 달랐었다.

오직 우리 선조 대왕宣祖大王(1552~1608)의 어회御畵 묵란墨蘭만은 소남의 필의筆意가 있으나 사람마다 그 한 잎사귀 한 꽃판을 본받거나 모방할 수 있는 것은 아니다.

요새 사람으로 진원소陳元素, 승려인 백정白丁, 고과苦瓜(석도石濤)와 같은 사람들은 모두 자연스러움(천취天趣)이 흘러 넘쳐서 오히려 가히 문길(문경門逕)을 찾을 수 있었다.

석파石坡의 난 치는 법도 확실히 격식에 얽매이는 데서 벗어났기에 이로써 써서 주노라.

題石坡蘭帖後

寫蘭, 亦須多見古人劇迹, 如所南漚波, 大江南北, 亦罕未易見. 廑
得所南一本見之, 與元明以來諸作大異.

惟我宣廟御畫墨蘭, 有所南筆意, 非人人所可規仿 其一葉一瓣.

近人如陳元素 僧白丁 苦瓜, 皆天趣流發, 尚可以尋得門逕矣.

石坡蘭法, 夬脫臼窠, 書以貽之.

(『阮堂先生全集』卷六)

《군자문정첩》[1]에 제함
題君子文情帖

난을 치는 데는 마땅히 왼쪽으로 치는 한 법식을 먼저 익혀야 한다.

왼쪽으로 치는 것이 난숙爛熟하게 되면 오른쪽으로 치는 것은 따라가게 된다. 이는 손괘損卦의 어려움을 먼저 하고 쉬움을 뒤에 한다는 뜻이다. 군자君子는 손 한 번 드는 사이에도 구차스러워서는 아니 되니, 이 왼쪽으로 치는 한 획으로써 가히 이끌어 위를 덜어 아래를 보태는[2] 대의大義에서 이를 이끌어 펴되 곁으로 여러 가지 소식에 통달하면 변화가 끝이 없어서 간 데 마다 그렇지 않음이 없을 것이다.

이런 까닭으로 군자가 붓을 대면 움직일 때마다 문득 경계敬戒를 붙인다. 그렇지 않다면 어째서 군자의 필적筆蹟을 귀하게 여기겠는가.

이 봉안鳳眼이니 상안象眼이니 하는 것은 통행하는 규칙[3]이니 이것이 아니면 난을 칠 수가 없다. 비록 이것이 작은 법도法道이기는 하나 지키지 않으면 이룰 수가 없는데 하물며 나아가서 이보다 큰 법도이겠는가. 이로써 한 줄기의 잎, 한 장의 꽃잎이라도 스스로 속이면 얻을 수 없으며, 또 그것으로써 남을 속일 수도 없다. "열 사람의 눈이 보는 것이고 열 사람의 손이 가리키는 것이니 그 삼엄함이라!"(『대학大學』 제6장) 이로써 난초를 치는 데 손을 대는 것은 마땅히 스스로 속이지 않는 것으로부터 시작해야 한다.

조자고趙子固(조맹견趙孟堅)가 난초를 침에는 붓마다 왼쪽으로 향하였으니 소재蘇齋(옹방강翁方綱) 노인이 여러 번 그것을 칭찬하였다.

題君子文情帖

寫蘭, 當先左筆一式.

左筆爛熟, 右筆隨順. 此損卦先難後易之義也. 君子於一擧手之間,
不以苟然, 以此左筆一畫, 可以引而伸之於損上益下之大義, 旁通消
息, 變化不窮, 無往不然.

此所以君子下筆, 動輒寓戒. 不爾何貴乎君子之筆.

此鳳眼象眼 通行之規, 非此無以爲蘭, 雖此小道, 非規不成, 況進而
大於是者乎. 是以一葉一瓣, 自欺不得, 又不可以欺人. 十目所視, 十
手所指, 其嚴乎. 是以寫蘭下手, 當自無自欺始.

趙子固寫蘭, 筆筆向左, 蘇齋老人屢稱之.

(『阮堂先生全集』 卷六)

註

1. 《군자문정첩君子文情帖》. 미상未詳이나 누구의 사란첩寫蘭帖인 듯하다.

2. 『주역周易』권15 손괘損卦에 "위의 것을 덜어서 아래에 보태면 곧 이익이 되고, 아래를 가져다가 위에 보태면 곧 손해가 된다. 남의 위에 있는 사람이 그 혜택을 베풀어 아래에 미치게 되면 곧 이익이 되고, 그 아래의 것을 가져다가 스스로 살찌면 곧 손해가 된다(損上而益於下 則爲益, 取下而益於上 則爲損. 在人上者 施其澤以及下 則爲益也, 取其下而自厚 則爲損也)."라고 한 내용을 인용한 것이다.

3. 난蘭을 칠 때 난엽蘭葉이 교차하는 상태에 따라 봉안형鳳眼形이 이루어지기도 하고, 상안형象眼形이 이루어지기도 하므로 그 잎을 치는 방법을 이와 같이 구별하여 부른다.

조희룡¹의 화련에 제함
題趙熙龍畵聯

요사이 마른 붓乾筆²과 된 먹(검묵儉墨, 물기 없는 먹)으로써 원나라 사람들(원말 元末 사대가四大家, 황공망黃公望·오진吳鎭·예찬倪瓚·왕몽王蒙 – 역자 주)의 거칠고 간략한 것을 억지로 만들어 내는 사람은 모두 자기를 속임으로써 남을 속 인다.

왕우승王右丞³·대소大小 이장군李將軍⁴·조영양趙令穰⁵·조승지趙承旨(조 맹부趙孟頫) 같은 이들은 모두 청록색을 쓰는 그림으로 뛰어남을 보였다. 대 개 품격의 높고 낮음은 그 솜씨에 있지 않고 뜻에 있으니, 그 뜻을 아는 사 람은 비록 청록이나 이금泥金 어느 색채를 쓴다 해도 역시 다 좋다. 서도書道 도 같이 그렇다(추사秋史의 '畵法有長江萬里 書勢如孤松一枝'의 대련對聯 방서傍書에도 같은 내용을 씀 – 역자 주).

題趙熙龍畫聯

近以乾筆儉墨, 强作元人荒寒簡率者, 皆自欺以欺人也.

如王右丞 大小李將軍 趙令穰 趙承旨, 皆以靑綠見長. 蓋品格之高

下, 不在跡而在意, 知其意者, 雖靑綠泥金亦可. 書道同然.

(『阮堂先生全集』卷六)

1. 조희룡趙熙龍(1789~1866). 조선 평양인平壤人. 자는 이견而見, 치운致雲, 운경雲卿. 호는 우봉又峯 · 창주滄洲 · 석감石憨 · 철적鐵笛 · 호산壺山 · 단로丹老 · 매수梅叟. 벼슬은 오위장五衛將을 지내다. 추사 문하에서 추사의 필법을 배워 시 · 서 · 화를 모두 잘하였다. 추사의 문인화풍文人畵風을 여항閭巷에 받아들여 숙종肅宗 이후 서울 예원藝苑에 배양된 국화풍國畵風을 쇠퇴하게 한 장본인이다. 추사의 충실한 제자로 매란梅蘭을 잘 그렸으나 문기文氣의 면에서는 추사에게 인정받지 못하다.

2. 건필乾筆. 항상 붓을 건조시켰다가 사용할 때 붓끝에만 먹물을 묻혀 쓰는 붓.

3. 왕유王維(701~761, 혹은 699~759). 당唐 산서山西 태원太原 기현인祁縣人. 자는 미힐摩詰. 개원開元 9년(721) 진사進士로 벼슬이 상서우승尙書右丞에 이르다. 시 · 서 · 화에 모두 능하였으나 특히 화법畵法이 뛰어나서 후세에 남종화南宗畵의 비조鼻祖로 추앙되다. 〈강산설제도江山雪霽圖〉, 〈망천도輞川圖〉, 〈복생수경도伏生授經圖〉 등의 작품이 남아 있다. 안녹산安祿山의 난 때 반군叛軍에 포로가 되었으나 절의節義를 지키다.

4. 이사훈李思訓(651~716 혹은 653~718). 당唐 종실宗室. 자는 건견建見. 이임보李林甫의 백부伯父. 강도령江都令으로 측천무후則天武后 때 당 종실들이 많이 피살되는 것을 보고 벼슬을 버리고 달아나다. 중종中宗이 즉위하자 종정경宗正卿이 되고, 현종玄宗이 즉위하여서는 팽국공彭國公에 피봉被封되었으며 전공戰功으로 좌무위대장군左武衛大將軍이 되어 대이장군大李將軍으로 불리어지다. 벼슬은 진주도독秦州都督에 이르다.

서書 · 화畵 모두 잘하였으나 특히 화품畵品이 뛰어나서 당唐 일대一代의 제일로 꼽히는데, 극채세밀極彩細密의 귀족화풍貴族畵風은 이로부터 창시되어 비록 소폭小幅이라도 운하표묘雲霞縹渺(구름과 안개가 아득함)하여 대경大景을 실감하게 하였다. 그래서 후세에 북종화北宗畵의 시조로 추앙되다.

화적畵蹟은 전하는 것이 없다. 자子, 제弟, 질姪 5인이 모두 그림으로 세상에 이름을 남기었는데, 그 아들 소도昭道는 산수山水에 뛰어나서 부업父業을 이었으므로

376

이를 소이장군小李將軍이라 일컫는다. 실제 소도는 벼슬이 중서사인中書舍人에 그쳤으나 부함父啣을 습칭襲稱하여 소이장군小李將軍으로 불린다.

5. 조영양趙令穰. 宋末 종실宗室. 자는 대년大年. 산수화山水畵의 대가. 철종哲宗 때 벼슬이 숭신군절도관찰유후崇信軍節度觀察留後에 이르다. 개부의동삼사영국공開府儀同三司榮國公을 추증追贈하다. 경사經史 문한文翰에 조예가 깊고, 진晉 이래의 법서·명화를 수장收藏 연구하여 서화書畵를 모두 잘하였으나 특히 화법畵法이 뛰어나서 왕유王維와 이사훈李思訓 부자父子 및 필굉畢宏·위언韋偃의 화법을 모두 익히고 자연 풍물에서 자득自得하여 스스로 일가를 이루었다. 〈강정군부도江汀群鳧圖〉, 〈강향청하도권江鄕淸夏圖卷〉 등이 전하여지고 있다.

이재 소장 〈운종¹ 산수정〉에 제함
題彝齋所藏雲從山水幀

동향광董香光(동기창董其昌, 1555~1636) 이래로 왕연객王烟客(왕시민王時敏, 1592~1680)² · 녹대麓臺(왕원기王原祁, 1642~1715) · 석곡石谷(왕휘王翬, 1632~1726) 의 여러 사람들에 이르기까지 모두 대치大癡(황공망黃公望, 1269~1354)의 문길 (문경門徑)에서 신비하고 심오한 곳까지 깊이 들어가기는 하였다. 그러나 각각 자기만이 가지는 풍치風致로써 조금씩 모양을 고쳐서 일가를 이루었을 뿐이다.

이 그림은 곧장 대치를 따라서 자기의 의사를 쓰지 않고 터럭 끝이라도 다 닮게 하였으니, 당나라 때 모사한 진 대晉代의 서첩書帖과 같다. 그런데 소식蘇軾(1037~1101) · 황정견黃庭堅(1045~1105) · 미불米芾(1051~1107) · 채양 蔡襄(1012~1067)³은 오히려 당나라 때 모사한 것에서 그 아래로 한 등급 사양 해야 하니 진적眞蹟(직접 쓰거나 그린 작품)은 일등一等인 때문이다. 옥적산방 玉篴山房에서 9월 9일에 완당阮堂은 이재彝齋(권돈인權敦仁)와 더불어 같이 고 정考訂하고 그로 인연해서 제제題題한다.

이 그림을 가지고 현재玄宰(동기창董其昌) 등 여러 사람보다 지나치다고 하는 것은 아니다. 현재는 영양羚羊이 뿔을 나무에 건 것 같고[4] 이 그림은 향상香象이 물을 건너는 것 같다.[5] 동쪽 우리나라 사람들은 대치의 진본을 볼 수 없으니 처음 배우는 사람들이 만약 이 그림을 좇아 들어간다면 가히 대치 그림에 손을 댈 수 있을 것이다. 그러나 이 그림의 윗부분 반은 또한 신비한 변화가 헤아릴 수 없어서 그림 그리는 법식만으로는 미칠 수가 없다. 완당이 또 고증한다.

題彝齋所藏雲從山水幀

自董香光以來, 至於王煙客 麓臺 石谷諸人, 皆於大癡門徑, 深入秘奧. 然各以自家風致, 稍變面目, 成就一家.
此畫直從大癡, 不用己意, 毛髮畢肖, 如唐摸晉帖. 蘇黃米蔡 尚於唐摹 遜一籌, 以其下眞跡一等故耳. 玉篸山房 重九日, 阮堂與彝齋同訂因題.
非以此畫, 爲過於玄宰諸人也. 玄宰 如羚羊掛角, 此畫如香象渡河. 東人不得見大癡眞本, 初學如從此畫入, 可以下手. 然此畫上一半, 又神變不測, 非筆墨蹊逕可及. 阮堂又訂.

(『阮堂先生全集』 卷六)

1. 소운종蕭雲從(1596~1673). 명나라 안휘安徽 무호蕪湖인. 원 이름은 용龍, 자는 척목 尺木, 호는 묵사黙思, 무민도인無悶道人, 종산노인鍾山老人. 명 숭정崇禎 9년(1636), 15년(1642) 양과兩科에 부공副貢으로 합격. 청나라 벼슬에 나가지 않다. 시·문· 서·화·음률에 정통. 그림은 산수를 특히 잘했다. 황공망과 예찬을 배웠으나 만 년에는 스스로 일가를 이루어 맑고 통쾌한 특징을 보였다. 겸해서 인물화에도 능 했다. 〈태평산수도太平山水圖〉, 〈이소도離騷圖〉 등이 목판본에 새겨 전한다.

2. 왕시민王時敏(1592~1680). 명나라 강소江蘇 태창인太倉人. 자는 손지遜之, 호는 연 객煙客·서전주인西田主人·서려노인西廬老人. 상국相國 왕석작王錫爵의 손자. 동 기창董其昌·진계유陳繼儒에게 배우다. 명 만력萬曆 29년(1601) 진사. 태상시봉상 太常寺奉常을 지내다. 명나라가 망한 후에는 은거 불사不仕하다.

시·문·서·화를 모두 잘하였으나 특히 그림은 황대치黃大癡의 법을 배워서 청 조淸朝 회화의 기초를 이룩하다. 문하에서 석곡石谷 왕휘王翬, 어산漁山 오력吳歷, 녹대麓臺 왕원기王原祁(친손자) 등 청초淸初 화단의 거장들을 배출하다. 집안에 서 화 수장이 풍부하여 이에 계발啓發됨이 많았다. 글씨는 팔분서八分書를 잘 쓰다.

3. 채양蔡襄(1012~1067). 북송北宋 복건福建 흥화興化 선유인仙遊人. 자는 군모君謨. 천 성天聖 8년(1030) 진사進士. 벼슬은 지간원知諫院·지복주知福州·지개봉부知開封 府·한림학사삼사사翰林學士三司使·단명전학사端明殿學士를 지내다. 이부시랑吏 部侍郎을 추증追增하고 시호詩號를 충혜忠惠라 하다. 시문詩文과 서법書法에 뛰어 나서 당세當世 제일로 일컬어지다.

진서眞書, 행서行書, 초서草書, 예서隸書가 모두 묘품妙品에 들고 이를 비백飛白으 로 변화시켜 비초飛草 혹은 산초散草라 하는 비백초서체를 창안하다. 젊어서는 강 경强硬한 기세氣勢에 힘썼으나 만년에는 순담완연淳淡婉然(순진 담박하고 아리따움) 으로 돌아오다. 그림도 잘 그렸으나 글씨에 묻혀 일컬어지지 않다.

『다록茶錄』 2권, 『여지보荔枝譜』 1권, 『채충혜공집蔡忠惠公集』 36권 등의 저서가 있다.

4. 영양괘각羚羊掛角. 영양은 밤에 잘 때에는 뿔을 나뭇가지에 걸어서 해害를 방지한

다고 한다. 그래서 흔적을 구할 수 없는 것, 즉 초탈超脫한 경지를 일컫는 말이다.

5. 향상도하香象渡河. 향기 나는 청색青色의 큰 코끼리가 강을 건널 때는 강바닥까지 닿아서 흐름을 끊어 놓는다는 의미이니, 투철한 것을 비유하는 말이다.

〈낙목일안도〉에 제함
題落木一鴈圖

사공표성司空表聖[1]의 『이십사시품二十四詩品』은 그림의 경지가 아닌 것이 없고 동파東坡 공의 "빈산에 인적 없고 물소리에 꽃 피어난다."(「나한찬羅漢讚」), "산 높아 달 작고, 물 줄어 돌부리만 우뚝우뚝"(「후적벽부後赤壁賦」)이라는 것은 또한 더할 수 없이 신묘한 깨달음의 표현이다.

　지금 이 〈낙목일안도〉는 두 분의 밖에서 하나의 다른 경지를 이끌어 내니, 소후蕭候[2]의 가슴속에 천기天機(천부의 재능과 감성)가 가득하여 그로써 이 두 분에게까지 올려 미친 것이 있는가.

　일찍이 소후의 시를 보니 "아침에 온 꾀꼬리 깊은 생각 있구나."라는 구절이 있었는데 사공司空의 풍미風味와 매우 비슷하였다. 과연 일안도一鴈圖의 경지 중에서도 얻을 수 있는 것일까.

題落木一鴈圖

司空表聖 二十四詩品, 無非畫境. 坡公 空山無人, 水流花開. 山高月小, 水落石出. 又是無上妙諦.
今此落木一鴈, 於兩公之外, 拈出一異境, 茗侯胷中, 天機自足, 有以上摩兩公耶.
嘗見茗侯詩, 有曉來黃鳥有深思之句, 甚似司空風味, 果有得於一鴈境中者歟.

(『阮堂先生全集』卷六)

註

1. 사공도司空圖(837~908). 당나라 우향虞鄉(현재 산서山西 영제永濟 우향虞鄉)인. 함통咸通(860~873) 말末 진사進士. 벼슬이 예부낭중禮部郎中에 이르다. 당말唐末의 혼란을 보고 산서山西 중조산中條山 왕관곡王官谷에 휴휴정休休亭을 짓고 은거隱居, 내욕거사耐辱居士라 자호自號하고 시문詩文으로 자오自娛하다.

주전충朱全忠이 당조唐朝를 찬탈하고 예부상서禮部尚書로 불렀으나 가지 않고 개평開平 2년(908) 애제哀帝가 시해됨을 듣고 단식斷食 순절殉節하다. 만당晚唐의 대시인으로 그가 지은『이십사시품二十四詩品』은 평기농담平奇濃淡하여 사림詞林에서 진중珍重히 여긴다.

2. 청나라 장사전蔣士銓(1725~1785)의 자字가 소생茗生이므로 이와 같이 일컬은 것이 아닌가 한다.

고기패[1]의 〈지두화〉 뒤에 제함
題高其佩指頭畵後

지두화指頭畵(붓 대신 손가락 끝으로 그린 그림)는 마땅히 고상하고 예스러우며 간략하되 근엄한 것으로 법칙을 삼아야 한다.

근세近世의 고기패高其佩와 주륜한朱倫瀚[2]은 지두화가指頭畵家로 특별히 뽑아낼 만한 사람들이다. 오기봉吳起鳳[3]의 무리는 펼침이 지나친데 거둬들이지 않았다. 옥적산방玉笛山房 중의 〈몽선화夢禪畵〉에 고기패와 주륜한의 풍치가 있다. 또 장수옥張水屋[4]과 나양봉羅兩峯[5] 같은 이들은 선비의 기풍을 잃지 않아 능히 전서篆書와 주서籒書(서주西周 이후 진시황秦始皇의 문자 통일 이전까지 서쪽 진秦 지역에서 사용하던 옛 한자체. 〈석고문石鼓文〉이 주서라 하기도 한다. ─ 역자 주) 쓰는 법으로 그릴 수 있는데 도리어 필취筆趣(붓맛)보다 더 나은 것이 있다.

대략 손가락으로 붓을 대신한다는 것은 곧 음양陰陽을 함께 쓰는 묘한 이 치니 천룡선사天龍禪師의 일지선법一指禪法[6]을 철저하게 깨칠 수 있어야 가 히 지두삼매指頭三昧에 들어갈 수 있으리라.

이 군李君의 이 그림 족자는 자못 아름다우나 강동고姜東皐[7]와 비슷하니 그 어째서 이렇게 서로 꼭 들어맞을 수 있을까. 늘 간략하고 근엄하게 한다는 이 한 법칙에는 깊이 힘을 더 들여야 하니 홀로 지두화법만은 아니다. 대치大癡와 운림雲林을 배우고자 해도 간략하고 근엄하지 않으면 안 되는데, 먼저 거칠고 엉성함으로부터 좇아 들어간다면 문득 마군魔軍의 세계에 떨어질 터이니 이는 화가畫家가 가장 깊이 경계할 일일 뿐이다.

題高其佩指頭畫後

指畫 當以高古簡嚴爲則.
近世之高其佩 朱倫瀚, 尤其選耳. 吳起鳳之流, 過於流放, 不收矣.
玉笛山房中夢禪畫, 有高朱風致. 又如張水屋 羅兩峰, 不失士氣, 能以篆籒之法作之, 反有勝於筆趣者.
大率以指代筆, 即光陰互用之妙諦, 有能悟徹天龍一指禪, 可入指頭三昧也.
李君此幀頗佳 似姜東皇, 其何有印合歟. 每於簡嚴一法, 深加著力, 非獨指法. 欲學大癡 雲林, 非簡嚴不能, 先從其荒率入門, 便墮魔界, 是畫家最深戒耳.
(『阮堂先生全集』卷六)

註

1. 고기패高其佩(1672~1734). 청나라 요양遼陽 철령鐵嶺인. 선세는 산동山東 고밀高密 인. 자는 위지韋之, 위삼韋三, 호는 차원且園, 차도인且道人, 남촌南村. 벼슬은 음관 蔭官으로 형부시랑刑部侍郎을 지내다. 시호는 각근恪勤. 그림을 잘하되 특히 지두 화指頭畵에 뛰어나서 화목花木·조수鳥獸·인물人物·산수山水 등에 정묘精妙하 지 않은 것이 없었다. 8세부터 그림을 배워 10여 년 만에 일가를 이루다.

   꿈에 한 노인이 나타나서 한 토실土室로 인도하여 들어가 보니 사벽四壁에 그림 이 가득한데 이법理法이 구비되었는지라 이를 익히려 하나 방 안에는 오직 물 한 그릇만 있어서 손가락으로 이를 찍어서 연습하다 꿈을 깨고 크게 깨달아 지두화 의 묘체妙諦를 터득하였다 한다. 지두화는 문기횡일文氣橫溢하고 기정이취奇情異 趣가 있어 문인文人들에게 크게 환영되는바, 고봉한高鳳翰·주륜한朱倫瀚 등이 그 법을 이어받았다. 시詩도 잘하여 『차원시초且園詩鈔』를 남기다.

2. 주륜한朱倫瀚(1680~1760). 청나라 산동山東 역성인歷城人. 명明의 종실宗室. 자는 함재涵齋, 호는 역헌亦軒, 일삼一三. 강희康熙 51년 임진壬辰(1712) 무진사武進士. 벼 슬은 정황기한군부도통正黃旗漢軍副都統. 서화에 능통해 각체各體 각과各科에서 묘경妙境에 이르다.

   고기패高其佩의 생질甥姪. 외숙의 지두화법指頭畵法을 배워 의발衣鉢을 전수받다. 성조聖祖가 그의 그림이 든 부채에 글씨를 써서 조선 왕에게 선물하였는데 조선 왕이 다시 많은 값을 보내어 그림을 청하여 화단畵壇의 미담美談이 되었다.

3. 오기봉吳起鳳. 미상未詳.

4. 장도악張道渥. 청 산서山西 부산인浮山人. 자는 봉자封紫, 수옥水屋. 호는 죽휴竹畦· 기려공자騎驢公子. 벼슬은 지울주知蔚州에 이르다. 시詩·서書·화畵를 모두 잘하 되 산수山水와 지두화에 능하였다. 성품이 매인데 없이 활달하여 사람들이 장풍 자張風子라 불렀는데 곧 이로써 자호字號를 삼다. 그림도 법식에 구애받지 않았으 나 수윤秀潤한 기운이 넘쳐났다.

5. 나빙羅聘(1733~1799). 청나라 강소江蘇 양주인揚州人. 혹은 안휘安徽 흡현歙縣인.

자는 둔부遯夫, 호는 양봉兩峯, 화지승花之僧. 이른바 양주 팔괴揚州八怪의 한 사람으로 어려서 금농金農의 문하에 나가 그림을 배워 수제자가 되다. 산수山水・인물人物・화죽花竹・지두화에 모두 능하였으나 특히 묵죽墨竹으로 유명하였다.

시詩・서書도 잘하였으며 남북 중국을 모두 발섭跋涉한 후에 그림이 더욱 좋아졌다. 금농이 한수漢水 근처에서 죽자 돌아와 장사 지내고, 유고遺稿를 찾아내어 『동심집冬心集』 4권을 인각印刻하다.

6. 일지선법一指禪法. 일지두선一指頭禪 혹은 구지지두선俱胝指頭禪, 구지일지俱胝一指, 구지수지俱胝竪指라고 일컫는 선문禪門 공안公案의 이름. 손가락 끝에 천지天地를 모두 포섭한다는 의미. 『경덕전등록景德傳燈錄』 제11 「금화구지전金華俱指傳」에서 유래한다.

어느 때 금화산 구지선사가 실제實際 비구니와 선문답에서 말문이 막혀 분을 삭이지 못하고 있는데 우연히 항주杭州 천룡天龍화상이 그 암자에 들렀다. 구지선사가 그 사실을 말하고 그에게 묻자 천룡화상은 아무 말도 하지 않고 손가락을 세워 보여 주었다. 구지선사는 즉석에서 깨닫고 이후에 누가 선지를 물어 오면 항상 한 손가락을 들어 대답하니 사람들이 이를 일러 일지두선이라 일컬었다. 구지선사는 임종에 임해 이렇게 말했다 한다. "내가 천룡의 일지두선을 얻어 일생 사용했는데 아직 다하지 않았다."

7. 강동고姜東皐. 미상未詳.

여성전[1]이 그린
〈매란국죽정〉에 붙여 씀
題呂星田畵梅蘭菊竹幀

오난설吳蘭雪[2]이 수장한 왕원장王元章[3]의 묵매墨梅 한 폭은 소재蘇齋(옹방강翁方綱) 이하 여러 이름난 큰 인물들이 매우 많은 글을 써서 증명하였다. 성전星田이 그린 것도 온통 그 뜻을 모방하였다.

전시랑錢侍郎(전재錢載)이 친 난초는 근세에 그것을 으뜸으로 꼽는다. 신비한 경지에 들어가서 마땅히 서가書家에 있어서의 유석암劉石庵(유용劉墉)과 아울러 일컬어져야 하니, 조자고趙子固(조맹견)의 '붓마다 왼쪽으로 나와야 한다'거나, 조구파趙鷗波(조맹부)의 '세 번 굴려서 묘하게 한다'는 것으로 참된 비결과 신비한 깨달음을 삼았다.

요사이 서양 국화가 중국에 들어와서 백 수십 종이 되었다. 화가畵家에 대판大瓣 국화가 많이 있는데 이 그림은 동리東籬〔도연명陶淵明의 시詩「음주飮酒」20수首 중 "동쪽 울타리 아래에서 국화를 꺾다(採菊東籬下)."라는 구절에서 연유한 말로 중국 재래종인 황국黃菊을 일컫는다. - 역자 주)의 맛을 잃지 않았다.

장포산張浦山[4]이 제일여諸日如[5]의 죽竹을 두고 잎이 균등하여 변화가 없다 했는데 진실로 옳은 말이다. 이 대 그림도 홀로 촌티를 벗어 버렸다. 일찍이

388

임이선林以善[6]의 대 그림을 보니 역시 이와 같았다. 성전星田이 반드시 임 씨林氏를 배우지 않았을 터인데, 옛날 사람과 지금 사람이 서로 도장 찍듯이 들어맞으니 이끼의 개체는 다르나 같은 언덕에만 돋아나는(이태동잠異苔同岑) 묘한 이치에서인가.

題呂星田畫梅蘭菊竹幀

吳蘭雪. 藏王元章墨梅一幀, 蘇齋以下諸名碩, 題證甚多. 星田所畫, 全仿其意.

錢侍郞畫蘭, 近世宗之. 入於神境, 當與書家之石庵並稱, 以趙子固之筆筆左出, 趙鷗波之三轉而妙, 爲眞訣秘諦焉.

近日洋菊之入中國, 爲百數十種, 畫家多有大瓣, 此畫不失東籬趣.

張浦山 以諸日如竹, 爲葉与不變, 誠至言也. 此竹獨脫去陋習, 嘗見林以善亦如此. 星田未必學林, 古今人印合, 異苔同岑之妙歟.

(『阮堂先生全集』卷六)

1. 여관손呂館孫. 청淸. 강소江蘇 무진武進인. 자는 원영元永, 호는 성전星田. 도광道光 18년(1838) 진사. 벼슬은 소주紹州 지부知府를 지내다. 이상적李尙迪과 친교가 있었던 문인화가文人畵家. 영리榮利에 담박했고 사귀는 이들이 모두 당시 명숙名宿(학식이 뛰어나고 덕망 있는 선비)이었다. 시화詩畵에 정통하다.

2. 오숭량吳嵩梁(1766~1834). 청나라 강서江西 동향인東鄕人. 자는 자산子山, 난설蘭雪, 철옹澈翁, 호號는 향소산관주인香蘇山館主人, 자호自號 연화박사蓮華博士. 가경嘉慶 5년(1800) 거인, 내각중서관內閣中書官 귀주검서지주貴州黔西知州 지내다. 시詩·서書·화畵에 능하고 금석金石 고문古文의 연구에 정통하다.

어려서 장사전蔣士銓에게 배우고 옹방강翁方綱의 문하에 나가 의발衣鉢을 전수받다. 추사秋史를 비롯한 우리나라 학자들과 친교가 두터워 청조淸朝 금석학金石學을 우리나라에 전수하는 데 큰 공이 있다. 글씨는 소식蘇軾과 미불米芾을 배우고 그림은 왕매정王梅鼎을 따랐다.

3. 왕면王冕(1287~1359). 명나라 절강浙江 저기인諸曁人. 회계會稽(지금 절강 소흥紹興)에서 살다. 자는 원장元章, 호는 매화옥주梅花屋主·노촌老村·자석산농賫石山農·산농山農·반우옹飯牛翁·회계외사會稽外史. 어려서 가난하여 양치기가 되었는데 양이 없어져서 아비로부터 쫓겨났다. 절로 들어가서 밤에는 장명등長明燈에 의지하여 독서하니 한성韓性이 기특히 여겨 제자로 삼았는데 뒤에 춘추제전春秋諸傳에 박통博通하여 사람들이 통유通儒라 일컫다.

원말元末에 세상이 어지러울 것을 예견하고 처자를 이끌고 구리산九里山에 은거하여 그림을 팔아서 생활하다. 죽석竹石과 묵매墨梅를 잘 그렸는데 특히 묵매에 능하여 송말宋末 양보지揚補之에 뒤지지 않다. 명 태조明太祖가 그의 명성을 듣고 무주婺州를 항복받은 후에 자의참군諮議參軍으로 불렀으나 나가지 않다.

4. 장경張庚(1685~1760). 청나라 수수秀水(현재 절강浙江 가흥嘉興)인. 원명原名은 도燾, 원자原字는 부삼溥三. 개명改名 후에 자도 공지간公之干이라고 고치고 원자原字인 부삼의 음을 따서 포산浦山이라 자호自號하다. 과전일사瓜田逸史·백저촌白苧村·

상자桑者 · 미가거사彌伽居士 등의 호를 쓰기도 하다.

어려서부터 과업科業을 닦지 않고 시詩 · 고문古文 · 서화書畵를 힘써 익히다. 옹정雍正 13년(1735)에 포의布衣로 홍박鴻博에 천거되다. 그림은 족숙모族叔母 남루태부인南樓太夫人 진서陳書에게 배우고 고인古人의 법을 익혀 산수山水 · 인물人物 · 화훼花卉에 독립된 일문一門을 이룩하다.

산수는 동원董源, 거연巨然, 황공망黃公望을 드나들며 깊이 묵법墨法을 터득하니 빼어나고 윤택함秀潤은 넘쳐났으나 짙푸르게 번짐(창혼蒼渾)은 부족했다. 화훼는 진순陳淳을 따라 배웠다. 전재錢載와는 가까운 친척으로 동문수학했다.

『국조화징록國朝畵徵錄』 5권, 『포산논화浦山論畵』, 『강서재시문집強恕齋詩文集』 등의 저서가 있다.

5. 제승諸昇(1618~1690). 청나라 절강성 인화仁和(현재 항주杭州)인. 자 일여日如, 호 희암曦庵. 난죽석蘭竹石을 잘 그리다. 필법이 굳세고 날카로우며 가지런하다. 설죽雪竹과 죽석서작竹石栖雀에 뛰어났고 산수화에도 능했다.

6. 임량林良(1416~1480). 명나라 광동 남해南海(현재 광주시廣州市)인. 자는 이선以善. 홍치弘治 연간(1488~1505)에 효종孝宗에게 징소徵召되어 금의위백호錦衣衛百戶에 제수되고 내정內庭에 공봉供奉하다. 채색화彩色畵도 잘 그렸으나 수묵방필水墨放筆로써 화훼花卉 · 영모翎毛 · 산수山水에 득의得意하다.

운필주경運筆遒勁(붓놀림이 힘차고 굳셈)하되 초서草書와 같이 청담淸淡한 맛이 있어 고일高逸(높게 빼어남)한 화품畵品을 남이 따를 수 없었다. 명 대明代 회화의 특색인 사의파寫意派의 기초를 이룩한 사람이다. 즉, 송 대宋代 사생파寫生派의 형식주의를 타파하고 사의파의 이상적 화풍을 열다. 봉황도鳳凰圖 등이 남아 있다.

학옥섬[1]의 〈삼공도〉에 제함
題郝玉蟾三公圖

강소江蘇와 절강浙江 두 지방 사이의 여사女史로 그림을 잘 그리던 사람에는 손벽오孫碧梧[2]·낙패향駱珮香[3]·조묵금曹墨琴[4]·귀패산歸珮珊[5]·여정부인如亭夫人[6]·분여부인分如夫人[7]·청미도인淸微道人[8]·장정인張淨因[9]·굴완선屈宛仙[10]과 같은 여러 사람이 있었다. 모두 안방에서 이름을 떨쳤는데 죽서여사竹西女史도 그 하나이다.

그림은 백운외사白雲外史[11]를 배워 거의 신수神髓를 전해 받았으니 운빙惲氷여사[12]에 떨어지지 않는다. 석곡石谷[13]·녹대麓臺[14]의 것과 같은 것들은 쉽게 얻을 수 있으나, 이 그림은 쉽게 얻을 수 없으므로 이에 제를 붙여 보배로 간직한다.

題郝玉蟾三公圖

江浙間 女史工畫者, 有如孫碧梧 駱珮香 曹墨琴 歸珮珊 如亭夫人
分如夫人 清微道人 張淨因 屈宛仙諸人. 皆閨閣間名勝, 竹西女史,
即其一也.

畫法白雲外史, 殆傳其神髓, 不減惲冰女史. 如石谷 麓臺易得, 此畫
不易得, 仍題藏珍.

(『阮堂先生全集』卷六)

1. 학옥섬郝玉蟾. 학상아郝湘娥의 자字인 듯하나 미상未詳. 호는 죽서여사竹西女史이다. 상아湘娥는 청나라 하북河北 보정인保定人으로 집안이 가난하여 두미생竇眉生 홍鴻의 집에 첩으로 팔려 갔었으나 화훼花卉·인물을 잘 그렸다. 시와 바둑에도 능했다. 이에 인척 최 모崔某가 세력가에게 이를 넘기려고 도둑을 시켜 두홍을 무고해 죽게 하니 상아는 절명시絕命詩를 짓고 목매달아 순절殉節하였다.

2. 손운봉孫雲鳳(1764~1814). 청나라 항주杭州 인화인仁和人 혹은 전당인錢塘人. 손령의孫令宜의 딸. 자는 벽오碧梧. 수원隨園 원매袁枚(1716~1797)의 여제자로 시에 능하고 화훼花卉를 잘 그렸다. 출가하였으나 남편이 붓과 벼루를 보고 미워해서 친정으로 돌아와 있다가 울분으로 일생을 마쳤다 한다. 그의 매씨妹氏들인 운학雲鶴·운란雲鸞·운홍雲鴻·운한雲鷳이 모두 시문詩文과 그림에 뛰어났으나 일생은 모두 불우하였다.

3. 낙기란駱綺蘭. 청나라 상원上元(현재 강소江蘇 남경南京)인. 혹은 구용인句容人. 자는 패향珮香, 호는 추정秋亭. 강녕제생江寧諸生 공세치龔世治에게 출가하였으나 일찍이 과부가 되어 시화詩畵에 뜻을 두고 간재簡齋 원매袁枚와 몽루夢樓 왕문치王文治(1730~1802)의 문하에서 수학하여 여제자가 되다.

   시詩·화畵에 모두 뛰어났으나 특히 사생寫生에 장長하여 〈작약삼타화도芍藥三朶花圖〉, 〈패란도佩蘭圖〉, 〈추등과녀도秋鐙課女圖〉 등은 당시 명인名人들이 다투어 제발題跋을 가하였다. 중년 이후는 불문佛門에 귀의하여 선리禪理를 잠구潛究할 뿐 시화詩畵를 많이 하지 않았다 한다.

4. 조정수曹貞秀(1762~1822). 청나라 안휘安徽 휴녕인休寧人. 오문吳門(강소江蘇)에 교거僑居. 일명 수정秀貞. 자는 묵금墨琴. 조예曹銳의 딸. 왕기손王芑孫의 아내로 글씨는 종요·왕희지를 배우고 구양순체에 능했으며 그림은 매화를 잘 그렸다. 저서로『사매헌시초寫梅軒詩鈔』가 있다.

5. 귀무의歸懋儀. 청나라 강소江蘇 상숙인常熟人. 자는 패산珮珊. 상해上海 이학황李學璜에게 출가하다. 글씨와 그림을 다 잘하였다.

6. 여정부인如亭夫人. 청 만주滿洲인. 자 여정如亭. 호 악동鄂東부인. 철보鐵保 (1752~1824)의 처. 글씨를 잘 쓰고 묵죽墨竹에 능했다. 행서와 초서는 왕희지와 왕헌지를 배워 필의가 강경剛勁(단단하고 굳셈)했다.

7. 분여부인分如夫人. 미상未詳.

8. 악련嶽蓮. 청나라 여승女僧. 강소江蘇 무석無錫인. 속성俗姓 왕王씨. 일명 정련淨蓮. 자는 운향韻香, 호는 옥정도인玉井道人, 청미도인淸微道人, 이천二泉. 무석無錫 복혜福慧 쌍수암雙修庵에 주석駐錫하다. 시詩 · 서書 · 화畵를 모두 잘하였는데 특히 난죽蘭竹을 잘 치다. 금리琴理(거문고 타는 법)에도 밝았다.

9. 장인張因(1741~1807). 청 감천甘泉(현재 강소江蘇 양주揚州)인. 장견張堅의 딸. 자는 정인淨因, 숙화淑華. 시와 그림을 잘하다. 황문양黃文暘에게 출가하다. 부부가 완원阮元의 낭환선관琅環仙館에 함께 살며 여러 부인을 지도했다. 가난하여 그림으로 쌀을 바꾸기도 하다. 『녹추서옥시집綠秋書屋詩集』, 『쌍동관시초雙桐館詩鈔』의 저서가 있다.

10. 굴병균屈秉筠(1767~1810). 청나라 강소 상숙인常熟人. 보균保鈞의 여동생. 이름을 병균秉鈞이라고도 하고 자는 완선宛仙, 완선婉僊. 수원隨園 원매袁枚의 여제자로 백묘화훼白描花卉를 특히 잘하여 규각중閨閣中 이용면李龍眠이라 일컫다. 소문昭文 조자량趙子梁에게 출가하였는데 부부가 모두 시를 잘하였다. 부부 거처인 온옥루蘊玉樓에는 화장침선化粧針線 도구와 문방文房 도구가 함께 놓여 있었다. 『온옥루집蘊玉樓集』이 있다.

11. 운수평惲壽平(1633~1690). 청나라 무진인武進人. 이름은 격格. 자는 수평壽平, 자字로 이름을 대신하다. 고친 자는 정숙正叔, 호는 남전南田 · 구향관甌香館 · 백운외사白雲外史 · 운계외사雲溪外史 · 동원객東園客 · 동원초의東園草衣. 어려서는 가난으로 출가하여 항주抗州 영은사靈隱寺에 있었다.
시 · 서 · 화에 모두 뛰어났었는데 그림은 북송北宋 서숭사徐崇嗣를 배워 채색을 잘 썼고, 글씨는 저수량褚遂良을 배웠으며, 시재詩才가 초일超逸하여 시격초일詩格超逸(시격은 뛰어나게 빼어남), 서법주일書法遒逸(서법은 힘차게 빼어남), 화필생동畵筆生動(그림 붓은 살아 움직임)으로 시서화 삼절이라 일컫다. 성격이 개결하여 지기知己

를 만나면 몇 달이 걸리더라도 정성껏 그려 주되 마음에 들지 않으면 백금百金도 토개土芥(흙먼지) 같이 여기니 수십 년 서화에 종사했으나 여전히 가난에서 벗어나지 못했다. 『구향관집甌香館集』을 남겼다.

12. 운빙惲氷. 청나라 무진인武進人. 제생諸生 종륭鐘隆 차녀次女. 수평壽平의 족증손녀族曾孫女. 자는 청우淸于, 청어淸於. 호는 호여浩如, 난릉여사蘭陵女史, 남란여자南蘭女子. 시詩·화畵를 잘하였는데 같은 현縣의 모홍조毛鴻調에게 출가하여 부부가 소루小樓를 짓고 살면서 시와 그림으로 함께 늙다.

13. 왕휘王翬(1632~1717). 청나라 강소江蘇 상숙인常熟人. 자는 석곡石谷, 호는 구초臞樵, 경연산인耕煙散人, 검문초객劍門樵客, 경연외사耕煙外史, 청휘주인淸暉主人. 명말청초明末淸初의 산수화가 중 제일인자이다. 왕시민王時敏·왕감王鑑과 함께 강좌삼왕江左三王이라고도 하며 왕원기王原祁를 넣어 사왕四王이라 일컫기도 한다. 고인古人의 화법畵法을 배우되 이에 구애되지 않고 천지자연天地自然의 실경實景에 나아가 연찬硏鑽하며 남북南北 이종二宗의 화법畵法을 합체合體하여 스스로 일가를 이루다. 특히 청록靑綠의 용법을 터득하여 화성畵聖이라 일컬어질 만큼 청조淸朝 제일의 화가가 되다. 『청휘화발淸暉畵跋』1권, 『청휘증언淸暉贈言』10권 등의 저서를 남기다.

14. 왕원기王原祁(1642~1715). 청나라 강소江蘇 태창인太倉人. 왕시민王時敏의 손자. 자는 무경茂京, 호는 녹대麓臺·석사도인石獅道人. 강희康熙 9년(1670) 진사進士. 벼슬은 호부시랑戶部侍郎·시강학사侍講學士·시독학사侍讀學士·서화보관총재書畵譜館總裁를 지내다.

산수화를 잘 그려 강좌사왕江左四王으로 손꼽히다. 『흠정패문재서화보欽定佩文齋書畵譜』의 제작에 진력하였고, 시문을 잘하여 『엄화집罨畵集』, 『우창만필雨窓漫筆』을 남기다. 제자들의 작품에 낙관落款을 많이 하여 주었으므로 낙관만 가지고는 그의 작품의 진위를 판별하기 힘들다. 스스로 그림을 그릴 때 선덕지宣德紙·중호필重毫筆·정연묵頂烟墨만을 쓴다고 하다.

〈인악¹의 영정〉에 제함
題仁嶽影

스님이 오시매 한가로운 구름이 무심하더니, 스님이 가시매 짝 잃은 두루미가 길게 운다.

대개 그 위엄과 힘으로도 굽힐 수 없었고, 부귀富貴로도 더럽힐 수 없었으니 누가 처신의 깨끗함이 도리어 총림叢林에 있다고 말하겠는가.

내가 와서 스님을 찾으니 구름은 흩어지고 두루미는 아득히 가 버렸구나. 오직 이 한 조각 영정影幀만 남았는데, 어찌 그 칠분七分이나 같겠는가. 아득한 저 허공 밖에 반드시 마음으로 깨달아서 정신이 모인 데가 있으리라.

題仁嶽影

師之來也, 閒雲無心, 師之去也, 獨鶴長吟. 蓋其威武之不能屈, 富貴之不能淫, 孰謂出處之灑落, 反在叢林. 我來求師, 雲散鶴杳. 惟此一片之影, 豈其七分之肖. 冥冥太虛之外, 必有心領而神會.

(『阮堂先生全集』卷六)

註

1. 의소義沼(1746~1796). 조선 승려僧侶. 자는 자의子宜, 호는 인악仁嶽. 속성俗姓 성산星山 이씨李氏. 달성達城 인흥촌仁興村에서 탄생. 신동神童으로 어려서 재명才名을 떨치고 18세에 용연사龍淵寺에서 독서하다가 헌공軒公을 은사恩師로 출가出家. 23세에 벽봉碧峰덕우德雨의 법통法統을 잇다. 그 후에 화엄華嚴의 종사宗師인 설파雪坡 상언尙彦(1707~1791)에게서 『화엄경華嚴經』과 선송禪頌을 배우고, 여러 곳에서 강명講名을 떨치다. 『화엄사기華嚴私記』, 『원각사기圓覺私記』, 『기신론사기起信論私記』, 『금강사기金剛私記』, 『능엄사기楞嚴私記』, 『인악집仁嶽集』 등의 많은 저서가 있다.
정조 14년(1790) 경술, 수원 용주사龍珠寺 중창불사 시 증사證師가 되어 왕실의 귀의를 받았다.

〈백파¹상〉을 기리고
아울러 서를 붙임
白坡像贊 並序

내가 예전에 달마達摩²의 화상畵像을 받들고 있었는데³ 보는 사람마다 백파白坡의 모습이라고 하지 않는 이가 없었으니 그 기연機緣이 매우 기이하다. 한쪽 신발은 서쪽으로 돌아가고 보신報身은 동쪽에 나타났는가.

예전에 산곡山谷(황정견黃庭堅) 노인은 이백시李伯時⁴가 그린 도연명陶淵明⁵ 화상畵像이 흡사 자기의 모습과 서로 같고, 또 진회해秦淮海⁶ 소장의 연명淵明 상이 더욱 꼭 닮았으므로 그대로 도연명의 화상으로 자기의 초상肖像을 삼았다 한다.

오늘날 달마와 백파가 하나도 아니고 둘도 아니다. 법등法燈이 서로 도장 찍듯이 똑같고 구슬발이 죽죽 늘어졌으나 서로 원만하게 융화되어 거리낌 없을 뿐이다.

드디어 받들어 영구산靈龜山⁷ 속으로 보내어 백파의 화상으로 만들어서 그 문도들로 하여금 아침저녁으로 향을 사르어 공양하게 하면서 그 화상의 곁에 글을 붙이되, 고기송孤起頌(게송偈頌의 다른 번역)으로 대신하여 이른다. "멀리서 바라보면 달마 같은데, 가까이 가 보면 곧 백파로다. 차별이 있는 것으로써, 둘이 아닌 경지에 들어갔구나. 흐르는 물이 오늘이라면 밝은 달은 전신前身일세."

노과老果가 쓰다. (당시 나이 70세, 1855년 봄)

白坡像贊 並序

余舊供達摩像, 人之見之者, 無不(皆)以爲白坡像, 其機緣甚異. 隻履西歸, 報身東現歟.
昔山谷老人, 以李伯時所畫陶淵明像, 恰與自家像相同, 又秦淮海所藏淵明像, 尤逼肖, 仍以淵明像爲自家像.
與今日達摩 白坡, 非一非二. 燈燈相印, 珠網主伴重重, 互相圓融無礙耳.
遂擧以屬之靈龜山中, 作爲白坡像, 使其門徒, 晨夕薰供. 題其像側, 以代孤起之頌云
遠望似達摩, 近看即白坡. 以有差別, 入不二門. 流水今日, 明月前身.
老果書 時年七十 (1855년).
『阮堂先生全集』卷六

註

1. 긍선亘璇(1767~1852). 조선 승려僧侶. 호는 백파白坡, 구산龜山. 속성俗姓 전주全州 이씨李氏. 전라도 무장현茂長縣 출신. 12세에 선운사禪雲寺 시헌詩憲을 은사로 출가出家. 지리산 영원사靈源寺에서 설파雪坡 상언常彦(1707~1791)에게 서래 종지西來宗旨를 전해 받고, 구암사龜巖寺 설봉雪峯 거일巨一의 법통法統을 잇다.

   백양산白羊山 운문암雲門庵에서 개당開堂하니 학인學人이 100여 명에 이르렀고, 구암사에서 선강법회禪講法會를 여니 팔도의 납자衲子들이 모여 와서 선문禪門 중흥의 종주宗主가 되다. 내외전內外典에 박통博通한 학승學僧으로 추사秋史와의 왕복 논쟁往復論爭은 당시 교계敎界와 학계學界를 대표하는 논쟁으로 유명하다. 『선문수경禪門手鏡』 1책, 『법보단경요해法寶壇經要解』 1권, 『오종강요사기五宗綱要私記』 1권, 『금강팔해경金剛八解鏡』 1권, 『선요기禪要記』 1권, 『작법귀감作法龜鑑』 2권 등의 저서가 있다.

2. 달마達摩(bodhidharma, ?~528). 보리달마菩提達摩의 약칭. 중국 선종禪宗의 초조初祖이며 가섭迦葉으로부터 28대의 적통嫡統을 이은 조사祖師라 한다. 남천축국南天竺國 향지왕자香至王子라고도 하고 파사국인波斯國人이라고도 하는데 반야다라般若多羅의 선법禪法을 이어받아 남천축南天竺을 교화敎化하고 양 무제梁武帝 보통普通 원년(520)에 해로海路로 중국 광주廣州 남해군南海郡(현재 광주시)에 이르렀다.

   양 무제와 만났으나 무제와의 문답問答에서 지우知遇를 받지 못하자 북위北魏로 가서 낙양洛陽 숭산嵩山 소림사小林寺에 들어가 면벽面壁 9년의 좌선坐禪만 하다. 혜가慧可에게 의발衣鉢과 『능가경楞伽經』을 전하여 인가印可 전법傳法하고 북위北魏 효장제孝莊帝 영안永安 원년(528) 입멸하여 숭산嵩山에 장사 지내다.

   달마가 입멸한 해에 서역西域에 사신使臣으로 갔던 송운宋雲이 총령葱嶺을 넘는데 호승胡僧 1인이 한쪽 발만 신을 신고 한쪽은 맨발로 산을 넘어 오면서 너의 천자天子가 오늘 죽었다고 하여 돌아와 보니 정말 효명제孝明帝가 붕崩하였으며 달마의 묘탑廟塔을 열어 보니 신발 한 짝만 남았다는 등 달마의 전기에는 신이神異한 부분이 상당히 많다. '한 짝 신발은 서쪽으로 돌아갔다'는 것은 이를 두고 한 말이다.

최근 일인日人 학자學者들 사이에서는 가공架空 내지 윤색潤色된 인물이라는 설이 지배적인데 경청傾聽할 만한 이야기이다.

3. 이능화李能和는 『조선불교통사朝鮮佛敎通史』(권상卷上, 590면)에서 중국 설봉노인 雪峯老人이 그린 달마상達摩像이었다고 하였으나, 일인日人 다카하시 도루高橋 亨는 『이조불교李朝佛敎』(809면)에서 백파白坡의 법증조法曾祖 설파雪坡 상언尙彦 (1707~1791)이 그린 것이라 했다. 서로 다른 내용을 기록하고 있는데 어느 것이 정 확한지는 실물實物을 보지 못하여 단언하기 어렵다.

4. 이공린李公麟(1049~1106). 북송北宋 안휘安徽 서주舒州(현재 서성舒城)인. 자는 백시 伯時, 호는 용면거사龍眠居士. 명문名門 출신으로 희녕熙寧 3년(1070) 진사進士. 벼 슬은 중서문하후성산정관中書門下後省刪定官을 거치고 조봉랑朝奉郞에 이르러 병 으로 치사致仕하다.

안휘安徽 동성현桐城縣 용면산龍眠山 아래에 산장山莊을 짓고 은거하여 용면거사 라 자호自號하고 학문 연구와 시문詩文 서화書畵로 자적自適하다. 집에 서책書冊 · 규벽奎璧(옥기玉器) 등의 수장이 풍부하여 감식鑑識과 연구가 정심精深하다. 『고기 기古器記』 1권의 저술이 있다.

시문詩文은 물론 불학佛學에까지 박통博通하였고, 글씨는 진당晉唐의 필치를 모두 익혀 진眞 · 행行에 능하였고, 특히 그림은 송宋 일대에 가장 뛰어나서 산수山水 · 인물人物 · 도석道釋 · 영모翎毛 등 못 하는 것이 없었다. 그의 안마鞍馬 · 인물人物 의 백묘白描는 고금古今 독보獨步의 묘필妙筆이라 한다.

철종哲宗의 애마愛馬를 그린 〈오마도五馬圖〉는 사생寫生에 입각한 치밀한 묘법描法 으로 말의 종류 · 나이 · 성질까지 묘파描破한 것으로 유명하다. 채색을 많이 쓰지 않고 유독 징심당지澄心堂紙만 사용했는데 오직 고화古畵를 임모하는 데만 비단에 채색을 썼다. 필법은 떠가는 구름과 흐르는 물(행운유수行雲流水)과 같았다.

5. 도잠陶潛(365~427). 진晉 심양潯陽 시상柴桑(강서성江西省 구강현九江縣)인. 자는 연명 淵明 혹은 원량元亮. 진晉의 대사마大司馬 간侃의 증손. 시문詩文을 잘하고 성질이 매이기를 싫어하여 팽택彭澤 현령縣令이 되었다가 80일 만에 벼슬을 버리고 고향 으로 돌아와 「귀거래사歸去來辭」와 「오류선생전五柳先生傳」을 짓고 평생 은거隱居

하다. 육조六朝 제일의 시인으로 그의 시를 도체陶體라 하여 사람들이 널리 애송愛誦해 온다. 사시私諡 정절선생靖節先生이라 하다. 『도정절집陶靖節集』 10권이 남아 있다.

6. 진관秦觀(1049~1100). 북송北宋 강소 양주揚州 고우인高郵人. 자는 소유少游·태허太虛. 호는 회해淮海. 어려서 문재文才를 소식蘇軾에게 인정받아 그의 추천으로 원우元祐 초에 태학박사太學博士가 되고 국사원편수관國史院編修官을 지냈으나 당적黨籍에 몰려 항주抗州 통판通判으로 쫓겨나다.

휘종徽宗이 즉위하여 선덕랑宣德郎으로 불리어 오는 도중에 죽다. 시사詩詞에 능하고 글씨를 잘 쓰다. 소해小楷는 종요와 왕희지를 배워 자미주경姿媚遒勁(아리땁고 힘차고 굳셈)하고 초서는 동진東晉 풍미風味가 있었으며 진서와 행서는 안진경을 배웠으나 글씨로 이름나는 것을 사양했다.

『회해집淮海集』 40권, 후집後集 6권, 『장단구長短句』 3권, 『회해사淮海詞』 1권이 있다.

7. 영구산靈龜山. 전북 순창淳昌에 있는 산. 백파가 주석駐錫하던 구암사龜巖寺가 있다.

〈소당¹의 작은 영정〉에 제함
題小棠小影

옛날 공산空山의 한 늙은 승려가 그의 작은 초상화에 스스로 붙여 쓰기를 "꿈 속의 꿈이요, 몸 밖의 몸이로다."라고 하니, 황산곡黃山谷(황정견黃庭堅)이 또 이끌어서 자기의 화상에 붙이는 찬贊을 삼았다.

지금 소당小棠의 작은 초상화는 곧 하나의 '꿈속의 꿈이오, 몸 밖의 몸인 데' 그에 더하여 글씨를 손수 썼으니, 꿈속과 몸 밖에 다시 한 경지境地를 더 보태었다. 꿈과 몸은 모두 거품처럼 스러지겠지만 글씨만은 홀로 진여眞如 인 법신法身이 될 터이니 만약 소당을 찾고자 한다면 그 몸과 꿈에서가 아니 라 글씨에 있어야 한다.

하물며 소당이 머리 세고 얼굴에 주름 잡힌 칠십 팔십 이후에는 이 초상 화는 초상화가 아니로되 글씨만은 진실로 그대로 있음에서랴!

404

題小棠小影

昔空山一老古錐, 自題其小照云, 夢中夢 身外身. 黃山谷, 又引以爲自像贊.

今小棠小影, 卽一夢中夢 身外身, 重之以倚書手書, 夢中身外, 添得一境. 夢與身皆漚幻, 書獨爲眞如法身, 如求小棠, 不於其身夢, 而在於書.

況小棠髮白面皺 七十八十以後, 此照非照, 書固自在.

(『阮堂先生全集』卷六)

註

1. 김석준金奭準(1831~1915). 선산인善山人. 자는 희보姬保, 호는 소당小棠·묵지도인墨指道人. 벼슬은 첨지중추부사僉知中樞府事를 지내다. 이상적李尙迪의 문하로 조사祖師인 추사秋史의 사랑과 훈도를 받다. 금석金石·시詩·화畫에 능하고 안진경체顏眞卿體와 북조北朝 예법隸法 및 지두서指頭書를 잘 썼다. 서재인 홍약루紅藥樓는 예림藝林의 아회처雅會處였다.

스스로 〈작은 초상화〉에 제함
自題小照

진짜 나도 역시 나고 가짜 나도 역시 나다. 진짜 나도 역시 옳고 가짜 나도 역시 옳다. 진짜와 가짜 사이에서 어느 것이 나라고 할 수 없구나. 제석궁帝釋宮 구슬들 켜켜로 쌓였거늘 누가 능히 큰 구슬들 속에서 그 참모습을 가려 집어낼 수 있을까. 하하.

自題小照

是我亦我, 非我亦我. 是我亦可, 非我亦可. 是非之間, 無以爲我. 帝珠重重, 誰能執相於大摩尼中. 呵呵.

(『阮堂先生全集』卷六)

스스로 〈작은 초상화〉에 제함
제주에 있을 때
自題小照 在濟州時

담계覃溪(옹방강翁方綱)는 이르기를 "옛 경전을 좋아한다." 하고, 운대芸臺(완원阮元)는 이르기를 "남이 말하는 것을 그대로 말하는 것을 좋아하지 않는다." 하였는데, 두 분의 말씀이 내 평생을 모두 다 나타냈다. 어찌하다 바다 밖의 삿갓 쓴 한 사람이 되어 홀연히 원우元祐 때의 죄인[1] 같아졌나!

自題小照 在濟州時

覃溪云 嗜古經. 芸臺云 不肯人云亦云. 兩公之言, 盡吾平生. 胡爲乎
海天一笠, 忽似元祐罪人.
(『阮堂先生全集』卷六)

註

1. 북송北宋의 철종哲宗 즉위 초 향태후向太后(1046~1101) 섭정攝政 시기인 원우元祐
연간(1086~1092)에 구법당舊法黨인 사마광司馬光, 범중엄范仲淹, 유지劉摯, 정이程
頤의 경화更化를 가져왔다. 그러나 철종의 친정親政으로 신법당이 크게 기용되자 원
우 시에 득세하던 구법당은 모두 실세失勢하여 면관유배免官流配되기에 이르렀다.
특히 휘종徽宗 숭녕崇寧 연간(1102~1106)에는 신법당의 영수領首인 채경蔡京이 정
권을 독점하여 원우당적비元祐黨籍碑를 세우고 철저히 구법당을 탄압하였으므로
구법당으로 죄에 몰리지 않은 자가 없을 정도였다. 여기서 원우 죄인元祐罪人이라
는 것은 구법당의 촉당수령蜀黨首領이던 소식蘇軾을 지칭한 것이다.

제3편

◎

금석고증학
金石考證學

신라 진흥왕릉고
新羅眞興王陵攷

태종太宗 무열왕릉武烈王陵 위에 네 개의 큰 능이 있는데 읍 사람들은 조산造山(사람이 만든 산)이라고 생각한다. 대체로 소위 조산이라 하는 것은 모두 능이다. 봉황대鳳凰臺 동쪽과 서쪽에 조산이 가장 많은데 연전에 한 산이 무너져 내렸었다. 그 가운데는 텅 비고 캄캄하였으며 그 깊이는 한 길 남짓 되고 모두 돌로 쌓았으니 대체 옛날의 왕릉王陵이지 조산은 아니다. 이는 조산이 능陵이 되는 한 가지 증거이다.

사지史志에서 말하기를(『삼국사기三國史記』, 「신라본기新羅本紀」와 『동국여지승람東國輿地勝覽』 권21 경주慶州 능묘陵墓 조 참고) 진흥왕릉은 서악리西嶽里에 있고, 진지왕릉眞智王陵은 영경사永敬寺 북쪽에 있다고 하였다. 그런데 영경사 북쪽은 곧 서악리이다. 태종릉 역시 영경사 북쪽에 있다고 하였으니, 이것은 영경사 북쪽이 서악리가 되는 까닭이다.

문성文聖 · 헌안憲安의 두 왕릉이 모두 공작지孔雀趾에 있다고 하였는데, 공작지 역시 서악리의 다른 한 이름이다. 혹은 서악리라 하고, 또는 영경사 북쪽이라 하며, 혹은 공작지라 했으나, 같은 한 곳인데 문자만 각각 조금 다를 뿐이다. 이런 까닭으로 태종릉 위의 4대릉四大陵이 조산이 아니라, 곧 진흥·진지·문성·헌안의 4왕릉임을 알게 된다.

문성·헌안은 모두 태종의 뒤를 이었으니 마땅히 태종릉 위에 있을 수 없다고 하겠으나, 도장倒葬(후손後孫의 묘를 선조先祖의 묘墓 위에 쓰는 것)의 법식은 후세 사람들이 기피하던 것이고, 옛날에는 곧 그렇지 않았다. 또 태종릉은 네 능과 서로 떨어져서 비록 한 산기슭이라고는 하나 조금 오른쪽으로 사이를 두고 있으니 진실로 또한 서로 거리낌이 없다. 4산山이 4능陵이 됨은 의심 없다.

내가 이 고을 고로故老 몇 사람들과 더불어서 두루 근처를 찾아보았으나 마침내 다른 능은 없었다. 풍수지리로 맞춰(징험徵驗) 보고 역사 기록으로 따져(고증考證) 보건대 4능과 4산의 수가 이와 같이 하나하나 들어맞는다.

아! 진흥왕의 드높은 공적과 성대한 열행烈行으로도 활이나 칼과 같이 남긴 유물들이 없어져서 전하지 않거늘 그 아래 3능이야 또 말해 무엇하겠는가!

新羅眞興王陵攷

太宗武烈王陵上, 有四大陵, 邑人以爲造山也. 凡所謂造山, 皆陵也.

鳳凰臺東西, 造山最多, 年前一山 頹圮, 其中空洞黝黑, 深可丈餘,

皆以石築之, 蓋舊時王陵, 非造山也. 此造山之爲陵一證也.

志云 眞興王陵, 在西嶽里, 眞智王陵, 在永敬寺北, 永敬寺北者, 西

嶽里也. 太宗陵 亦云, 在永敬寺北, 此永敬寺北之所以爲西嶽里也.

文聖 憲安二王陵, 俱在孔雀趾, 孔雀趾者, 亦西嶽里一名也. 或云西

嶽里, 或云永敬寺北, 或云孔雀趾, 同是一地, 而文各少異也. 是故知

太宗陵上 四大陵, 非造山, 即眞興 眞智 文聖 憲安 四王陵也.

文聖 憲安俱系太宗後, 不當在太宗陵上, 而倒葬之法, 後人所忌, 古

則不然. 且太宗陵距四陵, 雖一麓, 然稍右而有間, 固亦無相礙也.

四山之爲四陵, 無疑也.

余與州之故老數人, 遍覓傍近, 竟無他陵. 驗以地理, 考之史志, 四陵

與四山之數, 一一吻合如此.

噫 以眞興觤功盛烈, 弓劍遺藏, 泯沒無傳, 其下三陵, 又何言也.

(『阮堂先生全集』 卷一)

註

1. 궁검弓劍. 황제黃帝가 죽어서 상천上天할 때 활弓을 떨어뜨렸다는 것과 황제를 장
사葬事 지낸 교산橋山이 무너졌을 때 황제의 관棺 속에 다만 칼劍과 신발舃만 남아
있었다는 고사故事에서 유래한 말로 제왕帝王의 유물이나 유해遺骸 및 능릉을 일
컫는다(『사기史記』 「봉선서封禪書」 및 「오제본기五帝本紀」 황제붕주黃帝崩註).

진흥이비고
眞興二碑攷

오른쪽(다음 면)에 든 신라 진흥왕순수비(巡狩碑 : 임금이 국토를 돌아보고 치적을 보살핀 다음 이를 기념하기 위해 적당한 곳에 세운 비)^{도판36 · 도면1}는 함경도 함흥부 북쪽 110리에 위치한 황초령黃草嶺 아래에 있었다. 비는 지금 없어졌는데, 내가 탁본을 얻은 것은 다만 두 쪽이다. 합쳐서 보니 12줄이 되었으나 그 길이와 넓이는 알 수 없다.

지금 탁본으로 보면 밖은 테(난격欄格)로 되었는데, 아래쪽(하단)의 둘째 줄 '짐朕' 자와 셋째 줄 '응應' 자의 아래는 곧 테에 이어지고, '응應' 자와 다섯째 줄 아래 '□' 자는 서로 마주하였다. 위쪽 상단은 그 끝이 떨어져 없어졌는데, 현존한 가장 위 글자는 다섯째 줄의 '미未' 자이다.

지금 위의 '미未' 자로부터 아래의 '□' 자에 이르기까지 한漢의 건초척建初尺¹으로 재니 길이가 4자 5치 5푼이다. 넓이는 첫째 줄이 테두리가 있고 열두째 줄의 아래쪽 바깥에 역시 테두리가 있어서 건초척으로 재니 나비 1자 8치가 된다. 그러나 테두리 밖의 길이나 넓이 및 두께는 모두 얻을 수 없다.

비가 대체로 열두 줄이라 하는 것은 테두리로써 결정할 수 있고, 그 아래

414

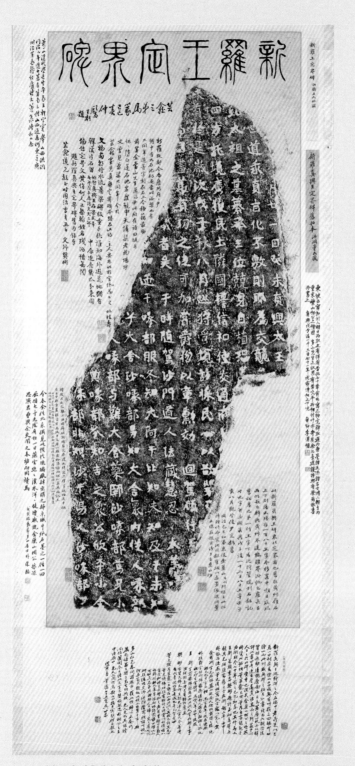

도판 36. 〈황초령 진흥왕순수비 탁본〉(신라新羅 568년), 49.0×112.0cm, 서울대학교박물관 소장

쪽(하단)의 끝 글자도 역시 테두리로써 판정할 수가 있는데, 다만 위쪽(상단)은 그 끝이 떨어져 나가서 몇 자인지 판정할 수 없다.

이제 가장 높게 남은 다섯째 줄로 기준을 삼아 뒤에서 차례대로 서술하겠다.

첫째 줄 20자는 완전하다. 맨 위 '팔八' 자는 다섯째 줄에 비하여 4자가 없어졌다. 맨 아래 '야也' 자와 다섯째 줄 24번째 '□' 자와 상대하면 아래가 그대로 비어 있는데, 그러나 이 줄은 이미 제목을 이루는 첫 줄(제수題首)이 되었으니 곧 '야也' 자가 그 끝이고 없어진 것이 있는 게 아니다.

도면 1. 〈황초령 진흥왕 순수비〉 탁본 모사본. 『완당선생전집』권1「진흥이비고」에서 전재

둘째 줄, 글자가 완전한 것 28, 완전하지 않은 것 1, 합하여 29자이다. 맨 위 '세世' 자와 다섯째 줄과 비교하면 2자가 없어졌다. 아래 끝의 '짐朕' 자와 다섯째 줄은 끝이 같다.

셋째 줄, 글자가 완전한 것 27자, 완전하지 않은 것 1자, 쪽 떨어진 것 2, 합하여 30자이다. 맨 위 '소紹' 자는 다섯째 줄과 비교하면 1자가 없어졌고, 아래 끝의 '응應' 자는 다섯째 줄과 끝이 같다.

넷째 줄, 글자가 완전한 것 26, 완전하지 않은 것 1, 쪽 떨어진 것 3, 합하

여 30자이다. 맨 위 '사四' 자는 다섯째 줄과 비교하여 1자가 없어졌고 아래 끝의 '화化' 자는 다섯째 줄과 끝이 같다.

다섯째 줄, 글자가 완전한 것 27, 완전하지 않은 것 1, 쪽 떨어져 나간 것 3, 합하여 31자이다. 맨 위의 '미未' 자는 이 비碑 중에서 맨 위에 있는 것이다. 아래 끝의 '口' 자는 넷째 줄 '화化' 자와 끝이 같다.

여섯째 줄, 글자가 완전한 것 19, 쪽 떨어져 나간 것 8, 빈 칸 1, 합하여 28자이다. 맨 위 'ᢦ' 자는 다섯째 줄에 비하면 2자가 없어졌고, 맨 아래 '一' 자는 다섯째 줄과 비교하면 1자가 없어졌다.

일곱째 줄, 글자가 완전한 것 18, 완전하지 않은 것 2, 쪽 떨어진 것 1, 빈 칸 2, 합하여 23자이다. 맨 위 '水' 자는 다섯째 줄에 비하면 7자가 없어졌고, 맨 아래 '北' 자는 다섯째 줄과 비교하면 1자가 없어졌다.

여덟째 줄, 글자가 완전한 것 19, 완전하지 않은 것 2, 합하여 21자이다. 맨 위 'ノ' 자는 다섯째 줄과 비교하면 8자가 없어졌고, 맨 아래 '大' 자는 다섯째 줄과 비교하여 2자가 없어졌다.

아홉째 줄, 글자가 완전한 것 16, 불완전한 것 3, 합하여 19자이다. 맨 위 '阝' 자는 다섯째 줄과 비교하면 9자가 없어졌고, 맨 아래 '小' 자는 다섯째 줄과 비교하여 2자가 없어졌다.

열째 줄, 글자가 완전한 것 14, 불완전한 것 2, 합하여 16자이다. 맨 위 'ヽ' 자는 다섯째 줄과 비교하면 13자가 없어졌고, 맨 아래 '人' 자는 다섯째 줄과 비교하여 2자가 없어졌다.

열한째 줄, 13자가 완전하다. 맨 위 '전典' 자는 다섯째 줄과 비교하면 15자가 없어졌고, 맨 아래 '사舍' 자는 다섯째 줄과 비교하여 3자가 없어졌다.

열두째 줄, 12자가 완전하다. 맨 위 '훼喙' 자는 다섯째 줄과 비교하면 16자가 없어졌고, 맨 아래 '윤圤' 자는 다섯째 줄과 비교하여 3자가 없어졌다.

이상이 무릇 12줄인데 글자가 완전한 것 239, 불완전한 것 13, 쪽 떨어진 것 17, 빈칸인 것 3으로 모두 272자이다.

비碑의 위쪽이 이미 없어져서 그 빗머리(비수碑首)가 홀머리 모양(규수圭首)으로 다듬어진 것인지 전액篆額(전자篆字로 비수碑首 정면에 쓰는 비의 제목)이 있었던지는 자세히 알 수 없다. 그러나 북한산 비석이 이 비석과 같은 시대인데, 규수로 되지 않았으니 이 비석도 아마 북한산비와 같은 예일 것 같다.

비문碑文에서 말하기를 8월 21일 계미癸未라 하고 또 세차歲次 무자戊子 추8월秋八月이라 하였다(때는 무자년 가을 8월). 살펴보면 신라 진흥왕 29년(568)이 무자년이고 곧 대창大昌으로 개원改元한 해이다. 고구려 평원왕平原王 10년과 백제 위덕왕威德王 15년에 해당하며, 중국에 있어서는 진陳 폐제廢帝 백종伯宗의 광대光大 2년, 북제北齊 후주後主 위緯의 천통天統 4년 및 후주後周 무제武帝 옹邕의 천화天和 3년, 그리고 후량後梁 세종世宗 규巋의 천보天保 7년이 된다.

『북사北史』[2] 「제齊 후주본기後主本紀」에 의거하면 "천통 4년 6월 초하루 갑자일甲子日에 크게 비가 왔고 갑신甲申일에 크게 바람이 불었다." 하며, 「주周 무제본기武帝本紀」에서는 "천화 3년 6월 갑술甲戌일에 살별(혜성彗星)이 지났다." 하고, 『남사南史』[3] 「진陳 폐제본기廢帝本紀」에서는 "광대 2년 6월 정해丁亥일에 살별을 보았다." 하였으니, 이해 6월 초하룻날은 갑자일이 되고 24일은 정해일이 된다.

「주周 무제본기武帝本紀」에서는 "7월 임인壬寅일에 양충楊忠이 죽었다." 하고, 「진陳 폐제본기廢帝本紀」에서는 "7월 무신戊申일에 신라국이 사신을 보내어 조공하였으며, 임술壬戌일에 영양왕嬰陽王을 세웠다." 하였으니 갑자일로부터 임술일에 이르기까지는 59일이 된다. 그 사이에는 반드시 작은 달이 있었을 터이니, 7월 그믐날은 마땅히 임술일이 되어야 하고, 8월 초하루는 마땅히 계해癸亥일이 되어야 한다.

「주 무제본기」에서는 "8월 을축乙丑에 한원라韓元羅가 죽었고, 계유癸酉에 황제가 대덕전大德殿에 납시었다." 하였으니, 곧 을축일이라는 것은 8월 초3일이고 계유일이라 하는 것은 11일이다. 이로 보면 8월 21일은 마땅히 계미癸未일이 될 터이므로, 이 비석에 기록되어 있는 것과 서로 꼭 맞아떨어진다고 하겠다.

신라왕의 시호諡號(죽은 뒤에 공적을 참작하여 올리는 미칭美稱)는 중엽에 생기었고, 초기에는 모두 고유한 말(방언方言)로써 일컬었다. 그런 까닭으로 거서간居西干이라 일컬은 것이 1, 차차웅次次雄이라 한 것이 1, 이사금尼師今이라 한 것이 16, 마립간麻立干이라 한 것이 4이다.

『삼국사기三國史記』[4]에 의거하면, "지증智證 마립간 15년(514)에 왕이 돌아가니, 시호를 지증이라 하였다. 신라의 시호 쓰는 법이 여기서부터 시작되었다."라고 하였다. 이로부터 왕이 돌아간 후에는 반드시 그 시호를 썼으니 그런 까닭으로, 「진흥왕본기眞興王本紀」에서도 역시 37년(576) 조에, "왕이 돌아가시매, 시호를 진흥이라 하였다."라고 썼다.

그러나 이 비석은 진흥왕이 스스로 만들어 세운 것이거늘 그 제목에 엄연히 진흥대왕이라 일컬었고, 또한 〈북한산비〉에도 역시 진흥이라는 두 글자가 있다. 이로 보면 법흥法興이니 진흥眞興이니 하는 칭호는 장사 지낸 뒤에 올린 시호가 아니라 곧 살아 있을 때 일컫던 바이었음을 알 수 있다.

그런 까닭으로 『북제서北齊書』[5]는 "무성제武成帝 하청河淸 4년(565)에 조서를 내려서 신라 국왕 김진흥으로 사지절동이교위使持節東夷校尉를 삼았다."라고 하였고 『수서隋書』[6]는 "개황開皇 14년(594)에 신라왕 김진평金眞平이 사신을 보내 축하했다." 하였으며, 『당서唐書』[7]에서는 "정관貞觀 6년(632)에 진평왕이 돌아가자 그 딸 선덕善德을 세워서 왕으로 삼았다."라고 하였다.

이에 의거해 보면 진흥이니 진평이니 하는 것들은 분명히 시호가 아니다. 태종무열왕太宗武烈王 이후에 이르러서 비로소 시법諡法이 있었으니, 그런 까닭으로 『당서唐書』가 기록한 바에서 김무열金武烈이라 부르지 않고 김춘추金春秋라고 불렀다. 이로써 가히 알 만한 일이다. 그러니 이 비석에서 진흥이라 한 것은 역시 살아 있을 때 부르던 칭호라고 해야 한다.

지금의 함흥부咸興府는 옛날 동옥저東沃沮 땅이었다. 한漢 무제武帝가 현도군玄菟郡을 두었었고, 후한後漢 초기에는 부내후국不耐侯國으로 되었으며, 뒤에는 고구려에 귀속하였다. 『위지魏志』[8] 「예전濊傳」에 의거하면 "부내예不耐濊는 한나라 말기에 다시 고구려에 귀속하였다."라고 하고, 또 「동옥저전東沃沮傳」에서는 "나라가 작아 큰 나라 사이에서 핍박받다가 드디어 고구려에 신속臣屬하였다." 하였으니, 동옥저니 부내예니 하는 것은 지금의 함흥이다.

『삼국사기』 「고구려본기」에서는 "태조왕太祖王 4년에 동옥저를 정벌하고 그 땅을 빼앗아 성읍으로 삼고, 경계를 넓혀 동쪽으로 바다에 이르니, 후한 광무제光武帝 중원中元 원년 元年(56)에 해당한다." 하였다. 그러니 함흥 땅은 분명히 후한 시대로부터 이미 고구려에 속해 있었는데, 이 비석에서 "국경을 돌아보고 다스린다(순수관경巡狩管境)." 했으니, 곧 진흥왕 때는 함흥이 또한 신라의 관할하는 바로 되었었음이 틀림없다.

비문에서는 또 "사방으로 국경을 넓혀 널리 백성과 땅을 얻고, 이웃 나라와 신의를 맹세하며 평화 사절을 오가게 하였다."라고도 했으니 곧 진흥왕 때 새로이 이 땅을 얻었다 하겠다. 그 이웃 나라라 한 것은 고구려이다. 『삼국사기』 「신라본기」에서는 "진흥왕 17년(556)에 비열홀주比列忽州를 두었고, 29년(568)에 비열홀주를 폐하고 달홀주達忽州를 두었다." 한다. 비열홀은 지금의 안변부安邊府이고 달홀은 지금의 고성군高城郡이다. 이것에 의거하면 비열홀도 역시 진흥왕이 새로 얻은 곳이다. 그러므로 "널리 백성과 땅을 얻었다."라고 하였다.

이 비석에는 또한 29년 무자戊子에 그 순수巡狩(임금이 국토를 돌아보고 치적을 보살피는 것)하던 일이 기록되어 있으니, 필시 역사가 이를 빠뜨려서 쓰지 않았을 뿐이다. 그렇다면 이 비석을 세운 것은 고구려와 국계國界를 정하기 위해서이다. 지금 안변으로부터 북쪽으로 함흥에 이르기까지가 300리이고, 함흥에서 북쪽으로 황초령에 이르기까지가 100리이다. 그 사이에 반드시 군현郡縣이 있었을 터인데 『삼국사기』 「지리지地理志」에서는 신라의 흔적이 다만 비열홀에까지 미치고 있다. 역사가 기록에서 빠뜨린 것인지, 혹은 함흥이 당시 비열홀에 같이 속해 있었던 것인지 모르겠다.

『동국지리지東國地理志』[9]에서는 "신라 진흥왕이 지금의 안변부로 비열주를 삼고 고원高原으로 정천군井泉郡을 삼았는데, 함흥 황초령黃草嶺 및 단천端川에도 역시 순수비가 있으니, 곧 옥저도 역시 때에 있어서 신라에 빼앗겼었던 바가 있었다."라고 하였다. 『문헌비고文獻備考』에서 인용한다(『문헌비고』 역대국계歷代國界).[10] 정희正喜가 생각해 보건대, 정천군은 지금의 덕원德源이고, 고원이 아니며, 단천에 순수비가 있다는 것은 분명한 증거가 없다.

「신라본기」에서는 법흥왕 23년(536)에 비로소 연호年號를 일컬어 건원建元 원년이라 했으며, 진흥왕 12년(551)에 개국開國이라고 연호를 바꾸었고, 29년(568)에는 대창大昌이라고 연호를 바꾸었다고 한다. 이때는 대체로 천자天子의 제도를 사용하였으니, 그런 까닭으로 이 비문에서도 짐朕(천자, 즉 황제皇帝만이 '나'라는 의미로 사용할 수 있는 말)이라 일컫고 또한 '제왕帝王이 연호를 세운다'는 말도 있으니, 이해에 대창이라고 연호를 고쳤기 때문이다.

「진흥왕본기」에 말하기를, "왕은 어려서 즉위하여 한결같은 마음으로 불교를 받들었는데, 말년에 이르러서는 머리를 깎고 승복僧服을 입고, 법운法雲이라고 스스로 호號를 삼다가 돌아갔다."라고 한다. 「직관지職官志」에서는 "국통國統이 한 사람 있는데 혹은 사주寺主라고도 한다. 진흥왕 12년(551)에 혜량惠亮 법사로 사주를 삼았다. 대도유나大都唯那도 한 사람인데, 진흥왕이 처음으로 보량寶良 법사로써 그것을 삼았다. 대서성大書省 역시 한 사람인데, 진흥왕은 안장安藏 법사로써 그것을 삼았다."라고 하였다. 이 비문에 기록된 사문도인沙門道人도 역시 혜량·안장과 같은 승려들일 뿐이다. 법장法藏·혜인慧忍이라는 것은 두 승려 이름이다. 대신大臣의 위에 기록한 것은 그들을 존중한 때문인지 모르겠다.

대등大等이라 하는 것은 신라의 관직 이름이다. 『삼국사기』에서 "법흥왕 18년(531)에 이찬伊湌 철부哲夫를 상대등으로 삼아서 나랏일을 모두 맡게 했다." 하니, 상대등이란 관직은 이로부터 비롯하였다. "지금의 재상宰相과 같은 지위이다."라고 하였다. 아래로 내려와 진평왕 때에 이르러서는 노리부弩里夫를 그것으로 삼았고, 다음은 수을부首乙夫이었다. 선덕여왕善德女王 때는 수품水品을 그것으로 삼았고, 다음은 비담毗曇이었다. 그 죽음이나 그 계승에 역사는 반드시 그것을 기록하였다.

또 「직관지」에 이르기를 "상대등은 혹은 상신上臣이라 하고, 사신仕臣은 혹은 사대등仕大等이라고도 한다." 했으니, 이에 의거하면 대등은 두 종류가 있었던가 보다. 또한 「색복지色服志」에 이르기를 "진골대등眞骨大等은 마음대로 복두幞頭를 쓴다." 하였다. 이 비문에도 역시 대등이 있으니, 이에 의거하면 때로는 두 종류의 대등 이외에 또 '대등'이라고만 단칭單稱한 것도 있었던가?

422

일곱째 줄 '거居' 자 아래에 이지러져서 다만 상반(上半) '七' 자만 남아 있는데, 이것은 혹시 '칠柒' 자가 아닌가 한다. 생각해 보건대, 진흥왕 때에 거칠부居柒夫가 있었다고 열전列傳에서 말하니, 기록된 것은 혹시 그 사람인지 모르겠다. 『삼국사기』「진흥왕본기」에 의하면, "6년(545)에 대아찬大阿湌 거칠부에게 명하여 널리 문사文士를 모아서 국사國史를 편찬하게 하였다."라고 하고, 또「거칠부전居柒夫傳」에서는 "진흥대왕 6년 을축에 조정의 뜻을 받들어 국사를 편찬하자, 진찬珍湌으로 관등을 높이었다." 하였으니 그 관위가 대아찬으로부터 올라서 파진찬波珍湌이 된 것이다.

「진흥왕본기」 12년(551) 조에는 "거칠부 등에게 명하여 고구려를 침입케 하니, 승리한 여세를 몰아서 10여 군을 빼앗았다." 하였는데 그때 역사 기록은 그 관등을 쓰지 않았다. 또「진지왕본기」 원년(576) 조에는 "이찬伊湌 거칠부로 상대등을 삼았다." 했으니, 곧 그 관등이 이찬을 거쳤던 모양인데 어느 해에 그 자리에 있었던지 알 수 없다.

이 비문에서는 대등이라 일컬었으니, 그 벼슬이 대등을 거쳤던 모양인데 또한 어느 때에 그 자리에 있었던지 알 수 없다. 그러나 「직관지」에 이르기를, "사신仕臣을 사대등仕大等이라고도 하는데, 진흥왕 25년(564)에 처음 설치하였으며, 관위官位가 급찬級湌으로부터 파진찬에 이르기까지로 그것을 삼았다." 하였다. 또 신라 관제에서 급찬은 파진찬의 아래에 있다.

거칠부는 6년(545)에 이미 벼슬이 파진찬이었으니, 응당 다시 강등되어서 급찬이 될 수는 없다. 그러니 거칠부의 벼슬은 대아찬으로 시작하여 올라서 파진찬이 되었고, 이는 6년에 있었던 일이다. 다음에 파진찬으로부터 올라서 사대등이 되었던 듯한데, 이는 반드시 25년 이후에 있었던 일이다. 다음으로 사대등에서부터 올라서 이찬이 되었을 듯하니, 이는 반드시 29년 이후에 있어야 한다. 끝으로 이찬으로부터 올라서 상대등이 되었는데 이는 진지왕 원년(576)에 있었다. 이 비석을 세운 것은 그가 사대등이었을 때에 해당하니, 기록된 것(이름)은 반드시 거칠부일 것이다.

　　임금의 행차를 수종隨從하였던 순차를 기록하는 데 있어서 훼부喙部(훈訓은 부리)라 한 것이 6이고 사훼부沙喙部라고 한 것이 3인데, 뒤죽박죽 일컫고 있어서 아직 잘 모르겠다. 나는 신라 6부六部에 양부梁部(훈訓은 다리→들)와 사량부沙梁部가 있으니 이 훼부나 사훼부의 변칭 같다고 말하고 싶다.

　　최치원崔致遠이 말하기를 "진한辰韓은 본디 연燕 지방 사람들이 피난하여 왔던 까닭으로 도수涿水의 이름을 따서 사는 곳의 마을을 사도沙涿이니 점도漸涿이니 하고 일컬었다." 한다(『삼국유사三國遺事』 권1 진한 조辰韓條)[11].

　　『문헌비고文獻備考』에서는 "신라 사람들의 고유한 말로 '涿'를 읽어 도道라고 발음하였기 때문에 지금도 혹은 사량沙梁이니 양梁이니 쓰고 역시 '도道'라고 일컫는다."라고 하였다(『문헌비고』 권13 여지고輿地考 진한국 조辰韓國條).

　　'도涿' 자를 살펴보면 자서字書(사전辭典)에 없는 글자이다. 연燕(중국 북경 중심의 하북성河北省 일대) 지방에 탁수涿水가 있으니 '도涿' 자는 아마 '탁涿'의 잘못인 것 같다. 또 『양서梁書』[12] 「신라전新羅傳」에 이르기를 "그 풍속에 성城을 일컬어 건모라健牟羅라 하는데 그 읍邑이 성 안에 있으면 탁평啄評이라 하고, 성 밖에 있으면 읍륵邑勒이라 하니, 중국말의 군현郡縣과 같다. 나라 안에 6탁평, 52읍륵이 있다." 하였으니, 6탁평은 6부部와 같다고 하겠다. 평과 부部가 서로 (발음이) 비슷하기 때문이다.

　　『당서唐書』 「신라전」은 탁평啄評을 훼평喙評으로 썼다. 대개 훼喙와 탁啄이 비슷하고, 탁啄과 탁涿이 비슷하며, 탁涿과 도涿가 비슷하기 때문이니, 결국 도涿가 변하여 양梁으로 되었다고 해야 하겠다. 고유한 말로 굳어지면서 다른 말로 잘못 바뀌며 훼부喙部가 양부梁部로 되었다는 것은 근거 있을 듯하다. 만약 훼부니 사훼부니 하는 것으로써 품계를 나타내는 것이라 한다면 응당 마구 뒤섞어 써서 존비尊卑를 판별하지 못하도록 할 리가 없다.

그 각각 사는 곳(출신지)을 기록하였음은 의심할 나위 없다.

『삼국사기』「직관지職官志」에 "신라의 벼슬 이름(관호官號)은 17등급이 있으니, 첫째는 이벌찬伊伐飡 또는 이벌간伊罰干 또는 각간角干, 둘째는 이척찬伊尺飡 또는 이찬伊飡, 셋째는 잡찬迊飡 또는 잡판迊判 또는 소판蘇判, 넷째는 파진찬波珍飡 또는 파미간破彌干, 다섯째는 대아찬大阿飡, 여섯째는 아찬阿飡 또는 아척간阿尺干, 일곱째는 일길찬一吉飡 또는 을길간乙吉干, 여덟째는 사찬沙飡 또는 사돌간沙咄干, 아홉째는 급벌찬級伐飡 또는 급벌간級伐干, 열두째는 대사大舍, 열셋째는 사지舍知 또는 소사小舍, 열넷째는 길사吉士이다."라고 하였다. 이로 본다면 찬飡과 간干이 서로 섞여 쓰이고 있다.

또 「색복지色服志」에서는 "이찬伊飡 잡찬迊飡은 비단관을 쓴다." 하였으니 잡迊과 잡迊이 서로 같이 쓰이고 있다. 또 「귀산전貴山傳」에서는 "아버지는 무은武殷 아간阿干이라" 하였으니, 곧 아찬은 아간이다. 또 그곳에서는 "진평왕 건복建福 19년(602)에 파진간波珍干 건품乾品 · 무리굴武梨屈 · 이리벌伊梨伐과 급간級干 무은武殷 · 비리야比梨耶 등으로 하여금 군사를 거느리고 가서 백제를 막게 하였다." 하니, 곧 급벌간及伐干이 급간級干임을 알 수 있다.

또 「직관지」에 "길사吉士는 또한 계지稽知라고도 하고 또한 길차吉次라고도 한다." 하였으니, 곧 『당서唐書』에서 이른바 길주吉主이다. 이 비문에서는 소사小舍 아래에 길지吉之가 있는데 지之와 지知는 음音이 아주 비슷하니, 이는 열넷째의 길사吉士이다. 그런즉 비문에 있는 잡간은 세 번째의 관직이고, 다음 대아간은 다섯 번째의 관직이며, 다음에 있는 급간은 아홉 번째의 관직이고, 다음 대사는 열두 번째의 관직이며, 다음 소사는 열세 번째의 관직이고, 다음 길지는 열네 번째의 관직이므로, 기록한 것은 모두 차서가 있고 가지런하여 문란하지 않다.

복동지服冬知 · 비지부지比知夫知 등은 모두 사람 이름이다. 「신라본기」에 의하면, 내물왕 때에 이찬 대서지大西知가 있었고, 법흥왕 때에 내마奈麻 법지法知가 있었고, 진평왕 때에 이찬 노지弩知가 있었다 하니 곧 그때 사람 이름은 거의 고유한 말(방언方言)로써 하였던 것이다.

또 「거칠부전」에서 말하기를 "진흥대왕 12년(551)에 왕이 거칠부 및 구진 仇珍 대각찬大角飡, 비태比台 각찬角飡, 탐지耽知 잡찬, 비서非西 잡찬, 노부奴 夫 파진찬, 서력부西力夫 파진찬, 비차부比次夫 대아찬, 미진부未珍夫 아찬 등 8장군으로 고구려를 침략하게 하였다." 하였는데, 그곳에서 말한 비차부는 이 비문의 비지부지比知夫知인 것 같다.

계지稽知와 길차吉次가 관직으로 이미 서로 통하여 쓰고 있으니, 비지比知 와 비차比次가 인명人名으로서 어찌 다를 리가 있겠는가. 진흥왕 12년에 비 차부는 관직이 이미 대아간이었다. 29년(568) 순수할 때 역시 그대로 그 관 직으로 행차에 수종하여 다녔다고 하면 마땅할 것 같다.

아홉째 줄의 맨 위 글자는 다만 오른쪽 변인 '阝'만 남아 있는데, 아마 '부 部'인 듯하다. 세 번째에는 '혜兮' 자가 있는데, 이것은 사람 이름의 아랫부분 이다. 신라 벌휴왕伐休王 때에 을길찬乙吉飡 구수혜仇須兮가 있었고, 조분왕 助賁王의 왕비는 아이혜阿爾兮라 하였으며, 진평왕 때에는 상사上舍 인실혜 人實兮가 있었으니, 곧 신라 사람이 혜兮로써 이름 한 것이 역시 많다. 여기 에 기록된 것은 반드시 두 글자로 된 이름일 것이다.

또 열한째 줄의 맨 위 '전典' 자는 관청 이름이니, 신라 관청 이름에 '전典' 이라고 일컫는 것이 많으니, 회궁전會宮典 · 빙고전氷庫典 · 금전錦典 · 약전 藥典 · 율령전律令典과 같은 부류部類가 이것이다.

종인從人(보조 직원)은 대사大舍의 종인이다. 「직관지」에, "세택洗宅은 종사 지從舍知 2인을 두고, 숭문대崇文臺 · 악전嶽典 · 감전監典 등의 관청에 모두 종사지 2인씩을 둔다."라고 하였다.

사지舍知란 것은 소사小舍이다. 소사가 이미 종인從人을 두고 있으니, 대 사大舍가 또한 어찌 그것을 두지 않았겠는가? 또 사간조인沙干助人이란 것은

426

사찬沙飡의 조인助人(보조 직원)이다. 「직관지」에 의하면 "예궁전穢宮典에 조사지助舍知 4인을 두고, 회궁전會宮典에 조사지 4인을 둔다." 하였다. 사지가 이미 조인을 두었으니 곧 다른 관리도 반드시 두었을 것이다. 사간이 조인을 두고 있는 것이 이것이다.

사간은 여덟 번째 관등官等이므로 마땅히 길사吉士의 아래에 기록해서는 안 된다. 만약 사간조인이라면 지위가 낮은 사람일 터이니, 그런 까닭에 그것을 끝에 기록했다. 그래서 길사 아래에 또 소사만 있고 그 이름이 떨어져 나간 것도 이 역시 소사의 조인이기 때문이다.

아홉째 줄의 '睘內'와 열한째 줄의 '睘公'의 '睘' 자는 서로 같은데, 혹은 '회褱' 자와 같기도 하고, 혹 '애哀' 자 같기도 하다. 그런데 역사 기록에 의거하면, "법흥 · 진흥 2왕은 애공사哀公寺 북쪽 산봉우리에 장사 지냈다." 했으므로, 이 비석에서도 역시 애공哀公이라고 해야 하겠다. 그러니 그 '睘' 자는 분명히 '哀' 자이다.

또 열째 줄 맨 위 '丶'는 '사舍' 자 같은데, 아홉째 줄에 대사大舍 애내哀內가 있고, 열째 줄에 또 대사大舍 약사藥師가 있으니, 그 사이에 기록된 것은 반드시 모두 대사이어야 한다. 여난與難도 역시 마땅히 관직이 대사이어야만 한다.

첫째 줄 태왕太王은 이것이 태太 자이니, 대大와 같은 의미이다. 명기銘記라고 쓴 아래에 야也 자가 있는 것은 줄을 바꾸는 것이다. 둘째 줄 '亦'은 '역亦'자의 윗점이 떨어진 것이고, '早'는 '시是'의 아래 오른쪽 삐침(하파下波)이 떨어진 것이며, 셋째 줄의 '韋'는 '위違' 자이다. 넷째 줄의 '寸奐'은 '봉연封煙' 2자의 왼쪽이 떨어진 것 같고, 다섯째 줄 '才'는 '래來' 자이며, '口'는 '예如' 자이다.

일곱째 줄 '音'는 '부部' 자이고 '七'은 '칠柒' 자 같다.

아홉째 줄 '阝'는 '부部' 자이며, 열째 줄 위의 'ㄴ'는 '사舍' 자이고, 아래의 '人'
역시 '사舍' 자이다.

그 나머지 완전하지 않은 글자는 모두 알 수 없다.

대등훼부거칠大等喙舌居杸 / 대등은 벼슬 이름이고, 훼부喙部는 지명地名
   이며, 거칠居杸은 사람 이름의 윗부분이다.

지知 / 인명人名의 아랫부분이다.

잡간훼부복동지迊干喙部服冬知 / 잡간迊干은 벼슬 이름이고, 복동지服冬知
   는 사람 이름이다.

대아간비지부지大阿干比知夫知 / 대아간은 벼슬 이름이고, 비지부지는 사
   람 이름이다.

급간미지及干未知 / 급간은 관명官名이고, 미지는 인명人名의 윗부분이다.

혜兮 / 인명의 아랫부분이다.

대사사훼부령지大舍沙喙部另知 / 대사는 관명이고, 영지另知는 인명이다.

대사애내 / 大舍罠內. 애내는 인명이다.

종인훼부從人喙部 / 종인은 대사의 종인이고, 인명은 떨어져 나갔다.

훼부여난喙部與難 / 여난은 인명이고, 그 벼슬은 역시 마땅히 대사이어야
   한다.

대사약사大舍藥師 / 약사는 인명이다.

사훼부독형沙喙部篤兄 / 독형은 인명이고, 그 벼슬은 위 문장에 내리 연결
   되므로 역시 마땅히 대사이어야 한다.

소인小人 / 단지 관명만 남아 있고, 인명은 떨어져 나갔다.

전훼부분지典喙部分知 / 전은 관명의 아랫부분이고, 분지는 인명이다.

길지애공흔평吉之罠公欣平 / 길지는 관명이고, 애공·흔평은 인명이다.

소사小舍 / 다만 관명만 남아 있다.

훼부비지喙部非知 / 관명은 없어졌고, 비지는 인명이다.

사간조인사훼부윤沙干助人沙喙部尹 / 사간조인은 관명이고, 윤은 인명의 윗부분이다.

『문헌비고』(『동국문헌비고東國文獻備考』권7 및 『증보문헌비고增補文獻備考』권14 여지고興地考 참조)에 이르기를, "진흥왕 순수정계비眞興王巡狩定界碑는 함흥부 북쪽 초방원草坊院에 있습니다. 비문碑文에서 대략 말하기를, '짐이 태조太祖의 터 닦으심을 이어서 왕통王統을 이어받았으니, 몸을 조심하여 스스로 삼간다.'라고도 하고, 또한 '사방으로 지경을 넓혀서 백성과 토지를 널리 얻으며, 이웃 나라와 신의를 맹세하고, 평화 사절을 오가게 한다.'라고도 하였으며, 또한 '무자년 추秋 8월에 나라를 돌아보고 국경을 다스림으로써 민심을 알아본다.'라고도 하였습니다.

신臣이 삼가 살펴보건대, 초방원은 지금 함흥부 북쪽 100여 리 되는 곳의 초황령草黃嶺 아래에 있습니다. 방坊은 『동국여지승람東國輿地勝覽』[13](『신증동국여지승람新增東國輿地勝覽』권지卷之48 함흥부 참조)에서 '황黃'이라고도 썼는데 '방坊', '황黃'의 음이 서로 비슷하기 때문입니다."라고 하였다. 정희가 살펴보건대, 황초령은 함흥부 북쪽 110리 되는 곳에 있고, 산 아래에 역원驛院이 있다. 예나 이제나 기록하는 사람들이 혹은 초방草坊이라고 하고, 혹은 초방草方이라고도 하며, 혹은 초황草黃이라 하고 또는 황초黃草라고도 쓰는데, 기실은 하나이다.

근세에 유문익공俞文翼公 척기拓基(1691~1767)의 집안에 소장하였던 『금석록』(『해동금석록海東金石錄』, 우리나라 비석의 목록을 차례로 해설한 것)[14]에서는 〈삼수三水 초방원草坊院 진흥왕순수비〉라고 하였다. 대개 삼수군에 초평원草坪院이 있어서 혹은 초방草坊이라고도 부르기 때문이었다. 지금 사람이 간혹 삼수에서 이것을 구하려고 하는데, 그것은 사실이 아니다.

또 이 비문의 둘째 줄 맨 아래 끝에 '짐朕' 자가 있고, 셋째 줄 맨 위에 '소紹' 자가 있다. 그런데 윗부분은 이미 떨어져 나가서 '소紹' 자 위에 몇 자가 있었는지 지금 알 수 없거늘, 『문헌비고』에서는 "짐이 태조의 터 닦으심을 이어서朕紹太祖之基"라고 하여 '소紹' 자를 곧장 '짐朕' 자에 이어 놓았으니, 잘못이다. 그리고 왕위王位를 왕통王統이라 한 것도 또한 오류이다.

『해동집고록海東集古錄』〔편자 미상의 일서逸書(없어진 책)−역자 주〕에서는 "비문碑文이 12줄이고 줄마다 35자이므로 전체 비문은 420자인데, 없어지고 쪽 떨어져서 다는 변독辨讀할 수 없고, 변독할 수 있는 글자는 겨우 278자이다."라고 하였다. 『문헌비고』에서 인용하다(『동국문헌비고東國文獻備考』 권7).

정희가 생각하건대, 12줄에 줄마다 35자라 하면, 전체 비문에 빈 자리가 없어야 420자가 된다. 그러나 지금 탁본의 현존하는 것으로만 보아도, 이미 첫째 줄 아래에 빈 자리가 7자 있고, 여섯째 줄에 빈 자리가 1자 있으며, 일곱째 줄에 빈 자리가 2자 있으니 420자가 될 수 없다. 그 설說은 엉성하다.

또 탁본에는 글자가 온전한 것이 239, 온전치 못한 것이 13인데, 여기서 이르기를 변독할 수 있는 것이 겨우 278자라 했고, 또 말하기를 줄마다 35자라고 했는데, 모두 무엇에 근거했는지 알 수 없다. 이때에 본 것도 지금의 탁본에서 벗어나지 않았을 터인데, 제 마음대로 억측하여 공중걸이로 말한 것인가 보다.

『문헌비고』에 이르기를 "이제 「신라본기」를 살펴보니, '진흥왕 16년(555) 무자 동冬 10월에 북한산을 돌아보고 강역疆域을 넓히어 확정하고 12월에는 북한산으로부터 돌아오는데, 지나는 주군州郡마다 1년의 조세를 면제하였다.' 하니, 곧 무자는 과연 진흥왕이 함흥을 순수한 해이기도 해서 8월에는 (황초령으로) 국계國界를 정하고, 10월에는 북한산에 이르렀으며, 12월에는 환도還都했는데, 특별히 8월의 일만이 역사 기록에서 빠졌을 뿐이다.

삼국이 솥발처럼 대치하고 있을 때 신라의 땅은 비열홀을 넘을 수가 없었다. 비열홀은 지금의 안변부이다. 삼국을 통합한 후에 이르러서도 또한 천정泉井을 넘지 못하였다. 천정은 지금의 덕원부德源府이다. 함흥은 안변의 북쪽 200여 리에 있고, 단천端川은 함흥의 북쪽 360리에 있는데, 순수비로 보면 단천 이남이 일찍이 신라에 꺾여 들어왔던 것을 알 수 있다. 이는 국사國史나 야사野史가 기록하지 못한 바이로되 유독 거친 변지邊地의 한 조각 돌이 천고千古의 고사故事를 간직하여 남겨 준 것이라 하겠다."라고 하고 있다.

정희가 생각해 보건대, 진흥왕 원년이 경신년(540)이면, 16년(555)은 을해년이 되고, 29년(568)이 무자년이 되는데, 지금 16년을 무자라고 한 것은 잘못이다. 16년에 과연 북한산의 순수가 있었다 하나, 그러나 이는 함흥의 정계定界에 있어서와는 관계가 없으니, 역사 기록이 빠져 있는 것도 아니다. 그런데 어째서 이렇게 누누이 길게 늘어놓는가. 또한 잘못이다.

지금 안변으로부터 함흥까지는 310리이고, 함흥으로부터 단천까지는 380리이니, 길의 이수를 논한 것도 역시 틀렸다. 단천에 〈진흥왕비〉가 있다는 것은 명백한 증거를 볼 수가 없으니, 단천 이남이 신라에 꺾여 들었다는 것 역시 아직 그럴까 모르겠다.

이것은 구탁본舊拓本 비문의 아랫부분도면2이다. 이 탁본 역시 빗돌이 깨어져서 두 쪽으로 되었으니, 그 흔적은 첫째 줄 '순수巡狩' 두 글자 사이로부터 시작하여 둘째 줄 '시이是以' 두 글자 사이를 지나서 비스듬히 왼쪽으로 내려와 다시 셋째 줄의 '위違' 자 아래와 '우又' 자 위를 지나고 넷째 줄의 '부府' 자 아래 '우宀' 자 위, 그리고 다섯째 줄의 '노勞' 자 아래 '유有' 자 위, 여섯째 줄의 열넷째 '□'와 다섯째 줄 '충忠' 자와 상대되는 곳, 일곱째 줄의 '훼喙' 자 아래 '거居' 자 위에 이르기까지로 모두 지나간 흔적이 있다.

興太王巡狩管境刊石銘記也

爲交競是以帝王建號莫不備已以安百姓然朕

自愼恐□声

信和使交通府□
又蒙天恩開示運記冥感神祇應

狩管境訪採民心以欲勞
寸奠肖新古黎土彡謂道化

賞爵物以章勳効
□有忠信精誠□

時隨駕沙門道人法藏慧忍
迴駕顧 □一□

喙部服不知大阿干比知夫知及干末知
等喙□居比

于大舍沙喙部另知大舍藥師沙喙 篤兄小人

、喙部與難大舍 小舍

典象阝分知吉之哀 知沙干另

邱尹

도면2 〈황초령 진흥왕 순수비〉 탁본 하단 모사본. 『완당선생전집』 권1 「진흥이비고」에서 전재.

이것은 빗돌의 깨어진 틈 서리이다. 또 여섯째 줄 '고顧' 자 아래, 일곱째 줄 '인忍' 자 아래 끝, 열한째·열두째 줄의 위 끝과 '애哀' 자 아래, '조助' 자 아래의 떨어져 나 간 것은 모두 종이가 해져서 이다.

승가사僧伽寺 〈진흥왕순수비眞興王巡狩碑〉

오른쪽의 〈신라 진흥왕순수비〉는 지금 서울 북쪽 20리 되는 북한산 승가사僧伽寺 곁의 비봉碑峯 위에 있다. 길이 6자 2치 3푼, 넓이 3자, 두께 7치로 바위를 뚫어 비석 받침(비부碑趺)을 삼았고 위에는 네모난 비갓(방첨方簷 : 네모 비석 지붕) 을 씌웠는데, 지금 그 비갓은 벗겨져 떨어져서 아래에 있다.

전액篆額(비문의 맨 위에 쓰는 전서篆書의 제기題記)도 없고, 음기陰記(비석의 뒷

432

도판 37. 〈북한산 진흥왕순수비 및 부기 탁본〉 지본수묵, 82×134.5cm

僧伽眞興王巡狩碑

眞興太王及衆臣等巡狩　時記

令甲兵　　　　　　　王

所用高

不用兵

是巡狩　　　　　　忠信精訊T　陟賞

可加

是道人

及干內大智

夫智及干未智大奈　智　千南川軍主沙

夫指　則　　　　　次奈

守　　　　所造非世命

第十二行不得一字　記我方

도면 3. 〈북한산 진흥왕 순수비〉 탁본 모사본. 『완당선생전집』 권1 「진흥이비고」에서 전재.

면에 새긴 글씨)도 없다. 대체로 12줄인데 글자가 흐릿하여 줄마다 몇 자씩인지 분별할 수가 없다. 아래는 곧 여섯째 줄 '상賞' 자와 여덟째 줄 '사沙' 자가 글자의 끝이 되고, 위는 곧 현존한 첫째 줄의 '진眞' 자가 가장 높은데, 그 이상은 분별할 수가 없다.

전체 비문碑文에서 분별할 수 있는 것은 70자인데, 서로 비교 대조하여 첫째 줄 최고 '진眞' 자로부터 여덟째 줄 아래 끝의 '사沙' 자를 기준하면 21자가 된다. 그 분별할 수 있는 것은 첫째 줄에 12글자, 둘째 줄에 3자, 셋째 줄에 4자, 넷째 줄에 3자, 다섯째 줄에 7자, 여섯째 줄에 4자, 일곱째 줄에 3자, 여덟째 줄에 11자, 아홉째 줄에 11자, 열째 줄에 8자, 열한째 줄에 4자인데, 열두째 줄은 흐릿하여 한 글자도 얻을 수 없다.

북한산이란 것은 한漢 무제武帝의 영토이었다. 뒤에 고구려의 소유가 되었고, 진흥왕 때에 이르러서는 신라에 복속하였다. 『삼국사기』 「신라본기」에 의거하면 "진흥왕 16년(555)에 왕이 북한산을 둘러보고 강역을 넓히어 확정하였으며, 18년에는 북한산주北韓山州를 두었다." 하였으니, 진흥왕이 새로 얻은 것이다.

또 29년(568)에는 "북한산주를 폐하고 남천주南川州를 두었다." 하였는데,

남천주란 것은 지금의 이천부利川府이다. "진평왕 25년(603)에 이르러서 고구려가 북한산성을 침략하였고, 26년에는 남천주를 폐하고 다시 북한산주를 두었다." 한다. 이로 보면 북한산이란 것은 신라와 고구려의 경계이다. 이 비석은 곧 국계國界를 정하려고 세워진 것이다.

비문碑文에는 연월이 없어져서 어느 해에 세워졌는지 알 수 없다. 그러나 「진흥본기」에 남천에 주州를 두는 것과 비열홀에 주州를 두는 것이 같은 해이고, 〈황초령비〉는 비열홀을 폐주하던 해에 세웠으니 이 비석도 마땅히 남천에 주를 두던 때에 세워졌어야 한다. 그러나 이 비문에 남천군주南川軍主란 글자가 있으니, 반드시 남천에 주를 둔 이후일 것이다. 또 진흥왕은 재위在位가 37년이니, 곧 그 건립은 29년(568)에서 37년(576)에 이르는 사이를 벗어나지 않는다.

또 이 비문 첫째 줄의 '태왕太王'이라는 글자와 다섯째 줄의 '충신정성忠信精誠'이란 글자와 일곱째 줄의 '도인道人'이란 글자가 있는데, 모두 〈황초령비〉와 같다. 또 '부지夫智'란 것은 곧 〈황초령비〉의 '대아간大阿干 비지부지比知夫知'이다. '지智'와 '지知'는 같은 음이기 때문이다. '급간及干', '미지未智' 역시 〈황초령비〉에 있는 것이다. 그러니 두 비석은 동시에 세워진 것인가?

여덟째 줄에 '급간及干', '내대지內大智'라 하였는데, 급간은 벼슬 이름이고, 내대지는 곧 사람 이름이다. '간干', '남천군주南川軍主', '사沙'라 한 것은, '간干'은 관명官名의 아래쪽이니 아간阿干·잡간迊干 등과 같다. 이제 탁본의 '간干' 자 위를 보니 '잡迊' 자 같은데, 그러나 감히 확정하지 못하겠다.

'군주軍主'는 곧 도독都督이다. 『삼국사기』「직관지」에 "도독은 9인이다." 하였는데, 지증왕 6년(505)에 이사부異斯夫로 실직주悉直州(삼척三陟) 군주軍主를 삼았고, 문무왕文武王 원년(661)에 고쳐서 총관摠管으로 하였으며, 원성왕元聖王 원년(785)에는 도독都督이라 일컬었다. 지위가 급찬級飡으로부터 이찬伊飡까지 이른 이들로 삼았으니, 곧 지방관으로는 중요한 것이었다.

'사沙'는 사는 곳의 부部 이름(출신지명出身地名)의 윗부분이거나 아니면 인명人名의 윗부분일 것이다.

아홉째 줄의 '대내□지(大奈□知)'라 한 것은 '대내□(大奈□)'는 관명이니, 「직관지」에 '대내마大奈麻', '내마奈麻'의 두 이름이 있으므로, 여기에 기록된 것은 '대내마大奈麻'일 것이다. '지智'는 곧 인명의 윗부분이다. '차次', '내奈'라 한 것, '차次'는 인명의 아랫부분이고 '내奈'는 관명의 윗부분이니, 필시 '내마奈麻'일 것이다.

이 비석은 아는 사람이 없어, 요승妖僧 무학無學[15]이 잘못 찾아 이곳에 이르리라는 비석으로 잘못 일컬어졌다.

가경嘉慶 병자년(1816) 가을에, 나와 김군金君 경연敬淵[16]이 승가사에 놀러 갔다가 계제에 이 비석을 살펴보니, 비석의 표면에 이끼가 두터워서 글자가 없는 듯하였다. 그러나 손으로 문지르니, 글자의 모형이 있는 듯한데, 문드러지고 떨어져 나간 흔적에 그치지만 않았다. 또한 그때 해가 기울어 이끼 낀 비면碑面에 석양이 비치는데 살펴보니 이끼가 글자를 따라 들어가서 끊어진 파波(오른쪽으로 삐친 획)와 이지러진 별撇(왼쪽으로 삐친 획)을 어렴풋이나마 얻을(알아볼) 수 있었다.

시험 삼아 종이로 탁본을 떠내 보았다. 글씨 모양書體은 황초령비와 매우 비슷하였다. 첫째 줄 '진흥眞興'의 '진眞' 자는 꽤 문드러졌으나 여러 번 탁본하여 보니 그것이 '진眞' 자임은 의심할 수 없었다. 드디어 진흥왕의 옛 비석으로 확정하니, 1,200년 고적이 하루아침에 밝혀져서, 〈무학비〉라는 터무니없는 설說을 깨뜨렸다. 금석학金石學이 세상에 도움이 되는 것이 바로 이와 같다. 이 어찌 우리들의 한갓 금석金石 인연으로 해서만 그치겠는가?

그 이듬해 정축년(1817) 여름, 또 조군趙君 인영寅永[17]과 더불어 같이 올라가서 68자를 살피어 확정하고 돌아왔고, 뒤에 다시 2자를 얻어서 모두 70자가 되었다.

비석의 왼쪽에 새기기를, "이는 신라 진흥대왕 순수비이다. 병자년 7월에 김정희·김경연이 와서 읽다."라 하고 또 예자隸字로 새기기를 "정축년 6월 8일 김정희와 조인영이 와서 남은 글자 68자를 살피어 확정하다."라 하였다.

眞興二碑攷

右新羅眞興王巡狩碑, 在咸鏡道咸興府北一百一十里黃草嶺下. 碑今区失, 余得拓本只二段. 合而觀之, 爲十二行, 其長廣不可得.

今以拓本觀之, 外爲欄格, 而下段第二行朕字, 第三行應字下, 即接以格, 應字與第五行下口相對. 上段則区缺, 現存最高者, 第五行未字也.

今上自未字, 下至于口, 以漢建初尺度之, 長四尺四寸五分也. 廣則第一行有格, 第十二行下段外, 亦有格, 以建初尺, 爲廣一尺八寸, 而格外長廣及厚, 俱不可得也.

碑凡十二行, 則以格可定, 其下段之字極, 亦以格可定, 但上段区失其極, 幾字不可定.

今以最高第五行爲準, 序之於後.

第一行二十字全. 最上八字, 比第五行缺四字. 最下也字, 與第五行之第二十四口字相對, 下仍有空, 然此行既爲題首, 則也字是其極, 非有缺也.

第二行 字全者二十八, 不全者一, 合二十九字. 最上世字, 比第五行缺二字. 下極朕字, 與第五行同極.

第三行 字全者二十七, 不全者一, 刓者二, 合三十字. 最上紹字, 比第五行缺一字, 下極應字, 與第五行同極.

第四行 字全者二十六, 不全者一, 刓者三, 合三十字. 最上四字, 比第五行缺一字, 下極化字, 與第五行同極.

第五行 字全者二十七, 不全者一. 刓者三, 合三十一字. 最上未字, 此碑中最高者也. 下極口字, 與第四行化字同極.

第六行 字全者一十九, 刓者八, 空格一, 合二十八字. 最上ノ字, 比第五行缺二字, 最下一字, 比第五行缺一字.

438

第七行 字全者一十八, 不全者二, 刓者一, 空格二, 合二十三字. 最上水字, 比第五行缺七字, 最下北字, 比第五行缺一字.

第八行 字全者一十九, 不全者二, 合二十一字. 最上丿字, 比第五行缺八字, 最下ナ字, 比第五行缺二字.

第九行 字全者一十六, 不全者三, 合一十九字. 最上阝字, 比第五行缺九字. 最下小字, 比第五行缺二字.

第十行 字全者一十四, 不全者二, 合一十六字. 最上丶字, 比第五行缺一十三字, 最下人字, 比第五行缺二字.

第十一行 一十三字全. 最上典字, 比第五行缺一十五字, 最下舍字, 比第五行缺三字.

第十二行 一十二字全. 最上喙字, 比第五行缺一十六字, 最下尹字, 比第五行缺三字.

已上凡十二行, 字全者二百三十九, 不全者一十三, 刓者一十七, 空格者三, 總二百七十二字.

碑之上段旣区, 則其圭首與篆額, 未可詳知. 然北漢之碑 與此碑同時, 而不爲圭首, 此碑似與北漢碑, 同例矣.

碑文云, 八月二十一日癸未, 又云, 歲次戊子秋八月. 按新羅眞興王二十九年, 歲在戊子, 即其改元大昌之年也. 當高句麗平原王十年, 百濟威德王十五年, 在中國, 爲陳廢帝伯宗光大二年, 北齊後主緯, 天統四年, 後周武帝邕天和三年, 後梁世宗巋, 天保七年也.

據北史齊後主本紀, 天統四年六月甲子朔大雨, 甲申大風, 又周武帝本紀, 天和三年六月甲戌, 有星孛, 南史陳廢帝本紀, 光大二年六月丁亥, 彗星見, 則是年六月初一日, 爲甲子, 二十四日, 爲丁亥也.

周武帝本紀, 七月壬寅, 楊忠薨, 陳廢帝本紀, 七月戊申, 新羅國, 遣使朝貢, 壬戌立嬰陽王, 則自甲子至壬戌, 爲五十九日. 其間必有小盡之月也, 則七月晦日, 當爲壬戌, 八月朔日, 當爲癸亥也.

周武帝本紀, 八月乙丑, 韓元羅薨, 癸酉帝御大德殿, 則乙丑者, 八月初三也, 癸酉者, 十一日也. 以此觀之, 八月二十一日, 當爲癸未, 此碑所記, 即與相符也.

新羅王之諡, 起於中葉, 其初, 皆以方言稱之, 故稱居西干者一, 次次雄者一, 尼師今者十六, 麻立干者四.

據三國史, 智證麻立干十五年, 王薨, 諡曰智證, 新羅諡法, 始於此. 自是王薨之後, 必書其諡, 故眞興王本紀, 亦於三七年, 書王薨, 諡曰眞興.

然此碑, 系眞興所自作, 而其題儼稱眞興大王, 及北漢碑, 亦有眞興二字. 以此觀之, 法興 眞興之稱, 非葬後擧諡, 乃生時所稱.

故北齊書, 武成帝河淸四年, 詔以新羅國王金眞興, 爲使持節東夷校尉, 隋書, 開皇十四年, 新羅王金眞平, 遣使來賀, 唐書, 貞觀六年, 眞平卒, 立其女善德, 爲王.

據此, 則眞興, 眞平之等, 明非諡號. 至太宗武烈王以後, 始有諡法, 故唐書所記, 不稱金武烈, 而稱金春秋, 斯可知也. 則此碑之稱眞興, 亦生時所號也.

今之咸興府, 古東沃沮地也. 漢武帝置玄菟郡, 後漢初, 爲不耐侯國, 後屬於高句麗, 據魏志濊傳, 不耐濊, 漢末更屬句麗, 又東沃沮傳, 國小迫於大國之間, 遂臣屬句麗, 東沃沮, 不耐者, 今咸興也.

三國史, 高句麗本紀, 太祖王四年, 伐東沃沮, 取其土地, 爲城邑, 拓境東至滄海, 當漢光武中元元年, 咸興之地, 明自後漢時, 已屬句麗, 而此碑云 巡狩管境, 則眞興時, 咸興又爲新羅之所管也.

碑又云 四方托境, 廣獲民土, 隣國誓信, 和使交通, 則眞興時, 新得此地. 其云隣國者, 高句麗也. 三國史, 新羅本紀, 眞興王十七年, 置比列忽州, 二十九年, 廢比列忽州 置達忽州. 比列忽, 今安邊府也, 達忽, 今高城郡也. 據此, 則比列忽, 亦眞興所新得, 故稱廣獲民土也.

440

此碑亦在二十九年戊子, 其巡狩之事, 史必逸書耳. 然則, 此碑之立, 與高句麗定界也. 今自安邊, 北至咸興, 三百里也, 咸興, 北至黃草嶺, 一百里也. 其間必有郡縣, 而三國史地志, 新羅之跡, 僅及於比列忽. 史有闕歟, 或咸興 當時同屬於比列忽也.

東國地志曰, 新羅眞興王, 以今安邊府, 爲比列州, 高原爲井泉郡, 咸興黃草嶺及端川, 亦有巡狩碑, 則沃沮, 亦有時爲新羅所奪有矣.(出文獻備考.) 正喜按, 井泉郡 今之德源, 非高原也, 端川之有巡狩碑, 亦無明據.

新羅本紀, 法興王二十三年, 始稱年號云, 建元元年, 眞興王十二年, 改元開國, 二十九年, 改元大昌. 此時蓋用天子之制, 故此碑稱朕, 又有帝王建號之語, 以是年改元大昌也.

眞興王本紀云, 王幼年即位, 一心奉佛, 至末年, 祝髮被僧衣, 自號法雲, 以終其身. 又職官志云, 國統一人, 一云寺主. 眞興王十二年, 以惠亮法師爲寺主. 句大都唯那一人, 眞興王 始以寶良法師爲之. 大書省一人, 眞興王 以安藏法師爲之. 此碑所記, 沙門道人, 亦惠亮 安藏之類耳. 云法藏 慧忍者, 二僧名也. 錄於大臣之上者, 以其尊之歟. 大等者, 新羅官名. 三國史法興王十八年, 拜伊湌哲夫 爲上大等, 總知國事, 上大等官, 始於此, 如今之宰相. 下至眞平王時, 弩里夫爲之, 次則首乙夫也. 善德王時, 水品爲之, 次則毗曇也. 其卒其繼, 史必書之.

又職官志云 上大等 或云上臣, 仕臣 或云仕大等, 據此, 則大等有二也. 又色服志云, 眞骨大等, 襆頭任意, 此碑亦有大等, 據此, 則時二大等之外, 又有單稱大等者歟.

第七行 居字下, 所缺只存上半七, 此或柒字. 按眞興王時, 有居柒夫傳云, 記或其人歟. 三國史眞興王本紀六年, 命大阿湌居柒夫, 廣集文士, 撰修國史. 又居柒夫傳云, 眞興大王六年乙丑, 承朝旨, 修國史, 加官珍飡, 則其官, 自大阿飡, 陞爲波珍飡也.

眞興王本紀十二年, 命居柒夫等, 侵高句麗, 乘勝取十郡, 時史不書其官. 又眞智王本紀元年, 以伊飡居柒夫, 爲上大等, 則其官伊飡, 未知在於何年也.

此碑稱大等, 則其官大等, 亦未知在何年也. 然職官志云, 仕臣或云仕大等, 眞興王二十五年始置, 位自級飡, 至波珍飡爲之, 而此碑在二十九年, 則置仕大等之後也.

且新羅官制, 級飡在波珍之下, 居柒夫於六年, 既官波珍, 不應復降爲級飡也. 然則居柒夫之官, 始以大阿飡, 陞爲波珍飡, 此在六年也. 次似以波珍飡, 陞爲仕大等, 此必在二十五年以後也. 次似以仕大等, 陞爲伊飡, 此必在二十九年以後也. 末以伊飡, 陞爲上大等, 此在眞智王元年也. 此碑, 當其仕大等之時, 則所記, 必居柒夫也.

隨駕之目, 稱喙部者六, 沙喙部者三, 錯雜稱之, 未可詳也. 余謂新羅六部, 有梁部, 沙梁部, 似是喙部, 沙喙部之變稱.

崔致遠曰, 辰韓本燕人避之者, 故取涿水之名, 稱所居邑里云, 沙涿, 漸涿.

文獻備考曰, 羅人方言, 讀涿音爲道, 故今或作沙梁, 梁亦稱道.

按涿字, 不見字書. 燕有涿水, 涿似涿之譌. 又梁書新羅傳云, 其俗呼城曰, 健牟羅, 其邑在內曰啄評, 在外曰邑勒, 如中國之言 郡縣也. 國有六啄評, 五十二邑勒, 則六啄評 似六部, 而評與部相近也.

唐書新羅傳, 喙評作喙評. 蓋喙與啄近, 啄與涿近, 涿與涿近, 涿變爲梁. 方言相襲, 轉爲訛誤, 喙部之爲梁部, 似有據. 若以喙部, 沙喙部, 爲階品, 則不應錯雜書之, 尊卑無別. 其各記所居無疑矣.

三國史職官志, 新羅官號十七等, 一曰伊伐飡, 或云伊罰干, 或云角干, 二曰伊尺飡, 或云伊飡, 三曰迊飡, 或云迊判 或云蘇判, 四曰波珍飡, 或云破彌干, 五曰大阿飡, 六曰阿飡, 或云阿尺干, 七曰一吉

湌, 或云乙吉干, 八曰沙湌, 或云沙咄干, 九曰級伐湌, 或云及伐干,
十二曰大舍, 十三曰舍知, 或云小舍, 十四曰吉士, 以此觀之, 湌與
干, 相混也.

又色服志云, 伊湌 匝湌, 錦冠, 則迊與匝相同也. 又貴山傳云, 父武殿
阿干, 則阿湌, 是阿干也. 又云, 眞平王建福十九年, 使波珍干乾品 武
梨屈 伊梨伐, 級干武殷 比梨耶等, 領兵拒百濟, 則及伐干, 是級干也.
又職官志, 吉士 或云稽知, 或云吉次, 即唐書所稱吉主也. 此碑小舍
之下, 有吉之, 之與知 音近似, 是第十四等之吉士也. 然則, 碑有迊
干, 是第三等官也, 次有大阿干, 是第五等官也, 次有及干, 是第九等
官也, 次有大舍, 是第十二等官也, 次有小舍, 是第十三等官也, 次有
吉之, 是第十四等官也, 所記 皆有次序, 齊整不紊也.

服冬知, 比知夫知等, 皆人名也. 新羅本紀, 奈勿時, 有伊湌 大西知, 法
興時, 有奈麻 法知, 眞平時, 有伊湌 弩知, 則其時人名, 多以方言也.

又居柒夫傳云, 眞興大王十二年, 王命居柒夫 及仇珍大角湌, 比台角
湌, 耽知迊湌, 非西迊湌, 奴夫波珍湌, 西力夫波珍湌, 比次夫大阿
湌, 未珍夫阿湌等八將軍, 侵高句麗, 其云比次夫, 似即此碑之比知
夫知也.

稽知 吉次, 官既相通, 則比知 比次, 人豈有異乎. 眞興之十二年, 比
次夫 官既大阿干矣. 二十九年, 巡狩之時, 仍以其官隨駕而行, 似爲
宜也.

第九行之最上字, 只存右傍阝, 似是部字也, 第三有兮字, 是人名之下
段也. 新羅伐休時, 有乙吉湌 仇須兮, 助賁之妃曰 阿爾兮, 眞平王時,
有上舍 人實兮, 則新羅人之名 以兮者亦多, 此所記, 必二字名也.

又第十一行之最上典字 是官名, 新羅官號 稱典者多, 如會宮典 冰庫
典 錦典 藥典 律令典之類是也.

從人, 大舍之從人也. 職官志, 洗宅 有從舍知二人, 崇文台 獄典 監

典等官, 皆有從舍知二人.

舍知者, 小舍也. 小舍 既有從人, 則大舍 亦豈無之乎. 又沙干助人者, 沙湌之助也. 職官志, 穢宮典 有助舍知四人, 會宮典 有助舍知四人. 舍知既有助人, 則他官 亦必有之. 沙干之有助人是也.

沙干 是第八等官, 不應記之於吉士之下. 若沙干助人, 卑者也, 故錄之於末. 然則吉士之下, 又有小舍, 缺其名者, 是亦小舍之助人也.

第九行之睘內, 十一行之睘公, 二睘 字相同, 或似襄字, 或似哀字, 然據史, 法興 眞興 二王, 葬于哀公寺北峰, 則此碑亦是哀公也. 二睘字, 明是哀字也.

又第十行最上丶, 似是舍字, 第九行有大舍哀內, 第十行, 又有大舍藥師, 則其間所記, 必皆大舍也. 與難, 亦當官大舍也.

第一行太王, 是太與大同也. 銘記下有也字, 是異列也. 第二行亦, 亦字之闕上點也. 早, 是字之缺下波也, 第三行㣇, 違字也, 第四行寸奘, 似封堨二字之左缺也, 第五行才, 来字也, 口, 如字也.

第七行, 音, 部字也, 北, 似柒字也.

第九行阝, 部字也, 第十行上丶, 舍字也, 下丶, 亦舍字也.

其餘不全之字, 並不可知也.

大等喙音居北, 大等 官名, 喙部 地名, 居柒 人名之上段.

知 人名之下段.

迊干喙部服冬知, 迊干 官名, 服冬知 人名.

大阿干 比知夫知, 大阿干 官名, 比知夫知 人名.

及干未知, 及干 官名, 未知 人名之上段. 兮 人名之下段.

大舍沙喙部另知, 大舍 官名, 另知 人名.

大舍睘內, 哀內 人名.

從人喙部, 從人 大舍之從人, 人名則缺.

喙部與難, 與難 人名, 其官亦當大舍.

大舍藥師, 藥師人名.

沙喙部篤兄, 篤兄 人名, 其官則蒙上文, 亦當大舍.

小人 只有官名, 人名則缺.

典喙部分知, 典 官名之下段, 分知 人名.

吉之 睘公欣平, 吉之 官名, 睘公 欣平 人名.

小舍, 只有官名.

喙部非知, 官名則缺, 非知 人名.

沙干助人沙喙部尹, 沙干助人 官名, 尹 人名之上段.

文獻備考曰, 眞興王巡狩定界碑, 在咸興府北草坊院. 碑文略曰, 朕
紹太祖之基, 纂承王統, 兢身自愼. 又曰, 四方托境, 廣獲民土, 鄰國
誓信, 和使交通. 又曰, 歲次戊子秋八月, 巡狩管境, 訪探民心. 臣謹
按草坊院, 在今咸興府北, 百餘里草黃嶺下. 坊 輿地勝覽作黃, 坊 黃
音相近.

正喜案, 黃草嶺, 在咸興府北一百一十里, 嶺下 有院. 古今記者, 或
作草坊, 或作草方, 或作草黃, 或作黃草, 其實一也.

近世兪文翼公拓基家所藏 金石錄(即詮次碑目者)云, 三水草坊院眞興王
巡狩碑, 蓋以三水郡有草坪院, 或稱草坊. 故今人或欲求之於三水,
非其實也.

且此碑第二行下極, 有朕字, 第三行最上, 有紹字, 而上段既缺, 紹
字上之有幾字, 今不可知, 而備考云, 朕紹太祖之基, 以紹字, 直承朕
字, 謬矣. 以王位作王統, 亦謬.

海東集古錄云, 碑十二行, 行三十五字, 全碑爲四百二十字, 而減泐
不可辨, 可辨者 僅二百七十八字.(出文獻備考.)

正喜案十二行, 行三十五字, 則全碑無空格, 然後爲四百二十字也.
然以今拓本現存者觀之, 已於第一行下 有空格七字, 第六行 有空格
一字, 第七行 有空格二字, 則不可爲四百二十字, 其說踈矣.

且拓本字全者 二百三十九, 不全者一十三, 而今云, 可辨者, 僅二百七十八字, 又云 行三十五字, 皆未知何據. 此時所見, 不出於今之拓本, 而以意臆之, 懸空爲說也.

文獻備考曰 今考新羅本紀, 眞興王十六年戊子冬十月, 巡北漢山, 拓定封疆, 十二月至自北漢山所經州郡, 復一年租, 則戊子, 果眞與巡狩咸興之年, 而八月定界, 十月至北漢, 十二月還都, 八月事 特逸於史耳.

當三國鼎峙之時, 新羅之地, 不得過比列忽, 比列忽 今之安邊府也. 逮三國統合之後, 又不能過泉井, 泉井 今之德源府也. 咸興 在安邊之北二百餘里, 端川 在咸興之北三百六十里, 而以巡狩碑觀之, 端川以南, 嘗折入於新羅者可知. 此國史 野乘, 所不著, 而獨荒裔片石, 留作千古之故事矣.

正喜案 眞興王元年, 爲庚申, 十六年 爲乙亥, 二十九年 爲戊子, 而今云十六年戊子誤也. 十六年 果有北漢之巡狩, 然此無與於咸興之定界, 史非有逸, 而何如是縷縷也. 又誤也.

今自安邊至咸興, 爲三百一十里, 自咸興至端川, 爲三百八十里, 則所論道里亦誤也. 端川之有眞興碑, 不見明據, 則端川以南, 折入新羅者, 亦未然也.

此即舊拓本, 碑之下段也. 此本 亦石折爲兩面, 其痕 自第一行 巡狩二字間而始, 過第二行 是以二字間, 迤而左下, 又過第三行之達字下 又字上, 第四行之府字下, 寸字上, 第五行之勞字下 有字上, 第六行之第十四口, 與第五行 忠字相對者, 至第七行之喙字下 居字上, 皆有闕痕, 是石之隙折也. 又第六行顧字下, 七行忍字下極, 第十一, 十二行之上頭 與哀字下, 助字下之所缺, 皆紙壞也.

(『阮堂先生全集』卷一)

僧伽眞興王巡狩碑

右新羅眞興王巡狩碑, 在今京都北二十里, 北漢山僧伽寺傍, 碑峰之上. 長六尺二寸三分, 廣三尺, 厚七寸. 鑿巖爲跗, 上加方簷, 今其簷脫落在下.

無篆額, 無陰記. 凡十二行, 而字模糊, 每行幾字不可辨. 下則 第六行賞字, 第八行沙字, 爲字極, 上則 現存第一行眞字, 爲最高, 而其上莫辨.

全碑可辨者, 爲七十字, 而相與較對, 則自第一行最高眞字, 準第八行下極沙字, 爲二十一字也. 其可辨者, 第一行 十二字, 第二行 三字, 第三行 四字, 第四行 三字, 第五行 七字, 第六行 四字, 第七行 三字, 第八行 十一字, 第九行 十一字, 第十行 八字, 第十一行 四字, 第十二行 模糊不得一字也.

北漢山者, 漢武帝之疆域也. 後爲高句麗所有, 至眞興王時, 屬於新羅. 據三國史本紀, 眞興王十六年, 王巡幸北漢山, 拓定封疆, 十八年, 置北漢山州, 則眞興之新得也.

又二十九年, 廢北漢山州, 置南川州, 南川州者, 今之利川府也. 至眞平王二十五年, 高句麗侵北漢山城, 二十六年, 廢南川州, 還置北漢山州. 以此觀之, 北漢山者, 新羅, 句麗之界也. 此碑, 即所以定界也.

碑滅年月, 不知立於何年, 然眞興本紀, 南川置州 與比列置州同年, 而黃草碑, 在比列廢州之年, 則此碑似當同在南川置州之時. 然此碑有南川軍主字, 則必在南川置州之後也. 且眞興王在位, 爲三十七年, 則其立 不出於二十九年, 至三十七年之間也.

且此碑第一行太王字, 第五行忠信精誠字, 第七行道人字, 皆與黃草碑仝. 又夫智者, 即黃草碑之大阿干 比知夫知也. 智與知同也, 及干未智, 亦黃草碑之所有也, 則二碑, 其同時歟.

第八行 及干內大智者, 及干 即官名, 內大智 即人名也. 干南川軍主沙者, 干 是官名之下段, 若阿干迊干之等也. 今觀拓本, 干字上, 似是迊字, 然不敢定也.

軍主, 即都督也. 三國史職官志, 都督九人, 智證王六年, 以異斯夫, 爲悉直州軍主, 文武王元年, 改爲摠管, 元聖王元年, 稱都督, 位自級飡, 至伊飡爲之, 則外官之重者也.

沙, 是所居部名之上段, 或人名之上段也.

第九行, 大奈口智者, 大奈口 官名, 職官志, 有大奈麻, 奈麻二名, 此所記, 是大奈麻也. 智, 則人名之上段也. 次奈者, 次是人名之下段, 奈是官名之上段, 必奈麻也.

此碑, 人無知者, 誤稱妖僧無學枉尋到此之碑.

嘉慶丙子秋, 余與金君敬淵, 遊僧伽寺, 仍觀此碑, 碑面苦厚若無字. 然以手捫之, 似有字形, 不止漫缺之痕也. 且其時日薄, 苦面映而視之, 苦隨字入, 折波漫撇, 依俙得之.

試以紙拓出也, 體與黃草碑酷相似. 第一行, 眞興之眞字 稍漫, 而婁拓視之, 其爲眞字無疑也. 遂定爲眞興古碑, 千二百年古蹟, 一朝大明, 辨破無學碑弔詭之說. 金石之學, 有補於世, 乃如是也. 是豈吾輩, 一金石因緣而止也哉.

其翌年丁丑夏, 又與趙君寅永同上, 審定六十八字而歸, 其後又得二字, 合爲七十字.

碑之左側刻

此新羅眞興大王巡狩之碑.

丙子七月, 金正喜 金敬淵來讀.

又以隷字刻

448

丁丑六月八日, 金正喜 趙寅永來, 審定殘字六十八字.

(『阮堂先生全集』卷一)

註

1. 건초척建初尺. 후한後漢 장제章帝 건초建初 6년(서기전 81) 명銘이 있는 여치척廬俿尺으로 현재의 자尺로는 7치寸 5푼分 5리厘(다른 일례一例는 7치寸 2푼分 5리厘)이니, 약 25센티미터 정도(25.1415⋯⋯)의 길이.

2. 『북사北史』. 100권. 당唐 이연수李延壽 찬撰. 본기本紀 12권, 열전列傳 88권. 북조北朝의 위魏 · 제齊 · 주周 · 수隨의 역사를 기록한 것. 현경顯慶 4년(659), 16년 만에 완성함.

3. 『남사南史』. 80권. 당唐 이연수李延壽 찬撰. 본기本紀 10권, 열전列傳 70권. 지志가 없다. 『삼국지三國志』의 간결한 체례體例(체재와 차례)를 따라 송宋 · 제齊 · 양梁 · 진陳의 역사를 기록한 것. 남북사南北史 동시에 찬진纂進(지어 바침)하다.

4. 『삼국사기三國史記』. 50권. 고려 김부식金富軾(1075~1151) 봉선奉宣(왕명을 받듦) 찬撰. 신라 · 고구려 · 백제 3국의 정사正史. 본기本紀 28권, 연표年表 3권, 지志 9권, 열전列傳 10권. 인종仁宗 23년(1145) 완성하다. 『사기史記』의 체재를 모방하여 유교儒敎 사관史觀으로 편찬.

5. 『북제서北齊書』. 50권. 당나라 이백약李百藥 봉명奉命(황제의 칙명을 받듦) 찬撰. 본기本紀 8권 · 열전列傳 42권. 당 태종太宗 정관貞觀 10년(636) 완성. 북제北齊의 정사正史.

6. 『수서隨書』. 85권. 당나라 위징魏徵 등 봉칙奉勅(황제의 칙명을 받듦) 찬撰. 수隨의 정사正史. 정관貞觀 10년(636) 55권(제기帝紀 5권, 열전列傳 50권), 정관 15년(641) 『오대지五代志』 10지十志 30권 완성. 후에 이를 『수서』에 편입하여 85권이 되다.

7. 『당서唐書』. 신구당서新舊唐書에 동일 내용이 기록되었으므로 다만 『당서』라 한 듯하나 『당서』는 두 종류가 있다.

   『구당서舊唐書』 200권. 후진後晉 유구劉昫 등 봉칙奉勅 찬撰. 당唐 정사正史의 하나. 본기本紀 20권, 지志 30권, 열전列傳 150권. 후진 고조高祖 천복天福 5년(940)에 봉명奉命하여 출제出帝 개운開運 2년(945)에 완성. 장소원張昭遠 등이 주관하여 편찬編纂.

   『신당서新唐書』 225권. 송宋 구양수歐陽脩 등 봉칙奉勅 찬撰. 당唐 정사正史의 하나. 10본기 10권, 13지志 50권, 4표表 15권, 142열전列傳 150권. 송 인종仁宗 가우嘉祐 5

년(1060), 17년 만에 완성.

8. 『위지魏志』. 『위지』란 책은 없고 『삼국지三國志』 위서魏書의 약칭略稱이다.
『삼국지』 65권. 진진 진수陳壽 찬撰, 유송劉宋 배송지裴松之 주注. 중국 삼국시대의
정사正史. 「위서魏書」 30권(본기本紀 4권, 열전列傳 26권), 「촉서蜀書」 15권(열전列傳 15
권), 「오서吳書」 20권(열전列傳 20권)이며, 지지, 표표 없다.

9. 『동국지리지東國地理志』. 조선 한백겸韓百謙 지음. 『한서漢書』 조선전朝鮮傳, 『후한
서後漢書』 고구려전高句麗傳, 동옥저전東沃沮傳, 부여전扶餘傳, 읍루전挹婁傳, 삼한
전三韓傳, 기타 사군四郡 이부二府 및 『삼국사기三國史記』 지리지地理志 등의 고사古
史 기사記事를 참고하여 자기의 견해를 첨가한 우리나라 역사지리서歷史地理書.

10. 『동국문헌비고東國文獻備考』. 50책. 홍봉한洪鳳漢 등 봉명奉命 찬撰(영조英祖 46년,
(1770). 중국의 『문헌통고文獻通考』 회전류會典類 등의 체재를 모방하여 조선 고래
의 제도制度, 전장典章을 분목分目, 망라網羅한 책. 원본은 13고고考로 분목分目, 정
조正祖 6년 임인壬寅(1782) 20고고考로 추보追補, 고종高宗 광무光武 7년(1903) 16고고
250편(250권)으로 산정刪定하여 『증보문헌비고增補文獻備考』라 하다.

11. 『삼국유사三國遺事』. 5권. 고려 석일연釋一然(1206~1289) 찬撰. 고구려 · 백제 · 신
라 삼국의 유문일사遺聞逸事(빠진 소문과 잊혀진 일)를 『고승전高僧傳』과 『불조통기
佛祖統紀』의 체례體例를 혼합하여 기술한 별사체別史體의 사서史書. 불교적인 안
목으로 시종하였으므로 종교적인 신이神異한 내용도 많이 포함되었으나, 정사
正史인 『삼국사기三國史記』에서 누락된 설화 · 유문遺聞이 많이 수록되어 삼국시
대의 연구를 하는 데 있어서 『삼국사기』와 쌍벽을 이루는 귀중한 사서史書이다.
충렬왕 2년(1276)경부터 편찬을 시작하여 충렬왕 6년(1280)경에 마무리 지은 듯
하다.
일연은 가지산파迦智山派의 선맥禪脈을 잇는 조계종曹溪宗 선승禪僧으로 신라 왕
성王姓의 후예인 경주 김씨慶州金氏이다.

12. 『양서梁書』. 56권. 당唐 요사겸姚思謙 봉칙奉勅 찬撰. 남조南朝 양梁의 정사正史. 본
기本紀 6권, 열전列傳 50권, 지지, 표표는 없다. 부친 요찰姚察의 업업業을 계승 완성
한 것. 정관貞觀 3년(629) 완성.

13. 『동국여지승람東國興地勝覽』. 55권. 조선 관찬官撰 지지地誌. 성종成宗 12년(1481) 제1고考 50권 완성, 동 18년 5권 증보增補 『신찬여지승람新撰興地勝覽』 55권. 연산 군燕山君 시대의 개정을 거쳐 중종中宗 2년(1530) 다시 증보, 『신증동국여지승람新 增東國興地勝覽』을 간행刊行. 조선의 이경팔도二京八道의 지지地誌를 24여 항목으 로 분목分目 상술詳述하다.

14. 『해동금석록海東金石錄』. 현존 여부 미상未詳.

15. 자초自超(1327~1405). 조선 승려. 삼기군三岐郡, 지금 경남 합천군 삼가면三嘉面 인. 속성 박씨朴氏. 법호法號는 무학無學, 당호堂號는 계월헌溪月軒. 혜감국사惠鑑 國師의 상족제자上足弟子인 소지선사小止禪師를 은사로 하여 18세에 출가하다. 용문산龍門山의 혜명국사慧明國師에게 법法을 묻고 원나라 연경燕京에 나아가서 서천西天 지공指空을 찾아뵙고 고려 승으로 지공의 전법傳法 상수제자上首弟子가 된 나옹懶翁을 법천사法泉寺에서 만나 가르침을 받다.

환국還國하여 다시 나옹을 천성산天聖山 원효암元曉庵으로 찾아뵙고 인가印可를 얻어 불자拂子를 전해 받다. 공민왕恭愍王이 나옹을 왕사王師로 삼아 송광사松廣寺 에 주석駐錫시키니 이곳에서 나옹은 무학에게 상수제자上首弟子로서 의발衣鉢을 전수하다. 공민왕 13년(1364)에 나옹이 회암사檜巖寺를 크게 중창하고 낙성회落 成會를 대설大設할 때 수좌首座로 불렀으나 사양하고 나가지 않았다.

나옹이 이 일로 의심받아 유배流配되는 중에 여주驪州에서 입멸入滅하자 제신諸 山을 유력遊歷하여 세상에 종적을 드러내지 않았으며, 고려 말에 왕사로 봉하려 하였으나 나가지 않다.

조선 태조太祖 원년(1392)에 징소徵召되어 송경松京에 이르러 왕사로 피봉被封되 고 대조계종사선교도총섭전불심인변지무애부종수교홍리보제도대선사묘엄존 자大曹溪宗師禪敎都摠攝傳佛心印辨智無碍扶宗樹敎弘利普濟都大禪師妙嚴尊者의 존호 尊號를 받다. 회암사에 주석駐錫, 천도遷都 상지相地(땅을 살펴봄)에 어가御駕를 호 종扈從하였고, 한양漢陽 정도定都에 많은 공이 있었다. 태조와는 잠저潛邸 시부터 인연이 있어 조선의 개국開國을 예언하였다 한다. 금강산金剛山 진불암眞佛庵에 서 입적入寂하다.

16. 김경연金敬淵(1778~1820). 조선 청풍인淸風人. 호는 동리東籬·담재澹齋. 감사監司 치공致恭의 손자로 출계出繼하여 재종증조再從曾祖인 영의정 재로在魯의 봉사손 奉祀孫이 되다. 순조純祖 14년(1814)에 문과에 급제하여 의주부윤義州府尹 등을 역임하다.

호고박학好古博學(옛것을 좋아하여 넓게 배움)하여 경사經史에 통달하고 금석金石·시문詩文에 각기 일가를 이루다. 금석학金石學의 선구先驅인 허주자虛舟子 김재로金在魯의 가계家系를 이어 전래傳來의 서화書畫·금석·서책의 수장收藏이 풍부하였다. 추사秋史를 종유從遊하여 〈북한산비北漢山碑〉를 같이 찾아내는 등 추사금석학파秋史金石學派의 중진으로 조선 금석학 발전에 일익을 담당하다. 추사를 비롯해 황산黃山 김유근金逌根, 이재彝齋 권돈인權敦仁과 함께 절친 4지음知音으로 일컬어지다.

순조 19년(1918) 7월 26일에 성절겸진하겸사은사聖節兼進賀兼謝恩使의 서장관書狀官이 되어 연경燕京에 다녀오다. 『동리우담東籬耦談』 4권의 저술이 있다.

17. 조인영趙寅永(1782~1850). 조선 풍양인豐壤人. 자는 의경義卿, 호는 운석雲石. 이조판서吏曹判書 진관鎭寬의 차자次子이고 익종翼宗 국구國舅 풍은豐恩부원군 조만영趙萬永(1776~1846)의 아우. 순조 19년(1819)에 식년문과式年文科 장원壯元. 벼슬은 대제학大提學·영의정領議政에 이르러 치사致仕하다. 외척外戚 풍양 조문豐壤趙門의 수장首長으로 일시 세도를 하였으나 안동 김문安東金門에 눌리어 실권을 잃다. 추사 김정희와는 동방同榜 친구이며, 색목色目(당파)은 물론 척당戚黨으로도 동색同色인 동지로서 평생 선교善交를 유지하다. 추사가 사지死地에 몰리는 것도 안김安金과 풍조豐趙의 세도 다툼 결과이었지만, 조인영의 적극적인 영구營救로 추사는 죽음을 모면할 수 있었다. 그만큼 밀착된 사이이었다. 경사經史와 시문詩文에 뛰어나서 일세의 종장宗匠으로 추앙받다.

추사의 영향으로 금석학金石學 연구에도 뜻을 두어 1816년 사행使行을 따라 연경燕京에 갔다가 청나라의 금석학자인 연정燕庭 유희해劉喜海와 금석지교金石之交를 맺고 귀국하여 『해동금석존고海東金石存攷』란 제목으로 우리나라 금석 탁본拓本 97통通을 건립 연대, 찬자撰者, 서자書者, 소재지 등을 자필自筆 주기注記하여

그에게 보내 줌으로써 장차 그로 하여금 『해동금석원海東金石苑』의 편찬을 가능
케 하다. 추사와 북한산비北漢山碑를 심정審定하기도 하다. 『운석유고雲石遺稿』
20권 10책을 남기다(제5편 서한문書翰文 「조운석 인영에게與趙雲石寅永」 참조).

북수비문의 뒤에 제함
題北狩碑文後

이는 신라 진흥왕眞興王의 깨진 비석이다. 비석은 함경도咸鏡道 함흥咸興 황초령黃草嶺에 있었는데, 비가 오래되어 망가지고 이지러졌다.

　이재彝齋 상서尚書[1]가 관찰사觀察使로 이 도道를 맡아 다스림에 어진 기풍을 널리 떨쳐 펴서 온갖 제도를 모두 일으키니 잠긴 빛과 숨은 아름다움이 열어 드러나지 않는 것이 없었다. 이에 고적古蹟을 모으고 찾아 나서서 이 비석을 땅속에서 얻어 내기에 이르렀다. 이 비석은 곧 우리 동쪽 나라 금석金石의 으뜸으로 2,000여 년의 오랜 옛날 유적인데 다시 세상에 크게 밝혀졌으니, 황룡黃龍[2], 가화嘉禾[3]나 목련木蓮[4], 감로甘露[5]가 나타난 상서로움과 같을 뿐만 아니라 더욱 성대한 일이었다.

　나는 일찍이 옛날 탁본을 얻어서 연월年月·지리地理·인명人名·직관職官을 고증考證 심정審定하여 비고碑考를 저술하였었다. 그래서『해동금석록海東金石錄』과『문헌비고文獻備考』의 오류를 바로잡았으나 지금의 남은 빗돌과 비교해 보니 오히려 55자字가 더 많고 그 이지러져 떨어진 것도 16자나 된다.

진흥왕 29년(568)은 중국에 있어서 진陳 광대光大 2년이고, 북제北齊 천통
天統 4년이며, 후주後周 천화天和 3년이고, 후량後梁 천보天保 7년이 된다.

　　비석의 자체字體는 흡사 제齊와 양梁나라 시대 어름에 남긴 비석이나 조
상기造像記와 서로 비슷하다. 대개 구양歐陽 흑수黑水[6]의 비碑가 동쪽으로 전
해 온 이후에 우리나라 비판碑版[7]이 모두 구체歐體를 본떴다. 하지만 그 일
찍이 중화中華를 사모한 것은 진흥왕 시대부터 이미 그러했었을 뿐이로다.

題北狩碑文後

此是新羅眞興王殘碑. 碑在咸鏡道咸興黃草嶺, 碑久亡禿,

彝齋尚書, 觀察是道, 宣揚仁風, 百度俱興, 潛光幽懿, 無不闡發. 乃

至蒐訪古蹟, 得此碑於土中. 此碑 即我東金石之祖, 二千餘年舊蹟,

復大明於世, 不啻如黃龍, 嘉禾, 木連, 甘露之瑞而已, 甚盛事也.

余嘗得舊拓本, 證定年月 地理 人名 職官, 著爲碑考, 以正海東金石

錄, 文獻備考之誤, 較今殘石, 尚多五十五字, 而其泐損, 又爲十六

字矣.

眞興王二十九年, 在中國, 爲陳光大二年, 北齊天統四年, 後周天和

三年, 後梁天保七年.

碑之字體, 恰與齊梁間殘碑 造像記相似. 蓋歐陽黑水碑 東來以後,

東國碑版, 盡摹歐體, 其夙慕中華, 自眞興時已然耳.

(『阮堂先生全集』卷六)

註

1. 상서尙書. 6부部의 장관을 상서라고 하니 조선시대 6조曹 판서判書를 아칭雅稱으로 상서라 일컬었다.

2. 황룡黃龍. 사룡四龍의 장長으로 왕자王者의 덕이 못과 샘에까지 이르면 나타난다고 한다(『송서宋書』 권28 부서지符瑞志 중中).

3. 가화嘉禾. 오곡五穀의 장長으로 왕자王者의 덕이 성하면 나타난다(『송서宋書』 권29 부서지符瑞志 하下).

4. 목련리木連理. 왕자王者의 덕이 고루 미쳐서 팔방八方이 하나로 합치면 나타난다(상동上同).

5. 감로甘露. 왕자王者의 덕이 지극히 커서 화기和氣가 가득하면 내린다고 한다(『송서宋書』 권29 부서지符瑞志 중中).

6. 흑수黑水. 발해渤海의 별명別名으로 쓴 듯하니 구양순歐陽詢이 발해남渤海男에 피봉被封되었으므로 이를 일컫는 것 같다.

7. 비판碑版. 비명류碑銘類에 쓴 글.

458

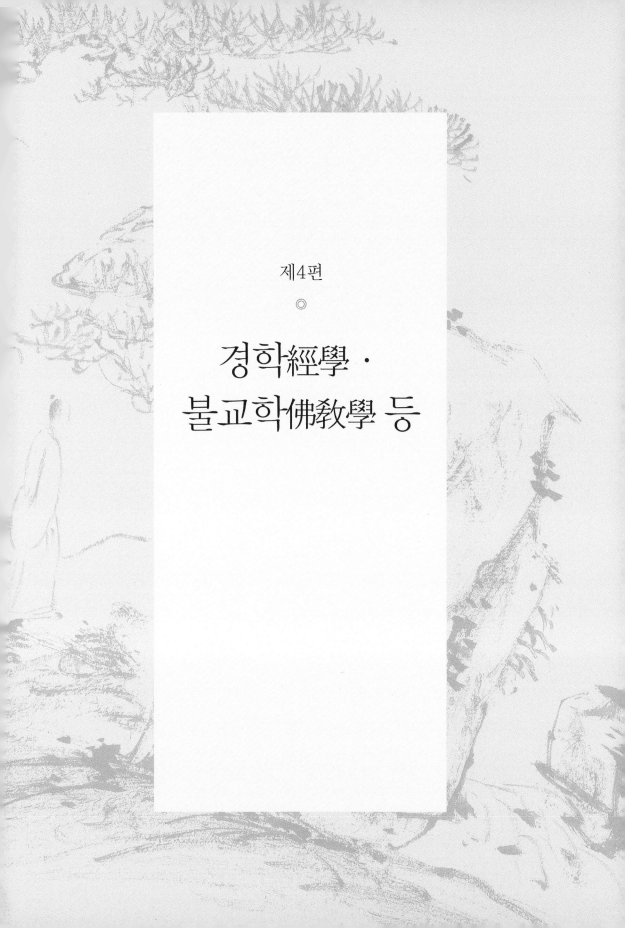

제4편

◎

경학經學 ·
불교학佛敎學 등

천축고
天竺攷

오늘날 오천축五天竺(고대古代 인도印度를 동, 서, 남, 북, 중中의 5부部로 구획하여 부르던 이름)은 서로 통하지 않는 곳이 없다. 운남雲南의 등월주騰越州(현재 중국 운남성 등충현騰衝縣)로부터 동천축東天竺을 거쳐서 중천축中天竺에 이르는데, 만약 곧장 가는 길로 계산한다면 1,900리에 지나지 않을 만큼 가깝다.

  남천축南天竺은 조금 멀리 떨어져 있고 땅 모양이 바다로 쑥 빠져 들어가서 마치 키의 머리(기설箕舌)와 같이 생겼으니, 곧 보타락가산普陀洛迦山[1]으로 관세음보살의 석천궁전石天宮殿(돌로 지은 하늘의 궁전)이 아직도 옛 자취를 남기고 있다. 서쪽 오랑캐 나라들의 크고 작은 상선商船들이 월粵(중국 광동성廣東省의 이명異名)의 문호門戶를 들어오는 데 있어서 반드시 거쳐야 하는 곳으로, 중국 사람들은 배를 타고 제 땅 안처럼 내왕한다.

  능가산楞伽山[2]도 역시 남천축에 있으니 곧 석가여래釋迦如來가『능가경楞伽經』[3]을 설說하던 곳으로 옛날의 사자국師子國(실론)이다. 옛날에 귀로만 듣다가 오늘날 눈으로 보게 되니 손바닥 속에 든 암라菴羅(āmra, 망고) 열매처럼 속일 수 없다. 사자국에는 불당산佛堂山이 있고 그 산 아래 절에는 석가

여래의 진짜 몸(진신眞身)이 있는데, 모로 드러누워 상 위에 있다. 지금까지
남아 있어서, 5조五祖(중국 선종禪宗 5대 조사인 홍인弘忍)와 6조六祖(중국 선종의
6대 조사祖師인 혜능慧能)의 육신처럼 썩어 없어지지 않았다고 하며,[4] 전하여
내려오기를 석가여래가 열반涅槃(Nirvāna, 해탈解脫의 뜻. 이곳에서는 죽음을 뜻
한다.)한 곳이라고 한다.

명나라 영락永樂 연간(1403~1424)에 정화鄭和(운남雲南 출신의 회교도回教徒이
며 환관宦官으로 서기 1405년부터 1430년 사이에 전후 7회에 걸쳐서 대함대를 이끌고
인도양과 페르시아 만에 이르는 전 해역海域을 경략經略하여 명나라의 국위國威를 떨
쳤다.)가 서쪽 바다西洋에 내려가 사자국으로부터 부처님의 어금니(불아佛牙)
를 얻어 가지고 중국에 들어왔을 때 석가여래의 진짜 몸(진신眞身)을 눈으로
직접 보고 왔다고 한다. 그래서 『명사名史』[5]에서도 또한 석가여래 진짜 몸이
상 위에 모로 누워 있다는 한 가지 사실을 「석란산전錫蘭山傳」(『명사明史』 열전
列傳 214, 외국外國 7」)에서 밝게 기록하고 있다. 석란산은 곧 사자국인데, 지금
은 석란산이라 일컫고 있으니 이는 곧 국호國號와 지명地名의 옛날과 지금
이 같지 않은 것이다.

지금 선가禪家에서 말하는 석가여래 열반은 『열반경涅槃經』으로써 구실口
實을 삼는데, 경문經文에서 "불신佛身을 모직 천과 면綿으로 겹쳐 감싸서 금
으로 된 관棺 속에 모셨다." 하였고, 또 "가섭迦葉(Mahākaśyapa, 석가여래의 10대
제자 중의 제일 첫째)이 부처님의 몸 뵙기를 청하자 아난阿難(Ānanda, 석가여래의
사촌 동생이며 10대 제자의 한 사람으로 항상 석가여래를 시종侍從하였다.)이 뵙기 어렵
다고 하니 부처님의 시신屍身이 겹으로 된 관棺 속으로부터 두 발을 각각 내
놓아 가섭이 머리를 조아리며 예禮를 드렸다."라고 말하고 있다.

『열반경』에는 두 종류가 있어서(역사적 사실에 치중한 『소승小乘 열반경涅槃經』
과, 법신法身은 불멸不滅한다는 교리적教理的인 면을 강조한 『대승大乘 열반경涅槃經』을
말한다.) 자세하고 간략한 차이가 있으나, 그러나 두 발목을 관곽棺槨으로부

터 내보였다는 한 가지 사실은 결코 깨뜨릴 수 없으니, 드디어 세 곳에서 마음을 전하였다는 것[6] 중의 하나가 되었다.

지금 석란에 있는 진짜 몸으로 본다면 경전에서 말한 것이 옳은 것인가, 그른 것인가. 진짜 몸이 아직까지 남아 있다면 누구를 관에 넣었단 말인가. 그것에 대하여 말하기를 모로 누웠다고 하였으니, 곧 돌아간 후에 아직까지 감히 변동하지 않았다는 것인데, 누구를 모직 천과 면직물로 겹쳐 감쌌다는 것이며, 또 성스러운 불길로 스스로 태워서 사리舍利가 8섬 4말이 나왔다고 하는데, 진짜 몸이 아직 남아 있다면 사리는 어느 곳으로부터 나왔다는 말인가. 그러나 부처님 사리는 중국에 흘러들어 와서 동쪽으로 우리나라에까지 들어오기에 이르렀으니 이것은 또 무슨 말인가.

법현法顯(327~422), 혜생惠生, 현장玄奘(602~664) 같은 이들의 여러 기록들[7]로써 살펴보면, 그 부처님의 유적을 기록함에 있어서 있는 곳곳에서 본 것들을 거의 말하지 않은 것이 없다. 즉, 가섭불迦葉佛 사리탑, 아난阿難의 반신半身 사리탑, 벽지불탑辟支佛塔에서 부처님 발우나 부처님의 침 뱉던 단지(타호唾壺)와 같은 것들에 이르기까지 만나는 대로 상세히 기재하고 있으나 끝내 석가 사리탑이 있다는 것은 보지 못하겠다.

석가여래가 경행經行하던 곳이나 좌선坐禪하던 곳, 사람들을 제도濟度하던 곳에는 탑을 세워서 표시하지 않음이 없는데, 유독 사리에서는 하나도 그것으로 탑을 세운 것이 없어서 오천축五天竺 안에 마침내 하나의 석가 사리탑이 없다는 것은 이 또한 무슨 일인가. 8섬 4말이 어느 곳에 흩어져 있기에 오천축 안에 하나도 남김이 없는가.

또한 법현의 기록에 말하기를 "가라위迦羅衛(가비라위迦毗羅衛Kapilavastu) 성城은 곧 백정반왕白淨飯王(Suddhodana, 정반왕淨飯王 혹은 백정왕白淨王이라고도 하며 석가모니불의 부왕父王)의 옛 궁궐인데, 부처가 태자로 출가出家하고 다시 부왕을 돌아와 뵌 곳에 각각 탑이 있어서 그것을 표시하며, 동쪽으로 17유연

由延(yojana, 유순由旬이라고도 하며, 인도의 이정里程 기본 단위. 성왕聖王의 하루 군행軍行으로, 그 거리에 대하여는 30리·40리·50리·60리·100리의 여러 설이 있다.)을 가면 쌍수雙樹[8]들 사이에 있는 희련하希連河[9]에 이르는데, 세존께서 열반하신 곳으로 인적이 드물고 텅 비어 있다."라고 하였다. 열반한 곳은 정반왕의 옛 궁궐과 같은 정도일 뿐만이 아닌데, 다만 인적이 드물고 텅 비어 있다고만 하고 탑을 세워서 자취를 표시하였다고 말하지는 않고 있다.

만약 탑이 있었다면 응당 열반한 곳이라고 해서 특별히 생략하지는 않았을 터이니, 탑이 없었던 까닭으로 역시 기록도 없었을 것이다. 또 만약 과연 열반한 곳이라고 한다면 어찌 탑으로 표시하지 않았을까.

법현의 기록에 또 말하기를, "부처님께서 열반하신 이래에 오직 네 개의 큰 탑이 있는 곳에 부처님 법이 서로 이어져 내려서 끊이지를 않았다. 네 개의 큰 탑이라 하는 것은 부처님께서 나신 곳, 도를 얻은 곳, 법을 설한 곳, 열반하신 곳에 있는 것을 말한다."라고 하였다. 그 부처님 나신 곳이라 하는 것은 가라위성 정반왕의 옛 궁을 말한다.

기록에 의하면 "성 안은 몹시 황폐하여 다만 한 무리 승려僧侶들과 민가民家 10여 호가 있을 뿐이라." 하였다. "성도成道하신 곳이나 법을 설하던 곳에 이르면 두서너 집조차도 셀 수 없었다." 하고, "열반하신 곳은 곧 이른바 희련하인데 역시 인민人民이 드물고 텅 비어 있으며 또 탑을 세워 표시한 흔적이 없다." 하였으니 어디에 부처님 법이 있어 서로 이어지겠는가. 앞뒤가 서로 어긋나서 맞지 않으니 이는 모두 전해 들으면서 달라진 말들이다.

열반한 곳은 마땅히 다른 곳에 있어야 하고, 희련하는 네 개의 큰 탑이 있는 곳의 하나에 속할 수 없는 것이 분명하다고 하겠다. 그 네 개의 큰 탑이라는 것도 역시 탑이 있지 않은데 그것을 탑이라고 일컬으니 곧 네 곳을 넓게 일컬어 4대탑이라 한 것 같다.

산스크리트어(범어梵語)를 중국어(당어唐語)로 번역하는데 서로 꼭 맞는 말이 없어서 그래서 예를 들면 탑을 부도浮圖라 하고 부도浮圖는 부도浮屠 또는 불도佛圖라고도 하며, 도圖 자를 생략하여 다만 불佛이라고도 일컬었다. 지금은 선문禪門(불교佛敎)을 총체적으로 일컬어 부도浮屠라고 한다. 그러니 네 개의 큰 탑이라는 것은 네 개의 불교 교단敎團(선문禪門)이라 말하는 것과 같다. 탑이 있지 않은데 탑이라고 하는 것이 또한 그 증거이다.

현장의 기록에 이르기를 "가비라위국은 텅 빈 성에 황폐가 이미 심한데, 안에는 정반왕의 정전正殿과 마야부인摩耶夫人(Mahāmāyā, 석가여래의 어머니)의 침전寢殿이 있고, 성의 남문 밖에는 석가 태자가 출가하여 수행하고 열반한 여러 유적들이 있다." 하였다. 이는 또 열반한 곳을 다른 곳과 함께 성의 남쪽에 있다고 하여 희련하에 미치지 않았으니, 이는 모두 보고 들은 것이 다른 말들이다. 열반한 곳이 정해지지 않는다면 또 쌍수림의 희련하로써 사실을 증명할 수도 없다.

아! 여러 가지 말(설說)들은 옳고 그름이 있으나 진상은 스스로 드러난다. 지혜의 태양이 하늘 가운데 있다면 반딧불이나 횃불은 빛을 잃으련만 또한 태양이 드러나고 숨는 것도 때가 있는가!

대체로 사리舍利(sarira)가 중국으로 들어와서 동쪽 우리나라에까지 오기에 이른 것은 여러 부처님의 사리가 역시 많이 있었다는 것이니 반드시 석가여래의 사리만은 아닐 것이다. 예를 들면 부처님의 정수리뼈는 또 중국에 흘러들어 와서 동쪽 우리나라에까지 오기에 이르렀는데, 오천축 안의 부처님 정수리뼈라는 것도 한둘이 아닐 터이니 어찌 이것을 모두 석가여래의 정골頂骨로써 충당할 수 있었겠는가.

진짜 석가여래 몸(진신眞身)이 허물어지지 않았다고 하는데 또 어떻게 정수리뼈가 따로 전한단 말인가. 경전을 번역함에 매번 전해 듣고 말을 달리하는데 범어를 중국어로 번역하므로, 한 번 옮겨지고 두 번 옮겨지면서 옮겨질수록 더욱 잘못되니 이는 필연적인 이치이다. 이것이 달마達磨(보리달마

菩提達磨(Bodhidharma, ?~528) 남인도南印度 왕자로서 중국 선종禪宗의 초조初祖라한다.)가 일체一切를 쓸어버리려는 까닭이다.

『열반경』 또한 어찌 번역 잘못이 없을 수 있겠는가. 관곽 속에서 두 발등을 내보였다는 한 가지 공안公案으로써도 천 갈래 만 갈래로 뒤엉켜, 뭇 소경들이 코끼리를 논하듯 하니 사람으로 하여금 실소失笑를 터뜨리게 한다.

누운 부처님(와불臥佛)의 흙 조각(소상塑像)은 육조六朝 시대(3세기 초~6세기 말)부터 있었으니 찾아다니기에 지칠 정도(진량津梁에 지쳤다.)라는 비유가 있기까지하다.[10] 대개 이는 열반했을 때의 모습이니 아마 연고 없이 꾸며서 만들 수는 없었을 것 같다. 그 석란錫蘭의 진짜 몸(진신眞身)에서 모양을 따왔음은 의심할 것 없다. 육조 시대에 서천축西天竺 사람들이 중국에 많이 왔었으니, 이 진신眞身의 모양(상호相好)을 전함으로써 이 소상을 만들어 내기 시작하였을 것이다.

일찍이 계주薊州(하북성河北省 계현薊縣) 와불사臥佛寺에서 누운 불상 한 구軀를 보니 모로 상 위에 누워 있었다. 동쪽 우리나라도 역시 누운 불상이 있는데 모로 상 위에 누워 있는 모양으로 만들었을 뿐이다.

『해도일지海島逸志』에서 말하기를 "목가穆迦는 남해의 해변에 있는데 진짜 부처님(진불眞佛)이 사는 곳이다. 산이 지극히 높고 험준하며 황금과 아름다운 옥으로 땅을 뒤덮고 있는데, 수많은 신들이 지키고 있어서 가져올 수가 없다. 진정으로 수도하고자 하는 사람은 반드시 목가에 올라가서 진불眞佛에게 예배하고 재齋를 지내며 계戒를 지키고 몇 년 지내다가 나오는데, 사람들이 모두 그를 노군老君이라고 부른다. 스스로 신을 내리고, 마군을 항복받고, 삿邪된 것을 물리치고, 귀신을 목 벨 수 있는데, 손에는 염주를 들고 있어서 자비로움을 느낄 수 있으니, 보는 사람들은 그가 도道를 가지고 있음을 알 수 있다."라고 하였다. 여기서 말하는 목가는 곧 낭아狼牙·능가楞伽의 변전變轉된 음音이니, 인도가 천축天竺이나 신독身毒으로 되는 것과 같

466

다. 진불眞佛은 곧 석가 진신眞身이다.

법현法顯이나 현장玄奘의 기록 중에 무릇 불佛이니 여래如來니 하여 일컫고 있지만, 불佛은 하나의 부처(불佛)가 아니고 여래도 하나의 여래가 아닐 뿐이어서, 모두 석가에게 가져다 붙일 수는 없다. 대개 석가라고 말하는 것도 또한 많으니 석가 태자釋迦太子라든가 석가가 어릴 때라는 등의 말에서는 모두 따로 석가釋迦 두 자만을 떼어 불러서 그것을 구별한다. 이는 마구 섞어서 말해 버릴 수 없는데 혹시 구별하는 것 없이 함부로 증명할까 보아 특별히 이와 같이 말한다.

석가 어린 시절이란 말 아래에 곧장 여래如來의 정수리뼈라는 말을 이었으니, 만약 구별하여 그것을 말하지 않았다면 한 문구文句 안에 어떻게 석가니 여래니 하는 다른 투의 문자가 있을 수 있겠는가. 석가는 홀로 하는(일컫는) 바이고 여래는 같이하는(일컫는) 바이니 시방十方의 여래가 여래 아닌 이 없는데 어떻게 꼭 여래라는 명칭을 다만 석가에게만 속하게 할 수 있겠는가.

석가의 생멸生滅 연시年時는 한갓된 정론定論이 없으니 주周 장왕莊王 9년(서기전 687) 항성恒星이 보이지 않았던 때에 낳았다고도 하고(『위서魏書』「석로지釋老志」), 또 환왕桓王 때에 낳았다고도 하며(석도안釋道安), 또 평왕平王 때에 낳았다고도 하고(『법원주림法苑珠林』), 또 목왕穆王 때 낳았다고도 한다(『통력通曆』에 이르기를 불타佛陀는 효왕孝王 원년元年(서기전 909)에 열반하였다고 하다).

또 소왕昭王 때에 낳았다고도 하고(1. 당승唐僧 지심智深의 『속집고금불도론續集古今佛道論』, 2.『법원주림法苑珠林』, 3. 송승宋僧 계숭契嵩의 『전법정종기傳法正宗記』), 또 은殷 말에 낳았다고도 하며(진晉의 법현法顯은 불타의 열반이 주周 성왕聖王 때에 해당하므로 곧 나기는 마땅히 은의 무왕武王 때일 것이라고 하다.), 또한 하夏나라 때 낳았다고도 한다(당唐 도선道宣의 『감통기感通記』.『몽고원류蒙古源流』는 또 이르기를 원元 태조太祖가 불타의 열반 때로부터 3,300여 년 떨어져 낳았다고 하니 마땅히 하夏나라 초에 낳았다고 해야 한다).

당唐의 현장玄奘이 불타가 입멸한 해를 생각하기로는 "여러 부파部派들이 의논을 달리하니 불타가 돌아간 때부터 당나라 용삭龍朔 3년(663)에 이르기까지 1,200년이 경과했다고도 하고, 혹은 1,300년, 혹은 1,500년, 또는 1,000년 미만이 지났다고도 한다."라고 했다. 또 도기道家의 노자老子가 오랑캐(호인胡人)가 되어 불타가 되었다고 하는 설과 같다면 이미 불타는 주周 경왕敬王 2년(서기전 518)에 태어나서 고왕考王 3년(서기전 438)에 입멸入滅하였다고 해야 한다. 이와 같이 그 생멸 연시年時도 오히려 명확할 수가 없는데 또 하물며 그 열반한 땅이겠으며 그 열반할 때의 사실이겠는가.

이는 모두 불타로써 불타를 공격한다는 뜻이니 만약 불교에 빠져들어 지었다고 생각한다면 내 본뜻이 아닐 뿐이다.

天竺攷

今日五天竺, 無不相通之處. 自雲南 騰越州, 由東天竺, 到中天竺, 若直道計之, 不過一千九百里而近.

南天竺 稍僻遠, 地勢斗入海中 如箕舌, 即普陀洛迦山 觀音石天宮殿, 尚有舊蹟. 爲西夷各國 大小商船, 來粵門戶, 必由之地, 中國人附舶來徃, 如內地.

楞伽山 亦南天竺, 即如來說楞伽經處, 古師子國也. 昔日之所耳食, 爲今日之所目睹, 如掌中菴羅果, 不可誣也. 師子國, 有佛堂山, 山下佛寺, 有釋迦眞身, 側臥在牀上. 至今尚存, 如五祖, 六祖之肉身不壞, 相傳釋迦涅槃處.

明永樂間, 鄭和下西洋, 從師子國, 取佛牙入中國時, 目睹釋迦眞身而來. 明史亦昭載釋迦眞身, 側臥在牀上一案, 於錫蘭山傳中. 錫蘭山, 即師子國, 今稱爲錫蘭山 此國號 地名之古今不同也.

今禪家所說, 釋迦涅槃, 以涅槃經, 爲口實, 經云 佛身重纏氎綿, 藏在金棺. 又云 迦葉 請見佛身, 阿難 答以難見, 佛屍 從重棺裏, 雙出兩足, 迦葉 稽首作禮.

經有兩本, 有詳略之別, 然槨示雙趺一案, 牢不可破, 遂爲三處傳心之一.

今以錫蘭所在, 眞身觀之, 經說 是耶非耶. 眞身尚存, 誰爲槨之. 其云側臥, 則於示寂之後, 尚不敢變動也, 誰爲重纏氎綿也. 又以爲聖火自焚, 舍利出八斛四㪷, 眞身尚存, 舍利從何處出也. 然佛舍利, 流入中國, 至有東來, 此又何事也.

以法顯 惠生 玄奘諸記考之, 其記佛蹟, 在在處處 所及見者, 殆無不言之, 如迦葉佛舍利塔, 阿難半身舍利塔, 辟支佛塔, 至如佛鉢, 佛唾壺之屬, 隨遇詳載, 終未見有釋迦舍利塔者.

釋迦經行處 坐禪處 度人處, 無不起塔而表之, 獨於舍利, 無一塔之者, 五天竺內, 竟無一釋迦舍利塔, 此又何事也. 八斛四㪷, 散在何處, 五天竺內, 無一存耶.

又法顯記云 迦羅衛城, 即白淨飯王故宮, 佛為太子出家, 及還見父王處, 各有塔表之, 東行十七由延, 到雙樹間希連河, 世尊涅槃處, 人跡希曠. 涅槃處, 不營若淨飯故宮也, 但云 人跡希曠, 不言建塔表蹟. 如有塔, 不應涅槃處, 特略之, 無塔故亦無記. 且若果是涅槃處, 何以不塔表也.

法顯記又云 佛泥洹已來, 惟四大塔處, 佛法相承不絕, 四大塔者, 佛生處, 得道處, 轉法輪處, 泥洹處. 其云 佛生處, 即迦羅衛城 淨飯故宮.

記云 城中甚荒, 只有衆僧, 民戶數十家而已. 至於成道, 轉法輪處, 不可以三數計, 泥洹 處, 即所云希連河, 而亦人民希曠, 又無塔表之蹟, 有何佛法相承耶. 前後互相牴牾不入, 此皆傳聞之異詞.

泥洹處, 當另有他處, 希連河, 不可屬四塔之一 明矣. 其云 四大塔者, 亦非有塔, 而謂之塔, 即汎稱四處, 而謂之四大塔也.

唐梵相翻, 並無的稱, 如塔為浮圖, 而浮圖為浮屠, 亦為佛圖, 又省圖而單稱佛, 今通稱禪門 為浮屠. 四大塔, 如云四禪門, 非以有塔而謂塔, 亦其證也.

玄奘記云 迦毗羅衛國, 空城荒蕪已甚, 內有淨飯王正殿 摩耶夫人寢殿, 城南門外, 有釋迦太子出家 修行 及涅槃諸蹟. 是又以涅槃處, 同在城南, 而不及希連河, 此皆所見聞異詞. 涅槃處無定, 又不可以雙樹希連河證實也.

噫 諸說之政貳, 而眞相自露. 慧日中天, 螢爝歛光, 亦顯晦有時耶.

大抵舍利之入中國, 至於東來者, 諸佛舍利亦多有之, 未必是釋迦也. 如佛頂骨, 又流入中國, 而至於東來, 五天竺內之佛頂骨者, 又非

470

一二, 是豈可盡以釋迦頂骨當之耶.

眞身不壞, 又何頂骨之別傳也. 譯經每傳聞異詞, 以梵譯唐, 一轉再轉, 轉益訛誤, 是必然之理. 達摩 所以一切掃除也.

涅槃經, 亦安得無翻訛也. 以梆示雙跗一案, 千藤萬葛, 衆盲論象, 令人噴筍滿案.

臥佛之塑, 自六朝有之, 至有疲於津梁之喻. 大槩是涅槃時相, 而似不得無緣虛作. 其爲錫蘭眞身之取模無疑, 六朝時 西竺之人, 多入中國, 傳此眞身之相好, 有是起塑矣.

甞於薊州臥佛寺, 見臥佛一軀, 側在狀. 我東亦有臥佛, 作側臥在狀之相耳.

海島逸志云 穆迦 濱於南海, 眞佛所居. 山極高峻, 偏地黃金美玉, 百神守護, 不得取也. 眞修者, 必登穆迦, 禮拜眞佛, 持齋受戒, 數年而出, 人皆稱老君. 自能降神伏魔 驅邪 斬鬼, 手持念珠, 慈可掬, 見者知其有道. 此云 穆迦, 即狼牙 楞伽之轉音, 如印度之 爲天竺 身毒也. 眞佛 即釋迦眞身也.

法顯 玄奘記中, 凡稱如佛如來者, 佛非一佛, 如來又非一如來而已, 又不可盡屬釋迦也. 蓋以釋迦言者亦多, 如云釋迦太子, 如云釋迦弱齡齓齒等處, 皆另稱釋迦二字, 而區別之. 此不可混圇說去, 或鞏有無所區別, 而妄證之故, 特言之如此.

釋迦齓齒下, 直接以如來頂骨, 若不區別言之, 一句之內, 豈有異文也. 釋迦所獨, 如來, 所同, 十方如來, 無非如來, 何以如來, 單屬釋迦已也.

釋迦生滅年時, 無一定論, 以爲周莊王九年 恒星不見時生, (魏書釋老志) 又以爲 桓王時生, (釋道安) 又以爲平王時生, (法苑珠林) 又以爲穆王時生. (通歷云 佛以孝王元年涅槃.)

又以爲昭王時生, (一唐僧智深 續集古今佛道論, 二法苑珠林, 三宋僧契嵩傳法正

宗) 又以爲殷末生,(晉法顯 佛涅槃當 周成王, 則生 當在殷武王時) 又以爲夏時
生. (唐道宣 感通記. 蒙古源流又云 元太祖 距佛涅槃時三千三百餘年, 當生于夏初.)

唐玄奘以爲佛滅之歲, 諸部異議言, 佛沒至唐龍朔三年, 經千二百年,
或云 千三百年, 或云 千五百年, 或云 未滿千年. 又如道家, 老子化
胡成佛之說, 謂佛生周敬王二年, 滅于考王三年. 其生滅年時, 尙不
能明確, 又況其涅槃之地, 又況其涅槃時事實耶.

此皆以佛攻佛之義, 若以爲佞佛而作, 非我本意耳.

『阮堂先生全集』卷一)

註

1. 보타락가산普陀落迦山(Potalaka) 백화白華·해도海島 혹은 광명光明으로 번역. 관세음보살이 살고 있는 곳이라고 전해지는 곳. 그 지점에 관해서는 이설異說이 많다. 존스톤(R. F. Johnston)은 『서역기西域記』에 의해서 인도 대륙의 남단南端 코모린 곶(Comorin岬) 부근의 말라야秣剌耶 산 동쪽에 있는 바위산이라고도 하고, 빌(S. Beal)은 산스크리트어로 Pota는 보트(boat, 즉 선船)의 의미이고 la(혹은 laka)는 어미로 보아 Pota-laka는 항구港口를 의미한다고 보아서 실론의 푸탈람(Puttalam) 항구에 비정比定했다. 아리안(Arrian)은 포탈라(Potala)는 인더스 강의 삼각주 파탈라(Pātālā)를 가리키는 것이라 하여 이 강의 하류에 있는 타타(Tatta)라고 하였고, 커닝햄(A. Cunningham)도 역시 이와 같은 이유에서 인더스 강 하류의 하이데라바드(Hyderabad)에 비정比定하고 있다. 추사는 아마 실론의 푸탈람 항구로 비정하고 있는 듯하다.

2. 능가산楞伽山(lankā). 난왕難往, 불가왕不可往·험절險絶로 번역. 인도 남해에 있다는 산 이름(혹은 성 이름). 『대당서역기大唐西域記』에서는 "그 나라 남쪽 해안에 말라야 산이 있다." 하여 『입릉가경入楞伽經』 권 제1 찬불품讚佛品의 말라야 산 중의 능가성楞伽城 중에서 『능가경』을 설하였다는 내용과 일치되기도 하나, 역시 『대당서역기大唐西域記』 권 제11 승가라국僧伽羅國(석란錫蘭, 즉 실론) 조條에서는 "나라의 동남쪽에 능가산이 있으니 옛날에 여래께서 이곳에서 『능가경』을 설하시었다." 하고 있어서 그 위치가 인도 대륙의 남단 바닷가가 아니라 실론 섬이라고도 하고 있다.

『속고승전續高僧傳』 제4 나제전那提傳이나 파리문巴梨文의 『대사大史(Mahāvamsa)』 등도 모두 실론설을 뒷받침한다. 도슨(J. Dowson)도 역시 실론에 있는 지명이라 하였다. 그러나 실론이 아니라는 설과 실재하지 않는 가공의 지명이라는 설도 있다. 추사는 실론으로 생각하였다.

3. 『능가경楞伽經』 10권. 원명은 『입릉가경入楞伽經(lankāvatāra-sūtra)』. 부처님이 능가산楞伽山에서 대혜보살大慧菩薩을 위하여 여래장연기如來藏緣起의 이치를 설한 것. 원위元魏 보리류지菩提流支 역(513)의 『입릉가경』 10권, 유송劉宋 구나발타

라求那跋陀羅 역(443)의『능가아발다라보경楞伽阿跋多羅寶經』4권, 당唐 실차난타 實叉難陀 역(704)의『대승입릉가경大乘入楞伽經』7권 등 3역譯이 있다. 10권 능가 는 모두 18품品으로 나뉘어 있고, 7권 능가는 10품, 4권 능가는 1품만 세우고 나 머지는 개설開設하지 않다.

4. 『경덕전등록景德傳燈錄』권 제5 제33조祖 혜능전慧能傳에, 혜능의 입멸入滅 후, 화 장火葬하지 않고 육신을 그대로 탑내塔內에 봉안奉安하였는데, 혜능의 예언豫言대 로 후일 신라승新羅僧 김대비金大悲가 혜능의 두부頭部를 절취截取하여 갔다는 내 용이 수록되어 있다.

5. 『명사明史』. 336권, 명나라 일대一代의 역사를 정사체正史體인 기전체紀傳體로 기술 한 것. 청나라 세종世宗 옹정雍正 원년(1723)에 장정옥張廷玉이 총재總裁가 되어 봉 명칙찬奉命勅撰하기 시작하여 고종高宗 건륭乾隆 4년(1739)에 완성하다. 초고初藁 인 『명사고明史藁』가 편찬되기 시작한 성조聖祖 강희康熙 18년(1679)부터 기산起算 하면 전후 60여 년 만에 이루어진 것이다. 본기本紀 24권·지志 75권·표表 13권· 열전列傳 220권·목록目錄 4권, 총 336권으로 되어 있다. 내용이 충실하여 중국 역 대 정사正史 중 백미白眉로 꼽는다.

6. 선종禪宗에서(송宋 계숭契嵩 편編『전법정종기傳法正宗記』권 제1 등) 말하는 것으로, 석 가여래가 세 곳에서 가섭에게 마음을 전하였다는 것. 1)영산회상靈山會上에서 염 화미소拈華微笑를 보인 것, 2)다자탑多子塔 앞에서 자리를 나눈 것, 3)쌍림雙林의 관곽 속에서 발목을 내민 것.

7. 동진東晋 승려 법현法顯은 17년간(399~416)에 걸쳐 구법 순례求法巡禮의 목적으로 인도를 여행하고 귀국하여 중국 최초의 인도 여행기인『동진사문석법현자기유천 축사東晋沙門釋法顯自記遊天竺事』(줄여서『역유천축기전歷遊天竺記傳』혹은『불국기佛國記』 내지『고승법현전高僧法顯傳』이라고도 한다.) 한 권을 저술하였고, 북위北魏 승려인 혜생 惠生은 칙명으로 3년간(518~521) 간다라에 머물러 대승 경전의 연구를 하고 돌아 와서『사서역기使西域記』한 권을 지었으며, 당승唐僧 현장玄奘은 17년간(629~645) 인도에서 구법 순례하고 돌아와『대당서역기大唐西域記』12권을 저술하였다.

8. 쌍수雙樹. 석가여래釋迦如來가 입멸入滅한 희련 하반河畔의 사라沙羅(sālavṛkṣa)림林

의 특징을 일컫는 말로 모든 나무들이 쌍雙으로 되어 있어서 그렇게 부르는데 석가가 누워 입멸한 보상寶牀의 주변에도 네 쌍의 사라나무가 서 있었다 한다.

9. 희련하希連河. hīraṇyavatī의 음역音譯인 희련선하希連禪河의 약어略語. ajitavatī 阿恃多伐底라고도 한다. 중인도中印度 구시나가라국에 있다고 하였는데, 워터스 (T. Watters)는 지금의 간다크(gandak) 하河에 비정比定하였고, 바하둘(R. Bahādur) 은 리틀 라프티 하(little rapti 河)를 ajitavatī 하河라고 하여 간다크 하河인 희련하希連河와 구별하여 보아야 한다고 하다.

10. 진晉 양주楊州 자사刺史 유량庚亮(289~340)이 일찍이 절에 들어가 와불臥佛을 보고 "이 어른이 나루와 다리 건너느라(東奔西走. 바삐 돌아다님) 지쳐 있다(此子渡於津梁)."라 했다는『세설신어世說新語』언어言語에서 나온 말.

실사구시설
實事求是說

『한서漢書』하간헌왕전河間獻王傳(『한서漢書』 53경景 13왕전王傳 제23)에서 말하기를 "실제 있는 일에서 올바른 이치(진리眞理)를 찾는다(실사구시實事求是)."[1] 했는데, 이 말은 곧 학문學問을 하는 데 있어서 가장 긴요한 길이다. 만약 실제 있지도 않은 것으로써 일을 삼는다거나 다만 공허하고 엉성한 잔꾀로써 방편을 삼는다거나, 그 올바른 이치를 찾지 않고서 다만 먼저 잘못 얻어들은 말로써 주장을 삼는다면, 그 성현聖賢의 길에 배치背馳되지 않음이 없을 것이다.

한漢나라 때의 유학자儒學者들은 경전經典의 글자를 읽고 풀이하는 데 모두 스승으로부터 이어받음이 있어서 갖춤새가 지극히 정밀하고 확실하였다. 성리性理나 도리道理 및 인의仁義 등의 일에 이르러서는 그때 사람들이 모두 잘 알고 있었음으로 말미암아 깊이 논할 것도 없는 까닭에 많이 추리推理하여 밝히지 않았었다. 그러나 우연히 주석注釋을 내면 실제 있는 일에서 올바른 이치를 찾지 않은 것이 없었다.

진晉나라 사람들이 노자老子(서기전 6세기경)와 장자莊子(서기전 4세기경)의 허무虛無를 근본으로 삼는 학문을 강론講論함으로부터 문득 학문을 게을리하여 속이 비고 엉성한 사람들을 편안하게 하니 학술學術은 한 번 크게 변하였고, 불도佛道(불교)가 크게 유행함에 이르러서는 선기禪機로 깨닫는다는 것이 지리支離(갈가리 나뉘어 흩어짐)로 흘러서 연구하고 따질 수도 없는 지경에 이르러서 학술은 또 한 번 크게 변하였다. 이는 다름이 아니라 '실제 있는 일에서 올바른 이치를 찾는다(실사구시實事求是)'는 한마디 말과 모두 서로 반대되었기 때문일 뿐이다.

두 송나라(북송北宋과 남송南宋) 시대의 유학자儒學者들은 도학道學을 천명闡明하여 성리性理 등의 일에서 정밀하게 말하였으니 실로 옛사람들이 아직 피워 내지 못한 것을 피워 낸 것이다. 오직 육상산陸象山[2]이나 왕양명王陽明[3] 등의 학파가 공허空虛를 밟고서 유교를 이끌어 불교로 끌어들이니 불교를 이끌어 유교로 끌어들이는 것보다 더 심하였다.

가만히 생각하여 말하건대 학문을 하는 길이 이미 요堯 임금, 순舜 임금, 우禹 임금, 은殷나라 탕湯왕, 주周나라 문왕文王·무왕武王·주공周公과 공자로 돌아갈 곳을 삼는다 하면, 마땅히 실제 있는 사실에서 올바른 이치를 찾아야 하지, 공허한 이론으로써 그릇된 곳으로 달아나서는 안 된다고 하겠다. 학자學者들은 한漢나라 유자儒者들이 정밀하게 훈고訓詁(경전經典의 음音과 훈訓을 규정糾正하고 의미意味를 고증考證하여 주석註釋하는 것)에 열중한 것을 존중하는데, 이는 진실로 옳은 일이다.

다만 성현聖賢의 길(도道)이 비유하건대 크나큰 집과 같다면 주인이 거처하는 곳은 항상 대청과 방 안(당실堂室)인데, 당실은 문경門逕, 문에서 방으로 통하는 길을 거치지 않으면 들어갈 수 없다. 훈고訓詁라는 것은 바로 이 문경이다. 일생을 문경에서만 뛰어다니고 마루로 올라가서 방으로 들어가려 하지 않는다면 이는 종(노예奴隷)이다.

그런 까닭으로 학문을 하는 데 있어서 반드시 정밀하게 훈고에 열중해야 한다는 것은 그 당실로 잘못 들어가게 하지 않기 위하여 하는 말이고 훈고로 일을 끝마치라는 말은 아니다. 한漢나라 사람이 심하게 당실에 대하여 말하지 않은 것은 그때는 문경을 잘못 들어가지 않으면 당실에도 저절로 잘못 들어가지 않았기 때문이다.

진晉·송宋 이후로는 학자들이 높고 먼 것으로 공자를 높이기에 힘써, 성현의 가르침은 이와 같이 얕고 가깝지 않다고 생각하였다. 이에 얕은 문경을 버리고 따로 뛰어나게 오묘하며 높고 먼 곳에서 그것을 구하려고 하였다. 여기서 허공을 뛰어올라 용마루 위를 왔다 갔다 하며 창문으로 흘러드는 광선光線과 집 그림자로 생각 사이에서 헤아려 방구석과 지게문을 연구하지만, 아직 처마 끝도 몸소 보지는 못하였다.

또 혹은 옛것을 버리고 새로운 것을 좋아하여, 어느 한 집(갑제甲第)을 들어가는데 이와 같이 얕고 쉽지 않으리라고 하면서, 따로 문경을 내고 다투어 들어가서, 이쪽은 방 안에 기둥이 몇이라 하고 저쪽은 마루에 기둥이 몇이라고 하여 비교하고 토론하기를 그치지 않으나, 그 말하는 바가 이미 서쪽 이웃의 다음 집(을제乙第)으로 잘못 들어가 있는 것임을 알지 못한다. 먼저 집(갑제)의 주인은 기가 막혀 웃으면서 내 집은 그렇지 않다고 할 뿐이다.

대체 성현의 길(도道)은 몸소 실천하는 데 있으니 공허空虛한 이론理論을 숭상하지 않는다. 실제 있는 것에서는 응당 올바른 이치를 찾아야겠으나 공허한 것에서는 근거가 없으니 만약 아득한 가운데서 그것을 찾는다거나 드넓은 사이에 내던져 둔다면 옳고 그름을 판단할 수 없어서 본뜻을 완전히 잃어버린다.

그런 까닭으로 학문하는 길은 반드시 한漢나라 학풍과 송宋나라 학풍의 경계를 나누지 않아야 하고 정현 鄭玄[4]과 왕필王弼[5]과 정호程顥[6]·정이程頤[7] 및 주희朱熹[8]의 단점과 장점을 비교할 필요도 없으며, 주희와 육구연·설선薛瑄[9]·왕수인의 문호를 다툴 필요도 없다. 다만 심기心氣를 고르고 고요하게 하여 넓게 배우고 힘써 실행하면서 오로지 '실제 있는 일에서 올바른 이치를 찾는다(실사구시)'는 이 한마디 말을 기본으로 이를 실행하면 좋겠다.

　뒤에 붙이는 글. 이것은 민기원閔杞園 노행魯行이 지은 것이라 한다.

　요堯 임금·순舜 임금·우禹 임금·탕왕湯王·문왕文王·주공周公·공자孔子로부터 학술學術은 도의道義를 숭상하고 덕행德行을 힘썼는데, 그것을 실용實用 시비是非의 법칙에서 구하였다. 그래서 심성心性이나 명리名理를 분별하는 것에 바쁘게 매달리지 않았으니, 진실로 이러한 도리道理가 스스로 밝혀져서 근원 추구를 기다리지 않아도 사실이 바르면 그 이름(일체의 언어言語가 내포內包한 그 특유의 의미)이 바르지 않을 수 없다는 데서 말미암은 것이다.

　성인聖人이 돌아가자 올바른 학문이 희미하여졌고, 불태움(진시황秦始皇의 분서焚書)이 그에 더해서 그로 말미암아 함부로 의논하니 6경六經(『시경詩經』·『서경書經』·『역경易經』·『춘추春秋』·『예기禮記』·『악경樂經』.『악경』만은 진시秦時에 망실亡失하여 전하지 않음.)은 떨어져 나가고 학도學徒들은 흩어져 어지럽게 되었다.

　한漢나라의 유학儒學하는 여러 사람들은 책을 끼고 다니면서 같고 틀리는 것을 찾아 밝혀내려고 하였으니, 타향으로 가서 배우는 유학游學이 성행할 때는 그 수가 3만여 명에 이르렀었다. 그중에서 탁월하여 우리 도道의 종주宗主를 삼은 사람은 서경西京(전한前漢 수도首都 장안長安으로, 전한前漢을 의미하기도 한다.)에는 동강도董江都(동중서董仲舒)[10]가 있었고, 동경東京(후한後漢 수도首都 낙양洛陽)에는 정강성鄭康成(정현鄭玄)이 있었다.

　그 학문은 훈고訓詁에 잠심潛心하는 것으로써 주장을 삼았고, 오로지 독실하고 근엄한 것으로써 법도를 삼아서, 공허空虛한 것을 밟지 않고 고원高遠한 곳으로 치달리지 않아서 삼대三代(하夏·은殷·주周의 이상理想 시대)의 전형典型이 거의 사라지지 않게 되었다.

　그래서 유향劉向[11]은 칭송하기를 "동자董子(동중서)는 이윤伊尹(은초殷初의 현상賢相)과 여상呂尙(주초周初의 현상賢相. 태공망太公望)이 더 보태야 하지는 않지만, 관중管仲[12]과 안영晏嬰[13]은 미치지 못한다." 하였으며, 범엽范曄[14]의 사서史書(『후한서後漢書』)에서는 정 씨鄭氏(정현鄭玄)를 존중하여 "중니仲尼(공자의 자字)의 문하에서 이를 지나칠 수 있는 사람은 없다." 하였으니 덕을 숭상한 것을 가히 볼 수 있겠다.

동서東西 이경二京(양한兩漢을 의미함)의 인사들은 대체로 많이 근본과 실제를 좋아하고 실속 없이 겉만 꾸미는 것을 부끄러워하여 일을 실행하는 데 있어서 독실하게 했다. 그러나 순자荀子[15]와 양자楊子[16]의 무리들은 심성心性을 알지 못했고, 성인聖人이 가신 지가 멀어져서 미묘한 말(진리를 내포하고 있는 말)이 끊어졌지만, 동강도董江都와 정강성鄭康成의 무리들은 또한 심하게 추리하여 밝히려고 하지 않았다.

뒤에 다시 불행하게도 불교의 교설教說이 그 사이를 어지럽게 하니 이 길(도道)의 기본이 거의 사그라지게 되었다. 특히 도의道義와 덕행德行의 실제가 심성心性의 고유固有한 바에 근본을 두고 있는 것을 모르게 되었다.

그런 까닭으로 송 대宋代(960~1278)에 나온 진짜 유학자儒學者들은 그 근본根本을 추구하여 그 방법方法을 말하였는데 추구함이 상세詳細하여 그 방법이 더욱 넓어지게 되니, 미세微細한 것에 대한 분변分辨과 제목題目에 대한 논쟁論爭은 그 차이差異가 터럭 끝에까지 이르게 되었다. 이에 전해진 지 100년도 안 되어 나뉘어서 길을 달리하고, 내려오면서 입과 귀만 익히게 되니, 가닥은 엉클어진 실보다도 더 심하게 되었으며, 끝으로 내려올수록 더욱 가지가 많아졌다.

그래서 지금에 이르러서는 글을 읽고 이치를 말하는 선비들이 공허한 말을 가슴에 품고 길을 잃어버려, 세월을 다 보내고 돌이키지 못하면서도 바야흐로 또한 이 일을 놓지 못하고 늙는 줄도 모르고 있으나, 소위 실용에서의 옳고 그름(실용·시비實用是非)에 대하여는 놀라울 정도로 이미 그것을 잃어

버리고 있다. 아, 참으로 아깝다.

　내가 일찍이 이것에 대하여 속으로 의심을 품었다가 우연히 김원춘金元春(추사秋史의 자字)에게 이것을 말하였더니, 원춘은 곧 그가 지은 바인 「실사구시설」로써 그 답을 나에게 보였다. 그 옛날과 지금의 학술學術 변천을 논하면서 문경門徑과 당실堂室에 비유하여 논한 것은 순박淳朴하다고 하겠다.

　그 사이에서 또 한 대漢代의 유학자들을 추존하여 "경전의 글자를 읽고 풀이하는 데 모두 스승으로부터 이어받음이 있어서 그 갖춤새가 지극히 정밀하고 확실하였다." 한 것은 나도 역시 손뼉을 치면서 그렇다고 찬성하겠다. 한漢나라 시대의 학자들이 오히려 실용實用의 시비是非에서 그것(진리眞理)을 구하는 것이 이와 같았으니, 소위 동강도·정강성의 학문을 대개 알수가 있을 뿐이다.

　그런데 착한 것을 좋아하고 악한 것을 미워하는 사실(실實)이 크게 한 번 변하였으니, 동경東京(동한東漢)의 명성名聲과 절의節義를 지키던 사람들에 이르러서도 또한 그것이 있었던가. 기본基本일 뿐이었다. 비록 그렇다 하더라도 삼대三代의 학문은 모두 실제 있는 것(실實)으로써 하였다. 실제 있는 것이라는 것은 도의道義이며 덕행이다.

　실제 있는 것(실實)이 올바르면 그 이름은 올바르지 않은 것이 없다. 그런데 내려와서 맹자孟子[17]의 시대에 이르면 벌써 그 이름이 명확하지 않을까 걱정한다. 그러므로 맹자는 이미 그 근본을 추구하였으니, 성선性善(사람의 본성이 착하다.)이니, 존심存心(본연심本然心을 보존한다.) 양성養性(좋은 성품을 기른다.)이니 하는 것들이 이것이다.

　진秦나라의 분서焚書를 지내고서 이와 같은 것들은 겨우 조금 남았으나 한漢나라의 초창기에 미쳐서는 소위 이름이 분명하지 않은 것이 또한 맹자의 시대에서 그칠 정도가 아니었다. 그래서 동강도와 같은 사람은 장막을 드리우고 발분發憤하여 대업大業(학업學業)에 마음을 쏟아서 뒤에 배우는 사람들로 하여금 대략 돌아가 의지할 곳을 알게 하였으니 그 공적이 건실하다고 하겠다. 그러나 이름이 이미 분명하지 않고 말이 오히려 상세하지 않게 되어서 곧 사람마다 모두 다 안다고 할 수 없으므로 깊이 논란論難하지 않았을 뿐이었다.

순자와 양자는 심성心性을 그르치어서 이도異道로 스승을 삼았으며 사람마다 다른 이론理論을 내세워서 백가百家가 방법을 달리하였다. 가르치는 뜻이 같지 않거늘 이 어찌 사람마다 모두 안다고 하겠는가. 이것이 실은 동董·정鄭과 같은 제공諸公들이 본질에 힘쓰고 언론言論을 적게 하여, 입과 귀의 자료를 만들지 않으면서, 또한 박실撲實한 곳을 좋게 한 까닭이라고 하겠다.

비록 그렇다 하더라도 동강도의 말에 "인仁이라는 것은 사랑에서 나온다."라고 하였는데, 그 말뜻이 순박하고 심오한 것과 이름 붙이는 이유가 어긋나지 않는 것은 또한 한자韓子의 박애博愛[18] 따위가 아니다. 만약 동董·정鄭과 같은 여러 사람들을 일컬어 앎이 이것(한자의 박애)에 미치지 못했다고 말한다면 알고 하는 말이 아니다.

계속하여 양한兩漢 시대의 문자와 학술, 그리고 명리名理를 생각하여 보면 많이 정밀하고 독실하며 친절하여 후세의 치달리는 것과는 같지 않으니, 이것은 의당 꿰어 맞추고 증명하며 보충해야 한다. 슬쩍 근본을 좋아하고 실제를 힘쓴다는 생각에 스스로 빌붙었으나, 궁벽하게 살아서 공부할 겨를이 없었던 것을 돌아보니, 대체로 황막하게 추락하는 것이 너무 심할까 두렵다.

다른 날에 자력으로 마땅히 다시 원춘元春과 더불어 그것을 같이할 것을 기약하며, 잠깐 뒤에 붙여 써서 「실사구시설」의 후서後敍로 삼는다. 병자년(1816) 늦겨울.

實事求是說

漢書河間獻王傳云, 實事求是, 此語 乃學問最要之道. 若不實以事, 而但以空疎之術爲便, 不求其是, 而但以先入之言爲主, 其于聖賢之道, 未有不背而馳者矣.

漢儒于經傳訓詁, 皆有師承, 備極精實. 至于性道仁義等事, 因爾時人人皆知, 無庸深論故, 不多加推明. 然偶有注釋, 未嘗不實事求是也.

自晉人講老莊虛無之學, 便于惰學空疎之人, 而學術一變, 至佛道大行, 而禪機所悟, 至流于支離, 不可究詰之境, 而學術又一變. 此無他, 與實事求是一語, 盡相反而已.

兩宋儒者, 闡明道學, 于性理等事, 精而言之, 實發古人所未發. 惟陸王等派, 又蹈空虛, 引儒入釋, 更甚于引釋入儒矣.

竊謂學問之道, 既以堯舜禹湯文武周孔爲歸, 則當以實事求是, 其不可以虛論遁于非也. 學者 尊漢儒精求訓詁, 此誠是也.

但聖實之道, 譬若甲第大宅, 主者所居, 恒在堂室. 堂室 非門逕不能入也, 訓詁者, 門逕也. 一生奔走於門逕之間, 不求升堂入室, 是廝僕矣.

故爲學 必精求訓詁者, 爲其不誤於堂室, 非謂訓詁畢乃事也. 漢人不甚論堂室者, 因彼時門逕不誤, 堂室自不誤也.

晉宋以後, 學者務以高遠尊孔子, 以爲聖賢之道, 不若是之淺近也. 乃厭薄門逕而棄之, 別于超妙高遠處求之. 于是乎 躡空騰虛, 往來于堂脊之上, 窗光樓影, 測度于思議之間, 究之奧戶, 屋漏未之親見也. 又或棄故喜新, 以入甲第, 爲不若是之淺且易, 因別開門逕, 而爭入之, 此言室中幾楹, 彼辨堂上幾棟, 校論不休, 而不知其所說, 已誤入西隣之乙第矣. 甲第主者, 哦然笑曰 我家屋不爾爾也.

夫聖賢之道, 在于躬行, 不尚空論. 實者當求, 虛者無據, 若索之杳冥之中, 放乎空闊之際, 是非莫辨, 本意全失矣.

故爲學之道, 不必分漢宋之界, 不必較鄭王程朱之短長, 不必爭朱陸薛王之門戶. 但平心靜氣, 博學篤行, 專主實事求是一語, 行之可矣.

附後敘. 此爲閔杞園魯行所作云.

自堯舜禹湯文武周孔, 學術崇道義 懋德行, 求之實用是非之則, 不汲汲於心性名理之辨, 誠由此道自明, 不待夫推原, 而實正則名無不正也.

聖人沒, 正學微, 加之以燔焚, 因之以橫議, 六經離析, 學徒散亂.

漢儒諸子, 懷挾圖書, 探賾同異, 遊學之盛, 至三萬餘生. 卓越爲吾道之宗者, 在西京, 有董江都, 在東京, 有鄭康成.

其學以潛心訓詁爲主, 以專篤謹嚴爲法, 不蹈空虛, 不騖高遠, 三代典型, 庶幾其不泯.

劉向稱 董子, 爲伊呂不加, 管晏不及, 范史尊鄭氏, 爲仲尼之門, 不能過也, 尚德者可以觀矣.

兩京人士, 大抵多敦本實, 恥浮華, 篤於行事. 然荀楊之流, 不識心性, 去聖遠而微言絶, 江都康成之徒, 又不甚推明.

後更不幸, 有佛氏之說, 綜錯其間, 此道之體, 幾乎熄矣. 殊不知道義德行之實, 原本乎心性之所固有者.

故有宋眞儒, 乃原其本, 而語其術, 原之也詳, 而其術益廣, 錙銖之辨, 節目之論, 其差在毫忽. 傳之不百年, 分而爲路逕之異, 降而爲口耳之習, 條緖甚於亂絲, 末流愈多枝腳.

至于今, 讀書談理之士, 抱空言而迷途, 窮日月而不返, 方且汲汲此事, 不知老之將至, 而所謂實用是非, 則啞然已忘失之, 嗟乎惜哉.

余嘗竊疑於斯, 偶爲金元春語之, 元春 即以其所爲實事求是說示之. 其論古今學術之變, 門逕堂室之喩, 醇如也.

間又推尊漢儒, 以爲經傳訓詁, 皆有師承, 備極精實. 余亦擊節, 以爲漢世學者, 尙能求之於實用是非者如此, 所謂江都康成之學, 蓋可知耳.

而善善惡惡之實一變, 至於東京之名節者, 亦有耶. 基本耳. 雖然三代之學, 皆以實也. 實者道義也, 德行也.

實正而名無不正, 降至孟子之世, 尙患其名之不明也. 故孟子已原其本也, 曰性善, 曰存心養性是也.

歷秦火而僅存, 及漢世之草刱, 所謂名之不明者, 又不止於孟子之時, 若董江都下帷發憤, 潛心大業, 令後學者, 略知所歸, 其功健矣. 然名之已不明, 而語之猶不詳, 則不可曰人人皆知, 無庸深論耳.

荀與楊也, 誤於心性, 而師異道, 人異論, 百家殊方, 指意不同, 是烏得曰 人人之皆知也. 此實董鄭諸公, 質愨少言論, 不爲口耳之資, 且從樸實處做也.

雖然江都之言曰 仁者所以愛也, 其辭意之醇深, 名理之不差, 又非韓子博愛之流也. 若謂董鄭諸公, 知不及此, 則非知言也.

仍念兩漢文字 學術 名理, 多精篤親切, 不若後世之馳騖, 是宜綴輯證補. 竊自附於敦本懋實之義, 顧窮居不暇, 而懼夫荒墜之甚也.

他日自力當復與元春共之, 姑附記之, 爲實事求是說後敍. 丙子季冬.

(『阮堂先生全集』卷一)

1. 하간왕 유덕劉德은 학문 수련을 위해 옛 책을 모으는데 책을 가져오면 황금과 비단으로 값을 치르고 새 책으로 잘 베껴 되돌려 주는 등의 방법을 써서 한나라 조정과 맞먹을 정도로 많은 책을 모았다. 그 내용을 보면 『주관周官』, 『상서尚書』, 『예기禮記』, 『맹자孟子』, 『모시毛詩』, 『좌씨춘추左氏春秋』 등 유교 경전이 중심이 되고 있다. 그는 잠시도 유자儒者 예절을 지키지 않은 적이 없었다고 한다. 따라서 그가 말한 실사實事는 허황되지 않은 일, 즉 유교 경전에 실려 있는 일을 지칭한다.

2. 육구연陸九淵(1139~1192). 송宋 무주撫州 금계인金溪人. 자는 자정子靜, 호는 상산象山. 주희朱熹와 쌍벽을 이루는 거유巨儒로 아호쟁론鵝湖爭論으로 서로 대립.

3. 왕수인王守仁(1472~1528). 명나라 절강浙江 여요인餘姚人. 자는 백안伯安, 호는 양명陽明. 양명학陽明學의 시조始祖.

4. 정현鄭玄(127~200). 후한後漢 북해北海 고밀인高密人. 자는 강성康成. 훈고학자訓詁學者.

5. 왕필王弼(226~249). 위魏 산양인山陽人. 자는 보사輔嗣. 『노자老子』 및 『장자莊子』와 『역易』의 주註를 내었다. 『역』의 주는 노장사상老莊思想을 끌어들인 것이라 하여 후세 유가儒家에서 논평論評의 표적이 되어 왔다.

6. 정호程顥(1032~1085). 송宋 육택인陸澤人. 자는 백순伯淳, 호는 명도明道. 주돈이周敦頤의 제자. 성리학의 선구자.

7. 정이程頤(1033~1107). 자는 정숙正叔, 호는 이천伊川. 정호程顥의 아우. 주돈이의 제자. 『역전易傳』의 제작에 평생을 보내다. 성리학의 선구자.

8. 주희朱熹(1130~1200). 송宋 휘주徽州 무원인婺源人. 자는 원회元晦, 호는 회암晦庵·회옹晦翁·운곡노인雲谷老人 등. 주자朱子로 존칭된다. 주자성리학의 대성자大成者.

9. 설선薛瑄(1389~1464). 명나라 산서성山西省 하진인河津人. 자는 덕온德溫 호는 경헌敬軒. 주자학자朱子學者. 『독서록讀書錄』 23권을 저술.

10. 동중서董仲舒(서기전 179~서기전 104). 전한前漢 광천인廣川人. 무제武帝 때의 훈고학자訓詁學者. 강도江都(강소성江蘇省 척주揚州) 왕부王府의 상相으로 있었기 때문에

강도江都라고 존칭한다. 『동자문집董子文集』이 전한다.

11. 유향劉向(서기전 77~서기전 6). 전한前漢 말 한漢의 종실宗室. 자는 자정子政. 본명本名은 갱생更生. 거유巨儒. 저서는 『열선전列仙傳』, 『열녀전列女傳』, 『홍범오행전洪範五行傳』, 『설원說苑』 등이 있다.

12. 관중管仲(?~서기전 645). 춘추시대 영상潁上(안휘성安徽省 영주潁州)인. 이름은 이오夷吾. 자는 중仲. 제齊의 명상名相. 제齊 환공桓公을 도와 패자霸者의 선구先驅를 이루게 하다. 저서 『관자管子』가 있다.

13. 안영晏嬰(?~서기전 500). 춘추春秋 내주萊州의 이유夷維 출신. 이름 영嬰, 자는 중仲, 시호는 평중平仲. 제齊의 명상名相. 관중管仲 이후의 최대 정치가. 저서 『안자晏子』(『안자춘추晏子春秋』라고도 함)가 있다.

14. 범엽范曄(398~445). 남조南朝 송宋의 사학자史學者. 자는 울종蔚宗. 『후한서後漢書』의 저자.

15. 순자荀子(서기전 313~서기전 238). 전국戰國 조趙의 유학자儒學者. 이름은 황況 혹은 경卿. 성악설性惡說의 주창자. 『순자荀子』 20권이 있다.

16. 양자楊子. 전국戰國 초기의 위魏인 개인주의 및 향락주의享樂主義를 주창한 학자. 이름은 주朱. 전기傳記 불명不明.

17. 맹자孟子(서기전 372~서기전 289). 전국戰國 추鄒의 유학자儒學者. 이름은 가軻. 성선설性善說과 왕도주의王道主義 주창자. 저서 『맹자孟子』 7편이 있다.

18. 한자韓子의 박애博愛, 당나라 대문장가인 한유韓愈가 지은 「원도原道」 첫머리에 "널리 사랑하는 것이 인仁이다(博愛之爲仁)."라 한 데서 인용한 말.
   한유韓愈(768~824) 당나라 하남河南 하양河陽인 또는 하북河北 창려昌黎인. 자 퇴지退之. 3세에 고아가 되어 형수 손에 자라다. 6경經 백가학百家學에 통달하고 문장력 탁월. 진사에 급제하여 박사博士, 감찰어사監察御使, 중서사인中書舍人, 형부시랑刑部侍郎, 국자좨주, 이부시랑을 거치다. 예부상서 추증. 시호는 문공文公. 당송 8대가唐宋八大家의 1인으로 꼽히다. 유가儒家의 이념이 투철하여 배불排佛 의식이 강했다. 세상에서 창려昌黎선생이라 부르다. 『창려선생집昌黎先生集』 50권 10책이 남아 있다.

인재설
人才說

하늘이 재주를 내리는 데 처음부터 남북南北이나 귀천貴賤의 차이가 없거늘, 그 재주가 이루어지기도 하고 이루어지지 않기도 하는 까닭은 무엇인가.

대체로 사람들은 어릴 때에 많은 지혜를 가지고 책 이름을 기억 속에 받아들이게 되는데, 아비나 스승이 경전經典 주석註釋과 과거 시험 문제집(첩괄帖括)으로 그를 흐리게 하여 옛사람들이 이리저리 써 놓은 넓고 아득한 내용을 가진 책들을 볼 수 없게 하니 한번 그 먼지를 먹으면 다시 신선하여질 수가 없다. 이것이 그 이유의 하나이다.

여기서 다행히 관학생官學生이 되면 막히어 아직 민첩하게 통달하지 못한 상태로 어정거리게 되고, 시험 치르는 장소에 들락거리게 되는데, 이것을 오래 하면 기색氣色이 희미하게 떨어질 지경이니 어느 겨를에 편지 나부랭이 이외의 것을 의논할 수 있겠는가. 이것이 두 번째의 이유이다.

사람이 비록 재주가 있다 하나 또한 그가 난 곳을 보아야 하니, 외따로 떨어진 적막한 바닷가에서 났다면, 산천 인물 그리고 집 짓고 사는 것, 사람들이 내왕하는 것, 크게 알려지는 것과 높고 씩씩하며 그윽하고 기괴한 것과 협기俠氣를 부리는 일들을 보지 못하게 된다. 그러므로 정신은 세련된 바가 없게 되고 가슴과 뱃속은 여유로운 바가 없게 된다. 이처럼 귀와 눈이 이미 옹색하게 되었다면 손발은 반드시 굼뜨게 되었을 것이니, 이것이 세 번째의 이유이다.

이 세 가지가 사람의 재력才力을 갑자기 다하게 하니 가히 슬프고 마음 아픈 일이기는 하나, 늘상 이와 같다. 그런 까닭에 편협한 늙은 선비도, 좋은 문장이 없을 수가 없는데 귀로는 아직 많이 듣지 못하고 눈으로는 아직 많이 보지 못하고서, 그 촌스럽고 편협한 지식을 내놓았으니 온 세상의 문장과 비교하여 어찌 좋은 문장이 있다고 하겠는가.

글을 잘 짓는 묘리妙理는 남이 하는 대로 따라 하거나 비슷하게 하는 데 있지 않고, 자연의 영기靈氣가 황홀하게 몰려와서 생각지 않아도 이미 이르는 데 있으니 괴상하고 기묘하여 무엇이라 이름 붙일 수도 없다.

人才說

天之降才, 初無南北貴賤之異, 其所以有成不成者何也.

凡人兒時, 多慧裁識書名, 父師迷之, 以傳注帖括, 不得見古人縱橫浩緲之書, 一食其塵, 不復可鮮, 一也.

乃幸爲諸生, 困未敏達蹭蹬, 出沒於較試之場, 久之氣色微落, 何暇議尺幅之外哉. 二也.

人雖有才, 亦視其所生, 生於隱屏寂寞之濱, 山川人物 居室遊御, 鴻顯高莊, 幽奇恠俠之事, 未有覯焉. 神明無所練濯, 胷腹無所厭餘, 耳目既吝, 手足必蹇, 三也.

此三者, 使人才力頓盡, 可爲悲傷者, 往往如是也. 故拘儒老生, 不可無文, 耳多未聞, 目多未見, 而出其鄙委牽拘之識, 相天下之文, 寧復有文乎.

文之妙, 不在步趨 形似之間, 自然靈氣, 恍惚而來, 不思而至, 恠恠奇奇, 莫何名狀.

(『阮堂先生全集』卷一)

적천리설
適千里說

지금 대체 천 리 길을 가는 사람은 반드시 먼저 그 길이 나 있는 곳을 분변해야 하니, 그런 뒤에야 출발할 곳을 생각할 수 있기 때문이다.

그 문을 나서서 가는데, 진실로 앞길이 아득히 멀어서 어떻게 갈까 하고 생각되면 반드시 길을 아는 사람에게 물어야 한다. 그 사람을 만나면 바르고 큰 길로써 말을 하고 또한 자세히 나쁜 길의 갈 수 없음을 정성껏 가르쳐 줄 것이다. 그 나쁜 길로 가면 반드시 가시밭 속으로 들어가며 그 바른 길로 가면 반드시 목적지까지 갔다가 돌아올 수 있다고 생각하기 때문이다. 그 사람이 말해 준 것은 정말 마음을 다하였다고 말할 수 있다. 그런데 의심이 많은 사람은 머뭇거리며 그대로 믿으려 하지 않고, 또 다른 한 사람에게 묻고, 또 다른 한 사람에게 묻고 한다.

그 옆의 성실함으로써 마음을 삼는 사람에 이르면, 아울러 묻기를 기다리지도 않고 그 길의 굽이를 모두 들어 내 앞에 말하되 오직 자기가 혹시 잘못 알았을까 하여 사람마다 동일한 말을 하게 하기에 이르렀다. 그러면 이것 역시 독실하게 믿을 수 있으니 뒤떨어질까 무섭게 달려 나가야 한다.

그런데 의심 많은 저 사람은 더욱 의심을 내고, 나는 남들이 모두 옳다고 하는 것이나 남들이 모두 그르다고 하는 것을 그대로 좇을 수 없으며, 또한 그것이 과연 그른 것인지 알지 못한다. 나는 반드시 그것을 지내 보고 시험해 보아야겠다고 말한다. 그러다가 마침내 구렁텅이에 빠져서 구하여 내지 못하게 된다. 곧 마침내 그 어리석음을 깨닫고 돌이키게 한다 해도, 역시 시간을 허비하고 마음과 힘을 헛되이 써 버려서, 날마다 그것을 대 줄 겨를이 없는 걱정이 있으나 어떻게 하겠는가. 곧 남이 명백하게 밝혀 가르쳐 주고 힘써 그것을 실행하면 공을 거두는 쉬움이 되는가.

適千里說

今夫適千里者, 必先辨其徑路之所在, 然後有以爲擧足之地.

當其出門而行, 固悵悵何之, 必詢於識塗之人. 迨其人告以正大之路, 又細指其邪徑之不可由者, 懇懇然, 以爲由其邪, 必入於荊棘, 由其正, 必得其歸. 人之爲言, 可謂盡心矣, 而多疑者, 遲遲不敢信也, 復問之一人, 又復問之一人.

至其傍人之 以誠居心者, 並不俟問, 而盡擧其塗之曲折, 陳之我前, 惟己之或誤, 至於人人皆同一言. 此亦可以篤信, 而奔趨恐後矣.

彼愈生疑謂 吾不敢從, 人之所共是者, 其所共非者, 吾又不知其果非也. 吾須歷試之. 卒致入於坎臼, 而莫救也. 即使終覺其迷 而返之, 亦虛廢時歲, 勞耗心力, 有日不暇給之憂, 何如. 即人之所明白曉示, 而力行之, 爲收功之易耶.

『阮堂先生全集』卷一

도천송이 있는 『금강경』[1] 뒤에 제함
題川頌金剛經後

내가 묘향산妙香山에 들어갈 때 이 경(『금강경金剛經』)과 〈개원고경開元古鏡〉(개원開元 명銘이 있는 당경唐鏡)을 산에 들어가는 데 지니는 호신부護身符로 삼았었다. 성星(법명法名의 끝 자이나 누구인지 미상) 스님은 그가 오래전부터 수장收藏해 온 정국옹鄭菊翁[2]의 합주본合注本을 내다 보이는데, 그 뜻은 내가 아울러 가지고 가게 하려 한 것이었으니, 또한 금강륜金剛輪[3]을 굴리어 중생을 제도하고 교화하려는 뜻이었다.

그러나 나는 이 책(추사가 가지고 갔던 『금강경金剛經』)으로 그것을 바꾸어 옥대玉帶를 절에 두고 온 고사故事[4]에 대비對備함으로써 양쪽이 다 가지게 되는 것을 해치지 않았을 뿐이었다. 이 책(추사가 가지고 갔던 『금강경』)은 고려시대의 옛 판본板本으로 역시 매우 드문 법보法寶이니 가히 오래도록 산문山門(절)을 보호할 수 있을 것이다. 국옹菊翁의 주注는 크게 촌스러워서 결코 국옹이 손수 썼다고 할 수 없다.

또 천로川老(도천 노사道川老師의 약칭)를 촉蜀 지방 사람이라 하여 '천川' 자로써 억지로 끌어 붙여 이야기를 만들었으나, 천川 스님은 곤산崑山 사람이

요 사천四川 지방인 촉蜀 사람이 아니다. 또 천로는 적씨狄氏의 아들인 때문에 처음에는 적삼狄三이라 일컬었었고 뒤에 법명이 도천道川[5]이었으니 '삼三'은 가로이고 '천川'은 이를 세로로 곧게 세운다는 의미에서 따왔다. 어찌 국옹이 이를 알지 못하고 이와 같이 망령스럽게 고증하였겠는가. 또 그 발문跋文에 주본注本에 대한 한마디 말이 없으니 이 또한 그 직접 쓰지 않았음을 증명할 뿐이다.

『함허설의涵虛說義』[6]는 대략 국옹을 따랐으나, 저쪽으로 끄는데 코뚜레(파비把鼻)를 모두 떨어뜨렸듯이 요긴한 곳을 모두 빠뜨렸다. 이미 국옹의 뜻을 잃었는데 하물며 야보冶父(도천道川의 호)의 뜻이겠는가. 그런데 지금 선림禪林에서는 이 『함허설의』를 받들어 금과金科로 삼고 있으니 증개曾開[7]가 이른 바와 같이 "쯧쯧 애꾸눈 당나귀여." 하는 말과 불행히 가깝구나.

題川頌金剛經後

余入妙香, 以此經 與開元古竟, 爲入山護身之符. 星師 出其舊藏, 鄭菊翁合注本相示, 其意 欲余並携以去, 亦轉金剛輪 度化之義也.

余以此本易之, 以備玉帶故事, 不害爲兩存之耳. 此本 爲麗代舊板, 亦稀有之法寶, 可以永鎭山門也. 菊翁注, 多弃陋, 決非菊翁手筆.

又以川老爲蜀人, 以川字傅會爲說, 川即崑山人, 非川蜀人也. 且川老 狄氏子故, 初稱狄三, 後法名道川, 取三橫川直之義. 豈菊翁不知, 而如是妄訂也. 且其跋文, 無注本一語, 是又可證 其非手筆耳.

涵虛說義, 畧從菊翁, 擻那全沒把鼻. 已失菊義, 況於冶旨也. 今禪林 奉以爲金科, 曾開所云 咄哉 瞎驢, 不幸近之.

(『阮堂先生全集』卷六)

1. 『금강반야바라밀경金剛般若波羅密經』, 1권. 요진姚秦 구마라집鳩摩羅什 역譯. 『금강반야경金剛般若經』 혹은 『금강경金剛經』이라 일컫다. 사상四相(아상我相·인상人相·중생상衆生相·수자상壽者相)에 주住하여 육바라밀六波羅密을 행한다 해도 진정한 보살행菩薩行이 아니고 무소입無所入·무소주無所住·무소득無所得으로 청정심淸淨心을 일으키어 일체상一切相을 떠나야 보살행이 된다는 내용이다.

   선종禪宗에서는 육조六祖 혜능慧能 이래로 소의 경전所依經典이 되다시피 하였는데 우리나라 조계종曹溪宗에서도 시초부터 이를 소의 경전으로 하여 중시하여 오고 있다. 역대로 많은 주석註釋과 논소論疏 및 역해譯解가 중국과 우리나라의 대덕大德들에 의해서 이루어지다.

2. 정국옹鄭菊翁. 명자名字 미상未詳. 국옹은 호號인 듯하다. 도천道川 이후 함허涵虛 이전에 걸쳐 살았던 사람인 것 같다.

3. 금강법륜金剛法輪의 의미이니, 부처님의 교법敎法이 전륜성왕轉輪聖王의 금강륜보金剛輪寶가 산과 바위 등 장애물을 부수는 것과 같이 중생의 번뇌 망상을 없애므로 이와 같이 이름하고, 또 불법佛法이 수레바퀴처럼 굴러서 여러 곳의 사람들에게 전파되므로 법륜法輪이라 하니 금강법륜은 최강最强의 법륜이라는 뜻이다.

4. 북송北宋 때에 불인佛印 요원了元 선사가 금산사金山寺에 주석駐錫하고 있을 때, 동파東坡 소식蘇軾이 찾아가 방장方丈에 들어서면서 장난으로 "화상和尚의 사대四大(몸뚱이)를 빌려서 선상禪牀을 삼겠다." 하니, 스님이 "만약 산승山僧이 되물어서 한림학사 당신이 곧 대답을 하면 청한 대로 하겠으되 못 하면 옥대玉帶를 벗어 놓아서 산문山門을 지키게 하자." 하니, 동파가 띠고 있던 옥대를 상 위에 벗어 놓았다. 스님이 "사대四大는 본래 공空하고 오온五蘊은 있지 않은 것인데, 당신은 어디에 앉으려 하는가?" 하였다. 공公이 머뭇거리고 곧 대답하지 못하니 스님이 급히 시자를 불러 옥대를 거두어서 영원히 산문을 지키게 하였다는 고사古事(『둔재한화遯齋閑話』).

5. 도천道川. 남송南宋 곤산인崑山人. 속성俗姓은 적씨狄氏, 속명俗名은 삼三, 법호法號

는 야보冶父. 임제臨濟 10세손인 정인淨因 계성繼成의 법을 잇다. 『금강경송金剛經頌』은 특색 있는 금강경관金剛經觀을 나타낸 선송禪頌으로 우리나라에 12세기 말경에 전래되어 『금강경오가해金剛經五家解』의 하나로 중시되다. 본래는 군대의 궁수弓手였다가 동제東齊 겸수좌謙首座의 교화敎化로 출가出家하였다.

6. 『함허설의涵虛說義』. 조선 승 득통화상得通和尙 함허涵虛(1376~1433)가 편자編者 미상未詳의 『금강경오가해金剛經五家解』에 당시 유포流布되고 있던 「규봉찬요圭峰纂要」, 「육조해의六祖解義」, 「부대사송傅大師頌」, 「천로협주川老俠注」와 같은 오가 별행본五家別行本들을 대교對校하여 요소要所마다 주해註解를 가한 것. 현행 유통본流通本인 『금강경오가해설의金剛經五家解說義』 2권은 세조世祖 3년(1457)에 이루어졌을 것이라는 것이 최근 전문가의 주장이다.

7. 증개曾開. 남송南宋 감주인贛州人. 하남河南에 옮겨 와 살다. 자는 천유天遊. 숭녕崇寧 2년(1103) 진사進士. 벼슬은 예부시랑禮部侍郎을 지내다. 진회秦檜와 맞서 주전主戰을 주장한 절의파節義派. 유작游酢에게 종학從學하고 유안세劉安世와 친교가 있었다. 71세 졸.

498

『불설사십이장경』[1] 뒤에 제함
題佛說四十二章經後

부처께서 말씀하신 여러 경전 가운데 비록 『능엄경楞嚴經』[2]이나 『화엄경華嚴
經』[3]이라 할지라도 천궁天宮(하늘궁전)이나 화성化城(조화로 나타난 성)이 환화幻
化(환상으로 조화를 부림) 영묘靈妙(신령스럽고 기묘함)하여 기괴하고 황탄荒誕한
곳으로 빠져들기 쉬웠으나, 이 경은 모두 사실과 인과因果를 좇아서 이야기를
만들었으니, 『능엄경』이나 『화엄경』 같은 여러 경전들이 아마 모두 이 경으로
부터 부연敷衍된 것 같다.

비유하건대 우리 유가儒家의 태극太極의 뜻과 같으니, 처음에는 북극北極
에서 일어난 것에 지나지 않았으나 뒤에 나온 유생儒生들이 그로부터 좇아
서 넓히어 드디어 천근天根(28수宿 중 저수氏宿의 별명)과 월굴月窟(달의 세계. 서
쪽에 있다고 한다.)에까지 이르게 되어서는 황홀하고 아득하여 가늠할 수도
없게 되었다. 유교와 불교의 시초는 같이 그렇구나.

나는 이 경전을 읽고서 비로소 불교 역시 사람에게 착한 일을 하도록 권
하고, 악한 짓을 징계하도록 권하는 데 지나지 않는 것임을 알았다. 천당과
지옥과 같은 것은 만들어 보여 주기는 하나 그것으로 이끌어 가르칠 뿐 진

실은 아니다.

　일찍이 보았는데 원간재袁簡齋(원매袁枚, 1716~1797)가 『능엄경』을 믿지 않고 불타의 말이 아니라고 한 것이 이것이다. 이는 깊이 생각한 높은 견해이니 천박하지 않은 것을 헤아릴 수 있다. 무릇 내전內典(불교 경전)을 익히고자 하는 사람은 먼저 『사십이장경四十二章經』으로부터 시작하는 것이 좋다.

題佛說四十二章經後

佛說諸經, 雖楞嚴 華嚴, 天宮化城, 幻化靈妙, 易涉恔誕, 此經則皆從實果立說, 楞華諸經, 似皆從此敷衍.
譬如吾儒太極之旨, 初不過起於北極, 而後儒從以廣之, 遂至於天根月窟, 怳忽杳冥, 不可模狀, 儒釋之濫觴, 同然也.
余讀此經, 始知釋道 亦不過勸人爲善, 勸人懲惡. 如天堂地獄, 設看而引喻之也, 非眞也.
嘗見袁簡齋, 不信楞嚴, 非佛是也. 是深造孤詣之見, 非淺薄可測. 凡習內典者, 嘗先四十二章始可也.
(『阮堂先生全集』卷六)

500

註

1. 『불설사십이장경佛說四十二章經』. 1권. 사문沙門의 증과證果, 선악善惡의 제업諸業, 심증心證・원리제욕遠離諸欲(여러 욕망을 멀리 떠남)・인생무상人生無常 등 제의諸義를 설하여 출가 학도出家學道의 긴요함을 말한 경전이다. 후한後漢 명제明帝 때 중국에 최초로 불법佛法을 전해 온 가섭마등迦葉摩騰과 축법란竺法蘭이 공역共譯하였다 하여 동토東土(동쪽 지역, 즉 중국) 역경사상譯經史上 효시嚆矢로 들고 있다.

    그러나 그 경서經序의 내용이 사실史實과 어긋나는 것 등 여러 가지 이유로 이를 동진東晉 시대에 중국에서 찬집纂集된 것이 아닌가 하는 것이 요즈음 학계의 정설定說이다. 선가禪家에서 중시하다.

2. 『대불정여래밀인수증료의제보살만행수릉엄경大佛頂如來密因修證了義諸菩薩萬行首楞嚴經』. 10권. 당唐 반랄밀제般剌密帝 역譯. 『대불정수릉엄경大佛頂首楞嚴經』 또는 『대불정경大佛頂經』 혹은 『능엄경楞嚴經』이라 약칭한다. 근진동원根塵同源(눈, 귀, 코, 혀, 몸의 5근과 빛, 소리, 냄새, 맛, 촉감의 5진은 근원이 같음)과 박탈무이縛脫無二(속박과 해탈은 둘이 아님)의 이치를 밝히고, 삼마제三摩提의 법과 보살菩薩의 계차階次 등을 해설한 경전.

3. 『대방광불화엄경大方廣佛華嚴經』. 60권(舊華嚴), 동진東晉 불타발타라佛馱跋陀羅 역譯. 80권(신화엄新華嚴), 당唐 실차난타實叉難陀 역. 40권(정원경貞元經), 당 반야般若 역의 세 역본譯本이 있다. 줄여서 『화엄경華嚴經』이라 통칭하며 『잡화경雜華經』이라고도 한다. 불타의 인행과덕因行果德(선행으로 인한 과보인 불덕佛德)을 설하여 중중무진重重無盡(거듭되어 끝이 없음)한 이사무애理事無礙(우주 생성 원리인 이理와 우주 현상인 사事 사이에 걸림돌이 없음)와 사사무애事事無礙(우주 현상과 현상 사이에 걸림이 없음)를 개현開顯한 경전. 화엄종華嚴宗 등의 소의 경전所依經典이다.

영모암 편액 배면 제지에 발함
永慕庵扁背題識跋

이는 우리 돌아가신 증조할아버지(증왕고曾王考, 김한신金漢藎, 1720~1758)께서 '영모암永慕庵'이라는 편액扁額의 뒷면에 제사題辭로 손수 쓰신 글씨이다.

영모암의 산아랫일(절에 보시하는 일, 즉 절에 살림 비용을 대는 일)을 우리 집에서 도맡아 온 지가 80~90년이다. 이 못난 후손은 다만 무인년戊寅年(1758) 이후에 사리事理가 혹시 그러리라고만 알고 있었지, 고조할아버지(고왕고高王考, 김흥경金興慶, 1677~1750)의 유훈遺訓이 계셔서 증조할아버지께서 무거운 부탁을 받으셨던 것은 알지 못하였다. 이제 편액의 뒷면의 제지題識로 인연해서 비로소 그것을 알게 되었다.

오호라, 집안의 가르치심이 거의 사라질 뻔하였는데, 갑자기 서로 헤어지는 중에' 이와 같이 깨달아 찾아내게 된 것은 거의 조상의 넋이 그것을 열어 보인 때문이라 하겠으니 떨릴 만큼 두려워 이마에 진땀이 더욱 솟아날 뿐이다. 못난 죄는 거의 면할 수 없을 것 같다. 하물며 바다 밖으로 귀양 와서 오래도록 살펴보지도 못했음에서이랴! 감히 편액의 뒷면에 제사題辭 쓰신 것을 본떠서 드러나게 새기어 높이 그것을 걸고, 아울러 암자庵子를 수리하게 하여 거듭 그것을 새롭게 하였다.

대체로 선조先祖의 유적遺蹟²을 공경하는 것은 사람마다 같겠으나 오직 우리 집안의 자손들이 세세世世로 경고警告하고 훈계訓戒해서, 남보다 한 등급 더 공경한다면 가히 전부터 지켜 오던 규칙을 허물어뜨리지 않을 수 있을 것이다. 선대의 뜻을 우러러 찾아볼 수 있는 돌조각 하나라도 조금이나마 소홀함이 있으리오만, 증조할아버지께서 제사題辭로 쓰신 글씨가 해와 달이 비치는 것과 같은 데서이겠는가. 암자를 세운 뒤 89년 되는 임인년壬寅年(1842) 월月 일日에 증손 정희가 삼가 씁니다.

永慕庵扁背題識跋

此惟我曾王考 永慕庵扁背題識手墨也.

山下事, 自吾家專管 八九十年矣. 不肖後生, 祇知戊寅後 事理之或然, 不知有高王考遺訓 曾王考受付託之重也. 今因扁背題識, 始知之. 嗚呼, 楹訓庭誥, 幾乎沈晦, 忽於鸞飄鳳泊之中, 如是覺得者, 殆祖靈有以開發之, 凜然懼惕, 顙汗益惕. 不肖之罪, 若無以獲免也. 況於淪謫海上, 久曠瞻展者哉. 敢摹扁背題識, 顯刻而高揭之, 並使修庵, 而重新之.

夫桑梓恭敬, 人之所同, 惟我子子孫孫, 世世告戒, 有加於人一等, 可爲不墜前規. 仰追先志之石一也, 少或有忽, 曾王考題識手墨, 如日月之臨格. 建庵後八十九年壬寅月日, 曾孫正喜謹書.

(『阮堂先生全集』卷六)

註

1. 난표봉박鸞飄鳳泊. 난새는 떠나고 봉새는 머문다는 뜻으로, 부부가 서로 헤어지는 것을 일컫는 말이니, 여기서는 추사가 유배되어 식구들과 헤어지는 것을 말하는 듯하다.

2. 상재桑梓. 조상이 자손을 위해서 심어 놓은 뽕나무와 가래나무라는 뜻이니, 경로敬老의 뜻 또는 조상의 유적遺蹟 내지 고향故鄕을 일컫는 의미로도 쓰이는 말이다.

부인 예안 이씨가 돌아간 것을
슬퍼하는 글
夫人禮安李氏哀逝文

임인년壬寅年(1842) 11월 을사乙巳 삭朔 13일 정사丁巳에 부인이 예산禮山의 묘막에서 임종을 보였으나 다음 달 을해乙亥 삭朔 15일 기축근丑 저녁에야 비로소 부고訃告가 바다 건너로 전해져서, 남편 김정희金正喜는 위패位牌를 갖추고 슬피 통곡을 합니다.

살아서 헤어지고 죽음으로 갈라진 것이 비참하고 영원히 간 길을 좇을 수 없음이 뼈에 사무쳐서 몇 줄 글을 엮어 집으로 보냅니다. 글이 도착하는 날 그 궤전饋奠 상청喪廳에 드리는 제사에 인연해서 영궤靈几(궤연几筵) 앞에 이렇게 고告합니다.

아아, 나는 착고가 앞에 있고 산과 바다가 뒤를 따랐으나(옥에 갇히고 섬으로 귀양 온 것을 일컫는다.) 아직 내 마음이 흔들리지 않았는데, 지금 한낱 아내의 죽음에 놀라 가슴이 무너져서 그 마음을 잡을 수 없으니 이 어쩐 까닭입니까?

아아, 대체로 사람마다 모두 죽음이 있거늘 홀로 부인만 죽음이 있지 않을 수 있으리오만, 죽을 수 없는데 죽은 까닭으로 죽어서 지극한 슬픔을 머

금고 기이한 원한으로 이어져서 장차 뿜어내면 무지개가 되고 맺히면 우박이 될 터이니 족히 부자夫子(남편)의 마음을 움직일 수 있겠기에 착고보다도 더 심하고 산과 바다보다도 더 심함이 있었던가 봅니다.

아, 삼십 년 동안 효孝를 하고 덕德을 쌓아서 친척들이 칭찬하였고 친구와 관계없는 남들에 이르기까지도 감격하여 칭송하지 않는 사람이 없었지만 사람이 해야 할 떳떳한 일이라 해서 부인은 받기를 즐겨하지 않았던 것입니다. 그러나 이 사람이야 잊을 수 있겠습니까?

예전에 일찍이 장난으로 말하기를 "부인이 만약 죽는다면 내가 먼저 죽는 것이 도리어 더 좋을 것 같지 않소." 하니, 부인은 크게 놀라서 이 말이 내 입에서 나오면 곧 귀를 막고 멀리 가서 듣지 않으려고 했습니다. 이것은 진실로 세속의 부녀자들이 크게 싫어하는 것이나 그 실상은 이런 것이 있으니, 내 말은 끝까지 장난에서 나온 것만은 아니었습니다. 그런데 지금 마침 내 부인이 먼저 돌아갔습니다.

먼저 돌아간 것이 무엇이 시원하겠습니까? 내 두 눈으로 홀아비가 되어 홀로 사는 것을 보게 할 뿐이니 푸른 바다 넓은 하늘에 한스러움만 끝없이 사무칩니다.

夫人禮安李氏哀逝文

壬寅十一月乙巳朔十三日丁巳, 夫人示終於禮山之楸舍, 粵一月乙亥朔十五日己丑夕, 始傳訃到海上, 夫金正喜, 具位哭之.

慘生離而死別, 感永逝之莫追, 綴數行文, 寄與家中, 文到之日, 因其饋奠, 而告之靈几之前.

曰嗟嗟乎, 吾桁楊在前, 嶺海隨後, 而未嘗動吾心也, 今於一婦之喪也, 驚越遁剝, 無以把捉其心, 此曷故焉.

嗟嗟乎, 凡人之皆有死, 而獨夫人之不可有死, 以不可有死而死焉, 故死而含至悲, 茹奇冤. 將噴以爲虹, 結而爲雹, 有足以動夫子之心, 有甚於桁楊乎, 嶺海乎.

嗟嗟乎, 三十年孝德, 宗黨稱之, 以至朋舊外人, 皆無不感誦之, 然人道之常而夫人所不肯受者也. 然俾也可忘.

昔嘗戲言, 夫人若死, 不如吾之先死, 反復勝焉, 夫人大驚, 此言之出此口, 直欲掩耳遠去, 而不欲聞也. 此固世俗婦女, 所大忌者, 其實狀有如是者, 吾言不盡出於戲也. 今竟夫人先死焉.

先死之有何快足. 使吾兩目, 鰥鰥獨生, 碧海長天, 恨無窮已.

(『阮堂先生全集』卷七)

제5편

◎

서한문
書翰文

둘째 아우 명희[1]에게 · 1
與舍仲 命喜

지난 27일 배에 오를 때 대략 몇 자를 시중꾼 봉鳳(이름의 끝 자인 듯)이에게 부치면서 먼저 돌아가라고 했는데, 과연 곧 먼저 돌아갔는지 아직까지 이둔梨芚(해남 이진梨津과 대둔사大芚寺)의 사이에 머물고 있는지 알 수가 없네.

글을 보낸 지 벌써 7~8일이나 지나가 버렸군. 어느덧 이제 가을이 다하여 겨울이 오는데 남쪽 끝의 기후는 육지의 8월 같아서 조금도 크게 추워질 기미가 없으니 금년의 절서節序가 너무 늦은 상황이라서 또한 이와 같은 것인가 모르겠네.

이즈음에 모두 별일 없고 사촌 형님께서는 기운이 또한 안녕하시며, 서울과 시골의 모든 형편이 한가지로 평상대로 잘되어 가고, 여러 누이들과 서모庶母까지도 모두 잘 지내는가. 자네와 막내아우의 몰골이 시커멓고 삐쩍 말랐었기에 꼭 병이 날 것 같아서 걱정이니, 간혹 억지로라도 밥을 더 먹도록 노력하고 약을 쓰도록 노력하여, 이 바다 밖에서 한마음으로 애태우는 사람으로 하여금 마음을 조금이라도 펼 수 있게 하기를 마음속으로 천만번 기도하네. 막내아우가 며칠 사이에 묘막墓幕(추사楸舍)에 간다고 하였던데 과

연 틈을 내어 모일 수 있었는가. 눈이 다하고 넋은 끊어졌는데, 바다와 하늘이 아득하기만 하니 아마 서로 연락할 수가 없을 것 같네.

내가 떠나던 그날은 행장行裝을 챙겨서 배에 오르니 해는 이미 떠올랐었네. 본래 그 배가 다니는 데는 북풍으로써 들어가고 남풍으로써 나오지만, 동풍도 역시 들고 나는 데는 모두 이롭다고 하더군. 이번에는 동풍으로 들어가는데 갈수록 풍세風勢가 더욱 순조로워서 정오경에는 바다의 거의 삼분지 일이나 지나갔었지.

오후에는 풍세가 자못 맹렬하고 날카로워져서 파도가 일렁거리고 배가 따라서 오르내리니, 배 속의 처음 타 본 여러 사람들은 금오랑金吾郎(의금부義禁府 도사都事의 별칭으로 죄수罪囚 압송관押送官. 종6품과 종9품의 두 종류가 있다.) 이하로부터 우리 일행에 이르기까지 어지러워서 거꾸러지고 넘어지지 않음이 없었네. 모양새(경색景色)가 그런 사이였으나 나는 다행히 어지럼증이 없어서 종일 뱃머리에 있으면서 나 혼자서 밥을 먹고 키잡이나 뱃사공들과 더불어 고락苦樂을 함께 나누며 바람을 타고 파도를 헤치려는 뜻이나 있는 것 같이 하였네.

이 죄 많은 사람을 돌아보건대 어찌 감히 스스로 그렇게 할 수 있었겠는가. 오직 임금님의 신령스러운 힘이 멀리 미친 것이며, 하늘이 역시 가련히 여기시어 내려 주신 것인 듯하네. 저녁놀이 질 무렵에 곧장 제주성濟州城의 화북진禾北鎭 아래에 도착하니 이곳은 곧 배를 내리는 곳이었네.

제주 사람으로 와서 본 이들은 북쪽에서부터 온 배가 날아 건너왔다고 생각하지 않는 사람이 없었으니, 해 뜰 때 배가 떠나서 석양에 도착한 것은 61일 동안에 보기 드문 일이었다고 하더군. 또한 오늘의 풍세風勢로 배를 이와 같이 부릴 수 있었다는 것 역시 생각지도 못할 일이라고 하네. 나 역시 스스로 이상스럽게 생각하는데, 알지 못하는 속에서 또 한 가지 위험과 평이平易를 겪은 것이나 아닌지 모를 일일세.

배가 정박한 곳으로부터 주성州城까지는 10리가 되므로 그대로 진鎭 밑의 민가에서 머물러 자고, 다음 날 아침 성으로 들어가서 아전 고한익高漢益의 집에 주인을 잡았네. 이 아전은 곧 앞에 나와 기다리던(해도海島 유배流配의 왕명王命이 내리면 해당 관아의 아전은 죄수 압송의 왕명을 맞아들이기 위하여 육지까지 나와서 기다렸다가 함께 배를 타고 인도하여 가는 것이 상례이다.) 이방吏房(육방六房 아전의 하나로 아전의 수반首班이 되며, 주로 내무內務를 관장하던 직책)이니 배 속에서부터 같이 고생하며 왔는데 그 사람이 지극히 아름답고 또한 마음을 다하여 정성을 보내는 뜻이 있어서, 역시 궁한 길에서의 감격할 만한 곳이었네.

대정大靜은 제주성에서 서쪽으로 80리 떨어져 있는데, 그 이튿날은 크게 바람이 불어서 앞으로 나아갈 수가 없었다네. 또 그다음 날은 곧 초하루인데 바람이 그친 까닭으로 드디어 금오랑과 더불어 길에 올랐지. 길의 반쯤은 곧 모두 돌길이라서 사람과 말이 비록 발붙이기가 어려웠지만 반이 지나자 조금 평평해지더군.

그리고 또 밀림의 무성한 그늘 속을 지나는데 겨우 한 가닥 햇빛이 통할 뿐이나 모두 아름다운 나무들로서 겨울에도 푸르러서 시들지 않고 있었으며 간혹 단풍 든 수풀이 있어도 새빨간 빛이라서 또한 육지의 단풍잎들과는 달랐네. 매우 사랑스러워 구경할 만했으나 엄한 길이 매우 바쁘니 무슨 흥취가 있겠으며, 하물며 어떻게 흥취를 돋울 수가 있었겠는가.

대체로 읍에 도착하니 읍은 말(두斗)만큼이나 작더군. 정 군鄭君이 먼저 가서 송계순宋啓純이라는 포교의 집을 얻어서 머물 곳으로 했는데, 이 집은 과연 읍 아래의 조금 좋은 곳에 있으며 또한 자못 정갈하고 윤택하였네. 온돌방은 한 칸인데 남향으로 눈썹 같은 툇마루가 있고, 동쪽에 작은 부엌이 있으며, 작은 부엌 북쪽에는 두 칸쯤 되는 부엌이 있고 또 광이 한 칸 있네.

이것은 바깥채일세. 그리고 또 안채로 이와 같은 것이 있는데 안채는 곧

주인으로 하여금 예전과 같이 살게 하고 있네. 다만 이미 바깥채를 반분하여 나누었어도 족히 살 만하니 작은 부엌을 온돌방으로 고치면 손님이나 종들이 또 들어가 살 수 있는데 이것은 변통하기 어렵지 않다고 하네. 울타리 두른 것은 집 형태를 좇아서 하였는데 섬돌 사이로 또한 밥을 날라 올 수 있으니 거처할 곳으로는 분수에 지나치다네. 주인도 또한 지극히 순박하고 조심성 있어서 기쁜 일이네. 조금도 고통스럽게 여기지 않으니 심히 감탄할 만한 일일세. 이 밖에 자질구레한 일에 설혹 불편이 있다 한들 어찌 참지 않을 도리가 있겠는가.

금오랑은 막 돌아가려 하는데 바람 기다리는 것을 알지 못하니 또 며칠이 될지 모르겠네. 우리 집 종으로 하여금 같이 나가게 하여 대략 이렇게 소식을 전하네. 어느 때나 과연 이 글을 받아 볼 수 있을지 모르겠으며, 그리고 집 소식은 아득하여 전해 들을 길이 없으니 멀리 바라보며 넋을 잃을 뿐일세. 아직 다 쓰지 못하면서 그치겠네.

경자(1840년) 10월 일 죄지은 큰형이.

與舍仲 命喜

去二十七登船時, 略付數字於鳳傔, 使之先歸, 果即先歸, 而尙今留
淹於梨芭之間, 未可知也.

書後已七八日之久. 儵此秋盡冬初, 南極氣候, 如陸地之八月, 萬無
威寒底意. 今年節序 太晚之狀, 亦如是耶.

際此, 渾履無損, 從氏氣度, 亦萬安, 京鄕諸狀, 一以平善, 諸姊妹與
庶母, 俱安好. 仲季形貌, 黧黑瘦削, 必有生病之慮, 間或有勝而努
力加飡, 努力試藥, 使此海外一念懸懸者, 得以少紓, 千萬心祝. 季
行擬於間, 來會楸舍云矣, 果能抽暇團冾耶. 目窮魂斷, 海天茫茫,
若不可以梯接也.

吾行其日, 點裝登船, 日已出矣. 曁其船行, 入以北風, 出以南風, 而
東風亦有出入之俱利. 今此以東風入去, 而風勢頗順, 午間過洋, 幾
至三之一.

午後風勢頗猛利, 波濤湧起, 船隨以低仰, 船中之初行諸人, 自金吾
郞以下, 至於吾之一行, 無不暈眩顚倒. 景色其間, 而吾則幸無暈症,
鎭日在船頭, 獨自喫飯, 與舵工水師輩, 同甘分苦, 有乘風破浪之意.
顧此堅累人, 何敢自有. 實惟王靈攸曁, 而穹蒼 亦似有憐而垂睨矣.
夕陽時, 直抵濟城之禾北鎭下, 此即下船所也.

濟人來觀者, 無不以爲北船飛渡來, 而日出發船, 夕陽到泊, 六十一
日罕見之事. 且云今日風勢, 使船如是, 則又未料也. 吾亦自異, 而不
知之中, 又經一險易者非耶.

自船泊處, 距州城爲十里, 仍爲留宿於鎭底民家, 翌朝入城, 主於高
吏漢益家. 此吏即前等吏房, 而自船中同苦而來, 其人極佳, 且有盡
心輸誠之意, 亦窮道之可感處也.

大靜在州城西八十里, 其翌大風, 無以前進. 又其翌即初一日也, 風

止故, 遂與金吾郎登程. 半程即純是石路, 人馬雖難着足, 半程以後稍平.

而又從密林茂樾中行, 厪通一線天光, 皆是嘉樹美木, 而冬青不凋, 間有楓林, 如鞓紅, 又異於內地楓葉. 甚可愛翫, 而嚴程蒼皇, 有何趣況擧.

大抵邑, 邑城如斗大. 鄭君先行, 得宋校啓純家住處, 而此家 果於邑底之稍勝, 而亦頗精溫. 壄則爲一間, 南向有眉退, 東有小廚, 又有庫舍一間.

此則外舍, 而又有內舍之如此者, 內舍則使主人, 依舊入處. 只旣外舍割半分界, 足以容接, 小廚行將改壄, 則客傔輩, 又可以入處, 此則不難變通云矣. 籬圍遵家形址爲之, 庭階之間, 亦可以行飯, 所處則於分過矣. 主人亦極淳謹, 可喜耳. 無幾微苦色, 甚庸感歎. 外此瑣細, 設有不便, 豈無地忍之道也.

金吾郎而方回程, 未知候風, 又爲幾日, 而家隷使之同爲出送, 略此付信. 幾時果能收啓, 而家信則漠然無承聞之道, 詹望魂銷而已. 姑不宣. 庚子(1840) 十月 日 伯累.

『阮堂先生全集』卷二

516

註

1. 김명희金命喜(1788~1857). 자는 성원性元, 호는 산천山泉. 추사秋史의 둘째 아우. 경
   經·사史에 밝고 글씨를 잘 쓰다. 순조純祖 10년(1810) 경오庚午 진사進士, 관官은
   강동江東 현령縣令을 지내다.

둘째 아우 명희에게 · 2
與舍仲 命喜

설 뒤(연후年後)에 보낸 세 통의 편지를 계속해서 받아 보았는가. 갑쇠甲金가 온 지 얼마 안 되는데 용손龍孫이도 또 지난달 28일에 와서 서울과 시골의 열흘 전후한 글을 받아 보니 이것은 불과 보름 동안의 일일세. 편지가 묵지 않고 와서 이렇게 가깝고 빠르기로는 이곳에 온 이래 거의 처음 있는 일인 듯하네.

앞서 김 오위장五衛將(오위영五衛營의 정삼품正三品 벼슬이나, 아마 여기서는 제주도 출신의 무관武官으로 지방의 수비守備를 담당하며 경향京鄕의 위수衛戍를 겸하던 종6품의 오위부장五衛部將의 약칭略稱일 것이다.) 집 편에 보낸 막내아우의 편지는 비록 해가 지나서 왔지만 쌓이고 쌓인 근심을 아울러 기꺼이 씻어 낼 수 있었네. 또한 설 뒤의 소식이 이와 같이 계속 들리니 바라던 것 이외로 더욱 기쁘네.

어느덧 이 늦봄을 만나 번풍番風'이 화창하고 아름답게 불어오는데 근래 모두 한가지로 편안하시며 자네도 역시 잘 지내시는가. 그런데 손발이 찬 병의 증세가 끝내 쾌히 떨어지지 않는다 하니 매우 걱정이 되네. 복용하던 약과 음식을 한 번 더 전의 처방대로 계속해서 시험하여 상태가 다시 어떠한가를 보도록 하시게.

목기木氣가 왕성한 때(오행 사상五行思想으로 보면 봄은 목木에 속하므로 목기木氣가 왕성하다고 하다.)에는 더욱 마땅히 조심하여야 하니, 다시 더 더치지 않으면 움직이기가 더욱 좋아질 것일세. 먹고 마시는 것과 자고 깨는 것이 모두 편안한가. 멀리 밖에서 그리워 애태우는 마음은 한 시각을 떠나지 않고 치달리고 있을 뿐일세. 이달 들어서면서부터 시절에 따라 슬퍼하고 허전해함은 비슷할 터인데 처음 사당에 들어가 전배展拜하던 날이 문득 지나가니 멀리서 슬퍼하는 마음 돌이켜 형용하여 비유할 수도 없네.

큰며느리가 순산順産하여 아들을 낳았다니 이는 종가宗家에 처음 있는 경사일세. 조상님들이 돌보고 도우시어서 가운家運을 장차 회복시키려고 먼저 이 훌륭한 아이를 주신 것인가 모르겠네. 손자를 안아 볼 수 있는 즐거움이 있다는 데 이르러서는 60이 가까우니 어찌 즐겁고 기쁘지 않겠는가. 이 아이는 나만이 얻어서 사사로이 할 바가 아닐세.

아이의 출생이 섣달 그믐이라 하니 그날은 곧 천은일天恩日[2]로서 가장 길한 날이네. 선친의 생신(12월 17일)과 부합符合하는 것도 역시 우연은 아닐세. 또 우리들이 날마다 우러러 비는 것이 천은天恩(임금의 은혜)에 있는데 아이가 이 천은일에 난 것이 어찌 더욱 기이하지 않겠는가. 아이 이름은 그대로 천은天恩 두 글자로 짓도록 하면 매우 좋겠네.

그 상세한 내용을 아들 내외 쪽에도 또한 하나하나 모두 말하여 주는 것이 어떻겠는가. 들건대 그 골상骨相이 범상치 않다고 하니 기쁘기가 말할 수 없네. 백일百日이 머지않으니 생각건대 날마다 아름답고 점점 빼어나리라 생각되네. 젖은 좋으며 제 어미도 역시 딴 병이 없는가. 걱정 걱정일세.

서울과 시골의 여러 상황은 모두 한결같으며, 사촌 형님(이조참판 김교희金敎喜, 1781. 10. 21.~1843. 2. 28.)의 소기小朞는 이미 지나갔겠지. 멀리서 바라보고 통곡하니 애통한 마음은 더욱 억누를 수가 없네.

나는 헛바늘이 돋고 코가 막혔는데, 벌써 이런 고통을 당하기를 대여섯

달이나 끌고 있다네. 비록 의약으로 어찌할 수가 없다고 하나, 어디 이렇게 지루하고 난감한 일이 있겠는가. 먹는 것도 도리어 삼키기가 어려운데 또한 내려간 것조차 명치끝에 걸려 소화되지 않으니 어떻게 해야 좋을지 모르겠네.

만약 한 가닥 실낱같은 생명이 구차스럽게 이어진다면 소식을 줄 수 있을 뿐 다시 어떻게 하겠는가. 팔이 저리고 가려운 증세도 또한 한가지로 나타나니 이것이 무슨 업보業報이길래 이렇게 두루 고통스러운지 모르겠네.

무아楙兒(추사의 양자養子인 상무商懋)의 본생本生에서 그 어머니가 돌아가셨다(1843. 12. 27.) 하니 슬픔과 놀라움을 이기지 못하겠네. 1년 사이에 두 집의 어머니들이 모두 이렇게 돌아가니 정리情理에 얼마나 참혹할까.

다만 상제祥祭(1년 만에 지내는 소상小祥과 2년 만에 지내는 대상大祥)와 담제禫祭(대상大祥이 끝나고 두 달 만에 지내는 제사)를 지내는데 있어서 또 변례變禮(편의에 따라서 시속時俗에 맞게 고친 예법禮法)의 고친 것으로 하였다 하는데, 도암陶庵[3]과 미호渼湖[4] 두 선생의 정론正論은 진실로 바꿀 수 없으나 상무가 상을 당한 것이 얼마 차이가 있게 되었으니 또한 생각하여 일을 치르지 않을 수 없겠네.

보여 온 것은 그것이 예법禮法에 적합한 것인지는 아직 모르겠으나, 이미 수옹邃翁[5]의 설에 의거하여 구부리고 나아갔다 하니(좇아 실행하였다 하니) 역시 면전面前의 미봉책彌縫策으로는 해롭지 않을 것이네. 우리나라에서 예법의 의심스러운 것은 거의 모두 이와 같이 미봉법으로 쓰니, 시속이 다 그런[6] 속에서 다만 어떻게 홀로 다를 수 있겠는가. 그 사이에서 역시 좇아 행해야 할 것 같은데 아득하게 먼 밖에서 자세한 것을 알 수 없으니 슬프고 답답할 뿐일세.

시중꾼 철鐵이는 그간에 때 아닌 이질로 자못 고생하다가, 돌이켜서 또한 조금 나아지기는 했으나 뒤끝이 아직 쉽게 회복되지 않아서 어릿어릿하다고 잘 움직이지 못하니 걱정일세. 김오위장 집 편 및 갑쇠 편에 부친 것과 지금 편에 온 것 모두 하나하나 대조하여 받아 보았는데 또한 심히 손상되지 않았으니 정말 다행일세. 용손龍孫이 머문 지가 열흘이 지났는데, 이제야 비로소 보내는 것은 배 편을 기다려야 했기 때문이었을 뿐일세. 갖추어 다 쓰지 못하네. 계속 할 말 머물러 둔 채 이만 줄이네.

갑진(1844년) 3월 초10일 죄지은 큰형이.

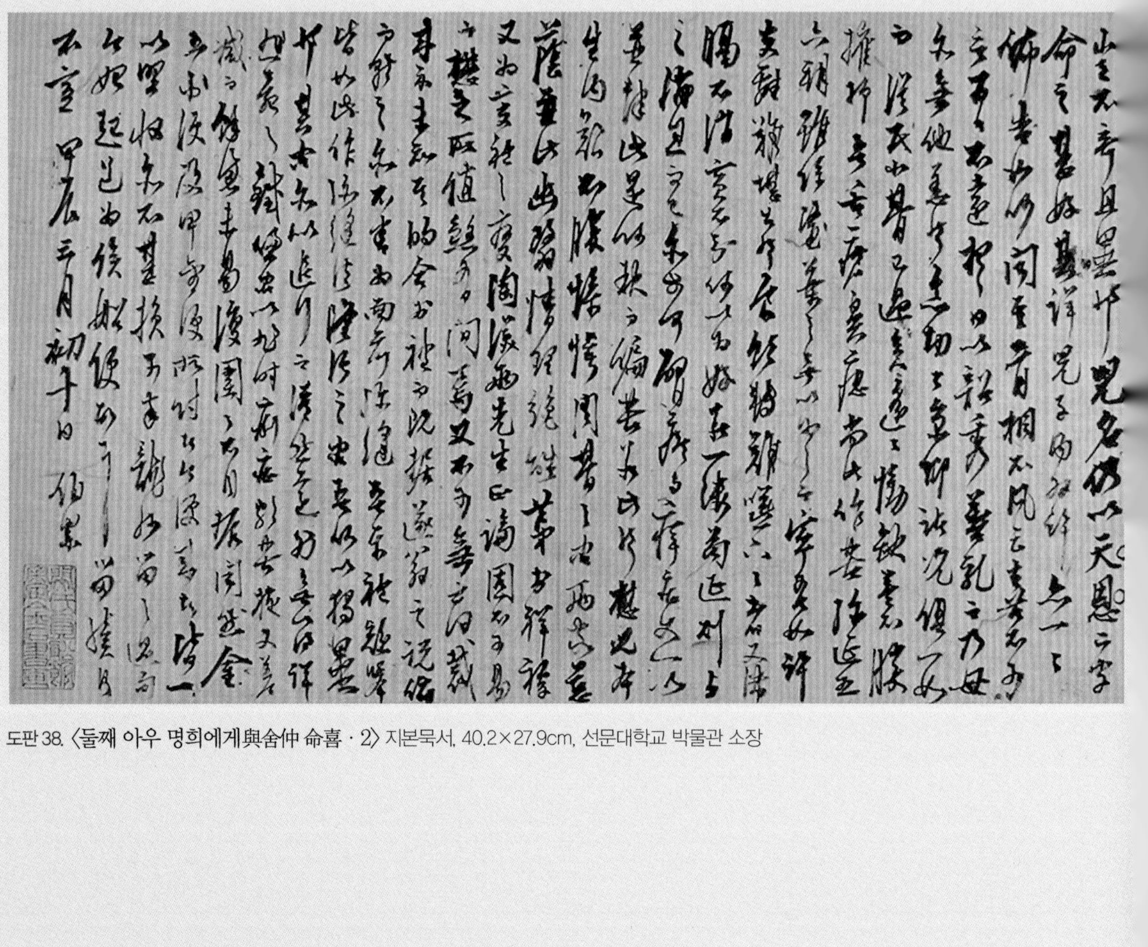

도판 38. 〈둘째 아우 명희에게與舍仲 命喜 · 2〉 지본묵서, 40.2×27.9cm, 선문대학교 박물관 소장

1

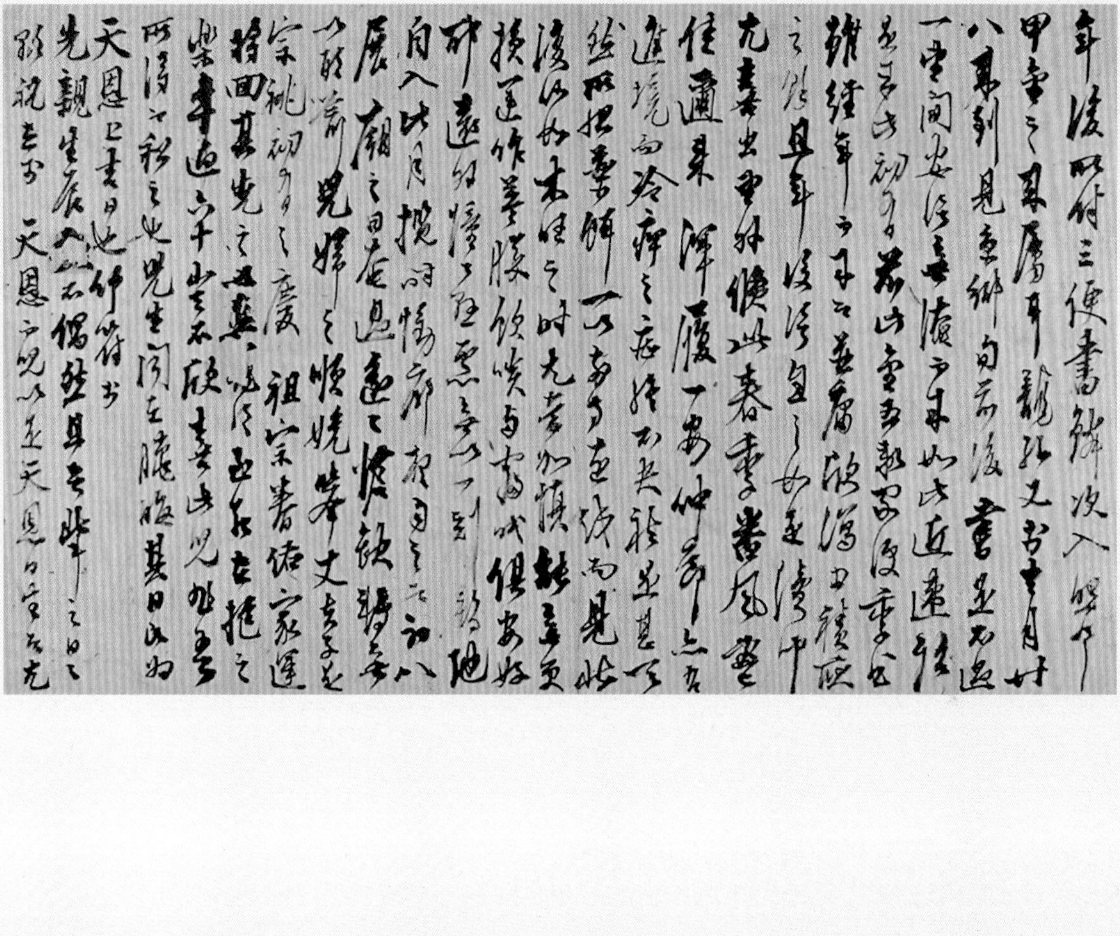

與舍仲 命喜

年後所付三便書，鱗次入照耶．甲金之來屬耳，龍孫又於去月廿八來到，見京鄉旬前後書，是不過一望間．安信無淹而來，如此近速，殆是來此初有．

前此金五衛將家便季書，雖經年而來，而亚庸欣瀉於積耿之餘．且年後信息之 如是續聞，尤喜出望外．

儵此春季，番風圀佳，邇來渾履一安，仲節亦有進境，而冷痺之症，終不快祛，是甚悶然．所服藥餌，一次前方連試，而見狀復何如．

木旺之時，尤當加愼，能無更損，運作益勝，飲啖與寢眠，俱安好耶．遠外憧憧懸念，無以一刻暫馳．自入此月，攪時慟廓，想与之，而初入展廟之日 奄過，遙遙愴愴，轉無以形喻．

允婦之順娩，擧丈夫子，是宗祧初有之慶．祖宗眷佑，家運將加，其先之以嘉兒耶．至若在抱之樂，年迫六十，豈不欣喜．此兒非吾所得而私之也．

兒生聞在臘晦，其日即爲天恩上吉也．仰符於先親生辰，亦不偶然．且吾輩之日日顒祝，在於天恩，而兒以是天恩日生者，尤豈不奇且異耶．兒名仍以天恩二字命之，甚好．

其詳兒子內外許，亦一一佈告如何．聞其骨相不凡云，喜不可言．百日不遠，想日以韶秀．善乳而乃母亦無他瘃耶．念切念切．

京鄉諸況，俱一如，而從氏小朞，已過矣．遙遙慟哭，益不勝摧抑．

吾舌瘡鼻瘜，尚此作苦，彌延五六朔．雖係醫藥之，無以爲之，而寧有如許支離難堪者．食物轉難嚥下，下者 又滯膈不消，實不知何以爲好．若一縷苟延，則與之消息而已．亦奈何．臂疼與痒症，又一以並肆，此是何報，而偏苦若此耶．

戀兒本生內艱，不勝慘愕．周朞之間，兩家慈蔭，並此幽翳，情理絶

524

酷. 第於祥禫, 又爲變禮之變. 陶溪兩先生正論, 固不可易, 而懋之
所值, 煞有間焉, 又不可無商裁.

來示未知其的合於禮, 而旣據逐翁之說, 俯而就之, 亦不害爲面前彌
縫. 吾東禮疑, 擧皆如此, 作彌縫法, 隆汙之間, 吾何以獨異耶. 期間
亦似追行, 而漠然遠外, 無以得詳, 悲菀悲菀.

鐵傔 間以非時痢症頗苦, 旋又差減, 而餘憊未易復, 圉圉不自振, 悶
然. 金五衛將便, 及甲金便所付者, 今便來者, 皆一一照收, 亦不甚
損, 可幸.

龍孫留之過旬, 今始起送, 爲竢船便故耳. 具不宣. 留續仍, 不宣.
甲辰(1844) 三月 初十日 伯累.

(『阮堂先生全集』卷二)

註

1. 『세시기歲時記』에 "江南自初春至初夏, 五日 一番風候, 謂之花信風. 梅花風最先, 煉花
   風最後, 凡二十四番(강남에는 초봄으로부터 초여름에 이르기까지 닷새마다 한 번씩 바람이 이
   는데, 이것을 화신풍花信風, 즉 꽃바람이라 한다. 매화풍이 가장 먼저 불고, 연화풍이 맨 마지막에
   부니, 모두 24번 분다.)"이라고 한 데서 인용한 것.

2. 천은일天恩日. 성명가星命家 및 음양가陰陽家들이 말하는, 천은天恩이 내린다
   는 최상의 길일吉日. 성명가에서는 갑자甲子·기묘己卯·기유일己酉日을 일컫
   고, 음양가에서는 정축正丑(정월 축일)·이인二寅(2월 인일)·삼묘三卯(3월 묘일)·
   사진四辰 ·오사五巳·육오六午·칠미七未·팔신八申·구유九酉·십술十戌·십
   일해十一亥 ·십이자十二子를 든다. 이날은 은상恩賞을 내리고 휼고恤孤(고독한 이
   들을 보살펴) 안락安樂(편안하고 즐겁게)하는 것이 상례常例이다.

3. 이재李縡(1680~1746). 조선 우봉인牛峰人. 자는 희경熙卿, 호는 도암陶庵. 농암農巖
   김창협金昌協을 사숙私淑, 노론老論 낙파洛派의 학통學統을 잇다. 인현왕후仁顯王后
   민씨閔氏의 이질姨姪. 시호諡號 문정文正. 문집文集 50권, 『사례편람四禮便覽』, 『어류
   초절語類抄節』, 『검신록檢身錄』, 『근사심원近思尋源』 등의 저서가 있다.

4. 김원행金元行(1702~1772). 조선 안동인安東人. 자는 백춘伯春, 호는 미호渼湖. 창협
   昌協의 손자로 학문은 도암陶庵의 적통嫡統을 잇다. 시호諡號 문민文敏.

5. 권상하權尙夏(1641~1721)의 호號 수암遂菴의 첫 자를 따서 존칭尊稱 옹翁을 붙인
   것. 조선 안동인安東人. 자는 치도致道. 동춘同春 송준길宋浚吉·우암尤庵 송시열宋
   時烈의 문하에서 배우고 우암의 적통嫡統을 잇다. 시호諡號 문순文純. 권돈인權敦仁
   의 고조高祖. 호파湖派의 원조元祖.

6. 융오隆汙. 시속에 따른다는 말. 『예기禮記』 단궁상檀弓上에 "道隆則從而隆 道汙則從
   而汙(길이 높으면 따라서 높고, 길이 낮으면 따라서 낮다.)"라 한 데서 나온 말.

526

둘째 아우 명희에게 · 3
與舍仲 命喜

지난달 안安 주부主簿(종6품 벼슬) 편 및 제주도 경저리京邸吏[1] 사람의 돌아가는 편에 계속해서 편지를 부쳤었는데, 듣건대 아직까지도 배 떠나는 곳에 머물러 있으며 곧 떠나지도 못하리라 하니, 아마 이 편지와 앞뒤해서 차례로 들어갈 것일세.

지난 26일에 경득景得이와 나주羅州 김학렬金學烈이 같이 들어오게 되어 연이어 두 차례 부친 편지를 보았는데 누님이 돌아가셨다는 소식을 마침내 여기서 들었네. 통곡에 통곡을 할 뿐이요 오히려 다시 무슨 말을 하겠는가. 비록 환후가 대단히 위중하신 것을 알기는 하였지만 어찌 이 대해大海 밖에서 또한 이 누님의 돌아가신 소식을 들을 줄이야 생각이나 하였겠나. 슬프고 슬프구나.

돌아가시기까지 근 70년에 험난한 일들을 겪지 않은 것이 없거늘 초탈하여 크게 깨친 사람 같았는데 문득 다시 호연浩然히 떠나가서 조금도 이 세상에 근심을 두지 않게 되었네. 이 기구하고 궁색한 몸을 돌아다보니 머리는 허옇게 세어 가지고 타향에 떨어져 있어서 마치 아득히 길 떠난 나그네처럼 죽고 사는 데조차 한 가지도 관계하고 참섭할 수 없으니, 이 무슨 사람이 이 러할까.

생각하건대 누님께서는 저 하늘 가운데서 오히려 바다 밖에 있는 불초하고 무상한 이 몸을 잊을 수 없어 끝 간 데까지 슬퍼하며 가슴을 찢어 내고 있을 터이니, 산 사람이 더욱 슬플 뿐이네.

초종初終의 모든 예절은 때맞추어 모양을 이루었으며, 출상出喪 시기는 과연 언제인가. 합장合葬하는 것은 또한 이롭다고 하는가. 아득하여 들을 길이 없으니 이 어찌 살아서 세상에 있는 사람의 일이라 하겠는가. 북쪽을 바라보고 길이 탄식하여 눈물을 흘릴 뿐 쫓아갈 수가 없네.

편지 받고 보니 여름도 끝나 가나 복더위(경열庚熱, 삼복三伏은 소서小暑 후 첫 경일庚日로부터 초복이 시작된다. 그래서 복더위를 경열庚熱이라 한다.)가 도리어 더 심하거늘, 이곳의 독한 열기야 또 어떻게 말로 할 수 있겠는가. 그리고 또 오직 모두 한결같이 편안하시며 자네도 더욱 좋아져서 움직이며 자고 먹는 데 두루 손상됨이 없는가. 막내아우도 역시 편안하게 잘 지내며 크고 작은 여러 일들도 아울러 번거롭거나 시끄럽지 않은가.

중수仲嫂(둘째 아우의 부인) 씨의 기거 동작에는 다시 다른 동티가 나타나지 않았으며, 상우商佑(추사의 서자庶子)의 아내가 앓는 것은 심히 놀래어 떼어 버렸다는 소식이 있던가. 첫 하루걸이라면 아마 마땅히 가을을 기다려야 날짜가 차면 저절로 나을 듯하니 잡스런 시험과 장난스런 처방을 쓰지 말아야 하네. 한갓 몸속에 있는 원기元氣만 손상시킬 뿐이네. 두 누님과 늙으신 서모庶母는 각각 안녕하신가 두루 궁금하네.

이 몸은 먼저 편지와 비교하여 별로 덧붙일 것이 없네. 콧병은 한결같고, 입속엔 풍기風氣와 화기火氣가 배倍로 치밀어 올라서 이마다 흔들거리니 도리어 씹을 수도 없다네. 한 달 이전까지 먹었던 것을 씹어 삼킬 수가 없으니 이로 말미암아서 먹는 것이 줄었네. 위胃에서는 비록 받아들이고자 하나 역시 어찌할 수 없으니 어떻게 해야 좋을지 모르겠네. 시중꾼 안 서방의 학질 기운도 때때로 다시 튀어나오니 이것도 걱정일세.

지난 스무날 이후에 영국(영길리英吉利) 배가 정의현旌義縣 우도牛島(현재 제주도 북제주군 구좌면舊左面 우도牛島)에 와서 정박하였는데[2] 이곳에서부터 한 200리 떨어져 있네. 그런데 저 배는 곧 별로 다른 목적이 없이 다만 한갓 지나가는 배일 뿐이거늘 온 섬이 시끄러워서 지금까지 20일 남짓하여도 가라앉힐 수가 없어 제주성은 마치 한 차례 난리를 겪은 것 같다네.

이곳은 겨우 일깨워 가르쳐 주어서 다행히 제주성과 같은 지경에 이르지는 아니하였지. 경득景得이를 곧 보내려고 했으나 이로 말미암아서 배가 묶였었으므로 이제야 장계狀啓를 올린다고 하여 지금 서둘러 포구로 내려 보내는데 쫓아가 탈 수 있을지 모르겠네. 심히 걱정이 되는군.

이번 편은 우리 집에서 부리는 사람이라 몇몇 군데에 편지를 쓰려고 했으나 팔이 아프고 눈이 어두워서 마음먹은 대로 글씨를 쓸 수가 전혀 없어, 겨우 집에 보내는 글만 이렇게 썼을 뿐이니, 이런 뜻을 두루 전해 주었으면 다행이겠는데 어떻겠는가. 제대로 다 쓰지 못하였네.

을사乙巳(1845년) 6월 죄지은 큰형이.

與舍仲 命喜

去月因安主簿便, 及濟邸人回, 連有付書, 聞尚淹滯下浦處, 未得即發, 似與此書, 鱗次入去矣.

去廿六 景得與羅州金學烈, 同爲入來, 連見兩次寄械, 而亡姊氏諱音, 竟此承聆. 痛哭痛哭, 尚復何言. 雖知患候之 萬分危重, 而豈料此大海之外, 又承此姊氏赴車也. 慟矣慟矣.

以長逝之近七十年, 險阻艱難, 無不備經, 脫然若懸解者, 便復浩然, 無少留憂於此世. 顧此畸窮, 白首淪落, 邈若行路, 死生存亡, 無一關涉, 此何人斯.

念於冥冥之中, 猶有不能忘於海外. 不肖無狀之身, 到底慟裂, 生者尤可悲也.

初終凡百, 幸得及時成樣, 襄期果在何時, 合祔亦利云耶. 漠然無由聞, 是豈生在世間之事. 北望長吁, 有淚無從而已.

信後夏亦季, 而庚熱轉甚, 此地之瘴惱, 又何以爲言. 更惟渾履一安, 仲節益有勝度, 起居寢啖, 俱無所損, 季亦穩過, 大小諸狀, 併無惱擾耶.

仲嫂諸節, 更無餘祟之發現, 佑婦所患, 有甚遣卻之奇耶. 係是初瘧, 似當待秋, 限滿自愈, 無庸雜試漫方, 徒傷眞元耳. 兩姊氏與老庶母, 一以安旺, 種種念切.

此狀較之前報, 別無更添, 而鼻癙一如, 口中風火之氣, 一倍煽動, 衆齒掀搖, 轉不能咀嚼, 一月以前所食者, 不能咀下, 緣是減食. 胃氣則雖欲引入, 亦無奈何, 不知何以爲好矣. 安傔痁氣, 有時更闖. 是爲悶然.

去念後, 英吉利船, 來泊於㫌義之牛島, 距此爲近二百里, 而彼船則別無他事, 只是一過去船, 而一島騷擾, 于今二十餘日, 不能底定, 州

530

城如經一亂.

此中厪能開諭, 幸不至如州矣. 景得即欲發送, 而因此阻船, 今始封

啓云, 玆今汲汲下浦, 未知能趁及否也. 甚庸關念.

此便旣係家伻, 欲裁書於如干處, 而臂疼與眼花, 萬無以隨意作字.

厪作家書如此而已, 幸轉布此意如何. 姑不宣. 乙巳(1845) 六月 伯累.

(『阮堂先生全集』 卷二)

註

1. 경저리京邸吏. 조선 왕조 시대에 서울에 있던 비공식 기구로서 특정 지방과 긴밀한 관계를 가지고 서울과의 공사公私 연락과 지방 관리의 체경滯京 비용 내지 조세까지 주선하여 지방과 중앙의 행정을 원활하게 하는 역할을 했다. 경주인京主人·저인邸人이라고도 하고, 이들이 일을 보는 처소를 경저京邸라 했다.

2. 헌종憲宗 11년(1845) 5월 22일, 영국 군함 사마랑(Samarang)호(선장 에드워드 벨처)가 측량의 임무를 띠고 제주도 정의현旌義縣 지만포止滿浦 우도牛島에 내박來泊하였던 사실을 말한다.

둘째 아우 명희에게 · 4
與舍仲 命喜

앞서 본주本州 관청 공문 편에 보낸 편지(정서貞書도 동봉. 정서는 정동貞洞의 6촌 형 김도희金道喜 댁宅에 보내는 편지-역자 주)는 과연 언제 도착했던가. 시절이 늦 가을(삼추三秋)에 속하니 자네 환갑(9월 20일)이 다가왔네 그려. 우리들이 어려서 부모 잃은 사람들로 어찌 족히 보통으로 경사를 기뻐하며 드날리겠는가. 또 하물며 이런 때를 당해서임에랴! 다만 막내아우가 당체棠棣의 잔치[1]와 벌목伐木의 술[2]을 차리고 아들애들(아린阿鱗)이 오래 사는 늙은이들을 축수하려고[3] 큰 술잔으로 축하[4]하리니 또한 어찌 그 정의를 막겠는가. 역시 구부리고 나가야 하는 바가 있어야 하네.

돌아보건대 이 바다 밖은 아득하여 서로 관계하여 오가지 못할 듯하니 문득 사무쳐 오는 정리가 어떻겠는가. 혹시 수유茱萸가 한 가지 부족한 것[5]으로써 집안에서 즐겁게 모여 노는 데 흠이 되지 않는 것이 또한 거듭 내 처지를 위하는 일일세. 천애天涯가 한 방(실室)이니 이 몸이 날마다 좌우에 같이 있는 것과 무엇이 다르겠는가. 다만 원하는 것은 우리 형제가 화목하여 덕을 쌓으며 오래 사는 것뿐인데, 어찌 영원토록 끝없이 누릴 수야 있겠는가.

길한 일에는 상서로움이 있기 마련이니 역시 이에 조짐이 나타날 뿐일세.

가을이 다시 몹시 가물고 늦더위가 오히려 교기驕氣를 떨쳐서 서늘한 느낌은 겨우 싹 트니 전혀 옷깃을 여밀 만한 기운이 없는데 북쪽 육지의 요즈음은 다시 어떠한가. 이러한 때에 온 집안이 모두 한가지로 편안하게 잘 지내는가. 자네 회갑을 잘 치르고 늙지 않게 하는 잔치[6]를 잘 받게나. 막내아우가 조심할 것은 건강인데 아마 자네의 회갑에는 나와 모일 듯하니 멀리서 마음 씀이 또한 다른 때와는 비교할 수도 없네. 늙은 누님과 서모도 모두 안강하시며 서울과 시골의 크고 작은 여러 일들은 역시 모두 잘되어 가는가. 그지없이 마음 쓰이네.

요사이 나는 눈이 더욱 침침하고 먹은 것이 내리지 않는 증세가 점점 더 심하여 밥상을 대하면 문득 욕지기가 나서 전혀 목구멍으로 내리는 것이 없으니 신기神氣가 따라서 갑자기 진盡하여 수습할 수가 없네. 이 편지도 쓰려고 한 지가 여러 날이 되었는데 이제야 비로소 붓끝을 적시나 역시 계속 이어 써 나갈 수가 없으니 어쩐 까닭으로 이와 같은지 몰라서. 또한 오직 그대로 두어 둘 뿐일세. 비록 약으로 고치고자 하나 또한 약의 재료가 없으니 어떻게 하겠는가.

안安 서방을 지금 보내려 하는데 편지를 쓰지 못한 까닭으로 미루다가 오늘까지 이르렀네. 대략 몇 자 적어 부쳐 보내어 빈손으로 무료하게 돌아가는 것을 면하게 하였을 뿐이네. 나머지 다른 데까지 미칠 수 없네. 우리 집 종이 오는 것도 마땅히 이때를 좇아야 하는데, 또한 오직 날마다 애만 태우네. 아직 다 쓰지 못하였네.

무신戊申(1848년) 9월 4일 죄지은 큰형이.

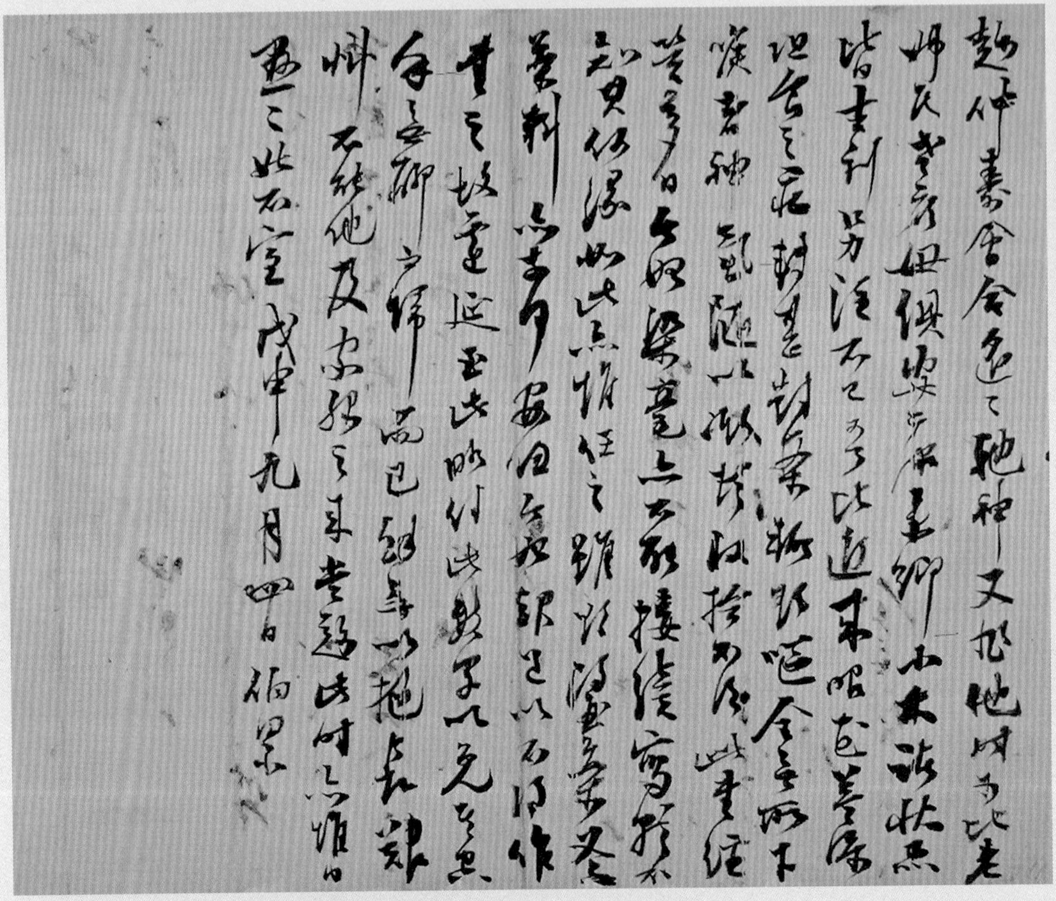

도판 39. 〈둘째 아우 명희에게 與舍仲 命喜·4〉 지본묵서, 40.2×27.9cm, 선문대학교 박물관 소장

1

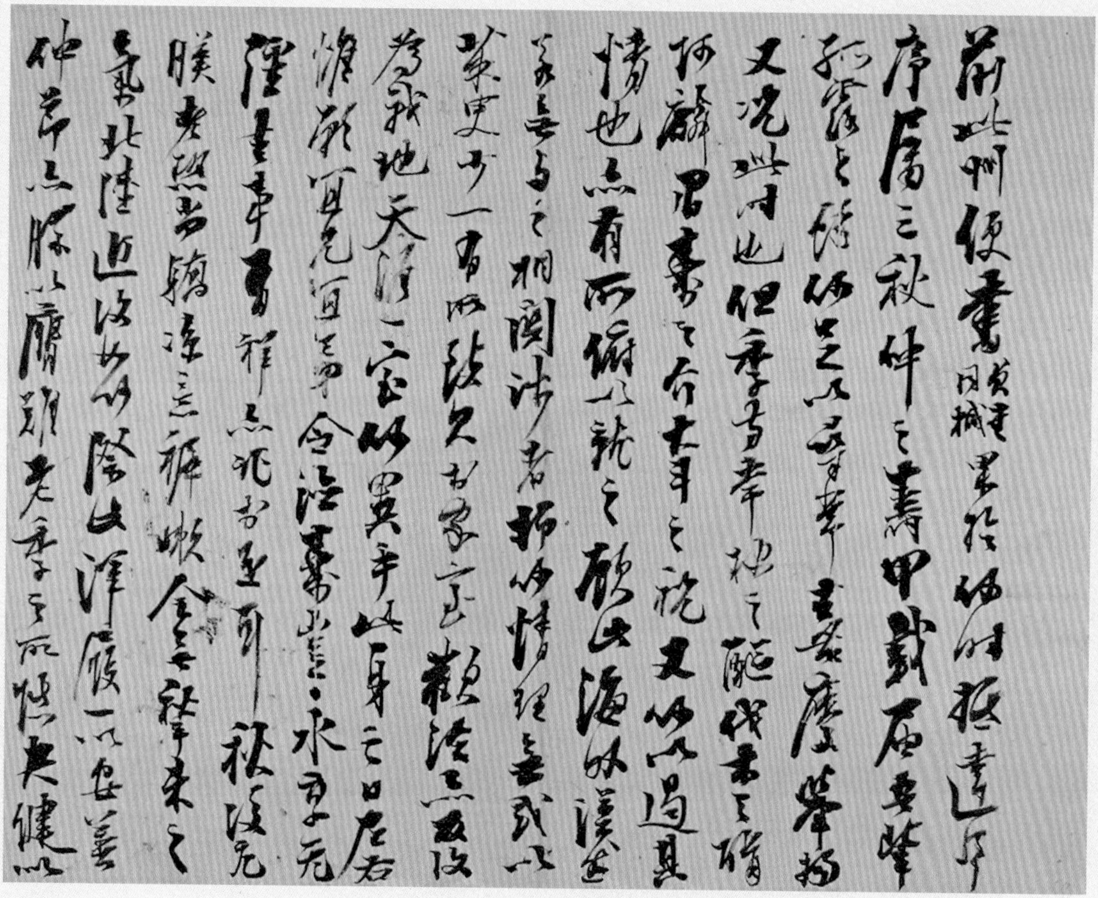

與舍仲 命喜

前此州便書(貞書同椷), 果於何時抵達耶. 序屬三秋, 仲之壽甲載屈.
吾輩孤露之餘, 何足以尋常喜慶擧揚. 又況此時也. 但季方棠棣之龥
伐木之醑, 阿鱗眉壽之介, 大斗之祝, 又何以遏其情也. 亦有所俯以
就之.

顧此海外, 漠然若無與之相關涉者, 抑何情理. 無或以茱萸少一, 有
所致欠於家室歡洽, 亦反復爲我地. 天涯一室, 何異乎此身之日左右.
惟願宜兄宜弟, 令德壽, 豈永享無疆. 吉事有祥, 亦兆於是耳.

秋復亢燠, 老熱尚驕, 涼意稚嫩, 全無摰束之氣, 北陸近復如何. 際
此渾履一以安善, 仲節亦勝以膺難老. 季以所愼夬健, 似趁仲壽會
合. 遙遙馳神, 又非他時可比. 老姊氏 老庶母, 俱安康, 京鄉大小諸
狀, 亦皆吉利. 另注不已.

吾比近來, 眼花益添, 阻食之證轉甚, 對案輒欲嘔, 全無所下喉者, 神
氣隨以漸頓, 收拾不得. 此書經營多日, 今始染毫, 亦不能接續寫就,
不知其何緣如此, 亦惟任之. 雖欲醫藥, 又無藥料, 亦奈何.

安傔 今始起送, 以不得作書之故, 遷延至此. 略付此數字, 以免其空
手無聊而歸而已. 餘無以拖長覼草, 不能他及. 家隷之來, 當趁此時,
亦惟日懸懸.

姑不宣. 戊申(1848) 九月四日 伯累.

『阮堂先生全集』卷二)

536

註

1.『시경詩經』소아小雅 편 상체常棣 장은 형제兄弟의 연락燕樂을 노래한 것이다. 당체 棠棣는 상체常棣의 이칭異稱으로 곧 형제兄弟를 의미하는 말로도 쓰인다.

2.『시경』의 소아 편 벌목伐木 장은 붕우朋友 고구故舊의 연락燕樂을 노래한 것이다.

3.『시경』빈풍豳風 편 7월七月 장에 "爲此春酒 以介眉壽(이 봄 술로써 늙은이를 오래 살게 한다.)"라 한 것에서 인용한 내용.

4.『시경』대아大雅 편 행위行葦 장에 "酌以大斗 以祈黃耈(큰 술잔으로 잔을 쳐서 오래 살 기를 기원한다.)"라 한 데서 인용한 것.

5. 당唐 왕유王維(699~759)의 9월 9일 억산중형제시九月九日憶山中兄弟詩에서 "遙知兄 弟登高處, 遍揷茱萸少一人(멀리서 알겠구나. 형제들이 높은 곳에 올라, 두루 수유 가지 꽂는 데 한 사람 부족한 것을 .)"이라는 데서 인용한 것이다(9월 9일에 국화주菊花酒를 마시고 쑥떡을 먹으며 수유나무 가지를 차면 장수한다 하여 형제 친지들이 모여서 이러한 의식을 치르던 데서 연유한 시구詩句이다).

막내아우 상희[1]에게 · 1
與舍季 相喜

국혼國婚의 큰 경사慶事(헌종憲宗 10년, 1844년 10월 21일. 국왕의 재혼再婚을 일컫는 말)로 온 나라가 기뻐하고 축하했으나, 이곳에서는 가장 늦게 날짜를 전하여 들었고 경사스런 예식禮式을 치른 뒤의 소식은 비로소 이번 편에서야 전해 들을 수 있었으니, 이 어찌 하나의 하늘 아래서 같이 사는 사람이겠는가. 답답한 내 신세를 바라보니 더욱 말로써 표현할 수가 없네그려.

보내온 것 하나하나는 모두 받았네만 천만 가지로 생각해도 어떻게 해야 할지 모르겠군. 실낱같이 구차한 목숨을 지금까지 겨우 연명해 온 사람이 마침내 또 무엇을 기다리자고 아무 일 없는 사람처럼 먹고 자고 하겠는가. 또 여기 상황을 보니 버티어 살아 나갈 길이 전혀 없네. 오직 빨리 죽기만을 바랄 뿐일세.

또 몸종 철鐵이란 놈은 봄이 되면 꾸려 보내려고 하는데 지금 또 무슨 말로써 말린단 말인가. 다만 이 독기 서린 남쪽 땅에서 죽은 뼈를 수습할 사람이 없으니, 또한 여기서 다시 어떻게 꾀를 내야 하겠는가.

무쇠戊金로 하여금 반함飯含(시신을 싸서 묶을 때 입에 구슬과 쌀을 물리는 것)시

538

키고 갑쇠甲金로 하여금 명정銘旌을 들게 한다면 또한 어찌 차마 하지 못할 처지가 아니겠는가. 무쇠의 애쓰는 것은 가히 충성을 다한다고 할 수 있는데 이 한 가지 장점이 있으나, 또 한 가지 단점도 있으니 모든 일을 하는 데 결코 혼자 맡아 처리하는 것이 전혀 없다네. 대단한 천행으로 철이가 곁에 있으면서 신칙申飭(단단히 타일러서 경계함)하고 두량斗量(말과 됫박으로 되듯이 헤아림)하였는데 만약 그 사람이 없다면 어느 지경에 이를지 모르겠네.

한 입으로 말하기도 어렵고 한 붓으로 쓰기도 어려우니 이를 장차 어떻게 한단 말인가. 죽든지 살든지 간에 반드시 철이를 바꿔 보낼 사람이 있어야 그런 다음에 곳에 따라서 형편대로 할 것이니 역시 서울로부터 재량裁量해 주기를 꼭 기다리겠네. 이즈음부터 정신이 두루 미칠 수가 없으니 다시 나를 위해서 깊이 생각해 줄 수 있겠는가.

세선歲船(해마다 정기적으로 조세租稅 수송을 위하여 내왕하던 배) 편에 부친 김치 항아리 등은 과연 탈 없이 도착하였네. 몇 년 사이에 처음으로 김치 맛을 보니 심히 입맛이 상쾌하여 입에 지나친 듯하군. 나주목羅州牧에서 또 이번 편에 약간의 김치 항아리들을 들여보내었는데 역시 전처럼 손상되거나 부패되지 않아서 때로 위胃를 열어 줄 수 있을 뿐일세.(1844년)

與舍季 相喜

舟梁大慶, 八域忭祝, 此中最後承聞日字, 又於慶禮後消息, 始得承聞於今便. 是豈一天之下, 所同者耶. 詹望耿結之私, 尤無以爲言.

來示一一領悉, 千萬思量, 不知何以爲計也. 一縷之苟 延於至今者, 竟又何所俟, 而噉眠如無故人耶. 且此見伏, 萬無支存之道, 惟願速死而已.

且如鐵傔, 開春後將欲治送, 今又以何辭更挽耶. 但此瘴江之骨, 收拾無人, 亦復何所計較於此也.

使戊金含之, 甲金擧銘, 亦豈非不忍處也. 戊金之積勞, 可謂盡忠, 而有是一長, 又有一短, 凡百事爲之間, 萬無以獨任. 甚天幸 以鐵傔之在傍, 撿飭裁制, 而如無人, 不知至於何境.

一口難說, 一筆難記, 此將何以爲之耶. 死生之間, 必有鐵傔之替人, 然後可以隨處方便, 而亦須待自京裁量. 自此神精不能周及, 更得爲我深思之耶.

歲船便所付 菹缸等屬, 果無頉來到. 幾年之間, 始得嘗沉菹之味, 甚覺爽, 而於口過濫然矣. 羅牧又於今便, 以如干菹缸入送, 亦不損敗如前, 時可得開胃耳.

(『阮堂先生全集』 卷二)

註

1. 김상희金相喜(1794. 7. 18.~1861. 2. 13.) 자字는 기재起哉, 호號는 금미琴眉, 금미黔
   糜. 추사의 계제季弟(막내아우). 순조純祖 13년(1813) 계유癸酉 진사進士, 벼슬은 영
   유현령永柔縣令 · 호조별랑戶曹別郎에 이르다. 추사의 영향으로 시 · 서 · 화 삼절
   이었다.

막내아우 상희에게 · 2
與舍季 相喜

홍리洪吏[1] 편에 부친 책들은 틀림없이 거두어들였으나 『본초本草』[2], 『시순詩醇』[3], 『율수律數』[4]와 같은 책 종류들로 머물러 두고 아직 가져오지 못한 것은 이곳 사람들이 또 돈을 거두어서 사람을 사 보내었는데도 이렇다 저렇다 소식이 없으니 지극히 괴상한 일이군.

앞뒤에 언급한 약간 책 종류들을 요행히 신속한 편에 부쳐 보내려 한다면 매우 다행이겠는데, 자네가 또 병이 들어서 말한 데 따라 곧 찾아낼 수가 없는가. 비록 이런 사소한 일들이라 할지라도 대체로 내게 관계되면 순조롭게 이루어지지 않으니 왜 모두 이와 같을까.

그중 『서화보書畵譜』[5] 1갑匣 및 『주역절중周易折中』[6]으로 집안에 예전부터 있던 두 갑匣으로 된 것은 멀리 보내기에 퍽 편리할 터이니 반드시 먼저 보내도록 하고, 이 외에 여러 종류의 책들도 역시 따라서 점차로 보내 주게. 이는 조금이나마 마음을 진정시킬 수 있는 방도가 되기는 하네만, 그런데 이 왕복往復이 걸핏하면 서너 달 걸리고 혹은 끌면 반년에 이르기까지 한 뒤에야 비로소 얻어 볼 수가 있으니, 이를 더욱 어떻게 참고 살아갈 수가 있겠는가.

　강생姜生(姜瑋, 1820~1884인 듯)은 한갓 속에 든 것만 허술하지 않을 뿐 아니라 인품人品도 뛰어나게 아름다워서 말속末俗에 있기 힘든 사람일세. 적막한 가운데서라도 조금 위안을 얻을 수가 있으니 다행이네. 저도 역시 아직 갈 뜻이 없고 계속 이곳에 머물러서 겨울을 난다고 하니, 먹여 살릴 방도가 심히 걱정일세. 두 그릇 밥이야 어렵지 않겠지만 가장 옷 해 입는 한 가지 일이 자못 마음 쓰일 뿐이라네.

　시중꾼 안安 서방은 이달 스무날경에 보내려고 하는데, 눈앞에 닥친 일들을 생각하니 아득하여 두서를 잡을 수 없군. 어떻게 해야 좋을지 모르겠네.

(1845년)

與舍季 相喜

洪吏便書種, 無訛收入, 而以本草 詩醇 律髓之種, 而留置未及來者,
此中人, 又釀錢專人矣, 遂無皁白, 極可恠也.

前後所及, 如干書種, 幸圖速便付送 甚幸, 而君又見病, 無以隨即覓
出. 雖此些少事, 凡關涉於此身, 而不順成, 皆如是耶.

其中書畫譜一匣 及周易折中, 家中舊本之 爲兩匣者, 頗便於遠來,
必先圖之, 外此諸種, 亦隨以漸次寄來. 寔爲少得鎭心之方, 而此往
復, 動經三數月, 或拖至半年, 然後始得獲見, 是尤豈耐住處耶.

姜生非徒所存不草草, 人品絶佳, 末俗之稀有者也. 幸於寂寞之中,
得以少慰. 伊亦姑無去意, 第此留之而過冬, 接濟之道, 甚悶. 兩盂飯
不難, 而最是絲身一條路, 頗關心耳.

安傔將於今念間 起送計, 目下事實, 茫無頭緒, 不知何以爲好耶.

(『阮堂先生全集』卷二)

註

1. 홍석호洪錫祜를 지칭하는 듯하다. 그는 제주 출신으로 오위부장五衛部將(종6품)을 지냈는데, 서울을 자주 내왕하면서 추사의 심부름을 많이 하였다. 무관武官이므로 이吏 자를 붙여 비칭卑稱한 듯하다.

2. 『본초本草』. 명나라 이시진李時珍이 편찬한 『본초강목本草綱目』 52권. 중국 최대의 의약서醫藥書. 30여 년에 걸쳐 완성(1578). 1,882종의 약과 그 용법을 자세히 수록.

3. 『시순詩醇』. 청나라 고종高宗이 어선御選한 『어선당송시순御選唐宋詩醇』 47권. 이백李白으로부터 두보杜甫・한유韓愈・소식蘇軾・육유陸游의 육가시六家詩를 모으고 평어評語를 붙인 것.

4. 『율수律髓』. 원元 방회方回가 선선選한 『영규율수瀛奎律髓』 49권. 당송唐宋의 시詩를 49류類로 분류하여 오칠언 근체시五七言近體詩만 수록한 것.

5. 『서화보書畫譜』. 청나라 손악반孫岳頒 등이 봉지찬奉旨纂한 『어정패문재서화보御定佩文齋書畫譜』 100권. 역대의 서화를 품평品評하고, 서화가전書畫家傳 및 서화발書畫跋・서화변증書畫辨證・감장鑑藏 등 서화에 관한 일체의 내용을 수록하여 고증・주석한 것.

6. 『주역절중周易折中』. 청나라 성조聖祖가 어찬御纂한 『어찬주역절중御纂周易折中』 22권. 『주역周易』의 훈해訓解에 대한 제가諸家의 설을 종합하여 경의經義를 발명發明(뜻을 깨달아 밝힘)한 것. 1715년 완성.

막내아우 상희에게 · 3
與舍季 相喜

이군李君 상적尚迪[1] 편에 부탁하였던 책 꾸러미는 언제 부쳐 올 수 있는지 모르는가. 접때 홍리洪吏 석호錫祜에게 따로 편지 한 장을 주어 오는 편을 빌려서 부쳐 보내 주도록 하라고 하였는데, 들자니 지난해 거둬들인 것(조세租稅)을 호송하였던 하례下隸들이 거의 모두 돌아왔다고 하건만 끝내 소식을 들을 수가 없네.

혹시 홍리洪吏가 편지를 전하지 않았기 때문에 또한 힘을 쓰지 않아서 그런 것인가. 또한 의아하고 답답하네.

또한 이런 것으로 좇아서 핑계 삼아 한때 보내는 법을 삼으려 했는데, 궁색한 사람의 계책이 사리에 어그러져서 그랬던가. 그 한때를 보내고자 하는 것도 역시 심한 망령이겠지.

집에 있는 것으로 표제表題를 쓰지 않은 법첩法帖 두 벌이 있는데, 푸른 천으로 된 갑匣에 누런 나무 뚜껑을 한 것이 《장진첩藏眞帖》[2]이란 것일세. 내용에는 저수량褚遂良이 쓴 『천자문千字文』[3]과 종소경鍾紹京이 쓴 『영비경靈飛經』[4]으로부터 송宋 · 원元 시대의 사람들이 쓴 것에까지 미치고 있네. 틈나는

대로 찾아내서 추수 받으러 오는 종들 편에 부쳐 보냈으면 다행이겠네. 홍
산鴻山 숙부님[5]께서 빌려 가신 단목국호端木國瑚[6]의 『주역지周易指』도 또한
찾아와서 같이 보내 줄 수 있을지 어떨지 모르겠네.(1845년)

與舍季 相喜

李君尚迪許, 所托書包, 不知何時 可得付來耶. 頃因洪吏錫祜, 有另
申一書, 而俾圖借便, 寄來之地, 聞舊收護送下隷, 幾盡歸來, 而遂
無聞.
抑洪吏不所傳書, 而亦不致力而然耶. 亦可訝懣.
亦從此等處, 藉爲一時消遣法, 而窮人之籌觸, 迫而然耶. 其欲爲一
時消遣, 亦妄甚耶.
家藏有不題籤之法帖兩套, 靑布匣黃木衣, 此名藏眞帖者也. 內有褚
書千文, 鍾書靈飛, 以及宋元人書者. 幸隨暇覓出, 付送於秋伴來時.
鴻山叔主, 借去端木國瑚 周易指, 亦爲覓來, 同送之地, 如何如何.

（『阮堂先生全集』卷二）

註

1. 이상적李尚迪(1802~1865). 조선 강음인江陰人. 자는 혜길惠吉, 호는 우선藕船. 역관譯官으로 군수郡守를 지내다. 글씨를 잘 쓰다. 서법書法과 금석학통金石學統을 추사로부터 이어받다. 『은송당집恩誦堂集』 24권 등 저서가 있다. 추사의 제주 유배 이후에도 절의를 지켜 연경으로부터 신간 서적을 구해 보내는 등 정성을 다했으므로 감격한 추사가 〈세한도歲寒圖〉를 그려 보내 그 충신忠信을 기린 사실은 당시 문원文苑의 가화佳話로 청나라에까지 널리 전파되었다.

2. 《장진첩藏眞帖》. 명나라 만력萬曆 말 진원서陳元瑞 각각刻刻의 《발해장진첩渤海藏眞帖》 8권. 권1에 종소경鍾紹京의 〈소해영비경小楷靈飛經〉, 권2에 저수량褚遂良의 〈천자문千字文〉 및 〈난정서蘭亭叙〉, 육간지陸柬之의 〈난정시蘭亭詩〉, 권3에 채양蔡襄의 〈시독詩牘〉, 소식蘇軾의 〈척독尺牘〉, 권4에 채경蔡京의 〈대관어필기大觀御筆記〉, 황정견黃庭堅의 〈척독尺牘〉, 미불米芾의 〈소한당기蕭閒堂記〉, 권5에 미불의 〈의고시擬古詩〉 및 미우인米友仁의 〈난정발蘭亭跋〉, 권6에 조맹부趙孟頫의 〈소해황정내경경小楷黃庭內景經〉·〈악의론樂毅論〉·〈임우군삼첩臨右軍三帖〉, 권7에 〈진초천자문眞草千字文〉, 권8에 〈매화시梅花詩〉·〈제도원도척독題桃園圖尺牘〉이 새겨져 있다.

3. 『천자문千字文』. 양梁 주흥사周興嗣(?~521) 찬찬撰의 『천자문千字文』을 말함.

4. 『영비경靈飛經』. 도경道經의 일종. 『한무제내전漢武帝內傳』에 의하면 청진소동靑眞小童이 대갑大甲 중원군中元君으로부터 받은 것이라 한다.

5. 홍산현감鴻山縣監을 지낸 추사의 재종숙再從叔 김노겸金魯謙(1781~1853).

6. 단목국호端木國瑚(1773~1837). 청나라 청전인靑田人. 자는 학전鶴田, 호는 태학산인太鶴山人. 가경嘉慶 거인擧人. 귀안歸安 교유敎諭. 도광道光 13년(1833) 진사. 내각중서內閣中書 지내다. 문학文學으로 완원阮元의 지우知遇를 얻다. 풍수風水와 역易에 정통. 『주역지周易指』, 『태학산인시문집太鶴山人詩文集』의 저술이 있다.

막내아우 상희에게 · 4
與舍季 相喜

글월(문편文編) 속에 과연 기뻐할 수 있는 곳이 한두 곳이 아니나 함께 감상할 길이 없어 홀로 보고 지나가니 또한 무슨 재미가 있겠는가. 「뇌뢰낙락서磊磊落落書」(이덕무李德懋 저著『청장관전서靑莊館全書』안의 편명篇名)는 집에 베낀 본이 있으니 뒤에 오는 편에 찾아 보내 주었으면 좋겠는데 어떤가.

『명말유민사明末遺民事』¹는 오히려 여기에서도 참고할 수 있는 것이 있으나, 그 거칠고 잡스러운 것이 너무 심하며 또 엉성하게 빠진 곳이 매우 많더군. 그렇지만 또 어떻게 하겠는가. 대체로 책을 쓰는 어려움은 이와 같은 데 있을 뿐이지.

『중용설中庸說』²은 예전에 듣기만 하였었는데, 이제 그 내용을 보니 역시 천고에 나오지 못할 논지이며, 조리 닿는 꾸밈새가 매우 훌륭하더군. 그러나 누구를 보고 이것을 말할 수 있을까. 만약 청산淸山³ 무리에게 보인다면 또 일어나서 싸우려고 하겠지. 역서曆書는 좋아서 들여다 쓸 만한데 또 약간 권卷이 남아 있을 것이네.『칠정력七政曆』이 만약 오게 되면 보내는 대로 책을 매서(첩점帖粘) 오는 편에 딸려 보내게, 하필 이르고 늦음을 따지겠는가.

『예해주진藝海珠塵』[4] 한 권을 뽑아 놓은 것은 곧 중성표中星表 권卷일세. 아이들이 거두어 넣었는지 모르겠으나 가까운 편에 부쳐 보내 주면 어떻겠는가.

당공첩唐空帖(중국제 백지첩白紙帖) 3권은 그대로 도착했는데, 이 세 권에 그치지 않네. 다만 세 권뿐이라고 하는 것은 크게 괴이하고 의아스럽네. 당선唐扇(중국 부채)으로 당공첩과 같이 놓아둔 것은 과연 탈이 없이 숫자대로 보인다고 하던가. 또 지금 보내온 공첩과 같으나 10권卷 1갑匣으로 되어 있는 것이 강상江上(추사의 검호黔湖 별서)의 다락 안 종이 바른 긴 문갑 속에 있는데 역시 거두어들였다고 하던가. 상무商懋 및 범쇠范金에게 문을 열게 하여 따로 거두어들이도록 하게.(1845년)

與舍季 相喜

文編中 果有可喜處, 非一二, 無緣共賞, 獨自看過, 亦有何意趣耶.
磊磊落落書 家有謄本, 幸於後便, 覓付如何.

明末遺民事, 尚有可考於此, 而其蕪襍太甚, 又其疏漏處甚多, 然亦
奈何. 大抵著書之難, 有如是耳.

中庸說, 昔曾聞之, 今見其說, 亦千古未發之旨, 而善於彌綸矣. 然向
誰說此. 若使淸山輩見之, 又欲起而爭之矣. 曆書優可入用, 而且有
如干卷餘在矣. 七政 如來 隨送帖粘, 隨來送之, 何必早晩計也. 藝
海珠塵一卷之抽置者, 即中星表卷也. 未知兒輩收取, 而從近便, 付
送如何.

唐空帖三卷依到, 而不止此三卷矣. 只是三卷云者, 大是怪訝. 唐扇
之並帖同置者, 果無差如數見在云耶. 又有如今來空帖之十卷一匣
者, 在於江上樓中, 紙塗長文匣中矣. 亦收藏云耶. 懋及范金許門, 及
使另收之.

(『阮堂先生全集』卷二)

註

1. 『명말유민사明末遺民事』. 필자筆者 및 내용 미상. 청나라의 지배에 항거한 명나라 유민遺民들의 사적事蹟을 기록한 내용인 듯하다.

2. 『중용설中庸說』. 5권. 청나라 모기령毛奇齡(1622~1713) 찬撰. 『중용中庸』의 주자장구 朱子章句를 고증考證 비판한 것.

3. 김선신金善臣. 조선 숭양인嵩陽人. 자는 계량季良, 호는 청산淸山. 정통파正統派 조 선 성리학자性理學者. 산천山泉 김명희金命喜의 친구. 순조純祖 11년(1811) 통신정 사通信正使 김이교金履喬의 서기書記로 일본에 다녀오고, 동왕同王 22년에는 동지 사冬至使에 수행하여 산천과 함께 청나라에 다녀오다.

4. 『예해주진藝海珠塵』. 불분권不分卷 48책. 청나라 오성란吳省蘭 편編. 총서叢書. 갑 甲 · 을乙 · 병丙 · 정丁 · 무戊 · 기己 · 경庚 · 신辛의 8집集으로 되어 있는데 매 집 每集을 경經 · 사史 · 자子 · 집集으로 나누어 수록하였다.

막내아우 상희에게 · 5
與舍季 相熹

따로 보낸 하나하나 모두 자세히 받아 보았네. 죄가 하늘 끝[1]까지 통하고 허물이 산같이 쌓인 이 못난 죄인이 어떻게 오늘에 이를 얻을 수 있겠는가. 다만 감격해 흐르는 눈물이 얼굴을 덮을 뿐이니, 말이나 글로는 설명해 줄 수가 없네. 하물며 또한 졸서拙書(자신이 쓴 글씨나 글을 겸양하여 일컫는 말)가 특별히 신권宸眷(임금님의 사랑)을 받자와 종이까지 보내셨으니, 임금님의 은혜 입은 바로 큰 바다와 신령스런 산이 흔들려 움직이지 않음이 없었네.

요사이 눈병이 도리어 더 심한 때문에 붓을 잡고 글씨를 쓸 수가 만무했지만, 임금님의 신령하신 뜻이 멀리에까지 미쳐 오시니, 15~16일을 소비한 공력工力으로 겨우 편액扁額 세 폭과 두루마리 셋을 써 내었네. 그런데 나머지 두루마리 두 개는 이 병든 눈으로는 절대로 더 계속하여 쓸 방도가 없어서 되돌려 보내 드리는 것을 면할 수가 없겠기에, 사실에 의거하여 오 군吳君에게 보내는 편지 가운데서 사뢰었네. 대단히 송구스럽고 두려운 것을 잘 알지만 억지로 할 수 없는 것을 억지로 할 수는 없었으니, 또한 이런 형편을 별도로 오규일吳圭一에게 알리는 것이 좋겠네.

넉 자〔四字〕 편액은 정말 달리 검색할 만한 문자文字가 없어 애를 먹었으나, 일찍이 〈무씨상서도武氏祥瑞圖〉[2] 중의 말을 기억했었기에 '목련리각木連理閣'의 넉 자로써 써 바쳤네. 그 상세한 내용은 오규일에게 보낸 편지 속에 있으므로 여기서는 거듭 언급하지 않을 터이니 가져다 보는 것이 어떻겠나. 그 진부陳腐한 보통 말로 하지 않고 전아典雅한 뜻이 있는 것으로 하자니 지극히 뽑아내기가 어려웠지만 심히 어긋나거나 막힌 것은 없는 듯하네.

홍두紅豆[3]의 의미는 끝내 문식文飾에 그치는 말이지만 붓을 들면 잊을 수 없는 의미이지. 《홍두시첩紅豆詩帖》 아래에 소제小題로써 글을 지어 올린 것은 감히 풍자하는 의미를 잠문箴文[4] 형식에 부쳐 지었네. 이미 글씨로써 써 올리었으니, 말씀으로도 올릴 수 있는 것이겠지. 알면서 말하지 않아도 역시 감히 못 할 바이기에 건방지고 주제넘고 외람되며 망령스러운 것을 헤아리지 않고 이와 같이 말씀드렸네. 나를 죄줄지 나를 알아줄지 알지 못하겠으나 다시 어찌겠는가.

두 개의 편액扁額은 모두 서경西京(서경西京인 장안長安에 도읍하였던 전한前漢 시대를 말한다.)의 옛 법으로써(전한前漢의 예서隸書. 즉, 고예古隸니, 후한後漢의 팔분서八分書가 아니다.) 써낼 수 있었는데, 자못 웅장하고 기이한 힘이 있어서 병중에 쓴 것 같지 않았네. 이는 대왕의 신령스러운 힘이 미친 곳에 신명神明의 도움이 있었던 듯하다고 해야지, 못난 솜씨로 할 수 있는 것은 아니었네. 이 뜻을 역시 따로 오규일에게 전하게.

만약 여분의 종이가 없었다면 이와 같이 마음 놓고 힘을 쏟을 수가 없었을 터이니 이후에 만약 이런 일이 있다면 반드시 따로 여분의 종이를 갖추는 것이 정말 좋겠네. 역시 오 군에게 알리게. 공첩空帖(시서화첩詩書畵帖 용으로 만들어진 백지첩白紙帖) 같은 것도 역시 별권別卷이 있으면 좋겠네.

큰 붓 부쳐 온 것들은 모두 쓰임새에 맞지 않아서 다 되돌려 보내 버렸네. 붓만 생각하고 먹 걱정은 하지 않았으니 도리어 참 우습군 그래. 약간

가지고 온 중국 먹을 모두 들여와 썼으나 도리어 부족한 아쉬움이 있어서 해주海州 먹 약간을 섞어 썼네. 중국 먹 두서너 자루를 자옥광紫玉光과 같은 것으로 편이 닿는 대로 보내 줄 수 있겠는가 어떤가.

박혜백朴蕙百이 자못 붓을 잘 매어 청서필靑鼠筆(족제비과에 속하는 청회색靑灰色 털을 가진 산짐승 털로 맨 붓)로써 이리털붓(낭호필狼毫筆)의 윗길이라 하면서 스스로 그 묘법을 얻었다고 하는데, 사람들이 혹 그렇지 않다고 해도 그 말을 아까워하지 않았네. 그런데 담비꼬리붓(초미필貂尾筆)을 보기에 이르러서는 대단히 좋다고 일컬으며, 그 품격이 낭호필이나 청서필의 윗길에 든다 했으니 그의 말이 정말 틀리지 않네.

그러나 이 외에도 또 초미필이나 낭호필보다 더한 것이 있는데 등수를 매기어 계산할 수가 없다네. 호주湖州 붓[5] 여러 종류를 두루 돌아보아 안목을 넓히게 하지 못하는 것이 한일세. 옛 스님이 이른바 "집 밖에는 푸른 하늘이 있다."[6]라는 것을 여기서 다시 보겠네. 우리 동쪽 나라 사람들은 원교員嶠[7]의 붓에 묶여서, 다시 왕허주王虛舟[8]와 진향천陳香泉[9]과 같은 여러 거장巨匠들이 있는 것을 모르고 망령되게 필법筆法을 일컬으니, 아연하여 저절로 웃음이 터져 나올 뿐일세.

'수壽' 자字는 주자朱子의 글씨인데, 이제 듣자니 을사년(1785년인 듯)에 형악衡嶽 연화봉蓮花峯에서 얻었다고 하더군. 역시 동쪽 우리나라로 들어올 수 있었으니, 진적眞蹟임은 의심 없네. 원탁原拓에는 회옹晦翁(주자朱子의 호號)이라는 두 글자가 있었다 하는데, 전모傳摹(원본으로부터 계속 전해지면서 본떠 나가는 것)하는 데서 그만 빠뜨려 버렸으니(아울러 더불지 않았으니) 한탄스럽네. 이곳의 학도學徒들에게 모각模刻시켜 원모原摹(원본原本)의 체제와 격식을 잃지 않도록 한 것 세 벌을 보내 주겠네. 두 벌은 서울과 시골에 나누어 두고, 한 벌은 이재彝齋(권돈인權敦仁) 합하閤下께 보내 드리는 것이 어떻겠는가.

『해지海志』(『해국도지海國圖志』인 듯)는 요사이 좋은 소일거리를 만들어 주고 있네. 그러나 눈 어두운 것이 이와 같아서 예전처럼 책을 읽을 수가 없으니 아쉽기 짝이 없군. 꼭 이것을 뽑아 베끼려고 하는데, 공책空册으로 맨 대인찰大印札(종이 이름) 두 권을 보내 줄 수 있겠는가.

두 개의 편액扁額은 눈병으로 겨우 이를 써 내었는데, 보낸 종이가 백반물이 너무 세게 먹여져서 붓을 놀리기에 마땅치 않아 도리어 이 종이만도 못하였네. 비록 판각板刻할 원본原本이라 하더라도 반드시 좋은 종이를 얻은 뒤에라야 쓸 수 있는데, 판각의 원본이라 해서 종이를 생각하지 않는 것은 글씨의 어려운 곳을 몰라서이네.

당편堂扁(당자堂字가 든 편액)이 재편齋扁(재자齋字가 든 편액)보다 더 좋으니 오 군吳君으로 하여금 그 달고 매운 뜻을 알게 하면 어떻겠나. 2월 보름 전에는 바다 풍속에 배를 떠나보내지 않으나 보름 후에는 거리끼지를 않지. 이제 이곳에서 따로 삯군 하나를 사서 보내는데 과연 곧 도착할 수 있을까 모르겠네. 바다를 건넌 이후에는 아마 지나치게 머뭇거리지는 않을 걸세.

책 만드는 일로 듣자니 장차 사람을 골라 올려 보내려고 한다고 하네. 다만 매년 초 내리는 사면문赦免文이 아직 내려오지 않아서 날마다 손을 모으고 기다리고 있을 뿐일세. 지난해에도 역시 2월 초에야 내려왔었지. 바다로 막힌 곳의 일이라서 매사가 이와 같으니 애가 타고 답답한 것은 말할 수 없다네.

〈죽통연竹筒硯〉은 아무리 생각하려 해도 되지 않네. 내 수장품 속에 처음부터 이런 벼루가 없었으니, 반드시 그 장부의 기록이 잘못되었을 것일세. 오규일에게 보이기 위해 따로 한 통을 베껴 보내니 꼭 보이도록 하게. 〈효경당연孝經堂硯〉은 상무商懋가 돌아갈 때 부쳤기 때문에, 그애를 시켜 즉시 찾아내어 저곳으로 올려 보내게 했으니 이것으로 대신 올리면 어떻겠는가.

안현安峴(권돈인權敦仁이 살던 동네 이름. 현재 안국동安國洞)에서 말씀하신 약간의 종류 들은 〈황대치黃大癡[10] 화축畵軸〉과 〈이묵경伊墨卿[11] 예서隷書 대련對聯〉의 두 종류로 보내 드리게. 다행히 곧 안현에 보내져서 이李 대장大將(변弁은 무관武官의 대칭代稱이니 아마 포도대장捕盜大將 이능권李能權을 지칭한 듯하여 대장이라 하였다.)에게 전해졌으면 좋겠네. 대치大癡 축축軸도 역시 상무가 갈 때 올려 보낸 것이기 때문에, 함께 찾아내게 하여 보내 드리도록 하게. 또 따로 한 장 베껴서 이李 대장에게 보여 주려고 하니 그리 알고 받아 두게.(1845년)

與舍季 相喜

另示一一細悉. 罪通有頂, 夔積如山之無狀累蹤, 何以得此於今日
也. 只有感淚被面而已, 有非語言文字, 所得說到者也. 況又拙書之
特紆宸眷, 至於紙本之下來, 龍光所被, 大海神山, 無不震動.

近因眼花轉甚, 萬無由執管臨池, 王靈攸暨, 費得十五六日工力, 厪
得寫就 扁三卷三, 而餘外二卷, 以若花翳, 萬萬無續寫之道, 未免還
爲呈納, 據棠陳白 於吳君書中, 極知萬萬悚懍, 而不可以強所不可
強, 亦以此狀, 另及於吳圭一爲好.

四字扁, 苦無他可檢文字, 嘗記武氏祥瑞圖中語, 以木連理閣四字書
進, 其詳在吳圭一書中, 此不疊及, 取看如何. 其不爲陳腐之常談, 而
有典雅之意者, 極難拈出, 似無甚違礙者矣.

紅豆之義, 終涉華藻, 以舉筆不忘之義, 紅豆詩帖下, 有小題以進者,
敢寓箴諷之義. 既以書進, 有可以言進者. 知而不言, 亦所不敢, 不
揆僭越猥妄, 如是敷陳. 罪我知我 未知, 更如何.

兩扁皆以西京古法寫得, 頗有雄奇之力, 不似病中所作, 是爲王靈所
作, 似有神助, 非拙陋所可能, 此意亦另及於吳圭一也.

若非剩紙, 無以放心肆力如是, 此後如有此等事, 必另具剩紙爲好爲
好, 亦使吳知之也. 如空帖亦有另卷, 則爲好矣.

大筆之來者, 皆不中用, 並爲還送耳. 慮筆而不慮墨, 還覺一笑. 如
干携來唐墨, 盡爲入用, 反有不足之歎, 與海墨若干和用矣. 唐墨三
數丁 如紫玉光之屬, 隨便得送如何.

朴蕙百 頗工選穎, 以青鼠 爲狼毫之上, 自以爲得其妙, 人或非之,
不恤也. 及見貂尾, 大以稱賞, 品在狼毫 青鼠之上, 其言洵不誤也.
然此外, 又有加於貂狼者, 不可以等數計. 恨無遍見湖穎諸品, 使之
恢拓其眼也. 古禪伯所云 屋外青天, 便復此觀. 東人錮於員嶠之筆,

558

不知更有王虛舟 陳香泉諸巨擘, 妄稱筆, 不覺啞然一笑耳.

壽字 朱子筆, 聞於今, 乙巳得之 衡嶽蓮花峰, 亦有東來, 而其爲眞跡無疑. 原拓有晦翁二字, 而傳摹不並及, 可歎. 使此中學徒輩摹刻, 不失原摹體式. 三本送之, 二本京鄉分之, 一本傳呈於彝閣如何.

海志 好作近日消遣法, 而眼花如此, 不得如前日之看讀, 可歎. 切欲抄錄, 空冊之大印札兩卷, 可以得送耶.

二扁 以若眼花, 艱此寫就, 而來紙礬水太過, 不合於使筆, 反不如此紙矣. 雖刻本, 必佳紙, 然後可書, 以刻本而不計紙者, 不知書之艱難處矣.

堂扁 似更勝於齋扁, 使吳君知其甘辛之意如何. 二月望前, 海俗不爲發船, 望後無礙矣. 今此另定一伻以去, 而果能即抵耶. 渡海以後, 恐不甚滯矣.

成冊事, 聞將專人以上云矣. 第赦文姑未來到, 日日攢手以俟耳. 去年亦於二月初來到, 隔海之事, 每如是, 不勝焦耭.

竹筒硯 究說不得矣, 吾藏初無此等硯, 必其簿記之有誤矣. 爲示吳圭一, 另錄一通以去, 須轉示之. 孝經堂硯, 懋行歸時付之故, 使之即爲覓出, 上送於那中, 以此代進, 如何如何.

安峴所敎如干種, 以黃大癡畫軸 及伊墨卿隸聯兩種, 送去. 幸即轉送於安峴, 交付李弁爲好爲好. 大癡軸 亦懋行時上送者故, 並令覓出上送耳. 又有另錄一紙, 亦爲李弁地. 諒收如何.

(『阮堂先生全集』卷二)

註

1. 욕계欲界, 색계色界, 무색계無色界 중 무색계 최상층에 제4천 비상비비상천非想非非想天이 존재하는데 맨 위에 있는 하늘이라 하여 유정천有頂天이라 별칭한다.

2. 〈무씨상서도武氏祥瑞圖〉. 중국 산동성山東省 가상현嘉祥縣 자운산하紫雲山下 무적산武翟山에 있는 석실石室 사당祠堂에 있다. 후한後漢 환제桓帝 건화建和 원년元年 (147) 이곳의 명족名族인 무씨武氏 4형제가 그 망부亡父를 위하여 건립한 사당으로 석실의 각 벽면에는 성현聖賢의 사적事蹟을 화상조각畵像彫刻하고 내용을 명기銘記하여 청조淸朝 이래로 금석金石ㆍ고증학考證學 및 미술사美術史 등의 연구에 중요한 자료가 되고 있다.

   이 화상석畵像石 중에서 성현聖賢 출현出現의 상서祥瑞를 나타내는 〈상서도祥瑞圖, 『금석색金石索』 석색石索 4〉의 〈목련리도木蓮理圖〉에 "목연리, 왕자의 덕이 순수하고 두루 미쳐 팔방이 1가家가 되면 연리가 나온다(木連理 王者德純洽, 八方爲一家 則連理生)."라는 예서隸書 명기銘記가 있는데 이를 말한다.

3. 홍두紅豆. 광동廣東 지방에서 나는 만생목蔓生木으로 완두豌豆 크기의 홍색과紅色果가 열리므로 얻은 이름인데 일명一名 상사자相思子라 하고 아취雅趣가 있어 문사文士들의 사랑을 받아, 그들의 별호別號로 많이 쓰였다. 홍두주인紅豆主人(청淸 혜주척惠周惕)ㆍ홍두재紅豆齋(청淸 혜사기惠士奇)ㆍ홍두산방紅豆山房(청淸 혜동惠棟)ㆍ홍두산장紅豆山莊(청淸 전겸익錢謙益)ㆍ홍두수관紅豆樹館(청淸 도량陶梁)ㆍ홍두촌인紅豆村人(청淸 원수袁樹)ㆍ홍두산인紅豆山人(옹수곤翁樹崐) 등이 그것이다. 이곳에서는 추사의 동갑同甲 금석金石 친구이며 옹방강翁方綱의 아들인 옹수곤의 별호別號를 의미하는 것으로, 추사가 그와의 문한文翰 인연을 자랑하기 위해 끌어 쓴 말인 듯하다.

4. 잠문箴文. 규계規誡의 의미를 기술記述하는 문체文體의 이름. 자계自誡(스스로 경계함)하는 사잠私箴과 인계人誡(남을 경계함)하는 관잠官箴의 두 종류가 있다.

5. 호필湖筆. 호주湖州(절강성浙江省 오흥현吳興縣)에서 만든 붓. 휘묵徽墨과 병칭並稱된다. 원元 때 풍응과馮應科와 육문보陸文寶가 붓을 잘 매었는데 그곳에서 이를 배워 모두 붓을 잘 매었으므로 호필湖筆의 이름을 얻었다.

6. 원元 중봉中峰 명본明本(1263~1323)의 "一聲迷鳥到窓前, 白髮老僧驚書案. 走下竹床開兩眼, 方知屋外有靑天"의 구句에서 인용한 것.

7. 이광사李匡師(1705~1777). 조선 전주인全州人. 덕천군파德泉君派. 자는 도보道甫, 호는 원교員嶠, 수북壽北. 예조판서 각리角里 진검眞儉의 아들. 명필名筆로 일세를 주름잡다. 백하白下(윤순尹淳)를 사사師事. 송宋·당唐을 뛰어넘어 위魏·진晉의 진초예전체眞草隷篆體를 익히되 이체異體로 일관一貫. 특히 많은 비석의 전篆·예隷를 배워서 전예를 잘 썼다. 40세 이후에 더욱 좋아졌다.

『서결書訣』5,000~6,000언言을 저술하여 왕희지王羲之와 위부인衛夫人의 바른 뜻을 밝히고 막내아들 영익令翊으로 하여금 후편後篇을 저술케 하여 이를 수정修訂, 다시 1만여 언言을 내놓다. 백부伯父 진유眞儒의 반역죄에 연루되어 22년간 부령富寧과 신지도薪智島에서 적거謫居. 『원교집선員嶠集選』(필사본筆寫本) 10권 4책이 있다.

8. 왕주王澍(1668~1743). 청나라 강소江蘇 금단인金壇人. 자는 약림若霖, 스스로 약림若林, 약림篛霖이라 쓰다. 호는 허주虛舟·죽운竹雲. 강희康熙 51년(1712) 진사進士. 벼슬은 이부원외랑吏部員外郎에 이르다. 고비古碑 감정鑑定과 서법書法으로 일시一時를 독주獨走하다. 이사李斯의 전篆, 구양순歐陽詢의 해楷법에 정통. 『허주제발虛舟題跋』, 『죽운제발竹雲題跋』, 『순화각첩고정淳化閣帖考正』12권, 『이십종난정二十種蘭亭』, 『십이종천문二十種千文』, 『적서암첩積書嚴帖』60책 등의 저서가 있다.

9. 진혁희陳奕禧(1648~1709). 청나라 절강浙江 영해인寧海人. 자는 육겸六兼·자문子文, 호는 향천香泉·봉수葑叟. 시詩·서書를 잘하다. 왕사진王士禛 문인門人. 금석학金石學을 좋아하다. 『어녕당첩子寧堂帖』, 『고란재필皐蘭載筆』, 『금석유문록金石遺文錄』, 『춘애당집春靄堂集』등의 저서가 있다.

10. 황공망黃公望(1269~1354). 원元 강소 상숙인常熟人, 혹은 절강 부양인富陽人, 혹은 구주인衢州人. 이름을 견堅이라고도 하며, 본성本姓은 평강 육씨平江陸氏이나 영가 황씨永嘉黃氏의 뒤를 잇다. 자는 자구子久(그의 아버지가 90세가 되어서 처음으로 얻었으므로 "黃公望子久矣"라는 문구文句를 파구破句하여 이름과 자字를 짓다.) 호는 일봉一峯 또는 대치도인大癡道人. 부춘산富春山에 은거隱居. 산수화를 잘 그렸다.

천강색淺絳色(옅은 붉은색) 반두준법礬頭皴法(봉우리 위에 백반 덩어리 모양의 바위가 쌓여 있는 바위산의 표현법)과 수묵水墨 준문皴紋(주름선) 극소준법極小皴法(먼 산 수풀을 상징하기 위해 지극히 작고 짧은 필선을 세워 찍는 산봉우리 표현법)은 그의 2대大 화법畫法이었다. 동원董源 거연巨然을 배워 남종화풍南宗畫風을 계승 발전시키다. 원말元末 4대가(오진吳鎭·예찬倪瓚·왕몽王蒙)의 1인으로 가장 선배이다. 시문詩文도 잘하고 음률에도 통달하였다. 『산수결山水訣』, 『대치산인집大癡山人集』의 저술이 있다.

11. 이병수伊秉綬(1754~1815). 청나라 복건福建 영화인寧化人. 자는 조사組似, 호는 묵암墨庵·묵경墨卿. 건륭 54년(1789) 진사. 혜주惠州, 양주揚州 지부. 시詩를 잘하고 서화書畫에 능하여 전篆·예隸·해楷 각체各體를 다 잘 쓰되 금석기金石氣가 넘쳐 흘렀으며, 고서화古書畫를 좋아하여 많이 수장收藏하고 있었다. 추사체 형성에 많은 영향을 끼치다.

막내아우 상희에게 · 6
與舍季 相喜

설 뒤(연후年後)에 이곳에서 부친 편지는 과연 언제 받도록 도착하였던가. 북
쪽에서 오는 배가 설의 전후를 물론하고 한결같이 오래 막혀 아침저녁으로
바라기만 하니, 이즈음에는 더욱 목마르게 애가 타더군. 2월 24일에 성뢰이란
종(가노家奴)이 비로소 와서 둘째 아우와 자네의 두 편지를 받아 보았네. 한갓
설을 전후하여 처음 받는 편지일 뿐만 아니라 또 아직 보름도 안 지난 최근의
소식이라서 기쁨이 넘치는 것이 마치 격물치지格物致知를 하루아침에 크게
깨친 것(활연관통豁然貫通) 같았네.

또 들자니 자네가 손자(이조판서를 지낸 문제文濟, 1846~1931)를 보는 기쁨
을 가졌다 하는군. 사람이 누군들 자식과 손자가 없으리오마는 우리 집안
에서는 다만 한 아들을 얻었다고 말할 수만은 없으니, 이는 가문의 큰 경
사이며, 쌓인 덕이 흘러넘치는 것이라 하겠네. 그 곽瞿[상희相喜 자子 상준商駿
(1819~1854)의 아명兒名 끝 자인 듯]이의 몸에 자녀가 있어서 무릎을 둘러싸이니
목화 다래나 여치(모두 한꺼번에 씨앗을 많이 퍼뜨리는 것이다.)처럼 우리 집안을
번창시키겠네그려.

이치가 이와 같으니 선조의 영령英靈들이 오르내리며 기뻐하시는 모습이 보이지 않는 중에도 보이는 듯하여 슬퍼지네. 기쁨을 만나서 감격하여 선조들을 생각하게 되니 또한 어떤 심정이겠는가. 금미黔麋 손자는 또 하나의 금미일세. 곽이의 이렇게 튼튼한 아들이 골상骨相이 범상치 않다니 또한 기특하고 이상하네. 생각하고 생각하니 마치 우리 집안에만 홀로 있는 일 같군.

자네의 50년 곤궁함은 만년에나 크게 좋은 일이 와야 할 터인데 또한 이제야 그 조짐이 나타난다고 할 수 있겠네. 가운家運이 막혀 있던 것을 하나씩 벗겨서 밝게 밝게 회복하려면 또한 때맞추어 산천에 비가 내려야 할 터인데, 먼저 구름을 보내는가. 자네가 손자를 안고 엿을 빨아 먹이며 볼에 가득히 기쁨을 담고 있는 것을 바로 볼 수 없는 것이 한스럽네.

소식 보낸 후 거의 한 달이 가까이 오니 봄도 벌써 3분의 1은 지나갔겠군. 모두 다 또 어떠한가. 둘째 아우도 매한가지로 더 나빠지지 않았으며 서울과 시골의 아래위 크고 작은 이들이 모두 편안한가.

수씨嫂氏(아마 중수仲嫂인 듯)에게 또 병이 있었던 모양인데 지금 조금 나아졌다고는 하나 조바심 나는 근심을 사실 늦출 수가 없네. 이 수씨의 이달 집안 생활비는 과연 어떻게 하였는가. 둘째 아우가 한 권속으로 치지 않으니 소홀함이 있을 텐데 어떤가. 모두 서울로 데리고 가는 것으로 최선을 삼는 것만 못할 듯하네. 늘 멀리 떨어진 이 밖에서 뒤얽힌 생각만으로 쉽게 판단하지 못하겠으니, 어떻다 말할 수 없군.

며늘아기의 분만기分娩期가 또 멀지 않다 하니 속으로 기도할 뿐일세. 팔진탕八珍湯을 달마다 먹게 하면 비록 노산老産은 아니지만 또한 좋을 것일세. 요사이 상태는 과연 좋은가.

강상江上(검호 별서)의 새로 난 아이는 아마 백일이 이미 지났겠군. 점점 또렷하여져서 두각頭角이 아름답게 드러나겠지. 젖은 다른 사람에게서 구하지 않는다 하니 또한 정말로 다행일세.

두 누님과 늙으신 서모께서는 계속 기운이 좋으시던가. 평동平洞의 여러 식구들도 별 탈이 없다니 대단히 반갑고 다행스럽네.

내 꼴은 한결같이 전 모양 그대로이나 담과 해수가 크게 더 심하게 되어 그 기침이 급해서 기세를 돌이킬 수 없을 때는 피가 나오는 증세까지 겹쳐 일어나니, 독기 있고 습한 기후 풍토가 빌미 아닌 것이 없다네. 샘물이 좋지 않아서 배 속이 답답하고 더부룩하여 뚫리지 않고, 눈 어두운 것은 더하면 더했지 낫지를 않고 있네. 봄의 독한 기운이 또 일찍부터 일어나니 그 독기를 견딜 수 없는 것이 더욱 심해서 아마 나 자신을 지탱할 수 없을 것 같군.

상우商佑(추사 서자庶子)는 심한 병은 없고, 때때로 폐가 아파서 건강하지 못하다 하니, 듣기에는 전부터 있던 증세인 것 같으나 걱정스럽네. 시중드는 식솔들 이하 모두 전과 같은 모양들일세.

성聖(구종驅從의 이름 끝 자인 듯)이란 종을 지금 되돌려 보내려고 하는데, 이 눈병 때문에 마음대로 글자를 쓸 수가 없어서 종이만 꾸겨 놓았군. 따로따로 다 쓰지 못하네.

(1846년 봄)

與舍季 相喜

年後 自此所付之書, 果於何時收到. 北船無論年前後, 一以久阻, 日
夕望望, 際此尤懸渴. 至於二月廿四, 聖奴始來, 獲見仲季兩械. 非
徒前後初信, 又不過未一望近信, 欣瀉如格致之 一朝豁然貫通.
且聞季抱孫之喜, 人孰不有子有孫, 在於吾家, 不可但以一添丁言,
是門戶之大慶, 積麻之流發. 其在霍兒之身, 子女繞膝, 綿瓜螽斯,
昌大吾門.
理當如此, 先靈垂隲 悅豫之容, 愀然如見於無形之中. 遇喜感溯, 又
當何懷. 黔孫之又是一黔. 霍子之如是騂角, 骨相不凡, 且奇且異.
思之思之, 殆若吾家獨有之事.
季之五十年窮困, 晚境大來之吉, 亦可以兆現於今. 家運積否, 剝復
一理之昭昭, 又有時雨山川, 先之以出雲耶. 恨無由即見 季之抱弄,
含飴滿臉堆喜也.
信後將一月, 而春已三分矣. 渾履更何如, 仲節一以無甚損, 京鄉上
下大小俱安.
嫂氏間又有愆度, 今屬過境, 而憧憧之慮, 實不能弛. 此嫂氏之今月
家室 所依賴, 果何如. 仲無視之 以一眷屬, 而有小忽, 如何. 都不如
携往京中之 爲大善. 每未易辨此, 遠外紆慮, 尤無以爲言.
兒婦娩期, 又不遠云, 默禱而已. 八珍之月試, 雖非老產亦好. 近狀
果安好耶.
江上新兒, 百日似已過矣. 漸益嶄然, 頭角崢嶸. 乳道之不以他求,
又極萬幸.
兩姊氏與老庶母, 連以康旺, 平洞諸節之無甚損. 不勝慶幸.
吾狀一如前邈樣, 而痰嗽大爲添劇, 其嗽急氣不旋之時, 血症并發,
無非瘴濕爲祟. 水泉不佳, 積霑痞滿不散, 眼花有加無減. 春瘴又早

566

作, 不能耐瘴, 較盆甚焉, 恐無以支吾矣.

佑無甚病, 時以肺疼不健, 聞是宿症, 而悶悶. 傔率以下, 俱如前狀耳.

聖奴今時回送, 緣此眼病, 不能隨意作字, 紙蹙. 留另具不宣.

(『阮堂先生全集』卷二)

막내아우 상희에게 · 7
與舍季 相喜

양梁 하인 편에 보낸 서본書本이 어느 날 들어갔는지 몰라서 안절부절못하고 있으니, 들어간 후의 소식은 어느 편을 막론하고 곧바로 꼭 편 나는 대로 알려 주게.

골동품(고동古董)과 몇 종류 서화를 다시 들여와 보이라 함이 있었다고 하는데 어째 따로 기록하여 상세히 보여 주지 않았는가. 매우 답답하네. 골동(고동古董)은 별로 모은 것이 없고 지금 들인 것은 곧 송末나라 때 사람들이 본떠서 만든 것일세. 비록 상商나라나 주周나라 때의 옛 물건은 아니지만, 요새 사람들이 만든 가짜 동기銅器와는 비교할 바가 아니네.

상나라나 주나라의 옛 물건은 원래 동쪽 우리나라에 들어온 것이 없어서 내가 본 것도 겨우 두서넛뿐이지. 처음부터 가짜 동기나 금기를 모으지 않았으므로 집에 모아 놓은 것에 이것이 없을 뿐이라네. 들일 수 없는 물건과 같은 것에 이르러서 억지로 거북의 털이나 토끼 뿔(세상에 존재하지 않는 것)을 찾아내라고 한다면 역시 감당 안 되는 바이니, 따로 이 뜻을 오 군吳君과 같은 사람들에게 일러 주어 알게 하였으면 좋겠네.

사역寺役(예산禮山 용궁龍宮 선영先塋에 건립한 추사 일문의 원찰願刹인 오석산烏石山 화암사華巖寺를 중창重創하는 일)은 그사이 과연 어떻게 끝마쳤는가. 그 때문에 걱정일세. 편각扁刻(편액扁額을 판에 새기는 것)을 꼭 하려고 했는데, 이곳의 각刻(새기는 것) 잘하는 사람이 그동안 이미 죽어 버려서 이로써 대단히 고민일세. 다른 각수刻手가 없지 않으나 모두 전 사람만 못해서 그럴 뿐이지. 상량문上樑文은 비록 아직 반潘 · 육陸 · 임任 · 유庾[1]에 다 부합하지는 못하지만 만들어 놓은 말이나 오래 내려온 정해진 투套가 없으니 오히려 기쁠 뿐일세.

불랑佛朗의 고약한 글[2]은 다만 분통이 크게 터질 뿐이나, 그 다시 올 것에 겁을 집어먹고 두려워하는 것에 이르러서는 곧 우스운 일이라고 할 수 있겠네. 다시 온다는 것은 꼭 있을 수 없으며, 설혹 다시 온다고 한들 그 한 척의 배로써 어떻게 몇만 리를 넘어서 남의 지경으로 건너와 시끄러운 일을 일으키겠는가.

그 지나갔다는 배의 모양새를 들어 보니 곧 그것은 중박中舶인데 늘 중박으로 두루 천하만국을 돌아다니며, 대박大舶은 항상 쓰지는 않는다네. 중박은 사람 총 수가 불과 800 내외인데 이 800명으로써 또 어떻게 다른 나라 경계를 시끄럽게 할 수 있겠는가.

또 명나라 가정嘉靖(1522~1566) 연간으로부터 외국 선박이 점점 광동廣東 등지에서 교역하기 시작하여 만력萬曆(1573~1619) 연간 이후에는 드디어 호경濠鏡(광동성廣東省 중산현中山縣 동남쪽 오문澳門, 즉 마카오의 옛 이름. 명나라 만력 연간에 호경 오관濠鏡澳關을 설치하다.)에 그 들어 살 곳을 허락하였으나, 상선은 20척으로 정해져서 해마다 내왕하였다네. 그 후에 20척의 배가 수대로 올 수가 없어서 점점 적어지다가 근년 이래로는 불과 10여 척 내외라고 하는 것을 들었네.

이것은 모두 중박이니 비록 10척으로 말한다 해도 역시 불과 8,000명일세. 이 8,000을 가지고서 또 어떻게 멀리 남의 경계를 넘어오겠는가. 하물며 또 10척이란 말할 수도 없는 것임에랴. 사교의 무리들이(천주교인을 말함) 서로 내통하고 이 고약한 글을 지어 위협함은 간계가 명약관화明若觀火하니 더욱 분통할 일일 뿐일세.

불랑佛朗이라는 이름은 곧 명나라 때 불랑佛郎으로 일컬었으니, 불랑기佛郎機가 포礮의 이름으로 된 것도 그 일컫던 것에 기대서라네. 중국이 늘 서쪽 나라들을 일컬을 때 불랑이라고도 하고 혹은 홍모紅毛, 하란荷欄 혹은 아난阿難이라 하는데, 지금 이 불랑이란 호칭은 곧 중국이 일컫는 바대로 따라 말하였으니, 그들이 진짜 불랑 땅 사람이라고는 아직 반드시 말할 수 없네. 〈곤여도坤與圖〉 중 불랑의 명칭은 또한 한둘이 아니니, 불랑찰佛朗察이나 부랑제富朗濟 등과 같이 여러 가지로 불러서 한결같지가 않다네. 대개 영길리英吉利와는 또 같지 않으니 섞어서 하나로 보아서는 안 되네.

심의深衣는 비록 시의時宜에 맞지는 않지만 오히려 의거하여 모방한 곳이 있으니 백운白雲 주씨朱氏[3] 등 여러 사람들의 시끄러운 주장보다 크게 나을 것일세. 깁(사紗)으로 연緣(둘레)을 대는 것도 무엇을 거리끼겠는가.

(1846년 여름)

與舍季 相喜

梁隷便齎去書本, 未知何日入達, 而伏不勝憧憧, 呈入後消息, 無論某便, 即須隨便報示也.

古董與如干種, 更有入之之示, 而何不另錄詳示耶. 極爲紆欝. 古董別無所蓄, 今所入之者, 即宋人仿製, 雖非商周古物, 非近人贗銅所可比也.

商周古物, 元無東來者, 吾之所見, 纔三數而已. 初不蓄贗銅僞金, 家儲所以無此耳. 至如無可入之物, 而强覓龜毛兔角, 亦所不敢, 另以此意, 告知於吳君輩, 爲好爲好.

寺役間果何以了當耶. 爲之念念. 扁刻當圖之, 而此中善刻者, 間已化去, 是切悶然. 非無他手, 皆不及前手耳. 上梁文 雖未盡合於潘陸任瘦, 無成語長套, 尚可喜耳.

佛朗悖書, 只是憤痛萬萬, 至其畏怵於再來, 則便即可笑之事. 再來有不可必, 設有再來, 以其一船, 何以越幾萬里, 涉他境惹鬧耶.

聞其過去船制, 即其中舶, 而每以中舶 遍行天下萬國, 大舶則不得常用. 中舶人 總不過八百內外矣. 以此八百, 又何以作鬧他境也.

且自皇明嘉靖間, 番舶稍稍市易於廣東等處, 萬曆以後, 遂於濠鏡許其入處, 而商舶定以二十隻, 年年來往. 其後二十舶, 不能如數, 而來稍稍減却, 聞近年以來, 不過十舶內外云.

此皆中舶也, 雖以十舶言之, 亦不過八千矣. 以此八千, 又何以遠涉他境, 況又十舶, 非可論者耶. 邪徒之互相和應, 作此悖書, 以恐嚇之, 奸計 明若觀火, 尤可憤痛也.

佛朗之稱, 即皇明時, 以佛郎稱之, 如佛郎機之 爲礮號者, 仍其所稱. 中國之每稱西番, 爲佛郎 或紅毛 或荷蘭, 又或阿難, 今此佛朗之稱, 即隨中國所稱而云云, 其眞個佛朗地人, 又未可必也. 坤輿圖

中, 佛朗之稱, 又不一二. 如佛朗察 如富朗濟等, 雜號不一耳. 大槩
與英吉利 又不同, 不可混看爲一也.

深衣, 雖不合時宜, 尚有依仿處, 大有勝於白雲朱氏諸人 所紛紛者
矣. 緣紗亦何妨也.

(『阮堂先生全集』卷二)

572

註

1. 중국 역대歷代의 대문장가인 진晉의 반악潘岳과 육기陸機 및 양梁의 임방任昉, 북
   주北周의 유신庾信.
2. 헌종 12년(1846) 6월, 프랑스 해군 소장 세실이 군함 3척을 이끌고 충청도 외연도
   에 들어와, 왕에게 전하고 간 글을 말함. 1839년 프랑스 신부 앙베르, 샤스탕, 모
   방의 처형을 따져 묻는 내용이었다.
3. 주우朱右(1314~1376) 명나라 절강浙江 임해臨海인. 자는 백현伯賢, 서현序賢, 호는
   추양자雛陽子, 백운白雲. 진덕영陳德永의 제자. 역사에 밝아 명나라 초기 사국史局
   을 주도. 벼슬이 진부우장사晉府右長史에 이르다. 『백운고白雲稿』, 『춘추류편春秋類
   編』, 『삼사구현三史鉤玄』, 『원사보유元史補遺』, 『심의고오深衣考誤』의 저서가 있다.

막내아우 상희에게 · 8
與舍季 相熹

새해가 되니 바다 생활이 꼭 9년일세그려. 가는 것은 굽혀지고, 오는 것은 펴
나가니, 굽히고 펴는 것이 서로 감응함은 이치에 틀리지 않음이 있는가. 하물
며 이제 큰 경사가 거듭 이르고[1] 성상聖上의 효도가 더욱 빛나니 온 나라 사람
들이 춤을 추고, 크게 쏟아지는 은택이 사방으로 흘러넘치니. 비록 이렇게 험
하고 곤궁하게 막혔다 하나 역시 성상의 덕화가 태양처럼 미치는 데서 빠지
지는 않으리니 가만히 마음속으로 기도하고 축원하며, 따로 두 손 모으는 사
사로움이 있었네. 둘째 아우의 환갑이 또한 이번에 돌아올 터인데, 머리 센
형제들이 즐겁게 모일 수 있을까.

지난 동지섣달 이래로 북쪽에서 오는 배가 들어는 왔으나 남쪽 배는 나
가는 것이 없어서 드디어 지금에까지 이르니, 간간 편지를 계속 보냈으나
아마 모두 한가지로 나루터에서 머무르고 있는 모양이더군.

구성업具聖業과 정원종鄭元鍾이 서로 이어 와서 두서너 달 사이에 연달아
최근의 소식을 받아 볼 수 있었는데 정鄭 편에 부쳐 온 것은 불과 17~18일의
가까운 소식이었으므로 세밑의 슬프고 두려운 생각이 조금은 위안이 되었네.

지난겨울의 심한 추위는 북쪽 육지에서도 아마 이보다 지나치지는 않았을 듯하네. 다시 묻거니와 새해에는 모두 좋은 일을 맞이하여 뜻대로 되었다지. 둘째 아우는 회갑 노인이 되었으니, 쇠와 돌처럼 오래 살고 수족이 편안하며 튼튼해져 전에 앓던 여러 병들이 모두 물러가고 새로운 복이 바야흐로 찾아오기를 멀리 멀리서 마음속으로 항상 축원하고 있네. 늙으신 누님과 늙으신 서모의 연세도 또한 하나를 더하셨으니, 기쁘게 칭송드리는 마음 감당치 못하네만 모두들 다 전처럼 안녕하시며 어제처럼 왕성하신가.

서울과 시골의 크고 작은 집의 장정과 아이들은 한결같이 설을 잘 쇠었다던가. 검손儉孫(상희의 손자 문제文濟를 지칭) 돌상에 좋고 상서로운 일들이 이미 많이 그 조짐을 보였겠지. 큰 병(마마나 홍역같이 사망률이 높으나 면역성이 강한 아이들의 돌림병을 말하는 듯하다.)을 치르고 난 끝이었다면 더욱 기특하고 다행한 일일세. 또 한 살을 더 하였으니 대단히 기쁘네. 애 어미는 또 순산했으며 연이어 대장부 아들을 낳았는가.

이 명 질긴 사람은 또 새해를 맞이하였지만 병세는 고질이 되어 전에 쓴 편지에서 말한 것처럼 한결같아서 더하지도 덜하지도 않네. 아들아이와 여러 하인들은 새해 들어 아직 별일 없으니 다행일세. 전에 보낸 편지가 아직 떠나지 못하였으나 또 새해 안부 묻는 편지로써 대략 이와 같이 몇 자 적어 부치네. 어느 날 보낸 것이 앞서 떠날지 모르겠네. 오늘 날씨로도 쉽지 않겠으니 걱정 걱정이군. 더 쓰지 않네.

개심표문開心表文(충남 서산시 운산면 상왕산 개심사 곁에 있는 추사 11대 조모 상산 황씨尙山黃氏 묘표墓表 문자文字. 전면자는 추사가 '숙인상산황씨지묘淑人尙山黃氏之墓'라 예서로 쓰고, 음기陰記는 둘째 아우 김명희金命喜가 짓고 썼다.)의 일체 산정刪定이 자네 뜻에 또한 어긋남이 없다 하니 매우 다행일세. 하나하나 가지고 와 보여 준 대로 하는 데 조금도 주저함이 없었네.

한갓 체단體段(문장의 구성과 단락) 또한 먹 아끼기를 황금과 같이 한다는 법칙(서화書畵나 작문作文에 모두 해당하는 법칙으로, 군더더기를 없이 할 것을 가르치는 금언金言)으로 해서일 뿐만 아니라 '지금 어디로 좇아 물을지 방법이 없다'와 같은 한 구절에 이르러서는 역시 한두 자씩 깎아 버린다 하더라도 정말 안 될 것은 아니네.

당초 이에 붓을 댈 때 여러 번 원고를 고쳤는데, 한 곳도 신빙할 만한 증거가 없어서였네. 자손 된 마음으로 그 두려움을 이길 수 없으며, 또한 그 슬프고 허전함도 이길 수가 없네. 말을 쓰는 데 조금 긴밀하고 정중해야 하니 그런 뒤에라야 신중한 체단을 잃지 않을 걸세. 만약 이 한두 글자를 깎아 버린다면, 아마 말을 쓰는 데 있어서 가볍게 저의底意를 벗어날 것일세. 이런 까닭으로 글쟁이들의 마음은 경중輕重과 천심淺深의 사이를 헤아리는 것을 가장 어려워하네.

대개 글을 짓는 데는 깎아 버려서 간결하게 하는 것을 귀하게 여기지만 또한 더 보태고 늘리는 것을 귀하게 여기는 곳도 있으니, 마땅히 한결같이 깎아 버리는 법칙만으로 정격定格을 삼아서는 안 되네. 또 음향音響과 절주節奏에도 관계가 있으니 홀로 시詩의 율법律法에만 있지 않을 뿐이네. 어떻게 해야 할지 잘 모르겠네. 다시 더 충분히 생각해 보도록 하게.

전면前面의 예서체隸書體 글자는 만약 방 군方君[2] 북조北棗를 얻는다면 각 법刻法이 크게 잘못되지 않을 듯하네. 만약 할 수가 없다면, 또 어떻게 북조의 효과가 있겠는가. 세 가지 일을 맡아 할 친척이 누구일지 모르겠네만, 반드시 잘 새기는 사람을 얻어서 시험하는 것이 어떠한가. 글자 쓰는 법의 좋고 나쁜 것을 따지기 위해서가 아니지만 이 얼마나 신중해야 하고 다시 할 수 없는 일인데 어떻게 소홀할 수 있겠나.

『본초本草』등 세 종류의 책은 이곳 사람들이 그것을 듣고, 또 돈을 거두어 사람을 사서 오로지 이 일을 위하여 올려 보내어 꼭 가져와야 할 것으로 생각하는 모양일세. 그 뜻을 막을 수 없어서 이에 편지를 써서 부쳐 보내네. 곧바로 튼튼하게 싸서 보내 주면 어떻겠나. 다른 책으로 전에 얘기했던 것들도 역시 같이 보내 주었으면 좋겠네. 한갓 포장이 클 뿐만 아니라 더위 속에서 지고 오기가 어려울 터이니, 또 그곳 형편을 보아서 처리하는 것이 어떻겠는가.

〈석암石菴[3] 서첩書帖〉은 꼭 한번 보고 싶은데 혹시 같이 보내 줄 수 있을까. 동파東坡[4]의 『기정시첩岐亭詩帖』[5]도 (또 성친왕成親王[6] 저하邸下와 요희전妖姬傳[7]·양동서梁同書[8] 등 여러 사람들이 같이 쓴 것은 다만 초벌 꾸미고 아직 완전히 꾸미지 못한 것) 장藏 속에 있을 듯한데, 만약 이 책을 찾아 보낸다면 매우 다행이겠네. 다만 이것은 세월이 흘러서 찾아내기가 또한 어려울 것 같네.

〈농상農祥〉이라는 편액扁額의 조생曹生 각刻은 과연 범속한 장인의 솜씨보다는 뛰어났겠지. 이재彛齋(권돈인權敦仁)[9] 합하閤下가 1본本을 가져갔다니 대단히 좋은 일이네만 나로 하여금 더욱 부끄럽게 하네. 조생曹生이 역시 석각石刻도 잘할 터인데 개심동 돌일(석역石役)에는 아직 참간參看(참여하여 살펴봄)하지 않았는가. 시험 삼아 생각해 보게.

정동貞洞의 종씨從氏(재종형再從兄 김도희金道喜인 듯하다.)는 다시 중서中書[10]에 들어가셨다 하는데 비록 수규首揆(영의정領議政의 아칭雅稱)와는 다르다 하나, 귀래정歸來亭(벼슬을 버리고 향리鄕里로 돌아와 쉬는 정자란 의미니, 도연명陶淵明의 「귀거래사歸去來辭」로부터 연유한 말)으로 한가로이 물러나서 요양하는 즐거움을 누리느니만 못하실 것 같네. 들자니 이미 출사出仕하셨다고 하는데, 요새 건강이 과연 좋아져서 걷는 것 등 모든 형편이 궁중宮中 출사하시는 데 거리낌이 없으신가. 그로 해서 걱정 걱정일세.

《청애당첩淸愛堂帖》[11]은 요즈음에 과연 찾아왔는가. 역시 편 닿는 대로 가까운 편에 부쳐 보냈으면 정말 다행 다행이겠네. 죽기 전에 예전에 보려고 했던 것들을 점차 가져와서 한번 볼 계획일세. 비록 딴 비용을 들여 사람을 산다 하더라도 반드시 그것을 해내야 하겠네. 양해해 주면 어떻겠나.

(1848년)

與舍季 相喜

歲新而海上 恰是九年矣. 往者屈也, 來者伸也, 屈伸相感, 理有不忒歟. 況今大慶疊臻, 聖孝益光, 匝域蹈舞, 霈澤旁流, 雖此坎險困阨, 亦不外於光天化日之中, 默禱暗祝, 另有雙攢之私. 仲甲又此際回, 白首弟兄, 可得歡聚歟.

自去至臘以來, 有北船之入, 而無南船之出, 遂至於今, 間有書械之續寄, 又續寄, 似皆一以並淹於津頭.

具聖業 鄭元種, 相繼而來, 數三月之間, 連見近信, 而鄭便 不過十七八之邇音 逼年慘栗之怊思, 把慰多少.

去冬沍寒, 北陸恐無以過之. 更問年後, 渾履迓吉百宜. 仲作回甲老人, 壽如金石, 四體康固. 舊癃諸症, 一切退聽, 新休鼎來, 遙遙耿誦. 老姊氏暨老庶母, 屋籌又各添一, 不任欣頌, 諸節俱寧旺如昨.

京鄉大小壯弱, 一向安好過年. 儉孫晬盤, 吉祥已多兆現. 以若大病之餘, 尤爲奇幸. 又增一齡, 到底欣喜. 乃母間又順娩, 連舉丈夫子耶.

此頑忍 又作新年人, 病情轉痼, 一如前書所報, 無少增減. 兒與諸率下人, 年姑無癃, 是幸. 前書尚未發, 而又以新年安信, 略付數字如此. 未知何日可以前發. 以今日候, 未易矣, 是悶是悶. 都留不宣.

開心表文一切刪定, 君意亦無異同, 甚幸. 一依來示爲之, 無少諸且. 不徒爲體段 亦惜墨如金之法, 至如今無由從以質之一句, 亦刪一二字, 固未爲不可.

此於當初下筆時, 屢回換藁, 以其無一處憑據者. 爲子孫之心, 不勝其惶懼, 又不勝其愴廓. 下語稍得緊重, 然後似不失於愼重底體段. 若刪此一二字, 恐有下語, 輕脫底意. 此所以匠心之最苦 衡量於輕重淺深之間者.

蓋文字, 刪簡爲貴, 亦有添長爲貴處, 不宜一以刪法, 爲定格矣. 且有
關於音響節奏, 非獨於詩律而已. 未知如何. 更加十分商裁也.

前面隷子, 如得方君北棗, 似不甚誤刻法. 若不可, 又有何北棗之效
耶. 未知董三之宗人爲誰, 而必得善刻, 試之如何. 非爲字法之得失,
此何等愼重, 而不可再之事, 如何忽諸.

本草等三種書, 此中人聞之, 又釀錢雇人, 專此上送, 以爲輸致之地.
其意不可遏住, 玆以裁書付去, 隨卽堅裹以送, 如何如何. 他書之前
報者, 亦同爲付來, 則爲好. 非徒包大, 難於衝熱負來, 且觀目下事裁
定, 如何如何.

石庵書帖, 甚欲一見, 或可同送耶. 東坡岐亭詩帖(又成邸 姚姬傳 梁同書
諸人同書者, 只草裝, 未及完裝者) 似在藏中矣. 若以此本覓付, 甚幸. 但此
時流, 覓出亦似難乎.

農祥扁 曹刻, 果勝於俗匠矣. 彝閣之取去一本, 太覺好事, 令人尤愧
惡矣. 曹生 亦善石刻, 開心石役, 未可參看耶. 試商之.

貞洞從氏, 復入中書, 雖與首揆有異, 不如歸來亭中 退閒養疴之爲勝
矣. 聞已出脚云, 近節果有勝, 而行步凡節, 無礙於瓶影漏聲之間耶.
爲之耿耿.

淸愛堂帖, 近果推還耶. 亦隨便付送於近遞, 則甚幸甚幸. 未死之前,
昔所欲見者, 漸次取來一見計, 雖另費專伻, 必計圖之, 諒之如何.

(『阮堂先生全集』卷二)

1. 헌종憲宗 13년(1847)에 왕대비王大妃 풍양 조씨豐壤趙氏가 40세가 됨을 계기로 순조純祖, 익종翼宗 및 대왕대비大王大妃, 왕대비 존호尊號를 추상追上하고 다시 동왕 14년에는 대왕대비가 60세가 됨으로써 2년 동안에 겹쳐지는 왕실王室의 6대 경사慶事를 축하하기 위하여 그때마다 대사령大赦令을 내렸고, 동왕 14년 정월에는 육경경과증광시六慶慶科增廣試를 베풀었으니 이를 두고 하는 말이다.

2. 방희용方義鏞(1805~?)인 듯하다. 방희용은 자를 성중聖中 또는 원팔元八, 호를 난석蘭石, 난생蘭生이라 하였다. 본관은 온양溫陽. 우선藕船 이상적李尙迪의 묵우墨友로서 서화書畵를 다 잘하였으나 특히 예서隷書에 뛰어나서 한법漢法에 가까웠고, 전각篆刻 솜씨가 매우 훌륭했다. 북조北棗라는 별호도 사용했던 듯하다.

3. 유용劉墉(1719~1804). 청나라 산동山東 저성諸城인. 자는 숭여崇如, 호는 석암石庵·청애당淸愛堂. 문정공文正公 통훈統勳의 아들. 건륭乾隆 16년(1751) 신미 진사進士. 체인각體人閣 대학사大學士와 태자태보太子太保 등의 높은 벼슬을 지내다. 정치나 문장에서보다 서예가로 이름을 크게 떨치다. 처음에 조송설을 따라 배우다가 중년 이후에 스스로 일가一家를 이루다. 시호는 문청文淸이고『석암시집石庵詩集』,『유문청공유집劉文淸公遺集』이 남아 있다. 주 11《청애당첩淸愛堂帖》참조.

4. 소식蘇軾(1037~1101). 북송北宋 사천四川 미주眉州 미산眉山인. 자는 자첨子瞻, 호는 동파東坡. 순洵의 장자長子. 부父·제弟(소철蘇轍)와 더불어 삼소三蘇로 일컬어지며, 당송 8대가唐宋八大家 중의 한 사람으로 꼽히는 대문장가. 경전經典과 사서史書는 물론 선리禪理, 시詩, 서書, 화畵 모두 능통하였다. 글씨는 해楷, 행行, 초草 제체諸體에 두루 통하고 그림은 묵죽墨竹을 잘하였으며 감식鑑識에도 정통하여 많은 서화에 제발題跋을 남겼다. 그의 시문서화는 후세 문사文士들의 표적標的이 되다. 가우嘉祐 2년(1057)의 진사進士. 구법당舊法黨인 구양수歐陽脩로부터 지우知遇를 얻어 정치 노선을 함께하다. 병부상서兵部尙書·예부상서 겸 단명전 한림시독양학사禮部尙書兼端明殿翰林侍讀兩學士 등을 지냈으나, 말년에는 신법당新法黨에게 몰리어 외직外職으로 전전하다 죽었다. 남송南宋 고종高宗은 자정전학사資政殿學士와 태사太師의 직을 추증追贈하였다.『동파전집東坡全集』115권·『동파칠집東坡

七集』110권 등 많은 저술이 있다. 시호는 문충文忠.

5. 『기정시첩岐亭詩帖』. 소동파蘇東坡가 황주黃州 기정岐亭으로 귀양 가 있으면서 지은 시첩詩帖.

6. 성친왕成親王(1752~1823). 청나라 고종高宗 제11자子. 이름은 영성永瑆, 자는 경천鏡泉, 호는 소엄小广·이진재詒晉齋·낭재郎齋. 시詩와 난초 그림에 뛰어난 재주가 있었고, 특히 글씨를 잘 써서 왕희지王羲之 이래 동기창董其昌에 이르기까지 8가八家 11종의 서체書體를 익혀 자유로이 구사하였다.

구체歐體를 모태母胎로 이왕二王(왕희지·왕헌지) 출입. 어려서 송설松雪 익히고 당송唐宋 각가各家 임모. 전예篆隸를 겸해서 잘하다. 강희康熙 연간에 태감으로부터 동기창이 앞의 세 손가락으로 붓대를 쥐고 팔목을 들고 썼다는 얘기를 듣고 그 말을 미루어 넓혀 발등법撥鐙法을 창작. 이름이 한 시대를 휩쓸다. 전예필법으로 죽난竹蘭 사생. 산수를 익히지 않아 황솔荒率(거칠고 엉성함). 『청우서옥시집聽雨書屋詩集』, 『이진재집詒晉齋集』, 『창룡집倉龍集』 등의 저서가 있다.

7. 요내姚鼐(1731~1815). 청나라 안휘安徽 동성인桐城人. 자는 희전姬傳. 건륭乾隆 28년(1763) 진사進士. 예부낭중禮部郎中을 지내다. 고문古文에 뛰어나고 늦게 글씨를 잘 썼는데 해偕·행行·초草에 모두 뛰어났다.

8. 양동서梁同書(1723~1815). 청나라 절강浙江 전당錢塘(지금의 항주杭州)인. 자는 원영元潁, 호는 산주山舟·불옹不翁·신오장옹新吾長翁. 동각학사東閣學士 양시정梁詩正의 장자長子. 건륭17년(1752) 진사. 벼슬은 시강학사侍講學士에 이르다. 시詩·서書를 모두 잘하였다. 서화書畵 감식鑑識에도 뛰어났다.

안진경顔眞卿·유공권柳公權·미불米芾의 법을 체득하고 문징명文徵明, 동기창董其昌의 신수神髓를 얻어 이를 더욱 변화시킴으로 이름을 천하에 드날리다. 양호극연장봉필羊毫極軟長峯筆(지극히 부드럽고 긴 양털붓) 애용하고 기운설氣韻說, 장봉설藏峯說 주장. 필력 종횡하여 천마행공天馬行空(천마가 허공을 달림)의 평을 듣다. 왕문치王文治, 유용劉墉과 함께 첩학삼걸帖學三傑로 일컬어지고 양·왕으로 병칭되기도 한다.

9. 권돈인權敦仁(1783~1859). 조선 안동인安東人. 자는 경희景羲. 호는 이재彝齋·과지

초당노인瓜地草堂老人. 좌상左相 상하尙夏의 5대손. 벼슬은 영의정에 이르다. 추사의 평생 지음知音으로 역시 글씨를 잘 썼는데 특히 한예漢隷에 정통하였으며, 추사의 영향으로 금석학金石學에 깊은 조예가 있었다. 추사와의 단금지교斷金之交는 평생 불변하여 영욕榮辱을 함께하다. 추사체의 달인達人.

10. 중서中書. 당唐의 관제官制에 3성(문하성門下省·중서성中書省·상서성尙書省)이 있어서 그 장관으로 재상宰相을 삼았는데, 우리나라에서도 고려 이래로 당제唐制를 모방하여 3성을 재부宰府로 삼아 왔다. 그중에서도 문하성과 중서성은 오래도록 재상부宰相府의 관명官名을 유지해 왔으므로 중서中書란 의정부議政府의 아칭雅稱인 듯하다.

11. 《청애당첩淸愛堂帖》. 4권. 가경嘉慶 10년(1805) 7월에 청나라 인종仁宗 황제皇帝가 이부우시랑吏部右侍郎 유환지劉鐶之(?~1821)에게 명하여 그의 숙부 유용劉墉이 평생 써낸 글씨를 모아서 돌에 새기어 법첩法帖을 만들게 하였다. 유환지는 당시 석각石刻의 제일 명수名手인 매계梅溪 전영錢泳(자字는 입군立群, 강소江蘇 금궤인金匱人)에게 부탁하여 동 11년 5월에 완성하였으니 《청애당석첩淸愛堂石帖》이 원명原名이다.

582

막내아우 상희에게 · 9
與舍季 相熹

성은聖恩이 망극하사 돌아오게 하시는 큰 은택을 특별히 입게 되니, 오직 하늘과 임금님의 은혜에 감사하고 감사할 뿐이라, 이를 다 어떻게 갚을지 모르겠네.

돌아보건대 이 죄가 산같이 쌓인 몸으로 이처럼 하늘 같은 특별한 은혜를 입었으나, 선친先親의 일이 지금까지 신원되지 못하였으니, 하늘에 외치고 땅을 칠 만큼 서러운 일일세. 비록 산과 바다 같은 은혜를 입고 있다고 하지만 무슨 면목으로 세상에 나서겠으며, 사람 축에 끼일 수 있겠는가.

기쁜 소식이 온 것은 지난 섣달 19일에 있었으니 정계停啓(사헌부나 사간원에서 처벌한 죄인의 죄명과 성명을 적어서 임금께 상주하는 서류인 전계傳啓에서 처벌이 끝난 죄인의 이름을 삭제해 올리는 서류) 뒤였네(정계는 12월 13일에 있었음). 특별히 보낸 심부름꾼이 섣달 그믐날 내려와서 계속 둘째 아우와 자네의 여러 편지들을 받아 보았으나 아직 영향을 미칠 만한 한 글자도 없었으므로, 이 마음은 초조하여 미칠 것만 같아서 갈수록 더욱 몸둘 바를 몰랐었네.

어느덧 이제 새해가 시작되어 벌써 곡일穀日(음력 정월 초8일의 이명異名)이 되었는데, 온 집안이 새해를 맞이해서는 많은 복과 크게 좋은 일들이 꼭 찾아와야 하겠지. 빌고 또 비네. 서울과 시골의 크고 작은 위아래 여러분들은 모두 안녕하시며, 연로하신 누님과 서모의 연세는 또 보태어 늘어나셨는데, 모두 한결같이 기운이 좋으신가. 먼먼 바다 밖에서 걱정만 치밀 뿐일세.

더욱이 내 병에 이르면 지금 벌써 80~90일이 되었고, 또 이제 해가 바뀌었네. 달로 따질 때 조금 나아지지 않은 것은 아니나 먹는 것은 그대로 대냥중大兩重(3냥중)의 삼아三椏(인삼人蔘)탕이니 날마다 으레 두 사발씩 마시었네. 새해 들어서 처음으로 죽 같은 거듭 찐 밥(중증반重蒸飯)을 먹어 보기 시작했으나 먹는 것이 몇 순갈 되지 못하네. 이와 같이 점차 밀어 나갈 수 있다면 또한 많이 먹게 되지 않을지 어떻게 알겠나.

두 번째 편지가 온 이후에 있던 곳에 오래 머물러 있을 수가 없어서 서둘러서 돌아갈 행장行裝을 꾸렸는데, 아들아이의 정밀하고 자상함과 철규鐵圭의 부지런한 주선으로 능히 7일 안에 10년간 묵은 잡다한 일들[1]을 모두 처리할 수 있었네.

7일에 대정大靜으로부터 출발하여 본주本州(제주濟州)로 향하다가 하룻밤을 제주성 밑의 김리金吏(김가 성을 쓰는 아전) 집에서 묵었는데, 연 이틀을 바람 속에 다녔어도 더 몸이 축나지 않은 듯하네.

포구로 내려와 바람을 기다리는데 이르러서는 정말 일정한 계산이 있을 수 없으니 반드시 여러 사람들 말이 다 같은 연후에라야 그것(출범出帆)을 할 수 있다네.

오늘 저녁에는 꼭 바람이 있을 것 같다고 들리기도 하지만 잠시 부는 바람 상태만으로는 함부로 움직일 수 없다 말하니 감히 마음대로 곧장 질러 달려가지 못하는 것이 한때나마 민망하고 안타깝기만 하네. 아들애가 들어온 이후로 다시 나가는 배가 없었으므로 재문再文이네들로 하여금 먼저 포구에 내려가 있도록 했지만 설이 되어서 돌아오지 않을 수 없었다네. 오늘

584

저녁 바람이 아직 반드시 있다고 할 수는 없지만 미리 팔룡八龍이로 하여금 가는 배에 함께 타고 가라고 했는데 과연 어떻게 될지 모르겠네.

10년 동안 안에만 앉아 있다가 이틀을 힘겹게 걸었고 겹쳐서 큰 병을 치른 뒤끝이라 정신이 가물거려서 자세하게 알릴 수가 없으므로 대략 여기 몇 자 적어 보내는데, 어느 날 다시 뒷 소식을 이어 보낼지 모르겠네. 갖춰 다 쓰지 못하면서.

(1849년 2월 25일경)

與舍季 相喜

聖恩罔極, 特蒙賜環之大澤, 惟有祝天祝聖, 不知所以攸報也.

顧此罪釁山積, 得此如天之殊恩, 先事至今未伸, 叩叫穹壤. 雖在恩山德海之中, 獨何顏自容於覆載, 自厠於人類也.

喜報之來, 在於去臘十九, 停啓後. 專伻在於除日, 連見仲季諸書, 姑無一字之及於影響, 此心之焦燥, 欲發狂, 去益靡措.

候此開歲, 已至穀日, 渾履膺此新禔, 百福大吉, 詹祝詹祝. 京鄉大小上下, 俱得享利, 老姊氏老庶母屋籌, 又此添長, 一以康旺. 遠外念溯.

尤至吾病, 今已八九十日, 又此經年. 非不少勝於月計之際, 而所喫仍以大兩重三椏, 日例二椀. 開歲以後, 始試如粥之重蒸飯, 而所進不得幾匙. 如是漸次推得去, 安知不又大嚼耶.

第二信來後, 無以久淹於舊處, 速理歸裝, 兒子之精詳, 鐵圭之勤幹, 能於七日內, 盡辦十年間淩褓米鹽.

七日自靜而發, 向本州, 一宿於州底金吏家, 連兩日冒風行役, 不至更損矣.

至於下浦候風, 姑無定籌. 此則必俟諸言大同, 然後可以爲之.

似聞此夕, 當有風云, 而未可以暫時風候妄動, 爲言, 不敢徑情直造, 一時 爲悶迫矣. 兒子入來以後, 更無出船, 再文輩 使之先爲下浦, 而未免臨歲還來. 今夕之風, 有未必, 而先使八龍, 附舶之行, 未知果如何矣.

十年坐闠, 兩日勞役, 兼之大病之餘, 精神不能接續, 無以細報, 略此數字寄去, 未知何日更有繼至之信耶. 姑不宣.

(『阮堂先生全集』卷二)

註

1. 능잡凌襍은 교란交亂의 의미이고, 미염米鹽은 번쇄煩碎의 의미이니, 능잡 미염은 미세하고 잡다한 것을 뜻한다(『사기史記』「천관서天官書」에 '其占驗 凌襍米鹽'이란 말이 있다).

상무[1]에게 · 1
與懋兒

천륜天倫이 크게 정해져서 종사宗祀를 맡기게 되었구나. 아직 한 가지 기운도 서로 쏟아붓지 못했는데 산천山川이 사이를 막을 수는 없는 모양이다. 이미 보내온 편지에서 그것을 증험하였다.

내가 기왕 이곳에 있어서 네게 얼굴을 대하고 가르칠 수 없으나, 너는 오직 네 병든 어머니를 잘 보호하여 봉양하고, 정성껏 네 둘째아버지의 가르침을 받들며, 선조를 받들고 웃어른을 모시는 도리에 힘쓰고 신중하기 바란다. 우리 집안에 전해 내려오는 오래된 규범은 바른 도리로써 행하는 것이니(직도이행直道以行) 삼가 굳게 지켜서 혹시라도 감히 떨어뜨리지 않도록 해라. 아침저녁으로 빈다.

해가 새로워졌는데 모시고 사는 형편(시상侍狀)이 행복하고 편안했느냐? 마음만 간절할 뿐이다. 나는 아직 지난해처럼 별 탈 없으니 이 모두가 다 임금님의 은혜로부터 이루어졌을 뿐이다.

여기 세공선歲貢船 편에 부쳐 간략하게 보내느라 다 갖춰 쓰지 못한다.

(1842년)

與懋兒[1]

天倫大定, 宗祧有託, 姑未卽見一氣之相貫注, 非山川所可間. 已於來書驗之.
吾既在此, 無以面命汝, 汝惟葆養汝病慈, 恪遵汝仲父訓戒, 奉先事長之道, 克欽克愼. 吾家傳來舊規, 是直道以行, 兢兢固守, 罔敢或墜. 昕夕之祝,
歲籥載新, 侍狀吉安念切. 吾尚無恙如舊年, 到底是恩造耳.
玆憑貢便, 略及不具.
(『阮堂先生全集』卷二)

註

1. 김상무金商懋(1819~1865). 자는 경덕景德. 호는 서농書農. 추사의 양사자養嗣子. 생부生父는 추사의 12촌형 태희泰喜(1784~1819). 철종哲宗 9년 무오戊午(1856) 생원生員. 참봉參奉을 지내다. 추사가 제주도에 유배된 다음 해(1841)에 입양하다. 9월 4일 편지에 통보.

상무에게 · 2
與懋兒

이해도 어느덧 새로워져서 소상날(추사 부인 예안 이씨禮安李氏의 소상인 1843년 11월 13일)이 홀연히 지나가 버렸으니 너희들의 어미 잃은 슬픔이 무척 크리라. 나 역시 이곳에서 한 번 울고 상복을 벗었다. 어찌 이와 같은 정리情理가 있을까 보냐.

새해 들어 며칠이 지났는데 온 집안이 한결같이 잘 있느냐. 너의 둘째아버지의 요즈음 건강은 더욱 나아졌으며, 아이들과 젊은이들도 모두 편안히 잘들 있느냐. 궁금하구나.

나의 입과 코에서 바람과 화기가 나는 증세는 겨울부터 봄까지 계속되면서 이렇게 고통을 주니 걱정이구나. 그사이 제사와 전배일展拜日(월성위 내외 묘廟의 전배일은 1월 4일과 1월 17일)이 차례로 다가왔을 터인데 먼바다 밖에서 매년 애달파할 뿐이구나.

드물게도 새해 들어 편지가 막혀서 설을 전후해서는 하나같이 아득할 뿐 어느 날이나 너희들의 편지를 받아 볼 수 있을지 모르겠으니 답답함을 형용하기 어렵다. 상우商佑도 역시 옆에서 같이 보도록 하여라. 각각 따로 쓰지 못했다. 이만 줄인다.

(1844년)

與懋兒

此歲倏新, 追祥奄過, 汝輩攀痛廓然. 吾亦於此一哭除服. 寧有如許
情理也.
年後有日, 渾狀一如, 汝之仲父, 近節益勝, 兒少皆安好耶. 念念.
吾口鼻風火, 自冬涉春, 如是作苦, 悶切. 其間祀事, 曁展廟之日, 次
第臨止, 遠外年年慟哭.
罕新便遞之阻, 年前後一以渺然, 不知何日得見汝輩書, 紆菀難狀,
佑亦傍照. 不得各, 具不式.

(『阮堂先生全集』卷二)

상무에게 · 3
與懋兒

집에서 보낸 심부름꾼이 와서 편지를 보고 가을 이후의 편안한 소식을 알게 되니 막히고 답답함이 크게 열린다.

눈 깜빡할 사이에 겨울이 이르렀는데 온 집안의 작고 큰 이들이 모두들 잘 지냈으며, 너의 둘째아버지는 그사이 북쪽(서울)으로부터 돌아왔을 터인데 60 잔치를 인아麟兒(명희命喜의 양자養子 상념商念의 아명兒名인 듯)와 같이 차렸었느냐. 멀리 떨어진 바다 밖에서 아득히 심회心懷만 읊조리고 있으니 더욱 다른 때와 비교할 바 아니구나.

푸른 등불과 누런 책들은 일과日課(날마다 하는 공부)를 거둘 수 없게 하겠지? 늙은이는 잠이 없는지라 늘 너희들만 생각하는데, 글 읽는 소리가 황홀하게 귓가에 들리는 것 같으니, 이 마음 참으로 고통스럽다. 나는 예전처럼 잠꼬대를 하고 위胃가 끝내 깨끗하게 트이지 않으며 눈병이 한결같이 더 심해지니 걱정이다. 상우는 아직 별고 없다.

이 고을의 이시형李時亨이란 사람은 나이가 젊고 재주가 뛰어난데, 결단코 이 학문을 하고자 하니, 그 뜻이 자못 예리하여 막을 수 없으므로 올려 보내니 함께 연마해 보아라. 비록 그 견문은 넓지 않다 하더라도 만약 갈고 닦게 한다면 족히 이곳의 책을 읽지 않는 사람들에게서는 뛰어날 수 있을 것이다. 그가 가는데 배를 타고 가자면 늦어질 듯하다. 이만 줄인다.

(1847년)

與懋兒

家伻來見書, 知秋後安信, 甚開阻鬱.
轉眼冬屆, 渾況小大悉佳, 汝之仲父, 間自北歸, 六十壽觴, 與麟兒同擧耶. 遠外懸誦, 尤非他時可比.
靑燈黃卷, 能不撤課. 老人無眠, 每念汝輩, 讀聲怳若在耳畔, 此心良苦. 吾如舊吟囈, 胃道終不淸開, 眼花一以添甚, 悶然. 佑姑無甚恙耳.
此邑李生時亨, 年少才逸, 決意欲此學, 其志頗銳, 不可阻奪, 使之上去, 試與同硏. 雖其見聞不廣, 若使磨淬, 足以傲此地不讀者耳. 其行從船而去, 似遲緩矣. 姑不式.

(『阮堂先生全集』卷二)

상무에게 · 4
與懋兒

북쪽으로 온 이후에 소식은 알 수 없는데 비바람이 계속되고 장마가 도리어 심해지니 멀리서 걱정을 특히 많이 했지만, 곧 편便이 닿아서 네 편지를 보고 모두 별일 없는 것을 알았다. 그런데 둘째 제수씨의 병환이 그간 자못 고르지 못했던 모양이니 지금 비록 조금 나아졌다고 하나 걱정이야 어떻게 말할 수 있겠느냐.

소식 받은 후 며칠이 지났는데 그동안 어른 애들이 모두 잘 지내며 다시 걱정되거나 잘못된 일은 없느냐. 나는 사흘을 앓았지만 다행히 크게 축나지는 않고 이제 또 한 열흘 지났다.

강루江樓는 자못 시원하고 물맛이 크게 좋아서 차츰 마음에 맞아 가고, 집이 단란하고 친척들과 정답게 이야기를 나눌 수 있어서 10년 쌓인 회포를 위로할 수 있으니, 생일을 들어 드날리어도(생일잔치를 하여도) 이는 오늘 받을 수 있는 바이겠구나. 눈병이 더위에 더쳐서 편지 온 곳에 하나하나 답을 써 보낼 수가 없다. 다만 이 한 장의 평안하다는 소식을 부쳐 보내니 여러 곳에 두루 미칠 수 있으면 좋겠다.

(1849년)

與懋兒

北來以後, 信息莫憑, 風雨連仍, 霖霪轉甚, 遠注殊多, 即於便至, 見
手書, 知渾況無甚損. 而仲嫂患節, 間頗欠和, 今雖少減, 憧慮 何可言.
信後有日. 大小悉佳, 再無惱障耶. 吾三日能違, 而幸不損, 今且遇旬.
江樓頗暢, 水泉大佳, 稍以自適, 家屋團欒, 親戚情話, 可以慰開十年
積懷, 至於舉晬稱揚, 是今日之所可承當也. 眼花當暑信劇, 書來處
不得一一作答, 但此一紙 平安寄去, 徧及於諸處可耳.

(『阮堂先生全集』卷二)

상우[1]에게
與佑兒

난초를 치는 법(난법蘭法)은 역시 예서隸書를 쓰는 법과 가까워서 반드시 문자
향文字香과 서권기書卷氣가 있은 연후에야 얻을 수 있다.

또 난법은 그리는 법식(화법畵法)을 가장 꺼리니, 만약 화법이 있다면 그
화법대로는 한 붓도 대지 않는 것이 좋다. 조희룡趙熙龍(1789~1866) 같은 사
람들이 내 난초 그림을 배워서 치지만 끝내 화법이라는 한 길에서 벗어나지
못하니 이는 그 가슴속에 문자기文字氣가 없는 까닭이다.

지금 이렇게 많은 종이를 보내 왔으니, 너는 아직 난초 치는 경지와 취미
를 이해하지 못하는구나. 이처럼 많은 종이에 그려 달라는 요구가 있다는
것이 특히 폭소를 터트리게 한다. 난초를 그리는 것은 서너 장의 종이를 지
나칠 수 없다. 신기神氣가 서로 모이고(정신이 통일되고) 경우(분위기)가 무르
녹아야 하는 것은 서화書畵가 모두 똑같으나 난초를 치는 데는 더욱 심하거
늘 어떻게 많이 얻을 수 있겠느냐.

만약 화공畵工 무리들과 같이 화법에 따라서 치기로 한다면 비록 한 붓으
로 천 장의 종이에 친다고 해도 가능하다. 이와 같이 치려면 치지 않는 것이

596

좋다. 이 때문에 난초를 치면서 나는 많이 치는 것을 즐거하지 않았으니, 이는 너도 일찍이 보던 바이다. 이제 약간의 종이에 쳐 보내고, 보낸 종이에 죄다 치지는 않았다. 모름지기 그 묘법妙法을 깨달았으면 좋겠다.

난을 치는 데는 반드시 세 번 궁굴리는 것(삼전三轉)으로 묘법을 삼아야 하는데, 이제 네가 친 것을 보니 붓을 한 번 쭉 뽑고 곧 끝내 버렸구나. 꼭 삼전하는 곳에 공력을 썼으면 좋겠다. 대체로 요사이 난을 친다는 사람들이 모두 이 삼전의 묘법을 알지 못하고 함부로 찍어 바르고 있을 뿐이니라.

與佑兒

蘭法 亦與隸近, 必有文字香 書卷氣, 然後可得.

且蘭法, 最忌畫法, 若有畫法, 一筆不作可也. 如趙熙龍輩, 學作吾
蘭, 而終未免畫法一路, 此其胷中無文字氣故也.

今此多紙送來, 汝尚不解蘭境趣味. 有是多紙之求寫, 殊可噴筒. 寫
蘭 不得過三四紙. 神氣之相湊, 境遇之相融, 書畫同然, 而寫蘭尤
甚, 何由多得也.

若如畫工輩, 醋應法爲之, 雖一筆千紙, 可也. 如此作, 不作可也. 是
以畫蘭, 吾不肯多作, 是汝所嘗見也. 今以略干紙寫去, 無以盡了來
紙. 須領其妙 可耳.

寫蘭 必三轉爲妙, 今見汝所作, 一抽筆即止. 須於三轉處, 用工爲
佳. 凡近日寫蘭者, 皆不知此三轉之妙, 妄加塗抹耳.

(『阮堂先生全集』卷二)

註

1. 김상우金商佑(1817. 7. 12~1884. 9. 26). 자字는 천신天申, 호號는 수산須山. 추사의
   서자. 벼슬은 학관學官(음관蔭官으로, 승문원承文院의 이문학관吏文學官)을 지내다. 가
   학家學으로 시문서화詩文書畫를 잘하다.

사촌 형님 교희씨[1]께 · 1
上從兄 敎喜氏

경득庚得이가 와서, 보내신 글월을 받아 보니 스무 날도 안 되는 최근의 소식이었습니다.

바다에 들어온 후에 편지가 이와 같이 신속하기는 또한 이것이 처음이라서, 받아 보고 기쁨으로 쑥대 사립문(봉조蓬蓽)을 뵙고 기침소리(경해磬咳)를 듣는 듯했을 뿐만이 아니었습니다.

세월이 빨라서 어느덧 겨울이 되니 몰골은 마른 나무와 같고 마음은 탄재와 같은데 앉아서 이런 세월을 보내야만 할 뿐일까요.

이곳 섬나라는 아직 가을걷이가 늦지만 북쪽 육지는 언덕 위에 낙엽 지고 풀과 나뭇가지들이 변하였겠군요. 이런 때에 건강과 여러 가지가 또한 두루 어떠하십니까. 생신生辰(10월 21일)이 또한 이에서 머지않으니 연세가 다시 한 갑자를 더하시겠군요(회갑이 되시겠군요). 저 북두성北斗星을 바라보며 이 수요壽曜(수성壽星, 즉 남극성南極星)에게 고개 숙여 멀리멀리 축수를 드리는 것이 또한 다른 때와는 비교가 안 됩니다. 술잔을 잡고 송수頌壽 한마디를 정성껏 드릴 수가 없으나 아득한 바닷가에 정만은 끝닿는 데가 없습니다.

요즈음 건강은 더욱 좋으시어 돌아다니시는 것이 또한 꿋꿋하시며, 농사 지으신 것은 얼마나 되시는지. 정情을 생각하여 고민을 잊는 것도 한 가지 해소시키는 방법인가 보지요. 지동芝洞 소식은 한가지로 연이어 평안하시며 먼 곳의 소식도 역시 듣고 계십니까. 여러 가지로 착잡하기만 합니다.

　이 사촌 아우는 옛날 그대로 모질고 우둔한데, 갑자기 요즈음 피부병(피풍皮風)을 앓게 되어 온몸이 비늘처럼 반점이 생겨나는데 가려움으로 밤에 조금도 눈을 붙일 수가 없답니다. 아울러 전날 비올 때의 잠도 역시 이룰 수가 없으니 이것이 가장 큰 고민거리랍니다.

　제 아내는 또 학질(노학老瘧)로 고생한다고 합니다. 이는 갑자기 떼어 버리기 어려운 것인데, 저처럼 쌓인 병증이 어떻게 견디어 낼 수 있을지 모르겠습니다. 그사이 소식을 전혀 더 들을 수가 없으니, 다만 애를 태우면서 갈피 못 잡아 할 뿐이옵니다.

　손중孫仲은 요새 별 탈 없는데도 걱정이 물결치듯 하여 제 홀로 스스로 볶고 있으니 실로 적은 걱정이 아닙니다.

　서산瑞山에 가시지 않으셨으며, 아직도 그것을 하지 못하셨습니까. 마음 산란하여 이만 줄이겠습니다.

　(1841년)

600

上從兄 教喜氏

庚得之來, 伏承下書, 是未二十日之近信也.

入海後便遞之如是迅速, 又是初有, 奉以欣慰蓬蓬, 馨咳不啻過矣.

轉丸滔滔, 冬令已屆, 形如槁木, 心如死灰, 坐送此流光而已耶.

海國尚遲斂藏, 而北陸則皐壤搖落, 草木變衰矣. 此時體候諸節, 更若何. 封壽又茲不遠, 屋籌更進一甲, 詹彼北斗, 挹此壽曜, 遙遙拱祝, 又非他時可比矣. 執觴一頌, 未由如誠, 渺渺海角, 情有難窮.

近節益有勝相, 步履亦旺, 農課成就幾分. 託情排悶, 夫得銷受一法耶. 芝信一連承安, 遠奇亦有聞耶. 種種懸仰.

從弟依昔頑鈍, 忽患皮風之症, 逼體鱗鱗斑斑, 不勝搔爬, 夜不能交睫. 並前雨時之眠, 亦不得爲之, 最是悶絕悶絕.

室憂又以老瘧作苦云, 此是猝難遣卻者也, 以若積瘁, 何以支得. 其間動靖, 無係續聞, 只是焦惱, 不能定耳.

孫仲 近頗無恙, 而憂挑如波, 獨自勞損, 實非細憂矣.

無瑞行, 尚未得爲之耶. 不勝憧憧. 餘姑不備.

（『阮堂先生全集』卷二）

註

1. 김교희金教喜(1781~1843). 추사의 사촌 형. 자는 수여脩汝. 성균관成均館 대사성大司成 · 이조참의吏曹參議를 지내다. 이주頤柱의 둘째 아들인 노성魯成의 아들.

사촌 형님 교희씨께 · 2
上從兄 教喜氏

단段이가 와서, 보내 주신 글월을 잘 받았습니다. 아침저녁으로 목 타게 기다리던 그리움이 조금은 가라앉는 것 같군요. 동지섣달 이후로 왕래가 모두 막혀서 다만 저희 집 종들에게서 이외에는 다른 소식을 받아 보지 못하였으므로 형님께 편지 받드는 것도 또 놓쳤습니다.

그저 다만 새해를 맞이하여 몸이 편안하시고 복을 받으시며, 온 집안이 모두 안녕하시어 시끄럽게 놀라고 긴장할 일이 없는 끝에 오직 '평안平安'의 두 글자를 얻으십시오 하는 것으로 새해의 큰 축원祝願 인사를 삼고자 합니다. 구구하게 그리워하는 어리석음을 어찌 멀리서 감당하겠습니까.

이 사촌 아우의 쌓인 허물과 쌓인 재앙은 또 죄 없는 아내에게까지 미치게 해서 천 리 밖 바다 위로 부고가 갑자기 이르니, 놀란 끝에 울부짖은 것은 오히려 둘째 문제이었고 근 사십 년 함께 산 중요한 일도 오히려 사정私情에 속하는 것이었습니다. 여러 대 제사를 한결같이 크게 생소하여 익숙지 않은 새로 들어온 아이들 부부(양자養子 상무商懋 부부를 말함 – 역자 주) 몸에만 맡기었으니 저들로 하여금 비록 현명하고 효성스럽기가 보통을 훨씬 지나

602

게 한다 하더라도 일을 주관할 수 있겠으며 버티어 나갈 수 있겠습니까.

아직 우리 집안의 규모를 익히지 않아서 마음은 비록 와 있다 해도 햇수가 모자라니 장차 어찌해야 합니까. 옛날 병인년丙寅年(1806. 초취 부인初娶夫人 한산 이씨韓山李氏가 『경주김씨세보慶州金氏世譜』에 을축乙丑 2월 12일 졸卒이라 하였으니 이 기록에 의해서 한산 이씨의 담제·탈상과 예안 이씨 재취가 다음 해인 병인년丙寅年 5월 경에 이루어졌음을 알 수가 있다. 양모 남양 홍씨가 이해 8월 1일에 돌아가기 때문이다. ─ 역자 주)에 있어서 이번에 간 사람(예안 이씨)이 당하던 것이 흡사 이와 같았습니다. 그러나 그때를 당해서는 여러 집안 어른들이 보살펴 주셨고, 여러 누님들의 협조가 있었던 까닭으로 가히 의지하여 맡길 수 있어서 세월이 지남에 따라서 다행히 가도家道를 떨어뜨리지 않았었습니다. 오늘날에 이르러서는 눈앞에 벌어진 이 모양을 누구에게 보살펴 달라 하며, 누가 있어 협조해 주겠습니까.

백 가지로 생각하니 두서를 잡을 수 없어 아득하기만 하니 어떻게 해야 좋을지 모르겠습니다. 어찌 이 몸이 이와 같이 기울어서 수습할 수 없는 꼴을 보리라고 생각이나 하였겠습니까. 가슴을 치면서 스스로를 슬퍼하는 것이 죽음을 서러워하는 것보다 더 심합니다.

초종장례가 때에 맞았다 하니 오히려 다행한 일입니다. 널의 재료를 그곳에서 가져다 썼다 하는데 분수에 지나치는 것 같습니다. 널두께가 세 치라서 쉽게 썩으면 어때서, 무엇하려 몇 해를 두고 만든 것(세제歲制. 관목棺木을 일컬음)의 나머지를 주기까지 하였습니까.

무덤은 어느 곳에 쓰고, 장사는 어느 날로 정하는지, 막연히 아무 관계와 간섭도 없이 길 가는 사람 보듯 하였습니다. 홀아비가 되어 홀로 살아남아 뒤에 죽는 책임을 지려 해도 할 수가 없으니 이 어찌 살아서 세상에 있는 사람의 일이라고 할 수가 있겠습니까.

순순히 타일러서 위로하시는 말씀에 감히 순령荀令(삼국 위魏의 순찬荀粲.

아내를 사랑하여 상처한 뒤 상심하여 뒤따라 죽음)의 정신 잃음을 지키어 경계하지 않겠습니까만 역시 아직 장자莊子의 달관達觀(장자는 부인이 죽었을 때 다리를 뻗고 앉아 동이를 두드리며 노래했다는데 이는 생사 애환이 둘이 아니라는 달관을 얻었기 때문이었다.)에는 이르지 못하는가 봅니다. 지나치게 걱정하실 것은 없습니다.

이 아우는 늘 둘째 아우의 오랜 병과 쌓인 피로를 밤낮으로 걱정하여 잠시도 마음 놓을 수 없으니 형님께서도 이번에는 따로 곁에서 보호하시어 더 나빠지지 않게 해 주신다면 바다 밖에 매여 있는 이 사람도 역시 마음 놓겠나이다.

이 아우의 몰골은 다만 전날과 조금도 다름이 없으니 모질기가 이와 같습니다. 올해는 이곳에서 벌써 4년째니 어찌 집을 생각하는 그리움이 없을 수 있겠습니까만 역시 스스로 억제하며 하루하루를 보내고 있을 따름입니다.

지동芝洞의 안부는 계속 들으시며 멀고 가까운 여러 곳들도 다 무고하십니까. 바람결에 깃대 나부끼듯 하고 열 손가락은 망치질하듯 하여 억지로 이렇게 말씀 올립니다. 아직 다 갖추어 말씀드리지 않았습니다.

(1843년)

上從兄 教喜氏

段隸之來, 伏承下書, 日夕懸渴之思, 稍以仰慰. 至臘以後, 往來俱阻, 只家隸外, 更未接信, 而奉且損矣.

伏惟體候, 履新康福, 閤內均晏, 無撓驚弦之餘, 惟得二字平安, 爲新年大祝大願. 區區慕庸, 曷任遙懸之私.

從弟積咎積殃, 又及於無辜之室人, 千里海上, 訃車忽至, 驚越震慟, 猶屬第二, 近四十年牉合之重, 猶屬私情. 屢世香火, 一以委之 於丕生不熟 新來之兒子夫婦身上, 使渠雖賢孝出常萬萬, 可以幹蠱, 可以揩拄.

姑未嫻習於吾家規模, 心雖至而年未到, 將何哉. 在昔丙寅逝者之所當, 恰與此同, 而當其時, 長宿之所以觀感, 諸姊之所以夾助, 可得依之賴之, 費以歲月, 幸以不墜, 至於今日, 而目下貌樣, 于何觀感, 有誰夾助.

百爾思之, 頭緒茫然, 不知何以爲好. 豈料吾身目見, 其如此頹替, 莫可收拾. 撫躬自悼, 有甚於長逝之哀矣.

初終及時, 尚幸, 板材取用於那中云, 似過分數矣. 桐板三寸, 易朽何妨, 而何以損惠於歲制之餘耶.

山事定於何處, 襄期定在何日, 而漠然無關涉, 視如陌路. 鰥鰥獨生, 欲効於後死之責, 而不可得, 是豈生在世間事耶.

諄諄慰勉之敎, 敢不守誡 苟令傷神, 亦未作莊叟達觀. 無庸過致下念. 弟則每以仲之積瘁積勞, 日夕憧憧, 不能暫弛, 兄主亦於此弟, 另加旁護, 無至添損, 則海外懸結, 亦可以放下矣.

弟狀只是無增減之前日樣子, 頑極如此. 今年則已四載於此, 安得無懷家之戀, 而亦自強制遣日而已.

芝安連承, 而遠信近信, 皆無恙耶. 餘風纛搖搖, 十指如搥, 艱此仰達. 姑不備達.

(『阮堂先生全集』卷二)

606

재종손 태제[1]에게 · 1
與再從孫 台濟

승모僧帽를 논박한 것은 부끄러움을 참을 수가 없구나. 그러나 옛사람들의 관제冠制도 역시 끝이 모나거나 둥근 것 두 가지 형식에서 벗어나지는 않았었다.

지금 통행하여 쓰고 있는 것은 끝이 모난 두건頭巾이니 너도 역시 평소에 그것을 쓰고 있으리라. 만약 네가 비록 끝이 둥근 건巾을 쓰고자 한다 해도 한 마디 방망이 같은 상투가 있음으로써 자연히 끝이 모난 것에 편리할 것이고 둥근 것에는 편안할 수가 없을 것이다. 그런 까닭으로 끝이 둥근 것이 우리나라에서는 통행할 수 없었느니라. 이것이 바로 끝이 둥근 두건의 참뜻인데, 끝이 모난 것으로써 끝이 둥근 것을 허물하니, 이는 곧 흰 것을 옳다 하고 붉은 것을 그르다 하는 이치가 아니냐. 어이가 없어 웃음만 터져 나온다.

네가 승모를 보고 싶다면 곧 네 집 안방으로 들어가 보아라. 너의 어미나 네 처가 쓰는 것이 진짜 승모일 뿐이니라. 승모가 어찌 일찍이 일호一毫라도 끝이 둥근 제도만 있었겠느냐. 또 네가 평생 입는 것은 곧 승포僧袍이고 네 처가 쓰는 것은 승모僧帽이거늘, 스스로에게 허물을 잡지 않고 도리어 이를 중국 사람의 옛 제도인 끝이 둥근 두건으로 의심하니 한갓 논의가 걸맞지 않을 뿐 아니라 전혀 모나고 둥근 옛 제도를 모르는 것이다. 이와 같이 말하는 것은 오로지 마음이 건방진 까닭이다.

요사이 승려들이 혹시 이 제도를 빌려 쓰는 것이 있다 해도, 승려들이 잠깐 빌려 쓰는 것으로 옛사람들의 만든 것에 무슨 장애가 있다고 하여 도리어 그것을 버리려고 하느냐. 국에 데었다고 나물을 불거나(징갱취제懲羹吹齏) 목이 메었다고 밥을 먹지 않는 것(인열폐식因噎閉食)과 가까울 수 있지 않겠느냐.

너는 낙타의 혹과 소의 턱살을 비교하여 다투면서 크게 생각해 보지도 않고 도리어 이를 논박하려고만 드니, 그 뜻은 비록 볼만하다고 하겠으나 그 처사는 크게 공경하는 도리를 잃었다. 이는 더욱 말을 조심하고 의심을 없이 하라는 가르침이다. 경계하고 또 경계하거라.

또 너는 중국 사람들 삿갓제도(입제笠制)를 보지 못했느냐? 곧 끝이 둥근 두건에 모자 테를 붙여서 햇빛을 가리게 했을 뿐이다. 요사이 책문柵門[2]으로부터 무역해 오는 전모氈帽도 역시 끝이 둥근 제도에서 나왔는데 우리 동쪽 나라 사람들은 한 마디 방망이 같은 상투가 있는 까닭으로 또 다른 뾰족한 모양을 만들어서 방망이 같은 상투에 편안하도록 하였다. 옛 제도가 원래 모두 이와 같았으나 수천 년 이래에 감히 논박하는 사람이 없었는데, 너는 참 대담한 사람이구나.

與再從孫 台濟

僧帽之駁, 不勝憝愧. 然而古人冠制, 亦不出方圓二式.

今通行所著, 是方頂之巾, 汝亦平居, 似頭戴之耳. 如汝雖欲戴圓, 以有一寸鬌髻, 自然便利於方者, 而不能安吉於圓者, 所以圓之者, 不得通行於 國中也. 此則是圓頂之巾也, 以方頂, 咎圓頂者, 即非是素而非丹耶. 不覺啞然一笑.

汝欲見僧冒, 則入汝室中. 汝母 汝妻所戴者, 眞僧冒耳. 僧冒何甞有一毫圓頂之制耶. 且汝之平生所著, 即僧袍, 汝妻所戴, 即僧冒, 而不自執咎, 反疑此中國人舊制之圓頂之巾, 非徒擬議之不倫, 全不知方圓古制. 如是爲說, 專是心魘所致也.

近日僧輩, 或有借此制者, 而以僧輩之暫爲借用, 何礙於古人所制, 而反欲棄之. 能不近於懲羹因噎耶.

汝之交爭於駝之峰 牛之胡, 太不商量, 反欲駁此, 其意則雖可觀, 其事則太沒虔恭之道. 此尤愼言闕疑之戒也, 戒之戒之.

且汝不見中華人笠制, 即於圓頂巾, 加之冒簷, 以遮陽耳. 近日自柵門, 所貿來氈冒, 亦出於圓頂之制, 而以我東人有一椎髻故, 又另作尖樣, 以便於椎髻. 古制元皆如是, 數千年來, 無人敢駁者, 汝即是一大膽人耳.

(『阮堂先生全集』卷二)

註

1. 김태제金台濟(1827~1906). 추사의 종형從兄 관희觀喜의 손자이고 양양부사襄陽府使 상일商一의 아들. 자는 평여平汝, 호는 성대星垈. 고종高宗 24년(1887) 문과文科. 벼슬이 예조판서禮曹判書, 태의원경太醫院卿에 이르다.

2. 책문柵門. 책문후시柵門後市를 말함. 청나라 때 만주 심양 봉황성鳳凰城 밖에 있던 조선과 청나라의 무역장貿易場. 조선과 청나라의 사행使行이 있을 때마다 개설되었다.

재종손 태제에게 · 2
與再從孫 台濟

비 오는 날 집 안에서 심심하여 부채에 〈호숫가 새잎 난 버들湖天新柳〉이라는 작은 경치를 그렸는데, 너로 하여금 곁에서 보게 하지 못하는 것이 한스럽구나. 삿갓 쓰고 잠깐 올 수 없겠느냐. ^{도판40}

요사이 날마다 조눌인曹訥人[1]으로 하여금 글씨를 쓰게 하는데, 네가 곁에 있어서 같이 보고 배우지 못하는 것을 한으로 여긴다. 네가 비록 없었지만 역시 너를 위해서 몇 장의 좋은 편액扁額을 써 두었다. 글자의 모양 됨이 웅장하고 기이하여 매우 볼만하니 꼭 며칠 내로 와서 가져갔으면 좋겠다. ^{도판41}

벼루와 판은 받았다. 벼루는 조 군曹君에게 한전漢篆을 한번 보여 주기 위해서 이렇게 찾아왔으니 다른 날 만약 더 빌려 가고자 한다면 마음대로 하거라.

접때 보여 준 중中 자字의 뜻은 그 연구가 매우 깊은 것을 알 수 있으나, 이는 모두 문 밖에 나서서 햇빛을 바라보고 그림자를 잡으려는 것이다. 지금 네가 걸어 다니고, 멈추고, 앉고, 서는 행위 자체가 모두 중中(꼭 들어맞는 것)이다. 중이 아니면 걸어 다닐 수도 없고, 앉을 수도 없으며, 설 수도 없으니, 따로 한 길을 찾을 필요가 없느니라.

지금 걸어 다니고 멈추고 앉고 서 있으면서 이 중中이라는 것을 모른다면 이는 이른바 나귀를 타고서 나귀를 찾는 짓일 뿐이니라. 이것은 한두 마디 말로 설명해 낼 수 없으니 오직 몸을 돌이키어 자꾸만 찾아보아라. 이렇게 돌이켜 찾으면 남는 것이 있으리라. 그러나 또 지나치게 찾는 것은 중中이 아니다.

『주역周易』의 384효爻와 64괘卦가 이리저리 오가고 아래위로 반복되어서 중中으로 향해 가지 않는 것이 없다. 그런 까닭으로『중용中庸』과『주역周易』은 서로 통한다고 할 뿐이니라.

與再從孫 台濟

雨屋無憀. 作湖天新柳小景於扇頭. 恨不使爾在旁參見之. 不能戴笠暫來耶.

近日日令曹訥人作書, 恨不汝之在旁同證也. 汝雖不在, 而亦爲汝作幾紙佳扁, 字勢雄奇, 甚可觀, 必於日間出來, 取去可也.

硏與板領之. 硯爲曹君一覽漢篆, 有此覓還. 他日若欲更爲借去, 隨意爲之.

頃示中字之義. 可見其參究沈深處. 此皆門外希光掠影. 今汝行住坐立處, 皆中, 而非中. 無以行, 無以住, 無以坐, 無以立, 不必別尋一逕.

今乃行住坐立, 而不知是中者, 是所謂騎驢覓驢耳. 此非一二言說可了, 惟回身返求. 是歸求. 有餘者, 且過求非中.

易之三百八十四爻, 六十四卦, 往來憧憧, 反復上下, 無非向中去, 所以中庸與易通耳.

(『阮堂先生全集』卷二)

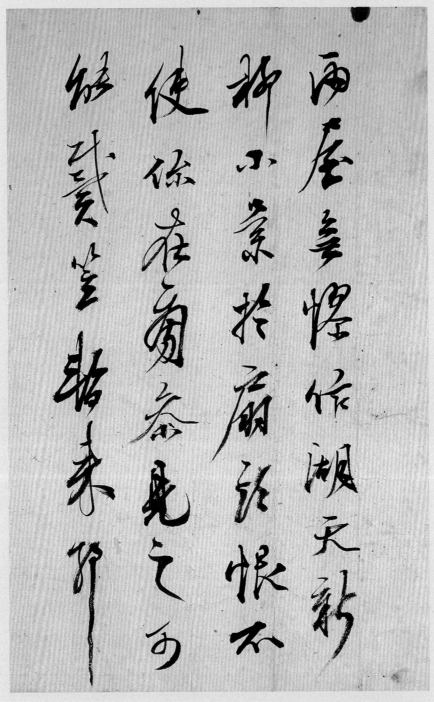

도판 40. 〈재종손 태제에게與再從孫 台濟·2〉《완당소독阮堂小牘》29쪽(유명훈劉命勳에게 보낸 편지 모음 중에서),
김정희, 지본묵서, 34.6×42.8cm, 국립중앙박물관 소장

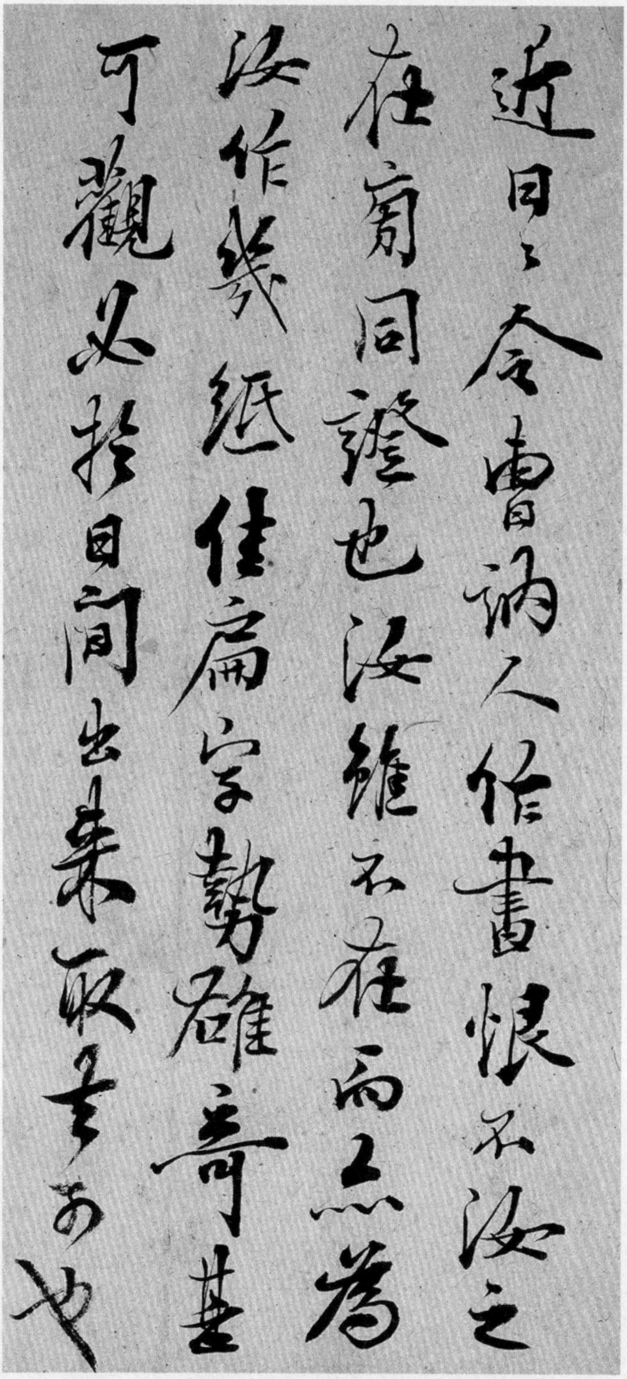

近日/令曹訥人作書/恨不/汝之在旁/同證也/汝維不/在而/亦爲汝作/幾/紙佳/扁字/勢雄/奇甚/可觀/必於/目間/出來/取之/而/也也

도판 41. 〈재종손 태제에게與再從孫 台濟·2〉《완당소독阮堂小牘》 23쪽(유명훈에게
보낸 편지 모음 중에서), 김정희, 지본묵서, 34.6×42.8cm, 국립중앙박물관 소장

註

1. 조광진曹匡振(1772~1840). 조선 용담인龍潭人. 자는 정보正甫, 호는 눌인訥人. 평양
   平壤에서 살다. 전서篆書와 예서隸書를 잘 썼는데 금석기金石氣가 있었으며 종요鍾
   繇 · 왕희지王羲之 필법에 모두 익숙하였으나 특히 안진경顔眞卿의 법수法髓를 이
   어받은 조선왕조 후기의 서예 대가. 추사秋史 · 자하紫霞가 모두 일대一代 종장宗匠
   으로 추숭推崇하여 사귀다.

   조광진이 돌아가던 해에 김태제는 겨우 14세 소년이었으니 이 편지는 주인공이
   바뀐 게 틀림없다. 박철상의 연구에 의하면 실제 주인공은 추사의 장황사 유명훈
   劉命勳이라 하며 그 편지는 국립박물관 소장 《완당소독阮堂小牘》에 장첩되어 있다
   한다.

석파[1] 흥선대원군에게 · 1
與石坡 興宣大院君

몸이 자유롭지 못하고 멀리 떨어져 있어서 늘 하고 싶은 말이 많았는데, 하물며 외갓집[2]으로부터의 이와 같은 사양 말씀을 내려서이겠습니까. 특별히 마음이 쓰입니다.

옛날과 지금을 비교해 살펴보니 더욱더 아득할 따름입니다. 뜻하지도 않게 주신 글월은 보통 일에서 나왔을 리는 만무하여 편지를 들고 어쩔 줄 몰라 하며 스스로 진정하지 못하였습니다. 다만 살펴보건대 귀하신 몸(숭체崇體, 정종일품正從一品에 한하여 쓴다.)을 신령이 보호하여 도와주신다 하니 조수潮水와 같이 끊임없이 머리 조아려 칭송을 드리겠습니다.

아름다운 나무와 좋은 인연을 맺고 대숲에서 풍류를 즐기면서 문자文字 길상吉祥을 원만 성취하셨다니 바람에 임하여 거슬러 생각하건대 더욱 얼마나 부러울 뿐이겠습니까.

이 친척이 지금껏 죽지 않고 있는 것은 이상한 일로서 점점 바보스럽고 모질기만 한 보잘것없는 물건이 되어 가니 날마다 눈귀로 보고 듣는 것이 괴롭고 심란하지 않은 게 없을 뿐입니다.

귀하게 보내 주신 여러 물품은 정중하고도 지극한 뜻인 줄을 알겠기에 평소에는 가지기를 바라지도 못한 것이었지만 물리치면 공손하지 못하겠으므로 본래 가지고 있던 것처럼 미안함을 무릅쓰며 받고 나니, 감사함과 부끄러움이 섞바뀌어 일어납니다.

　눈이 침침하고 팔이 산처럼 무거워서 이것도 겨우 썼습니다. 드릴 말씀 남겨 둔 채 이만 줄이겠습니다.

與石坡 興宣大院君

迹拘形違, 每有願言, 況自外氏之如是零謝. 另有耿耿.

俯仰今昔, 益切懸懸. 不意委存之盛, 出尋常萬萬, 執緘悒悒, 無以
自定. 第謹審崇體, 神葆曼相, 頷頌如潮至.

芳樹佳緣, 修竹風流, 圓就文字吉羊, 臨風溯懷, 尤何等艷嗟而已.

戚生至今不死, 省是異事, 轉轉作一癡頑 不靈之物, 日日耳目所接,
無非惱亂而已.

崇貺諸品, 仰認鄭重之至意, 非素望所及, 卻之不恭, 冒領如固有,
感愧交並.

眼花添障, 臂重如山, 艱此勝毫. 姑留不備狀.

(『阮堂先生全集』卷二)

註

1. 이하응李昰應(1820~1898). 자는 시백詩伯. 호는 석파石坡. 영조英祖의 현손玄孫이고 고종高宗의 사친私親, 흥선대원군興宣大院君. 예서隸書와 난초 그림에 뛰어난 솜씨를 보여 추사가 늘 두 가지 아름다움으로 칭송했으며, 특히 난초 그림에 대해서는 압록강 이동以東의 우리나라에서는 제일이라고 칭송할 정도였다. 추사의 영향을 많이 받다.

2. 흥선군興宣君이 사도세자思悼世子의 서자庶子인 은신군恩信君의 가계家系를 잇고 있어, 영조英祖의 현손玄孫에 해당하고, 추사는 월성위月城尉의 증손曾孫으로 역시 영조英祖의 외현손外玄孫에 해당하므로 둘 사이는 내외內外 팔촌八寸 형제의 인척이 된다. 그래서 추사가 흥선군을 외씨外氏라고도 부르고 친척 혹은 친척 형이라고도 자칭自稱하였다.

한편 추사 양모 남양 홍씨南陽洪氏(1748~1806)는 현령 홍대현洪大顯의 제1녀이고 흥선의 양조모인 은신군恩信君 이진李禛(1755~1771) 부인 남양 홍씨(1755~1831)는 홍대현의 제2녀였으므로 추사에게 흥선군은 이모의 손자로 이당질, 즉 외가 쪽 5촌 조카에 해당하기도 했다.

석파 흥선대원군에게 · 2
與石坡 興宣大院君

설 뒤의 한 통 편지가 새해를 보는 것 같고, 꽃 핀 것을 만난 듯하니 기쁨을 가히 알 수 있을 뿐입니다. 다만 쫓겨나서 제 맘대로 사느라¹ 파리한² 이 몸이 감히 높은 베푸심을 감당하지 못할 뿐입니다. 산사山寺에 가자는 한 가지 약속은 역시 뜬세상의 맑은 인연이니 어찌 쉽게 이루어질 수가 있겠습니까. 또 반드시 기쁘게 방편을 따를 뿐 스스로 괴로워하거나 애쓸 필요는 없습니다.

《난화蘭畵》(추사의 난첩) 1권에 망령스럽게도 제기題記를 붙여서 이번 편에 부쳐 보내 드리니 받아 두셨으면 좋겠습니다. 대개 이런 일이란 것은 곧 한 가지 잔재주이기는 하지만 마음을 집중하여 공부하면 유가儒家에서 사물의 이치를 연구하여 지식을 확실히 하는 공부(격치지학格致之學)와 다름이 없습니다.

그런 까닭으로 군자君子는 행동 하나하나에 있어서 도道에 맞지 않으면 행하지 않게 됩니다. 만약 이와 같이 도에 맞는다면 또 어찌 물건을 아끼고 사랑하는 데 빠질까 무섭다(완물상지玩物喪志)고 경계하는 말을 하겠습니까. 만약 이와 같지 않다면 곧 속된 스승이나 마군의 경계에 지나지 않습니다.

가슴속의 5,000권 책이나 팔목 아래 금강저金剛杵 같은 데 이르기까지도 모두 이로 좇아 들어올 뿐입니다. 아울러 복 받으시기를 기원하며 이만 줄입니다. 계축년(1853) 정월 25일 친척 형 드림.

與石坡 興宣大院君

年後一椷, 如瞻歲新, 如逢花開, 喜可知耳. 但此頹放蕉萃, 不足以
當崇注. 山寺一約, 亦浮世清緣, 何以易就. 且須隨喜方便, 不必自
惱自勞也.

蘭畫一卷, 妄有題記, 順此寄呈, 可蒙領存. 大抵此事, 直一小技曲
藝, 其專心下工, 無異聖門格致之學.

所以君子一舉手一舉足, 無往非道. 若如是, 又何論於玩物之戒. 不
如是, 即不過俗師魔界.

至如胷中五千卷, 腕下金剛, 皆從此入耳. 並候崇祉, 不備.

癸丑(1853) 元月 廿五日 戚從 拜具.

(『阮堂先生全集』卷二)

1. 퇴방頹放. 예법禮法에 구애되지 않는 것을 말한다. 『송사宋史』 「육유전陸游傳」에 "범성대范成大가 촉蜀 지방을 맡았을 때 유游로 참의관參議官을 삼았는데 문자文字로 사귀고 예법에 구애받지 않으니 사람들이 그것을 퇴방頹放이라 하였다. 그로 인연해서 방옹放翁이라 자호自號하다."라고 하다.

2. 초췌蕉萃(또는 憔悴). 파리하다는 뜻이다. 굴원屈原의 『어부사漁父詞』에 굴원이 쫓겨나서 강가와 호숫가에서 놀며 읊조리고 돌아다니매 "얼굴빛이 파리하고 몰골이 삐쩍 말랐었다顔色憔悴 形容枯槁."라는 말에서 인용한 것으로, 추사가 허물을 쓰고 쫓겨나 있다는 것을 나타낸 말이다.

도판 42. 〈석파 흥선대원군에게與石坡興宣大院君·2〉소치 허련 판각板刻, 지본묵탑, 22×58cm, 개인 소장

석파 흥선대원군에게 · 3
與石坡 興宣大院君

생각하고 있던 중에 보내 주신 편지를 가진 심부름꾼(사자使者)[1]이 임금님의 말씀을 받들어 싣고 엿새 만에 도착하였더군요. 집에서 보낸 소식보다도 빨라서 돌아보고 베푸심(권주眷注)에 감격하여 놀라 쓰러질 지경이었으니 보통 날 베푸시던 것과는 달랐습니다. 이 몸에 남은 것이라면 머리끝까지 가득 찬 고통과 가려움증의 연속이거늘, 어떻게 이런 은혜를 입을 수 있겠습니까?

못나고 형편없는 사람의 죄가 끝까지 펼쳐졌으니 오히려 북쪽에 이 도깨비를 가두어 두는 것이 다행한 일이라서, 스스로 생각하기를 영원토록 갇혀 있어야 하며, 만 번 죽어도 아깝지 않고 천 년 동안을 깨어날 수 없을 것이라 하였습니다.

뜻밖에 하늘같이 빛나는 임금님의 태양 같은 덕화德化가 구렁텅이의 깊숙한 곳에까지 비쳐서 은택이 사방으로 쏟아져 내리셨습니다. 그래서 소경·귀머거리·절뚝발이·앉은뱅이와 같은 모든 병신들이 소리를 같이하여 감사함을 아뢰고, 기뻐서 요堯 임금이나 순舜 임금 때와 같이 빛나는 정치가 크게 이룩됨을 춤추게 되었습니다.

태양이 천하天下를 비치어 빛나고 밝게 하는 것을 뵙게 되었으니 비록 몇 세상을 태어나서 만 번 천 번 가루가 된다 하더라도 어떻게 만에 하나라도 보답할 수가 있겠습니까.

두루 살펴보건대 이슬 차가운 계절에 귀하신 몸이 신의 축복을 받고 계시다 하시니 물 흐르듯 끊임없이 머리를 조아려 축원합니다. 이 친척 형(척종戚從)은 혜주惠州 밥²을 배불리 먹었는데 장차 살아서 서울로 돌아가려고 하니 역시 받들어 뵈올 날이 머지않음을 알겠군요. 왔던 심부름꾼이 며칠 머물러 있다 이제 비로소 간다고 하여 감히 몇 자 적어 보내는데 아마 다 갖추어 쓰지 못한 것 같아 죄송합니다.

(1852년 8월)

與石坡 興宣大院君

非非想中, 崇械專星, 奉齎恩教, 六日迺到. 先於家報, 感注驚倒, 不
有平日注. 存於此身者, 貫徹有頂, 痛癢相涉, 何以得此.

不肖無狀之罪戾橫極, 猶幸禦魑北方, 自分永劫沈淪, 萬死無惜, 千
年不寤.

不自意 光天化日, 照臨於坎窞幽陰中, 霈澤傍流. 暗聾跛躄, 同聲並
奏, 歡欣蹈舞於 堯醲舜郁之昌際盛時.

見日之光天下文明, 雖生生世世, 萬糜千粉, 何以圖報萬一也.

仍具蠢露辰, 崇體神毺, 頂誦頂誦, 如水無窮. 戚從飽盡惠飯, 行將
生入玉門, 亦知奉展光覿有日矣. 來伻留之數日, 今始回送, 敢申略
干, 姑不備恐.

(『阮堂先生全集』卷二)

註

1. 전성專星. 전성이니 혹은 사성使星이니 하는 것은 모두 사자使者, 즉 심부름꾼을
   일컫는 말이다.
2. 소식蘇軾(1037~1101)의 혜주惠州 귀양살이에 추사의 북청 귀양살이를 비유한 말.

628

석파 흥선대원군에게 · 4
與石坡 興宣大院君

신년의 편지가 지난해보다 더 기쁨을 주니, 새해가 기쁨이 되는 결과인가요, 기쁨이 해로써 이루어지기 때문인가요. 다시 오직 귀하신 몸이 끝없이 신령의 도움을 받으신다 하시니, 오랜 병환이 쾌차하시고 새해 복이 냇물처럼 이르실 것이며, 문자文字의 상서로움이 그에 따라서 점점 불어날 것이니 엎드려 이마를 조아리며 칭송을 드립니다.

이 친척 형이 구차스럽게 남은 목숨을 지탱하여 원금寃禽이 나무와 돌을 물어 나르듯¹ 하기를 또 1년 하였습니다. 이 무슨 사람이 이렇겠습니까, 이 무슨 사람이 이렇겠습니까. 몰골을 돌아다보아도 역시 추하기만 합니다.

보여 주신 《난혈침蘭頁枕》(석파의 난화첩)은 사이사이에 이렇게 뛰어난 필력이 문채文彩를 발하시니 6기六氣(한한寒 · 서暑 · 조燥 · 습濕 · 풍風 · 우雨를 말한다.)의 젖어듦이 손가락 아래의 봄바람에 있지 않음을 생각할 수 있습니다. 남산南山은 튼튼하고 곧으니² 며칠 안 가서 당연히 병이 나을 듯합니다. 축원으로 두 손 모읍니다. 남은 이야기는 눈 맞은 벼루가 얼어붙어서 다 갖춰 쓰지 못하겠습니다.

與石坡 興宣大院君

新年書械, 喜甚於舊年, 年爲喜果歟, 喜以年成歟. 更有崇體曼相,
夙慎夬和, 新禧川至, 文字吉祥, 隨順增長, 伏庸額頌.
戚從苟支殘縷, 冤禽木石, 又是一年, 此何人斯, 此何人斯. 顧影亦醜.
下示蘭頁枕, 茲間有此英筆彪炳, 可想六氣浸淫, 不在於指下春風.
南山康直, 似當不日乃瘳. 以祝以拱. 餘雪研呵凍, 不備.

(『阮堂先生全集』卷二)

註

1. 원금목석冤禽木石.『술이기述異記』에 말하기를 "옛날 염제炎帝의 딸이 동해東海에
   빠져 죽어서 정위精衛라는 새가 되었는데, 늘 서산西山의 목석木石을 물어다가 동
   해를 메우니, 일명 조서鳥誓라고도 하고, 일명 원금冤禽이라고도 한다."라고 하다.
2. 『시경詩經』「소아小雅」'천보天保'에 "항상 있는 달 같고 떠오르는 해 같으며 남산의
   수명 같아서 이지러지지도 않고 무너지지도 않는다(如月之恒, 如日之升, 如南山之
   壽, 不騫不崩)." 하였다.

석파 흥선대원군에게·5
與石坡 興宣大院君

서릿발이 말긋말긋하니 손이 소매 속으로 들어가도록 싸늘하군요. 꽃 필 때 한약 속이 밀리어 지금에 이르렀기로 경치를 대하기가 서글픕니다. 곧 엎드려 받들어 살펴보건대, 늦가을에 귀하신 몸이 신령의 보호를 받아 안녕하시다니 우러러 위로가 됩니다. 다만, 공사公私의 번뇌는 근심 걱정을 이길 수가 없습니다. 이 친척은 노병老病이 가을 되자 더욱 심해져서 쇠약해진 기운을 전혀 지탱하여 버티어 나갈 수 없군요. 초목과 같이 썩어 버리는 것이 곧 분에 맞는 일일 뿐이겠습니다. 보여 주신 난초 그림은 이 늙은이라도 역시 마땅히 손을 거둬들여야 하겠으니 압록강 이동以東에서는 이와 같은 작품이 없습니다. 이는 면전에서 아첨 떠는 한마디의 꾸밈말이 아닙니다.

예전에 이장형李長衡[1]이 이 법을 가지고 있었는데 지금 다시 그것을 합하에게서 보게 되니 그 얼마나 기이한 일이겠습니까. 합하도 역시 그것이 여기서부터 나왔다는 것은 모르시리이다. 이야말로 수레바퀴가 자국을 따라가는 묘한 이치일 뿐이지요.

나머지 얘기는 벼루가 얼어서 대강 쓰고 더 쓰지 못합니다.

與石坡 興宣大院君

霜稜晶晶, 納手知寒. 花時一約, 轉到此際, 對境悒悒. 即伏承審, 秋
殘崇體葆禧, 仰慰. 第公私煩惱, 不勝耿誦. 戚生老病, 當秋益甚, 衰
氣萬無以搘拄, 草木同朽, 即分內事耳.

俯示蘭幅, 老夫亦當斂手, 鴨水以東, 無如此作. 此非面前阿好之一
節辭也.

昔李長衡, 有此法, 今復見之, 何其異也. 閣下亦不自知, 其出於是,
是乃合轍之妙耳.

餘研寒, 草草不備.

『阮堂先生全集』卷二）

註

1. 이유방李流芳(1575~1629). 명나라 안휘 흡현歙縣인. 강소 가정嘉定(상해시上海市) 교
거僑居. 자는 장형長衡 또는 무재茂宰, 호는 단원檀園·향해香海·포암泡菴. 만력
34년(1606) 거인擧人, 불사不仕. 시詩·서書·화畫·전각篆刻에 모두 일가를 이룬
다예다능多藝多能한 사람이었다.

그림은 원元의 대가들을 배웠으되 특히 오중규吳仲圭(오진吳鎭)를 좋아하였고,
시·서는 소동파蘇東坡를 사숙하였으며, 전각 역시 하설어何雪漁(하진何震)와 쌍벽
을 이루었다. 그래서 당시에는 가정 사군자嘉定四君子(당시승唐時升·누견婁堅·정가
수程嘉燧)의 하나로 일컬어지고, 오매촌吳梅村(오위업吳偉業, 1609~1671)에 의해서는
명말 청초明末淸初의 '화중구우畵中九友'로 꼽히었다. 유저遺著에 『단원집檀園集』
이 있다.

석파 흥선대원군에게 · 6
與石坡 興宣大院君

붉은 지게문¹ 위에 닭 그림을 붙이고,² 금 소반 위에 난새들이 모여드니³ 하늘 문이 열려서 끝없이 펼쳐집니다.⁴ 새해 복이 마땅히 찾아올 것이며 온갖 좋은 일이 꼭 쫓아올 것입니다. 엎드려 편지를 받들어 보니 아울러 좋은 말까지 내려 주셨군요. 이는 자신을 미루어 남에게 미치는 훌륭함이라 고마움을 이기지 못하겠습니다.

다시 엎드려 묻자옵건대, 요사이 건강은 여전히 신령의 보호를 받아 끝없이 좋으십니까. 슬하의 자제들을 바라보며 즐거운 새해를 축하드립니다. 아이들과 여자들에게는 붉고 푸른 옷이 설 쇠는 맛의 가장 좋은 것이지만, 지금과 같이 원만하고 온전하다면 그 둘이 다 없다 한들 더 무엇을 부러워하겠습니까.

이 친척의 풀과 나무같이 하잘것없이 늙은 나이는 벌써 70이 되었습니다. 여뀌가 맵고 차가 쓴 맛(세상일의 정확한 판단력)이 갈수록 흐릿해져서 스스로 돌아다보아도 역시 추하거늘 남들은 반드시 구역질 나 할 게 틀림없습니다.

그런데 이렇게 후하고 정성스러운 대접을 받으니 그늘진 골짜기에 따뜻함이 되돌아오는 것 같습니다. 거칠고 차고 적막한 물가(세상)에 누가 있어서 잡초 우거진 집에 기척인들 하겠습니까.

예서隷書 글자는 곱고 좋아서 마땅히 난초 그림과 함께 한 쌍을 이루는 아름다움이 되겠으니, 용마루에 가히 무지개를 걸 수 있겠습니다. 다 갖추어 쓰지 못해서 죄송합니다.

與石坡 興宣大院君

朱戶貼鷄, 金盤簇鸞, 天門開, 詇蕩蕩. 新歲鼎來, 百吉隨宜. 卽伏
承崇函, 並貺吉語, 是推以及人之盛, 不勝贊誦.

更伏問, 近日體中葆禧曼壽. 詹祝膝下韶年. 兒女靑紅, 歲味之最,
如今圓全, 似無其二, 尤何等艶羨.

戚功草木殘年, 儵爾七十, 蓼辛茶苦, 去盆支離, 自顧亦醜, 人必嘔
之耳.

荷此厚款. 陰嵌回煖. 荒寒寂寞之濱, 有誰警咳於蓬藜中也.

隷字佳好, 當與蘭頁雙美, 屋頭可以貫虹矣. 姑不備恐.

（『阮堂先生全集』卷二）

註

1. 주호朱戶. 예전에 공이 있는 제후諸侯에게 붉은 문朱戶을 달게 하여 일반과 구별하였는데, 이는 공신功臣에게 내리는 구석九錫(천자天子가 공신에게 내려 주는 아홉 가지 물품. 거마車馬, 의복衣服, 악칙樂則(음악), 주호朱戶, 납폐納陛(비 맞지 않게 한 섬돌), 호분虎賁(호위무사), 궁시弓矢(활과 화살), 부월鈇鉞(작은 도끼와 큰 도끼), 거창秬鬯(울금을 섞어 만든 향기로운 기장술))의 하나이다.

2. 첩계貼鷄. 홍석모洪錫謨의 『동국세시기東國歲時記』나 김매순金邁淳의 『열양세시기洌陽歲時記』의 정월正月 원일元日 조條에 모두 닭(새날을 알리는 영물)과 호랑이(은殷 정월이 동짓달, 즉 11월이라 인월寅月, 즉 호랑이 달이었다. 그 전통이 이어져서 닭과 호랑이를 그려 벽사辟邪를 상징했다.) 그림을 벽에 그려 붙여서 사귀邪鬼의 침노를 예방하던 풍속이 있었던 것을 기록하고 있다.

3. 금반족란金盤簇鸞. 『동국세시기東國歲時記』 정월正月 원일元日 조條에 의하면 관원官員이나 선생가先生家에서는 문 안에 소반을 놓고 하리下吏들의 하정賀正 열명列名 단자單子를 받았다 하므로 금반에 난새가 모여드는 것으로 표현한 듯하다.

4. 천문개 질탕탕天文開 跌蕩蕩. 『한서漢書』 예악지禮樂志에 "천문개 질탕탕天文開 跌蕩蕩" 구句가 있는데, 여순如淳 주註에 탕탕蕩蕩을 하늘이 드높고 맑은 형상을 일컫는 말이라 하였다.

석파 흥선대원군에게 · 7
與石坡 興宣大院君

요즈음 복 많이 받으시며 상서로운 일이 많으십니까. 접때 편지와 아울러 벼루와 예서隸書 그리고 국화 그림 족자를 받았습니다. 질그릇 솥을 걸고 흙벽을 치고 사는 시골의 미천한 집에 무지개가 비치는 이변을 느끼는 듯하여, 마을의 아이들이며 촌놈까지도 놀라 소리치고 쓰러지지 않을 수 없었습니다.

누가 봄 국화를 피울 수 없다고 했습니까. 붓끝에서 신묘한 모습을 이루어 내니 역시 과연 조화造化가 옮기는 것이겠지요. 국화 치는 법이 십분 원숙해서 더할 수 없습니다만, 다시 원숙한 후에 한 가지 진리가 생겨나니 깊이 유의하소서. 기도드리겠습니다.

며칠 만에 일기가 비로소 좋아져서 바로 난초를 치기 좋은 기후이기에, 몇 폭을 치고 나서 바람에 기대어 거슬러 읊어 보았습니다. 이만 줄입니다.

與石坡 興宣大院君

邇佳崇禧曼吉. 頃承雲緘, 並研隷菊幀. 土銼泥壁, 覺有虹月之異,
里魁村傖, 無不驚吒絶倒.

孰謂春菊之不能也, 毫生妙相, 亦果造化之轉移歟. 菊法圓熟, 十分
無以加矣, 更於熟後, 生一諦, 深留意焉. 是禱.

數日天氣始佳, 正是寫蘭之候, 銷得幾筆, 臨風溯詠. 不備.

(『阮堂先生全集』卷二)

민질 태호[1]에게

與閔姪 台鎬

시골 비 아침에 개니 북엄北崦의 온갖 꽃이 다 피어났으리라. 옛 비로 옷 적시던 일을 어지럽게 생각하며 해묵은 이끼가 나막신에 자국 남기던 것을 기억하고 있던 때에, 보내온 편지를 보게 되니 더욱 신묘한 생각이 아득히 미치는 것을 이기지 못하겠다.

〈범사도泛槎圖〉를 이렇게 빌려 받게 되니 늙은 눈이 도리어 열리는 것 같아서 며칠을 정말 한가롭게 보낼 수 있었다.

『예운隸韻』[2]은 처음 예서隸書를 배우는 사람이 결코 이로부터 입문入門할 수 없다. 반드시 붓이 익숙해지고 세상에서 많이 배운 뒤에 글자가 막힘이 없으면 한번 열어 보고, 그 잘못된 편방偏旁을 고치고 보충하지 않을 수 없기는 하지.

이는 책을 읽으면서 입문서인『백가성百家姓』에도 미치지 않는데『주역周易』의 단사彖辭나 상사象辭에 대한 기이한 글과 하도河圖, 낙서洛書의 오묘한 말을 연구하고자 하는 것이니 그 얻을 수 있겠느냐. 내 서고書庫 소장본은 마침 퇴옹退翁[3]이 가져갔으니 돌려보내는 것을 기다려서 꼭 한번 보여 주겠다. 그러나 꼭 이런 뜻을 알고서 이 책을 보아야 한다.

『예변隸辨』[4]이라는 책은 처음 뜻을 세운 사람을 깨우쳐 지도할 수 있는 것이라서 찾아내려고 하나, 쌓인 책 중에 들어 있는데 둘째 아우가 마침 병이 나서 마음대로 뽑아낼 수가 없으니 한탄스럽다. 갖추어 쓰지 않는다.

與閔姪 台鎬

村雨朝晴, 想北崦百花盡放, 攪舊雨之沾裳, 記古苔之留屐際, 見來函, 尤不勝神思迢遞.

泛槎圖, 荷此委貺, 老眼旋開, 可作數日消閒耳.

隷韻 初學隷者, 決不可從此入門. 必筆熟 問世之後, 字之無以湊泊, 不得不一回披過, 塡補其缺陷之偏旁矣.

是讀書而不及百家姓, 欲究象象異文, 河洛奧辭, 其可得乎. 寒廚所藏, 適爲退翁取去, 俟還當一示之. 然當知此意, 而觀此書耳.

隷辨一書, 有可以開導初發心者, 欲搜出, 而在堆積中, 仲方病, 無以隨意抽出, 可歎. 都留不式.

(『阮堂先生全集』卷二)

註

1. 추사의 넷째 고모 경주 김씨(1762~1833)가 민상섭閔相燮(1761~1820)에게 출가하여
   민태호閔台鎬의 조모祖母가 되므로 태호 · 규호奎鎬 형제는 추사의 내종질內從姪이
   된다.
   민태호(1834~1884). 여흥인驪興人. 자는 경평景平, 호는 표정杓庭. 치삼致三의 장자
   長子. 봉서鳳棲 유신환兪莘煥의 문인門人. 고종高宗 7년(1870) 문과文科. 척족戚族으
   로 권요權要(권력이 있는 중요한 자리)의 직직職을 거쳐 좌찬성左贊成에 이르렀으나 갑신
   정변甲申政變에 피살되다. 영의정領議政을 추증追贈. 시호 문충文忠.
2. 『예운隸韻』. 남송南宋 유구劉球 찬찬撰, 전 10권. 송宋 이전에 나타난 한비漢碑의 예자
   隸字를 운운韻에 따라 분류하여 편집한 것으로 인용한 한비가 261종이라 한다.
3. 퇴옹退翁. 권돈인權敦仁이 말년에 광주廣州 퇴촌退村에 은거隱居하였으므로 이를
   지칭한다.
4. 『예변隸辨』. 청나라 고애길顧藹吉 찬찬撰, 전 8권. 송宋 누기婁機 찬찬撰인 『한예자원漢隸
   字原』을 박격駁擊(논박하여 공격함)한 것인데, 실은 이를 바탕으로 하면서 이보다 더
   많은 오류誤謬를 범하였다. 다만 『자원字原』 이후에 속출한 비문碑文을 모두 채집
   함으로써 보유補遺하는 데 족하다.

642

조이당 면호[1]에게 답함·1
答趙怡堂 冕鎬

이당怡堂. 봄의 상서로움이 가득하겠지. 세밑에 보낸 편지가 지금 벌써 해를 넘기게 되었으나 그 편지를 아직도 만지작거리고 있네.

물어 온 큰일은 효자의 지극한 뜻이라서 사람으로 하여금 칭송하게 하니, 또한 옛날과 지금을 두루 비교해서 일어나는 감회를 누를 길이 없네. 다만 보통 때는 얼굴을 보아도 별로 다른 사람의 견문見聞과 다름이 없었으나 평소 우러러 감탄한 것은 일찍이 세상을 다스려 나갈 재주를 품어 감추고 있는 것을 알았기 때문이었네. 베풀어 놓기를 어떻게 해야 할지에 이르면 또한 감히 망령되게 다른 소리를 끄집어낼 수가 없네.

무릇 미세한 조복 사이에서부터 생활하며 웃고 이야기하는 데 상서롭고 온화함이 사람을 엄습하는 기상은 역시 동년배들이 모두 아는 바일 뿐일세. 보내온 뜻이 이렇게 간절하고 정중하면서도 실제 조금도 허식에서부터 나오지 않았으므로 우러러 생각을 막히게 하여 당연히 양해만 남게 하니 더욱 부끄럽고 더욱 두려움을 이기지 못할 뿐이네.

여기 시초詩樵[2]가 간다고 해서 몇 자 써서 보내네. 설을 전후해서 도무지 마음에 갈피를 잡을 수 없군. 70 늙은이의 추한 꼴이 사람 대하는 것조차 두려운데, 요사이는 또 눈이 더 흐려져서 길게 쓸 수는 전혀 없네. 더 쓰지 못하겠네.

'안경강광루雁景江光樓'라는 편액 예서隸書는 압록강 이동(우리나라를 일컫는 말)에도 이런 뛰어난 작품이 있었다는 것을 생각지 못할 정도이었네. 40년 애쓴 것이 여기서 어느덧 눈만 휘둥그렇게 뜰 정도로 뒤졌구나라고 스스로 말하였네. 그리고 곧 앉는 자리 곁에 붙여 두고 칭찬해 말하기를 그치지 않고 있네.

대개 예서의 서법書法은 서경西京(장안長安. 전한前漢의 수도首都)과 동경東京(낙양洛陽. 후한後漢의 수도首都)의 차이가 있지. 서경의 글자는 구양공歐陽公[3] 때로부터도 볼 수가 없었는데, 비로소 유원보劉原父[4]로부터 〈종용명鐘甬銘〉[5]을 볼 수가 있었다네. 그러나 이것은 곧 전서篆書이었고 아직 예서는 아니어서, 서경의 예서는 〈오봉이년자五鳳二年字〉[6] 및 〈안족등관雁足鐙款〉[7]보다 더 나은 것이 없는데, 역시 구양공 이후에 있는 일이라 구양공은 미처 보지 못했을 것일세.

비판碑版은 그것이 없고 오직 원수元壽(서기전 2~1) 연호年號가 새겨진 거울의 명문銘文과 황룡黃龍(서기전 49)의 연호가 새겨진 등鐙의 글자, 그리고 홍가鴻嘉(서기전 20~17)나 원강元康(서기전 65~62) 등의 연호가 새겨진 금문金文들이 모두 이를 증명할 수 있을 뿐이며, 신新나라 왕망王莽 시대의 여러 가지 남긴 쇠붙이나 돌조각들도 팔구종八九種을 내려오지 않는데, 이들이 아직 서경의 규범을 남기고 있으니, 곧 모두 삐침(파波)이 없는 예서들일세.

동경 이후에 점차로 삐치는(파책波磔) 한 길이 열리게 되었으나 그러나 외딴곳의 여러 석각石刻들은 아직도 서경의 고법古法이 남아 있지. 동경 글자는 요즘 돌아다니는 공림孔林[8]의 여러 비나 하남河南 낙양洛陽 등에 남아 있는 여러 비들로 모두가 삐침(파별波撇)이 분명하니 비록 〈예기비禮器碑〉[9] 도판43

도판 43. 〈예기비〉(후한後漢 156년)

도판 44. 〈공화비孔和碑〉(후한後漢 153년)

나 〈공화비孔和碑〉[10] ^{도판44}가 지극히 전아하며 매우 예스럽다 하되 역시 삐침이 있는 예서일세.

예서가 삐침이 없는 것으로 귀함을 삼는 것은 곧 머물러 남겨 두어서 다하지 않는 뜻이 있으므로이니 삐침이 있는 것의 굴리고(농롱弄) 긋고(척剔) 채고(도挑) 뽑는(발拔) 것과는 달라서 크게 옛날과 지금이 같지 않네. 마치 통나무 수레 앞 가로나무와 상아와 옥玉 장식의 그것이 서로 다른 것과 같지. 그런데 지금 다만 그 기이한 곳에 나아가서 "이것이 옛 법(고법古法)이라" 하면 이것은 곧 자신을 속이고 남을 어지럽게 하는 데 지나지 않을 뿐일세. 이 어찌 옛날과 지금의 같고 다름을 논하는 것이겠는가.

붓 들어가는 법은 순전히 역세逆勢를 써야 하는데 지금 보내온 글자를 보니 모두 순세順勢에 가깝군. 이는 반드시 허공으로부터 곧장 내려찍은 연후에야 그 묘리를 비로소 터득할 수 있으니 역시 본떠서 얻을 수 있는 것이 아니라 크게 공부한 이후에야 얻을 수 있을 뿐이지.

또 짜임새를 만드는(결구結構) 묘법은 또 변화를 보이는 것이 헤아릴 수도 없으니, 팔목 아래 309비碑가 갖추어 있지 않다면 역시 하루아침 사이에 쉽게 내놓기 어려울 따름일세.

두 개의 인장印章은 심히 아름다워서 잠시 그것을 머물러 두겠네. 〈홍보명洪寶銘〉[11]도 역시 아름답네. 비록 〈시평始平〉[12]·〈무평武平〉[13]만은 못하더라도 북조北朝의 옛 격식을 충분히 증명할 수 있겠네.

두문정공杜文正公[14]의 화상이 곧 남훈전南薰殿[15]본本으로부터 본떠 온 것이라면 과연 틀림이 없을 걸세. 또 그 필법筆法도 자못 범상치가 않으니 아침 저녁으로 즐겨 감상할 만하지. 만약 그 두루마리 첫머리에 제어題語를 붙이고자 한다면 우리나라 사람들의 덜된 솜씨로 부처님 머리에 오물汚物을 붙이듯 해서는 안 되네.

마침 또 한 가지 좋은 글짝(연구聯句)이 생각나기에 그곳에서 보내온 종이를 가져다가 아무렇게나 써 보았는데 우스울 뿐일세. 소동파蘇東坡의 시도 써서 곁들였네. 유석암劉石庵(유용劉墉)이 이 구절을 즐겨 써서 크고 작은 것이 여러 벌 있었는데 그 완전하고 법도에 맞는 것은 헤아릴 수도 없었지.

절에 가는 일이 비록 이삼 일이지만 반드시 좌우와 함께 도모하려 했는데, 병든 몸이 엉덩이가 무거워 일어날 수가 없으니 불쌍하고 우스울 뿐일세.

答趙怡堂 冕鎬

怡堂. 春禧鬯茂. 臘下一函, 今已經年, 宿墨尚摩沙不休.
俯詢之盛, 孝子之至意, 令人贊誦, 亦不勝俯仰今昔之感. 但於平日承覿清華, 別無異於人之見聞, 素所歎仰, 夙知蘊抱有經濟之材. 至於施措之如何, 亦不敢妄有拈出.
凡於細節目, 問起居譚笑, 祥和襲人之氣象, 亦同輩之所共知而已.
來意如是懇重, 實無由虛飾, 仰塞想當諒存, 益不勝厚怩深愓而已.
玆因詩樵去, 申復若干. 從年前年後, 都無心緖. 七十醜態, 對人愧怖, 近又眼眚大添, 萬無長行. 姑不泐.
贋景江光樓扁隸, 不料鴨水以東, 亦有此奇也. 自以謂四十年用力, 於此不覺瞠乎後矣. 即爲貼之座隅, 贊誦無窮.
大槩隸法, 有西京東京之異, 西京字, 自歐陽公時, 不得見, 始從劉原父, 得見鐘甬銘. 然此即篆書, 而尚非隸書, 西京隸, 無出於五鳳二年字, 及贋足鐙款, 亦在歐公後, 歐公亦未見之矣.
碑版無之, 惟元壽鏡銘, 與黃龍鐙字, 鴻嘉 元康等金, 皆可證, 而新莽諸殘金零石, 不下八九種, 尚存西京規矱, 即皆無波之隸也.
東京以後, 漸開波磔一路, 然局中諸石刻, 猶存西京古法. 東京字近日通行, 孔林諸碑, 河南洛陽等所存諸碑, 是皆波撇分明, 雖禮器 孔和之 極典雅蒼古, 亦有波之隸矣.
隸之無波之爲貴者, 即留有餘不盡之意, 不如有波之 弄剔挑拔, 大有古今不同, 如椎輅與象玉之相懸也. 今但就其奇處異處, 謂是古法, 即不過自欺眩人而已. 是何論古今之同異也.
入筆之法, 純用逆勢, 今觀來字, 皆近順勢. 此必從空直劈, 然後始得其妙, 亦非可以襲而取之, 大下工夫, 而後得之耳.
且結構之妙, 又有變現不測者, 不有腕底有三百九碑, 亦難一朝之間出之易易耳.

兩印甚佳, 姑暫留之. 洪寶銘亦佳, 雖不及始平 武平, 尚可證北朝古格耳.

杜文正像, 即從南薰殿本摹取者, 果不誤矣. 且其筆法, 頗不凡, 可作昕夕清供. 若其軸頭題語, 以東人劣手, 不必佛頭著污耳.

適又思一佳聯, 取其所來紙, 漫寫之, 付粲可耳. 坡詩書副, 是石菴好書此句, 有大小幾本, 其完其節, 不須計也.

寺緣雖數三日, 必欲於左右圖之, 病枕尻輪式重, 不能即起, 可憐可笑.

(『阮堂先生全集』卷二)

註

1. 조면호趙冕鎬(1803~1887). 본관 임천林川. 자는 조경藻卿. 호는 옥수玉垂·이당怡堂. 형조판서 정만正萬의 5세손世孫. 판서 김이도金履道의 외손外孫. 추사의 양막내누님 경주 김씨(1783~1814)의 맏사위이다. 생질서甥姪婿이자 문도門徒로, 학문과 서법書法의 법통을 잇다. 『옥수선생집玉垂先生集』32권, 『부습유附拾遺』16책 1권의 저서가 있다. 추사 생부 김노경金魯敬(1766~1837)의 사촌 매부인 조학춘趙學春(1755~1817)의 손자이므로 추사에게 7촌 조카이기도 하다.

2. 시초詩樵. 누구의 호號인 듯하나 미상未詳.

3. 구양수歐陽脩(1007~1072). 북송北宋 강서江西 여릉廬陵(지금의 길안吉安)인. 자는 영숙永叔, 호는 취옹醉翁·육일거사六一居士. 벼슬이 한림학사翰林學士·태자소보太子少保에 이르러 치사致仕하다. 시호諡號는 문충文忠. 중국 금석학의 시조始祖. 주한周漢 이래의 금석 유문金石遺文을 모아 『집고록발미集古錄跋尾』10권 저술. 서법에도 능하여 필세험경筆勢險勁, 자체신려字體新麗의 평을 듣다. 첨필건묵尖筆乾墨을 즐겨 쓰다. 전서篆書도 잘 썼다. 대문장가로 당송 8대가唐宋八大家의 한 사람이며 경사經史에 박통博通하여 『신당서新唐書』225권, 『신오대사新五代史』75권, 『모시본의毛詩本義』16권 등 많은 저서를 남기다.

4. 유창劉敞(1019~1068). 북송北宋 강서 임강臨江 신유인新喻人. 자는 원보原父. 세상에서 공시선생公是先生이라 일컫다. 경력慶曆(1041~1048) 진사進士, 한림학사, 집현원集賢院 학사를 지내다. 호고박학好古博學하고 고기古器의 소장所藏이 풍부하여 중국 고기도록古器圖錄의 효시인 『선진고기기先秦古器記』를 저술하다(1063, 각성刻成). 경학經學 중에서 특히 『춘추春秋』의 연구가 깊어 『춘추권형春秋權衡』17권, 『춘추전春秋傳』15권 등의 저서를 남기다.

5. 〈종용명鐘甬銘〉. 한종漢鐘의 용통甬筒에 새긴 전서篆書의 명문銘文.

6. 〈오봉이년자五鳳二年字〉. 전한前漢 선제宣帝의 연호인 '오봉五鳳 2년(서기전 56)'으로 시작되는 노효왕魯孝王 각석刻石을 일컫는 것으로, 전한 예서前漢隸書(고예古隸)의 드문 유례 중의 대표로 꼽히는 것이다.

7. 안족등雁足燈 혹은 등鐙. 한 대漢代 궁전의 등으로 좌대座臺를 안족형雁足形으로 만들었으므로 얻은 이름이니(송宋 황정견黃庭堅의 문文에 "안족등은 한漢 선제宣帝 상림원上林苑 중에 있던 등인데 그 제도가 극히 아름다워서 지금까지도 사대부 집에는 있다고 한다."라 하다.) 이 등에 음각陰刻된 전한前漢 고예古隸를 일컫는 것이다.

8. 공림孔林. 산동성山東省 곡부현曲阜縣 궐리闕里에 있는 공자孔子의 묘소. 주변 10여 리에 이수異樹(기이한 나무)가 총생叢生하므로 생긴 이름. 지성림至聖林 혹은 공리孔里라고도 한다.

9. 〈예기비禮器碑〉. 〈노상한칙조공묘예기비魯相韓勅造孔廟禮器碑〉. 후한後漢 환제桓帝 영수永壽 2년(156)에 노상魯相인 한칙韓勅이 공자의 덕을 사모하여 산동山東 곡부曲阜에 있는 공자의 사당을 수리하고 예기禮器를 만들어 둔 것을 기념한 한칙의 기공비紀功碑로 〈수공자묘기표修孔子廟器表(『집고록集古錄』)〉 · 〈한명부공자묘비韓明府孔子廟碑(『금석록金石錄』)〉 · 〈한노상한칙조공묘예기비漢魯相韓勅造孔廟禮器碑(『천하금석지天下金石志』)〉 · 〈한칙조공묘예기비韓勅造孔廟禮器碑(『금석수편金石粹編』)〉 등의 여러 이름으로 불리는데, 줄이어 〈예기비〉라 한다.

이 비의 서체는 후한後漢의 예서隸書(팔분서八分書)체 중에서 그 형태가 가장 정리된 것으로 역대의 평서가評書家들이 한漢의 팔분서 중 제일의 신품神品으로 꼽는다. 높이 5자 6치, 폭 2자 5치 6푼. 비양碑陽 16항行 36자字.

10. 〈공화비孔和碑〉. 〈노상을영치공묘백석졸사비魯相乙瑛置孔廟百石卒史碑〉. 후한 환제桓帝 영흥永興 원년元年(153)에 산동 곡부 공자묘에 세운 비석이다. 공자의 19세손 인麟의 청에 따라서 노상魯相 을영乙瑛이 중앙에 주청하여 공자묘의 예기禮器를 관장할 연봉年俸 백석百石을 주는 졸사卒史 1인을 두도록 하고 공화孔龢(화和의 고자古字)가 그 직을 처음으로 맡게 된 전말을 기록한 일종의 사적비이다.

이 비의 서체 역시 후한의 예서체 중에서 가장 정리된 서체라고 역대 평서가評書家들이 꼽는 것으로 〈예기비禮器碑〉 · 〈사신비史晨碑〉와 병칭된다. 〈노상청치공묘졸사비魯相請置孔廟卒史碑〉 혹은 〈노상을영비魯相乙瑛碑〉 · 〈백석졸사비百石卒史碑〉 · 〈공화비孔和碑〉 등으로 불린다. 길이 5자 3치, 폭 2자 6치 6푼. 18항行 40자字. 비측碑側에 운당초문雲唐草文이 양각陽刻되다.

11. 〈홍보명洪寶銘〉. 〈비구홍보조상기比邱洪寶造像記〉. 동위東魏 효정제孝靜帝 천평天平 2년(535) 건립. 하남성河南省 등봉현登封縣 소재. 정서체正書體로 비구比丘 홍보洪寶가 불상佛像을 조성한 내용을 명기銘記한 것.

12. 〈시평始平〉. 〈낙주자사시평공조상기洛州刺史始平公造像記〉. 북위北魏 효문제孝文帝 태화太和 22년(498) 비구比丘 혜성慧成이 망부亡父 낙주자사洛州刺史 시평공始平公을 위하여 용문석굴龍門石窟 노군동老君洞(고양동古陽洞의 속칭)에 불상을 조성하고 그 사유를 양각陽刻 명기銘記한 것. 주의장朱義章이 쓰고 맹달孟達이 지었다고 하여 드물게도 찬서자撰書者를 밝히고 있다.

13. 〈무평武平〉. 북제北齊 후주後主 무평武平 연간(570~576)에 이룩된 제상諸像 기명記銘 등을 일컫는 듯하나 확실치 않다.

14. 두여회杜如晦(585~630). 당唐 경조京兆 두릉杜陵인. 자 극명克明. 당 태종 측근 참모 18학사學士 중 대표. 진왕부秦王府 병조참군兵曹參軍으로 시작하여 겸문학관학사兼文學館學士, 병부상서, 이부상서, 우복야右僕射, 채국공蔡國公에 이르다. 남훈전南薰殿에 염립본閻立本이 그린 화상이 걸리다. 시호는 성成이다. 문맥으로 보면 두여회라야 하는데 문정이란 시호가 일치하지 않는 것이 이상하다.

15. 남훈전南薰殿. 당 대唐代 공신功臣의 화상畫像을 봉안奉安하던 전각殿閣 이름.

조이당 면호에게 답함 · 2
答趙怡堂 冕鎬

닭과 개 그리고 도서圖書가 강을 건널 뜻이 있다고 들었네. 이웃을 맺는 기쁨을 이룰 수가 있겠기에 날마다 소식 오기만 기다리네. 뜬구름 인생의 막바지에 쉽게 있는 것도 아닌데 이 편지를 받으니 가히 삭막함을 깨뜨릴 수 있고 흉금을 열어 다른 생각을 받아들일 수 있으며 논밭 두둑을 건너서 두 개의 지팡이를 서로 부딪치며 나막신의 발자국을 나란히 할 수가 있겠네. 아침저녁으로 느끼는 즐거움이 어찌 방참군龐參軍이나 유주부劉主簿[1]에 비기겠는가. 과연 능히 세운 계획은 변함이 없을 수 있겠나.

산 빛은 탐낼 만하고 시냇물은 움키고 싶으니 역시 마땅히 오석산五石散[2]을 먹고 난 즐거움보다도 더 좋아서 광릉廣陵[3]의 아름다움을 기다릴 것도 없고, 또 다른 어떤 것도 끼어들 수가 없네. 곧 심히 많은 것들을 받았는데 다만 여기에서 한 글자의 표시도 볼 수 없으니, 장차 현호이 돌아올 것을 기다려서 방편으로 그렇게 했나. 늙은이 마음에 매우 초조하고 궁금하네.

짧은 글짝(연구聯句)을 벼루를 녹여 가며 한번 써 보았는데, 심부름꾼을 세워 둔 채 휘갈기기는 하였지만 젊었을 때만 같지 못할 뿐일세. 알아 용서하시게. 알아 용서하시게. 해 넘어가기 전에 잠깐 쓰고 이만 줄이네.

시詩 가운데서 범상하게 난정蘭亭을 이야기한 곳에서도 모두 소릉昭陵의 고사故事[4]를 인용하고 있는데 아마 크게 합당치 않을 것 같네. 지금 난정계 蘭亭禊를 만드는 일이 어떻게 소릉에 관계가 있겠는가.

시편詩篇의 머리 구절 첫 글짝은 매우 좋아서 비록 전체에서 제일 잘되었다 해도 좋겠네. 다만 옥갑玉匣이라는 두 글자는 속되다는 말을 면치 못할 듯하니 아래위로 완벽完璧의 티가 되겠군. 내 생각 같아서는 비궤秗几라는 두 글자로 고쳤으면 더욱 좋겠네만 자네 뜻과 맞을지 모르겠네.

答趙怡堂 冕鎬

鷄犬圖書 聞有涉江之意. 可遂結隣之懽, 日企聲信. 浮生末著, 是不
易有者, 珮此令音, 可以破荒, 可以開襟納懷, 可以越阡度陌, 兩節
交頭, 二展聯齒. 晨夕之樂, 豈龐參軍 劉主簿, 比擬已哉. 果能定籌
無變歟.

山色可餐, 溪水可挹, 亦當勝五石散 霍然之喜, 無俟廣陵觀, 且他無
可插腳乎. 即承甚荷, 第不見此一字之示, 將待玄歸, 而方便耶. 老
懷甚覺燥癢.

短聯當呵凍硯一試之, 立俟揮霍, 無以如少壯時耳. 諒恕諒恕. 艱於
蟹影下暫申, 姑不宣.

詩中凡說蘭亭處, 皆引昭陵故事, 恐大不合. 今作蘭亭稧事, 何與於
昭陵耶. 尊什之頭句初聯極好, 雖壓卷可矣. 惟玉匣二字, 未免隨俗,
上下爲完璧之瑕. 淺見則以桼几二字改定, 更勝, 未知印合.

(『阮堂先生全集』卷二)

註

1. 동진東晉 시대 대표적인 은거隱居 시인詩人 도잠陶潛(365 혹은 376~427)과 친분이 두터웠던 참군 방통지龐統之와 시상령柴桑令, 유정지劉程之를 일컫는다.

2. 오석산五石散. 단사丹砂, 웅황雄黃, 백반白礬, 증청曾靑, 자석磁石의 5석石으로 제조한 도가道家의 장생불사약長生不死藥. 환각 성분이 강하다.

3. 광릉廣陵. 중국 강소성江蘇省 강도현江都縣의 고명古名. 이 일대의 풍광風光이 아름답다.

4. 소릉昭陵의 고사故事. 소릉은 당 태종의 능 이름. 태종이 왕희지의 글씨를 좋아하여 왕희지의 득의작〈난정서蘭亭叙〉의 진적眞蹟을 구하려고 애쓰다가 감찰어사監察御使 소익蕭翼의 꾀로 왕희지의 후손인 승려 지영智永의 제자 승려 변재辯才에게서 이를 빼앗아 당시의 명필들에게 임모臨摹하게 하고 다시 이를 탑서搨書시키어 측근에 나누어 주는 등으로 세상에 이를 널리 전파했으며, 유명遺命으로 원적原蹟을 소릉에 부장副葬하도록 했다는 고사.

조이당 면호에게 답함 · 3
答趙怡堂 冕鎬

강변 추위가 어느덧 동짓달의 쌀쌀한 추위(필발鷩發)에 이르렀는데 때마침 편지를 받으니 저번 날의 나머지로 계속 위로되네. 다만 살피건대 지내는 것이 편안하고 복되다 하니 마음 놓이네.

손가락 다친 것은 끝내 효험을 보지 못해서 도리어 대단히 불안하다네. 따라서 한결같이 집 속에 틀어박혀 있으니 전혀 사는 의미도 재미도 없군.

가운데 아우가 어제 나갔다가 큰일을 순조롭게 이루고 돌아와서 큰 다행일세. 막내아우는 막 정진精進하는 묘리를 얻고 있어서 막을 수 없는 곳에 이르렀다네. 다만 이 사람이 못나서 그 샘물이 흐르는 것이나 나무가 빛나는 것을 밝혀 피어나게 하지 못할까 두렵군. 이로써 스스로를 돌아다보니 부끄러울 뿐일세.

양초의 은혜가 밤은 길고 잠은 짧아도 아침 햇살에 저촉함이 없게 하니 이런 특별한 보살핌에 감사드리네. 갸륵한 뜻이 이와 같이 주밀하고 진지하단 말인가. 남은 말은 눈이 흐려서 더 못 쓰겠네.

당승탑명唐僧塔銘[1]은 주국인周菊人[2]의 소장이었는데 마단서馬丹書[3]가 풍경馮景[4]이 주註를 낸『소시蘇詩』로 바꿔 갔었고 다시 전전하여 우리나라에까지 온 것일세. 이 명銘은 곧 저수량파褚遂良派이니〈삼감기三龕記〉[5]에 가깝지. 이 당唐 일대의 서법은 구양순체가 아니면 저수량체로, 이 양 파 이외에는 거의 다른 문호가 나뉘어 달라진 것이 없었네. 우리 동쪽 나라에 이르러서는 신라나 고려의 금석문 일체가 모두 구법(구양순법)이었는데〈평백제탑平百濟塔〉[6]은 저수량체로 되었지. 마단서가 발문跋文으로도 썼지만 또한 당나라 글씨의 일종일세.

황학산초黃鶴山樵[7]는 원元 4대가四大家의 하나인데 화권畵卷이 흘러 전해지는 것이 극히 드물지. 대치大癡 운림雲林[8] 같은 사람은 꽤 남은 것이 있으나 오직 황학만은 겨우 한두 점뿐일세. 우리나라에 들어온 것은 모두 방본仿本(본뜬 작품)인데, 본뜨기조차도 지극히 어려워서 가짜를 만드는 사람도 역시 손을 잘 대지 못한다네. 이는 그(황학산초) 법으로 했을 뿐이나 진본은 아닐세.

아이들로부터 자네의 글짝(연구聯句) 쓴 것을 얻어 보니 한갓 글씨만 좋을 뿐 아니라 시정詩情이 더욱 신묘하더군. 천기天機에 깊이 통달하지 않았다면 어떻게 그것을 변별辨別해 낼 수 있었겠는가. 다만 자네를 곁에 있는 한갓 속된 벼슬아치로만 알았지 하늘 가운데를 뚫고 달을 옆구리로 끌어내는 아름다운 솜씨를 요즈음 세상에 얻었으리라고는 생각지도 못했을 뿐이었네.

달라고 한 내 글씨를 억지로 보내기는 하나 꼴이 형편없는 것을 새삼 깨닫겠네. 창 그늘이 점점 어두워 가니 눈이 어릿거려서 더 써 갈 수가 없는데 종이는 아직 남았군. 늙은이 필력이 해가 갈수록 약해지니 가소롭고 가련하네.

答趙怡堂 冕鎬

江寒 儵及髫髮, 際拜惠存, 續慰頃日之餘. 第審動靖晏福, 仰慰.
指損之終未効奇, 旋切耿耿. 從一以投身被窩中, 了無意趣.
仲行日昨, 順成大事而歸, 甚幸甚幸. 季方精進之妙, 實有不可禁當
處, 但此鹵劣, 恐無以照發其泉涓木榮, 是庸自顧頳悚耳.
羊脂之惠, 夜長睡短, 無以抵觸晨光, 荷此另注感誦, 盛意之如是周
摯. 餘眼花艱草不備.
唐僧塔銘, 是周菊人所藏, 而馬丹書 以馮注蘇詩易去, 又轉以東來.
以銘即褚派, 而又近於三龕. 是唐一代書法, 非歐即褚, 此兩派外,
殆無他門戶之分異者. 至於吾東, 羅麗金石, 一切皆歐法, 而平百濟
塔, 爲褚體也. 馬丹書, 跋以爲文, 又唐書之一種也.
黃鶴山樵, 爲元四大家之一, 畫卷流轉絕罕. 如大癡 雲林, 頗有存
者, 惟黃鶴厓一二. 東來者皆仿本, 仿亦極難, 做贗者 亦無以著手.
此爲以其法爲之, 而非眞本耳.
從兒輩, 見聯字, 非徒字好, 詩情更妙. 此不深於天機, 何以辨之. 但
知左右之一俗吏, 不料穿天心 出月脅之佳手, 得之於像季耳.
拙書強副盛索, 而更覺形穢耳. 窗影沈黯, 眼花暈炫, 艱寫以去, 尚
有餘紙. 老者筆力, 其經歲又經年矣, 可笑可憐.

『阮堂先生全集』卷二)

註

1. 구양순歐陽詢 해서의 대표작으로 꼽히는 〈화도사승옹선사사리탑명化度寺僧邕禪師舍利塔銘〉인 듯하나 '저수량서파'라 한 사실이 부합되지 않아 단정 지을 수 없다. 「구양순이 쓴 〈화도사비첩〉 뒤에 제함」 주 1 참조. 저수량의 대표작 중 하나로 꼽히는 〈맹법사비孟法師碑〉일 수도 있다.

2. 주달周達. 청나라 도광道光 때의 사람. 자는 국인菊人, 호는 유호柳湖. 옹방강翁方綱의 문인門人. 금석학에 조예가 깊었고 글씨를 잘 쓰다. 추사 · 김선신金善臣 등 우리나라 학자들과 교유가 많았다.

3. 마단서馬丹書. 인명人名 미상未詳. 단서丹書는 자字인 듯.

4. 풍경馮景. 청나라 강소江蘇 전당인錢塘人. 자字 산공山公. 강희康熙 중 국자감생國子監生. 견문이 넓고 글을 잘 지었다. 사람됨이 엄격하고 정직하여 당시 사람들에게 추앙을 받다. 강소江蘇 순무巡撫 송낙宋犖의 막하幕下가 되어 그의 청으로 소식蘇軾의 시 중에서 수록되지 않은 400여 수를 모아 주註를 내어 『소시속보유주蘇詩續補遺註』 2권을 펴내다.

5. 〈삼감기三龕記〉. 〈이궐불감기伊闕佛龕記〉라고도 하며 하남성河南省 낙양洛陽 용문산龍門山 빈양동賓陽洞 삼감三龕 불상佛像의 남쪽 절벽에 새긴 마애각磨崖刻으로 당唐 정관貞觀 15년(640)에 당 태종의 제4자子 위왕魏王 태泰가 모후母后인 장손황후長孫皇后의 명복을 빌기 위하여 상기上記 불상을 조성하고 동同 삼감불상三龕佛像의 조성 내력을 기록한 조상기造像記이다.

   잠문본岑文本이 짓고, 저수량褚遂良이 46세 때 쓴 득의작得意作이다. 해서체楷書體이나 팔분八分의 유의遺意가 있는 것으로 저수량의 비서碑書 중 최대자最大字이다. 양수경楊守敬은 「평비기評碑記」에서 정서正書의 헌앙고아軒昂古雅(훤칠하고 예스럽고 전아한)한 것으로 저서褚書(저수량의 글씨) 중 제일이라 하다.

6. 평백제탑平百濟塔. 충남 부여 정림사지定林寺址 5층석탑. 이 석탑의 초층初層 탑신석塔身石의 사면四面에 소정방蘇定方이 백제百濟를 정복한 기공명紀功銘이 음각陰刻되어 있다. 이미 세워져 있던 탑신塔身에 후각後刻했을 것이라는 것이 정설이

다. 하수량賀遂亮이 짓고 권회소權懷素가 썼는데 문체는 사륙변려체四六騈驪體이고 서체는 저수량체이다.

7. 왕몽王蒙(1308~1385). 원元 오흥吳興(현재 절강 호주湖州)인. 자는 숙명叔明(叔銘). 호는 황학산초黃鶴山樵 · 황학산인黃鶴山人 · 향광거사香光居士. 조맹부趙孟頫(1254~1322)의 외손으로 그림을 잘 그리다. 조맹부의 화법畫法을 배워 잇고 왕유王維 · 동원董源으로 종宗(남종南宗)을 삼다. 평생 비단을 쓰지 않고 종이에만 그리다. 산수山水 · 인물人物을 모두 잘하였다.

그림은 활기가 넘쳐흘렀고 해삭준법解索皴法(새끼를 풀어서 펼쳐 놓은 것처럼 꼬이고 흐트러진 필선으로 산봉우리나 계곡을 그리는 법), 와운준법渦雲皴法(뭉게구름이 뭉실뭉실 소용돌이치며 일어나는 듯한 모양의 필선을 거듭하여 산봉우리를 표현해 내는 선묘법) 등 제가諸家의 준법을 구사하였으며, 우모준법牛毛皴法(소털같이 짧고 가는 선을 중복시켜 산봉우리를 표현해 내는 선묘법)을 창안하고, 초묵준찰법焦墨皴擦法(된 먹으로 선을 내거나 쓸어내리는 먹 쓰는 법)을 겸용하다. 원말元末 4대가四大家의 한 사람. 벼슬을 사양하고 임평臨平(현재 절강 여항余杭 임평진) 황학산黃鶴山에 은거. 명초明初에 출사出仕 지태안주사知泰安州事가 되다. 호유용胡維庸 당으로 몰려 옥사獄死.

8. 예찬倪瓚(1301~1374). 원元 강소 무석인無錫人. 자는 원진元鎭, 초명初名 정珽 또는 우迂, 변성명變姓名하여 해원랑奚元郞 · 원영元映이라 하다. 호는 운림雲林 · 운림자雲林子 · 운림산인雲林散人 · 형만민荊蠻民 · 정명거사淨名居士 · 주양관주朱陽館主 등. 평생 배우기를 좋아하고 시와 글씨에 뛰어났으며 예서를 잘 썼다. 그림은 동원董源을 배웠는데 만년에 이를수록 더욱 좋아졌다. 천진天眞하고 고담古淡한 것으로 특색을 삼아서 착색著色이나 인물의 표현을 극히 꺼리었다. 원말元末 4대가四大家의 한 사람.

집이 본래 부유했으나 지원至元(1335~1340) 초에 아직 천하가 태평한데도 재산을 일가친척 친지들에게 나눠 주고 편주扁舟에 홀로 타고 어부들과 섞여 사니 전란으로 부자들이 화를 입을 때 이를 모면하였다.

신위당 관호[1]에게 · 1
與申威堂 觀浩

험하고 먼 길에 자네가 세속적인 굴레를 떨쳐 버리고 예전 정의를 생각하지 않았다면 어찌 바다 건너 편지를 보내는 것이 이와 같이 지극하고 정중할 수 있단말인가. 이 쫓거나 삐쩍 마른 몰골을 돌아다보면 이 세상에서 그 어찌 이를 얻을 수 있는지 실로 알지 못하겠네.

편지가 온 후에 하늘에는 바람이 불고 바다는 추워졌네. 다시 생각하니 초겨울에 수사水使는 동작動作이 편안하고 복된 일이 많으며, 겨울옷은 장만했으며 다른 걱정은 없는가. 여러 가지로 축원을 드리네. 바다 구름 한 줄기를 만약 마시고 토한다면 서로 이어지겠지.

죄 많은 몸이 지금까지 남은 목숨을 보존하고 있는 것은 임금님의 은혜로 만들어지지 않은 것이 없는데, 독한 습기가 빌미가 되어 온갖 병이 침노하여 찾아드니, 눈·귀·코·입 어느 곳이나 고통스럽지 않은 곳이 없네. 의원도 없고 약도 없으니 오직 그냥 내버려 둘 뿐일세.

보내 준 많은 예물禮物들이 특별히 생각한 데서부터 온 것을 아는데 얼마나 감격이 만천 가지로 용솟음치겠는가. 나머지 이야기는 뒤에 쓰겠네. 다

남겨 두고 갖춰 쓰지 못하네.

　시폭詩幅과 예서隸書·해서楷書 여러 장은 요새 세상에 그것을 구한다고 하면 능히 이 경지를 지닌 사람이 몇이나 될지 모를 정도일세. 금마 승명金馬承明[2]의 여러 이름 있는 분들에게도 부끄러움이 없겠네. 나도 모르게 옷깃을 여미고 반복하여 계속 외고 또 외웠네. 모두 원본에 망령되게 비평한 것이 있으니 하나하나 대조해 보게.

　내 예서는 눈이 어둡고 팔이 저리며 또 모든 생각이 다 귀찮은데 어느 겨를에 이를 하겠는가. 자네의 부지런한 뜻으로도 깨뜨리기 어렵겠네. 내가 이렇게 억지로 지키어 막고 있으니 어느덧 글씨 꼴이 형편없어져서 한바탕 웃을 거리도 못 될까 무섭네.

　『고기관지古器款識』[3] 1함函 3책冊은 들자니 한번 보고 싶은 뜻이 있다고 하여 이에 아낌없이 빌려 주고자 하네. 뜻을 다하여 본 다음에 편 닿는 대로 돌려주는 것이 어떻겠는가. 종정鐘鼎에 새겨진 옛 명문銘文은 예서가 나온 곳이니, 예서를 배우면서 이를 알지 못하면 이는 거슬러 올라가서 근원을 잘못 찾는 것일세.

　집에 모아 둔 것 중에서 만약 나누어 구경할 만한 것이 있다거나 또 줄 만한 것이 있다 해도 지금은 해낼 수가 없네. 머리 센 늙은이로 귀양을 떠나 흘러 이곳에 이르렀으니 웬만큼 금석문 중에서 좋은 것들을 가지고 있다 하더라도 두어 보았자 줄 사람이 없네. 어찌 한탄스럽지 않겠는가? 끝내 마땅히 자네에게 그것을 부탁하는 것이 있어야겠지. '수금壽琴'의 편액扁額과 와련瓦聯(와당瓦當의 고예古隸를 탁본拓本하거나 임모臨摹하여 만든 대련對聯) 한 벌을 보내니 역시 보고 거두어 두게.

　허소치許小癡[4]는 아직도 그곳에 있는가. 그 사람이 매우 아름다운데 화법畫法은 우리나라 사람의 고루한 버릇을 모두 떨어 버려서 압록강 이동에는 이런 그림이 없네. 다행히 궁신宮臣의 끝에 끼어서 깊이 비호庇護를 받는다 하니 자네 아니면 어떻게 이 사람을 보고 아시게 하였겠는가. 저 역시 그 자리를 얻었다 하겠네.

초의草衣[5]라는 스님도 역시 남쪽의 이름난 큰 스님으로 총림叢林 중에서 많지 않은 분일세. 지금 시론詩論을 보니 역시 그 거울이 거울을 비치고, 인장이 서로 맞는 것을 알겠네. 대단하지, 대단해.

쓰는 붓자루는 빳빳하거나 부드러운 것을 가리지 않고 있는 대로 쓰니 별로 꼭 좋아하는 것이 없네. 여기 한 자루 작은 붓을 보내니 받아 보게. 이것의 만듦새가 지극히 좋아서 털을 가리되 다시 정성스럽게 해서 하나도 거꾸로 됐거나 못 쓰게 삐져나온 털이 없네. 아무쪼록 이에 의지해서 많이 만들어 낼 수 있다면, 스스로 쓰기도 하고 또 몇몇 자루는 나에게 보내 주기 바라네.

대둔사大芚寺의 편액은 요즈음 어떻게 되고 있나. 절의 승려들이 시일만 끌어 일이 잘못되기 쉽네.

〈공비孔碑〉[6] 임모본 두 장은 좋았는데 다만 굳세고 예스런 저의底意가 부족하군. 대개 〈한칙비韓勅碑(예기비禮器碑)〉는 임모하기가 지극히 어려우니, 이는 일곱 사람이 쓴 바로 한 사람 솜씨의 글씨가 아니라네. 이 비가 예가隸家의 정법正法이 된다 하나 처음 배우는 사람은 마땅히 촉도蜀道의 여러 석각石刻이나 〈북해상비北海相碑〉[7] 도판45로부터 먼저 손을 댄 다음에야 속체俗體의 그릇됨에 빠지지 않을 뿐일세.

도판 45. 〈북해상비北海相碑〉(후한後漢 144년)

與申威堂 觀浩

畏塗窮塗, 非令之擺去俗臼, 出以古誼, 何能涉海款存, 如是之摯重也. 顧此枯槁, 實不知 其何以得此, 於今之世也.

信後天風海寒, 更惟冬初. 令梱動靖, 晏衛多祉, 裘帶消受, 曾無他惱耶. 種種詹祝. 海雲一縷, 若可以呼吸相注.

累狀至今殘喘之尚存, 無徃非恩造. 瘴濕爲祟, 百病侵尋, 眼耳鼻舌, 無不作苦, 無醫無藥, 亦惟任之而已.

惠貺多儀, 認自另念中來, 何等感翹萬千. 餘在續候. 都留不備式.

詩幅與隸楷諸頁, 求之今世, 能涉此境者, 幾人歟. 無愧於金馬承明諸名公矣. 不覺歛衽, 同環洛誦. 皆有妄評 於原本, 一一照存.

拙隸 眼病臂疼, 且萬念俱灰, 何暇及此. 以令之勤意, 難孤破除. 拙守強此仰塞, 不覺形穢, 恐懼不足一粲矣.

古器款識一函三册, 聞有一閱底意, 兹以割愛奉瓻. 盡情閱過, 隨便投還如何. 鍾鼎古款, 是隸之所從出, 學隸不知此, 是溯流妄源也.

家儲若有分玩者, 又有可以贈者, 今不可致也. 白首濩落, 流遷到此, 如干金石佳品, 留贈無人, 寧不可歎. 終當, 有屬之令者耳. 壽琴扁瓦聯一具奉似, 亦覽收.

許癡尚在那中耶. 其人甚佳, 畫法 破除東人陋習, 鴨水以東, 無此作矣. 幸託珠履之末, 深蒙厚庇, 非令何以見知此人. 渠亦得其所矣.

草師 亦南之名宿, 叢林中不多有者. 今見詩論, 亦知其鏡鏡印合矣. 甚盛甚盛.

所用筆枝, 無論剛柔, 隨有用之, 別無專嗜. 兹一枝小毫送覽. 此製極佳, 選毫更精, 無一倒毫惡尖, 幸須依此多製自用, 亦以若干枝派及, 是望.

菴額際此即圖如何. 寺僧輩易於腕晚差過耳.

孔碑臨本兩紙, 佳好, 但少勁古底意. 大槩韓勑碑, 極難臨, 此是七人所作, 非一手書. 此碑爲隷家正法, 然初學 當從蜀道諸刻, 北海相碑, 先爲下手, 然後不爲俗體誤耳.

(『阮堂先生全集』卷二)

註

1. 신관호申觀浩(1811~1884). 평산인平山人. 헌櫶이라 개명改名. 자는 국빈國賓, 호는 위당威堂. 훈련대장訓練大將 신홍주申鴻周(1772~1829)의 손자. 벼슬이 금위대장禁衛大將·훈련대장訓練大將을 거쳐 총융사摠戎使·병조판서兵曹判書·판중추부사判中樞府事에 이르다. 고종高宗 13년(1876) 조선의 전권대사로서 일본의 전권대사 구로다 기요타카黑田淸陵와 강화도에서 병자수호조약丙子修護條約을 체결하다.

   추사의 수제자로 스승의 훈도訓導를 받아 당시 조선 내에서는 세계 정세에 가장 밝은 신지식인이었으며, 시서詩書를 모두 잘하였는데 특히 한예漢隸를 잘 써서 추사가 극찬을 아끼지 않다. 무반武班 출신이었으나 문무겸전하고 경세지략經世智略이 있어 드물게도 무인으로 벼슬이 병조판서·판중추부사에까지 이르다. 『민보집설民堡集說』1책, 『가호선집歌壺選集』2권, 『관암은휴고冠巖恩休稿』1책, 『금당초고琴堂初藁』1책, 『신관호시문집申觀浩詩文集』22책, 『신대장군집申大將軍集』1책, 『양석당시문합고養石堂詩文合稿』1책, 『예은시고藝隱詩稿』1책, 『위당초고威堂初稿』1책, 『계서촬요戒書撮要』5책, 『은휴정집恩休亭集』1책, 『중일재미정고中一齋未定稿』1책 등의 많은 저술이 있으나 모두 미간未刊 필사본筆寫本으로 세상에 아직 알려져 있지 않다.

2. 금마문金馬門은 한 대漢代 미앙궁未央宮에 있던 문학文學하는 선비들이 출사出仕하던 곳. 한漢 무제武帝(서기전 140~서기전87)가 공손홍公孫弘 등의 학자들로 하여금 이 문에서 조칙詔勅을 기다려 고문顧問에 응하게 하다. 실은 노반문魯般門인데 문 밖에 동마銅馬가 있어서 금마문으로 불리어지다.

   승명전承明殿은 역시 한 대 미앙궁에 있던 전각으로 학자들이 모여 저술하던 곳.

3. 『고기관지古器款識』. 가경嘉慶 원년元年(1796)에 전점錢坫(1741~1806 혹은 1744~1806)이 상商·주周·진秦·한漢의 고기古器를 찾아내어 그 형상形象을 그리고 관지款識를 임모臨摹하여 만든 금문도록金文圖錄. 본 이름은 『십육장락당고기관지十六長樂堂古器款識』4권이다.

4. 허유許維(1809~1892). 양천인陽川人. 자는 마힐摩詰, 호는 소치小癡. 개명改名하여

련錬이라 하다. 진도珍島에 세거世居하다. 시詩 · 서書 · 화畵를 모두 잘하여 삼절三絶로 일컬어졌으며 추사 문하에 나가 배워 화법畵法이 우리나라에서 제일이라는 칭찬을 받다. 이로 더욱 유명해져서 중앙에 알려지고 헌종憲宗의 권우眷遇를 입어 벼슬이 지추知樞에 이르다.

청조淸朝 문인화풍文人畵風의 산수山水 · 인물人物에 특히 뛰어나서 추사는 그 화법이 우리나라식의 촌티를 모두 벗어 버렸다고 극찬하다. 청조淸朝의 문인화풍文人畵風을 조선 화단畵壇에 이식移植 정착시킨 화가.

5. 석의순釋意恂(1786~1866). 조선 승려. 무안務安 출신. 속성俗姓 장씨張氏, 본관 흥덕興德, 자 중부中孚, 법호法號는 초의草衣. 15세에 운흥사雲興寺 벽봉碧峰 민성敏性에게 출가出家. 19세에 대흥사大興寺 완호玩虎 윤우倫佑의 인가印可를 받아 법을 잇다.

다산茶山 정약용丁若鏞의 강진康津 적거適居 시에 유서儒書 및 시문詩文을 배우고 경향의 제산諸山을 편력하며 명사들과 교유交遊. 선교禪教의 묘리妙理는 물론 시詩 · 문文 · 서書 · 화畵와 다도茶道 등에 박통博通하여 홍석주洪奭周 · 신위申緯 · 김정희金正喜 등 당대 일류 문사들의 추숭推崇을 받다. 중년 이후에는 두륜산頭輪山에 일지암一枝庵을 짓고 40여 년 동안 지관止觀을 닦다. 『초의집草衣集』4권 · 『사변만어四辨謾語』1권 등의 저술이 있다.

6. 공비孔碑라고 불릴 비석이 산동山東의 공림孔林에 허다한데 어느 것을 지칭하는지 미상未詳. 문맥으로 보아〈공묘예기비〉일 가능성이 크다.

7. 〈북해상비北海相碑〉.〈익주태수북해상경군비益州太守北海相景君碑〉의 약칭. 후한後漢 순제順帝 한안漢安 3년(144) 8월에 산동山東 제녕濟寧에 세운 북해상北海相 경군景君의 추도비追悼碑. 규수圭首 · 천공穿孔 · 전액篆額 · 명사銘辭를 따로 쓴 가장 완전한 비 형식을 갖춘 한비漢碑이다. 본문은 팔분서八分書인데 다른 팔분서가 가로로 긴 것에 반해 세로로 긴 특색이 있다. 17항行 33자字. 비의 높이 9자, 나비 3자 3치. 제녕박물관濟寧博物館에 보존되어 있다.

신위당 관호에게 · 2
與申威堂 觀浩

새해 된 지 이레 만에 뭉게구름(편지)이 멀리서 떨어져 오니 황홀하게도 기쁨의 신神이 내려오신 듯하네, 메마르고 적막한 땅에 뜻밖에 이것이 있어서 되돌리며 펴서 읽으니 마주 앉아 이야기하는 것처럼 위로가 되었네.

다만 경계를 넘는 나쁜 절후節候는 마땅히 곧 온화해져서 백복이 미쳐 올걸세.

엎드려 바라건대 봄에 자네 동작動作이 더욱 편안하고 많은 복을 받으며, 겨울옷을 정리하는 틈에 곁으로 먹과 붓에 이르기(글씨 쓰기)를 다른 해와 같이 하시게. 이에 축원祝願드리기를 보통과 다르게 하고 있네.

이 죄 많은 봄은 갑자기 정초부터 까닭 없이 크게 아파서 오늘까지 끌어오다가 다시 살 길을 찾았네만, 모질고 미련하기가 돌과 나무보다도 심하지. 한갓 배나 편지의 오가는 것이 모두 막혔었을 뿐만 아니라 붓을 잡을 수 없어서 한 번 감사를 보내는 것이 이렇게 늦어졌는데, 어떻게 이 고통스러움을 다 헤아리겠나.

보내 준 여러 가지 예물들은 특별히 마음 쓴 데서부터 오지 않은 것이 없었으니 병든 위장을 겨우 달래어 먹고 싶게 하는데 이에 의뢰해서 진정시키도록 하였지. 외따로 떨어진 먼먼 길에서 감사하고 절실하기가 어찌 많은 물건[1]이라는 데만 그치겠나.

이달 초순부터 비로소 베개와 자리에서 머리를 들 수 있어서 팔목을 움직여 이와 같이 글씨를 썼네. 이제 강교姜校(강씨姜氏 성姓을 쓰는 포교捕校인 듯)가 가는 것으로 말미암아 대략 몇 자 적었네만 또 나머지 사연은 남겨 두어 따로 갖추기로 하고 다 쓰지 못하네. 모두 자네가 잘 살펴 헤아려 주기 바라네.

따로 보낸 편지에 많은 말로 온갖 정을 나타냈더군. 만약 주注를 내는 일이라면 스스로 재주 없고 학식이 부족한 것을 돌아보건대 한창 적 머리가 가득 차 있을 때라도 이것을 해낼 수 없었을 터인데 또 어떻게 이에 응할 수가 있겠는가. 하물며 지금은 머리 세고 이룩한 것 없이 독기毒氣 서린 바닷가로 흘러 떠돌아 와, 조금 알던 것들조차 모두 잊어버려서 하나도 남은 것이 없음에서이랴. 흔적痕跡과 속내만 드러내 보여서 웃음만 사게 되겠지.

다만 자네는 타고난 재주가 지극히 많은 위에 용맹정진勇猛精進까지 더하니, 천궁天宮이나 귀부鬼府 어느 곳을 간다 해도 막히겠는가. 지금 예서隷書 글씨로 보면 한 번 뛰어넘어서 곧장 들어갈 기운氣韻과 형상形像이 있네.

늘 사람들은 그 문경門徑(문으로 통하는 길)에서 그림자를 본떠 오고 빛을 채 오지만 철저하게 그 끝까지 꿰뚫지는 못하지. 이렇게 끝까지 꿰뚫은 뒤에는 문경이 틀리지만 않는다면 기러기 털이 바람을 따르듯이 쏟아져서 막지도 못할 것일세.

시도詩道에서 어양漁洋[2]과 죽타竹垞[3]의 문경은 틀림이 없지. 어양은 순수하여 자연스러우니, 천의무봉天衣無縫한 듯하고 화엄누각華嚴樓閣이 손가락 한 번 튕기어 열리는 듯하여 본뜨거나 채 오기가 쉽지 않으며, 죽타는 사람의 노력이 정밀하게 이르러서 인연을 찾아 차례로 이어 가니 비록 태산泰山의 정상頂上일지라도 한 걸음씩으로 나아갈 수 있네.

그러니 반드시 죽타로써 기본을 삼고 어양으로써 참고한다면, 색태色態 · 향취香臭 · 성운聲韻 · 자미滋味가 원만하게 갖추어져서 모자람이 없을 것일세. 목재牧齋[4]와 같은 사람에게 이르면 기력氣力은 크지만 그러나 끝내 천마외도天魔外道(불법佛法을 믿지 않는 하늘 마군들)를 면치 못하니 가장 보아서는 안 되는 것이네. 오로지 어양과 죽타를 좇아서 손을 대면 잘될 걸세.

이 아래로 또 사초백査初白[5]이 있는데 이는 이 양가兩家의 뒤에 문경門徑이 가장 그릇되지 않은 분일세. 이 삼가三家로 말미암아 원유산元遺山[6]과 우도원虞道園[7]에게로 나아가고 다시 동파東坡 · 산곡山谷[8]으로 거슬러 올라가서 두 씨杜氏[9]로 들어가 준칙準則을 삼는다면 성공하여 소원이 이루어졌다고 말할 만하니 부처님 뵙기가 부끄럽지 않지.

이 이외에 곁으로 여러 사람에 통달하고 어느 곳에서나 그 마음속에 느끼는 힘과 꿰뚫어 보는 힘이 있어서 두 가지가 다 이르는 곳마다 거울과 거울이 서로 똑같이 비치듯이, 도장과 도장이 서로 꼭 맞듯이 맞아떨어져야만 마경魔境의 그릇된 곳으로 빠지지 않게 되네.

담계覃溪(옹방강翁方綱) 시집詩集[10]은 과연 읽기 어렵지. 경학經學과 예술藝術 · 문장文章 · 금석金石 · 서화書畫가 무르녹아서 한 덩어리를 이루고 있으니 지식이 얄팍한 사람은 쉽게 이해할 수 없네. 그러나 세심하게 읽어 가면 선로線路와 맥락脈絡이 찬연하게 모두 드러나게 되거늘, 특히 세상 사람들은 마음을 쓰지 않고 겉으로만 핥아서 맛을 모르며, 간과諫果[11]의 달게 되는 것이 단수수가 단 것보다 도리어 더 좋은 것을 모른다 뿐일세.

내가 보고 들은 것으로서는 건륭乾隆(1736~1795) 이래에 여러 이름난 사람들이 끊이지 않고 서로 잇대어 나왔다 하지만 아직 전택석錢蘀石[12]이나 담계覃溪[13]와 같은 분은 없었네. 장연산蔣鉛山[14]은 서로 짝할 수 있지만 원수원袁隨園[15]과 같은 무리들은 비길 게 못되지. 하물며 이보다 못한 사람들이겠는가. 내가 일찍이 담계 시 중 사람들이 쉽게 이해하는 것들을 골라 가지고

적구도摘句圖[16]의 예例에 모방하여 100구 가까이 뽑아 놓았으니 꼭 한번 보여 주겠네.

與申威堂 觀浩

開歲七日, 朶雲遠墜, 怳如喜神來臨. 枯槁寂寞之地, 不意有是, 回
環披誦, 慰敵對榻.

第過境愈節, 似當即和, 延禧百福.

伏惟春中, 令梱動靖, 益膺多祉, 裘帶整暇, 傍及於麝煤鼠尾, 如舊
年. 庸是詹祝非常品.

累狀忽自元初, 無緣大痛, 支到今日, 復尋生路, 且頑且冥, 甚於石
木. 非從船信之去來俱阻, 無以把毫, 一謝之遲淹如是, 何以盡諒此
苦也.

俯惠諸儀 無非從另注中來, 饞涎病胃, 賴以爲鎭. 穹塗感切, 何止百朋.

自今月初, 始得扶頭於枕茲上, 亦能轉腕, 作字如此. 玆因姜校之行,
略申數字, 且留另具. 姑不備式. 統希令照亮.

別椷千百言, 盡情披露. 若是嚮注, 自顧菲淺, 雖盛壯腦滿之時, 不
足以抵此. 又何足以應此. 況今白首無成, 瘴海流轉, 寸知銖識, 零
丁無一存. 槎牙肝肺, 令人可笑.

第令之天分極厚, 加之勇猛精進, 天宮鬼府, 何徃而礙. 今以隸字見
之, 有一超直入底氣像.

每人於門徑, 摸影掠光, 不能透頂徹底. 門徑不誤, 如鴻毛順風, 沛然
莫禦耳.

詩道之漁洋 竹坨, 門徑不誤. 漁洋 純以天行, 如天衣無縫, 如華嚴
樓閣, 一指彈開, 難以摸捉, 竹坨 人力精到, 攀緣梯接, 雖泰山頂上,
可進一步.

須以竹坨爲主, 參之以漁洋, 色香 聲味, 圓全無虧缺. 至如牧齊, 魄
力特大, 然終不免天魔外道, 其最不可看. 專從漁洋 竹坨, 下手爲妙.

下此又有查初白, 是兩家後, 門逕最不誤者也. 由是三家, 進以元遺

山 虞道園, 溯洄於東坡 山谷, 爲入杜準則, 可謂功成願滿, 見佛無作矣.

外此旁通諸家, 左右逢原, 在其心力眼力, 並到處, 如鏡鏡相照, 印印相合, 不爲魔境所誤也.

覃集果難讀. 經藝 文章 金石 書畫, 打成一團, 非淺人所得易解. 然細心讀過, 線路脈絡, 燦然具見, 特世人不以用心, 外舐沒味, 不知諫果之回甘, 蔗境之 轉佳耳.

以鄙見聞, 乾隆以來諸名家, 項背相連, 未有如錢籜石, 與覃溪者. 蔣鉛山, 可得相埒, 而如袁隨圓輩, 不足比擬矣. 況其下此者乎. 不佞曾從覃詩之人人易解者, 仿摘句圖例, 拈錄近百句, 當一爲之奉覽也.

『阮堂先生全集』卷二)

註

1. 백붕百朋. 많은 녹록祿을 말한다. 『시경詩經』 「소아 편小雅篇」에 '석아백붕錫我百朋'의 구句가 있는데, 전箋에 "옛날에는 조개껍질을 돈으로 하였는데, 다섯 개의 조개껍질을 일붕一朋이라 하였다. '내게 백붕百朋을 내려 주었다'는 것은 녹록祿 받는 것이 많다는 것이다."라고 하다.

2. 왕사진王士禎(1634~1711). 청나라 산동山東 신성인新城人. 자는 자진子眞 또는 이상貽上, 호는 완정阮亭·어양산인漁洋山人. 대경당帶經堂. 순치順治 15년(1658) 진사進士로 벼슬이 형부상서刑部尚書에 이르다. 명관名官으로 시와 고문사古文詞에 뛰어났으며 박학博學으로 많은 저서를 남기었다. 특히 시재詩才는 발군하여 타의 추종을 불허하였으니 당시는 물론이려니와 청淸 일대에 최상最上으로 꼽아 흔히 주이존朱彝尊과 함께 주왕朱王으로 일컫는다. 박학호고博學好古하여 서화와 금석골동의 감별鑑別에 능했고 글씨도 잘 썼으나 모두 시에 가려서 드러나지 못했다.
청 세종의 어휘 윤진允禛을 피휘避諱하여 후인들이 사정士正이라 썼으나 건륭乾隆 30년(1765)에 사정士禎으로 사명賜名. 시호諡號는 문간文簡. 『어양시집漁洋詩集』 38권, 『어양문략漁洋文略』 14권, 『정화록精華錄』 10권 등 많은 저서를 남기다.

3. 주이존朱彝尊(1629~1709). 청나라 절강浙江 수수인秀水人. 자는 석창錫鬯, 호는 죽타竹坨·어방䲩舫·소장노조어사少長蘆釣漁師·금풍정장金風亭長. 청초淸初 고증학파考證學派의 대표적인 인물 중의 하나로 박학博學 강기強記하고, 금석고증학金石考證學에 밝아 경사經史의 고증에 많은 업적을 남기었다.
시와 고문사古文詞를 모두 잘하고, 전篆·예隸·분서分書를 다 잘 썼으나 특히 시재詩才가 뛰어나서 왕사진王士禎과 더불어 주왕朱王으로 일컬어진다. 『일하구문日下舊聞』 42권, 『경의고經義考』 300권, 『폭서정집曝書亭集』 80권, 『명시종明詩綜』 100권, 『영주도고록瀛州道古錄』, 『오대사기주五代史記注』 등 많은 저서를 남기다.

4. 목재牧齋. 청나라 전겸익錢謙益(1582 혹은 1580~1664). 청 강소 상숙常熟인. 자 수지受之, 호 목재牧齋, 만호晚號 몽수蒙叟, 동간노인東澗老人. 명 만력 38년(1610) 진사. 명말청초 대시인. 그림도 잘 그리다. 『목재시문집牧齋詩文集』이 있다.

5. 사신행査愼行(1650~1727). 청나라 절강浙江 해녕海寧인. 초명初名은 사련嗣璉, 자는 하중夏重. 호는 타산他山・초백初白. 사호賜號는 연파조도烟波釣徒. 개명改名하여 신행愼行이라 하고, 개자改字하여 회여悔餘라 하다. 황종희黃宗羲의 문하門下로 고증학考證學과 경학經學에 정통하였고 시에 뛰어났다. 시는 소식蘇軾에 가까워서 절강浙江의 송풍시가宋風詩家로 주이존朱彝尊・탕우증湯右曾과 병칭並稱되다. 『경업당집警業堂集』50권, 『주역완사집해周易玩辭集解』12권 등의 저서가 있다. 강희康熙 42년(1703) 특사진사特賜進士로 한림원翰林院 편수編修를 지내다.

6. 원호문元好問(1190~1257). 금金 태원太原 수용秀容(현재 산서 기현忻縣)인. 자는 유지裕之. 유산선생遺山先生이라 존칭하다. 벼슬이 한림지제고翰林知制誥에 이르러 금나라가 망하자 그 후에는 불사不仕하고 오직 시문詩文으로 자적自適하다. 『두시학杜詩學』1권, 『동파시아東坡詩雅』3권, 『시문자경詩文自警』10권 및 『유산선생집遺山先生集』40권(도광道光 30년 장목張穆에 의해서 중각重刻되다.) 등 많은 저서가 있다.

7. 우집虞集(1272~1348). 원元 임주臨州 숭인崇仁(현재 강서 예장도豫章道 숭인현)인으로 송宋 우윤문虞允文의 5세손. 자는 백생伯生, 호는 도원道園. 세상에서는 소암선생邵庵先生이라 일컫다. 벼슬은 태상박사太常博士・규장각奎章閣 대서학사待書學士・경세대전經世大典 찬수纂修 총재總裁 등을 역임하다. 인수군공仁壽君公에 피봉被封되고 시에 박통博通하고 시문詩文에 능하여 많은 저술을 남기니 『도원학고록道園學古錄』50권, 『도원유고道園遺稿』15권 등이 그 대표적인 것들이다.

8. 황정견黃庭堅(1045~1105). 북송北宋 홍주洪州 분녕分寧(강서江西 심양도潯陽道 수수현修水縣)인. 자는 노직魯直, 호는 부옹涪翁 또는 산곡山谷. 소식蘇軾의 문하생으로 장뢰張耒・조보지晁補之・진관秦觀과 함께 소문 4학사蘇門四學士로 일컬어지다. 시문을 모두 잘하였으나 특히 시가 뛰어나서 스승인 소식과 함께 소황蘇黃으로 불리며, 강서시파江西詩派의 비조鼻祖가 되다.
또한 해楷・행行・초서草書를 잘 써 일가를 이룩하였다. 진사 출신으로 벼슬은 집현전集賢殿 교리校理를 거쳐 이부원외랑吏部員外郞 지태평주知太平州에 이르다 남긴 저서는 『산곡내집山谷內集』30권, 외집外集 13권, 별집別集 20권, 시詞 1권, 간척簡尺 20권, 연보年譜 3권으로 모아져 있다. 문절선생文節先生이라 사시私諡하다.

9. 두보杜甫(712~770). 당唐 섬서陝西 양양襄陽 두릉杜陵(현재 섬서陝西 장안長安)인. 자는 자미子美, 호는 소릉少陵. 성당盛唐 시대가 낳은 중국 최대의 시인으로 이태백李太白과 쌍벽을 이룬다. 서사시敍事詩의 명수로서 유교 이념에 철저하여 세상을 바로잡으려는 충의강개忠義慷慨로 시사時事를 소재로 하여 풍자·고발하는 시를 쓰니, 시사詩史 혹은 시성詩聖으로 후인들은 추앙한다. 벼슬은 공부원외랑工部員外郎에 그치다. 불우한 환경에서 살았으므로 시풍詩風이 비참침울悲慘沈鬱하다. 그의 유시遺詩는 『두공부시집杜工部詩集』 20권으로 모아져 있다.

10. 담계 시집覃溪詩集. 담계覃溪 옹방강翁方綱 찬撰의 『복초재시집復初齋詩集』 70권.

11. 간과諫果. 감람나무 열매를 말한다. 처음에 먹으면 떫고 쓴데 먹고 나면 도리어 달게 되는 까닭으로 붙은 이름이다.

12. 전재錢載(1708~1793). 청나라 절강浙江 수수秀水(현재 가흥嘉興)인. 자는 곤일坤一, 호는 택석蘀石·포준匏尊·만송거사萬松居士. 건륭乾隆 17년(1752) 진사進士. 벼슬은 예부좌시랑禮部左侍郎을 지내다. 두보杜甫·한유韓愈·소식蘇軾·황정견黃庭堅의 시에 정통하고 다시 이를 뛰어넘어 자기 세계를 이룩하다. 서화書畫도 잘 하였는데 그림은 종증조모從曾祖母 남루노인南樓老人 진서陳書에게 배웠다. 특히 난석蘭石에 뛰어나서 청조淸朝 제일인자로 일컬어진다. 『택석재시문집蘀石齋詩文集』의 저술이 있다.

13. 옹방강翁方綱(1733~1818). 청나라 순천부順天府 대흥大興(현재 북경)인. 자는 정삼正三, 호는 담계覃溪·복초재復初齋·보소재寶蘇齋. 건륭乾隆 17년(1752) 진사. 벼슬은 산동독학정사山東督學政使·내각학사內閣學士에 이르다. 당대의 거유巨儒로 박학다식博學多識하여 경학經學·서화書畫·금석학에 깊이 통달하고 시문詩文에도 뛰어났었으며, 글씨는 전篆·예隷·해楷·행行의 제체諸體를 모두 잘 썼다. 문도門徒가 심히 많았는데 사행使行에 따라갔던 추사가 제자弟子가 되어 가르침을 받고 돌아와서 그의 학풍은 크게 우리나라에도 전파되었다. 『복초재시집復初齋詩集』 70권, 동 외집外集 10권, 문집文集 35권, 『양한금석기兩漢金石記』 22권, 『월동금석략粤東金石略』 12권, 『난정고蘭亭考』 8권 등 많은 저서를 남겼다.

14. 장사전蔣士銓(1725~1785). 청나라 강서江西 연산인鉛山人. 자는 심여心餘 또는 초

생苼生. 호는 청용淸容·연산鉛山. 본래는 전錢씨였으나 장흥長興에서 연산鉛山으로 옮기면서 장蔣씨로 변성變姓. 건륭 19년(1754) 거인擧人. 벼슬은 순천향시동고관順天鄕試同考官에 이르러 치사致仕하다. 인품이 고열사풍古烈士風이 있고 시詩·고문古文을 모두 잘하였으나 특히 시격詩格이 웅준雄俊하여 원매袁枚·조익趙翼과 병칭並稱되었다. 아울러 남북곡南北曲을 다 잘하였다. 『충아당집忠雅堂集』, 『강설루전사絳雪樓塡辭』 등의 저서가 있다.

15. 원매袁枚(1716~1797). 청나라 절강성 항주 전당인錢塘人. 자는 자재子才. 호는 간재簡齋. 건륭 4년(1739) 진사進士. 벼슬은 지현知縣에 그치다. 강녕江寧 소창산小倉山 아래에 집을 지어 수원隨園이라 이름하고 은거하다. 50여 년 동안 저작에 힘쓰고 여러 문사文士와 교유하다. 시문詩文 모두 잘했으나 특히 시는 성령性靈을 주장하여 질탕한 느낌이 있다. 세상에서는 수원선생隨園先生이라 부르다. 『소창산방집小倉山房集』, 『수원시화隨園詩話』, 『수원수필隨園隨筆』 등 저서가 있다.

16. 적구도摘句圖. 중요한 시구詩句를 뽑아내어 만든 시선집詩選集. 옹방강이 만들었다.

신위당 관호에게 · 3
與申威堂 觀浩

『금석원류휘집金石源流彙集』[1]은 과연 다 써내었는가. 구양공歐陽公(1007~1072)
의 『집고록集古錄』[2]이나 홍반주洪盤洲[3]의 『예석隸釋』[4] 등의 책은 읽지 않으면 안
되네. 또 왕난천王蘭泉[5]이나 전신미錢辛楣[6]의 여러 책들과 옹담계翁覃溪가 편
집한 것 같은 것들은 더욱 정밀하고 알차지.

금석학이라는 한 학문은 스스로 독립된 한 문호門戶가 있거늘 우리나라
사람들은 모두 이것이 있는 줄을 모르고 있네. 그래서 요즈음 전예篆隸를 한
다는 여러 사람들 같은 이들도 다만 그 원본原本을 찾아가서 한 번 베껴 올
뿐이니, 어찌 일찍이 경학經學과 사학史學을 보충한다거나 분예分隸[7]의 같고
다른 것을 밝힌다거나 편방偏旁의 변해 내려온 것을 밝히는 데 연구가 있었
겠는가.

『한예자원漢隸字原』[8]은 진실로 좋은 책이지. 수록되어 있는 것이 309비碑
나 되게 많은데, 오늘까지 남아 있는 한비漢碑 30여 종과 비교하면 이를 비
록 깊고 넓은 바다라 해도 좋을 것일세. 판본板本 한 벌을 베껴 보내네. 그런
데 이 판에서는 〈예기비禮器碑〉 및 〈공화비孔和碑〉와 〈양두비羊竇碑〉[9] 및 〈척

백비戚伯碑)¹⁰가 서로 다르지 않으니 이를 어떻게 분변하여 증명하겠는가. 누 씨婁氏¹¹의 원본은 반드시 이와 같지 않았을 터인데 돌고 돌면서 되새김이 잘못되어 드디어 본래의 모습을 알 수 없게 되었을 걸세.

그래서 고남원顧南原¹²의 『예변隸辨』이라는 한 책이 도리어 이보다 더 나은 것이 있네. 책을 놓고 자네로 하여금 하나하나 가려내게 하고, 입으로 증명해 주지 못하는 것이 한일세. 들고 온 책 광주리가 매우 빈약해서 이들을 증명할 만한 것들은 가져오지 못했기 때문에 멀리 보내 줄 수 없으니 특히 그 일로 속상해 탄식하고 있네. 무릇 내게 속해 있는 것이라면 끝내 마땅히 하나하나 모두 보여 줌이 있겠지.

석암石庵(유용劉墉)의 글씨 쓰는 법은 시가詩家에 있어서 어양漁洋(왕사진王士禛)과 같으니 타고난 재주가 남다르게 빼어나서 본뜨기가 어렵네. 또 그 진적眞蹟을 보지 못하고 다만 그 탁본拓本만 보았다면 더욱더 손대기가 어렵지. 그 먹 쓰는 것은 다른 사람과 크게 다르니, 깊이 동파공東坡公(소식蘇軾)의 묵법墨法을 체득하였다네.

그 먹이 멈춘 곳에 이르면 기장 쌀알만 한 구슬 자국이 울뚝불뚝 솟아 있는데, 동파공의 먹 쓰는 법이 곧 이와 같았지. 우리나라 사람은 비록 붓을 쓸 줄은 알지만 먹을 쓸 줄은 모르니. 감상하는 안목眼目이 어떻게 여기에 미칠 수가 있겠는가.

대개 그 글씨는 오로지 동파공을 좇아 내려와서 스스로 한 문호門戶를 열었으니 청나라 이후의 서예가로는 하의문何義門¹³·강서명江西溟¹⁴·왕퇴곡汪退谷¹⁵·진향천陳香泉(진혁희陳奕禧)과 같은 여러 사람이 있어서 우뚝 서로 바라보았지만, 석암石庵의 글씨가 당연히 큰 엄지가락이 되어 그들을 지나친 것이 되었네. 동현재董玄宰¹⁶를 이은 이후의 오직 한 사람이지. 만약 동파東坡의 글씨를 배우고자 한다면 동파의 글씨에 앞서 이것(석암石庵의 글씨)을 먼저 구하는 것이 좋겠고 또 진적眞蹟을 본 뒤에라야 역시 의논이 이를 수 있겠지.

다만 자네의 글씨 쓰는 법을 보건대 장득천張得天[17]을 좇아서 손에 익힌 듯하니, 기미氣味가 상당히 비슷하군. 장張은 건륭乾隆 초기 사람인데 그 글씨는 오직 동 씨董氏를 좇아 배워서 탈화脫化하였으므로 가히 석암과 더불어 나란히 앞장설 수 있었지. 건륭 황제는 장의 글씨를 논하여 곧장 왕우군王右軍(왕희지)에 비기었었네.

중국에는 돌아다니는 글씨가 자못 많고 탁본이 흘러 전해지는 것도 매우 많다네. 내 수장품收藏品 속에도 또한 진적眞蹟 1권이 있었으나 한 친구가 가져가 버려서 지금은 참고할 수가 없군. 장의 이름은 조照이고 시호諡號는 문민文敏이니 동기창과 같은 시호일세. 자네 시구詩句에 대략 망령되게 평점評點을 가하였으니 씩 웃어 버리게나. 이를 바라면서.

〈예서첩隸書帖〉은 가르친 나보다 훨씬 나은 기쁨이 있으니 문득 내 글씨가 형편없는 것을 깨닫겠네. 늘 붓을 대고 거두는 데 충분히 힘을 들이고 정신을 들이어 결코 허술하게 지나치지 않는 게 어떤가. 원지原紙(써 보낸 원문原文)는 따로 평해 보낼 것이 없으니 알아듣게. 2권 및 종이 10장은 삼가 마땅히 다시 그리고 써서 보내야 하겠네. 1권 및 2장은 이미 썼고 또 먼저 있던 것이 2장 남아 있어서 아울러 여기 같이 보내겠네.

그 나머지는 팔목이 아파서 억지로 할 수 없으니, 신기神氣가 조금 좋아질 때를 기다려서 다시 생각해 볼 뿐일세.

한관척漢官尺[18] 1개는 옛날에 만든 것인데 제사題辭와 관문款文은 내가 썼네. 이로써 금석金石 자료의 길이를 상고하여 판정할 수가 있으니 서재書齋에서 반드시 구해 두어야 하는 것일세. 여기에 보내니 보고 받아 두는 게 어떤가. 만약 쇠를 녹여 부어 만들게만 한다면 다시 좋게 쇠자로 만들어질 것일세. 쇠로 더 만든 것을 보내 줄 수 있다면 더욱 좋을 뿐이지.

청애당필清愛堂筆(유용이 만들어 쓰던 붓 이름) 한 자루를 또 여기에 부쳐 보내네. 이는 석암이 예전에 만든 제품인데 일찍이 두세 자루를 얻었더니, 굵고 가늘거나 강하고 부드러움이 맘대로 되지 않는 게 없더군. 내가 쓴 예서隷書와 해서楷書는 오로지 이 붓으로만 썼는데, 한 자루로 20년을 썼으나 상하지 않았네.

아끼지 않고 나누어 주지만 자네가 아니면 결단코 내주지 않았을 터이니 아무쪼록 이것을 받아 가지고 조심해서 아껴 쓰기를 축원하고 축원하겠네. 간혹 장사치들 사이에서 본떠 만든 것이 있는데, 모두 가짜 붓이고 석암의 집에서 나온 것이 아닐세. 석암의 손자[19] 되는 분과 나는 금석학으로 잘 사귀고 있었으므로 그 인연으로 그것을 얻었을 뿐일세.

연사蓮師[20]의 시구와 글씨는 이 세상에서 보기 힘든 것이라서 나도 모르게 기이奇異하다고 소리치고 말았네. 한결같이 망령스럽게 평하여 보내네.

내 예서隷書는 거절하기 어려워서 병든 팔을 움직이고 병든 눈을 씻으면서 자네의 이 부지런한 뜻을 막았으니 보내는 것만 보고 받아 두는 것이 어떤가. 소첩少帖 2책은 과연 장정裝幀이 좋지 않아서 글씨를 한 벌 쓰기는 했으나 모두 모양을 이룰 수 없기 때문에 다른 본本을 가져다 더 써 보낼 터이니 양해하게. 보낸 종이도 역시 다 써 보내지 못하고 아직 약간 폭幅이 남아 있네. 눈병이 조금 나아질 때를 기다려서 다시 쓰려고 하니 용서하기 바라네.

與申威堂 觀浩

金石源流彙輯, 果有成書. 如歐陽公 集古錄, 洪盤州 隸釋等書, 不可不讀. 又如王蘭泉 錢辛楣諸書, 覃溪所輯, 尤精核.

金石一學, 自有一門戶, 東人皆不知有此. 如近篆隸諸家, 但就其原本, 謄過一通, 而何嘗有 考究於羽翼經史 與分隸同異, 偏旁流變也.

漢隸字原固好. 所收爲三百九碑之多, 較今日現存漢碑 三十餘種, 雖謂之淵海可也. 板本一例寫去. 禮器 孔和 與羊寶 戚伯, 無異, 是何以辨證耶. 婁氏原本, 必不如此, 轉轉翻訛, 遂不可識本來面目矣.

顧南原 隸辨一書, 反有勝於是者. 恨無由一使令, 一一涓定口證也. 行篋甚貧, 此等可證者, 未得携來, 未由遠致, 殊爲之咄咄. 凡屬在我者, 竟當有一皆奉覽矣.

石庵書法, 亦如詩家之漁洋, 天分過人, 寔難撫擬. 且未見其眞蹟, 只就其拓本閱過, 尤難下手. 其行墨, 與他人大異, 深得坡公墨法.

其停墨處, 至有突起, 如黍珠痕, 坡公墨, 即如此. 東人雖知行筆, 而不知行墨, 心眼何以及此耶.

槩其書專從坡公來, 自闢一門, 淸以後書家, 有若何義門 姜西溟 汪退谷 陳香泉諸人, 磊落相望, 石庵書, 當爲巨擘, 有過之者, 衍董玄宰以後一人. 如欲學得坡書, 先於坡書, 求之爲妙, 且見眞蹟, 然後亦可議到矣.

第見令之書法, 若從張得天入手, 氣味甚近. 張是乾隆初人, 而其書專從董脫化, 可與石庵並驅. 乾隆之論張書, 直以右軍擬之.

中國頗多行墨, 拓本流傳甚多. 鄙藏亦有眞蹟一卷, 爲一友人取去, 今無可問矣. 張名照, 諡文敏, 與董同諡耳. 盛什略有妄加評點, 哂存是望.

隸帖, 有出藍之喜, 便覺形穢矣. 每於筆起筆收處, 十分著力著神,切勿放過如何. 原紙別無另可呈評者 諒存. 二卷及十紙, 謹當更圖寫呈. 一卷及二紙, 先此書完, 又舊留二紙, 並此同呈.

其餘病腕, 無以強之, 追當於神氣小勝時, 再量耳.

漢官尺一介, 是舊製, 而題款拙作也. 以此考定金石長短, 書廚之所必需者. 兹以擧呈, 覽收如何. 若使鐵鑄, 更好鑄成. 如得加鑄本以惠, 亦佳耳.

清愛堂筆一枝, 又兹寄呈. 此是石庵舊製, 曾得數三枝, 巨細剛柔, 無不如意. 鄙作隸楷, 專用此筆, 以一枝用之, 二十年不敗.

割愛擧似, 非令斷不出, 須領此苦心寶用, 是祝是祝. 或有坊間仿製, 皆贗毫, 非出於石庵家中者也. 石庵令孫, 與鄙有金石交好, 因緣得之耳.

蓮師詩什字幅, 此世所罕覯, 不覺叫奇. 一以亡評奉還.

拙隸難強, 運此病腕, 揩此病眸, 塞此勤意, 覽收如何. 小帖二册, 果粧治不佳, 書得一通, 而全不成樣, 故取他本, 補寫以送, 諒之. 來紙亦無以盡爲寫去, 留存略干幅. 追當於眼眚少間, 更圖計, 恕存爲望.

（『阮堂先生全集』卷二）

註

1.『금석원류휘집金石源流彙輯』. 신관호申觀浩가 저술하였던 금석金石 관계 책인 듯한데 성문成文이 되었는지 알 수 없다.

2.『집고록발미集古錄跋尾』. 10권. 북송北宋 구양수歐陽脩(1007~1072)가 자가自家 수장收藏 금석탁본金石拓本을 도사圖寫 임모臨摹하여 고증考證 품평品評을 가하고 하나하나 발문跋文을 붙여 편찬한 것으로 현존하는 최고最古의 금석서金石書이다. 그 수록 편수에 대해서는 246편(증공曾鞏의『석각보서石刻補敍』), 350편(진진손陳振孫의『서록해제書錄解題』), 296편(구양비歐陽棐의『집고록목集古錄目』) 등의 설이 있으나 현재 통행본通行本은 422편이 수록되어 몇 번의 증보增補가 이루어졌던 것을 알 수 있다.

3. 홍괄洪适(1117~1184). 남송南宋 요주饒州 파양鄱陽(지금 강서 파양)인. 자는 경백景伯, 호는 반주盤洲. 초명初名은 조造이고 호皓의 장자長子이다. 소흥紹興 12년 임술壬戌(1142) 박학홍사과博學鴻詞科 출신. 효종孝宗 때의 명신名臣으로 상서좌복야尚書左僕射·동중서문하평장사겸추밀사同中書門下平章事兼樞密使·절동안무사浙東安撫使 등의 요직을 역임하다. 한예漢隸의 연구가 깊어『예석隸釋』17권,『예속隸續』21권 등의 저서가 있고 또한『반주집盤洲集』80권이 남아 있다. 글씨도 잘 쓰다. 시호는 문혜文惠.

4.『예석隸釋』. 17권. 남송南宋 홍괄洪适 찬撰. 건도乾道 2년(1165) 괄适이 관문전학사지소흥부안무절동사觀文殿學士知紹興府安撫浙東使 때에 이룩한 책으로, 소장所藏 한비漢碑 탁본拓本 189본本을 하나하나 평석評釋한 것이다.

5. 왕창王昶(1725~1807 혹은 1724~1806). 청나라 강소江蘇 청포靑浦(현재 상해시)인. 자는 덕보德甫, 금덕琴德, 호는 술암述庵. 난천선생蘭泉先生이라 일컫다. 건륭乾隆 진사進士로 벼슬은 형부우시랑刑部右侍郎에 이르다. 경학經學과 고증학, 금석학 및 서법書法에 정통할 뿐 아니라 정사政事·군무軍務에도 밝았으며, 시詩와 고문古文에도 뛰어나서 통유通儒로 불리어지다.『금석수편金石粹篇』160권,『춘룡당시문집春龍堂詩文集』,『청포시전靑浦詩傳』,『명사종明詞綜』등 많은 저서가 있다.

6. 전대흔錢大昕(1728~1804). 청나라 강소江蘇 가정嘉定(현재 상해시)인. 자는 급지及

之, 효징曉徵. 호는 신미辛楣, 죽정竹汀. 건륭 19년(1754) 진사進士로 벼슬은 소첨사
少詹事 광동독학관廣東督學館으로 그치고, 귀향하여 종산鍾山·누동婁東·자양서
원紫陽書院을 30여 년 간 주관主管하며 제자를 길러 내고 학문 연구에 전념하였다.
경사經史는 물론이고 금석金石·화상畵像·전예篆隷에 박통博通한 고증학의 대가
로서 많은 저서를 남겼으니『이십이사고이二十二史考異』10권,『보원사예문지補元
史藝文志』4권,『원시기사元詩紀事』50권,『잠연당금석문발미潛研堂金石文跋尾』25
권,『금석문자목록金石文字目錄』8권,『십가재양신록十駕齋養新錄』20권,『잠연당문
집潛研堂文集』50권, 동同『시집詩集』20권 등이 있다.

7. 분예分隷. 서체書體. 명칭은 시대에 따라서 그 내용을 달리하니, 처음 진秦에서 소
전小篆으로 간첩簡捷하게 쓴 것을 예서隷書(혹은 좌서佐書)라고 하였는데 이는 전서
篆書(대전大篆)를 정서正書로 할 때에 그에 예속된 서체라는 의미였다는 것이 최근
학자들의 새로운 주장이다.

그런데 이 소전체 예서는 전한前漢에 이르러 정서正書가 되면서 다시 전한 예서인
고예古隷를 출현시키는데 상형성象形性을 억제하고 기호성記號性을 강조한 삐침
없는 서체이다. 후한後漢에 이르러 고예가 다시 정서체가 되자 또다시 후한 예서
가 출현하는데 삐침, 즉 파책波磔이 있는 장엄莊嚴한 팔분서체八分書體가 그것이
다. 당시에는 이 역시 고예古隷에 대한 예서라 하였으나 고예와 구분하기 위하여
팔분서八分書라 하였다. 이 명의名義에 대하여 제설諸說이 분분하나 자체字體가 파
책波磔이 있어 4각형으로 팔자형八字形을 함으로써 팔분서八分書라 하였다는 것이
가장 합리적인 주장이라 하겠다.

이 팔분서를 우리는 대체로 예서隷書(분예分隷)라 하는데 이는 구양수歐陽脩가『집
고록발미集古錄跋尾』에서 그와 같이 규정했기 때문이다. 그러나 후한 말後漢末에
는 이 팔분서의 파책波磔을 없애서 간첩簡捷하게 한 예서, 즉 금예今隷가 나왔으
며, 이는 위진남북조魏晋南北朝를 거치면서 직획直劃으로 더욱 단순화되어 근엄장
중謹嚴莊重하고 해정楷正한 서체로 발전하니 당 대唐代에 이르기까지 이를 예서隷
書(위예魏隷, 금예今隷)라 하였다. 그러나 역대의 예서를 구분하기 위하여 북송北宋
대부터는 이를 해서楷書, 혹은 정서正書·진서眞書라 한다.

8. 『한예자원漢隷字原』6권. 남송南宋 누기婁機 찬撰. 한비漢碑 309본本 위진비魏晋碑 31본을 분운分韻 편차編次하고 각 비의 입비立碑 연월年月·지리地理·서인명書人 名을 열기列記하여 주석한 것. 『집고록발미集古錄跋尾』의 소루처疏漏處를 보완補完 하다.

9. 〈양두비羊竇碑〉. 산동山東 신태新泰에서 완원阮元이 찾아낸 〈임성태수양□부인손씨 비任城太守羊□夫人孫氏碑(팔분서八分書, 태여泰如 6년, 서기 270)〉인 듯하나 미상未詳.

10. 〈적백저비戚伯著碑〉. 원석原石은 망실亡失되었으며 송탑본宋榻本도 가경 간嘉慶間 (1796~1820)에 손성연가孫星衍家에 수장收藏되어 있었으나 지금은 소재를 알 수 없다. 장용원張容園이 각각刻한 쌍구본雙鉤本이 있을 뿐이다. 팔분서八分書.

11. 누기婁機(1133~1211). 남송南宋 가흥嘉興(현재 절강 가흥)인. 자는 언발彦發. 건도乾 道 2년(1166) 진사進士. 벼슬은 예부상서겸급사중권지추밀원사겸태자빈객참지 정사禮部尙書兼給事中權知樞密院事兼太子賓客參知政事·자정전학사資政殿學士로 치 사致仕하다. 서학書學에 정통하였다. 『한예자원漢隷字原』6권, 『반마자류班馬字類』 5권 등의 저서가 있다.

12. 고애길顧藹吉. 청나라 오현吳縣(현재 강소 소주蘇州)인. 자는 원선畹先, 호는 천산天 山·남원南原. 강희 47년(1708) 공생貢生으로 의징儀徵 교유 임명. 벼슬은 서화보 찬수관書畵譜纂修官에 그치다. 산수화를 잘 그리고 전서篆書와 팔분서八分書에 정 통하였다. 『예변隷辨』8권의 저서가 있다.

13. 하작何焯(1661~1722). 청나라 강소江蘇 장주長洲(지금 소주)인. 자는 기첨屺瞻, 호 는 다선茶仙, 윤천潤千, 향안소리香案小吏. 선세先世에 의문정義門旌이 있었으므 로 의문선생義門先生이라 존칭하다. 강희 42년(1703) 진사進士. 무영전편수관武英 殿編修官을 지내다. 시강학사侍講學士를 추사追賜하다. 고증학에 정통하고 서재 인 뇌연재賚硏齋에 송원판본宋元版本을 다장多藏하다. 문장과 시문평詩文評 및 서 예로도 이름을 떨치다. 『의문독서기義門讀書記』58권이 있다.

14. 강신영姜宸英(1628~1699). 청나라 절강 자계인慈谿人. 자는 서명西溟, 호는 담원湛 園, 위간葦間. 시詩와 고문古文을 잘하고 서법書法에 통달하였는데 특히 행서行書 와 초서草書는 절묘하다. 주이존朱彝尊·엄승손嚴繩孫과 더불어 강남 3포의江南

三布衣로 일컬어지다. 70세에 처음 진사進士 하다. 강희 36년(1697) 탐화探花, 편수 編修를 거쳐, 순천고관順天考官이 되었으나 죄에 연루되어 옥사獄死하다.『담원미 정고湛園未定稿』6권,『담원집湛園集』8권,『진의당문고眞意堂文稿』1권 등의 저서 가 있다.

15. 왕사횡汪士鋐(1658~1723). 청나라 강소江蘇 장주인長州(지금 소주蘇州)인. 자는 문 승文升, 호는 약곡若谷, 퇴곡退谷, 추천秋泉, 송남거사松南居士. 강희 36년 정축丁丑 (1697) 장원壯元. 벼슬은 우춘방우중윤右春坊右中允. 시詩와 고문古文을 잘하고 서 법書法에 정통하여 강신영姜宸英과 이름을 다투다. 조맹부趙孟頫, 저수량褚遂良, 안진경顔眞卿을 차례로 배우고 만년에 전예篆隸에 잠심潛心.『예학명고瘞鶴銘考』 1권,『화악지華嶽志』,『근광집近光集』,『추천거사집秋泉居士集』 등의 저서가 있다.

16. 동기창董其昌(1555~1636). 명나라 강소江蘇 송강부宋江府 화정華亭(현재 상해)인. 자는 현재玄宰, 호는 사백思白ㆍ향광香光. 만력 16년(1588) 진사, 서길사庶吉士, 편 수, 예부상서禮部尙書, 태자태부太子太傅, 태상소경太常少卿, 시독학사侍讀學士. 시호는 문민文敏.

막여충莫如忠의 문인으로 제반 학문學問과 시詩ㆍ서書ㆍ화畵에 모두 뛰어났지 만 특히 서화는 각기 일가를 이루어 명나라 일대의 최고봉을 이루다. 남북종화南 北宗畵의 분류를 체계화하다.『용대문집容臺文集』9권, 동 시집同詩集 4권, 동 별집 同別集 4권,『화선실수필畵禪室隨筆』4권 등의 저서가 있는데, 이 중에는 서론書論 과 화론畵論이 상당히 포함되어 있다.

17. 장조張照(1691~1745). 청나라 강소江蘇 화정華亭(현재 상해시)인. 자는 득천得天, 호는 경남涇南. 오창梧閣, 천병天瓶거사. 강희 48년(1709) 진사進士. 옹정雍正 (1723~1835) 연간에 형부상서刑部尙書를 지내다. 불전佛典에 정통. 시詩에 선어禪 語를 많이 쓰다. 음률에 정통하고 글씨를 잘 썼다. 동기창으로부터 시작하여 안 진경, 미불을 출입하고 매란梅蘭을 잘 치다. 시호는 문민文敏.

18. 한관척漢官尺. 진晋 대(265~316)에 시평始平에서 발굴해 낸 고동척古銅尺. 순욱筍 勖의 진전척晉前尺에 비하여 3푼分 7호毫가 길다.

19.『해동금석원海東金石苑』의 저자著者 연정燕庭 유희해劉喜海(1793~1852)는 유용劉

690

塘의 종손從孫이다. 그런데 추사 형제와 조인영趙寅永이 이와 교호交好를 맺고 우리나라의 금석金石 자료를 보내어 이 책을 이루게 하였다. 이 사실을 말하는 것이다.

20. 연사蓮師. 청나라 대구형戴衢亨의 자字가 연사蓮士이고, 오숭량吳崇梁(1766~1834)이 자칭 연화박사蓮花博士라 하였으니 이를 지칭한 것인지, 아니면 추사와 선교禪交가 있던 조선 승려 연파蓮坡 혜장惠藏(1772~1811)이나 연담蓮潭 유일有一(1720~1799)이 아닌가 하나 미상未詳.

조운석 인영에게
與趙雲石 寅永

비바람 님 그리게 하나 이 정情을 다 보낼 수 없소. 형은 지금 무슨 생각을 하고 계십니까.

지게문을 닫아걸고 홀로 앉아서 거듭 비봉碑峯의 고비古碑 탁본을 꺼내가지고 반복하여 자세히 살펴보니, 맨 첫째 줄 진흥태왕眞興太王 아래 두 자는 처음에 '구년九年'이라고 생각하였지만, '구년九年'이 아니고 곧 '순수巡狩'라는 두 글자이며, 또 그 아래 '신臣' 자와 같던 것은 '신臣' 자가 아니고 '관管' 자이었습니다.

'관' 자 아래는 희미하지만 '경境' 자이니, 묶어 합치면 '진흥태왕순수관경眞興太王巡狩管境'의 여덟 글자가 되는군요. 이 예例는 이미 〈함흥咸興 초방원草芳院 북순비北巡碑〉에서 보았었습니다.

일곱째 줄에 '도인道人'의 두 자는 〈초방원비碑〉의 '그때에 어가御駕를 수행隨行하였던 사문도인沙門道人'이란 말과 서로 합치되는 것이 틀림이 없습니다.

또 여덟째 줄에는 '남천南川'이라는 두 자가 있는데, 이 두 글자는 이 비碑

의 옛 사실이 충분히 뭉쳐져 있는 곳으로 될 듯합니다.

진흥왕 29년(568)에 북한산주北漢山州를 폐지하고 남천주南川州를 두었으니, 이는 마땅히 29년 이후에 있어서 세운 것이어야 하므로 16년에 북한산주를 순행巡幸하고 국경을 넓히어 정하던 때에 세운 것은 아닙니다.

또 아홉째 줄의 '부지급간미지夫智及干未智'의 여섯 자는 〈초방비〉에 기록된 어가를 수행한 여러 사람들의 관작官爵 및 성명姓名과 서로 합치되어서 '夫智及干未智'의 여섯 자가 관명官命과 인명人名인 듯하지만 어느 것이 관명이 되고 어느 것이 인명이 되는지는 알 수 없군요.

역사책의 직관職官 부분은 예전부터 내용이 많이 빠져 있어서 또한 자세히 증명할 수가 없으나, 대체로 〈초방비〉와 같은 시기에 세워진 것은 적확한데 진흥왕이 살아 계실 때에 세워진 것이라고 하는 것과 같은 데 이르면 곧 감히 적확하게 증명하지 못하겠습니다.

그러나 진평왕眞平王 26년에 남천주를 폐지하고 다시 북한산주를 두었으니 곧 이 비석의 건립建立이 진평왕 26년 이전이라는 것은 또 분명하지요. 진흥왕 29년에 남천주를 둔 이후로부터 진평왕 26년(604)에 이르기까지는 38년간이 되는데, 〈초방비〉에서 이제 비로소 이를 상고相考해 보니 곧 그것은 진지왕眞智王 때에 세운 것 같습니다.

어떻게 진지왕 때인 것을 아느냐 하면, 진지왕은 진흥왕의 아들이고, 진지왕 때에 거칠부居柒夫로 상대등上大等을 삼았었는데, 초방비에 '어가를 수행한 사문도인沙門道人 법장法藏과 혜인慧忍'이라는 두 사람의 이름을 쓰고, 그 아래에 '口等居沘' 등의 글자가 있습니다.

이 아우가 본 탁본은 좀벌레에게 손상되어 위의 이지러진 글자는 드디어 없어졌습니다만 다른 본에는 반드시 있을 터인데 그 '대大' 자의 왼 삐침이 됨은 의심 없습니다. 아래의 이지러진 글자는 글자의 윗부분이니 이는 곧 원래 이지러진 것이나 그것이 '칠柒' 자의 머리가 되는 것은 의심 없습니다.

거칠부가 상대등이 된 때는 진지왕眞智王 원년(576)이고 진지왕은 나라를 4년 다스리다가 진평왕이 이어 서서 그 원년(579) 8월에 이찬伊湌 노리부弩里夫로 상대등을 삼았으니 곧 거칠부가 상대등으로 있던 때는 진지왕의 4년 동안이었습니다.

그러니 곧 초방비 역시 진흥왕 때 세운 것이 아니고 곧 진지왕 때 세운 것이며 또 진지왕 역시 일찍이 북쪽을 순행했었다고 해야 할 것 같군요.

진지왕이 북쪽을 순행한 사실은 역사책에서는 상고할 수 없으나 역사책에 실린 지리地理가 비열홀比列忽에 지나지 않는데 〈초방비〉로써 비열홀 이북 200리가 또 신라의 강토疆土로 꺾어져 들어왔음을 알았습니다. 진지왕의 북쪽 순행은 역사책에서는 상고할 수 없다 하지만, 이 거칠부가 어가御駕를 수행한 것으로써 말하면 진지왕이 또 일찍이 북쪽을 순행한 것은 의심할 수 없을 듯합니다.

두 비석의 문자文字(글과 글씨)가 서로 같은 곳이 많이 있어서 곧 같은 때 세운 것이 확실하니 역시 둘 다 진지왕 때 있었던 것 같습니다만 어떻게 생각하실지 잘 모르겠습니다.

與趙雲石 寅永

風雨懷人, 無以遣情, 兄作何思.

鍵戶獨居, 再取碑峰古碑, 反復細閱, 第一行, 眞與太王下二字, 初以爲九年矣, 非九年, 乃巡狩二字, 又其下似臣字者, 非臣字, 乃管字.

管字下依俙, 是境字, 統而合之, 爲眞興太王巡狩管境八字也. 此例已見於咸興草芳院北巡碑.

第七行道人二字, 又與草芳院碑之 時隨駕沙門道人之言, 脗合不誤.

又第八行有南川二字, 此二字爲此碑故實之十分肯緊處也.

眞興王二十九年, 廢北漢山州, 置南川州, 此當在二十九年以後所立, 非十六年巡幸北漢山州拓定封疆時所立也.

又第九行, 夫智及干未智六字, 與草芳碑之錄隨駕諸人官爵姓名相合, 夫智及干夫智六字, 似是官名與人名, 而未知何者爲官名, 何者爲人名也.

史之職官, 舊多闕文, 亦不得詳證, 而大抵與草芳碑, 同時所立, 即的確, 而若於眞興生時, 則不敢的證.

然眞平王二十六年, 廢南川州, 還置北漢山州, 則此碑之立, 在眞平二十六年以前又明矣. 自眞興二十九年, 置南川州以後, 至眞平王二十六年, 爲三十八年之間, 而草芳碑今始考之, 則其在眞智王時.

何以知眞智王時也, 眞智 眞興之子也, 眞智時, 以居漆夫, 爲上大等, 草芳碑 隨駕沙門道人 法藏 慧忍二人之下, 有口等居㳄 等字.

弟所見本, 爲蠹鼠所傷, 上缺字遂無之, 他本則必有之, 而其爲大字, 左撇無疑. 下缺字 上半 則是原缺, 而其爲漆字上頭無疑.

居漆夫爲上大等時, 在眞智元年, 眞智亨國四年, 而眞平繼立, 元年八月, 以伊湌弩里夫, 爲上大等. 則居漆夫之在上大等時, 即眞智四年之間.

然則草芳碑, 亦非眞興時所立, 即眞智時所立, 而眞智又曾北狩矣.

眞智北狩, 史無所考, 而史之所載地理, 不過比列忽, 而以草芳碑, 知比列忽以北二百里, 又折入新羅輿圖. 眞智北狩, 史無所考, 以此居漆夫隨駕言之, 則眞智又嘗北狩無疑.

二碑文字多有相同處, 則其同時所立的確, 而亦似並在眞智時也, 未知如何.

(『阮堂先生全集』卷二)

부록

◎

추사 김정희 가계도

김자수 金自粹 자(字) 순중(純仲), 호(號) 상촌(桑村). 고려 충청관찰사 순절(殉節).	김근 金根 (1374~1425) 평양서윤(平壤庶尹).	김영원 金永源 글씨 잘 쓰다(善書), 호조좌랑(戶曹佐郎).	김희 金僖 (1439~1494) 장단부사(長湍府使). 배(配) 전주이씨(全州李氏) 태종 4남(男) 근녕군(謹寧君) 이농(李襛)의 녀(女). 묘(墓) 고양 대자동(高陽大慈洞).	김양언 金良彦 (1462~1534) 자 사빈(士贇). 청송부사(靑松府使).	김돈金墩
					김해金垓
					김연金塽(出)
				김양수金良秀 (1464~?) 공산판관(公山判官). 묘(墓) 고양 대자동 고묘좌(考墓左). 계배(繼配) 상산 황씨(商山黃氏). 묘 서산 개심사 남록(瑞山 開心寺 南麓).	계系 김연金塽 (1494~?) 자 숙평(叔平). 안주사(安州牧使). 대교리(大橋里)에 터 잡다. 묘 해미 대교촌 뒤美 大橋村後).

윤금호尹金好 (~1575) 재임(大任). 서산 동면(東面) 갈 곡(葛谷).	김적金積 (1564~1646) 자 선여(善餘), 호 단구 자(丹丘子). 안기찰방(安奇察訪). 묘 서산 대산 묵수지 (瑞山 大山 墨水池). 배(配) 화순 최씨(和順 崔氏, 1564~1642).	김홍익金弘翼 (1581~1636) 자 익지(翼之), 호 묵 재(默齋). 연산현감(連 山縣監). 근왕 광주험 천 전사(勤王廣州險川戰 死). 묘 서산 지곡 석현 리(瑞山地谷席懸里) 계 배(繼配) 해주 최씨(海 州崔氏, 1595~1671), 고 죽(孤竹) 최경창(崔慶 昌) 손녀.	(略)	
		김홍량金弘亮 (1588~1624)	(略)	
		김홍필金弘弼 (1596~1646) 자 뇌지(賚之). 내시교 관(內侍敎官).	(略)	
		김홍욱金弘郁 (1602~1654) 자 문숙(文叔), 호 학주 (鶴洲). 황해감사(黃海 監司). 묘 서산 대산 묵수지 (瑞山 大山 墨水池). 배(配) 동복 오씨(同福 吳氏, 1604~1676).	김세진金世珍 (1621~1686) 자 원서(元瑞), 호 운천 (雲川). 금정도찰방(金 井道察訪). 우암(尤庵) 송시열(宋時烈) 문인(門 人). 묘 해미 음암 유계리 (海美 音岩 遊溪里).	김두성金斗星 (1643~1688) 자 추경(樞卿). 생원(生 員). 묘 해미 음암 유계리 고묘후강(考墓後岡).
				김흥경金興慶
				김신경金愼慶
				김인경金仁慶
			여女 윤명원尹明遠 파평인(坡平人).	윤봉소尹鳳韶 부사(府使).
				윤봉조尹鳳朝 판돈녕(判敦寧).
			김두정金斗井 (1651~1697)	여女 윤종주尹宗柱
			김두규金斗奎 (1653~1719) 자 명경(明卿). 낭천현 감(狼川縣監). 묘 서산 대산 오지(瑞 山 大山 烏池).	김윤경金潤慶
				김준경金濬慶
				김순경金淳慶
			김두벽金斗壁 (1658~1724)	(略)
			김계진金季珍 (1646~1709) 자 중서(仲瑞). 황간현 감(黃澗縣監).	김두광金斗光 (1674~1702) 자 자휘(子輝).
				김운경金運慶
				김선경金選慶

김두성金斗星	김흥경金興慶	김한정金漢楨	김태주金泰柱	김노직金魯直	系 김석희金錫喜
	김흥경金興慶 (1677~1750) 자 숙기(叔起), 호 급류정(急流亭). 영의정(領議政). 묘(墓) 예산 용산(禮山龍山). 배(配) 창원 황씨(昌原黃氏, 1676~1748).	김한정金漢楨 (1702~1764) 자 성보(聖輔), 호 읍도와(挹陶窩). 연안부사(延安府使). 묘 광주(廣州) 추령(秋嶺) 다사동(多沙洞). 배(配) 반남 박씨(潘南朴氏, 1703~1758), 판서(判書) 박사익(朴師益) 녀(女).	김태주金泰柱 (1720~1776) 자 사첨(士瞻). 문화현령(文化縣令). 묘 예산 용산.	김노직金魯直 (1737~1778) 자 백경(伯敬). 묘 광주 다사동.	系 김석희金錫喜 (1768~1828) 자 보여(保汝). 단수(丹陽郡守). 묘 광주 다사동.
					서(庶) 김돈희金敦 (1772~1843) 양천현감(陽川縣監).
				김노익金魯翼 (1747~1770) 자 운거(雲擧). 묘 부평(富平) 이화동(梨花洞).	김석희金錫喜(出)
					系 김도희金道喜 (1783~1860) 자 사경(史經). 좌의정(左議政). 배(配) 기계 유씨(杞溪俞氏, 1784~1851. 1. 유만주(俞晩柱) 녀女. 묘 괴산(槐山) 소수壽 아성(阿城).
				김노응金魯應 (1758~1824) 자 유일(維一), 호 일와(一窩). 병판(兵判). 묘 부평 이화동.	김도희金道喜(出)
					김덕희金德喜 (1800~1853) 자 사언(史言). 호조참판(戶曹參判).
					1녀 조기영趙冀永 (1781~1867) 이판, 판돈녕.
				1녀 조학춘趙學春 (1755~1817) 임천인(林川人). 배(配) 경주 김씨(慶州金氏, 1754~1805).	조기복趙基復(出) (1773~1839. 10. 20.) 경주부윤. 추사 서(秋史書) 묘표(墓表).
					조기항趙基恒 (1779~1829) 순안현령.
				김항주金恒柱(出)	
				김이주金頤柱(出)	
				김건주金健柱 (1736~1821) 자 계강(季剛). 첨지중추부사. 배(配) 우봉 이씨(牛峯李氏, 1735~1799), 도암(陶菴) 이재(李縡) 손녀.	(略)

상기金商綺 ~1862) 익(公翼). 연산현 山縣監).				
익金商益 4~1862) 뢰(天賚). 사과).				
김상준金商濬 4~1883) 경심(景深). 선공부 善工副正). 괴산 마위평(馬位				
상준金商濬(出) 김상현金商絢 33~1907) 경례(敬禮). 신천현 信川縣監).				
면호趙冕鎬 803~1887) 조참판. 추사 문인.				

1녀 이술지李述之 (1694.12.5~1722.9.18) 좌상(左相) 이건명(李健命) 자(子). 배(配) 경주 김씨 (1694.12.5~1741.4.18).				
2녀 심계沈銈 이판(吏判) 심택현(沈宅賢) 자(子).				
김한좌金漢佐(出) (1708~1741)				
김한우金漢佑 (1713~1782) 자 민보(民輔). 강화경력(江華經歷).	(略)			
김한신金漢藎 (1720.5.18~1758.1.4) 자 유보(幼輔). 호 정양재(靜養齋). 월성위(月城尉). 묘(墓) 예산 용산. 배(配) 화순옹주(和順翁主. 1720~1758.1.17).	系 김이주金頤柱 (1730.1.20~1797.12.26). 자 희현(希賢), 호 옥포(玉圃). 우참찬(右參贊). 묘 예산 용산. 배(配) 해평 윤씨(海平尹氏, 1729~1796.8.8). 윤득화(尹得和) 녀(女).	김노영金魯永 (1747.11.4~1797.7.4) 자 가구(可久). 예조참판. 묘 예산 용산 고묘 후 강 부근 죽동(竹洞)으로 이장. 배(配) 남양 홍씨(南陽洪氏, 1748.7.3~1806.8.1), 현령(縣令) 홍대현(洪大顯) 1녀.	系 김정희金正喜 (1786.6.3~1856.10.1□) 자 원춘(元春), 호 추사(秋史), 완당(阮堂) 등 200여. 병조참판. 명필(名筆). 묘 예산 용산. 배(配) 한산 이씨(韓山李氏, 1786.11.15~1805.2.1□) 이희민(李羲民) 녀(女). 계배(繼配) 예안 이씨(禮安李氏, 1788.11.17~1842.11.□) 이병현(李秉鉉) 녀(女).
				1녀 이우수李友秀 (1776~1828) 연안인(延安人). 형조참판. 영상(領相) 이천보(李天輔) 손자, 이조판서 이문원(李文源) 자. 배(配) 경주 김씨 (?~1845).

김상무金商懋 19~1865.2.1) 경덕(景德), 호 서농 農). 사과(司果). 예산 용산. 配) 풍천 임씨(豊川任 1812.9.7~1851.6.13). 배(繼配) 여 민씨(驪興閔氏, 32.7.17~1892.1.20).	系 김한제金翰濟 (1856~1903.6.9.) 보덕(輔德) 동부승지 (同副承旨). 묘 예산 용산. 배(配) 파평 윤씨(坡平 尹氏, 1856~?). 승지(承 旨) 윤고(尹杲) 녀(女).				
(庶) 김상우金商佑(商 로 개명) 817.7.12~1884.9.26). 천신(天申), 호 수산 山). 관(學官), 사과(司果). 과천 준암(果川蹲岩). 配) 전주 이씨(全州李 , 1818.5.23~1864.6.10). 령(縣令) 이수민(李 民) 녀(女).	김덕제金悳濟 (1857~1903) 자 성지(成之). 묘 예산 용산.				

					2녀 이희조李羲肇 (1776~1848.4.29) 한산인(韓山人). 대 헌(大司憲). 배(配) 경주 김씨(慶州金 氏, 1776~1847.4.23)
					3녀 윤경성尹景成 파평인(坡平人). 참 (參奉).
					4녀 민치항閔致恒 (1784.1.25~1846.12) 여흥인(驪興人). 신창 감(新昌縣監). 배(配) 경주 김씨(慶州金 氏, 1781.6.16~1841.7.5)
					5녀 이서(李墅) (1785.2.28~1843.1.1) 연안인(延安人) 이명식 (李命植) 자. 배(配) 경주 김씨(慶州金 氏, 1783.10.22~1814.3.2) 2녀(女) 낳다.
				김노성金魯成 (1754.4.23~1794.2.20) 자 가대(可大), 호 만해 (萬海). 수원판관(水原 判官). 묘 예산 용산. 배(配) 연일 정씨 (延日鄭氏, 1754.윤 4.13~1832.윤9.23), 승 지(承旨) 정지환(鄭趾 煥) 녀(女).	김교희金教喜 (1781.10.21~1843.2.2) 자 수여(脩汝). 이조참 의(吏曹參議). 묘 예산 용산.
					여女 이학수李鶴秀 (1780~1859) 연안인(延安人). 이판 (吏判).

조면호趙冕鎬 (1803~1887)					
김재현金在顯					
김상묵金商默 (1818.1.22~1876.9.28) 참봉(參奉) 부사과(副 果). 묘 예산 용산.	김유제金有濟 (1852~1914) 동부승지(同副承旨), 성균관장(成均館長). 묘 예산 용산.				
	김한제金翰濟(出)				
서 홍순목洪淳穆 (1816~1884) 남양인(南陽人). 영의 정(領議政).					

					김노명金魯明 (1756.3.21~1775.7.19) 자 가원(可遠). 묘(墓) 당진 합덕 석우리(唐津合德石隅里) 배(配) 풍산 홍씨(豊山洪氏). 1755. 5. 25~1775. 8. 30), 부사(府使) 홍배호(洪配浩) 녀(女).	김관희金觀喜 (1773. 10. 22~1797. 자 자빈(子賓). 호 (贊玄). 생원(生員). 배(配) 평산 신씨(? 申氏, 1769. 8. 10~ 4. 23). 참의(參議) 년(申大年) 녀(女). 묘 석우리 고묘 하
					김노경金魯敬 (1766.12.17~1837.3.30) 자 가일(可一), 호 유당(酉堂). 육조판서(六曹判書). 배(配) 기계 유씨(杞溪兪氏. 1767.1. 19~1801.8.21). 유준주(兪駿柱) 녀(女). 묘 과천 청계산 준암리(果川 淸溪山 蹲岩里). 1961년 예산 용산(禮山 龍山) 이장(移葬). 영정(影幀) 있음.	김정희金正喜(出) ――――― 김명희金命喜 (1788.9.20~1857.10.2?) 자 성원(性源), 호 소 (山泉). 강동현령(江…令). 묘 예산 용산. 배(配) 은진 송씨(恩…氏, 1790.1.20~1810.3. 부사(府使) 송후연(宋…淵) 녀(女). 계배(繼配) 기계 유씨…溪兪氏, 1794.5.2~1812.8 유영주(兪瑩柱) 녀(女). 삼배(三配) 경주 최씨…州崔氏, 1802. 10. 20~?). 최명현(崔命顯) 녀(女).
						김상희金相喜 (1794.7.18~1861.2.13) 자 기재(起哉), 호 금…(琴眉). 호조별랑(戶曹…郞). 묘 남양(南陽) 저팔면(…八面) 청룡동(靑龍洞). 배(配) 한산 이씨(韓山…氏, 1795.10.19~1815.2.12… 판서(判書) 이희갑(李…甲) 녀(女). 묘 과천 선영 하(果川…先塋 下). 계배(繼配) 죽산 박씨(竹…朴氏, 1797. 10.8~1856.4.29).

김商一 6.25~1858.6.22) 우(士友), 호 곤량 良齋). 양양부사 府使).) 과천 죽암(果川 임천 조씨(林川趙 93.6.29~1825.6.2).) 낳다. (繼配) 청주 한씨 韓氏. 1798~1861). 月) 낳다.	김시제金始濟 (1824~1867) 생원(生員).				
	김태제金台濟 (1827~1906.7.1) 자 평여(平汝), 호 성대 (星岱).태의원경(太醫院卿) 묘 과천 죽암 고묘하(考墓下).				
김상념金商念 6.1.22~1881.9.13) 덕조(德祖), 세마 馬). 대산 용산 사방(寺傍). 配) 안동 권씨(安東 . 1835~?), 이조참 吏曹參議) 권용경 用經) 녀(女).					
상준金商濬 19~1854) 사수(士受) 配) 안동 권씨(安東權 1817.11.19~1881.4.14) 석인(碩人) 녀(女). 청룡동 고묘 하.	김문제金文濟 (1846~1931) 자 성종(聖從), 호 위당(韋堂). 이조판서(吏曹判書). 묘 용산 죽동 김노영 묘 좌측.	김시원金始元 (1870~1915) 자 경조(景肇), 호 반계(半溪). 부사과(副司果). 항일 외유(抗日 外游).	김익환金翊煥 (1898~1978) 자 보경(輔卿), 호 청구(靑丘). 성균관전의(成均館典儀). 항일 투옥(抗日 投獄).		

				4녀 민상섭(閔相燮) (1761.11.4.~1820) 배(配) 경주 김씨 (1762.3.18.~1833)	민치삼閔致三 (1800~1837)
					민치오閔致五 (1805~1865)
				5녀 홍최영(洪最榮) (1762.4.1~1792.8.25) 자 공여(公與), 돈녕판관. 배(配) 경주 김씨 (1763.11.2~1835.4.7).	系 홍익주洪翊周 (1812~1879.5.3.) 자 여수(余修). 순사. 배(配) 연안 이씨(延李氏, 1812~1879.10.
	김신경金愼慶 (1678~1697)	여女 정광은鄭光殷 온양인(溫陽人). 지평.	정창성鄭昌聖 예조판서(禮曹判書).		
			정창순鄭昌順 (1727~?) 이조판서(吏曹判書).		
		系 김한좌金漢佐 (1708~1741) 자 천보(天輔), 호 수소(守素). 호좌(戶佐).	3자 김사주金師柱 (1734~1798) 자 여장(汝長), 호 만산(晩山). 고령현감.	1자 김노겸(金魯謙) (1781~1853) 자 원익(元益), 호 성암(性菴), 홍산현감 배(配) 달성 서씨 (1778~1839) 감사 서형수(徐瀅修) 녀.	(略)
	김인경金仁慶 (1680~1721)	(略)			
여女 윤명원尹明遠	윤봉소尹鳳韶 부사(府使).	윤심형尹心衡 (1698~1754) 부제학(副提學), 예조참판.	윤상후尹象厚 참의(參議).		
			윤양후尹養厚(出)		
		윤심헌尹心憲	系 윤양후尹養厚 (1729~1776) 대사성, 부제학, 참판. 장사(杖死). 김구주(金龜柱) 10촌.		
	윤봉조尹鳳朝 (1680~1761) 판돈녕(判敦寧).				
김두정金斗井	여女 윤종주尹宗柱 남원인(南原人).	系 윤염尹琰 군수.	윤행임尹行恁 (1762~1801) 이판.	윤정현尹定鉉 (1793~1874) 이판.	

6

태호閔台鎬 ~1884) 좌찬성.	민영익閔泳翊(出) (1860~1914) 판돈녕부사, 이조판서.			
	순종비純宗妃			
호閔台鎬(出)				
호閔奎鎬 ~1878) 정.	系 민영소閔泳韶 (1852~1917) 병판.			
연洪祐衍 ~1911) 종(士宗). 효릉령 令).				

김두규金斗奎	김윤경金潤慶 (1675~1757) 자 옥여(玉汝).	(略)			
	김준경金濬慶 (1678~1724) 자 치중(治中).	(略)			
	김순경金淳慶 (1686~1756) 자 여후(汝厚). 영춘(永春)현감, 첨지중추부사. 묘(墓) 서산 개심동(開心洞).	김한량金漢亮 (1706~1771) 자 사룡(士龍). 배(配) 남양 홍씨 (1707~1754), 홍수점 (洪受漸) 손녀. 묘 서산 갈치(葛峙).	김일주金一柱 (1728~1800) 묘 서산 개심동.	김노암金魯巖 (1765~1811) 자 민첨(民瞻). 묘 해미 가리동(加里洞).	김태희金泰喜 (1784~1819) 자 내명(來明). 묘 해미 가리동. 배(配) 안동 권씨(安東 權氏, 1782~1843.12?) 권탁(權拓) 녀. 묘 탄동(炭洞).
김두벽金斗璧 (1658~1724)	(略)				
김두광金斗光	김운경金運慶 (1699~1788) 자 붕거(鵬擧), 호 양진재(養眞齋). 첨지중추부사(僉知中樞府事).	김한희金漢禧 (1720~1752) 자 사길(士吉). 진사(進士).	김헌주金獻柱 (1736~1780) 자 경문(景文). 평양판관(平壤判官).	김노익金魯翊 (1764~1843) 자 원보(元甫).	김석재金錫載 (1784~1843) 자 영여(永汝).
			김면주金勉柱 (1740~1807) 자 여중(汝中). 좌참찬(左參贊).	系 김노석金魯錫 (1789~1840) 자 원명(元命).	김창재金昌載 (1827~1859) 자 대경(大卿), 호 눌와(訥窩).
		김한록金漢祿 (1722~1790) 자 여수(汝綏), 호 한간(寒澗), 세마(洗馬). 남당(南塘) 한원진(韓元震)의 수제자. 묘 서산 화변 항촌(瑞山 禾邊 項村).	김관주金觀柱 (1743~1806) 자 경일(景日), 호 일사(一絲). 우의정(右議政). 묘 여주, 서산 팔봉면 어송리(漁松里) 이장.	김노형金魯亨 (1772~1806) 자 이회(而會), 호 정재(靜齋). 묘 여주, 서산 부석면 창리(浮石面 倉里) 이장.	系 김덕재金德載 (1806~1878) 자 후지(厚之), 호 학헌(鶴軒), 아명(兒名) 성길(聖吉). 도정(都正). 묘 예산 봉산 옹안리 (禮山 鳳山 雍安里).
				김노정金魯鼎(出)	
			김일주金日柱 (1745~1823) 자 승여(昇汝), 호 월담(月潭). 호조참의(戶曹參議). 묘 서산 화변 항촌.	系 김노련金魯璉 (1789~1864) 자 문일(聞一).	系 김성재金聲載 (1847~1922)
			김상주金象柱 (1755~1771) 자 의숙(儀叔), 호 내귀관(來歸館). 묘 영평 갈우현 왜부곡(永平 渴牛峴 倭釜谷).	系 김노정金魯鼎 (1784~1825) 자 치응(穉凝), 호 오재(梧齋). 승문원부정자(承文院副正字). 묘 예산 봉산 금치(禮山 鳳山 金峙).	김덕재金德載(出)
					김복재金福載 (1823~1841) 자 이지(履之). 묘 예산 봉산 금치 고 묘 하(考墓下).

김상무金商懋(出)

		김한조金漢祚 (1723~1748) 자 국보(國寶).	系 김화주金華柱 (1742~1808) 자 군경(君擎). 홍천현 감(洪川縣監).		
김선경金選慶 (1701~1760) 자 택보(擇甫). 목천현 감(木川縣監).	김한구金漢耉 (1723~1769. 11. 5) 자 국로(國老). 호 기 졸정(寄拙亭). 오흥부원군(鰲興府院 君). 묘(墓) 남양주 마산 군 장리(南楊州 馬山 郡場 里).	김구주金龜柱 (1740~1786. 윤7. 18) 자 여범(汝範). 호 가 암(可菴). 묘 여주(驪州) 공심동 (公心洞).	김노충金魯忠 (1766~1805. 10. 17) 자 중심(中心). 호 습 정재(習靜齋). 호참(戶 參). 묘 조고(祖考) 묘 부근.	系 김후재金厚載 (1797~1850) 자 경덕(景德).
			김노서金魯恕 (1772~1804) 자 여심(如心).	김후재金厚載(出)
				系 김경재金璟載 (1801~1870)
		정순왕후貞純王后 (1745. 11. 10~1805. 1. 12)		
		김인주金麟柱 (1747~1775) 자 지숙(趾叔).		
	김한기金漢耆 (1728~1792) 자 덕수(德壽). 공조판 서(工曹判書). 묘 서산 화변 창촌(倉村).	김용주金龍柱 (1755~1812) 자 숙견(叔見). 호 수 은(睡隱). 동부승지(同副承旨). 글씨 잘 쓰다(善筆). 배(配) 파평 윤씨(坡平 尹氏). 부사(府使) 윤심 협(尹心協) 녀(女). 판 돈녕(判敦寧) 윤봉오 (尹鳳五) 손녀.	김노헌金魯憲 (1778~1851) 자 백원(伯源).	김춘재金春載 (1798~1838) 자 원룡(元龍). 호 영 고(靈皐).
				김경재金璟載(出)
	김한로金漢老 (1746~1799) 지중추부사(知中樞府 事).			

추사 김정희 연보

1786년 병오 (정조正祖 10년, 청 고종淸高宗 건륭乾隆 51년)

5월 11일 문효세자文孝世子(1782~1786) 훙거薨. 5세.

6월 3일 추사秋史 김정희金正喜 충청도 예산禮山 향저鄕邸에서 유당酉堂 김노경金魯敬 (1766~1837)의 장자로 탄생. 모친은 기계 유씨杞溪俞氏(1767~1801), 김제 군수 유준주俞駿柱(1746~1793)의 외동딸. 자字 원춘元春.

윤7월 18일 김구주金龜柱(1740~1786) 나주羅州 적소謫所에서 죽음. 22일 전라감사 장계狀啓 도착.

8월 9일 평안도 강동현 단군묘 보수.

8월 25일 안악安岳군수 추사 백부 김노영金魯永(1747~1797) 아전의 실수로 파직.

9월 14일 추사 조부 김이주金頤柱(1730~1797) 57세 대사헌. 의빈 성씨宜嬪 成氏 졸卒.

10월 10일 김이주 대사간.

10월 20일 의빈 성씨 효창묘 좌강에 예장.

은언군恩彦君 인祠(1754.5.1.~1801.5.29.) 장자 상계군常溪君 감湛(1770. 1. 21~1786) 폭졸.

홍국영洪國榮(1748~1781)이 누이 원빈 홍씨元嬪洪氏(1763~1779)의 양자로 삼았던 완풍군完豐君 이준李濬이다.

11월 15일 추사 초취 부인 한산 이씨韓山李氏(1786~1805.2.12.) 출생. 이희민李羲民 (1740~1821) 3녀.

12월 16일 김노영 동부승지. 17일부터 27일까지 매일 입시.

12월 28일 은언군 강화도 유배, 국왕이 몰래 민가 매입 거처하게 하다. 김이주 대사헌.

12월 30일 한성부 인구 19만 5,931구口, 전국 총인구 733만 965구口

1788년 무신(정조 12년, 건륭 53년) 3세

9월 20일 추사 둘째 동생 김명희金命喜(1788~1857) 출생.

11월 17일 추사 후취 부인 예안 이씨禮安李氏(1788~1842.11.13.) 출생. 이병현李秉鉉 (1754~1794) 녀.

1790년 경술 (정조 14년, 건륭 55년) 5세

6월 18일 신시申時 원자(순조, 1790~1834) 창경궁 집복헌集福軒에서 탄생. 수빈綏嬪 박씨 (1770~1822) 소생, 혜경궁惠慶宮 홍씨洪氏(1735~1815) 56세 생신일.

1791년 신해 (정조 15년, 건륭56년) 6세

박제가朴齊家(1750~1805), 추사의 춘서첩春書帖을 보고 학예學藝로 세상에 이름날 것을 예언, "내가 장차 가르쳐서 성공시키겠다(吾將教而成之)."라 하다.

1792년 임자 (정조 16년, 건륭 57년) 7세

좌의정 채제공(1720~1799), 추사의 입춘첩立春帖을 보고 글씨로 이름날 것을 예언.

1794년 갑인 (정조 18년, 건륭59년) 9세

6월 25일 추사 5촌 조카 김상일金商一(1794~1858) 출생.

7월 18일 추사 막내동생 김상희金相喜(1794~1861.2.13.) 출생.

1796년 병진 (정조 20년, 청 인종淸仁宗 가경嘉慶 1년) 11세

8월 8일 추사 조모, 김노영 모친 해평 윤씨海平尹氏(1729. 5. 20.~1796) 졸. 68세.

1797년 정사 (정조 21년, 가경 2년) 12세

7월 4일 추사 양부 김노영金魯永(1747~1797) 졸. 51세. 모친 상중. 자字 가구可久, 예조참판. 우참찬 김이주 장자.

12월 26일 추사 조부 전 형조판서 김이주金頤柱(1730~1797) 졸. 68세. 자字 희현希賢, 호號 옥 포玉圃. 월성위月城尉 김한신金漢藎 양자.

1800년 경신 (정조 24년, 가경 5년) 15세

추사 박제가를 사사.

6월 28일 정조(1752~1800) 창경궁 영춘헌迎春軒에서 승하. 49세.

7월 4일 순조(1790~1834) 창덕궁 인정문에서 즉위. 대왕대비 정순왕후貞純王后 경주 김씨 (1745~1805) 수렴청정垂簾聽政.

1801년 신유 (순조 1년, 가경 6년) 16세

1월 6일 김구주金龜柱(1740~1786) 이조판서 증직.

2월 박제가, 3차 연행 중. 옹방강과 석묵서루石墨書樓에서 만나다. 조강曹江(1781~?) 상면.

2월 26일 이가환李家煥, 권철신權哲身 옥중 사망. 이승훈李承薰, 정약종丁若鍾, 최필공崔必恭 서소문 참수. 정약전丁若銓 신지도, 정약용丁若鏞(1762~1836) 장기長鬐 유배.

5월 29일 은언군恩彦君 이인李裀(1754~1801), 홍낙임洪樂任(1741~1801) 사사賜死.

8월 21일 추사 모친 기계 유씨(杞溪俞氏, 1767~1801) 돌아감. 35세.

9월 16일 박제가 종성鍾城으로 유배. 사돈 윤가기尹可基 투서 사건에 연루.

1802년 임술 (순조 2년, 가경 7년) 17세

9월 6일 창경궁 집복헌集福軒에서 3간택. 상호군 김조순 장녀(순원왕후純元王后, 1789~1857) 왕비 택정. 김조순金祖淳(1765~1832) 영돈녕부사 영안부원군永安府院君.

1804년 갑자 (순조 4년, 가경 9년) 19세

1월 10일 정순왕후 경주 김씨 철렴撤簾 환정還政.

2월 24일 박제가(1750~1805) 방환放還.

8월 6일 김노충金魯忠(1766~1805) 공조참판, 김구주 장자.

1805년 을축 (순조 5년, 가경 10년) 20세

1월 7일 김용주金龍柱(1755~1812) 동부승지.

1월 12일 대왕대비 정순왕후 경주 김씨(1745~1805) 창덕궁 경복전景福殿에서 승하(61세 11월 10일 환갑). 김면주 산릉도감제조, 청성위 심능건, 광은부위 김기성, 영명위 홍현주, 호조참판 김노충, 현감 김노경, 대사헌 김면주 종척집사.

2월 22일 추사 초취 부인 한산 이씨(1786~1805) 졸. 20세.

10월 17일 김노충金魯忠(1766~1805) 졸. 40세. 김구주 장자.

10월 28일 추사 생부 김노경·김노응金魯應 문과 급제. 춘당대 전시殿試에서.

1806년 병인 (순조 6년, 가경 11년) 21세

4월 4일 김노경 성균관 전적(정6품).

4월 13일 김노경 예조좌랑(정5품).

김이양金履陽, 김이교金履喬, 김희순金羲淳의 탄핵으로 김관주金觀柱 사사, 김한록金漢祿 추
　탈, 김일주金日柱 · 김화주金華柱 · 김면주金勉柱 · 김필주金弼柱 · 김인주金寅柱 · 김열주
　金烈柱 · 김노형金魯亨 · 김노정金魯鼎 · 김노련金魯漣 · 김노문金魯文 · 김용주金龍柱 유배
　(모두 돌아오지 못하고 죽음), 김구주 추삭관직追削官職. 모두 정순황후 친정 일가붙이들이다.

5월 28일경 추사 예안 이씨(1788~1842) 재취 21세. 외암巍巖 이간李柬(1677~1727) 장증손 이
　병현李秉鉉(1754~1794) 차녀.

7월 26일 김노경 종부시정(정3품 당하).

8월 1일 추사 양모 남양 홍씨(1748. 7. 3.~1806) 졸. 57세. 현령 홍대현洪大顯(1730~1799) 장녀.

1807년 정묘 (순조 7년, 가경 12년) 22세

1월 27일 사사賜死 죄인 홍낙임 복관작.

2월 22일 김노경 동부승지(정3품 당상).

1808년 무진 (순조 8년, 가경 13년) 23세

1월 21일 김노경 동부승지.

여름 현란玄蘭 김정희金正喜, 담정潭庭 김려金鑢(1766~1822) 심방 문학問學.

7월 27일 김노경 우부승지.

12월 29일 한성부 인구 20만 5,504구, 전국 인구 756만 5,523구.

1809년 기사 (순조 9년, 가경 14년) 24세

8월 9일 정유 신시 원자元子(1809~1830) 창덕궁 대조전大造殿에서 탄생.

9월 30일 김노경 호조참판, 추사 생원시生員試 초시 입격.

10월 27일 원자 탄생 경과 증광 감시 복시에서 김정희 생원 합격.

10월 28일 을묘 진시辰時 성정각誠正閣에서 동지겸사은정사 박종래朴宗來(1746~1831), 부사
　김노경, 서장관 이영순李永純(1774~1843) 소견召見(불러 봄), 사폐辭陛(하직 인사 올림). 김정
　희, 자제군관子弟軍官으로 수행하다.

12월 추사, 조강曹江(1781~?) · 서송徐松(1781~1848) · 옹수배翁樹培(1764~1811) · 옹수곤翁樹
　崑(1786~1815) 등과 사귀다.

12월 29일 묘시卯時 추사, 보안사가保安寺街 석묵서루石墨書樓로 옹방강翁方綱(1733~1818) 심
방. 초대면, 사제지의師弟之義 맺다.〈천제오운첩天際烏雲帖〉진본,〈언송도찬偃松圖贊〉
진적,〈조자고 책장입극도趙子固策杖立展圖〉,〈송탁 화도사 고승옹선사사리탑명宋拓化度
寺故僧邕禪師舍利塔銘〉,『송참주 동파선생시잔본宋槧注東坡先生詩殘本』,〈당각본 공자묘당
비唐刻本孔子廟堂碑〉,〈육방옹서 시경 각석탁본陸放翁書詩境刻石拓本〉,〈한화 무량사 석상
탁본漢畵武梁祠石像拓本〉,〈왕어양 추림독서도汪漁洋秋林讀書圖〉,〈조송설 완벽첩趙松雪完
璧帖〉등 열람.

소치小癡 허유許維(1809~1892) 출생.

1810년 경오 (순조 10년, 가경 15년) 25세

추사, 완원阮元(1764~1849, 47세)·주학년朱鶴年(1760~1834)·홍점전洪占銓(1762~1812)·사
학숭謝學崇·이정원李鼎元(1749~?)·이임송李林松 등 청淸 문인文人들과 사귀고 배우다.

2월 1일 완원·이임송·홍점전·담광상譚光祥·유화동劉華東(1778~1841)·옹수곤翁樹崑·김
용金勇·이정원·주학년 등 9인이 법원사法源寺에 모여 추사의 전별연餞別宴을 베풀다.
이임송이 전별시를 쓰고 주학년이〈전별연도餞別宴圖〉를 그린《전별책餞別册》을 만들어
추사에게 기증. 유화동이 '증추사동귀시贈秋史東歸詩'라 제첨題簽.

주학년 필筆〈옹방강제시 동파상翁方綱題詩東坡像 이공린李公麟의 반석상좌본盤石上坐本
모본〉을 기증받다. 옹방강 서書〈유당酉堂〉편액扁額 기증받다.

3월 17일 신미 미시未時 성정각誠正閣에서, 돌아온 동지정사 박종래, 부사 김노경, 서장관
이영순 불러 보다.

4월 12일 김노경 우승지.

1811년 신미 (순조11년, 가경 16년) 26세

1월 15일 김노경 우윤(종2품).

6월 6일 김노경 예조참판禮曹參判. 부총관.

12월 18일 홍경래洪景來 평안도 가산嘉山에서 반란.

주학년 자필自筆〈추산소정秋山小幀〉추사에게 보내오다.

1812년 임신 (순조 12년, 가경17년) 27세

1월 1일 옹방강, 추사에게 〈시암詩盦〉 예서 편액, 〈여송백지유심如松柏之有心, 이충신이위보以忠信以爲寶〉 행서 대련 써 보내다. 옹수곤(1786~1815), 추사에게 《창수시唱酬詩》, 〈홍두산장紅豆山莊〉 편액 보내오다.

4월 19일 홍경래(총 맞아 죽다.)난 평정.

10월 추사 4촌 매형 이학수李鶴秀(1780~1859) 문과 급제. 평적경과정시문과平賊慶科庭試文科.

1813년 계유 (순조 13년, 가경 18년) 28세

2월 18일 김노경 한성좌윤(종2품).

6월 5일 김노경 비변사 제조.

10월 22일 추사 4촌 형 김교희金敎喜(1781~1843), 추사 6촌 형 김도희金道喜(1783~1860), 추사 절친 권돈인權敦仁(1783~1859) 경과증광문과慶科增廣文科 급제.

1814년 갑술 (순조 14년, 가경 19년) 29세

4월 9일 김노경 예조참판.

4월 17일 추설追設 계유식년癸酉式年 문무과 춘당대 설행. 추사 절친 김경연金敬淵(1778~1820) 문과 급제.

11월 14일 옹수곤翁樹崑 처 유 씨劉氏 인달引達 출산.

1815년 을해 (순조 15년, 가경 20년) 30세

1월 20일 옹방강, 추사에게 편지. 《담계적독覃溪赤牘》(지본묵서, 37×67.4cm, 선문대박물관 소장), 옹방강 83세.

'覈實在書 窮理在心 攷古證今 山海崇深(사실을 밝히는 것은 책에 있고, 이치를 따지는 것은 마음에 있는데 옛날을 살펴 지금을 증명하니 산과 바다처럼 높고 깊다.)'이라는 추사 친필 찬문贊文을 《담계적독첩》 전면에 쓰다. 예서기 있는 추사체다.

8월 28일 옹수곤翁樹崑(1786.12.18~1815) 졸. 30세. 자 성원星原, 학승學承, 호 홍두산인紅豆山人.

10월 1일 김노경 경기감사.

10월 7일 김우명金遇明(1768~1846) 문과급제. 48세.

10월 11일 옹방강이 추사에게 옹수곤의 부음을 전하고 섭지선葉志詵(1779~1863, 37세)을 편지로 소개. 서로 사귀게 함.

10월 15일 초의草衣(1786~1866), 수락산 학림암鶴林庵 동안거冬安居. 조실 해붕海鵬 전령展翎 (?~1826) 시봉. 추사 심방.

12월 15일 정조 생모 혜경궁惠慶宮 풍산 홍씨豊山洪氏(1735. 6. 18~1815) 창경궁 경춘전景春殿 에서 돌아감. 81세.

1816년 병자 (순조 16년, 가경 21년) 31세

윤6월 추사, 〈이위정기以威亭記〉 쓰다. 글은 광주유수 심상규沈象奎(1766~1838)가 짓다.

7월, 추사, 김경연金敬淵(1778~1820)과 함께 북한산순수비北漢山巡狩碑 확인.

10월 27일 옹방강이 추사에게 자신의 경학관經學觀을 피력하는 장문의 편지와 『복초재시집 復初齋詩集』62권 12책, 『소재필기蘇齋筆記』제1, 제2권 등을 보내고 『복초재집』34권 기증 약속.

추사, 「실사구시설實事求是說」제작. 계동季冬 민노행閔魯行(1782~?)이 후서後叙 찬술.

11월 8일 김노경 경상감사.

1817년 정축 (순조 17년, 가경 22년) 32세

2월 1일 해인사海印寺 화재. 장경각藏經閣 제외 전소.

4월 1일 청화절淸和節 소봉래小蓬萊 김정희金正喜, 〈송석원松石園〉에서 대자大字 각석刻石.

4월 29일 추사, 경주慶州 무장사鍪藏寺 방비訪碑.

6월 8일 추사, 조인영趙寅永(1782~1850)과 더불어 〈북한산순수비〉 재방再訪하여 비자碑字 68(70)자 심정審定. 『예당금석과안록禮堂金石過眼錄』저술 시작.

7월 12일 김상우金商佑(1817~1884) 출생. 자 천신天申.

10월 27일 옹방강이 추사에게 연경硏經 지도하는 장문의 편지와 『소재필기蘇齋筆記』제3권 및 『복초재시집復初齋詩集』등 보내옴. 섭지선葉志詵 〈희평석경탁본熹平石經拓本〉보내옴.

12월 10일 홍문관 부수찬 김교희 시폐를 논함.

추사, 〈길상실吉祥室〉 편액 자서自書.

1818년 무인 (순조 18년, 가경 23년) 33세

1월 22일 섭지선이 추사에게 〈공자건노자상식각孔子見老子像石刻〉, 〈공겸비孔謙碑〉, 〈희평비嘉平碑)〉, 〈공묘잔비孔廟殘碑〉, 〈예기비禮器碑〉, 〈비음碑陰〉, 〈공주비孔宙碑〉, 〈을영비乙瑛碑〉, 〈향묘비饗廟碑〉, 〈후비後碑〉, 〈공포비孔褒碑〉, 〈공진비孔震碑〉 각 일지一紙, 〈석고문정탁본石鼓文精拓本〉 10지, 〈음훈音訓〉 2지, 〈진전보秦篆譜〉 2지, 〈중모석경잔석重摹石經殘石〉 1지, 『산해경주山海經註』 1부를 보내옴.

1월 27일(26일 밤) 옹방강(1733~1818) 돌아감(86세).

봄 〈상촌선생비각기사桑村先生碑閣記事〉를 생부인 경상도 관찰사 김노경이 짓고 추사가 쓰다.

3월 10일 김노응 병조참판.

6월 21일 〈가야산해인사중건상량문伽倻山海印寺重建上樑文〉 추사가 짓고 쓰다. 감견금니紺絹金泥(90.0×480.0cm. 안진경 다보탑비체).

8월 15일 해남 대둔사 천불전에 신조 옥돌천불상 봉안(풍계楓溪, 『일본표해록日本漂海錄』).

8월 16일 강진현 정배죄인 정약용 향리 방축.

11월 3일 김노경 병조참판. 김교희 홍문부교리.

12월 16일 김노경 이조참판.

12월 27일 김노경 동춘추, 예문관藝文館 제학提學.

1819년 기묘(순조 19년, 가경 24년) 34세

1월 15일 김노경 정경正卿(정2품 하위 자헌資憲)에 가자加資(품계를 올려 줌).

1월 25일 김노경 공조판서.

3월 29일 김노경 예조판서.

4월 25일 김정희金正喜(1786~1856) 식년문과급제, 조인영趙寅永(1782~1850)과 동방同榜.

윤4월 1일 순조 김정희에게 사악賜樂. 월성위묘月城尉廟에 치제致祭.

5월 20일 김노경 세자가례도감世子嘉禮都監 제조提調, 이시수李時秀 도제조.

5월 25일 김유근金逌根(1785~1840) 비변사 제조. 순원왕후純元王后 안동 김씨安東金氏(1789~1857) 오빠.

5월 29일 김노경 우부빈객右副賓客.

7월 26일 성절진하겸사은정사 이노익李魯益, 부사 윤정렬尹鼎烈, 서장관 김경연 사폐.

8월 3일 추사 양자 김상무金商懋(1819~1865) 출생.

8월 11일 왕세자빈 3간택 장락전에서 거행. 부사직 조만영趙萬永(1776~1846) 장녀로 택정.

10월 24일 동지정사 홍희신洪羲臣, 부사 이학수李鶴秀, 서장관 권돈인權敦仁 사폐. 오창렬吳

봄烈 수행.

11월 16일 김노경 도총관, 김노응 대사성. 김도희 사간원 정언.

김상희金相喜 아들 김상준金商駿(1819~1854) 출생.

11월 29일 왕세자 『논어』 진강進講 후 계강繼講 책자冊子 주자독서朱子讀書 차례대로 『맹자』
합당. 세자사世子師 서용보徐龍輔, 좌빈객 이만수李晚秀, 우빈객 김이양金履陽, 좌부빈객
이존수李存秀 찬동. 우부빈객 김노경, 맹자 진강 합당하나 소대 시 『소미통감少微通鑑』 같
은 사서史書 진강해야 경경위사經經緯史의 뜻에 적합 주장.

1820년 경진 (순조 20년, 가경 25년) 35세

1월 5일 추사 가주서(정7품).

1월 28일 김노경 대사헌.

2월 7일 김노경 예조판서.

3월 28일 김경연金敬淵(1778~1820) 의주부윤.

9월 5일 김노경 홍문관 제학.

10월 12일 김노경 좌부빈객.

10월 19일 추사 한림소시翰林召試에 입격入格. 정지용鄭知容과 함께.

11월 7일 김경연(1778. 4. 22. ~1820) 졸(43세). 의주부윤 순직.

11월 8일 김정희 예문관 검열(정9품).

11월 9일 김정희 춘추관 기사관(정9품~6품).

11월 20일 김노경 우부빈객, 김정희 세자시강원 겸설서(정7품).

12월 8일 왕세자 『맹자』 강필講畢 후 계강 책자는 의당 『중용中庸』이라야 한다고 좌빈객 김이
양, 우빈객 임한호林漢浩(1752~1827) 헌의. 좌부빈객 김노경만 경경위사의 뜻으로 사서史
書 겸강兼講을 주장.

12월 21일 흥선대원군興宣大院君 이하응李昰應 출생.

1821년 신사 (순조 21년, 청 선종淸宣宗 도광道光 1년) 36세

1월 김정희 예문관 검열(한림학사)겸 승정원 가주서로 동부승지 신위(1767~1847)와 은대銀臺
(승정원)에서 시서화로 사귀다. 〈자하시필紫霞詩筆〉(176.0×30.4cm, 간송미술관 소장).

3월 9일 오시午時 왕대비 효의왕후孝懿王后 청풍 김씨(1753~1821) 창경궁 자경전慈慶殿에서

홍薨. 69세. 김노경 빈전도감 제조.

6월 4일 김노경 이조판서.

6월 25일 김노응 정경正卿 가자加資.

6월 양주楊州 유생 이응준李應俊, 조대진趙大鎭, 회암사檜巖寺 지공指空, 무학대사비탑無學大師碑塔 파괴.

9월 6일 김노응 형조판서.

9월 20일 건릉 천봉 시상 예조판서 김노경 반숙마半熟馬 1필, 천릉 종척집사 이조판서 김노경 숙마熟馬 1필, 국장도감 시상, 시책문 제술관 이조판서 김노경 정헌正憲(정2품 상위) 가자. 시책문 서사관 이희갑, 김노응 함께 가자. 승지 신위 가선대부(종2품) 가자, 겸설서 김정희 한림원 입직.

1822년 임오 (순조 22년, 도광 2년) 37세

1월 9일 김노응 한성판윤.

1월 11일 이조판서 김노경 사직 소. 사직 허락.

1월 17일 김노경 대사헌大司憲.

2월 10일 김노경 형조판서.

6월 2일 김노경 예조판서.

6월 25일 김노경 동지정사, 이희준李羲準 부사, 임안철林顔喆 서장관.

7월 9일 권돈인, 전라우도 암행어사, 김노응 병조판서.

7월 14일 김정희 세자시강원 설서設書(정7품, 경사經史와 도의道義 교육 담당) 낙점.

7월 21일 윤질輪疾 다시 치성. 서울 황해 전라 사망자 다수.

9월 12일 김노경 예문관 제학.

9월 17일 김노경 우빈객.

10월 20일 김노경(1766~1837) 동지정사冬至正使로 둘째아들 명희命喜(1788~1857) 대동帶同 연행燕行. 부사 김계온金啓溫, 서장관 서유소徐有素, 서기 김선신金善臣(1775~1856) 사폐.

추사 김노경 연행燕行길에 〈직성유궐하直聲留闕下 수구만천동秀句滿天東〉의 행서 대련對聯 고순顧純(1765~1832)에게 써 보냄. 옹체 팔분기.

12월 26일 가순궁嘉順宮 수빈 박씨綏嬪朴氏(1770~1822) 돌아감. 53세. 창경궁 보경당寶慶堂에서. 국왕 생모, 원호園號 휘경徽慶. 홍현주洪顯周, 박종희朴宗喜, 박주수朴周壽, 박기수朴岐

壽, 박호수朴鎬壽, 이정신李鼎臣 등 종척집사.

12월 28일 영상靈床 환경전歡慶殿 이봉移奉.

12월 29일 홍문관 교리 엄도嚴燾 부수찬 권돈인權敦仁(1783~1859) 연명 상소. 환경전 빈궁은 위례違禮, 별궁 이봉 소청. 왕 크게 노함. 불신불경不慎不敬으로 엄도는 삼수三水, 권돈인은 갑산甲山으로 유배.

1823년 계미 (순조 23년, 도광 3년) 38세

1월 23일 주달周達이 추사에게『판교집板橋集』원판原板 및 난죽 진본 구득 지난을 통보.

2월 2일 김노응 우참찬.

3월 17일 김노경 회환回還,『황조문헌통고皇朝文獻通考』,『통지通志』,『통전通典』등『황조삼통皇朝三通』을 사다 국왕께 바침.

3월 20일 김노경 이조판서.

3월 24일 전후 논례피적제인論禮被謫諸人 엄도, 권돈인, 권상신 등 특지特旨로 유방有放(용서하여 풀어줌).

4월 8일 추사〈석견루노사시권石見樓老史詩卷〉제작.

4월 28일 김노경 선혜청 제조, 신위申緯 병조참판.

5월 6일 이조판서 김노경 상소. 형 김노영 면례緬禮와 소부모분사掃父母墳事를 이유로 체임 청하다. 사직하지 말고 다녀오라 하다.

5월 11일 김노응 형조판서.

7월 21일 이조판서 김노경 사직.

8월 5일 김정희 규장각奎章閣 대교待敎. 김일주金日柱(1745~1823) 사망. 79세.

8월 7일 규장각 대교 김정희 사직소. '臣少小失學 才又下劣 面墻五經 掛壁三史 直是四十無聞之空空一鄙夫耳(신은 어려서 배움을 놓치고 재주 또한 낮고 열등하여 5경經을 담장처럼 바라보고 3사史를 벽걸이로 삼았으니 곧바로 40대에 소문이 없는 텅텅 빈 못난이일 뿐입니다.)'

8월 14일 김노경 공조판서.

8월 20일 김노경 우참찬右參贊 겸 우빈객右賓客. 김노응 한성판윤.

가을, 추사, 권돈인의《허천소초虛川小草》에 발문을 지어 붙이다(23.8×19.0cm, 간송미술관 소장).

10월 21일 동지정사 홍의호洪義浩, 부사 이용수李龍秀, 서장관 조용진曹龍振 사폐. 김노경 동지사 편에 등상새鄧尙璽에게 편지.

1824년 갑신 (순조 24년, 도광 4년) 39세

1월 6일 김정희 이헌위李憲瑋 홍문관 부수찬(종6품).

2월 14일 김정희 문겸文兼(문인文人이 선전관宣傳官을 겸함).

2월 29일 그믐 동지정사 홍의호 편에 등수지鄧守之 서신 및 등완백鄧完白 서화 대련을 보내옴. 편지에서 추사 수서手書 시문詩文 요구. 유당에게 등완백 묘문 독촉. 오숭량, 김명희에게 보낸 편지에서 추사 서법書法이 입신入神의 경지에 이르렀다 말함.

3월 1일 김노경 한성판윤漢城判尹(정2품).

3월 14일 김정희 시강원 司書(정6품).

윤7월 14일 김노경 의정부우참찬. 검사서 김정희 패초牌招(한 면에 명命 자를 쓰고 다른 면에 이름 자를 쓴 명패를 보내 부름) 부진不進(불렀으나 나가지 않음).

윤7월 29일 김노경 좌참찬.

8월 12일 지중추부사知中樞府事 김노응金魯應(1757~1824) 졸. 68세.

12월 10일 김노경 형조판서.

추사, 〈호고유시수단갈好古有時搜斷碣, 연경누일파음시研經婁日罷吟詩〉 대련 등전밀鄧傳密에게 써 보냄.

창림사탑昌林寺塔 출토〈무구정광대다라니경無垢淨光大陀羅尼經〉고증.

이해 김노경, 과천果川에 별서別墅 과지초당瓜地草堂 신축新築.

1825년 을유 (순조 25년, 도광 5년) 40세

1월 16일 김정희 사간원 헌납獻納(종5품).

1월 21일 권돈인 성균관 대사성, 김정희 부사과.

1월 22일 김노경 대사헌.

1월 25일 김정희 부수찬(종6품), 김학순金學淳 아경亞卿(종2품)

1월 29일 오숭량吳嵩梁이 쓴 편지와 〈미산부자승가학眉山父子承家學 속수훈명즉사재涑水勳名卽史才〉 행서 대련을 추사에게 보내옴.

난설蘭雪 오숭량의 부인夫人 금향각 부인琴香閣 夫人 장금추蔣錦秋 휘휘가 그린 〈매화도梅花圖〉 2폭과 첩 악록춘岳綠春 균筠이 그린 〈매화도〉 보내옴.

2월 8일 김노경 예조판서.

3월 17일 김정희 시강원 문학(정5품).

3월 21일 김노경 홍문관 제학. 조인영 대사성.

3월 25일 추사 〈오난설숭량기유십육도시吳蘭雪嵩梁紀遊十六圖詩〉 제작. 원만중후圓滿重厚한 옹방강 행서체에 청경유려淸勁流麗한 〈예기비〉의 팔분에서 필의 융합(27.4×23.3cm, 간송미술관소장).

4월 19일 교함경도관찰사이존수서敎咸鏡道觀察使李存秀書, 지제교知製敎 김정희金正喜 제진製進.

7월 27일 김노경 병조판서.

8월 18잉 영돈녕 김조순金祖淳(1765~1832) 회갑. 본집에 선온宣醞.

10월 2일 판중추 이서구李書九(1754~1825) 졸. 72세.

12월 23일 병조판서 김노경 파직.

12월 30일 김정희 교리(정5품). 전국 인구 655만 8,782구.

1826년 병술(순조 26년, 도광 6년) 41세

1월 17일 청나라 장심張深, 김명희에게 편지와 〈매감도梅龕圖〉 보내다. 추사에게 〈그림 부채〉 1, 〈초산주정명焦山周鼎銘〉, 〈초산예학명焦山瘞鶴銘〉, 자필 「매감시梅龕詩」 등을 보내다.

1월 22일 섭지선이 추사에게 『단씨설문段氏說文』 35권 15책 1부, 〈천보병天保屏〉 4장, 〈주죽타朱竹垞 대련〉 1벌 보내다.

2월 20일 김정희 충청우도 암행어사.

4월 8일 김노경(1766~1837) 예조판서.

6월 22일 김노경 판의금부사.

6월 24일 상어上御 희정당熙政堂 충청우도忠淸右道 암행어사 김정희 복명.

6월 25일 충청우도 암행어사 김정희 서계書啓를 올림.

6월 26일 김우명 봉고파직. 김정희 사서(정6품), 패초 부진.

8월 4일 김정희 종부시정(정3품 당하).

10월 9일 김노경 지중추부사.

10월 27일 동지부사 신재식申在植(1770~1843) 편에 이장욱李章煜에게 김노경과 김명희 편지 및 추사 대련 〈博綜馬鄭 無畔程朱〉 보내다.

11월 17일 김노경 판의금부사.

11월 18일 김정희 집의(종3품).

12월 17일 김노경 회갑回甲.

1827년 정해(순조 27년, 도광 7년) 42세

1월 4일 김노경 병조판서.

1월 17일 김노경 우부빈객, 이학수 경상감사.

2월 18일 왕세자 대리청정 시작.

2월 20일 병판 김노경 판의금부사 겸직.

2월 23일 김도희 성균관 대사성. 김정희 통례원 상례(종3품).

2월 26일 김정희 사간(종3품).

3월 27일 김유근 평안감사.

3월 30일 김정희 부교리(종5품).

4월 27일 평안감사 김유근 부임 도중 서흥에서 덕천 아전 장張 모에게 피격. 체직 소청.

5월 17일 김정희 의정부議政府 검상檢詳(정5품). 의정부 사인舍人(정4품).

윤5월 8일 김노경 광주부유수.

6월 7일 김정희 시강원 필선(정4품).

6월 8일 김정희 부사과. 응교(정4품).

6월 24일 김정희 사간(종3품).

7월 18일 신시申時 왕세자빈 원손元孫(헌종, 1827~1849) 순산順産.

7월 24일 산실청産室廳 시상施賞에서 선교관宣敎官 김정희金正喜에게 통정通政(정3품 당상관)
　　을 가자加資.

8월 4일 서유규徐有圭, 북을 쳐서 이조원李肇原과 김기후金基厚의 흉역을 고하다.

8월 6일 권돈인 예조참판, 김도희 이조참의.

8월 12일 영돈녕 김조순, 차자箚子(형식에 구애받지 않는 간략한 상소)를 올려 이조원 흉서가 사
　　실임을 밝히다.

8월 19일 김정희 동부승지(공조 담당).

8월 24일 이조원의 조카 경상감사 이학수 삭출.

10월 4일 김정희 예조참의(정3품 당상관).

12월 20일 김정희 동부승지.

12월 22일 조인영 예조참판.

이해 김태제金台濟(1827~1906) 출생. 추사 재종손. 양양부사 김상일金商一의 자.

이해 신관호申觀浩(1811~1884) 17세 특별 천거로 남행별군직南行別軍職.

1828년 무자(순조 28년, 도광 8년) 43세

1월 26일 김도희 형조참판. 장심, 김명희에게 편지와 함께 약속대로 〈부춘산도권富春山圖卷〉(간
  송미술관 소장), 〈매화감도梅華龕圖〉, 〈호부류산도虎阜流山圖〉 그려 보내다.

2월 6일 김교희 성균관 대사성.

2월 15일 김정희 병조참의.

2월 16일 김정희 우부승지.

3월 17일 광주유수 김노경 부모 묘소 면례 휴가 청원 허가.

4월 11일 김정희 시강원 겸보덕(종3품).

4월 22일 왕세자 춘당대에서 식년 문무과 전시 설행. 문은 유성환兪星煥 등 42인, 무는 원
  경元檠 등 225인 뽑다. 신관호申觀浩(1811~1884) 18세로 무과武科 급제, 장인식張寅植
  (1802~1872) 별천別薦.

5월 25일 광주유수 김노경 사직.

5월 회암사 지공 무학비 중건.

6월 7일 김노경 판의금.

6월 22일 김노경 종묘 제조.

7월 9일 김노경 평안감사平安監司.

11월 2일 권돈인 성균관 대사성.

1829년 기축(순조 29년, 도광 9년) 44세

1월 2일 김정희 동부승지.

1월 13일 조인영 전라감사.

2월 17일 김정희 겸보덕.

2월 29일 김도희 형조참판.

3월 29일 은신군恩信君(1755~1771) 부인 남양홍씨南陽洪氏(1755.8.15.~1829) 졸. 75세. 추사 둘째 양이
  모. 흥선대원군(1820~1898) 양조모. 현령 홍대현洪大顯(1730~1799) 둘째 딸.

추사, 평양 고구려 성벽 석각 발견. 홍수로 평양성 무너졌을 때 외성 구첩성九疊城에서.

6월 5일 김교희 이조참의.

8월 1일 추사 내각검교대교겸시강원보덕內閣檢校待敎兼侍講院輔德 재직.

섭지선 1월 20일 〈완원문필고阮元文筆考〉 1책, 8월 10일 『연경실집경室集』 12책 보내옴.

1830년 경인 (순조 30년, 도광 10년) 45세

1월 17일 이장욱이 추사에게 〈제齊 영광永光 원년(464) 장사문조불상張思文造佛像〉 보내다.

윤4월 22일 왕세자 증후症候. 각혈咯血.

5월 6일 왕세자(1809. 8. 9~1830) 창덕궁 희정당熙政堂에서 흥薨. 춘추 22세

6월 19일 평안감사 김노경 체직.

6월 20일 김정희 동부승지.

7월 27일 동부승지 김정희 사직.

7월 28일 동부승지 김정희 체직.

8월 27일 부사과副司果 김우명金遇明(1768~1846) 상소. 왕세자 대리청정 시 권신權臣 김로金
鑢에게 아부한 것과 판의금으로 이조원李肇源(1758~1832) 역절逆節 비호한 것으로 전 평
안감사 김노경(1766~1837) 논죄. 김우명, 무함이라 하여 삭직.

8월 28일 윤상도옥尹尙度獄 일어남.

9월 11일 양사兩司 합계合啓하여(대사헌大司憲 김양순金陽淳, 대사간大司諫 안광직安光直) 1. 아
부전권阿附專權, 2. 이조원 역절 비호, 3. 저희국혼沮戲國婚(익종翼宗 가례嘉禮 시時) 죄목으
로 지돈녕부사 김노경 탄핵.

10월 초의草衣, 취련醉蓮과 함께 상경上京. 용호蓉湖 별서에서 추사와 월동.

10월 8일 김노경 양주에서 붙잡아 고금도 위리안치.

10월 29일 청淸 유희해劉喜海(1793~1852) 추사 필 〈소단림小丹林〉 편액 보답으로 〈백석신군
비白石神君碑〉 1본 섭지선 편에 부쳐 보냄.

1831년 신묘 (순조 31년, 도광 11년) 46세

1월 22일 유희해 연행 중이던 이상적李尙迪 편에 『황청경해』 1,400권을 추사에게 보내다.

8월 14일 대호군 홍기섭洪起燮(1776. 10. 5.~1831) 졸(조엄 외손자). 56세. 조만영(1776. 5.
5.~1846. 10. 14.) 내종 4촌 아우.

8월 24일 김유근 병조판서.

추사 편지 학림암鶴林庵 초의에게(『완당전집』 권5, 기其 9, 10, 11, 12). 초의가 백파白坡
와 동주同駐 황산곡黃山谷, 정판교鄭板橋 필체 영향.

9월 3일 문호묘文祜廟 영건 제조 김유근金逌根·조만영에게 숭록崇祿(종1품) 가자.

9월 6일 특지로 김우명 홍문관 부수찬.

10월 16일 동지정사 정원용鄭元容(1783~1873), 부사 김홍근金弘根(1788~1842), 서장
관 이정재李鼎在(1788~1877, 김노응 사위) 사폐.

1832년 임진(순조 32년, 도광 12년) 47세

2월 8일 추사 조광진曺匡振(1772~1840)에게 보내는 편지 쓰다(27×43.2cm, 조세현曺世
鉉 소장). 간송 소장《난맹첩蘭盟帖》제발題跋 서체(판교체板橋體)와 유사.

2월 26일 전 승지 김정희, 생부 김노경 송원訟冤 위해 격쟁擊錚 원정原情.

3월 1일 수찬 김우명 상소. 김정희 부자 탄핵.

3월 14일 대사간 홍영관洪永觀 상소. 김노경 일당 탄핵.

4월 3일 영안부원군 김조순(1765~1832) 졸. 68세.

9월 7일 전 승지 김정희, 부친 김노경 송원사로 시위 밖에서 꽹과리 치다. 의금부 이송.

9월 10일 "탄원하지 못하게 하고(원정물시原情勿施), 정희를 놓아 보내라(정희방송正喜放
送)." 왕명.

윤9월 23일 추사 중모仲母 연일 정씨延日鄭氏(1754. 윤4. 13.~1832) 졸. 79세.

10월 20일 동지정사 서경보徐耕輔, 부사 윤치겸尹致謙, 서장관 김경선金景善 사폐.

추사, 동지사 편에 북경의 완원 둘째 아들 완복阮福에게 편지와 완원에게 전할 〈완
씨가법阮氏家法〉에서 편액 보냄.

추사, 중모仲母 숙부인淑夫人 정씨鄭氏 제문祭文 짓다. 『완당전집』 권7

10월 25일 권돈인 함경감사.

11월 추사, 『예당금석과안록禮堂金石過眼錄』 저술. 〈임한경명臨漢鏡銘〉 쓰다.

1833년 계사(순조 33년, 도광 13년) 48세

1월 28일 추사에게 완복阮福 답신. 〈완씨가법〉 편액이 한예漢隸의 주경고아遒勁古雅
한 특징을 깊이 터득하였다고 감탄하고 예서나 초서 편액을 닿는 대로 몇 종류
더 보내 주기를 간청.

여름, 옹인달翁引達 방탕, 석묵서루石墨書樓 폐허(섭지선 편지 통보).

9월 1일 어제 행행시 전 승지 김정희, 그 아버지 김노경의 원통함을 호소하려고 시위 밖에서 꽹과리 치다. 김정희 의금부 이송, 명령 기다리다. 3차.

9월 3일 김정희, 원정물시原情勿施 즉시 방송放送(탄원을 못 하게 하고 즉시 풀어줌). 1832년 9월 10일 조 참고.

9월 13일 고금도古今島 천극荐棘 죄인 김노경 특명 방송.

9월 19일 추사 편지 조눌인曹訥人 정좌靜座, 금강사서琴江謝書(29.0×65.0cm, 개인 소장). 수금서풍瘦金書風.

9월 21일 양사 합계(대사헌 이광문李光文, 대사간 홍영관洪永觀 등)로 김노경 일 정계停啓하다.

9월 22일 의금부 계啓 천극 죄인 김노경 석방 아뢰다.

11월 6일 김도희 이조참판

이해에 추사 〈정부인광산김씨지묘貞夫人光山金氏之墓〉(분예체分隸體) 쓰다(104×43.5×21cm, 자경字徑 14.5cm, 음기4cm, 완주군 용진면 용흥리 소재). 통정대부 승정원 좌승지 규장각 대교 경주 김정희 예隸, 완산完山 이삼만李三晩 서書.

1834년 갑오 (순조 34년, 도광 14년) 49세

6월 14일 청 주학년朱鶴年(1760. 9. 30.~1834) 졸. 75세.

가을, 초의 상경. 금호琴湖 별서에서 산천山泉(김명희), 금미琴眉(김상희) 형제와 종유從遊하고 추사와는 장천별업長川別業에서 유숙留宿 교유.

『예당금석과안록』 저술 완성.

8월 15일 김도희 예조참판.

8월 24일 함경감사 권돈인 체임되고 조봉진曹鳳振이 대신함.

8월 28일 조인영 공조판서.

11월 13일 순조(1790. 6. 18.~1834) 경희궁 회상전會祥殿에서 훙薨. 45세.

11월 18일 왕세손 환奐(1827~1849) 경희궁 숭정문崇政門에서 즉위, 왕대비 순원왕후純元王后 안동 김씨安東金氏(1789~1857) 흥정당에서 수렴청정례 거행.

1835년 을미 (憲宗헌종 1년, 도광 15년) 50세

1월 5일 조인영 이조판서.

1월 18일 김노경 상호군.

2월 27일 추사 편지. 유명훈에게 강상江上에서, 《완당소독阮堂小牘》장첩 '此中大監恩叙之命, 感戴慶祝, 何以形之 寸楮之間也(이곳 대감에게 벼슬 내리는 왕명이 있었으니 감사와 경축을 어떻게 짧은 편지에서 형용하겠는가.)'

4월 19일 순조 인릉에 장사.

4월 22일 김노경 판의금, 패초 부진.

이 어름 추사, 초의에게 〈백석신군비白石神君碑〉 필의로 〈명선茗禪〉 써 주다. 주황화문전朱黃花文箋(57.8×115.2cm, 간송미술관 소장).

《난맹첩蘭盟帖》제작. 판교체板橋體 영향, 탈속분방脫俗奔放 예해합체隷楷合體(27×22.9cm), 거사居士 자칭. 간송미술관 소장.

5월 10일 상호군 김노경 나이 70세로 숭록崇祿(종1품) 가자.

윤6월 20일 우부승지 김정희 이때 과천果川에 있었다.

7월 19일 김노경 판의금부사.

7월 29일 판의금 김노경 18차 패초 불응.

8월 1일 판의금 김노경 사직 소.

8월 5일 판의금 김노경 체직. 22차 패초 부진 끝에.

8월 15일 김노경 도총관.

8월 20일 김정희 좌부승지.

8월 22일 좌부승지 김정희 사직 소.

9월 2일 김노경 내의 제조.

9월 15일 약방 제조 김노경 첫 출사.

9월 25일 김노경 판의금부사.

12월 5일 추사 편지, 초의에게 · 1. 병거사病居士 보냄.

12월 7일 권돈인 진하겸사은정사進賀兼謝恩正使, 안광직安光直 부사, 송응룡宋應龍 서장관. 소치小癡 허유許維(1809~1892), 초의草衣를 대둔산 일지암一枝庵으로 배방拜訪 청학請學.

1836년 병신 (헌종 2년, 도광 16년) 51세

2월 22일 정약용(1762~1836) 졸(75세).

3월 3일 김정희, 동부승지 행공行公 시작.

3월 23일 김정희 우부승지.

4월 6일 김정희 성균관 대사성. 김교희 대사간.

4월 18일 조인영 예조판서.

5월 19일 내각에서 순조·익종 어제御製 인쇄 공로로 원임대교原任待教 이헌위李憲瑋, 김정희에게 가자加資. 가선대부嘉善大夫(종2품).

5월 20일 조인영 판의금. 김정희 동춘추.

5월 22일 김노경 내의 제조, 대사성 김정희 사직소.

6월 4일 어용 탕제湯劑 은관銀罐 색변色變으로 약방도제조 박종훈, 제조 김노경, 부제조 윤성대尹聲大 파직.

6월 29일 권돈인 도총관, 김정희 부총관.

7월 9일 조두순趙斗淳 병조참판 곧 바꾸고 김정희로 대신.

8월 8일 병조참판 김정희 허체.

10월 16일 동지정사 취미翠微 신재식申在植(1770~1843) 전별시첩인 〈송취미태사잠유시첩送翠微太史暫游詩帖〉 추사가 대필. 행서, 저수량체와 수금서 필법에 예서 필의를 융합한 추사 행서체, 청경예리清勁銳利하고 침착단아沈着端雅하다(지본묵서, 40.5×32.0cm, 간송미술관 소장).

11월 8일 김정희 성균관 대사성.

1837년 정유 (헌종 3년, 도광 17년) 52세

1월 16일 판의금 김노경, 하루에 재패 부진.

1월 24일 판의금 김노경 체직.

1월 26일 권돈인 판의금부사.

2월 4일 김노경 상호군.

2월 26일 왕비 3간택 통명전에서 거행. 대혼大婚을 승지 김조근金祖根(1793~1844) 가家로 정하다.

3월 10일 김정희 동경연.

3월 12일 김정희 좌승지.

3월 18일 인정전에서 왕비 책봉.

3월 30일 김노경金魯敬(1766~1837) 졸. 72세.

빨라도 부친상 이후에 완당阮堂 자호自號했을 듯. 늦으면 제주濟州 이후.

여름, 초의 상경, 추사가家 조문과 완호탑 비문 수령 위해. 초의, 검호동장에서 월동. 허유許
維(1809~1892)의 공재恭齋 그림 임모본, 자작본 각 몇 장 추사에게 보이다.

7월 4일 권돈인 병조판서.

11월 25일 김유근 예조판서 중풍, 실어증失語症. 묵소거사默笑居士.

1838년 무술(헌종 4년, 도광 18년) 53세

4월 25일 권돈인 경상감사.

6월 20일 판중추부사 심상규沈象奎(1766. 9. 12~1838) 졸. 73세, 영의정

8월 소치 허유許維(1809~1892) 상경. 초의草衣(1786~1866)의 주선으로 월성위궁月城尉宮으로
추사를 찾아가 배움.

1839년 기해(헌종 5년, 도광 19년) 54세

2월 20일 김도희 경상감사.

4월경 신위申緯(1769~1847), 금령錦舲 박영보朴永輔(1808~1872)에게 〈청부난완괴아병靑浮卵
碗槐芽餠, 홍점빙반곽엽어紅點氷盤藿葉魚〉해서 대련 써 주다(낙금지落金紙, 44.0×200.5cm,
간송미술관 소장).

5월 8일 김정희 호군.

〈묵소거사가 스스로 기리다默笑居士自讚〉김유근 짓고 추사 쓰다(홍지紅紙, 구양순체, 30.2×
128.1cm, 국립중앙박물관 소장, 『황산유고黃山遺稿』권4, 잡저 수록).

5월 25일 김정희 형조참판.

6월 17일 김우명金遇明(1768~1846) 대사간, 이약우 대사헌, 이경재 이조참판.

6월 26일 김홍근金弘根(1788~1842) 대사헌.

7월 5일 사학邪學 사교司敎 앙베르 수원에서 체포.

7월 16일 권돈인 이조판서.

7월 29일 좌포청 포교 손계창·황기륜, 홍주에서 프랑스 선교사 모방과 샤스탕 체포. 서
울 압송.

8월 11일 박기수朴綺壽(1774~1845) 형조판서.

8월 14일 사학죄인 양한 앙베르, 모방, 샤스탕 군문軍門에 부쳐 사장에서 효수.

8월 15일 형조참판 김정희 사직, 형조판서 박기수의 사직으로.

9월 7일 이정신李鼎臣(1792~1858, 박준원朴準源 외손) 형조참판. 김정희 호군.

10월 21일 우의정 조인영.

10월 27일 김흥근 이조판서.

1840년 경자(헌종 6년, 도광 20년) 55세

6월 22일 박영원朴永元(1791~1854) 동지겸사은정사, 김정희 부사, 이회구李繪九(인흥군파仁興
　　君派, 승지) 서장관.

6월 30일 김홍근金弘根(1788~1842) 대사헌. 이즈음 김홍근 차자次子 김병주金炳澍(1827~1888)
　　김유근에게 출계出系.

7월 4일 권돈인 형조판서.

7월 10일 대왕대비 명으로 김홍근 윤상도옥 재론, 김노경 탄핵.

7월 11일 동지부사冬至副使 김정희, 영유현령 김상희 형제 사판仕版(벼슬아치들의 명단)에서
　　간거刊去(깎아 버림, 빼어 버림).

7월 12일 대왕대비 하교로 김노경 추탈.

8월 11일 윤상도尹尙度(1767~1840) 74세. 서소문 밖에서 능지처참.

8월 20일 김정희 예산에서 나포拿捕되어 끌려오다.

8월 28일 김양순金陽淳(1776~1840) 맞아 죽다. 65세.

9월 4일 신묘 우의정 조인영 영구營救로 김정희 감사減死, 제주목濟州牧 대정현大靜縣 위리
　　안치圍籬安置.

추사 유배 중 남원南原에서 〈모질도耄耋圖〉 제작.

9월 27일 김정희 미명未明에 해남 이진梨津에서 배 타고 석양夕陽에 제주 화북진禾北鎭 도착.
　　진 밑의 민가 유숙.

9월 28일 추사, 동행해 온 제주 전등前等 이방吏房 고한익高漢益과 함께 제주 입성. 고한익
　　가 유숙.

9월 29일 추사, 대풍大風으로 대정 80리 길 발행 포기.

10월 1일 추사, 금오랑을 따라 대정으로 출발. 군교軍校 송계순宋啓純 가家에 주인 삼다.

12월 17일 판돈녕부사 김유근金逌根(1785~1840) 졸. 56세. 실어失語 4년.

12월 25일 순원왕후純元王后 철렴撤簾 환정還政.

1841년 신축 (헌종 7년, 도광 21년) 56세

1월 10일 김정희의 4촌 매형 이학수李鶴秀(1780~1859) 추자도에 천극栫棘 위리안치.

권돈인, 추사에게 편지. 김유근 부고 통지. 척독尺牘에 실린 추사 답신. 김홍근金弘根의 둘
　　째 아들 김병주金炳澍(1827~1888)를 황산의 양자養子로 정한 후 연락 돈절頓絶.

1월 16일 권돈인 이조판서.

4월 22일 조인영(1782~1850) 영의정. 김홍근(1788~1842) 좌의정. 정원용鄭元容(1783~1873) 우
　　의정.

6월 8일 2월에 제주도로 왔던 소치 허련 중부仲父 부고訃告 받고 육지로 나가다. 추사, 소치
　　편에 〈일로향실一爐香室〉 편액 글씨 대흥사 초의에게 보내다.

9월 4일 영의정 조인영 사임.

9월 10일 추사, 양자 김상무金商懋(1819~1865) 언급.

12월 26일 영중추 이상황李相璜(1763~1841) 졸. 79세.

1842년 임인 (헌종 8년, 도광 22년) 57세

1월 4일 김좌근 이조판서.

1월 7일 조인영 영의정.

1월 25일 김우명 대사간.

9월 12일 영의정 조인영 사직.

10월 25일 김홍근 좌의정 사직 소.

11월 6일 판중추부사 김홍근(1788~1842) 졸. 55세.

11월 11일 권돈인(1783~1859) 우의정. 정원용(1783~1873) 좌의정.

11월 13일 추사, 재취 부인 예안 이씨禮安李氏(1788~1842) 졸. 55세.

12월 15일 추사, 「부인 예안 이씨 애서문夫人禮安李氏哀逝文」 지음.

12월 29일 김도희金道喜 대사헌.

추사 〈영모암편배제지발永慕庵扁背題識跋〉 제작.

1843년 계묘 (헌종 9년, 도광 23년) 58세

봄, 초의, 제주도로 추사를 찾아가 부인상을 조문하고 반년半年 동거同居.

1월 8일 김도희 이조판서.

2월 28일 김교희金敎喜(1781~1843) 졸. 63세.

4월 17일 신급제 윤정현尹定鉉(1793~1874) 특교로 홍문교리(정5품).

7월 소치, 대둔사에 있다가 제주목사 이용현李容鉉(1783~1865, 추사의 처7촌숙) 막하幕下로
　도해渡海, 추사 배소配所 내왕.

이상적李尙迪(1803~1865)이 계복桂復의『만학집晚學集』, 운경惲敬의『대운산방집大雲山房集』
　을 연경에서 구득 추사에게 보내다.

8월 25일 왕비 안동 김씨安東金氏(1828~1843) 창덕궁 대조전大造殿에서 승하(16세).

10월 26일 권돈인 좌의정, 김도희 우의정.

11월 5일 신관호(1811~1884) 전라우도수군절도사, 권돈인(1783~1859) 회갑.

12월 27일 추사 양자 김상무金商懋 본생모 안동 권씨安東權氏(1782~1843) 졸. 62세.

12월 그믐날 추사 양자 김상무, 장자 천은天恩 출생.

추사 백파白坡와 왕복 토론.

1844년 갑진 (헌종 10년, 도광 24년) 59세

봄, 허소치, 제주에서 출육. 추사, 전라우수사 신관호申觀浩에게 소개 시詩, 신관호 소치 초
　청. 문필文筆의 정취情趣가 서로 맞아 매일 만나다.

3월 혹8월 〈세한도歲寒圖〉 제작.

4월 20일 춘당대에서 경과증광문무과 전시 설행. 문文은 유진한柳進翰 등 39인 뽑다. 김회명
　金會明 문과 급제. 무武는 임태경任泰景 등 300인 뽑다.

7월 20일 좌의정 권돈인 사직.

8월 10일 은언군恩彦君 이인李䄄(1754~1801) 자 전계군全溪君 이광李㼅(1785~1841) 장자 이원
　경李元慶(일명一名 명明, 성갑聖甲, 1827~1844) 추대 역모. 원경 강화 위리안치, 영중추부사
　조인영, 판중추부사 권돈인, 영의정 좌의정으로 복배.

9월 5일 죄인 이원경(1827. 9. 11.~1844) 사사賜死 명. 왕은 제주에 위리안치시키고 싶어 했다.

9월 6일 경희궁慶熙宮 이어移御, 서광근徐光近 물고物故, 이원경 사사.

9월 10일 왕비 3간택 장락전長樂殿에서 거행. 대호군 홍재룡洪在龍(1814~1863) 녀(14세)로
　결정.

9월 22일 조인영 영의정 사임.

이 어름 추사《완당시병완첩阮堂試病腕帖》제작(〈서원교필결후書員嶠筆訣後〉24면, 지본묵서.

9.2×23.2cm, 및 〈소림모정疏林茅亭〉, 14.2×19.2cm, 〈소림모옥疏林茅屋〉, 12.3×23.5cm, 〈고사소요高士逍遙〉, 29.7×24.9cm, 간송미술관 소장).

10월 26일 주청겸사은동지정사 흥완군興完君 이정응李晸應(1815~1848, 흥인군興寅君 이최응李最應 쌍둥이 형), 부사 권대긍權大肯, 서장관 윤찬尹穳 사폐, 이상적 9차 수역 수행. 〈세한도歲寒圖〉 지니고 가다.

12월 3일 추사 6촌 아우 김덕희金德喜(1800~1853) 의주부윤.

1845년 을사 (헌종 11년, 도광 25년) 60세

1월 7일 연경에서 장요손張曜孫(1808~1863), 이상적을 오찬吳贊 가가家 연회에 초대.

1월 11일 권돈인 영의정, 박회수 우의정.

1월 13일 이상적, 구우舊雨 오찬吳贊 위경偉卿의 환영연회 주빈으로 참석. 19인의 아회雅會. 〈세한도〉 제찬 요청. 17명 문예인들 참여. 장악진章岳鎭, 오찬, 조진조趙鎭祚, 반준기潘遵祁, 반희보潘希甫, 반증위潘曾瑋, 풍계분馮桂芬, 왕조王藻, 조무견曹楙堅, 진경용陳慶庸, 요복증姚福增, 주익지周翼墀, 장수기莊受祺, 장목張穆, 장요손, 황질림黃秩林, 오준吳儁.

2월 초의, 제주도로 제2차 추사 심방.

5월 22일 영국 군함 사마랑(Samarang)호(함장 에드워드 벨처)가 측량 차 제주도 정의현 지만포止滿浦 우도牛島에 내박來泊하다.

6월 2일 권돈인 영의정 사직.

6월 3일 추사, 육순六旬.

8월 30일 갑신 추사, 초의에 출륙出陸 독촉.

11월 15일 판중추 권돈인 영의정 복배.

신관호·허련, 대흥사에 대광명전大光明殿 신축, 추사 방송放送 기원.

1846년 병오 (헌종 12년, 도광 26년) 61세

1월 허련, 신관호 수행 상경. 권돈인 가가家에 유숙.

2월 9일 신관호, 표충사表忠祠 보장록寶藏錄 쓰다.

2월 14일 수릉綏陵 천봉遷奉 결정.

3월 28일 윤정현 대사성.

4월 10일 권돈인 총호사.

여름 허소치 안현安峴(안국동) 권돈인 댁 기식 작화作畵, 대내大內 진상. 집 뒤 별관 거처.

5월 섭지선, 윤정현에게 〈침계梣溪〉에서 현액 보내다(132.0×50.3cm, 간송미술관 소장).

5월 25일 추사, 〈시경詩境〉, 〈시경루詩境樓〉, 〈무량수각無量壽閣〉에서 편액 글씨 본가로 보내다. '秋史' 장방형 종서묵문縱書墨文 인장.

6월 3일 추사 회갑.

7월 15일 김대건金大建 신부 노량진 사장에서 효수. 권돈인 처형 주장.

화암사華嚴寺 상량문 지음.

8월 18일 권돈인 영의정 사임.

화암사 9월 준공.

권돈인 번리 퇴거. 소치 배왕陪往.

이해 남연군南延君 이구李球(1788~1836) 묘 덕산德山 가야산伽倻山으로 이장.

1847년 정미 (헌종 13년, 도광 27년) 62세

4월 27일 추사 둘째 누님 경주 김씨(1776~1847) 졸卒. 대사헌 이희조李羲肇(1776~1848. 4. 29.) 처.

6월 8일 윤정현 호조참판.

6월 29일 조구하趙龜夏(1815~1877, 조병현趙秉鉉 장자) 부제학.

6월 30일 프랑스 군함 빅토리외즈호 전라도 고군산진 신상도薪峠島 천탄淺灘에 침몰.

초추(7월 16일) 허소치 임모 〈동파립극상東坡笠屐像〉, 권돈인 제사, 추사에게 기증.

8월 3일 이용현李容鉉 전라 우수사. 청淸 왕희손汪喜孫(1786~1847) 졸. 62세.

11월 22일 권돈인 다시 영의정.

이해 영천永川 은해사銀海寺 실화失火 극락전 제외 전소.

1848년 무신 (헌종 14년, 도광 28년) 63세

1월 1일 대왕대비大王大妃 육순六旬, 왕대비王大妃 망오望五, 순종純宗 추상존호追上尊號, 대왕대비大王大妃 가상존호加上尊號 익종추상존호, 왕대비 가상존호 등 육경六慶으로 인정전에서 경축 의례 거행.

2월 4일 윤정현 황해감사. 신관호 전라병마절도사

3월 14일 순종익종추상존호 책보冊寶 봉향례奉享禮 거행. 태묘에서.

3월 16일 대왕대비 왕대비 존호 가상례 거행. 인정전에서.

4월 11일 추사 편지 제주 방어사防禦使 장인식張寅植(1802~1872)에게 시작.

6월 27일 김흥근 경상감사.

7월 4일 영의정 권돈인 사임. 정원용鄭元容 영의정. 김도희 좌의정.

7월 17일 대사간 서상교徐相敎(1814~?, 달성위達城尉 후손 소론少論) 상소. 경상감사 김흥근金興根(1796~1890, 김홍근金弘根 막내아우, 대왕대비 6촌 아우)의 거침없는 탐욕과 궁중 사찰 및 '온실 속 나무'와 같은 불경스러운 말을 탄핵. 투비지전投畀之典(지정한 곳으로 귀양 보냄)을 청하다.

7월 23일 경상감사 김흥근 간삭, 서기순과 권대긍도 아울러 꾸짖어 벼슬을 빼앗다.

7월 25일 양사 소청으로 김흥근 광양현 투비.

8월 27일 초동椒洞(중구 초동草洞) 신관호, 허련에게 편지. 추사 글씨 가지고 상경 입시하라는 왕명 전달.

9월 13일 허소치 서울에 도착, 초동 신관호 댁에 우거寓居(더부살이)하며 작화作畵, 대내大內에 진상하다.

9월 20일 둘째 아우 김명희金命喜(1788~1857) 회갑.

10월 11일 허련 무과 초시 합격. 훈련원에서.

10월 25일 이조정랑 유의정柳宜貞, 김흥근의 죄 용서할 것을 상소. 영의정 정원용이 두둔하자 국왕 대로 파직. 승정원 삼사에서 유의정 성토 탄핵.

10월 28일 허련, 무과 회시會試 합격. 춘당대春塘臺 친감시親監試.

10월 30일 춘당대 경과정시 문무과 전시 설행. 문은 이인동李仁東 등 3인, 무는 이희태李熙台 등 218인 뽑다. 허련 무과 급제.

11월 6일 문무과 전시 창방唱榜(합격자 명단을 붙임).

11월 7일 문무 급제자 사은, 왕지王旨로 소치는 다음 해 겨울에 환향, 도문到門(급제 잔치)에 3백금 하사, 계속 그림에 열중. 동산천東山泉 소가小家 매입, 동자童子 살림, 취처娶妻 부실副室 지씨池氏.

12월 6일 이목연, 김정희, 조병현 방송지명放送之命 환수 계청. 답하기를 "지금 이 처분은 깊이 헤아린 것이 있으니 곧 반포하도록 하라(答曰 今此處分, 深有斟量者存, 卽爲頒布)." 하다. 홍문교리 조구식趙龜植·박상수朴商壽, 부교리 이유겸·이승보, 수찬 박영보·송정화 등, 이목연·김정희·조병현 방송 침명을 차문으로 청하다. "오늘 처분은 깊이 헤아린 바가 있으니 번거롭게 하지 말라(今玆處分, 深有斟量, 勿煩)."하다.

무주부찬배죄인 이목연, 제주목대정현위리안치죄인 김정희, 거제부가극도치죄인 조병현, 광양현투비죄인 김흥근 방송.

12월 7일 의금부 도류안徒流案(도류형에 처한 사람의 명부)으로 심의면에게 전교하여 가로되 김정희를 석방하라 하다.

1849년 기유 (헌종 15년, 도광 29년) 64세

1월 1일 대왕대비 보령 망칠望七(회갑)으로 인정전에서 경축 행사.

1월 2일 남병철 전라감사.

1월 15일 허련(1809~1892), 신관호(1811~1884)의 인도로 낙선재樂善齋 어전 입시. 헌종이 김 정희 안부 문자 추사 적소참상謫所慘狀 주달奏達.

1월 17일 신관호 금위대장禁衛大將.

2월 2일 윤정현 병조판서.

2월 7일 추사 대정 출발.

2월 15일 추사, 대정 적소 떠나 제주 포구 도착.

2월 26일 추사, 동풍을 만나 제주에서 새벽에 배를 띄우다. 소완도小完島 도착.

2월 27일 추사, 새벽에 동풍 일어 소완도 출발. 오시午時에 이진梨津에 곧바로 도착.

3월 5일 이기연, 이학수 방송.

4월 11일 왕 근일 이래 체삽滯澁의 기운이 있었는데 지난밤에는 자못 설사기가 빈번했다. 영춘헌迎春軒에서 약원입진藥院入診을 시행하도록 명하다.

4월 13일 약원藥院 도제조 권돈인, 근일 탕제湯劑 내전에서 달여 들이는 것이 많음을 지적. 반드시 약원에서 달여 들일 것을 청하다.

4월 20일 추사, 《장포산진적첩張浦山眞蹟帖》 발문찬서跋文撰書, 용산龍山 묘전병사墓田丙舍 에서 쓰다(25.4×18.0cm, 간송미술관 소장).

추사 3월부터 3개월간 예산禮山 용산龍山 묘전병사墓田丙舍에 칩거.

윤4월 추사 상경上京하여 검호黔湖(용호蓉湖)에 머물다.

5월 13일 판부사 정원용鄭元容 상경 환제還第(대죄待罪하느라고 성 밖으로 피신해 있다가 용서받고 나 서 집으로 돌아옴)를 효유曉諭.

5월 14일 왕의 얼굴에 부기.

5월 15일 대왕대비 환갑일.

5월 29일 헌종 수일 전 중희당重熙堂 이거移居. 소치 부채 그림 2병柄 지참. 중희당 입시. 주상의 신색이 전일과 크게 다르고 음성이 희미하고 낮았으며 얼굴은 부기가 있고 검누랬고 손도 부어 있었다.

6월 6일 오시午時 창덕궁 중희당重熙堂에서 헌종(1827~1849) 승하. 23세. 대보를 대왕대비에게 바치다. 권돈인 원상院相, 조인영 총호사.

대왕대비, 은언군恩彦君 이인李祒(1754~1801) 손자이고 전계군全溪君 이광李㼅(1785~1841)의 제3자인 이원범李元範(1831~1863)으로 왕통을 잇게 하다.

6월 9일 덕완군德完君 원범, 인정문仁政門에서 즉위. 대왕대비 수렴첨정.

7월 14일 훈련대장 이응식李應植. 금위대장 신관호申觀浩 파직.

7월 16일 판중추 권돈인 자택 대죄.

7월 23일 대왕대비 명으로 윤치영尹致英은 전라도 도강현道康縣 신지도薪智島, 서상교徐相敎는 진도군珍島郡 금갑도金甲島, 이응식은 강진현康津縣 고금도古今島에 감사도배減死島配, 조병현趙秉鉉은 나주목 지도智島, 이능권李能權은 부안현 위도蝟島에, 김건金鍵은 영광군 임자도荏子島에 신관호는 흥양현 녹도鹿島에 정배.

8월 2일 전라감사 남병철南秉哲(1817~1863), 신관호가 의원 끌어들인 일로 상소 자인.

8월 5일 정원용 영의정 복배.

8월 23일 조병현(1791~1849) 사사.

8월 25일 서상교, 윤치영, 이응식, 신관호에게 가시울타리를 두르다.

9월 9일 추사, 옥적산방에서「제 이재 소장 운종산수화정題彝齋所藏雲從山水畵幀」짓다.

10월 13일 완원阮元(1764~1849) 졸. 86세.

10월 추사, 권돈인의 별장인 옥적산방玉笛山房(번리장위산樊里獐位山)에서 〈계첩고禊帖攷〉, 〈서결書訣〉 제작(지본묵서, 각 면 33.9×27cm. 간송미술관 소장).

추사, 〈조화접藻花蝶〉을 옥적산방 현액으로 쓰다.

10월 23일 판중추 권돈인, 의원 천거일로 자인自引, 즉일 환제還第 조포곡반출입朝晡哭班出入 하유下諭(오늘 바로 집에 돌아와 아침저녁으로 곡반에 출입하도록 타이름).

10월 28일 헌종 경릉景陵에 장사.

11월 28일 윤정현 병조판서.

1850년 경술(철종哲宗 1년, 도광 30년) 65세

1월 11일 김도희 좌의정 사직.

3월 4일 이기연李紀淵 한성판윤. 부진.

4월 14일 김수근金洙根(1798~1854) 공조판서. 자 회부晦夫, 호 계산초부溪山樵夫, 영은부원군 永恩府院君 김문근金汶根(1801~1863) 본생형.

5월 23일 권용수權用脩(권돈인 독자) 대사성.

6월 11일 윤정현 판의금.

7월 22일 투비 죄인 이학수 놓아주고 뒤이어 도총부 도총관으로 특채.

8월 21일 이학수 한성판윤.

9월 7일 이가우 예조판서, 김덕희金德喜 병조참판.

9월 22일 김덕희 호조참판.

10월 6일 조인영 영의정. 정원용 좌의정. 권돈인 우의정.

10월 20일 진하사은겸세폐사정사 권대긍(1790~1858), 부사 김덕희(1800~1853), 서장관 민치상閔致庠 출발.

11월 소치 환향, 대둔사大芚寺로 들어가다.

12월 6일 영의정 조인영趙寅永(1782~1850) 졸. 69세. 왕대비 숙부.

1851년 신해(철종 2년, 청 문종淸文宗 함풍咸豐 1년) 66세

1월 1일 대왕대비 모림母臨 50년 칭경稱慶 인정전에서 진하반교陳賀頒教.

1월 2일 전 좌의정 김도희 부인 기계 유씨(1784~1851) 졸. 68세.

1월 15일 김흥근 이조판서.

2월 2일 김흥근 좌의정.

2월 6일 윤정현 예조판서.

3월 18일 회환 진하사은겸세폐사 권대긍, 부사 김덕희, 서장관 민치상閔致庠 불러 보다. 아편 폐해 보고, 의주부에 별반신칙하여 엄하게 방비할 것을 청하다. 김정집 형조판서.

3월 추사 편지. 김도희 부인 기계 유씨 반우返虞 후 감사 편지에 답신(26×40cm). 자유분방 변화무쌍 중체 융합 추사행서체.

5월 18일 헌종 부묘례祔廟禮 종료 후, 오묘례五廟禮에 의해 진종眞宗 조천祧遷 여부 대신 유현에게 문의하여 결정하게 하기로.

5월 26일 좌의정 김흥근金興根(1796~1890) 실록총재관.

6월 6일 영의정 권돈인 부묘도감 도제조, 서희순徐憙淳 · 김좌근金左根 · 조학년趙鶴年 · 이계조李啓朝 제조

6월 9일 진종 조천 여부 논의, 권돈인만 대수 미진으로 조천 불가不可 주장.

7월 12일 홍문관 교리 김회명金會明(1804~?, 선先 안동安東) 상소. 진종조례 불가론이 김정희로부터 나왔으니 그를 다시 섬에 가두고 그의 형제들을 유배시켜야 한다고 주장. 삼사가 번갈아 탄핵.

7월 13일 진종조례론眞宗祧禮論으로 영의정 권돈인 낭천狼川 부처付處.

7월 22일 김정희 배후 발설자로 함경도 북청北靑으로 유배. 김명희金命喜 · 김상희金相喜 향리로 방축放逐. 오규일吳圭一 · 조희룡趙熙龍 엄형을 한 번 가하고 절도정배絶島定配.

윤8월 24일 김문근金汶根(1801~1863) 대왕대비 8촌 제弟 녀로 왕비 결정.

9월 16일 윤정현(1793~1874) 함경감사. 임긍수林肯洙 의주부윤.

10월 12일 권돈인 순흥順興 유배.

10월 권돈인, 《낭주잡시서첩閬州雜詩書帖》16면 짓고 쓰다(16.0×32.0cm, 간송미술관 소장).

12월 28일 대왕대비 철렴撤簾, 환정還政.

12월 30일 8도 5부 도원호 159만 4,849호, 인구 679만 8,845구.

이해 추사, 함경감사 윤정현尹定鉉에게 별호 〈침계梣溪〉 예해합체隷楷合體로 써 주다(122.7×42.8cm, 간송미술관 소장, 방서 고졸청경古拙淸勁 중체 융합).

1852년 임자 (철종 3년, 함풍 2년) 67세

1월 5일 중비中批로 김수근金洙根(1798~1854) 이조판서.

1월 15일 김흥근金興根(1796~1870) 영의정.

1월 22일 김좌근金左根(1797~1869) 호조판서.

2월 19일경 추사, 〈영백설조詠百舌鳥〉를 짓고 쓰다.

4월 20일 백파白坡 긍선亘璇(1767~1852) 졸. 86세 법랍 75세.

4월 30일 신관호 유배지 이동.

5월 3일 이학수李鶴秀(1780~1859) 평안감사.

7월 18일 홍직필洪直弼(1776~1852) 졸. 77세. 정조 효의왕후 외당질.

8월 14일 특교特敎로 순흥 원찬 죄인 권돈인, 북청부 정배 죄인 김정희 방송. 사사 죄인 소병

현 죄명 씻어 버림.

추사, 〈석노시石砮詩〉(삼성미술관 소장), 〈진흥북수고경眞興北狩古境〉 제작. 웅혼 고졸 험경 침착 통쾌. 임자壬子 추팔월秋八月 함경도관찰사 윤정현尹定鉉(1793~1874), 〈황초령 진흥 왕순수비 이건기黃草嶺眞興王巡狩碑移建記〉 찬서撰書. 추사체(탁본, 32×82cm, 국립중앙박물 관 소장).

10월 9일 김정희 과천果川 과지瓜地 초당 도착.

10월 19일 이학수 병조판서, 김병기金炳冀(1818~1875) 평안감사.

12월 15일 윤정현 함경감사 면免.

12월 20일 추사, 서념순徐念淳(1800~1859)의 〈한 돈황비 진탁漢燉煌碑眞拓〉에 서문 짓고 쓰 다. 행서, 고졸청경, 고예 분예기다分隸氣多(지본묵서, 36.7×31.9cm, 간송미술관 소장). 《삼 보전三寶篆》에 합장.

12월 29일 윤정현 이조판서.

1853년 계축(철종 4년, 함풍 3년) 68세

초봄, 추사, 〈곽유도비임서郭有道碑臨書〉 8폭병(각 폭 102.0×32cm, 영남대박물관 소장). 채옹蔡 邕(131~192)의 글씨로 전하는 후한 곽태郭泰의 비문 글씨를 전한 고예古隸의 필의로 임서 해 내었다.

2월 19일 창녕위昌寧尉 김병주金炳疇(1819~1853) 졸(35세). 복온공주福溫公主(1824~1832) 부마. 추사, 〈차호호공且呼好共〉 예서 대련(지본묵서, 30.3×135.7cm, 간송미술관 소장)을 이 어름 에 썼을 듯.

3월 11일 남병철 평안감사

3월 26일 판중추부사 김도희 치사致仕.

7월 7일 이학수 이조판서.

12월 29일 윤정현 이조판서.

이해 추사, 자신의 서재에 보관하고 있던 〈숭정금崇禎琴〉을 원 주인인 이조판서 윤행임尹行 恁(1762~1801)의 자제 이조판서 윤정현尹定鉉에게 돌려보내면서 〈숭정금실崇禎琴室〉의 편액도 함께 써서 보냈다(지본묵서, 138.2×36.2cm, 간송미술관 소장). 〈예기비〉, 〈한경명〉, 〈난정비〉, 〈수금서〉 등이 융합된 말년 추사체. 졸박청고拙樸淸高.

1854년 갑인 (철종 5년, 함풍 4년) 69세

1월 9일 신관호 무주 이배 移配.

2월 13일 김정희 그 아비 김노경의 원통함을 고소하는 일로 시위 밖에서 꽹과리 치다. 형조
　　　에서 체포하여 의금부에 이관.

2월 20일 격쟁 죄인 김정희의 원정原情 사연이 그 부친 김노경의 추탈한 일이다.

6월 9일 김학성金學性(1807~1875) 경상감사, 김수근(1798~1854) 형조판서.

6월 30일 김수근 이조판서, 홍종응 병조판서, 윤정현 형조판서.

8월 20일 형조에서 김정희의 격쟁 사연이 무죄임을 판결. 이조吏曹로 이관.

8월 28일 이조에서 김정희의 무죄가 형조와 다름없다 하다.

이 여름에 추사, 〈신안구가新安舊家〉(예서 현판, 지본묵서, 164.2×39.3cm, 간송미술관 소장)와
　　　〈만수일장萬樹一莊〉(행서 대련, 지본묵서, 각 31.2×127.4cm, 간송미술관 소장), 〈천벽경황淺
　　　碧硬黃〉(행서 대련, 지본묵서, 각 23.0×131.9cm, 간송미술관 소장), 〈구곡경정句曲敬亭〉(행서
　　　대련, 지본묵서, 각 30.5×132.2cm, 간송미술관 소장) 등을 썼을 것이다.

10월 26일 추사와 이재가 합작 《완염합벽첩阮髥合璧帖》 꾸며 석추石秋 철선鐵船에게 주다(지
　　　본묵서, 26.5×32.5cm, 이영재 기탁).

11월 4일 기사 지중추 김수근金洙根(1798~1854) 졸. 57세.

〈춘풍추수春風秋水〉 행서 대련 서고書稿 작성. 간송미술관 소장 대련과 동일 필법. 종가 기탁.

1855년 을묘 (철종 6년, 함풍 5년) 70세

봄, 소치, 과천으로 추사 내배來拜.

1월 18일 인릉仁陵 수릉綏陵 휘경원徽慶園 일체 천봉 결정.

2월 16일 윤정현 예조판서.

봄, 백파白坡 법손法孫 백암白巖 도원道圓(1801~1876)과 법증손法曾孫 설두雪竇 유형有炯
　　　(1824~1889), 추사에게 백파비문 찬서 요청. 〈화엄종주 백파율사 대기대용지비華嚴宗主
　　　白坡律師大機大用之碑〉 및 비음碑陰 짓고 쓰다. 〈백파상찬병서白坡像贊並序〉 짓고 쓰다. 설
　　　두에게 〈백벽百蘗〉 써 주다(37.0×95.0cm, 개인 소장). 승련勝蓮이란 관서款書가 있다.

추사, 〈효자 김복규 정려비孝子金福圭旌閭碑〉, 〈효자 김기종 정려비孝子金箕鍾旌閭碑〉(전면 예
　　　서, 고졸웅경古拙雄勁, 96.5×40×20cm, 예자 경徑 13cm, 음기 4cm, 임실군 임실읍 정원리 소재.
　　　완당阮堂 김정희金正喜 서書라 함. 〈양세정효각兩世旌孝閣〉 추사 예서 백미 중 하나), 〈김기종 배 전

746

주유씨묘비金箕鍾配全州柳氏墓碑〉(전면 예서, 고졸웅경. 130×44.7×26cm, 예서 자경 14cm, 완
　　주군 구이면 백여리 소재),〈귀로재歸老齋〉쓰다. 전주 소재.

추사,〈산호벽수珊瑚碧樹〉쓰다. 행서(지본묵서, 107.2×29.4cm, 간송미술관 소장).

〈불이선란不二禪蘭〉(54.9×30.6cm, 손창근 소장) 치다.

〈화법서세畫法書勢〉(예서 대련, 지본묵서, 각 30.8×129.8cm, 간송미술관 소장), 승련노인勝蓮老
　　人의 관서가 있고〈곽유도비郭有道碑〉풍의 팔분예서기가 강하여 이해에 썼을 가능성이
　　크다.

〈시위마쉬施爲磨洴〉(예서 대련, 지본묵서, 각 29.7×129.7cm, 간송미술관 소장) 역시〈화법서세〉
　　와 같은 서체다.〈유애차장唯愛且將〉(행서 대련, 지본묵서, 각 28.6×128.1cm, 간송미술관 소
　　장)과〈강성동자康成童子〉(행서대련, 지본묵서, 각 32.0×144.0cm, 간송미술관 소장),〈한무완
　　재閒撫宛在〉(행서대련, 지본묵서, 각29.8×130.4cm, 간송미술관 소장)도 이해에 썼을 것이다.

〈하정진비夏鼎秦碑〉(예서 대련, 고졸웅경, 지본묵서, 27.2×128.7cm, 간송미술관 소장)도 이해에
　　썼을 가능성이 크다.

5월 15일 봉조하 김도희(73세) 수원유수.

8월 18일 구 수릉綏陵 출현궁出玄宮 천봉.

8월 26일 신 수릉綏陵 하현궁下玄宮.

11월 26일 영의정 김좌근 사직. 판중추 박회수 우의정 복배.

1856년 병진(철종 7년, 함풍 6년) 71세

1월(초봄) 권돈인,〈용암대사영각기龍巖大師影閣記〉짓고 쓰다(추사체 행서, 161.7×31.5cm, 간
　　송미술관 소장).

2월 22일 인릉 천봉. 헌릉 우강으로 결정.

봄, 명교明橋 상유현尙有鉉(1844~1923, 13세) 봉은사奉恩寺로 추사 찾아뵙다.

추사〈춘풍대아능용물春風大雅能容物, 추수문장불염진秋水文章不染塵〉행서 대련 목도. 행서
　　에 예서 필의筆意, 평담천진不淡天眞, 경쾌전아輕快典雅(29.0×130.5cm, 간송미술관 소장).

〈추수녹음秋水綠陰〉행서 대련,〈춘풍추수春風秋水〉와 동일한 서법(지본묵서, 28.8×124.5cm,
　　간송미술관 소장).

5월 초순 추사,〈기제해붕대사영寄題海鵬大師影〉짓고 쓰다(28.0×118cm, 조재진 소장).

5월 16일 판중추 김도희 좌의정 복배.

8월 추사, 〈대팽두부과강채大烹豆腐瓜薑菜 고회부처아녀손高會夫妻兒女孫〉예서 대련 제작

    (31.9×129.5cm, 간송미술관 소장).

9월 25일 인릉仁陵 출현궁出玄宮.

9월 봉은사奉恩寺『화엄경』 판각 완성.

10월 7일 추사 봉은사 〈판전板殿〉 쓰다.

10월 9일 국왕, 신新 인릉仁陵 빈전殯殿(국왕이나 왕비의 시신을 모셔 놓은 전각)에 나가 전알展謁

    (절하여 뵙다.) 경숙經宿(하룻밤 자다).

10월 10일(양력 11월 6일) 갑오甲午 김정희 졸(1786. 6. 3.~1856). 71세.

10월 11일 인릉仁陵 하현궁下玄宮 시 우제虞祭 시 망곡례望哭禮.

1857년 정사 (철종 8년, 함풍 7년)

1월 4일 신관호 방송.

2월 17일 김병주金炳澍(1824~1888) 대사성.

3월 15일 대왕대비 69세 수경壽慶 진찬례進饌禮 창경궁 통명전通明殿에서 거행. 한성부 69세

    노인에게 미면米綿 반하頒下.

3월 21일 중비中批 김병국金炳國(1825~1905) 예조판서.

3월 24일 좌의정 김도희 해직.

4월 3일 특교特敎로 추탈 죄인 김노경金魯敬(1766~1837) 복관작.

6월 김정희 사면 복관.

8월 4일 대왕대비 안동 김씨(1789~1857) 창덕궁 양심합養心閤에서 승하. 69세.

8월 9일 지돈녕 이학수李鶴秀(1780~1859) 상소. 순종純宗 묘호廟號 조조祖 자로 개칭 청하다. 2

    품 이상 수의收議 따르기로.

8월 15일 순종純宗 묘호 순조純祖로 개칭

10월 추사영실秋史影室에 영정影幀 봉안.

영정은 문인 이한철李漢喆(1808~1889)이 모사摹寫했다. 〈추사김공상秋史金公像〉(견본채색,

    57.7×131.5cm, 종가 소장, 국립중앙박물관 기탁).

〈추사영실〉 편액은 권돈인 행서(지본묵서, 120.5×35.0cm, 간송미술관 소장).

10월 25일 김명희金命喜(1788~1857) 졸. 70세. 자 성원性源, 호 산천山泉. 추사 둘째 아우.

1867년 정묘 (고종高宗 4년, 청淸 동치同治 6년, 고종16세)

남병길南秉吉, 『완당척독阮堂尺牘』 5권 2책, 『담연재시고覃研齋詩稿』 7권 2책 편찬.

1868년 무진 (고종 5년, 동치 7년)

남병길 · 민규호閔奎鎬, 『완당집阮堂集』 5권 5책 편찬.

1934년 갑술

김상희金相喜 현손 김익환金翊煥, 『완당선생전집阮堂先生全集』 10권 5책 편찬.

도판 목록

1. 추사의 학문과 예술

2. 김추사의 금석학

3. 추사집 본문

찾아보기

저자

추사秋史 **김정희**金正喜

1786~1856

역자

가헌嘉軒 **최완수**崔完秀

1942.	충남 예산 출생	1975.3.~1977.2.	서울대 인문대 국사학과 강사
1965.2.	서울대 사학과 졸업	1976.3.~1992.2.	서울대 미대 회화과 및 대학원 강사
1965.4.~1966.3.	국립박물관	1991.3.~2000.2.	이화여대·동국대 대학원, 연세대 강사
1966.4.~현재	간송미술관 연구실장	2000.3.~현재	연세대·고려대·용인대 대학원 강사

저서

『秋史集』(1976), 『金秋史研究艸』(1976), 『그림과 글씨』(1978), 『佛像研究』(1984), 『謙齋 鄭敾 眞景山水畵』(1993), 『名刹巡禮』 1·2·3(1994), 『우리문화의 황금기 진경시대』 1·2(1998), 『조선왕조 충의열전』(1998), 『겸재를 따라가는 금강산 여행』(1999), 『한국불상의 원류를 찾아서』(2007), 『겸재의 한양진경』(2004), 『겸재 정선』(2009)

주요 논문

「간다라佛衣攷」, 「釋迦佛幀圖說」, 「謙齋 鄭敾」, 「謙齋眞景山水畵考」, 「秋史實紀」, 「秋史書派考」, 「碑派書考」, 「韓國書藝史綱」, 「秋史 一派의 글씨와 그림」, 「玄齋 沈師正 評傳」, 「尤庵 당시의 그림과 글씨」, 「古德面誌總史」, 「謙齋 鄭敾 評傳」

추사집 秋史集

발행일 | 2014년 10월 2일

지은이 | 김정희
옮긴이 | 최완수

펴낸곳 | (주)현암사 **펴낸이** | 조미현
기획 | 이승철 **편집** | 김현림 **사진** | 김해권 **디자인** | 김효창
인쇄 | 삼성문화인쇄(주) **제책** | 영신사

등록일 | 1951년 12월 24일·10-126
주소 | 서울시 마포구 동교로 12안길 35
전화 | 02-365-5051~6 **팩스** | 02-313-2729
전자우편 | editor@hyeonamsa.com
홈페이지 | www.hyeonamsa.com

ⓒ 최완수 2014

ISBN 978-89-323-1709-0   93810

이 도서의 국립중앙도서관 출판시도서목록(CIP)은
e-CIP 홈페이지(http://www.nl.go.kr/ecip)에서 이용하실 수 있습니다.
(CIP제어번호: CIP2014027114)